BASTEI LÜBBE

Von Helmut W. Pesch sind bei Bastei Lübbe Taschenbücher erschienen:

Die Elderland-Saga
20333 Bd. 1: Die Ringe der Macht
mit Horst von Allwörden
20401 Bd. 2: Die Herren der Zeit

Die Anderswelt–Trilogie
20433 Bd. 1: Die Kinder der Nibelungen
20447 Bd. 2: Die Kinder von Erin
20460 Bd. 3: Die Kinder von Avalon

Zum Thema J. R. R. Tolkien sind bei Bastei Lübbe Taschenbücher erschienen:

20453 Robert Foster
Das große Mittelerde-Lexikon
Ein alphabetischer Führer zur Fantasy-Welt von J. R. R. Tolkien,
ins Deutsche übertragen von Helmut W. Pesch

20421 Stefan Bauer (Hrsg.)
Das Vermächtnis des Rings – neue Geschichten J. R. R. Tolkien zu Ehren

13803 Martin H. Greenberg (Hrsg.)
Die Erben des Rings – Fantastische Geschichten
J. R. R. Tolkien zu Ehren

Helmut W. Pesch

Elbisch

Grammatik, Schrift und Wörterbuch
der Elben-Sprache von J.R.R. Tolkien

BASTEI
LÜBBE

BASTEI LÜBBE TASCHENBUCH
Band 20 476

1. Auflage: November 2003

Vollständige Taschenbuchausgabe

Bastei Lübbe Taschenbücher ist ein Imprint der
Verlagsgruppe Lübbe

Originalausgabe

Umschlaggestaltung: Tanja Østlyngen
Satz: Fanslau Communication/EDV, Düsseldorf
Druck und Verarbeitung: Elsnerdruck, Berlin
Printed in Germany
ISBN 3-404-20476-X

Sie finden uns im Internet unter
www.luebbe.de
und
www.bastei.de
Die Webseite zum Buch:
www.elbisch.com

Der Preis dieses Bandes versteht sich einschließlich
der gesetzlichen Mehrwertsteuer.

Inhalt

Vorwort

Die Anfänge dieses Buches reichen etwa zwanzig Jahre zurück. Damals schrieb ich die erste »Einführung in die Elbensprache«, einen Artikel für eine Zeitschrift des Ersten Deutschen Fantasy Clubs e. V. Seitdem hat mich das Thema nicht mehr losgelassen, bietet es doch die Möglichkeit, zwei wunderbare Dinge zu verbinden, die mich seit langem faszinieren: Sprache und das Werk von J. R. R. Tolkien.

Ich habe selbst eine linguistische Ausbildung und war nach dem Studium eine Reihe von Jahren als wissenschaftlicher Mitarbeiter an einem Lehrstuhl für englische Sprache tätig. Doch mehr als die Sprachverwendung hat mich eigentlich immer interessiert, was man mit Sprache alles anfangen kann. Man kann zum Beispiel damit spielen. Oder ein Kunstwerk damit schaffen.

Auch Tolkien war Linguist. Genauer, sein Fach war die »moderne« Philologie, jene historische Sprachwissenschaft alter Schule, die vor allem durch deutsche Vorbilder wie die Brüder Grimm geprägt wurde (die nicht nur Märchen sammelten, sondern auch das größte Wörterbuch der deutschen Sprache verfassten). Und er war gut in seinem Fach. Einer der besten seiner Generation, immerhin Professor für Englisch in Oxford. Aber die positivistische Lehre des 19. Jahrhunderts hatte sich überholt. Tolkiens Ziel war es, zu zeigen, dass diese Forschung von Lautverschiebungen und Sprachfamilien nicht nur Selbstzweck war, sondern Relevanz besaß: »Anwendbarkeit«, wie er es nannte. Doch dies war mit einem wissenschaftlichen Instrumentarium nicht zu leisten. Und worüber man nicht lehren kann, davon muss man erzählen.

Darum ist dies auch kein Buch für Linguisten – obwohl sie

vielleicht das eine oder andere daraus lernen können. Es ist ein Buch für diejenigen, die wissen wollen, was hinter diesem Teil von Tolkiens Schöpfung steckt. Die etwas von seiner Faszination mit der Sprache erfahren wollen, welche ihn antrieb, ein Werk wie »Der Herr der Ringe« zu schreiben.

Für Tolkien war Sprache immer auch Sprachgeschichte; mein Ziel dagegen ist es, die Elbensprachen so zu betrachten, wie sie sich gegen Ende des Dritten Zeitalters von Mittelerde dargestellt hätten. Das ist methodisch nicht ganz unproblematisch, doch auch dieses Buch soll vor allem anwendbar sein.

Ich habe darum dem Buch als Anhang auch einen kurzen Teil zu linguistischen Begriffen – insbesondere zur Lautlehre – beigefügt; aber es kann nicht Sinn der Sache sein, eine grundlegende Einführung in die Grammatik zu geben. Darum setze ich voraus, dass der Leser weiß, was ein Adjektiv und ein Verb ist, und erkläre solche Begriffe nur, wo sie über den Stand einer weiterführenden Schule hinausgehen. Ein gewisses Grundinteresse, sich auf solche Begrifflichkeiten einzulassen, ist ohnehin Voraussetzung für die Lektüre.

Früher bin ich von den Fantasy-Fans immer gesteinigt worden, wenn ich mit meinem verrückten Hobby, den Elbensprachen, ankam. Es ist für mich eine Freude zu sehen, dass sich dies in den letzten Jahren dramatisch verändert hat. Die Gründe sind zweierlei:

Da ist zum einen das Internet, das auch hier jede Art von Informationen zugänglich macht und die Interessierten zusammenführt. Es war zuerst »Klingonisch« aus dem Star-Trek-Universum, das die Linguisten und die Fans an einen (virtuellen) Tisch brachte. Dabei stellte sich auch heraus, dass »Model Languages«, Kunstsprachen, keineswegs so esoterisch waren, wie es den Anschein gehabt hatte.

Der zweite Grund war natürlich der Film. Wer Liv Tyler als Arwen mit Aragorn auf Sindarin parlieren hört, der empfindet vor allem eins (auch wenn er trotz Untertiteln kein Wort versteht): dass diese Sprache schön ist!

Dies ist es, was Tolkiens Elbensprachen vor allen anderen Kunstsprachen auszeichnet: eine Schönheit, die weit hinausgeht über den lautlichen Klang und auch aus ihrer Struktur und den vielfältigen Beziehungen ihrer Formen lebt.

Die Analyse der Strukturen des Quenya und Sindarin, die sich zum heutigen Zeitpunkt leisten lässt, basiert auf den verfügbaren Quellen – das heißt, den veröffentlichten Texten und den wenigen Notizen des Autors zur Grammatik, die bekannt sind. Es sollte dabei klar sein, dass eine solche Darstellung grundsätzlich ein sekundärliterarisches Werk ist, vergleichbar einer Studie zum Inhalt, den Themen und der Aussage eines Romans, nur dass die Grundlagen hier nicht literatur-, sondern sprachwissenschaftlicher Art sind. So wie es keine endgültige Interpretation geben kann, so sind auch meine Schlussfolgerungen in keiner Weise »offiziell«; andere Interpreten werden in manchen Fällen zu einer anderen Deutung kommen. Angesichts der Tatsache, dass immer noch einiges an linguistischen Schriften Tolkiens zum Thema unveröffentlicht ist, werden auch Lücken und Fehler nicht zu vermeiden sein.

Wie eine literarische Interpretation ohne Kenntnis des Originals keinen Sinn macht, so setze auch ich die Kenntnis des *Herrn der Ringe* und ein gewisses Maß an Vorkenntnis über die Zusammenhänge von Tolkiens Welt voraus. Ich werde nicht die Inhalte von Tolkiens Werk nacherzählen – obwohl ich mich natürlich darauf beziehe, aber aus der Sicht eines Kritikers und Kommentators. Darum werden sich auch die Textzitate auf Beispiele beschränken. Dabei kann auf eine Wiedergabe und Übersetzung der Quenya- und Sindarin-Texte aus den Hauptwerken Tolkiens nicht verzichtet werden, zumal die Übersetzungen im Rahmen der Geschichten recht frei sind; zum Teil sind sie auch nur aus verstreuten anderen Quellen zu entnehmen. Die urheberrechtlichen Ansprüche an diesen Texten bleiben davon unberührt. Auf weitere Quellentexte, deren Wiedergabe das Maß eines angemessenen Gebrauchs überschreiten würde, wird entsprechend hingewiesen.

Die Tatsache, dass diese Sprachen im Zusammenhang mit einem literarischen Werk entstanden sind, verbietet es nicht, Quenya und Sindarin losgelöst von Mittelerde zu betrachten. Tolkien selbst hat auch Texte in seinen erfundenen Sprachen verfasst – etwa das Vaterunser –, die über diesen Rahmen hinausgehen. Dies zeigt, dass es ihm dabei nicht nur um ein harmloses Spiel ging, auch wenn er es selbstironisch als »heimliches Laster« bezeichnet, sondern dass er damit ein ernst zu nehmendes Anliegen verfolgte.

Wenn Sprache wirklich dasjenige ist, was den Menschen von anderen Lebewesen unterscheidet, dann ist Tolkien in seiner Sprachschöpfung zu den Wurzeln des Menschseins vorgedrungen. Oder er hat jedenfalls einen achtbaren Versuch gemacht, der ihm, seinem Erfolg nach zu urteilen, zumindest teilweise gelungen ist.

Köln, im Sommer 2003
Helmut W. Pesch

Abkürzungen

Quellen

ATB — *Die Abenteuer des Tom Bombadil*, [dt.] 1984.

BRIEFE — *Briefe*, [dt.] 1991.
Verweise beziehen sich auf die Nummerierung der Briefe, nicht auf die Seitenzahlen.

Ety — »The Etymologies«, in *LB*, S. 339–400.
Fundstellen sind nach den Wurzeln (in Klammern) angegeben, die als Ordnungsworte dienen.

GL — »i-Lam na-Ngoldathon: The Grammar and Lexicon of the Gnomish Tongue«, 1995.

H — *Der Hobbit*, [dt. 1957], Neuübers. 1998.

HMe — *The History of Middle-earth*, 12 Bde, 1983–96.

HR — *Der Herr der Ringe*, [dt. 1969/70], Neuübers. 2000.
Seitenzahlen variieren zwischen verschiedenen Ausgaben. Daher wird nach Teilen (Buch I-VI) zitiert:
I-II – *Die Gefährten*;
III-IV – *Die zwei Türme*;
V-VI – *Die Wiederkehr des Königs*;
Anh – Anhang
Kapitel werden mit Zahlen (1, 2, 3 ...) und Unterteilungen im Anhang mit Buchstaben (A, B, C ...) notiert.

LB — *The Lays of Beleriand* (*HMe* 3), 1985.

LR — *The Lost Road and other writings* (*HMe* 5), 1987.

BVG-1 — *Das Buch der verschollenen Geschichten, Teil 1* [= *HMe* 1], [dt.] 1986.

BVG-2 — *Das Buch der verschollenen Geschichten, Teil 2* [= *HMe* 2], [dt.] 1987.

MR — *Morgoths Ring* (*HMe* 10), 1993.

NAM — *Nachrichten aus Mittelerde,* [dt.] 1983.
Seitenzahlen variieren zwischen verschiedenen Ausgaben. Daher wird nach Teilen (1–4) zitiert:
1 – Teil eins: Das Erste Zeitalter
2 – Teil zwei: Das Zweite Zeitalter
3 – Teil drei: Das Dritte Zeitalter
4 – Teil vier
Reg – Register
Unterteilungen werden mit römischen Ziffern (I, II, III ...) notiert.

PE — *Parma Eldalamberon*
Zitiert nach Ausgabe und Seite, z. B. *PE* 13:72.

Pictures — *Pictures by J. R. R. Tolkien,* 1979.

PMe — *The Peoples of Middle-earth* (*HMe* 12), 1996.

QL — »Qenyaqetsa: The Qenya Phonology and Lexicon«, 1998.

RBG — »The Rivers and Beacon-hills of Gondor«, 2001.

RGEO — *The Road Goes Ever On,* 1968, 2. Ausg. 1978 [dt. 1993].
Verweise beziehen sich auf den englischen Text, nicht auf das deutsche Beiblatt.

RS — *The Return of the Shadow* (*HMe* 6), 1988.

SD — *Sauron Defeated* (*HMe* 9), 1992.

SIL — *Das Silmarillion,* [dt.] 1978.
Zitiert nach Unterteilungen:
Ain – Ainulindale;
Val – Valaquenta;
QS – Quenta Silmarillion,
Kapitel werden mit Ziffern (1, 2, 3 ...) notiert;
Ak – Akallabêth;
RM – Von den Ringen der Macht;
Reg – Namensregister;
Anh – Anhang: Elemente in den Quenya- und Sindarin-Namen. Soweit Begriffe unter einem an-

	deren Stichwort angegeben sind, ist dieses in Klammern aufgeführt.
SMe	*The Shaping of Middle-earth* (*HMe* 4) 1986
TI	*The Treason of Isengard* (*HMe* 7), 1989.
U&K	*Die Ungeheuer und ihre Kritiker,* [dt.]1987.
VT	*Vinyar Tengwar*
	Zitiert nach Ausgabe und Seite, z. B. *VT* 43:12.
WJ	*The War of the Jewels* (*HMe* 11), 1994.
WR	*The War of the Ring* (*HMe* 8), 1990.

Allgemeine Abkürzungen

Abl.	Ablativ
Adj.	Adjektiv
AE.	Altenglisch
Akk.	Akkusativ
Akt.	Aktiv
All.	Allativ
arch.	archaisch
Art.	Artikel
AQu.	Archaisches Quenya
AS.	Archaisches Sindarin
Dat.	Dativ
Dimin.	Diminuitiv (Verkleinerungsform)
Dor.	Doriathrin
dt.	deutsch
Dual	Dual
engl.	englisch
excl.	exclusiv
evtl.	eventuell
f.	femininum
form.	formell
Fut.	Futur

GE.	Gemeines Eldarin
Gen.	Genitiv
Ger.	Gerundium
Imp.	Imperativ
incl.	inclusiv
Inf.	Infinitiv
inform.	informell
Instr.	Instrumentalis
Interj.	Interjektion
intrans.	intransitiv
Kh.	Khuzdul
klass.	klassisch
Koll.	kollektiver Plural
Konj.	Konjunktion
lat.	lateinisch
Ling.	Linguistik
Lok.	Lokativ
m.	masculinum
mut.	mutierte Form
N.	Nomen, Substantiv
Nand.	Nandorin
neg.	negativ
Nom.	Nominativ
Nord-S.	Nord-Sindarin
ÑS.	Noldor-Sindarin
Num.	Numerale, Zahlwort
P.	Person
Part.	Partizip
Pass.	Passiv
Pl.	Plural
poet.	poetisch, literarisch
Poss.	Possessiv
PQ.	Primitives Quendisch
Präf.	Präfix

Präp.	Präposition
Präs.	Präsens
Prät.	Präteritum
Qu.	Quenya
Resp.	Respektiv
S.	Sindarin
s. d.	siehe dort
Sg.	Singular
span.	spanisch
Suff.	Suffix
trans.	transitiv
V.	Verb(um)
Val.	Valarin
verm.	vermutlich
VQu.	Valinorisches Quenya
*	rekonstruiert
**	ungrammatisch
?	zweifelhaft
>	geworden zu
<	entstanden aus

Lautschrift

Für die Darstellung der Laute wurde eine vereinfachte Lautschrift gewählt, der besseren Lesbarkeit wegen.

Vokale

[a]	baten [b'a:tən], Halle [h'alə]
[e]	beten [b'e:tən], helle [h'elə]
[i]	bieten [b'i:tən], bitte [b'itə]
[o]	boten [b'o:tən], Holle [h'olə]

[u]	bluten [bl'u:tən], Bulle [b'ulə]
[æ]	bäten [b'æ:tən], engl. *that* [ð'æt]
[œ]	böten [b'œ:tən], Hölle [h'œlə]
[y]	Bühne [b'y:nə], Bütte [b'ytə]
[ə]	Tote [t'o:tə]
[:]	(Längenzeichen)

Konsonanten

[b]	Bein [b'ain]
[p]	Pein [p'ain]
[d]	dein [d'ain]
[t]	Tier [t'i:ʳ]
[g]	Gier [g'i:ʳ]
[k]	kein [k'ain]
[ˀ]	_am [ˀ'am] (glottaler Verschlusslaut, im Deutschen vor Vokalen im Anlaut)
[v]	Wein [v'ain]
[f]	fein [f'ain], Vater [f'a:təʳ]
[z]	sein [z'ain] (stimmhaftes *s*)
[s]	Massen [m'asən] (stimmloses *s*)
[ž]	Garage [gaʀ'a:žə] (im Deutschen nur in Fremdworten)
[š]	Maschen [m'ašən]
[j]	jein [j'ain]
[ç]	ich ['iç] (nach i, e, ä, ö, ü)
[x]	ach ['ax] (nach a, o, u)
[h]	haschen [h'ašən]
[m]	rammen [r'amən]
[n]	rannen [r'anən]
[ŋ]	rangen [r'aŋən]
[l]	Land [l'and]
[ʀ]	R'and [ʀ'and] (Zäpfchen-*r*)
[ʳ]	Hammer [h'aməʳ] (›verdumpftes‹ *r*)

Laute, die im Deutschen nicht vorkommen:

[β] *Havanna* [haβ'ana] (bilabialer Reibelaut)

[ð] *on the rocks* ['on ð'ə r'oks] (stimmhaftes *th*)

[θ] *thriller* [θr'ilə^{r}] (stimmloses *th*)

[r] *very* [v'eri] (Zungenspitzen-*r*)

[w] *well* [w'el] (Halbvokal *w*)

[ʒ] *a' Ghàidhlig* [a ʒ'æ:lig] (stimmhaftes *ch* [x]; im Deutschen im Ruhrgebiet-Dialekt zwischen Vokalen: Tage [t'a:ʒə])

I. Die Sprachen von Mittelerde

»Niemand«, schrieb einst ein Kritiker zu J. R. R. Tolkiens Werk, »hat je die Nerven und Fibern seines Ichs bloßgelegt, um eine Sprache zu konstruieren; es ist nicht nur irrsinnig, sondern unnötig.«

Nie ist die Absicht Tolkiens gründlicher missverstanden worden; denn genau das ist es, was er getan hat. Es ist, zugegeben, eine seltene Verirrung, aber sie ist nicht einzigartig. Der Philologe August Schleicher schrieb 1868 eine Fabel in indogermanischer Ursprache – einer Sprache, die es in dieser Form nie gegeben hat – und zog sich dafür den Hohn und Spott seiner Fachkollegen zu. Kein Wort dieser kleinen Geschichte hat die Weiterentwicklung der Sprachforschung unverändert überstanden, aber Schleichers Fabel ist immer noch ein Teststück für die Sprachforschung.

Tolkien selbst sagt an einer Stelle über sein Werk: »Das Erfinden von Sprachen ist das Fundament. Die ›Geschichten‹ wurden eher so angelegt, dass sie eine Welt für die Sprachen abgaben, als umgekehrt. ... Ich hätte lieber auf ›Elbisch‹ geschrieben.« (BRIEFE Nr. 165.)

Sich mit selbst erfundenen Sprachen zu amüsieren ist unter Kindern sehr verbreitet. Schon der kleine Ronald Tolkien hatte sich im Spiel eigene Privatsprachen ersonnen. Diese bestanden aus einer Mischung von erfundenen Wörtern und Wortverdrehungen, wurden dann aber, als er die historischen Sprachen für sich entdeckte, mehr oder weniger aufgegeben. Die eigentlichen Anfänge der Sprachen von Mittelerde liegen in der Zeit des Ersten Weltkriegs.

Man muss sich die Situation vorstellen, wie Tolkien, bereits zur Kriegszeit, seinen Abschluss an der Universität Oxford machte, für den er hart studiert hatte, und sich dann von heute auf morgen im Niemandsland wiederfand, in den Schützengräben und Lazaretten, wo es nichts gab, keine Bücher, keine Lexika, gar nichts von dem Arbeitsmaterial, mit dem er sich so intensiv beschäftigt hatte. Aber es gab Bleistift und Papier, und so schuf er sich das Material, an dem er seine Fähigkeiten erproben konnte, selbst. Und da seine Art von Sprachwissenschaft eine historische war, war es für ihn selbstverständlich, dass jede Sprache eine Zeit braucht, in der sie sich entwickeln, und einen Raum, in dem sie sich entfalten kann.

So entstand Mittelerde mit ihrer Jahrtausende umfassenden Geschichte und ihren Landen, die sich immer wieder veränderten, von einem Zeitalter zum nächsten, und neue Völker und Völkerwanderungen hervorbrachten.

Dabei ging Tolkien keineswegs systematisch vor. Sieht man sich die Manuskripte an, die Christopher Tolkien nach dem Tod seines Vaters veröffentlicht hat, so wundert man sich nach einiger Zeit der Lektüre, wie oft Tolkien mit den Namen experimentierte. So hieß ***Saruman*** zuvor ***Saramond*** oder ***Saramund***, und der Name ***Aragorn*** wurde sogar einmal für Aragorns Pferd verwendet, als Aragorn noch nicht Aragorn hieß. Andererseits hielt er lange Zeit an Bezeichnungen fest, an die er sich gewöhnt hatte, etwa »Gnomes« (von dem griechischen Wort für ›Wissen‹) für die Hochelben, die späteren Noldor, oder »Trotter« für Strider (im Deutschen »Streicher«). Er experimentierte so lange herum, bis er ein Wort fand, das ihm »richtig« erschien – so wie er in seiner wissenschaftlichen Arbeit der Geschichte von Wörtern nachspürte, die für ihn ein Stück der Vergangenheit enthüllten. Und wenn er es einmal gefunden hatte, dann konnte er auch sagen, woher dieses Wort sich ableitete und welche Formen und Bedeutungen es in anderen Sprachen von Mittelerde besaß. Erst wenn es veröffentlicht war, hatte es auch für den Autor eine Endgültigkeit gewonnen, an der es nichts mehr zu rütteln gab, und der Rest seines Universums musste sich dem anpassen. Was mit der Zeit und den sich vertiefenden Überlegungen immer schwieriger wurde.

Der Herr der Ringe

Damit dies aber nicht zu kompliziert wird, wollen wir uns zunächst einmal auf den *Herrn der Ringe* konzentrieren, im Original 1954/55 erschienen, worin die imaginären Sprachen das erste Mal an die Öffentlichkeit traten.

Zwar gab es im *Hobbit* (1936) schon den einen oder anderen elbischen Namen, aber im Allgemeinen wurden hier die Begriffe in die Sprache unserer Welt umgesetzt. So erhielten etwa die Zwerge dort altnordische Namen aus dem so genannten Zwergenkatalog der Älteren Edda – was nachher dahingehend umgedeutet wurde, dass sie ihre eigentlichen Namen in ihrer eigenen Sprache keinem Außenstehenden verrieten! Auch die Schriftzeichen im *Hobbit* sind die altenglischen Runen, die mit den Cirth, den runenähnlichen Zeichen im *Herrn der Ringe* nur die Form gemeinsam haben.

Im *Herrn der Ringe* gab es zwei längere Texte – zwei Lieder, um genau zu sein: das Lied der Elben von Imladris (»A Elbereth Gilthoniël«, HR II/1) und Galadriels Klage in Lóriën (»Namárië«, HR II/8). Das erste davon ist, wie sich herausstellen sollte, Sindarin, das zweite Quenya. Letzteres kam mit einer Übersetzung im Text einher, ersteres nicht. Tatsächlich gibt es eine Übersetzung hierfür erst in dem 1968 erschienenen Band *The Road Goes Ever On* mit der Vertonung einer Reihe von Tolkiens Gedichten durch Donald Swann, zu dem Tolkien ein Nachwort schrieb. Darin schlüsselte er diese beiden Texte in einer zeilenweisen Übersetzung nach Wortbestandteilen auf und versah sie mit einem Kommentar. Dies ist das Einzige, was zu Tolkiens Lebzeiten von seinem gesamten linguistischen Material zu Mittelerde das Licht der Öffentlichkeit sah.

Daneben gab es im *Herrn der Ringe* noch den einen anderen Satz oder Halbsatz, wie etwa die Beschwörungsformel Gandalfs von dem Tor von Moria (HR II/4) oder Sams Ausruf in Kankras Lauer (HR IV/10), bei dem er selbst nicht wusste, was es bedeutete.

Darüber hinaus war man auf die spärlichen Hinweise in den Anhängen des *Herrn der Ringe* hingewiesen: Da gab es die Hinweise zur Aussprache, worauf die deutschen Leser freilich lange warten mussten, da sie in der ersten Ausgabe zunächst weggelassen wurden, weil sie angeblich nicht zu übersetzen seien. Diese halfen zumindest, Quenya- und Sindarin-Wörter zu identifizieren. Es gab einige wenige direkte Übersetzungen, insbesondere in den Ausführungen zu den Kalendern und den Schriftzeichen; so wurden die gesamten Quenya-Namen der Tengwar-Schriftzeichen aufgelistet und übersetzt (HR Anh. E). Und natürlich gab es die Namenslisten der Könige, teils Quenya, teils Sindarin.

Dabei ist es zum Teil nicht ganz einfach, dies auseinander zu halten, weil sich bei einigen Namen die Quenya-Formen im Dritten Zeitalter abgeschliffen haben. So ist zum Beispiel der Name »Arnor« (von ***Arna-nóre***) Quenya (vgl. BRIEFE Nr. 347), »Gondor« dagegen Sindarin. Bei den Sindarin-Bezeichnungen sind wiederum manche atypisch, etwa die Namen der Stammesfürsten der Dúnedain des Nordens, die einige der Wortbildungsregeln des klassischen Sindarin verletzen.

So gab es eine langjährige Diskussion, was eigentlich der Name ***Aragorn*** bedeutet. ***Ara-*** steht für ›königlich‹, aber was ist ***-gorn***? Eine weit verbreitete Ansicht war, dass es etwas mit ***orn*** ›Baum‹ zu tun hat – aber was macht man mit dem ***g***? Tolkien selbst schrieb in einem seiner Briefe, dass darin kein »Baum«-Wort enthalten sei (BRIEFE Nr. 347). Leider schrieb er nicht dazu, was es denn heißt. Dieses Rätsel wurde erst 1996 in einem Vorwort von Christopher Tolkien gelöst, wo ein loser Zettel seines Vaters zitiert wird, auf dem es heißt, dass dies »Kingly Valour« (›Königlicher Mut‹) bedeutet (*PMe* xii).

Einige andere Namen sind bis heute noch nicht geklärt. So habe ich bislang noch nirgendwo eine einleuchtende Erklärung des Namens »Asfaloth« gefunden, den das Pferd von Glorfindel – beziehungsweise im Film Arwen – trägt, mit dem Frodo an der Bruinen-Furt gerettet wird. Hinzu kommt nämlich auch noch, dass es neben den Dialektformen in den Elbensprachen selbst noch andere Einflüsse von außen gibt, freilich nur in vereinzelten Beispielen.

Nach dem, was Tolkien selbst im Anhang des *Herrn der Ringe* schrieb, mussten die Leser davon ausgehen, dass in Mittelerde nur eben jene zwei Elbensprachen existierten: Quenya und Sindarin. Was sie nicht wissen konnten, ist, dass es noch andere, damit verwandte Sprachen gab: etwa das Telerin der See-Elben oder das Nandorin, die alte Sprache der Waldelben, aus der Wörter wie »Lórien« oder »Amroth« abgeleitet sind. Oder dass die Namen der Hohen Elben der Altvorderenzeit wie ***Feanor***, ***Finrod*** oder ***Galadriël***, die augenscheinlich Sindarin sind, in dieser Sprache keinen richtigen Sinn ergeben, da sie nur im Klang und in der Wortform dem Sindarin angeglichen sind, aber eigentlich dem Quenya (oder Telerin) entstammen. Und dass es einige Namen gab – ***Celeborn*** ist das beste Beispiel dafür –, bei denen der Autor selber mehrmals seine Meinung änderte, aus welcher Sprache sie entnommen waren, je nachdem, wie er die Geschichte der Figur interpretierte.

Dass man dennoch aus diesem spärlichen und undurchsichtigen Material erstaunlich viel an Informationen über das Vokabular und den Aufbau dieser Sprachen entnehmen konnte, liegt an einem Phänomen, das zu den Grundzügen von Tolkiens Werk gehört: Seine Beispiele sind nicht willkürlich, sondern sehr bewusst gewählt. So wie er in seinen wissenschaftlichen Aufsätzen an einzelnen Wörtern immer ein Stück der Sprach- und Kulturgeschichte deutlich machte, so sind auch die Namen und Texte der Elbensprachen stets exemplarisch.

Allein an den Namen der Könige von Númenor und Gondor kann man die Geschichte dieser Reiche ablesen: Die Könige von Númenor hatten zunächst Namen wie ***Amandil*** (›Freund von Aman‹) oder ***Meneldur*** (›Diener des Himmels‹), dann aber gewannen sie an Stolz und nannten sich ***Atanamir*** (›Juwel der Menschen‹) oder ***Ardamin*** (›Pfeiler der Erde‹). Schließlich nahmen sie ihre Namen ganz in der númenórischen Sprache an – auch wenn sie nach wie vor, sei es aus Tradition oder aus Aberglauben, auf Quenya in die Rolle der Könige eingetragen wurden –, um damit ihre Abkehr von den göttlichen Mächten und ihre eigene Macht zu betonen. Ein Name wie ***Adûnakhor***, Qu. ***Herunúmen*** (›Herr des Westens‹) kommt eigentlich nur Manwe, dem obersten der Valar und König der Unsterblichenlande, zu.

Auch nach dem Untergang von Númenor sehen wir in Gondor verschiedene Phasen der Entwicklung des Reiches in den Namen gespiegelt; so etwa die Zeit der Schiffskönige mit Namen wie ***Ciryandil*** ›Schiffsfreund‹, als das Augenmerk des Reiches sich auf die küstennahen Gebiete richtete. Oder die Zeit der Expansion, in der sich die Könige Beinamen wie ***Rómendacil*** ›Ostsieger‹ zulegten, den byzantinischen Herrschern unserer eigenen Geschichte vergleichbar.

Während sich die Könige von Arnor bereits nach der Trennung des Reiches Namen auf Sindarin zulegten, hielten sich in Gondor die Quenya-Bezeichnungen, bis die Linie der Könige erlosch. Dafür findet man in der Folge die Silbe ***Ara-*** als Bestandteil der Namen der Nordkönige und deren Nachfahren als Zeichen ihres politischen Anspruchs auf das Königtum.

Die letzte Phase in Gondor schließlich ist bezeichnet durch das Wiederaufgreifen früherer Namen wie ***Denethor*** oder ***Boromir***, die keine lexikalische Bedeutung im engeren Sinne mehr haben, ähnlich wie unsere heutigen Namen, bei denen man zwar noch weiß, was die Wortbestandteile bedeuten, die aber hauptsächlich aus traditionellen Gründen oder des Wohlklangs wegen verliehen werden. Einen Namen wie ***Boromir*** wird man noch dahin gehend analysieren können, dass der erste Bestandteil etwas mit »treu, standhaft, wacker« zu tun hat und der zweite mit »Juwel«. Doch dass der erste Bestandteil aus der alten Sprache der Menschen des Ersten Zeitalters entnommen ist, wird man vielleicht gar nicht mehr wissen, und der Träger wird ihn erhalten haben, weil es in ferner Vergangenheit einen Vorfahr gleichen Namens gab und weil es in Gondor schon einmal einen Truchsess Denethor gab, dessen Sohn Boromir ein mächtiger Krieger war. Was auch ein Licht auf den Charakter von Denethor II. wirft: Er wollte, dass sein Sohn ein großer Held wird, und Boromir war bestrebt, dem zu entsprechen. Dass der erste Bestandteil von ***Faramir*** »genügend, hinreichend, zufriedenstellend« bedeutet, weiß wohl nur der Autor.

Aber auch die Texte sind exemplarisch. »Namárië«, die Klage Galadriels in Lórien, war und ist immer noch einer der längsten zusammenhängenden Quenya-Texte. Es ist ein Gedicht, und die Wortstellung ist poetisch; die im Quenya übliche stellt Tolkien in seinem Nachwort von 1968 vor. Aber in diesen siebzehn Zeilen sind alle Formen des Substantivs enthalten, alle Adjektiv-Bildungen und genügend Verbformen, um zumindest ein Grundgerüst des Verbs erstellen zu können. Es ist möglich, allein aus diesem Gedicht eine Basis-Grammatik des Quenya zu erstellen, sofern man das nötige Grundwissen besitzt.

Dies ist ungefähr die Situation, in der sich in den späten 60er-Jahren die amerikanischen Fan-Gruppen befanden, die sich nach dem dortigen Erfolg des *Herrn der Ringe* gebildet hatten. Unter den Amateurzeitschriften oder »Fanzines« gab es auch einige, in denen versucht wurde, mit den Tolkien'schen Schriftzeichen zu schreiben oder die Elbensprachen zu analysieren. Mit der Zeit gab es eine Reihe von Leuten, die ein gewisses Basiswissen der Elbensprachen besaßen und zum Teil miteinander korrespondierten. Im Jahre 1971 wurde als Arbeitsgruppe der größten, in Kalifornien ansässigen Tolkien-Gesellschaft die

Mythopoeic Linguistic Fellowship gegründet und die erste Ausgabe der Zeitschrift *Parma Eldalamberon* herausgebracht.

Im gleichen Jahr, 1971, erschien die erste Ausgabe von Robert Fosters *A Guide to Middle-Earth*, dem ersten Mittelerde-Lexikon, in dem erstmals systematisch versucht wurde, die Namen im *Herrn der Ringe* zu übersetzen. Wobei Foster sehr vorsichtig vorging und lieber eine Leerstelle ließ, wenn er etwas aus dem Material nicht erschließen konnte, als sich in Spekulationen zu versteigen.

1972 veröffentlichte James D. Allan *A Glossary of the Eldarin Tongues* als Privatdruck, mit einer Quenya- und Sindarin-Grammatik nebst Wörterbuch. Dies erschien in erweiterter Form und ergänzt mit Beiträgen anderer Autoren 1978 als *An Introduction to Elvish*, und dies blieb jahrelang das Standardwerk, schwer erhältlich, aber letztlich das Kompendium dessen, was man über dieses Thema wissen konnte – ehe 1977 das *Silmarillion* erschien und sich Christopher Tolkien dann ab 1980 mit *Nachrichten aus Mittelerde* und der *History of Middle-earth* an die systematische Publikation der Manuskripte seines Vaters machte.

Danach sollte die Welt der »Tolkien-Linguistik« nicht mehr dieselbe sein. Alles wurde vielfältiger, eindeutiger – und unbestimmter. Darum wollen wir uns hier zunächst einmal den Sprachen widmen, die den Kern des *Herrn der Ringe* und des *Silmarillion* bilden: Quenya und Sindarin.

Quenya

Quenya wird in der Zeit des *Herrn der Ringe* schon seit Jahrtausenden nicht mehr als Umgangssprache verwendet. Es ist eine erlernte Sprache, und sie hat sich seit ihren Anfängen nur wenig gewandelt. Sie wird verwendet zu rituellen Zwecken, für Inschriften, und sie ist die alte Sprache der Weisen.

Quenya wird oft mit dem Finnischen verglichen, einer Sprache, die nicht der indogermanischen Sprachfamilie angehört und somit ganz anders aufgebaut ist als Deutsch oder Englisch. Tolkien beherrschte diese Sprache zumindest so weit, dass er Texte darin lesen konnte – Texte wie das finnische Nationalepos *Kalevala*, das von einem Gelehrten des 19. Jahrhunderts, Elias Lönnrot, nach mündlichen Überlieferungen gedichtet worden war. Lönnrot hatte es damit tatsächlich geschafft, seinem Volk ein Nationalepos zu geben, so wie es Tolkien für England vorschwebte. Darüber hinaus ist die finnische Grammatik ein Fest für Philologen. Ähnlich wie das Deutsche oder Lateinische kennt sie Kasus oder grammatische Fälle – aber nicht 4 oder 5, sondern 15! Von diesen Sonderkasus finden sich drei im Quenya wieder: Neben den üblichen Nominativ, Genitiv, Dativ, Akkusativ sowie Possessiv und Instrumentalis – Bezeichnungen, die zumindest denjenigen vertraut sind, die noch Latein gelernt haben – sowie einem Fall, von dem wir nur die Form, nicht aber die Funktion kennen, sind dies die so genannten Lokalkasus: Ablativ, Lokativ und Allativ. Das heißt, wo wir im Deutschen sagen: »zum Turm hin«, »im Turm« oder »vom Turm weg« verwendet das Quenya Endungen: ***mindonna***, ***mindosse***, ***mindollo*** (von ***mindon*** ›Turm‹). Endungen unterschiedlicher Art werden in einer festgelegten Reihenfolge aneinander gehängt. So wird zum Beispiel auch das Possessivpronomen »mein«, »dein«, »euer« als Endung angefügt, ebenso wie die Kennzeichnung für Einzahl oder Mehrzahl, wobei unterschieden wird zwischen Dual, »zwei von einer Art«, allgemeinem Plural »mehrere von einer Art« und kollektivem Plural »alle von einer Art«. So steht in einem Wort wie ***máryat*** (in »Namárië«) ***má-*** für ›Hand‹, ***-rya-*** für ›ihre‹ und ***-t*** für den Dual: »ihre beiden Hände«. Solche Merkmale gab es vielfach in frühen Sprachen; sie haben sich oft im Verlauf der Jahrhunderte abgeschliffen. Dies charakterisiert Quenya als alte Sprache.

Das Verbsystem des Quenya ist bis heute noch nicht endgültig erschlossen. Dies liegt daran, dass Tolkien in erster Linie an Nomen interessiert war, Namen und Bezeichnungen, die für seine Art der Linguistik – Sprachgeschichte als Erhellung von Kulturgeschichte – wesentlich mehr hergaben als Tätigkeitswörter. Jedenfalls finden wir auch hier Züge, die aus uns vertrauten Sprachen kaum bekannt sind. So unterscheidet etwa die erste Person Plural »wir« zwischen einer »inklusiven« und einer »exklusiven« Form, je nachdem, ob in dem »wir« der Angesprochene mit eingeschlossen ist oder nicht. So ist etwa in dem elbischen Gruß ***Elen síla lúmenn' omentiëlvo*** die inklusive Form gewählt – nachdem der Autor sich in einer Nachauflage korrigiert hatte (wobei nicht klar ist, ob er zunächst wirklich die falsche Form gebraucht oder einfach inzwischen die Grammatik geändert hatte). Dafür wird in der zweiten Person, »du« bzw. »ihr«, ursprünglich nicht zwischen Singular und Plural unterschieden, wohl aber zwischen einer formellen und einer informellen Anrede, so wie im Deutschen zwischen Du und Sie. Auch bei den Zeiten gibt es Hinweise darauf, dass neben Präsens und Präteritum ein drittes Tempus, Aorist, existiert, wie wir es aus dem Altgriechischen kennen; welche Funktion diese Form hat, ist freilich umstritten.

Quenya ist eine wohlklingende, offene Sprache, deren Wörter nur auf Vokale oder die zentralen Konsonanten ***l, n, r, s*** und ***t*** enden. Das heißt, wenn man ein Wort auf Quenya spricht, beendet man es mit geöffnetem Mund – oder einem Lächeln. Aufgrund der vielen Endungen ist die Wortstellung relativ frei. Dies macht die Sprache für Gesang und Poesie besonders geeignet. Beispiele für Quenya sind das Gedicht »Namárië«, die Namen der Zeichen der Tengwar-Schrift (die zur Wiedergabe des Quenya entwickelt wurde), Kalenderbezeichnungen, die meisten Namen der Dúnedain-Könige und die Namen der Valar.

Sindarin

Sindarin ist gewissermaßen die Umgangssprache der Elben. Sindarin wurde auch von den Menschen gelernt, die mit den Elben in der Vergangenheit Umgang pflegten, und unter den Dúnedain wurde es fast so etwas wie eine zweite Muttersprache. Sein Gebrauch wurde in Númenor verboten, als das Land unter den Schatten fiel, doch die Sprache überlebte, und viele Wörter daraus gingen in die Gemeinsame Sprache ein.

Weniger offen als Quenya, ist Sindarin eine weiche, wohlklingende Sprache. Der auffälligste Unterschied zwischen Sindarin und Quenya ist die Beibehaltung des ursprünglichen elbischen ***th*** im Sindarin (das im Quenya zu ***s*** wurde; vgl. Qu. ***Isil***, S. ***Ithil*** ›Mond‹) und sein Gebrauch von stimmhaften Verschlusslauten am Wortanfang und nach Vokalen. Zum Teil ist dies auf eine unterschiedliche Entwicklung zurückzuführen; das ursprüngliche ***mb***, ***nd*** und ***ng*** wurde im Quenya im Wortanlaut zu ***m*** bzw. ***n***, im Sindarin zu ***b***, ***d*** und ***g*** (****mbar*** ›Heim‹, noch erkennbar in der verstärkten Form ***Ambar*** Qu. ›Welt‹, wird zu Qu. ***mar***, S. ***bar***).

Pluralformen werden nicht mehr durch Endungen, sondern durch Vokaländerungen (Ablaut) gebildet. Dies ist ein bei Sprachwissenschaftlern besonders beliebtes Beispiel, um aufzuzeigen, wie sich das System einer Spache aus seiner Geschichte heraus erklären lässt. In der Ursprache der Elben wurde der Plural in der Regel durch das Anhängen der Endung ****-î*** gebildet. Diese Endung fiel später im Sindarin weg, aber zuvor war der Vokal in der vorangehenden Silbe assimiliert, das heißt, dem ***i*** angeglichen worden. Aus ***u*** wurde damit ***y*** [y], ***o*** wurde zu ***oe*** [œ], ***a*** zu ***ae*** [æ]. Wir haben ein ähnliches Phänomen im Deutschen etwa bei Wortpaaren wie Sg. »Bruder«, Pl. »Brüder«.

Das Zweite, was für den Sprecher des Deutschen oder Englischen besonders ungewohnt erscheint, ist die Tatsache, dass sich bei Wörtern im Sindarin nicht das Wortende, sondern der

Wortanfang verändern kann. Unter bestimmten Bedingungen wird der Anfangslaut eines Wortes abgeschwächt oder angeglichen. Eine solche Lautveränderung (oder Mutation) ist vor allem aus den keltischen Sprachen bekannt, und die Mutationen des Sindarin wurden »absichtlich so angelegt, dass sie dem Walisischen im lautlichen Ursprung oder in der grammatischen Funktion ähnlich wurden; sie sind aber weder im lautlichen Ursprung noch in der grammatischen Funktion dieselben« (BRIEFE Nr. 347).

Tolkien selbst schreibt, dass ihn die walisische Sprache von Anfang an fasziniert hat; sie brachte in ihm eine Saite dessen, was man nur als »Sprachästhetik« bezeichnen kann, zum Klingen. Darum hat er das Sindarin in einigen Punkten bewusst nach dem Walisischen geformt, so dass es sich für einen Sprecher der Gemeinsamen Sprache im Mittelerde so ähnlich »anfühlen« würde wie Walisisch für einen Engländer. Darum hat er jenes Prinzip der Anlautveränderung zwar ähnlich eingesetzt wie in seinem realen Vorbild, aber zum Teil nach anderen Regeln – wie es ihm schön erschien.

So finden sich im Sindarin verschiedene Arten von Mutation. Da wäre einmal die Lenierung, die vor allem auftritt bei Wörtern, die von anderen abhängen: nach dem bestimmten Artikel ***i***, bei nachgestellten Adjektiven, manchmal beim zweiten Element von Zusammensetzungen und beim Objekt eines Satzes. So ist etwa in einem Satz wie »***Lasto beth nîn***« ›Höre auf meine Stimme‹, wie ihn Arwen im Film zu Frodo spricht, ***beth*** die lenierte Form von ***peth*** ›Stimme, Wort‹.

Dabei gibt es freilich so viele Ausnahmen, dass selbst die Weisen gelegentlich irritiert werden. So war es vermutlich ein Mangel an Lenierung, der Gandalf am Tor von Moria in die Irre führte, als er die Inschrift ***pedo mellon a minno*** mit »Sprich, Freund, und tritt ein« übersetzte. Denn »Sage ›Freund‹ und tritt ein« hätte, genau genommen, ***pedo vellon a minno*** lauten müssen, da ***mellon*** als Objekt des Satzes leniert werden müsste.

Aber derjenige, der die Inschrift verfasst hatte, hat offensichtlich die Regeln der Grammatik ignoriert und das Wort in genau derselben Form geschrieben, in der es ausgesprochen werden sollte: ***mellon*** ›Freund‹.

Eine andere Art ist die Nasalmutation. Das klingt nach einem besonders üblen Zauber, bedeutet aber nichts anderes, als dass nach einem Nasallaut der folgende Laut angeglichen wird. Diese Veränderung taucht insbesondere bei Präpositionen auf, die auf ***n*** oder ***m*** enden. So haben wir der zweiten Hälfte des Satzes, der mit »***Lasto beth nîn . . .***« begann, »***. . . tolo dan na ngalad***« ›komm zurück ans Licht‹, das Element ***galad*** ›Licht‹ (wie in ***Galadriël*** ›Lichtbekränzte Maid‹), aus dem hier im Zusammenhang ***na ngalad*** (< ***nan galad***) wurde.

Es gibt noch zwei oder drei weitere Arten von Mutation im Sindarin, deren Regeln nicht ganz klar sind.

Beispiele für Sindarin im *Herrn der Ringe* und im *Silmarillion* sind das Gedicht »A Elbereth Gilthoniël«, die meisten Ortsnamen in Beleriand, die Namen der Könige von Arthedain und der Stammesoberhäupter des Nordens und der regierenden Statthalter von Gondor (wobei einige Dialekt- und Mischformen vorkommen).

Etymologien

Es mag vielleicht überraschen, wenn es oben hieß, dass im Sindarin Züge des Ur-Elbischen enthalten seien, die im Quenya verloren gingen, weil allgemein der Eindruck besteht, dass Quenya die »ältere« und Sindarin die »jüngere« Sprache sei. Das ist aber nicht ganz richtig. Sindarin ist nicht vom Quenya abgeleitet, sondern beide führen sich zurück auf das Ur-Elbische (»Primitive Quendian«), das von allen Elben an den Wassern des Erwachens gesprochen wurde, als sie in die Welt der Geschichte eintraten und das erste Mal das Licht der Sterne erblickten. Von diesen 144 Elben stammen alle späteren ab, und von ihrer Sprache leiten sich auch die verschiedenen Sprachen und Dialekte der Elbenvölker her. Die genauen Zusammenhänge sind nach wie vor unklar, was nicht an einem Mangel an Informationen liegt, sondern daran, dass Tolkien mit Hingabe Stammbäume seiner Elbensprachen zeichnete, nur jedesmal einen anderen. Jedenfalls können wir davon ausgehen, dass sich Sindarin über das Alt-Sindarin aus der Ursprache entwickelte, während sich Quenya erst in den Unsterblichen Landen unter dem Einfluss der Valar herausbildete.

Woher wir das alles wissen? Dies liegt vor allem an einem einzigartigen Text, der 1987 in dem Band *The Lost Road* veröffentlicht wurde, »The Etymologies« betitelt. Es handelt sich dabei um eine Art Lexikon, das Tolkien selbst erstellt hat. Es ist aber nicht nach einzelnen Sprachen geordnet, sondern nach Grundformen, von denen die Wörter der verschiedenen Sprachen abgeleitet sind. Diese sogenannten Wurzeln oder Basen entsprechen den Wurzeln der indogermanischen Sprachforschung. Es handelt sich dabei nicht um Formen, wie sie irgendwann einmal in einer Sprache verwendet wurden, sondern um hypothetische Konstrukte. Das heißt, diese Formen haben nie existiert, aber verschiedene existierende Wörter lassen sich nach allgemein gültigen Regeln darauf zurückführen. Von diesen Basen werden in den »Etymologies« zwölf verschiedene Sprachen abgeleitet: »Danian«, »Doriathrin«, »Eldarin«, »Exilic Noldorin«, »Ilkorin«, »Lindarin«, »Noldorin«, »Old Noldorin«, »Ossiriandeb«, »Primitive Quendian«, »Quenya« und »Telerin« (so Tolkiens eigene Bezeichnungen im Englischen).

Dieses Manuskript, das vermutlich 1938 abgeschlossen wurde, unmittelbar bevor Tolkien mit der Abfassung des *Herrn der Ringe* begann, stellt die Fachleute vor ein letztlich nicht zu lösendes Problem. Es ist relativ einfach zu sagen, dass das, was hier als »Noldorin« bezeichnet wird, weitgehend dem »Sindarin« des *Herrn der Ringe* entspricht, doch ist weder die Sprache selbst noch ihre Stellung im System identisch mit der Sprache von Mittelerde, wie wir sie kennen. Mit anderen Worten: Was sollen wir davon als Bestandteil von Tolkiens Welt akzeptieren und was nicht?

Verfolgt man die Entwicklung von Tolkiens literarischem Schaffen, so stellt man fest, dass er die Geschichten seiner Mythologie immer wieder neu erzählt hat, so als wolle er damit eine Art mündlicher Überlieferung, die Jahrhunderte umfasst, in ein einziges Leben pressen. So wie wir dort Literatur als Prozess erleben, so finden wir auch die Kunstform der Schaffung einer imaginären Sprache nicht als etwas Abgeschlossenes, sondern als Prozess – und der Weg ist dem Autor wichtiger als das Ziel.

Früher könnte man den Eindruck, gehabt haben, Tolkien habe trotz seines Riesenerfolgs mit dem *Herrn der Ringe* eigentlich recht wenig geschrieben. Seine wissenschaftlichen Werke bestehen aus wenigen Aufsätzen und Editionen alter Texte. Im Nachhinein stellt sich jedoch heraus, dass der Professor bienenfleißig war; er hat es nur fast nie geschafft, eine Sache zu Ende zu bringen. Seit seinem Tod ist von Tolkien mehr als dreimal so viel veröffentlicht worden wie zu seinen Lebzeiten. Allein die Manuskripte zum *Herrn der Ringe* mit den abweichenden Versionen umfassen dreieinhalb Bände – mehr als der Roman selbst. Das meiste von dem, was veröffentlicht worden ist, sind literarische Texte. Die linguistischen, so hieß es von Christopher Tolkien, seien vielfach in einem Zustand, dass sie sich nicht mehr lesen ließen – mit Bleistift geschrieben und überschrieben. Und außerdem interessiere es die wenigsten. Beides entspricht nicht ganz den Tatsachen.

Nach dem, was an Manuskripten Tolkiens ans Tageslicht gekommen ist, schätzt man, dass es etwa 3000 Seiten von Tolkien mit linguistischem Material zu Mittelerde gibt. Dies ist an Seiten ungefähr doppelt so viel wie das literarische Material, das Christopher Tolkien für die *History of Middle-earth* ausgewertet hat.

Diese Edition besteht aus ingesamt zwölf Bänden mit Manuskripten Tolkiens und Kommentaren von seinem Sohn. Davon sind nur die ersten beiden, *Das Buch der Verschollenen Geschichten*, bislang auf Deutsch erschienen. Sie enthalten eine Vorform des *Silmarillion*, zusammen mit einer Vorform der Sprachen Quenya und Sindarin, hier »Qenya« und »Goldogrin« genannt. Tolkiens Wörterbücher zu diesen Sprachen sind inzwischen als Sondernummern der Zeitschrift *Parma Eldalamberon* erschienen (beide in limitierter Auflage); ansonsten ist man auf die Erläuterungen in den Anhängen angewiesen. Bereits daraus wird ersichtlich, dass sie für die Deutung der Namen im *Silmarillion* selbst oder gar im *Herrn der Ringe* nicht viel hergeben. Sie stellen im Grunde eigene Kunstsprachen dar, die mit den späteren nur in Ansätzen und in einzelnen Vokabeln etwas gemein haben; sie sind auch bei weitem nicht so ausgefeilt und so komplex. Zu dem Zeitpunkt, als sich – relativ spät während der Niederschrift des *Herrn der Ringe* – die Sprachen Quenya und Sindarin als die Sprachen der Elben herauskristallisierten, hatten sie sich bereits so weit von den Anfängen entfernt, dass sich keine systematische Verbindung mehr aufzeigen lässt.

Quellenlage

In den weiteren Bänden der *History of Middle-earth* gibt es noch das eine oder andere mehr an linguistisch interessantem Material. So enthält der Band 9, *Sauron Defeated* (1992), einen später vom Autor gestrichenen Epilog zum *Herrn der Ringe*, in dem König Aragorn Elessar seinen Besuch im Auenland ankündigt. Sein Brief an Bürgermeister Sam Gamdschie ist in Sindarin und der Gemeinsamen Sprache – d. h. Englisch – wiedergegeben und stellt den längsten zusammenhängenden Sindarin-Text dar, der bislang bekannt ist. Im gleichen Band ist eine Grammatik des Adûnaïschen, der menschlichen Sprache von Númenor, enthalten. Es ist die einzige bislang bekannte systematische Grammatik Tolkiens von einer der Sprachen aus dem Umfeld von Mittelerde, und sie ist wohl nur deshalb auf uns gekommen, weil er sie eben nicht ein Dutzend Mal überarbeitet hat, wie es sonst seine Art war.

Band 11, *The War of the Jewels* (1994), enthält einen langen Essay, »Quendi and Eldar«, eine Abhandlung über die Herkunft und Form der verschiedenen Bezeichnungen für die Elben und andere Völker von Mittelerde. Außerdem findet sich darin eine Abhandlung zu der Sprache der Valar, von der einige Wörter als Lehnwörter ins Quenya eingegangen sind – eine Sprache, von der man bislang noch nie etwas gehört hatte. Band 12, *The Peoples of Middle-earth* (1996), schließlich, der sich mit den Anhängen des *Herrn der Ringe* befasst, enthält »The Shibboleth of Feanor« mit Ausführungen zu den Namen der Fürstenfamilien der Noldor und deren Umsetzung vom Quenya ins Sindarin.

Darüber hinaus gibt es offensichtlich noch weiteres Material. So scheinen in den veröffentlichten Fassungen, etwa in »Etymologies«, mitunter kleinere Teile zu fehlen, von denen Manuskriptkopien kursieren. Einiges, was von Christopher Tolkien übersehen oder ausgelassen wurde, zum Beispiel ein Aufsatz über die Flussnamen von Gondor, ist inzwischen in Zeitschriften wie *Vinyar Tengwar* oder *Parma Eldalamberon* erschienen, die sich mit den Tolkien'schen Sprachen beschäftigen, aber viel zu selten erscheinen. Tolkiens Sohn Christopher ist inzwischen selbst ein alter Herr, der zurückgezogen auf einem Landgut in Frankreich lebt. Aber er scheint zumindest die Manuskripte, die er nicht mehr für Publikationen auswertet, nach und nach der Bodleian Library in Oxford zu überlassen. Dort und in der Marquette University Library in Milwaukee, USA, der Tolkien selbst eine Sammlung seiner Manuskripte verkauft hat, wird sich noch manches interessante Material finden. So hört man etwa gerüchteweise von kompletten Beschreibungen von Sprachen, die bislang noch keiner kennt, wie »Taliska«, »Mørk« und

»Hvendi«, Sprachen basierend auf Gotisch, Altenglisch und Altnordisch, die Tolkien für die menschlichen Bewohner von Mittelerde erfand, bevor er seine Meinung änderte und ihnen eine Sprache vom semitischen Typ zugrunde legte, aus der dann das Adûnaïsch von Númenor wurde. Kürzere Manuskripte existieren auch noch zu Spezialfragen wie der historischen Phonologie des Quenya, Pronominalendungen, Verben des Sindarin etc., etc.

Vieles davon liegt anscheinend in Fotokopien vor, welche aber nur in einem kleinen Kreis von Leuten kursieren, die eine mündliche Absprache mit Christopher Tolkien haben. Leider ist jedoch die systematische Publikation dieses Materials – in den beiden oben genannten Zeitschriften – so schleppend, dass daran viel Kritik laut geworden ist, vor allem von jenen, die der Meinung sind, dass dieses Material wenigstens zu Forschungszwecken verfügbar gemacht werden sollte.

Die anderen Sprachen von Mittelerde

In diesem Zusammenhang ist neben dem Elbischen schon von einigen anderen Sprachen die Rede gewesen, die Tolkien den menschlichen und nichtmenschlichen Völkern seiner Welt gegeben hat. Dabei fragt man sich: Wie viele Sprachen hat Tolkien eigentlich erfunden?

Selbst wenn wir uns nur auf die Sprachen beschränken, die in der Welt des Frodo Beutlin gesprochen wurden und »Gnomisch« und andere Formen aus anderen Phasen der Schöpfung von Mittelerde ausklammern, sind wir immer noch bei einer unscharfen Menge. Allein schon die innere Entwicklung dieser Sprachen ist alles andere als klar. Tolkien hatte die Vision einer sich über Jahrtausende entwickelnden Sprachfamilie, und dies war ihm anscheinend wichtiger, als in großem Detail die »klassische« Form dieser Sprachen zu beschreiben. Doch gehen wir dieser Spur nach, so erscheint in der Vergangenheit nicht nur das »Primitive Quendian« als Vorform, sondern auch rekonstruierte und »nicht belegte« Formen aus dem »Common Eldarin«, »Pre-Record Quenya«, »Pre-Historic Sindarin« – und diese Vorstellungen waren ebenso wenig immun gegen Tolkien'sche Sinneswandel wie die Sprachen selbst.

Beschränkten wir uns also auf das, was wir von Mittelerde ungefähr um die Zeit der Entstehung des *Herrn der Ringe* belegen können, so stellt sich das Bild wie folgt dar:

Zwei von Tolkiens Sprachen, Quenya und Sindarin (einschließlich des »Noldorin«-Materials aus den »Etymologies«) sind relativ weit entwickelt mit Tausenden von Wörtern und grammatischen Strukturen (wobei einiges an Material noch unveröffentlicht ist). Dies sind die beiden einzigen Sprachen, die verwendbar sind – in dem Sinne, dass man darin Texte zu begrenzten Themen schreiben kann (wobei man sich um die Lücken herummogelt oder sie mit eigenen rekonstruierten Formen füllt). Tolkien selbst hat uns ein relativ umfangreiches Korpus an Texten in Quenya und ein kleineres in Sindarin hinterlassen.

Es gibt drei oder vier weitere elbische Sprachen, Telerin, Doriathrin/Ilkorin und Nandorin, von denen ein Vokabular zwischen dreißig und ein paar hundert Wörtern existiert.

Von der menschlichen Sprache Adûnaïsch besitzen wir zwar eine Grammatik, aber nur knapp zweihundert Wörter, für die zudem zwei unterschiedliche Übersetzungen existieren. Die wenigen Texte sind nur in Form von Fragmenten überliefert.

Das bekannte Vokabular für Khuzdul, die Sprache der Zwerge, ist noch kleiner, wenngleich Tolkien erwähnt, dass er diese Sprache bis zu einem gewissen Grade ausgearbeitet habe; ob dieses Manuskript noch existiert, ist nicht bekannt.

Westron, die Gemeinsame Sprache von Mittelerde, ist von Tolkien im *Herrn der Ringe* so konsequent in Englisch umgesetzt worden, dass selbst Faksimiles wie die Inschrift auf Balins Grab in Elbenschrift, aber in englischer Sprache wiedergegeben sind.

Es gibt Notizen über Westron in der Marquette University, aber auch aus diesen sind weniger als 200 Wörter zu entnehmen. So wissen wir zum Beispiel, dass »Gemeinsame Sprache« in der Gemeinsamen Sprache ***Sôval Phâre*** heißt, aber wir wissen nicht einmal mit Sicherheit, welches der Wörter »gemeinsam« und welches »Sprache« bedeutet.

Einschließlich Quenya und Sindarin ergibt dies ein gutes halbes Dutzend Sprachen, die zumindest ein Minimum an Vokabular und Struktur haben.

Dann gibt es noch Sprachbeispiele, die völlig isoliert sind. Die Schwarze Sprache von Mordor existiert nur in der Ringinschrift und einem einzigen Fluch auf Orkisch (für den Tolkien mehrere sich widersprechende Übersetzungen bietet) und ein paar einzelnen Vokabeln. Von Valarin, die Sprache der Valar oder Götter, haben wir vielleicht 30 einzelne Wörter, aber keinen einzigen Satz. Vom Vokabular der Dunländer kennen wir nur ein einziges Wort, ***forgoil*** ›Strohköpfe‹, ihre Bezeichnung für die Rohirrim. Die Avarin-Elben in den östlichen Teilen Mittelerdes sprechen, wie es heißt, viele verschiedene Sprachen, doch das Einzige, was davon bekannt ist, sind sechs stammverwandte Wörter für ***Quendi*** ›Elben‹ – das heißt, dasselbe Wort in sechs verschiedenen Sprachen. Von den Wasa oder Wilden Menschen haben wir vielleicht ein halbes Dutzend Wörter. Und die Sprache der Südländer ist völlig unbekannt, es sei denn, dass der Name ***Incánus***, den Gandalf »im Süden« trug, aus dieser Sprache entnommen ist. Und wir dürfen auch die Sprache der Ents nicht vergessen, die in *Die zwei Türme* eine so wichtige Rolle spielen. Tolkien gibt uns ein paar allgemeine Bemerkungen über die langatmige Struktur, doch nur ein einziger Satz – sofern es in dieser Sprache Sätze gibt – ist uns bekannt, zudem nur in der Form, wie die Hobbits ihn wahrnahmen, und es heißt, dass diese Umschrift vermutlich sehr ungenau sei, da sich das Entische kaum für eine schriftliche Wiedergabe eigne. Eine Übersetzung gibt es natürlich auch nicht.

Was also sollen wir aus diesen ganzen Ansätzen machen? Welchem Zweck dienen sie? Am besten lässt sich das dahinter liegende Prinzip an der Sprache der Erzählung selbst aufzeigen, jener Gemeinsamen Sprache, die Tolkien konsequent in Englisch umgesetzt hat (was in der alten deutschen Übersetzung nur zum Teil gelungen ist, von der neuen ganz zu schweigen). Auch dort haben wir verschiedene Formen der Sprache: Elben reden anders als Hobbits, und Hobbits anders als Zwerge oder Menschen. Einige Ausdrucksweisen wirken älter als andere – und sind es auch, was das Alter ihrer Wörter betrifft; so benutzt Bilbo im *Hobbit* Wörter, die es im Englischen erst in der Neuzeit gibt und die ein Zwerg niemals gebrauchen würde –, einige formeller, einige knapper, andere weitschweifiger. Und diese Unterschiede findet man auch in den imaginären Sprachen wieder, manchmal mehr zu fühlen als zu erkennen.

»Das ist die Sprache der Rohirrim«, sagt Legolas. »Sie ist wie dieses Land, teils weich und wogend und dann wieder hart und streng wie das Gebirge. Aber ich kann nicht erraten, was das Lied bedeutet, nur dass es erfüllt ist von der Traurigkeit sterblicher Menschen.« (Vgl. HR III/6.)

Sprache sagt etwas aus über diejenigen, die sie sprechen, und die Welt, in der sie leben. Und dies gilt auch für die erfundenen Sprachen. Khuzdul, die Sprache der Zwerge, hat etwas Konstruiertes, so wie auch die Zwerge im Anfang »gemacht« und nicht wie die Elben »erweckt« wurden. Sie ist gekennzeichnet durch geschlossene Silben, passend für ein verschlossenes Volk. Dagegen besteht die Sprache der Ents aus endlos sich verzweigenden Aneinanderreihungen von Worten, wachsend wie sie selbst. Die Sprache der Orks ist so lebensfeindlich wie ihr dunkler Herr; sie schneidet einem beim Sprechen regelrecht die Luft ab.

Und die Sprache der Elben ist wie ein Lied.

II. Die Entwicklung der Elbensprachen

Einhundertvierundvierzig Elben, so berichtet die Legende, erwachten am See von Cuiviénen, irgendwo im Osten von Mittelerde. Es heißt, dass ihr erstes Wort der Ausruf »***Ele!***« gewesen sei, als sie die Sterne erblickten, welche Varda, die Königin der Valar, an den Himmel gesetzt hatte, um die Welt auf die Ankunft der Kinder Ilúvatars vorzubereiten.

In dieser ersten Zeitspanne ihrer Existenz, die etwa 520 Jahre dauerte, entwickelte das Volk der Sterne seine eigene Sprache. Die Fähigkeit zu sprechen prägte die Elben so, dass sie sich selbst als *Quendi*, ›die mit Stimmen reden‹, bezeichneten. Diese Ursprache, die allen gemeinsam war, wurde von den Sprachkundigen unter den Elben später »Primitives Quendisch« genannt.

Das Quendische besaß die fünf Grundvokale ***a***, ***e***, ***i***, ***o***, ***u***, jeweils in langer und kurzer Form. Aus diesen wurden Diphthonge auf ***-i*** (***ai***, ***oi***, ***ui***) und ***-u*** (***au***, ***eu***, ***iu***) abgeleitet. Die ursprünglichen Konsonanten waren

- die stimmlosen Verschlusslaute ***p***, ***t***, ***k***,
- deren behauchte Entsprechungen p^h, t^h, k^h,
- die stimmhaften Plosive ***b***, ***d***, ***g***,
- die Nasale ***m***, ***n***, ***ñ*** (das Zeichen ***ñ*** steht hier für den Laut in »eng«, in der Umschrift [ŋ]),
- die Liquide ***r***, ***l***,
- der stimmhafte glottale Reibelaut ***gh*** [ʒ]
- und die Halbvokale ***w*** und ***j***.

Alle anderen Laute und Lautkombinationen entwickelten sich später.

Recht früh kam es schon zu den nasalierten Verschlusslauten ***mb***, ***nd*** und ***ñg***, die in der späteren Entwicklung der Elbensprachen eine große Rolle spielen sollten. Am Anfang von Worten waren zunächst nur drei Arten von Konsonantengruppen erlaubt: ***s*** + Konsonant, nasalierter Konsonant + Halbvokal oder Konsonant + Halbvokal.

Das Ur-Elbische war in der Tat »primitiv« in dem Sinne, dass es ein sehr kleines Repertoire von Lauten besaß. Es war dennoch eine voll funktionsfähige Sprache. Ihr lag ein System von »Basen« oder »Wurzeln« zugrunde. Eine solche Wurzel, auf Quenya ***sundo*** genannt, bestand aus ein bis drei Konsonanten und einem Basisvokal, Qu. ***sundóma***, nach der Form CV, CVC oder CVCVC (wobei C für einen Konsonanten, V für einen Vokal steht). Ein weiterer Vokal, ***ómataina***, konnte als Ergänzung hinzutreten.

Diese Wurzeln waren nie Bestandteil einer gesprochenen Sprache, sondern abstrakte Formen, aus denen sich die Wörter in den einzelnen Sprachen nach allgemein gültigen Regeln ableiten ließen. Oder um es umgekehrt auszudrücken: Wenn man Wörter in verschiedenen Sprachen auf eine einheitliche Form zurückführen konnte, sagte man, dass sie eine gemeinsame Wurzel hatten. Mit der Entwicklung der Elbensprachen haben diese Wurzeln aber nicht direkt etwas zu tun; sie sind die Grundlage, auf der all diese Sprachen aufgebaut sind.

Die Zeit des Ur-Elbischen endete mit der Trennung, als die drei Stämme der Eldar – die *Vanyar*, angeführt von Ingwe; die *Noldor*, angeführt von Finwe; und die *Teleri*, angeführt von den Brüdern Elwe und Olwe – Cuiviénen verließen und sich im Licht der Sterne auf die große Wanderung nach Aman machten, dem Reich der Valar jenseits des westlichen Ozeans. Von denen, die zurückblieben, *Avari* genannt, hören wir nichts mehr; auch ihre Sprache ist weitgehend unbekannt.

Die große Wanderung über Land und schließlich übers Meer dauerte etwa 270 Jahre. Obgleich die Sprache der Eldar, das »Gemeine (im Sinne von ›Gemeinsame‹) Eldarin«, einheitlich war, begannen sich bereits auf dem Marsch Unterschiede herauszubilden. Insbesondere die Sprache der Teleri, des letzten der drei Stämme, wies Eigenheiten in der Aussprache auf. Als diese das Nebelgebirge erreichten, scheuten einige von ihnen vor der Kette der schier unübersteigbaren Berge zurück und beschlossen, sich im Großen Grünwald (später Düsterwald genannt) und den Tälern des Anduin niederzulassen. Dies sind die *Nandor*, aus denen später die Waldelben wurden. Ihre Sprache wird als »Nandorin« bezeichnet.

Nach der Überquerung des Nebelgebirges und der Ered Luin ließen sich die Teleri zunächst in Beleriand nieder, dem westlichsten Land von Mittelerde am Ufer des Großen Meeres. Die Vanyar, Noldor und ein wenig später auch ein Teil der Teleri, die Lindar, zogen weiter übers Meer in den äußersten Westen, nach Aman. Diese Trennung markiert das Ende des Gemeinen Eldarin.

Die Sprachen von Aman

In den Unsterblichenlanden jenseits des Großen Meeres entwickelten sich die Sprachen der drei Stämme allmählich auseinander. Die Vanyar und Noldor verwendeten ähnlich klingende Dialekte, Quendya und Quenya, auch als »Vanyarin« und »Noldorin« bezeichnet. »Lindarin«, der Dialekt der Teleri, die sich auf der vorgelagerten Insel Eressea niederließen, wurde praktisch eine Sprache für sich.

Über die weitere Entwicklung des Vanyarin ist wenig bekannt. Was das Noldorin betrifft, so ist es die Grundlage für die spätere Hochsprache der Eldar in der Zeit des *Herrn der Ringe*.

Davor lag jedoch eine lange Entwicklung. Die Frühphase wird als das »Archaische« oder »Vor-schriftliche Quenya« bezeichnet. In diesem Stadium gab es noch nasalierte Verschlusslaute am Wortanfang wie im Primitiven Quendisch, zum Beispiel in ***Mbelekóro** ›Melkor‹ (ein Sternchen vor einem Wort bezeichnet eine rekonstruierte, nicht belegte Form). Diese Epoche endete mit der Erfindung der Schrift durch den Gelehrten Rúmil. Aus dieser Schrift entwickelte Feanor jenes nach ihm benannte Alphabet, das die Noldor fortan für ihre Sprache verwendeten, während Rúmils Sarati nur unter den Vanyar weiterhin in Gebrauch blieben.

Die zweite Phase war das so genannte »Valinorische Quenya« aus der Zeit zwischen der Erfindung des Alphabets und der Rebellion der Noldor. Während sich Sprecher des Ur-Elbischen und des archaischen Quenya noch miteinander hätten verständigen können, veränderte sich das Quenya in dieser Zeit grundlegend. »Die Änderung ... [kam] in der Schaffung von neuen Wörtern (für alte und neue Dinge) und indem die Laute und Strukturen der quendischen Sprache zu weicheren und harmonischeren Formen gewandelt wurden, die den Noldor schöner erschienen« (*WJ* 20).

So wurden aus den ursprünglichen behauchten Verschlusslauten ***p***^{h}, ***t***^{h} und ***k***^{h} nun die Reibelaute ***ph (f), th*** und ***kh (ch)***. Die Konsonantengruppen, insbesondere am Wortanfang, wurden vereinfacht, und vielsilbige Wörter wurden verkürzt. Auch verschob sich die Betonung nach vorn, was zu weiterer Verkürzung der Wörter führte. Typisch für diese Entwicklung ist die Abfolge PQ. ***ñgolodó** > GE. ***ñgoldó** > AQu. ***ñgoldo** > VQu. ***ñoldo*** > Qu. ***Noldo*** ›Noldo‹ (einer der Noldor).

Quenya entlehnte auch einige Worte aus der Sprache der Valar, der Mächte, welche im Auftrag des Schöpfers über die Welt wachten. Diese Sprache war jedoch den Elben so fremd, dass sie Schwierigkeiten hatten, sie auszusprechen, und die Valar ermutigten sie, »neue Wörter in ihrem eigenen Stil zu schaffen oder ... die Bedeutung von Namen in schöne Eldarin-Formen zu übersetzen« (*WJ* 405).

Tatsächlich wurde Quenya in der Folge nicht nur von den Elben gesprochen, sondern auch von den Valar selbst, sogar untereinander. Es ist davon auszugehen, dass die überlieferten Legenden aus der Zeit vor dem Erwachen der Elben – wie die *Ainulindale* und die *Valaquenta* – den Elben von den Valar auf Quenya erzählt wurden.

Die Noldor lebten etwa 3500 Jahre in Aman, bis sie sich unter Anführung Feanors gegen die Valar auflehnten und nach Mittelerde zurückkehrten. Dies geschah in den letzten Jahren des Zeitalters der Bäume, kurz vor dem ersten Aufgang der Sonne und dem Beginn des Ersten Zeitalters.

Die Sprachen von Beleriand

In Mittelerde hatte sich inzwischen die Sprache der in Beleriand verbliebenen Teleri sehr viel stärker verändert als die der Elben in den Landen der Unsterblichen. Während die Noldor die Veränderungen ihrer Sprache selbst gesteuert hatten, wiesen die Sprachen von Mittelerde ein natürliches Wachstum auf, »so wie ein Baum unmerklich seine Gestalt verändern kann«, und so hatte sich auch das »Sindarin«, die Sprache der Grauelben, in den dreieinhalb Jahrtausenden der Trennung so verändert »wie eine ungeschriebene sterbliche Sprache in fünfhundert Jahren oder mehr« (*WJ* 20). Dieser Wandel wird dem besonders raschen Wachstum in jener Zeit, dem zweiten Frühling Ardas, zugeschrieben (ebd.). Das heißt nicht, dass die Veränderungen unsystematisch gewesen seien, aber sie änderten den Klang und die Struktur der Sprache auf radikale Weise.

Zu den auffälligsten Änderungen gehörte, dass nach Vokalen die stimmlosen Verschlusslaute ***p***, ***t***, ***k*** stimmhaft und die stimmhaften ***b***, ***d***, ***g*** zu Reibelauten wurden (wobei der velare Reibelaut ***gh*** später verschwand). Es gab eine Vielzahl von lautlichen Angleichungen, sowohl bei den Vokalen im Wortinneren als auch bei den Konsonanten am Wortanfang. Durch diese größere Differenzierung war es möglich, auf die Vokale im Wortauslaut zu verzichten, womit sich auch das System der grammatischen Kasus verlor. Die Sprache wurde dadurch insgesamt flüssiger, weicher und vielfältiger im Klang, und dabei war es »immer noch eine schöne Sprache, den Wäldern, den Hügeln und den Gestaden, an denen sie Form angenommen hatte, wohl angemessen« (*PMe* 78). Gemessen an diesen radikalen Veränderungen sollte sich das Sindarin in den folgenden Jahrtausenden als relativ stabil erweisen, trotz der allgemeinen Veränderlichkeit »in den Sterblichenlanden« (HR Anh F).

Zu der Zeit, als die Noldor nach Mittelerde zurückkehrten, hatte sich das Sindarin in mehrere Zweige aufgespalten. Auch hier ist der entscheidende Einschnitt die Erfindung der Schrift, in diesem Fall der Certhas. Vorher sprechen wir vom »Archaischen« oder »Alt-Sindarin«. Danach sind drei Dialekte zu unterscheiden:

Das »Nord-Sindarin«, wie es in Hithlum gesprochen wurde, ist die Form des Sindarin, mit der die Noldor nach ihrer Rückkehr zunächst in Berührung kamen, und sie glichen ihre Quenya-Namen dieser Form der Sprache an. Nur zwanzig Jahre nach ihrer Rückkehr, beim ***Mereth Aderthad***, dem Fest der Wiedervereinigung, das Fingolfin, der König der Noldor, ausrichtete, wurde »die Sprache der Grau-Elben ... auch von den Noldor am meisten gesprochen«, denn »sie hatten schnell die Sprache von Beleriand gelernt, während die Sindar nur langsam die von Valinor lernten« (SIL QS/13). Es ist zu vermuten, dass dieser Dialekt auch im Verborgenen Reich Gondolin gesprochen wurde; denn obwohl dies eine Noldor-Kultur war, sprach man dort hauptsächlich Sindarin. Das Nord-Sindarin spielte nach der Nirnaeth Arnoediad, als Morgoths Horden die Elben des Nordens praktisch auslöschten, keine wesentliche Rolle mehr. Es endete mit dem Untergang von Beleriand am Ende des Zweiten Zeitalters.

Das Sindarin von Doriath, auch »Doriathrin« genannt, war die Sprache im Reich König Thingols. Von ihm sind nur wenige Formen erhalten, welche noch Züge aufweisen, wie man sie aus dem Quenya kennt. So gibt es zum Beispiel noch Kasusendungen wie das Genitiv-***a*** in ***Dagnir Glaurunga*** ›Glaurungs Verderber‹ oder ***Nauglamír***, der Sindarin-Bezeichnung für das Halsband der Zwerge. König Thingol leistete der Verwendung des Sindarin Vorschub, indem er den Gebrauch des Quenya in Beleriand verbot, nachdem er erfahren hatte, dass die Noldor eine große Zahl seiner Teleri-Verwandten jenseits des Meeres getötet hatten. Dennoch hatte der Dialekt von Doriath wenig Einfluss auf die weitere Entwicklung der Sprache, da das Reich sich weitgehend von der Außenwelt abschottete. Das Doriathrin endete mit dem Untergang von Doriath.

Daneben gab es noch die Laiquendi oder Grün-Elben von Ossiriand, im Osten von Beleriand. Sie stammten von Nandor-Elben ab, die schließlich doch noch die Berge überquert hatten. Aber ihre Sprache wich inzwischen so weit von denen der Teleri ab, dass es eines Sprachgelehrten bedurft hätte, die gemeinsame Wurzel zu erkennen. Sie blieben meist für sich und spielten für die weitere Entwicklung des Sindarin keine Rolle.

Der einzige Dialekt des Sindarin, der bis zum Ende des Ersten Zeitalters überdauerte, ist das »West-Sindarin«, die Sprache der Falathrim, der Küstenelben. Er wurde vermutlich auch von den Flüchtlingen angenommen, die gegen Ende des Ersten Zeitalters an den Sirion-Mündungen Zuflucht suchten, und er ist somit die Grundlage für das klassische Sindarin des Zweiten und Dritten Zeitalters.

Die sprachgeschichtliche Phase zwischen dem Archaischen und dem klassischen Sindarin, im Wesentlichen das Erste Zeitalter umfassend, bezeichnet man auch als »Mittel-Sindarin«.

Das klassische Quenya

Auch wenn die Noldor in Mittelerde Sindarin als tägliche Umgangssprache angenommen hatten, wurde das Quenya doch nicht ganz vergessen. Gesprochen wurde es freilich nur noch von den Fürsten der Noldor, »wenn sie unter sich waren« (SIL QS/15). Als Tuor nach Gondolin kam, wurde er von der Wache »zuerst in der Hochsprache der Noldor, die er nicht kannte, und dann in der Sprache Beleriands« (NAM 1/I) angesprochen. Doch selbst in dem verborgenen Reich, das eine Noldor-Kultur bewahrt, war Quenya »für die meisten Leute ... eine Sprache der Bücher geworden« (NAM 1/I, Anm.), und nur noch in Turgons Haus wurde gewöhnlich Quenya gesprochen. Earendil, Tuors Sohn, dürfte somit der Letzte in Mittelerde gewesen sein, der mit Quenya als Muttersprache aufwuchs.

Unter den Edain, den Menschen von Beleriand, war Quenya nie eine gesprochene Sprache, wenngleich es durchaus bekannt war. Beinamen auf Hochelbisch waren unter den Edain beliebt; so gab sich Túrin den Quenya-Namen ***Turambar*** ›Meister des Schicksals‹. Und in Momenten großer Anspannung erweisen sich Menschen auch des gesprochenen Quenya als fähig, von Nienor, die vor ihrem Tod Worte auf Hochelbisch spricht, bis zu Aragorn, als er den Setzling des Weißen Baums findet und ausruft: »***Yé! Utuviënyes!***«, ›Ja, ich habe es gefunden.‹ Selbst Frodo bricht in Kankras Lauer in Quenya aus: »***Aiya Earendil Elenion Ancalima!*** rief er und wusste nicht, was er gesprochen hatte« (vgl. HR IV/9). So was kann einem mit Quenya schon mal passieren.

In Númenor waren die Namen aller Mitglieder des Königshauses und der Linie von Elros im Allgemeinen in der Quenya-Form angegeben. Ansonsten heißt es: »Quenya war in Númenor keine gesprochene Sprache. Es war nur den Gelehrten und Angehörigen hoch gestellter Familien geläufig, bei denen es in früher Jugend gelehrt wurde. Es wurde für offizielle Dokumente, die zur Aufbewahrung bestimmt waren, für Gesetze und die Schriftrollen und Annalen der Könige benutzt.« (NAM 2/II, Anm.) Selbst als die Könige von Númenor begannen, sich Namen auf Adûnaïsch zuzulegen, wurden sie in der Rolle der Könige, sei es aus Tradition, sei es aus Aberglauben, immer noch auf Quenya eingetragen – und das, obwohl der Gebrauch dieser Sprache von ihnen selbst verboten worden war! Nach dem Untergang von Númenor erhielt die versunkene Insel einen neuen Namen in der alten Sprache: ***Atalante***, ›die Gefallene‹.

Die einzigen Überlebenden des Untergangs waren Elendil, Isildur, Anárion und die Getreuen auf ihren Schiffen. Wie ihre Quenya-Namen verraten, waren sie Elbenfreunde und hatten keinen Anteil an der Rebellion gegen die Valar. Als Elendil seinen Fuß auf die Gestade von Mittelerde setzte, schwor er einen Eid auf Quenya (den später Aragorn bei seiner Krönung wiederholen sollte).

In den Reichen, die von Elendil und seinen Söhnen gegründet wurden, verwendeten die Könige Quenya-Namen wie die getreuen númenórischen Könige von einst. Als das Nordreich Arnor in mehrere Reiche aufgeteilt wurde, wechselte die Sprache der Namen dort zu Sindarin. In Gondor, dem Südreich, endete die Verwendung von Quenya mit dem letzten König und seinem getreuen Truchsess Mardil. Seine Nachfolger verwendeten Sindarin, vielleicht aus dem Grund, dass sie es für anmaßend gehalten hätten, sich Quenya-Namen wie die Könige zu geben. Doch als Aragorn am Ende des Dritten Zeitalters König wird, gibt er sich einen Namen auf Quenya, ***Elessar Telcontar***, in der alten Tradition. Auch seinen Sohn nennt er mit dem Quenya-Namen ***Eldarion***. Aber es ist nur die Wiederbelebung einer alten Tradition, nicht mehr und nicht weniger.

Bevor es aufhörte, eine lebende Sprache zu sein, hatte sich das Quenya nur noch wenig verändert. Das klassische oder Exil-Quenya unterscheidet sich von der zuvor in Valinor gesprochenen Sprache nur noch in Einzelheiten. So ist z. B. das ***th*** verschwunden – statt ***Thauron*** (von einer Wurzel THAUR ›abscheulich‹) heißt der dunkle Herrscher ***Sauron*** – und der Akkusativ ist mit dem Nominativ zusammengefallen. Es gibt die älteren Formen noch im so genannten »Buch-Quenya« der alten Aufzeichnungen, in denen die Legenden der Unsterblichenlande niedergeschrieben worden waren – zuerst von den Noldor, kurz nach ihrer Rückkehr, und dann erneut aus dem Gedächtnis von den Flüchtlingen aus Númenor. Das Lied, das Galadriel in Lóriën singt, ist die letzte Ausformung dieser alten Sprache im Dritten Zeitalter.

So hat sich Quenya über sechseinhalb Jahrtausende bewahrt, bis die letzten Hochelben nach dem Ende des Ringkriegs nach Valinor zurückkehrten. Und es existiert weiter, solange sich die Erben Gondors daran erinnern.

Das klassische Sindarin

Nach dem Ende des Ersten Zeitalters fuhren viele Elben übers Meer nach Eressea, und von da an wurde Sindarin auch in den Unsterblichenlanden gesprochen. Die meisten Elben von Beleriand, die nach dem Ende des Ersten Zeitalters unter der Herrschaft Gil-galads, des letzten Hohen Königs der Noldor, in Mittelerde blieben, gehörten zu den Falathrim. Ihr Fürst war Círdan, der als Einziger von allen Elben weißhaarig und mit Bart dargestellt wird; er blieb bis zum Ende des Dritten Zeitalters an den Grauen Anfurten und dürfte der Elb sein, der am längsten in Mittelerde verweilt hat.

Sindarin wurde auch von den Noldor-Elbenschmieden des Zweiten Zeitalters in Eregion verwendet, etwa in der Inschrift auf dem Tor von Moria. Diese ist in der alten Schreibweise von Beleriand gehalten – mehr als anderthalb Jahrtausende nach dessen Untergang. Auch in Lothlóriën, das von den Celeborn und den Sindar seines Gefolges sowie der Noldor-Fürstin Galadriël regiert wurde, verdrängte Sindarin, wenngleich mit einem Akzent gesprochen (vgl. HR F, Anm), das Waldelbische, und Ähnliches scheint für das Reich Thranduils im Düsterwald gegolten zu haben.

Auch die Menschen von Númenor wuchsen zum Teil zweisprachig auf, insbesondere die Getreuen. Im *Akallabêth* heißt es: »Obgleich das Volk noch die eigene Sprache gebrauchte, kannten und sprachen die Könige zugleich auch das Elbische, das sie in den Tagen der Bundesgenossenschaft erlernt hatten; und sie verkehrten auch mit den Eldar, ob mit denen aus Eressea, aus dem Westen oder Mittelerde.« (SIL Ak.) Diese Verkehrssprache war Sindarin, unterschieden vom »Hoch-Eldarin« (Quenya), das nur noch die Gelehrten kannten. Dass die Nachkommen Beors im Westteil von Númenor Sindarin als Umgangssprache verwendet hätten, ist freilich eine Legende oder ein Missverständnis; sie sprachen ihren eigenen Dialekt. Die Umgangssprache der Menschen des Westens war Adûnaïsch, doch Sindarin war den meisten bis zu einen gewissen Grade bekannt.

Nach dem Untergang von Númenor errichteten die überlebenden Elbenfreunde in Mittelerde die Exil-Reiche Arnor und Gondor. »Die Getreuen«, so heißt es, »verwendeten Sindarin, und in dieser Sprache benannten sie alle Orte, denen sie in Mittelerde neue Namen gaben. Adûnaïsch wurde als Sprache des täglichen Lebens und einzige Sprache der Unbelesenen der ungesteuerten Veränderung und Verderbung anheim gegeben. Alle Menschen hoher Abkunft und all jene, die Lesen und Schreiben lernten, gebrauchten Sindarin, selbst als Sprache des täglichen Umgangs. In einigen Familien, heißt es, wurde Sindarin zur Muttersprache, und die Volkssprache des Adûnaïschen wurde nur so weit gelernt, wie man sie brauchte. Das Sindarin wurde jedoch nicht Fremde gelehrt, zum einen weil es als Zeichen númenórischer Abkunft galt und weil es sich als schwer lernbar erwies – weit schwerer als die ›Volkssprache‹.« (*PMe* 315.)

Von daher setzte das Sindarin sich fort als eine Sprache, die in den Reichen des Westens gepflegt wurde, und auch auf die Gemeinsame Sprache, Adûni (Westron) genannt, hatte es Einfluss. Es lebte noch bis zum Ende des Dritten Zeitalters in Bruchtal fort; Aragorn, der dort aufwuchs, lernte es als Muttersprache. In Gondor blieb Sindarin »eine erlernte Sprache für den höflichen Umgang und wurde von denen mit reinerer númenórischer Abstammung gebraucht« (BRIEFE Nr. 347). Als Frodo und Sam Faramirs Männer in Ithilien trafen, redeten diese untereinander zuerst in der Gemeinsamen Sprache, doch »dann wechselten sie in eine andere Sprache über, die ihnen ebenso geläufig zu sein schien. Zu seiner Überraschung erkannte Frodo [. . .], dass es die Elbensprache oder doch von ihr nur wenig verschieden war; und er betrachtete die Männer staunend, denn nun wusste er, dass sie Dúnedain des Südens sein mussten, Menschen aus dem Geschlecht der Herren von Westernis.« (HR IV/4.) Gegen Ende des Dritten Zeitalters gab es in Mittelerde wohl mehr Menschen als Elben, die Sindarin sprachen. Doch beim Volk begann die Kenntnis der alten Sprachen bereits in Vergessenheit zu geraten. Der Kräutermeister von Minas Tirith meint: »Der gnädige Herr hat um Königskraut gebeten, wie es im Volksmund heißt, oder ***athelas*** in der Sprache der Gebildeten oder, wenn man ein wenig Valinorisch versteht . . .« (HR V/8.) Mit der »Sprache der Gebildeten« ist hier offensichtlich Sindarin, mit »Valinorisch« Quenya gemeint.

Aber als die Menschen von Gondor Frodo und Sam preisen, tun sie es in Ausrufen auf Quenya und Sindarin. »***A laita tárienna!***«, rufen sie – so wie man im Mittelalter »*Gloria in excelsis!*« sagen würde – und »***Eglerio!***«, ›Preiset sie!‹

Die folgende Schautafel fasst die Entwicklung der Elbensprachen in einem Stammbaum zusammen:

Entwicklung der Elbensprachen

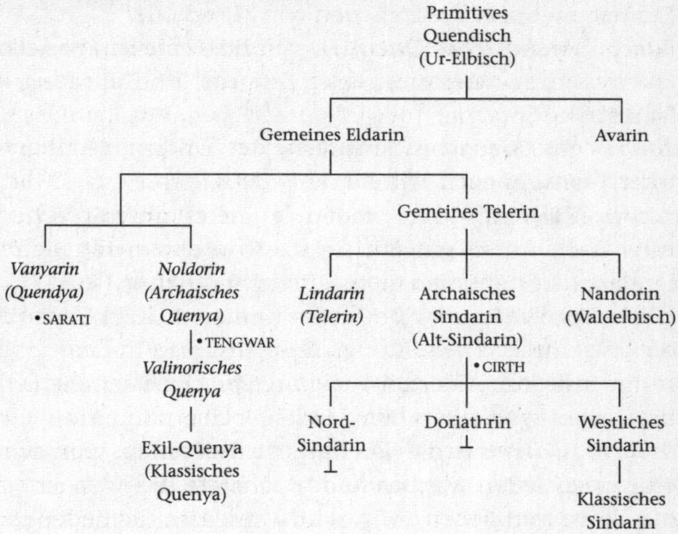

Die Sprachen der Elben in den Landen jenseits des westlichen Meeres sind kursiv gesetzt, die in Mittelerde in Grundschrift.

Primitives Quendisch (Ur-Elbisch) – die Ursprache der Elben, aus der sich alle anderen entwickelten. Nicht zu verwechseln mit den sprachlichen Wurzeln oder Basen.

Gemeines Eldarin – »Gemein« im Sinne von »Gemeinsam«; im Englischen »Common Eldarin«. Die Sprache der Eldar, der Elben, welche die Große Wanderung antraten.

Avarin – Die Sprache der Elben, die sich weigerten, auf die Wanderung nach Westen zu gehen. Von ihr sind nur wenige Worte bekannt.

Gemeines Telerin – Im Englischen »Common Telerin« (auch »Common Lindarin«), um es von dem späteren Telerin der Teleri von Aman zu unterschieden. Die Sprache der Eldar, die nicht übers Meer zogen.

Vanyarin (Quendya) – Der Dialekt der Vanyar. Sie hatte keinen Einfluss mehr auf die Sprachen von Mittelerde.

Noldorin (Archaisches Quenya) – Im Englischen »Pre-Record Quenya«, das Quenya aus der Zeit vor der Erfindung der Schrift.

Valinorisches Quenya – Die Sprache der Noldor in Aman, vor ihrer Rückkehr nach Mittelerde.

Lindarin (Telerin) – Die Sprache der Teleri, die mit Verzögerung nach Aman gingen; sie selbst bezeichneten sich als Lindar. (Im Englischen meist »Telerin« genannt.)

Archaisches Sindarin – Im Englischen auch »Old Sindarin«; dies ist eine Parallelbildung zu »Old Noldorin« aus einem früheren Konzept der Entwicklung der Elbensprachen. Tolkien selbst verwendete den Begriff »Archaic Sindarin«.

Nandorin (waldelbisch) – Die Sprache der Nandor, von denen einige den Teleri nach Beleriand nachfolgten, andere jenseits der Berge verblieben. Mit deutlichen Unterschieden zum Sindarin.

Nord-Sindarin – Der Dialekt, der in Hithlum und den anderen Nordgebieten von Beleriand gesprochen wurde; er wurde auch von den rückkehrenden Noldor übernommen und endete mit dem Untergang von Beleriand (um 600 Z. Z.). [Entspricht zum Teil dem »Ilkorin« der »Etymologies«.]

Doriathrin – Der Dialekt von Doriath; er endete mit dem Untergang dieses Landes (um 500 Z. Z.)

Westliches Sindarin – Der Dialekt der Elben der Küstengebiete; aus ihm entwickelt sich das klassische Sindarin.

Exil-Quenya (Klassisches Quenya) – Das Quenya nach der Rückkehr der Noldor in Mittelerde, im Zweiten und Dritten Zeitalter keine lebende Sprache mehr.

Klassisches Sindarin – Das Sindarin, das von den Elben in Mittelerde und den Sindar auf Tol Eressea im Zweiten und Dritten Zeitalter gesprochen wurde. In den westlichen Reichen der Menschen die Sprache der Oberschicht.

III. Quellen und Zitate

Die einzig wirklich verlässlichen Quellen für Quenya und Sindarin sind Tolkiens Werke, die zu seinen Lebzeiten veröffentlicht wurden. Denn nur das, was gedruckte Form gefunden hatte, betrachtete der Autor selbst als bindend. Somit ist im engeren Sinne nur *Der Herr der Ringe* als verbindliche Quelle anzusehen, ergänzt durch einige kleinere Schriften.

Der Herr der Ringe

Im Folgenden sind alle substanziellen Zitate aus *Der Herr der Ringe* wiedergegeben, mit textgetreuen zeilenweisen Übersetzungen. Eine Übertragung oder sinngemäße Wiedergabe ist in französischen Anführungen (»...«) hinzugefügt. Für die Anrufung Elbereths in Bruchtal (»A Elbereth Gilthoniël«), die Klage Galadriëls (»Namárië«) und Sams Gebet in Kankras Lauer wurde auf Tolkiens eigene Übersetzungen und Erklärungen in *The Road Goes Ever On* zurückgegriffen. Andere Übersetzungen sind in der Sammlung seiner *Briefe*, herausgegeben von Humphrey Carpenter, belegt. Ergänzungen des Übersetzers sind durch eckige [...], sinngemäße Erläuterungen durch runde Klammern (...) gekennzeichnet.

Zitate

Frodos Gruß an Gildor im Auenland (Quenya, HR I/3):

> ***Elen síla lúmenn' omentiëlvo.***
> ›Ein Stern leuchtet auf [die] Zeit Begegnung-unserer.‹
> »Ein Stern leuchtet über der Stunde unserer Begegnung.«

Glorfindels Gruß an Streicher auf dem Weg nach Rivendell (Sindarin, HR I/12; vgl. BRIEFE Nr. 230):

Ai na vedui Dúnadan! Mae govannen!
›O[, es ist] zur Letzt [der] Dúnadan (= West-Mensch)! Wohl getroffen!‹
»O, es ist endlich der Dúnadan! Wohl getroffen!«

Glorfindels Ruf an sein Pferd, als Frodo losreitet. (Sindarin, HR I/12):

Noro lim, noro lim, Asfaloth!
›Renne los, renne los, Asfaloth!‹
»Reite weiter! Reite weiter, Asfaloth!«

Das Lied an Elbereth in Elronds Haus (Sindarin, HR II/1; vgl. *RGEO* 70–5):

Aerlinn in Edhil o Imladris
›Hymne der Elben von Imladris (= Bruchtal)‹
[Zusatz im Tengwar-Text, *RGEO*, 62]

A Elbereth Gilthoniël,
›O Elbereth (= Sternkönigin) Gilthoniël (= Sternanzünderin),
silivren penna míriël
brillant herabstrahlt juwelenfunkelnd
o menel aglar elenath!
vom Himmel Glanz [der] Sternenschar!
Na-chaered palan-díriël
In [die] Ferne weithin geblickt-habend
o galadhremmin ennorath!
von [der] waldgewobenen Mittelerde!
Fanuilos, le linnathon
Fanuilos (= Schneeweiße), zu Euch singen-werde-ich

nef aear, sí nef aearon!
auf dieser Seite [des] Meeres, hier auf dieser Seite [des] großen Meeres!‹

»O Elbereth Gilthoniël,
juwelengleich erstrahlt so hell
vom Himmel Deiner Sterne Pracht!
Dir, die ich sah von hoher Wacht
aus dieser walddurchwirkten Welt,
Fanuilos, Dir klingt es her
fern übers weite, weite Meer!«

Gandalfs Spruch, der auf dem Caradhras Feuer entfacht (Sindarin, HR II/3; vgl. *TI* 169, 175 Anm. 24):

Naur an edraith ammen!
›Feuer zur Rettung für-uns!‹
»Feuer sei uns Rettung!«

Gandalfs Spruch, der unterhalb des Caradhras Feuer gegen die Wölfe entzündet (Sindarin, HR II/4):

Naur an edraith ammen! Naur dan i ngauroth!
›Feuer zur Rettung für-uns! Feuer gegen die Werwolfhorde!‹
»Feuer sei uns Rettung! Feuer gegen die Werwölfe!«

Die Inschrift über dem Westtor von Moria (Sindarin, HR II/4):

Ennyn Durin Aran Moria:
›Türen [von] Durin, Herr [von] Moria:
pedo mellon a minno.
Sprich Freund und tritt ein.‹

Im Narvi hain echant:
›Ich Narvi sie machte:
Celebrimbor o Eregion teithant i thiw hin.
Celebrimbor von Eregion (= Hulsten) schrieb die Zeichen diese.‹

»Die Türen von Durin, Herr von Moria:
Sage ›Freund‹ und tritt ein.
Ich, Narvi, machte sie.
Celebrimbor von Hulsten zeichnete diese Buchstaben.«

Gandalfs Worte vor dem Westtor von Moria (Sindarin, HR, II/4; vgl. *RGEO* 75; *RS* 463, Anm. 14):

Annon edhellen, edro hi ammen!
›Tür elbische, öffne-dich nun für-uns!
Fennas nogothrim, lasto beth lammen!
Tor [des] Zwergenvolkes, höre [auf das] Wort meiner Zunge!‹
»Elbische Tür, öffne dich uns nun!
Tor der Zwerge, höre auf das Wort meiner Stimme!«

Edro, edro!
›Öffne-dich, öffne-dich!‹
»Öffne dich, öffne dich!«

Aragorns Worte bei Cerin Amroth in Lóriën (Quenya, HR, 360):

Arwen vanimelda, namárië!
›Arwen (›Hohe Frau‹), Schöne-Geliebte, lebewohl!‹
»Arwen, du geliebte Schöne, lebewohl!«

Galadriëls Klage beim Abschied von Lóriën (Quenya, HR II/8; vgl. *RGEO*, 65–70.)

Altariëllo nainië Lóriëndesse.
›Galadriëls Klage in Lóriën.‹
[Zusatz in *RGEO*, 66]

Ai! laurië lantar lassi súrinen,
›Ach! goldene fallen Blätter durch-Wind,
yéni únótime ve rámar aldaron!
Jahre unzählbar wie Schwingen [der] Bäume!
Yéni ve linte yuldar avániër
Jahre wie rasche Trünke vergangen-sind
mi oromardi lisse-miruvóreva
in hohen Hallen süßen Nektars
Andúne pella, Vardo tellumar
Westen jenseits (der Grenzen von) Vardas Kuppeln
nu luini, yassen tintilar i eleni
unter blauen, worin funkeln die Sterne
ómaryo airetári-lírinen.
ihrer Stimme durch-Heiligkeitkönigin-Lied.

Sí man i yulma nin enquantuva?
Nun wer den Kelch mir wiederfüllen-wird?

An sí Tintalle Varda Oiolosseo
Denn nun Tintalle (= Sternentfacherin) Varda [vom] Oiolosse (= Immerweiß)
ve fanyar máryat Elentári ortane,
wie (weiße) Wolken ihre-beiden-Hände Elentári (= Sternkönigin) erhob,
ar ilye tiër unduláve lumbule;
und alle Wege herableckte (tiefer) Schatten;
ar sindanóriëllo caita mornië
und vom-grauen-Land liegt Dunkelheit

i falmalinnar imbe met, ar hísië
auf den vielen-(schäumenden)-Wogen zwischen uns-beiden, und Nebel
untúpa Calaciryo míri oiale.
herabdeckt [der] Calacirya (= Lichtspalte) Juwelen immerdar.
Sí vanwa ná, Rómello vanwa, Valimar!
Nun verloren ist, [für eine] von Osten verloren, Valimar (= Valarheim).

Namárië! Nai hiruvalye Valimar.
Lebtwohl! Vielleicht finden-werdet Ihr Valimar!
Nai elye hiruva. Namárië!
Vielleicht sogar-Ihr finden-wird. Lebtwohl!‹

»Ah! Golden fallen Blätter im Wind, lange Jahre zahllos wie der Bäume Schwingen! Die langen Jahre sind vergangen wie rasche Schlucke süßen Mets in den hohen Hallen jenseits des Westens unter den blauen Gewölben von Varda, wo die Sterne funkeln beim heilig-königlichen Lied ihrer Stimme.

Wer nun soll den Becher für mich wiederfüllen?

Denn nun hat Varda, die Entzünderin, die Königin der Sterne, ihre Hände gleich Wolken des Berges Immerweiß erhoben, und alle Pfade überflutete tiefer Schatten; und vom grauen Land liegt Dunkelheit auf den schäumenden Wogen zwischen uns beiden, und Nebel deckt die Juwelen der Calacirya auf immerdar. Verloren nun, verloren für jene aus dem Osten ist Valimar!

Lebtwohl! Vielleicht werdet Ihr Valimar finden! Ja, vielleicht werdet gar Ihr es finden. Lebtwohl!«

Die Wortstellung und der Stil dieses Liedes sind poetisch und machen Konzessionen an das Versmaß. In einem klareren und normaleren Stil würde sich der Text wie unten lesen. Zusammenfügungen sind im Quenya-Text durch Trennstriche gekennzeichnet.

Ai! lassi lantar laurië súrinen,
›Ach! Blätter fallen goldene (Pl.) mit-[dem]-Wind (Instr.),
yéni ú-nót-ime ve aldaron rámar.
Jahre un-zähl-bar wie [der] Bäume (Gen.) Flügel.
Yéni avánièr ve linte yuldar lisse miruvóreva
Jahre vergangen-sind (Perf.) wie rasche Trünke aus süßem Nektar (Poss.)
mi oro-mardi Andúne pella
in Hoch-Hallen Westen jenseits-der-Grenzen-von (Postposition)
Vardo nu luini tellumar, yassen tintilar i eleni
Vardas unter blauen Kuppeln, worin funkeln die Sterne
óma-ryo lírinen aire-tário.
Stimme-ihrer (Gen.) mit-[dem]-Lied (Instr.) [der] Heiligkeit-Königin (Gen.)

Sí man i yulma nin en-quant-uva?
Nun wer den Kelch mir wieder-füllen-wird?

An sí Varda, Tin-talle, Elen-tári ortane
Denn nun Varda, Funken-Entfacherin, Stern-Königin erhob
má-rya-t Oio-losseo ve fanyar
Hände-ihre-beide vom Immer-weiß (Gen.) wie (weiße) Wolken
ar lumbule undu-láve ilye tièr;
und Schatten herab-leckte alle Straßen;
ar sinda nóriëllo mornië caita
und vom grauen Land (Abl.) Dunkelheit liegt

i falma-li-nnar
auf den Wellen-viele (Koll. Lok. Pl.)
imbe me-t
zwischen uns-beiden [= Varda und Galadriël] (Dual)
ar hísië un-túpa Cala-ciryo míri oiale.
und Nebel herab-deckt Calaciryas (Gen.) Juwelen immerdar.
Sí vanwa ná, Rómello, vanwa, Valimar.
Nun verloren ist, [für eine] von Osten (Abl.), verloren, Valimar.

Namárië! Na-i hir-uva-lye Valimar.
Lebtwohl! Sei-es,-dass finden-werdet-Ihr Valimar.
Na-i elye hir-uva. Namárië!
Sei-es,-dass Ihr [es seid, der] finden-wird. Lebtwohl!‹

Baumbarts Beschreibung von Lóriën (Quenya, HR III/4; vgl. BRIEFE Nr. 230.):

Laurelindórenan lindelorendor malinornélion ornemalin
›Goldenliedlandtal Liedtraumland [der] vielen Goldbäume baumgoldenes‹
»Das Tal des Landes des goldenen Liedes, das baumgoldene Land des singenden Traums der vielen goldenen Bäume.«

Baumbarts Beschreibung von Fangorn (HR III/4; vgl. BRIEFE Nr. 230.):

Taurelilómea-tumbalemorna Tumbaletaurea Lómeanor
›Waldvielbeschattetes tieftalschwarzes tieftalbewaldetes Dunkelland‹
»Das dunkle von Wäldern beschattete, tief im schwarzen, bewaldeten Tal gelegene Land.«

Frodos Lobpreis von Galadriëls Licht in Kankras Lauer (HR IV/9; vgl. BRIEFE Nr. 297):

Aiya Earendil Elenion Ancalima!
›Siehe Earendil [der] Sterne Hellster!‹
»Siehe, Earendil, Hellster der Sterne!«

Sams Anrufung Elbereths, als er Kankra angreift (Sindarin, HR IV/10; vgl. *RGEO* 72):

A Elbereth Gilthoniël
›O Elbereth (= Sternkönigin) Gilthoniël (= Sternentfacherin)
o menel palan-diriël,
vom Himmel fernhin-blickend,
le nallon sí di'nguruthos!
zu Euch rufe ich hier unter Todesschatten!
A tiro nin, Fanuilos!
O schaut auf (wacht über) mich, Fanuilos (= Schneeweiße)!‹

»Die Du die Sterne hast entfacht,
blickst fernhin von des Himmels Wacht,
aus tiefer Not zu Dir ich schrei!
Fanuilos, steh Du mir bei!«

Das Volk preist die Halblinge auf dem Feld von Cormallen (Sindarin, HR VI/4; vgl. BRIEFE Nr. 230):

Cuio i Pheriain anann! Aglar'ni Pheriannath!
›[Es] leben die Halblinge lang! Preis [dem] Halblingvolk!‹
»Langes Leben den Halblingen! Preis dem Halblingvolk!«
Daur a Berhael, Conin en Annûn! Eglerio!
›Frodo und Samweis, Fürsten des Westens! Preiset!‹
»Frodo und Samweis, Helden des Westens! Preiset sie!«

Eglerio!
›Preiset!‹
»Preiset sie!«

Der Lobgesang geht weiter (Quenya, HR VI/4; vgl. BRIEFE Nr. 230):

A laita te, laita te! Andave laituvalmet!
›O preiset sie, preiset sie! Lang lasst uns sie preisen!‹
»O preiset sie, preiset sie! Lang lasst uns sie preisen!«
Cormacolindor, a laita tárienna!
›Ringträger, o preiset zur Höhe!‹
»Die Ringträger, preiset sie aufs höchste!«

Der Krönungseid König Elessars, eine Wiedergabe der Worte, die Elendil bei seiner Landung an den Gestaden von Mittelerde sprach (Quenya, HR VI/5):

Et Earello Endorenna utúliën.
›Aus [dem] (großen) Meer nach-Mittelerde gekommen-bin-ich.
Sinome maruvan ar Hildinyar tenn' Ambar-metta!
An-diesem-Ort bleiben-werde-ich und Erben-meine bis [zum] Welt-Ende.‹

»Aus dem Großen Meer bin ich nach Mittelerde gekommen.
An diesem Ort will ich bleiben und meine Erben bis zum Ende der Welt.«

Elessars Ausruf, als er einen Setzling des Weißen Baumes fand (Quenya, HR VI/5):

Ye! utúviënyes!
›Ja! gefunden-habe-ich-ihn!‹
»Siehe! Ich habe ihn gefunden!«

Baumbarts Abschiedsworte an Galadriël (Quenya, HR VI/6):

A vanimar, vanimálion nostari!
›O Schöne, vieler Schönen Erzeuger!‹
»O ihr Schönen, vieler Schönen Eltern!«

Das verzweifelte ***linnod*** von Gilraën, Aragorns Mutter (Sindarin, HR Anh A):

Onen i-Estel Edain,
›Ich gab den Estel (= Hoffnung) [den] Edain (= Menschen),
ú-chebin estel anim.
nicht–behalten-habe-ich Hoffnung für-mich.‹

»Ich gab den Dúnedain Hoffnung, ich behielt keine Hoffnung für mich.«

Das Silmarillion

Tolkien hat seine Hoffnung, auch das *Silmarillion*, sein zweites Hauptwerk, noch zu Lebzeiten veröffentlichen zu können, nicht mehr erfüllt gesehen. Dieses Kompendium von Mythen, Sagen und Legenden, erschien vier Jahre nach seinem Tod, herausgegeben von seinem Sohn Christopher. Es beruht auf Texten, die hauptsächlich in zwei Phasen entstanden: zum einen in den späten 20er- und 30er-Jahren, zum anderen in den 50er-Jahren, also vor und nach der Arbeit am *Herrn der Ringe*. Die einzige vollständige Fassung, die Tolkien je schrieb, die »Quenta Noldorinwa« (*SMe* 76–218), entstand um 1930, und einiges in der 1977 veröffentlichten Fassung, insbesondere in den Schlusskapiteln, geht auf diesen alten Text zurück.

Zwischenzeitlich hatte sich aber das Konzept der Sprachen geändert. Noch während Tolkien den *Herrn der Ringe* schrieb, hießen die Sprachen »Q(u)enya« und »Noldorin« (gedacht als die Sprache der Noldor), das erst bei der Überarbeitung des *Herrn der Ringe* (um 1950) zu »Sindarin«, der Sprache der Grauelben, wurde. Auch wenn Christopher Tolkien versuchte, bei der Zusammenstellung des *Silmarillion*-Textes größere Brüche zu vermeiden, so ist doch manches darin nicht ganz in Einklang zu bringen mit dem *Herrn der Ringe*. So sind zum Beispiel die Namen aus dem Umfeld des Verborgenen Reiches Gondolin zum Teil auf noch frühere Texte von Tolkien, das *Buch der Verschollenen Geschichten*, zurückzuführen und ergeben aus der Sicht des klassischen Sindarin keinen Sinn.

Das Quenya dagegen hatte sich in dieser Zeit weit weniger verändert, und darum sind hier einige Zitate aus dieser Sprache als mehr oder weniger verbindliche Quellen wiedergegeben:

Zitate

Fingons Ausruf bei der Nirnaeth Arnoediad (Quenya, SIL QS/20):

Utúlië'n aure! Aiya Eldalië ar Atanatári, utúlië'n aure!
›Gekommen-ist [der] Tag! Sehet[,] Eldarvolk und Menschenväter, gekommen-ist [der] Tag!‹
»Der Tag ist gekommen! Sehet, ihr Völker der Eldar und Väter der Menschen, der Tag ist gekommen!«

Die Antwort derjenigen, die Fingon hörten (Quenya, SIL, QS/ 20):

Auta i lóme!
›[Es] vergeht die Nacht!‹
»Die Nacht vergeht!«

Húrins Ruf beim letzten Gefecht (Quenya, SIL QS/20):

Aure entuluva!
›[Der] Tag wiederkommen-wird!‹
»Es soll wieder Tag werden!«

Niënors Abschiedsworte an Túrin (Quenya, SIL QS/21):

A Túrin Turambar turun ambartanen!
›O Túrin, Meister-[des]-Schicksals, gemeistert durch-Schicksal!‹
»O Túrin, Meister des Schicksals, vom Schicksal gemeistert!«

Nachrichten aus Mittelerde

Die fragmentarischen Geschichten, die in diesem Band versammelt sind, stammen alle aus der Zeit nach der Arbeit am *Herrn der Ringe*. »Von Tuor und seiner Ankunft in Gondolin« ist wahrscheinlich aus dem Jahre 1951, als der *Herr der Ringe* schon geschrieben, aber noch nicht veröffentlicht war, und »Die Geschichte der Kinder Húrins« entstand nicht viel später. Die kleineren Texte, bis auf »Die Jagd nach dem Ring« (1954) und »Die Istari« (1955) stammen meist aus den späten 50er- und den 60er-Jahren; so ist »Cirion und Eorl« vermutlich 1969 entstanden.

Zitate

Gruß Gelmirs an Tuor nach der Durchquerung der Pforte der Noldor (Quenya, NAM 1/I):

Anar caluva tiëlyanna!
›[Die] Sonne leuchten-wird auf Weg-Euren!‹
»Die Sonne soll über Eurem Pfad scheinen!«

Tuors Worte auf dem Weg nach Gondolin beim Anblick eines Ork-Lagers (Sindarin, NAM 1/I):

Gurth an Glamhoth!
›Tod für-die Glamhoth (= Lärmhorde)!‹
»Tod den Orks!«

Voronwes Worte beim Anblick der Berge (Sindarin, NAM 1/I):

Alae! Ered en Echoriath, ered e-mbar nín!
›Siehe! [Die] Berge von Echoriath, [die] Berge der Heimat meiner!‹
»Siehe! Die Berge von Echoriath, die Berge meiner Heimat!«

Der Schlachtruf der Edain des Nordens (Sindarin, NAM 1/II):

Lacho calad! Drego morn!
›Flamme Licht! Fliehe Dunkel!‹
»Licht flamme auf! Nacht entfliehe!«

Cirions Eid an Eorl (Quenya, NAM 3/II):

Vanda sina termaruva
›Eid dieser durch-bleiben-wird
Elenna-nóreo alcar enyaliën
[des] Sternwärts-Landes Ruhm zur-Erinnerung

ar Elendil Vorondo voronwe.
und Elendil [des] Getreuen Standhaftigkeit.
Nai tiruvantes i hárar mahalmassen mi Númen
Sei-es,-dass schützen die sitzen auf-Thronen im Westen
ar i Eru i or ilye mahalmar ea tennoio.
und der Eine, der über allen Thronen ist bis-immer.‹

»Dieser Eid soll Bestand haben in Erinnerung an den Ruhm des Landes Elenna und an die Standhaftigkeit Elendils des Getreuen. Mögen jene darüber wachen, die auf den Thronen im Westen sitzen, und der Eine, der über allen Thronen ist in Ewigkeit.«

Die Ungeheuer und ihre Kritiker

Diese Sammlung von Aufsätzen und Vorträgen Tolkiens, herausgegeben von Christopher Tolkien, enthält den Aufsatz »Ein heimliches Laster« (U&K 209–40), in dem Tolkien seine Gedanken und Theorien über Kunstsprachen im Allgemeinen darlegt. Darin sind auch einige »elbische« Kostproben enthalten, insbesondere das Gedicht »Oilima Markirya« (»Die letzte Arche«), das in mehreren Fassungen wiedergegeben ist. Die letzte Version (U&K 238–40), mit aufschlussreichen Anmerkungen, ist wahrscheinlich in den letzten zehn Lebensjahren des Autors entstanden und entspricht im Wesentlichen dem Quenya des *Herrn der Ringe*.

Dieses Gedicht ist hier nicht wiedergegeben, es ist aber ebenso wie Tolkiens Aufsatz zum Thema allen Interessierten zur Lektüre empfohlen. Im Folgenden wird auch Bezug darauf genommen.

Das Buch der Verschollenen Geschichten

In zwei Bänden erschienen, beinhaltet dieses Buch eine Vorform des *Silmarillion*, die für die Geschichte von Mittelerde nur mittelbar relevant ist. Sie ist, wie bereits erwähnt, verbunden mit einer frühen Fassung der Sprachen »Qenya« und »Goldogrin«, aus denen sich später Quenya und Sindarin entwickelten. Ein wesentlicher Teil des Vokabulars ist in den Anhängen von Christopher Tolkien enthalten. Diese beziehen sich auf zwei Manuskripte, das *Gnomish Lexicon* und das *Qenya Lexikon*, die als Ausgaben 11 (1995) und 12 (1998) der Zeitschrift *Parma Eldalamberon* veröffentlicht wurden. Diese Ausgaben, die in limitierter Auflage erschienen, waren lange Zeit vergriffen und werden erst allmählich wieder verfügbar gemacht. Sie sind darüber hinaus wirklich nur für Spezialisten von Interesse.

The History of Middle-earth

Jeder dieser 12 Bände enthält Hinweise und Informationen zur Struktur von Tolkiens Elbensprachen, auch wenn sie oft nur indirekt auf das Elbisch des *Herrn der Ringe* anzuwenden sind. Dies gilt insbesondere für das *Book of Lost Tales* (Band 1 und 2, s. o.) und für die anderen Texte, die vorher entstanden sind. Aber auch die Bände mit den verschiedenen Manuskriptfassungen des *Herrn der Ringe* wie auch die später entstandenen Texte enthalten viel, was vom Autor verworfen wurde. Hier ist oft schwer zu entscheiden, was als verbindliche Quelle gelten soll.

Wenn jemand Tolkiens Sprachen studieren möchte, wie sie im *Herrn der Ringe* erscheinen, und des Englischen mächtig ist, sollte zumindest die folgenden Bände kennen:

The Lost Road (HME 5)

Darin enthalten ist »The Etymologies« (*LB* 347–400; kurz: *Ety*), eine Art Wörterbuch der Elbensprachen, das freilich nicht nach den einzelnen Sprachen, sondern nach »Wurzeln« geordnet ist. Um einen typischen Eintrag herauszugreifen:

ÁLAK- rushing. ****álākō*** rush, rushing flight, wild wind: N ***alag*** rushing, impetuous; ***alagos*** storm of wind. Cf. ***Anc-alagon*** dragonname [NAK]. Related to LAK².
****alk-wā*** swan: Q ***alqa***; T ***alpa***; ON ***alpha***; N ***alf***; Ilk. ***alch***; Dan. ***ealc***. Cf. ***Alqalonde*** Swan-road or Swan-haven, city of the Telerin [LOD].

Tolkiens Idee ist, dass sich das Wort ****alk-wā*** ›Schwan‹ im Primitiven Quendisch – eine »rekonstruierte« Sprache, daher das Sternchen – z. B. zu Qenya ***alqa***, Telerin ***alpa***, Alt-Noldorin ***alpha*** und Noldorin ***alf*** entwickelte und dass alle auf die gemeinsame (theoretische) Sprachform ÂLAK mit der Grundbedeutung ›sausend‹ zurückzuführen sind.

Die »Etymologies« wurden in der zweiten Hälfte der 30er-Jahre geschrieben, und Konzepte und Schreibungen unterscheiden sich von denen im *Herrn der Ringe*. Darauf übertragen, müssten wir »Qenya« als Quenya und »Noldorin« als Sindarin lesen und die Worte als Qu. ***alqua*** und S. ***alph***. Aber eine solche Übertragung ist grundsätzlich möglich, und somit stellt dieses Kompendium die wichtigste einzelne Quelle für das elbische Vokabular dar.

The Lost Road enthält auch einen längeren »Qenya«-Text, »Fíriel's Song« (*LB* 72), dessen Grammatik weitgehend, wenn auch nicht ganz dem Quenya des *Herrn der Ringe* entspricht.

Sauron Defeated (HME 9)

In dem später vom Autor gestrichenen Epilog zum *Herrn der Ringe* ist der so genannte »King's Letter« (*SD* 128–31) enthalten, ein Brief König Aragorns an Sam, in dem der König seinen Besuch im Auenland ankündigt. Die dritte Version dieses Briefes ist frühestens 1951 entstanden, als die Entwicklung vom Noldorin zum Sindarin abgeschlossen war, und stellt den längsten bislang bekannten Sindarin-Text dar.

»Lowdhams Report« (*SD* 413–40), ist ein Bericht über die adûnaïsche Sprache, die Umgangssprache von Númenor. Auch wenn das eigentliche Thema ein anderes ist, lassen sich aus den Vergleichen zum »Avallonischen« (wie das Quenya dort genannt wird) einige Informationen über die Elbensprachen gewinnen.

Zitate

Der Brief des Königs (Sindarin, *SD* 128–9, 131 [in Tengwar]):

Aragorn Arathornion Edhelharn aglennatha
›Aragorn Arathornssohn Elbenstein sich-nähern-wird
i-Varanduiniant erin dolothen Ethuil
der Baranduinbrücke am achten Ethuil (= Frühling)
(egor ben genediad Drannail erin Gwirith edwen)
(oder in-der Zählung [des-]Auenlands am Gwirith (= April) zweiten)[,]
ar ennas aníra i aran Gondor ar Arnor
und dort wünscht der König [von] Gondor und Arnor
ar Hîr i-Mbair Annui suilannad mhellyn în phain:
und Herr der Lande Westlichen zu-grüßen Freunde seine alle:
edregol e aníra tírad i Cherdir Perhael
insbesondere er wünscht zu-sehen den Meister Samweis

(i sennui Panthael estathar aen)
(den vielmehr Ganzweis sie-nennen sollten)[,]
Condir i Drann, ar Meril bess dîn,
Bürgermeister des Auenlands, und Rose Frau seine,
ar Elanor, Meril, Glorfinniël, ar Eirien sellath dîn;
und Elanor, Rose, Goldlöckchen und Margerite Töchter seine;
ar Iorhael, Gelir, Cordof, ar Baravorn, ionnath dîn.
und Frodo, Merry, Pippin und Hamfast, Söhne seine.

A Pherhael ar am Meril suilad uin aran
An Samweis und an Rose Grüße vom König
o Minas Tirith nelchaenen ned Echuir: 61.
aus Minas Tirith dreißigsten im Echuir (= Februar): [Jahr] 16 [= Viertes Zeitalter].‹

»Aragorn, Arathorns Sohn, Elbenstein, wird sich der Baranduinbrücke nähern am achten Ethuil (oder in der Zählung des Auenlandes am zweiten Gwirith), und dort wünscht der König von Gondor und Arnor und Herr der Westlichen Lande alle seine Freunde zu grüßen: Insbesondere wünschte er den Meister Samweis zu sehen (der Ganzweis genannt werden sollte), Bürgermeister des Auenlandes, und Rose, seine Frau, Elanor, Rose, Goldlöckchen und Margerite, seine Töchter; und Frodo, Merry, Pippin und Hamfast, seine Söhne.

An Samweis und an Rose Grüße vom König aus Minas Tirith am dreißigsten Echuir im Jahre 16.«

The War of the Jewels (HME 11)

Darin enthalten ist »Quendi and Eldar«, auch *Essequenta Eldarinwa* genannt (*WJ* 360–417), eine »Untersuchung der Ursprünge der elbischen Namen für Elben und ihre Arten, Familien und

Unterarten«. Der Text datiert von ca. 1959–60. Neben dem Hauptthema gibt es zahlreiche Abschweifungen, Anmerkungen und Anhänge, die wertvolle Informationen über Tolkiens Konzept der Elbensprachen in der Zeit kurz nach dem *Herrn der Ringe* enthalten. Ein längerer Teil, den Herausgeber Christopher Tolkien für zu abschweifend hielt und darum wegließ, wurde in *Vinyar Tengwar* 39 abgedruckt.

Zeitschriften

In den bereits erwähnten Zeitschriften *Parma Eldalamberon* und *Vinyar Tengwar* wurden vereinzelt linguistische Texte Tolkiens abgedruckt. Insbesondere sind zu erwähnen der Aufsatz »*Ósanwe-kenta*« in *Vinyar Tengwar* 39 (Juli 1998) und die Übersetzungen des *Pater Noster, Ave Maria, Sub tuum praesidium* und der Litanei von Loreto in den Ausgaben 43 und 44 (Januar und Juni 2002).

Diese Texte, ebenso wie Hilfsquellen und weiterführende Literatur, einschließlich Internet-Seiten, sind in der Bibliografie im Anhang aufgelistet.

Für die folgende Grammatik des Quenya und Sindarin sei noch einmal auf die Erläuterungen zu linguistischen Fachbegriffen im Anhang verwiesen. Sie werden zum Teil auch im Text erklärt.

IV. Grammatik des Quenya

A. Phonologie

Laute

Die *Konsonanten* im Quenya entsprechen weitgehend dem Deutschen. Das ***th*** [θ] des Gemeinen Eldarin, das im Sindarin erhalten ist, wurde im Quenya von den Noldor vor ihrer Rückkehr nach Mittelerde aufgegeben; im klassischen Quenya ist es durch ***s*** [s] ersetzt. Der Bestand an Konsonanten ist wie folgt:

		Bilabiale	Labiodentale	Dentale	Alveolare	Postalveolare	Palatale	Velare	Uvulare	Glottale
Plosive	stimmlos	p		t				k		
	stimmhaft	b		d				g		
Frikative	stimmlos		f		s		ç	x		h
	stimmhaft		v							
Nasale		m			n			ŋ		
Liquide					l	r				
Halbvokale		w					j			

Am Wortanfang sind keine Konsonantengruppen erlaubt, außer in Verbindung mit den Halbvokalen [w] oder [j]. Die stimmhaften Plosive ***b***, ***d***, ***g*** treten nur in den Verbindungen ***mb***, ***nd/ld/rd*** und ***ñg*** [ŋg] auf; sie kommen darum auch am Wortanfang nicht vor. Worte im Quenya enden entweder auf einen Vokal oder auf einen der Konsonanten ***l***, ***n***, ***r***, ***s***, ***t***.

Auch im Wortinnern ist nur eine begrenzte Zahl von Lautkombinationen zulässig. Die Lautregeln des Quenya sind somit sehr restriktiv, was der Sprache einen klar definierten Stil gibt.

Das Quenya hat fünf *Vokale*, ***a***, ***e***, ***i***, ***o***, ***u***, jeweils kurz und lang; die langen Vokale sind mit einem Akzent markiert: ***á***, ***é***, ***í***, ***ó***, ***ú***.

Diphthonge, das heißt, Vokalkombinationen, die in einer Silbe ausgesprochen werden, gibt es sechs: ***ai***, ***au***, ***oi***, ***ui***, ***eu***, ***iu***. Alle sind fallende Diphthonge, betont auf dem ersten Element, bis auf ***iu*** [ju], das im Dritten Zeitalter auf dem zweiten Element betont wurde.

Schreibung und Aussprache

Die Aussprache des Quenya dürfte einem Sprecher des Deutschen relativ wenig Schwierigkeiten bereiten. Folgende Besonderheiten sind zu beachten:

Der Buchstabe ***c*** wird immer [k] ausgesprochen, wie in ***cirya*** [k'irja]. Das ***r*** im Quenya ist der mit der Zungenspitze am Zahnrücken angeschlagene Laut [r] wie in englisch ***very*** [v'eri], nicht das deutsche Zäpfchen-***r*** [ʀ]. Das ***w*** ist der englische Halbvokal [w], der fast wie ***u*** ausgesprochen wird, nicht das deutsche ***w*** [v]. Das ***y*** – auch als »konsonantisches ***y***« bezeichnet – ist der Halbvokal [j].

Die Buchstabenkombination ***hy***, zum Beispiel in ***hyarmen***, entspricht dem ***ch*** wie in ***ich*** [iç]. Die Kombination ***lb*** wird [lv] ausgesprochen.

In den englischen Ausgaben wird oft, aber nicht immer, für das ***-e*** am Ende eines Wortes und in den Kombinationen ***ea***, ***eo*** und ***oe*** ein Trema (zwei darüber gesetzte Punkte) verwendet, um die Aussprache zu verdeutlichen. Dies ist im Deutschen nicht notwendig und führt mitunter zu Verwirrung mit dem Umlauten (wie bei ****Eärendil*** [ear'endil]). Dafür wurde hier die Schreibung ***ie*** in Quenya-Worten zu ***ië*** vereinheitlicht.

Betonung

Ein zweisilbiges Wort wird auf der vorletzten Silbe betont.

***A**man* ›Aman, Gesegnetes Land‹

Ein Wort mit drei oder mehr Silben wird auf der vorletzten Silbe betont, wenn diese lang ist. Eine Silbe ist lang, wenn sie (a) einen langen Vokal oder einen Diphthong enthält oder (b) der Vokal von mehr als einem Konsonanten gefolgt wird. Dabei zählt die Aussprache, nicht die Schreibung; es ist auch egal, wo man das Wort trennt.

Doppelt geschriebene Konsonanten bezeichnen einen langen Laut, der einen Moment gehalten wird; die Silbe ist also nicht kurz, sondern lang! Konsonanten in Verbindung mit den Halbvokalen [w] oder [j] zählen für die Aussprache ebenfalls als lang.

I**sil* ›Mond‹, aber ***Isildur
e**leni* ›Sterne‹, aber ***Elenna

Wenn die vorletzte Silbe kurz ist, wird das Wort auf der drittletzten Silbe betont.

A**nar* ›Sonne‹, aber ***Anárion

B. Artikel

Der bestimmte *Artikel* (Beiwort) ***der, die, das*** lautet im Quenya ***i***. Er wird nicht gebeugt, das heißt, er bleibt für alle Formen gleich.

Einen unbestimmten Artikel ***ein, einer, ein*** gibt es im Quenya nicht. Das Fehlen eines Artikels bedeutet in der Regel, dass das Wort unbestimmt ist.

i eleni ›die Sterne‹
elen síla ›ein Stern scheint‹

Manchmal muss jedoch auch ein bestimmter Artikel ersetzt werden; das hängt vom Einzelfall ab.

laurië lantar lassi ›wie Gold fallen [die] Blätter‹

C. Nomen

Ein *Nomen* (Hauptwort, auch *Substantiv* genannt) wird im Quenya gebeugt, indem unterschiedliche Endungen an das Grundwort angehängt werden.

Numerus

An *Numeri* (Zahlformen) gibt es im Quenya zunächst *Singular* (Einzahl) und *Plural* (Mehrzahl). Der Plural im Quenya wird in der Regel gebildet, indem bei Substantiven, die auf einen Vokal enden, ein ***-r*** und bei solchen, die auf einen Konsonanten enden, ein ***-i*** angefügt wird.

Singular	Plural
alda ›Baum‹	***aldar*** ›Bäume‹
elen ›Stern‹	***eleni*** ›Sterne‹
las/lasse ›Blatt‹	***lassi*** ›Blätter‹

Neben Singular und Plural gibt es noch den *Dual* (Zweizahl). Dabei unterschied man zwischen rein zahlenmäßigen Dualen (Bildungselement ***-t***; vgl. ***at***, ***ata*** ›doppelt‹) und natürlichen Paaren (Bildungselement ***û***), zum Beispiel Augen, Ohren, etc. Im späteren Quenya wurden die Dualformen jedoch nur noch für natürliche Paare verwendet, und die Wahl zwischen ***t*** und ***û*** wurde nach Maßgabe des Wohlklangs getroffen. Das heißt, dass im klassischen Quenya ***û*** fast nur noch nach ***d*** oder ***t*** im Stammauslaut vorkommt (Vgl. BRIEFE Nr. 347, Anm.).

Aldu ›[die] Zwei Bäume (= Laurelin und Telperion)‹
má-rya-t ›ihre beiden Hände (wörtl. »Hände-ihre-beide«)‹

Es gibt eine Reihe von alten Dual-Formen, die dieser Regel nicht folgen, z. B. ***peu*** ›Lippen(paar)‹, Dual von ***pé*** (von PQ ****peñe***, Dual ****peñu***; vgl. *VT* 39:9). Diese sind im Wörterbuch mit aufgeführt.

Ein *kollektiver Plural* (auch Gruppen-Plural genannt), der eine Vielzahl oder Gesamtheit ausdrückt, enthält zwischen Stamm und Endung die Bildungssilbe ***-li-***.

aldali ›alle Bäume, eine Vielzahl von Bäumen‹
elelli (< ***elen-li***) ›die Sternenschar‹

Kasussystem

Im Quenya gibt es eine Vielzahl von *Kasus* (grammatischen Fällen), weit mehr als im Deutschen. Auch manche Beziehungen, die im Deutschen mittels Präpositionen ausgedrückt werden, sind im Quenya durch Kasus-Endungen wiedergegeben. Das Kasussystem des Quenya stellt sich insgesamt etwa wie folgt dar:

	Singular		Plural
Nominativ	***alda***	der Baum	***aldar***
Genitiv	***aldo***	des Baumes	***aldaron***
Dativ	***aldan***	dem Baum	***aldain***
Akkusativ (†)	***aldá***	den Baum	***aldai***

	Singular		Plural
Possessiv	***aldava***	dem Baum gehörend	***aldaiva***
Instrumentalis	***aldanen***	mit dem Baum	***aldanin***
Respektiv	***aldas***	den Baum betreffend	***aldais***
Lokativ	***aldasse***	bei dem Baum	***aldassen***
Allativ	***aldanna***	zu dem Baum (hin)	***aldannar***
Ablativ	***aldallo***	von dem Baum (her)	***aldallon***

Der *Nominativ* (Wer-Fall) bezeichnet den Fall des Satzsubjekts oder des Prädikatsnomens.

Der *Genitiv* (Wes-Fall) bezeichnet die Herkunft eines Objekts (*Derivativ*) oder den Teil eines Ganzen (*Partitiv*); er steht in allen Fällen, in denen nicht ausdrücklich der Possessiv (s. u.) verlangt wird.

Der *Dativ* (Wem-Fall) bezeichnet das indirekte Objekt oder den Empfänger. Da dies im Englischen oft durch die Präposition *for* ›für‹ ausgedrückt wird, findet man auch im Deutschen häufig eine entsprechende Übersetzung.

Der *Akkusativ* (Wen-Fall) bezeichnet das direkte Objekt, das Ziel der Bewegung oder das Objekt der Handlung. Ursprünglich, in Valinor, gab es eine eigene Akkusativ-Form, die in Mittelerde jedoch nur noch in alten Schriften (»Buch-Quenya«) vorkommt. Im Dritten Zeitalter wird für den Akkusativ die gleiche Form wie im Nominativ verwendet; die alte Form ist hier nur der Vollständigkeit halber aufgeführt (und mit einem Kreuz als »ausgestorben« markiert).

Der *Possessiv* bezeichnet den Besitzer oder Eigentümer eines Objekts; er wird auch in einem adjektivischen Sinne gebraucht, um eine Eigenschaft zu bezeichnen.

Die genaue Definition dieses Kasus im Quenya war lange umstritten, da es nur ein einziges Beispiel (***miruvóreva*** in »Namárië«) gab, darf aber heute als geklärt gelten.

Tolkien (*WJ* 368–9) gibt das Beispiel ***róma Oroméva*** ›Oromes Horn‹, verwendet von einem Horn, das zur Handlungszeit (Gegenwart oder Vergangenheit) in Oromes Besitz ist. Den Genitiv ***róma Oromeo*** würde man auch als ›Oromes Horn‹ übersetzen, bezogen auf ein Horn, das von Orome stammt, das aber zum Beispiel verschenkt wurde.

Ähnlich bezeichnet ***i arani Eldaron*** ›die Eldar-Könige‹ im strikten Sinne ›diejenigen unter den Eldar, die Könige waren‹, während ***i arani Eldaive*** ›die Könige (in einer Versammlung), die Eldar waren‹, meint.

Für einen Ausdruck wie ›Elwe, König der Sindar‹ würde man den Genitiv verwenden: ***Elwe Aran Sindaron***.

Der *Instrumentalis* (Womit/Wodurch-Fall) bezeichnet das Mittel oder Werkzeug, mit dem oder durch das etwas geschieht.

Der *Respektiv* (auch *Dedativ* genannt) bezeichnet ein Objekt, auf das sich etwas bezieht.

Der Respektiv ist eine Interpretation des so genannten »mystery case«. In der zweiten Hälfte der Sechzigerjahre schickte Tolkien einen Brief an einen amerikanischen Leser namens Dick Plotz, in dem eine Tabelle der Kasus des Quenya enthalten war, mit Kürzeln für die einzelnen Fälle. In diesem Brief – der immer noch eine Hauptquelle für das Kasussystem des Quenya darstellt – wird dieser Kasus mit aufgelistet, aber ohne Bezeichnung. Er steht dort unter dem Dativ; formal steht er dem Lokativ nahe.

Die genaue Definition dieses Falles im Quenya bleibt umstritten.

Der *Lokativ* (Wo-Fall) bezeichnet den Ort oder die Zeit, wo etwas geschieht. Der *Allativ* (Wohin-Fall) bezeichnet die Bewegung auf etwas hin. Der *Ablativ* (Woher-Fall) bezeichnet die Bewegung von etwas her.

Die drei letztgenannten Fälle werden unter dem Begriff *Lokalkasus* zusammengefasst. Sie haben sowohl räumliche als auch zeitliche Funktion.

Ähnliche Kasus finden sich auch im Finnischen, weshalb Quenya oft mit dieser Sprache verglichen wird.

Deklinationen

Im Folgenden wird die *Deklination* (Beugung) der möglichen Typen von Nomen mit jeweils einem Beispiel vorgestellt. Bei einigen Fällen gibt es auch noch alternative Formen, die hier nicht aufgeführt sind, um die Sache nicht noch komplizierter zu machen.

R-Deklination

Den Plural auf ***-r*** bilden:

(1) Nomen, die im Nominativ Sg. auf ***-a*** oder ***-o*** (außer bei Stämmen auf ***-u***) enden;
(2) Nomen auf ***-i*** sowie einige Substantive auf -e (mit Stämmen auf ***-i***);
(3) Nomen auf ***-ië*** und ***-(l)le***.

Beispiele hierfür sind ***alda*** ›Baum‹, ***cirya*** ›Schiff‹, ***ondo*** ›Stein‹, ***tári*** ›Königin‹, ***líre*** (Stamm ***líri-***) ›Lied‹, ***hísië*** ›Nebel‹, ***lië*** ›Volk‹, ***talle*** ›Entfacherin‹.

Stämme auf -a, -o (Typ alda)

	Singular	Plural	Dual	Koll.
Nom.	***alda***	***aldar***	***aldu***	***aldali***
Gen.	***aldo***	***aldaron***	***alduo***	***aldalion***
Dat.	***aldan***	***aldaren***	***aldun***	***aldalin***
Akk.(†)	***aldá***	***aldai***	***aldú***	***aldalí***
Poss.	***aldava***	***aldaiva***	***alduva***	***aldalíva***
Instr.	***aldanen***	***aldainen***	***aldunen***	***aldalinen***
Resp.	***aldas***	***aldais***	***aldus***	***aldalis***
Lok.	***aldasse***	***aldassen***	***aldusse***	***aldalisse***
All.	***aldanna***	***aldannar***	***aldunna***	***aldalinna***
Abl.	***aldallo***	***aldallon***	***aldullo***	***aldalillo***

Stämme auf -i (Typ líre [líri-])

	Singular	Plural	Dual	Koll.
Nom.	***líre***	***lírir***	***lírit***	***lírili***
Gen.	***lírio***	***líriron***	***lírito***	***lírilion***
Dat.	***lírin***	***lírín***	***lírint***	***lírilin***
Akk.(†)	***líri***	***lírí***	***lírit***	***lírili***
Poss.	***líriva***	***líríva***	***líritwa***	***lírilíva***
Instr.	***lírinen***	***lírínen***	***lírinten***	***lírilínen***
Resp.	***líris***	***lírís***	***lírist***	***lírilis***
Lok.	***lírisse***	***lírissen***	***líritse***	***lírilisse***
All.	***lírinna***	***lírinnar***	***lírinta***	***lírilinna***
Abl.	***lírillo***	***lírillon***	***lírilto***	***lírilillo***

Stämme auf -ië (Typ lië)

	Singular	Plural	Dual	Koll.
Nom.	***lië***	***liër***	***liët***	***liëli***
Gen.	***liéo***	***liëron***	***liëto***	***liëlion***
Dat.	***liën***	***lín***	***liënt***	***liëlin***
Akk.(†)	***lié***	***lí***	***liët***	***liëlí***
Poss.	***liéva***	***líva***	***liëtwa***	***liëlíva***
Instr.	***liénen***	***línen***	***liënten***	***liëlínen***
Resp.	***liës***	***lís***	***liëst***	***liëlis***
Lok.	***liësse***	***liëssen***	***liëtse***	***liëlisse***
All.	***liënna***	***liënnar***	***liënta***	***liëlinna***
Abl.	***liëllo***	***liëllon***	***liëlto***	***liëlillo***

I-Deklination

Den Plural auf ***-i*** bilden:

(1) Nomen, die im Nominativ Sg. auf Konsonanten (***-l***, ***-n***, ***-r***, ***-s*** und ***-t***) enden;
(2) Nomen auf ***-e*** (außer bei Stämmen auf ***-i*** und Wörter auf ***-ië*** und ***-(l)le***);
(3) Nomen auf ***-u*** sowie einige Nomen auf ***-o*** (mit Stämmen auf ***-u*** bzw. ***-w***).

Beispiele hierfür sind ***elen*** ›Stern‹, ***sarat*** ›Buchstabe (von Rúmils Schrift), Zeichen‹, ***anar*** ›Sonne‹, ***isil*** ›Mond‹, ***lasse*** ›Blatt‹, ***ango*** (Stamm ***angu-*** bzw. ***angw-***) ›Schlange‹.

Gerade bei konsonantischen Stämmen weicht die Form im Nominativ häufiger vom Stamm ab, zumal im Wortauslaut nur bestimmte Konsonanten erlaubt sind.

Konsonantische Stämme (Typ elen)

	Singular	Plural	Dual	Koll.
Nom.	***elen***	***eleni***	***elenet***	***elelli***
Gen.	***eleno***	***elenion***	***elento***	***elellion***
Dat.	***elenen***	***elenin***	***elenent***	***elellin***
Akk.(†)	***elen***	***elení***	***elenet***	***elellí***
Poss.	***elenwa***	***eleniva***	***elenetwa***	***elelliva***
Instr.	***elennen***	***eleninen***	***elenenten***	***elellínen***
Resp.	***elenes***	***elenis***	***elenest***	***elellis***
Lok.	***elenesse***	***elenissen***	***elenetse***	***elellisse***
All.	***elenna***	***eleninnar***	***elenenta***	***elellinna***
Abl.	***elenillo***	***elenillon***	***elenelto***	***elellillo***

Die Formen im kollektiven Plural sind eine Angleichung von ***elen-li***(+ Endung); eine Bildung mit einem Fugenvokal ***elen-e-li***(+ Endung) ist ebenfalls möglich. Auch bei anderen Formen sind zum Teil Verkürzungen möglich.

Stämme auf -e (Typ lasse)

	Singular	Plural	Dual	Koll.
Nom.	***lasse***	***lassi***	***lasset***	***lasseli***
Gen.	***lasseo***	***lassion***	***lasseto***	***lasselion***
Dat.	***lassen***	***lassín***	***lassent***	***lasselin***
Akk.(†)	***lassé***	***lassí***	***lasset***	***lasselí***
Poss.	***lasseva***	***lassíva***	***lassetwa***	***lasselíva***
Instr.	***lassenen***	***lassínen***	***lassenten***	***lasselínen***
Resp.	***lasses***	***lassís***	***lassest***	***lasselis***

	Singular	Plural	Dual	Koll.
Lok.	***lassesse***	***lassessen***	***lassetse***	***lasselisse***
All.	***lassenna***	***lassennar***	***lassenta***	***lasselinna***
Abl.	***lassello***	***lassellon***	***lasselto***	***lasselillo***

Stämme auf -u (Typ ango [angu-/angw-])

	Singular	Plural	Dual	Koll.
Nom.	***ango***	***angwi***	***angut***	***anguli***
Gen.	***anguo***	***angwion***	***anguto***	***angulion***
Dat.	***angun***	***angwin***	***angunt***	***angulin***
Akk.(†)	***angú***	***angwí***	***angut***	***angulí***
Poss.	***anguva***	***angwiva***	***angutwa***	***angulíva***
Instr.	***angunen***	***angwinen***	***angunten***	***angulínen***
Resp.	***angus***	***angwis***	***angust***	***angulis***
Lok.	***angusse***	***angussen***	***angutse***	***angulisse***
All.	***angunna***	***angunnar***	***angunta***	***angulinna***
Abl.	***angullo***	***angullon***	***angulto***	***angulillo***

Bei den Formen der Lokalkasus ist es im kollektiven Plural bei allen Deklinationen möglich, noch eine Endung zur zusätzlichen Kennzeichnung des Plurals hinzuzufügen. Diese lautet beim Lokativ ***-n***, beim Allativ ***-r***, und beim Ablativ sind ***-n*** oder ***-r*** erlaubt.

D. Adjektive und Adverbien

Adjektive

Adjektive (Eigenschaftswörter) im Quenya stimmen mit ihren Beziehungsworten im Numerus überein; sie haben dagegen in der Regel keine Kasusendungen. Adjektive, die mehrere Wörter oder eine Kollektivform bestimmen, stehen im Plural.

Adjektive enden im Singular auf ***-a***, ***-e*** oder ***-ea***. Im Archaischen Quenya wurde im Plural ein ***-i*** angefügt. Die Anhäufung von Vokalen am Wortende wurde bei mehrsilbigen Wörtern auf unterschiedliche Weise vereinfacht:

-ai wurde zu ***-e***,
-ei wurde zu ***-i***,
-eai wurde zu ***-ië*** (da **-eë** nicht erlaubt war).

Die Pluralformen weichen somit in einigen Punkten von denen der Nomen ab:

Singular	Plural
linta ›schnell‹	***linte*** ›schnelle‹
carne ›rot‹	***carni*** ›rote‹
laurea ›golden‹	***laurië*** ›goldene‹

Es gibt einige wenige Adjektive auf ***-in***, das als verkürzte Form von ***-ina*** gelesen werden kann. Es gibt hierzu keine Beispiele für den Plural.

firin ›tot‹	***firine*** (?) ›tote‹

Bei Adjektiven die auch substantivisch verwendet werden können, gibt es unterschiedliche Pluralformen:

vanima ›schön‹	***vanime*** ›schöne‹
Vanima ›[der] Schöne‹	***Vanimar*** ›[die] Schöne[n] (Kinder der Valar)‹

Über die *Komparation* (Steigerung) der Adjektive ist wenig bekannt. Es gibt ein einziges Beispiel einer Form, die als Superlativ übersetzt wird (vgl. BRIEFE Nr. 297):

elenion ancalima ›der Sterne hellster‹

Tolkien selbst sagt jedoch, dass ***an-*** ein »Superlativ- oder Intensivpräfix« sei, sodass die Form als ›überaus hell‹ zu deuten ist (BRIEFE Nr. 211).

Es ist anzunehmen, dass das ***n*** dem Anlaut des Adjektivs angeglichen wird, wenn sich sonst eine unzulässige Lautverbindung ergeben würde. (Die Regeln für eine solche Assimilation sind unten im Kapitel *Wortbildung* aufgeführt.)

Inzwischen kennen wir ein Wort ***malda*** ›mehr‹, das zur Steigerung benutzt werden kann, und eine Konstruktion für Vergleiche: ›A ist heller als B‹ lässt sich ausdrücken mit **A *ná calima lá* B**, wörtlich ›A ist hell über B hinaus‹ (*VT* 42:32).

Zahlwörter

Zahlwörter werden unterschieden nach *Kardinalzahlen* (eins, zwei, drei ...), die als Bestimmungswörter, und *Ordinalzahlen* (erster, zweiter, dritter ...), die wie Adjektive verwendet werden. Im Quenya lauten sie wie folgt:

Kardinalzahlen		Ordinalzahlen	
min, mine	eins	***minya***	erst(er, e, es)
atta, tata	zwei	***attea, tatya***	zweit(er, e, es)
nel, nelde	drei	***neldea, nelya***	dritt(er, e, es)
can	vier	***cantea***	viert(er, e, es)
lempe	fünf	***lempea***	fünft(er, e, es)
enque	sechs	***enquea***	sechst(er, e, es)
otso	sieben	***otsea***	siebt(er, e, es)
tolto	acht	****toltea***	acht(er, e, es)
nerte	neun	***nertea***	neunt(er, e, es)
cainen	zehn	***quainea***	zehnt(er, e, es)
minque	elf	****minquea***	elft(er, e, es)
****yunque***	zwölf	****yunquea***	zwölft(er, e, es)

Es gibt noch weitere Zahlworte, die aber Sonderbedeutungen haben. So steht ***esta*** ›erst(er, e, es)‹, im Sinne von ›anfänglich‹ und ***neuna*** ›zweit(er, e, es)‹ im Sinne von ›nachfolgend, hinterher kommend‹. Dagegen steht ***inga*** ›erst(er, e, es)‹ für den Ersten in der Rangfolge; es war vor allem im Lindarin gebräuchlich und wurde im Quenya als Lehnwort empfunden. Die Form ***quainea*** ist zwar belegt (*VT* 42:25), hat aber als Grundbedeutung ›voll‹, in Sinne von ›eine Hand voll, alle zehn Finger‹; möglicherweise lautet die reguläre Form ****cainea***.

Über die Bildung größerer Zahlen ist nichts bekannt. Die Elben verwendeten ein Zwölfersystem; die Zahl für 144 (12 mal 12) lautet ***hosta***, und sie ist ein Nomen, wie »Million«. Wir wissen auch nicht, wie mit diesen Zahlen gerechnet wurde. Es gibt zwei Wörter, ***tanta*** bzw. ***atwa*** für ›zweimal, doppelt‹; im Letzteren mag das Dual-Element ***û (w)*** enthalten sein.

Adverbien

Es gibt eine Vielzahl von unveränderlichen Adverbien insbesondere zur Bestimmung der Zeit oder des Ortes wie ***sí*** ›jetzt‹, ***sinome*** ›hier, an diesem Ort‹, ***aqua*** ›völlig‹, ***amba*** ›aufwärts‹, etc. Diese Adverbien, die nicht aus anderen Wörtern abgeleitet sind, sind als Vokabeln dem Wörterbuch zu entnehmen.

Die Grenzen zwischen Adverbien und Präpositionen sind im Quenya fließend, da zum Teil der Kasus selbst schon eine Beziehung ausdrückt:

Et Earello Endorenna utúliën.
›Heraus vom-Meer (Abl.) nach-Mittelerde gekommen-bin-ich.‹
Sinome maruvan ... tenn' Ambar-metta.
An-diesem-Ort bleiben-werde-ich ... bis [zum] Welt-Ende (Akk.)‹

Um ein Adjektiv in ein Adverb umzuwandeln, wird bei Adjektiven auf ***-a*** die Bildungssilbe ***-ve*** angehängt:

Andave laituvalmet!
›Lange lasst uns sie preisen!‹

Wie dies bei Adjektiven auf ***-e*** oder ***-n*** gehandhabt wird, lässt sich aus dem vorhandenen Material nicht sagen.

Es gibt darüber hinaus auch Wörter aus anderen Wortklassen wie ***oiale*** ›Ewigkeit‹ oder Wortverbindungen wie ***tennoio*** ›bis-immer, auf ewig‹, die wie Adverbien verwendet werden.

E. Pronomen

Die *Pronomen* (Fürwörter) im Quenya lassen sich nicht mit Sicherheit rekonstruieren. Es gibt nur wenige belegte Formen, und jedes System, das sich daraus ableiten lässt, erfordert ein hohes Maß an intuitiven Entscheidungen. Die folgende Rekonstruktion weicht von einigen anderen ab; sie stimmt jedoch im Großen und Ganzen mit der Verwendung in unseren Quellentexten überein und erscheint einigermaßen elegant und praktikabel.

Demonstrativpronomen

Das Quenya verwendet beim *Demonstrativpronomen* (hinweisenden Fürwort) eine dreistufige Abfolge:

sina	dies hier
tana	das da
enta	jenes dort

Verwandt mit der ersten Form ist ***sí*** ›nun‹ in »Namárië«.

Personalpronomen

Das *Personalpronomen* (persönliche Fürwort) gibt es im Quenya sowohl als eigenständige Form als auch als Suffix, das an andere Worte angehängt wird. Wir unterscheiden in beiden Fällen zwischen betonten (= emphatischen) und normalen (= nichtemphatischen) Formen. Das System stellt sich in der Grundform (Nominativ) wie folgt dar:

		Betont	Suffix	Normal	Suffix
1. P. Sg.	ich	***inye***	***-nye***	***ni***	***-n***
2. P. Sg.	du	****etye***	***-tye***	****ce***	***-t***
3. P. Sg.	er/sie/es	****erye***	****-rye***	***se***	***-s***
1. P. Pl.	wir	****emme***	***-mme***	***me***	***-n***
2. P. Pl.	ihr	***elye***	***-lye***	***le***	***-l***
3. P. Pl.	sie	****ente***	***-nte***	***te***	***-t***

Die hier angeführte 1. Person bezeichnet so genannte »exklusive« Formen, welche den oder die Ansprechpartner nicht mit einbeziehen (Singular: »ich«, »ich, aber du nicht«; Plural: »wir allein«, »wir ohne euch«, »wir im Gegensatz zu euch«). Die Form der 1. Person Plural ist anscheinend zusammengesetzt aus ***-n-me*** ›ich-wir‹.

Daneben gibt es noch Formen, die man als »inklusiv« bezeichnen könnte. Damit sind Pronomen gemeint, welche den oder die Ansprechpartner mit einbeziehen (Singular: »ich und du«, »wir beide«; Plural: »wir und ihr«, »wir alle zusammen«).

		Betont	Suffix
1. P. Sg. incl.	wir (beide)	****elwe***	***-lwe***
1. P. Pl. incl.	wir (alle)	****elme***	***-lme***

Die Form der 1. Person Singular inclusiv ist schwer zu analysieren, aber vermutlich ist sie zusammengesetzt aus ***-l-w-me***. Das ***w*** entspricht dem ***û*** bei der Dual-Bildung des Substantivs. Diese Form wird auch als 1. Person Dual bezeichnet, da es sich in der Regel um zwei Personen oder Gruppen handelt.

Die 1. Person Plural inclusiv wäre dem entsprechend zusammengesetzt aus ***-l-me***.

In der 2. Person wurde ursprünglich nicht zwischen Singular und Plural unterschieden. Wohl aber gab es eine Unterscheidung zwischen einer vertraulichen und einer höflichen Anrede (*PMe* 42–4). Diese Unterscheidung war für das Quenya im *Herrn der Ringe* gültig, fand aber nicht den Weg in die Kommentare des Anhangs. Darum fühlte sich Tolkien daran später auch nicht gebunden, und in dem Essay »Quendi and Eldar«, um 1960 geschrieben, spricht er ausdrücklich bei der 2. Person von ***-t*** im Singular und ***-l*** im Plural.

Da hier für die Grammatik die revidierte Fassung des *Herrn der Ringe* aus den 60er-Jahren zugrunde gelegt wird, gehen wir somit von diesem Modell aus. Es vereinfacht im Deutschen zudem die Grammatik, da man hier die 2. Person Plural als alte Höflichkeitsform (»Ihr«) ebenfalls kennt, entsprechend der Verwendung in Quenya-Texten wie »Namárië«. In religiösen Texten entspricht dies dem großgeschriebenen »Du«.

In der 3. Person Singular gibt es neben der allgemeinen Form, die immer gültig ist, noch männliche und weibliche Sonderformen. Diese werden nur bei Personen verwendet und nur, wenn deren Geschlecht ausdrücklich betont wird.

		Betont	Suffix	Normal
3. P. Sg.m.	er	***?*éro***	***-ro***	***?so***
3. P. Sg.f.	sie	***?*ére***	***-re***	***?se***

Diese Formen sind zwar zum Teil belegt (*LR* 385: *Ety* [S]), es ist aber umstritten, ob sie für das Quenya des *Herrn der Ringe* noch Gültigkeit haben.

Eine betonte Form der 3. Person allgemein ist ***ta***, Pl. ***tai***, mit demonstrativem Charakter; vgl. auch ***tana*** als Demonstrativpronomen.

Der Akkusativ ist identisch mit dem Nominativ. Für den Genitiv gibt es keine eigenen Formen (siehe jedoch weiter unten die Possessivpronomen). Die Formen im Dativ sind vermutlich wie folgt:

		Betont	Suffix	Normal
1. P. Sg.excl.	mir	***enin**	***-nin**	***nin***
1. P. Sg.incl.	uns (beiden)	***elwen**	***-lwen**	–
2. P. Sg.	dir	***ecen**	***-cen**	***cen**
3. P. Sg.	ihm/ihr/ihm	***eren**	***-ren**	***sen**
1. P. Pl.excl.	uns	***emmen***	***-men**	***men***
1. P. Pl.incl.	uns (allen)	***elmen**	***-lmen***	–
2. P. Pl.	euch	***elen**	***-len**	***len**
3. P. Pl.	ihnen	***enten**	***-ten**	***ten**

Die männlichen und weiblichen Sonderformen in der 3. Person Singular wären im Dativ so spekulativ, dass sie hier nicht aufgeführt sind.

Possessivpronomen

Das *Possessivpronomen* (besitzanzeigende Fürwort) wird in der Regel durch ein Suffix ausgedrückt, das zwischen Hauptwort und Endung eingefügt wird. Freie betonte Formen sind theoretisch möglich, aber nicht belegt.

		Betont	Suffix
1. P. Sg.excl.	mein	***inya**	***-nya***
1. P. Sg.incl.	unser (beider)	***elwen**	***-lwen**
2. P. Sg.	dein	***etya**	***-tya**
3. P. Sg.	sein/ihr/sein	***erya**	***-rya***

		Betont	Suffix
1. P. Pl.excl.	unser	***emma***	***-mma***
1. P. Pl.incl.	unser (aller)	***elmen***	***-lmen***
2. P. Pl.	euer	***elya***	***-lya***
3. P. Pl.	ihr	***enta***	***-nta***

Zu den inklusiven Formen hier das bekannteste Beispiel:

lúmenn' omentië-lvo ›auf die Stunde unserer [= Eurer und meiner] Begegnung‹

Vor der Genetiv-Endung ***-o*** wird das ***-w-*** zu ***-v-***, da ****wo*** im Quenya eine unzulässige Lautverbindung ist.

Bei Nomen, die auf einen Konsonanten enden, tritt in der Regel im Singular ein ***-e-*** (in der 1. Person ***-i-***), im Plural bei allen Personen ein ***-i-*** dazwischen. Dabei handelt es sich um einen Fugenvokal, nicht um die Pluralendung.

atar-i-nya ›mein Vater‹
hild-i-nya-r ›meine Erben‹

F. Verben

Ungefähr sechzig *Verben* (Zeitwörter) insgesamt lassen sich allein aus dem Grundvokabular ableiten. Nach den dort vorgegebenen Formen ist es möglich, jedes Quenya-Verb in fünf Zeitformen und in drei Personen (»ich«, »wir« und »du«) zu konjugieren. Die übrigen Formen sind mehr oder weniger sicher erschlossen.

Übersicht

Das Verb im Quenya besteht aus einer Stammform, an die verschiedene Endungen angehängt werden. Zum Zeichen dafür, dass es sich bei den Stamm um unvollständige Formen handelt, werden sie mit einem Bindestrich am Ende geschrieben:

Stammformen

cir- ›durchschneiden, spalten‹

lir- ›singen‹

pel- ›herumgehen, einkreisen, wiederkehren‹

quet- ›sagen, sprechen‹

ranya- ›wandern‹

rista- ›spalten‹

sil- ›leuchten (mit einem weißen oder silbernen Licht)‹

sir- ›fließen‹

tul- ›kommen‹

tintila- ›funkeln‹

tir- ›sehen, beobachten, wachen über‹

úr- ›heiß sein‹

Aorist	Stamm
auta ›(er/sie/es) geht fort, vergeht‹	***auta-***
lantar ›(sie) fallen‹	***lanta-***

Präsens	Stamm
untúpa ›(er/sie/es) bedeckt‹	***(un)túp-***
tírar ›(sie) wachen‹	***tir-***

Präteritum	Stamm
ortane ›(er/sie/es) erhob‹	***orta-***
unduláve ›(er/sie/es) leckte herab, überflutete‹	***(undu)lav-***

Perfekt	Stamm
utúliën ›ich bin gekommen‹	***tul-***
utúlië ›(er/sie/es) ist gekommen‹	***tul-***
utúviënyes ›ich habe es gefunden‹	***tuv-***

Futur	Stamm
maruvan ›ich werde bleiben‹	***mar-***
enquantuva ›(er/sie/es) wird wiederfüllen‹	***(en)quat-***
entuluva ›(er/sie/es) wird wiederkommen‹	***(en)tul-***
hiruva ›(er/sie/es) wird finden‹	***hira-***
hiruvalye ›du wirst finden‹	***hira-***
laituvalmet ›wir werden sie preisen‹	***laita-***

Imperativ	Stamm
a laita ›preiset!‹	***laita-***

Grundformen des Verbs

Wir unterscheiden zwischen zwei Arten von Verben:

(1) *Abgeleitete Verben* (auch »schwache« Verben genannt), die aus einer Wurzel und einer Bildungsendung bestehen. Solche Endungen sind ***-ya, -na, -ra, -ta***, oder einfach ***-a*** (< GE. ****-iâ, *-nâ, *-râ, *-tâ, *-â***). Aus diesem Grunde spricht man auch von A-Stämmen.

(2) *Stammverben* (auch »starke« Verben genannt), in denen das Wurzelelement allein den Stamm bildet. Bei ihnen endet der Stamm auf einen Konsonanten. Sie bilden die kleinere der beiden Gruppen, sind jedoch in der Formenbildung komplizierter.

Die Grundform des Verbs besteht aus dem Stamm und ggf. einer Endung:

lanta ›fällt‹ (Stamm ***lanta-***)
tire ›schaut‹ (Stamm ***tir-***)

Der Plural dieser Formen wird gebildet durch Hinzufügung von ***-r***. Wenn das Subjekt des Satzes im Plural steht, muss auch das Verb im Plural stehen: z. B. ***lassi lantar*** ›Blätter fallen‹.

Diese Grundformen gelten für alle einfachen Sätze mit Subjekt, Prädikat und ggf. Objekt. Sie gelten auch, wenn das Subjekt des Satzes ergänzt werden muss.

i lasse lanta ›das Blatt fällt‹
lanta ›es fällt‹
i Elda tire Varda ›der Elbe schaut Varda‹
tire Varda ›er schaut Varda‹

Personen

Ist das Subjekt ein Pronomen, wird dies dem Verb hinzugesetzt – entweder separat vorangesetzt, wenn es besonders betont ist, oder als zusätzliches Suffix angefügt. Insgesamt sind die Formen der Personalendungen wie folgt:

		Betont	Normal	Schwach
1. P. Sg. excl.	ich	***inye***	***-nye***	***-n***
1. P. Sg. incl.	wir (beide)	****elwe***	***-lwe***	
2. P. Sg.	du	****etye***	***-tye***	***-t***
3. P. Sg.	er/sie/es	****erye***	***-s***	–
m.	er	****éro***	***-ro***	
f.	sie	****ére***	***-re***	
1. P. Pl. excl.	wir	****emme***	***-mme***	***-n***
1. P. Pl. incl.	wir (alle)	****elme***	***-lme***	
2. P. Pl.	ihr	***elye***	***-lye***	***-l***
3. P. Pl.	sie	****ente***	***-nte***	***-r***

Ein Beispiel für den Unterschied zwischen betonten und normalen Formen finden wir in der Klage Galadriels:

nai hiruvalye Valimar
›sei-es,-dass finden-werdet-Ihr Valimar‹
»vielleicht werdet Ihr Valimar finden«

nai elye hiruva
›sei-es,-dass Ihr [es seid, der] finden-wird‹
»vielleicht werdet gar Ihr es finden«

Die Schwachstufe kann immer verwendet werden; sie tritt in der Regel ein, wenn das nächste Wort mit einem Vokal beginnt.

Zu den Formen für die 1. Person siehe den Abschnitt *Pronomen*, wo auch die Unterscheidung zwischen exklusiven und inklusiven Formen erklärt wird.

Zur 2. Person wird hier angenommen, dass die Plural-Form zugleich als höfliche Anrede dient, wie das altertümliche »Ihr« im Deutschen.

In der 3. Person wird die Normalform auf *-s* nur verwendet, wenn es sich wirklich um Personen handelt. Die Schwachstufe fällt hier im Singular mit der allgemeinen Grundform zusammen.

Ist das Objekt des Satzes ein Pronomen, so wird es zusätzlich als Suffix der Schwachstufe angefügt:

andave lait-uva-lme-t
›lang preisen-werden-wir-sie‹
»lang werden wir sie preisen«

utúvië-nye-s
›gefunden-habe-ich-es‹
»ich habe es gefunden«

Das Tempussystem

Unter *Tempus* (Zeitform) verstehen wir eine Kategorie des Verbs, welche die Zeitstufe der Handlung angibt. Das Quenya kennt folgende Tempora:

Aorist

Der *Aorist* (Erzählzeit) ist eine Zeitform, die es im Deutschen so nicht gibt. Der Begriff (aus dem Griechischen) wird hier verwendet für ein Tempus, das hinsichtlich der Handlungszeit unmarkiert ist. Es dient zum Ausdruck allgemeiner zeitloser Wahrheiten sowie punktueller, gewohnheitsmäßiger und hinsichtlich Zeit oder Dauer nicht festgelegter Handlungen und Sachverhalte: »Atlantis liegt im Meer«, »Gott ist groß«, etc. Im Deutschen würde man dergleichen mit dem Präsens wiedergeben; auch im Quenya wird der Aorist teilweise unterschiedslos mit dem Präsens verwendet:

auta i lóme ›die Nacht vergeht.‹

Durch einen Verzicht auf einen Zeitbezug wird in solchen Fällen eine Distanz geschaffen, welche die Aussage über den Einzelfall hinaus verallgemeinert.

Präsens

Das *Präsens* (Gegenwart) steht für gegenwärtige oder zurzeit andauernde Handlungen. Der Unterschied zum Aorist besteht darin, dass ein bewusster Zeitbezug zur Gegenwart besteht:

i lassi lantar (Aorist) ›die Blätter fallen‹ (weil es deren Natur ist)
i lassi lantear (Präsens) ›die Blätter fallen‹ (jetzt gerade)

Im späten Quenya hat sich der Unterschied zwischen Präsens und Aorist weiter verwischt. Die einzige Regel ist, dass in dem Fall, wenn eine Handlung in keiner Weise als andauernd, sondern als gänzlich zeitlos anzusehen ist, der Aorist verwendet werden muss.

Präteritum

Das *Präteritum* (Vergangenheit) steht für Handlungen in der Vergangenheit, ob abgeschlossen oder nicht.

Perfekt

Das *Perfekt* (Vorgegenwart) steht für nicht abgeschlossene Handlungen in der Vergangenheit, das heißt, für gegenwärtige Zustände, die sich aus der Vergangenheit ergeben, so wie das englische *present perfect*:

utúviënyes ›ich habe es gefunden‹ (also habe ich es jetzt)

Futur

Das *Futur* (Zukunft) steht für zukünftige Handlungen. Es kann, mit oder ohne entsprechende Partikeln, auch Hoffnungen und Wünsche für die Zukunft ausdrücken.

nai hiruvalye Valimar
›sei-es,-dass finden-werdet-Ihr Valimar‹
»vielleicht werdet Ihr Valimar finden«

Anar caluva tiëlyanna!
›[Die] Sonne leuchten-wird auf Weg-Euren!‹
»Die Sonne soll über Euren Pfad scheinen!«

Konjugationen

Tempusendungen werden grundsätzlich zwischen Stamm und Personalendung eingefügt.

Aorist

Der Aorist ist die einfachste Tempusform. Abgeleitete Verben bilden dieses Tempus allein mit Stamm und Endung. Bei Stammverben wird an den Stamm ein ***-i-*** angefügt (das am Wortende zu ***-e*** wird).

Abgeleitete Verben

	Normal	Schwach	
1. P. Sg.	***lantanye***	***lantan***	ich falle
1. P. Sg.incl.	***lantalve***		wir (beide) fallen
2. P. Sg.	***lantatye***	***lantat***	du fällst

	Normal	Schwach	
3. P. Sg.	***lantas***	***lanta***	(er/sie/es) fällt
m.	***lantaro***		er fällt
f.	***lantare***		sie fällt
1. P. Pl.	***lantamme***		wir fallen
1. P. Pl. incl.	***lantalme***		wir (alle) fallen
2. P. Pl.	***lantalye***	***lantal***	ihr fallt
3. P. Pl.	***lantante***	***lantar***	sie fallen

Stammverben (-i-/-e)

	Normal	Schwach	
1. P. Sg.	***tirinye***	***tirin***	ich schaue
1. P. Sg. incl.	***tirilve***		wir (beide) schauen
2. P. Sg.	***tiritye***	***tirit***	du schaust
3. P. Sg.	***tiris***	***tire***	(er/sie/es) schaut
m.	***tiriro***		er schaut
f.	***tirire***		sie schaut
1. P. Pl.	***tirimme***		wir schauen
1. P. Pl. incl.	***tirilme***		wir (alle) schauen
2. P. Pl.	***tirilye***	***tiril***	ihr schaut
3. P. Pl.	***tirinte***	***tirir***	sie schauen

Präsens

Bei den Stammverben wird das Präsens durch Längung des Stammvokals und Hinzufügung der Endung ***-a*** gebildet: ***síla*** (von ***sil-*** ›scheinen‹). Eine lange Stammsilbe als erste Silbe eines Wortes bleibt lang, auch wenn sie unbetont ist.

Die abgeleiteten Verben folgen im Prinzip derselben Regel, doch wenn die Endung ***-a*** einem Stamm hinzugefügt wird, der bereits auf ***-a*** endet, wird diese zu ***-ea***. In einem einzigen belegten Beispiel, ***órea*** (von ***ora-*** ›antreiben‹), ist der Stammvokal ebenfalls gelängt. Doch im Quenya kann ein langer Vokal normalerweise nicht vor einer Konsonantengruppe vorkommen (weil in diesem Fall die Silbe ohnehin schon lang ist), und die meisten A-Stämme weisen eine solche Anhäufung von Konsonanten auf. Daher bleibt der Vokal in solchen Fällen kurz.

Abgeleitete Verben (-ea-)

	Normal	Schwach	
1. P. Sg.	***lanteanye***	***lantean***	ich falle
1. P. Sg. incl.	***lantealve***		wir (beide) fallen
2. P. Sg.	***lanteatye***	***lanteat***	du fällst
3. P. Sg.	***lanteas***	***lantea***	(er/sie/es) fällt
m.	***lanteáro***		er fällt
f.	***lanteáre***		sie fällt
1. P. Pl.	***lanteamme***		wir fallen
1. P. Pl. incl.	***lantealme***		wir (alle) fallen
2. P. Pl.	***lantealye***	***lanteal***	ihr fallt
3. P. Pl.	***lanteante***	***lantear***	sie fallen

Stammverben (-a-)

	Normal	Schwach	
1. P. Sg.	***tíranye***	***tíran***	ich schaue
1. P. Sg. incl.	***tíralve***		wir (beide) schauen
2. P. Sg.	***tíratye***	***tírat***	du schaust

	Normal	Schwach	
3. P. Sg.	***tíras***	***tíra***	(er/sie/es) schaut
m.	***tíraro***		er schaut
f.	***tírare***		sie schaut
1. P. Pl.	***tíramme***		wir schauen
1. P. Pl. incl.	***tíralme***		wir (alle) schauen
2. P. Pl.	***tíralye***	***tíral***	ihr schaut
3. P. Pl.	***tírante***	***tírar***	sie schauen

Präteritum

Das Präteritum wird gebildet durch die Tempusendung ***-ne***. Bei abgeleiteten Verben wird sie einfach an den Stamm angehängt.

Bei Stammverben ist es etwas komplizierter: Wenn der Stamm auf ***-r***, ***-m*** oder ***-n*** endet, wird wie bei den schwachen Verben ***-ne*** hinzugefügt. Bei einem Stamm auf ***-l*** wird die Endung zu ***-le*** angeglichen (z. B. ***ville*** als Prät. von ***vil-*** ›fliegen‹).

Bei Stämmen, die auf ***-p***, ***-t*** oder ***-c*** enden, wird der Nasallaut, statt angehängt zu werden, vor dem Endkonsonanten eingefügt, und zwar in der Form ***-mp***, ***-nt*** und ***-ñk*** (z. B. ***tompe*** als Prät. von ***top-*** ›bedecken‹). Man könnte dies als Umstellung *(Metathesis)* interpretieren, mit dem Zweck, unzulässige Lautkombinationen zu vermeiden (z. B. ****quetne** > ***quente***), doch es scheint, dass es schon im Primitiven Quendisch ein solches Nasal-Infix gab.

Abgeleitete Verben (-ne)

	Normal	Schwach	
1. P. Sg.	***lantanenye***	***lantanen***	ich fiel
1. P. Sg. incl.	***lantanelve***		wir (beide) fielen
2. P. Sg.	***lantanetye***	***lantanet***	du fielst
3. P. Sg.	***lantanes***	***lantane***	(er/sie/es) fiel
m.	***lantanéro***		er fiel
f.	***lantanére***		sie fiel
1. P. Pl.	***lantanemme***		wir fielen
1. P. Pl. incl.	***lantanelme***		wir (alle) fielen
2. P. Pl.	***lantanelye***	***lantanel***	ihr fielt
3. P. Pl.	***lantanente***	***lantaner***	sie fielen

Stammverben (-ne-/Nasal-Infix + *-e)*

	Normal	Schwach	
1. P. Sg.	***tirnenye***	***tirnen***	ich schaute
1. P. Sg. incl.	***tirnelve***		wir (beide) schauten
2. P. Sg.	***tirnetye***	***tirnet***	du schautest
3. P. Sg.	***tirnes***	***tirne***	(er/sie/es) schaute
m.	***tirnéro***		er schaute
f.	***tirnére***		sie schaute
1. P. Pl.	***tirnemme***		wir schauten
1. P. Pl. incl.	***tirnelme***		wir (alle) schauten
2. P. Pl.	***tirnelye***	***tirnel***	ihr schautet
3. P. Pl.	***tirnente***	***tirner***	sie schauten

Perfekt

Die Tempusendung des Perfekt lautet *-ië*. Bei Stammverben wird sie unmittelbar an den Stamm angehängt. Bei abgeleiteten Verben fällt der Endvokal des Stammes weg; Verben auf *-ya* verlieren die gesamte Endung. Außerdem wird der Stammvokal wie im Präsens gelängt (was zeigt, dass es sich hier im Grunde um ein Tempus der Gegenwart, nicht der Vergangenheit handelt).

Das Perfekt weist außerdem in der Regel am Wortanfang Reduplikation auf. Das heißt, dass der Vokal der ersten Silbe am Anfang wiederholt wird. Wie diese Form bei Verben gebildet wird, die mit einem Vokal anfangen, ist nicht ganz klar; vermutlich werden die ersten beiden Laute (Vokal + Konsonant) wiederholt. Es gibt jedoch, vor allem in der poetischen Sprache, auch Perfekt-Formen ohne Reduplikation, z. B. ***fírië*** ›hat ausgehaucht‹.

Abgeleitete Verben (-ië-)

	Normal	Schwach	
1. P. Sg.	***alantiënye***	***alantiën***	ich bin gefallen
1. P. Sg. incl.	***alantiëlve***		wir (beide) sind gefallen
2. P. Sg.	***alantiëtye***	***alantiët***	du bist gefallen
3. P. Sg.	***alantiës***	***alantië***	(er/sie/es) ist gefallen
m.	***alantiéro***		er ist gefallen
f.	***alantiére***		sie ist gefallen
1. P. Pl.	***alantiëmme***		wir sind gefallen
1. P. Pl.incl.	***alantiëlme***		wir (alle) sind gefallen
2. P. Pl.	***alantiëlye***	***alantiël***	ihr seid gefallen
3. P. Pl.	***alantiënte***	***alantiër***	sie sind gefallen

Stammverben (-ië-)

	Normal	Schwach	
1. P. Sg.	***itíriënye***	***itíriën***	ich habe geschaut
1. P. Sg. incl.	***itíriëlve***		wir (beide) haben geschaut
2. P. Sg.	***itíriëtye***	***itíriët***	du hast geschaut
3. P. Sg.	***itíriës***	***itírië***	(er/sie/es) hat geschaut
m.	***itíriéro***		er hat geschaut
f.	***itíriére***		sie hat geschaut
1. P. Pl.	***itíriëmme***		wir haben geschaut
1. P. Pl. incl.	***itíriëlme***		wir (alle) haben geschaut
2. P. Pl.	***itíriëlye***	***itíriël***	ihr habt geschaut
3. P. Pl.	***itíriënte***	***itíriër***	sie haben geschaut

Futur

Die Tempusendung lautet ***-uva***. Bei abgeleiteten Verben wird dabei das ***-a*** im Stammauslaut ersetzt. Bei Stammverben wird die Endung direkt an den Stamm angehängt.

Abgeleitete Verben (-uva-)

	Normal	Schwach	
1. P. Sg.	***lantuvanye***		ich werde fallen
1. P. Sg.incl.	***lantuvalve***		wir (beide) werden fallen

	Normal	Schwach	
2. P. Sg.	***lantuvatye***	***lantuvat***	du wirst fallen
3. P. Sg.	***lantuvas***	***lantuva***	(er/sie/es) wird fallen
m.	***lantuváro***		er wird fallen
f.	***lantuváre***		sie wird fallen
1. P. Pl.	***lantuvamme***		wir werden fallen
1. P. Pl.incl.	***lantuvalme***		wir (alle) werden fallen
2. P. Pl.	***lantuvalye***	***lantuval***	ihr werdet fallen
3. P. Pl.	***lantuvante***	***lantuvar***	sie werden fallen

Stammverben (-uva-)

	Normal	Schwach	
1. P. Sg.	***tiruvanye***	***tiruvan***	ich werde schauen
1. P. Sg. incl.	***tiruvalve***		wir (beide) werden schauen
2. P. Sg.	***tiruvatye***	***tiruvat***	du wirst schauen
3. P. Sg.	***tiruvas***	***tiruva***	(er/sie/es) wird schauen
m.	***tiruváro***		er wird schauen
f.	***tiruváre***		sie wird schauen
1. P. Pl.	***tiruvamme***		wir werden schauen
1. P. Pl.incl.	***tiruvalme***		wir (alle) werden schauen
2. P. Pl.	***tiruvalye***	***tiruval***	ihr werdet schauen
3. P. Pl.	***tiruvante***	***tiruvar***	sie werden schauen

Wie im Kapitel *Pronomen* ausgeführt, ist es im Quenya möglich, neben den Tempus- und Personalendungen ein Pronomen als

Objekt anzuhängen. Dazu werden die Suffixe der Normalstufe des Personalpronomens benutzt:

andave laituvalme-t ›lang werden wir sie preisen‹
utúviënye-s ›ich habe es gefunden‹

Infinitiv

In den Wörterbüchern wird bei Verben der Stamm als Stichwort verwendet und mit dem Infinitiv übersetzt. Der Stamm ist aber grundsätzlich eine unvollständige Form. Tolkien sagt selbst, dass unter bestimmten Umständen der reine Stamm als Infinitiv gebraucht werden kann (U&K 240).

Das einzige definitive Beispiel eines Infinitivs betrifft ein Stammverb:

polin quete ›ich kann sprechen‹

Es ist sicher kein Zufall, dass diese Form dem Aorist ohne Endung entspricht. An anderer Stelle spricht Tolkien von dem »allgemeinen (aoristischen) ›Infinitiv‹, der durch Zusatz von ***-i*** gebildet wird« (*VT* 41:17); dieses wird, wie weiter oben ausgeführt, am Wortende zu ***-e***. Bei abgeleiteten Verben ist diese Grundform identisch mit dem Stamm.

Im Unterschied zu den finiten Formen kann jedoch der Infinitiv keine Pronomen anfügen. Wenn dies notwendig ist, tritt bei starken Verben ***-ta-*** als Bildungssilbe dazwischen:

care ›tun‹
carita-s ›es tun‹

Ob dies bei abgeleiteten Verben genauso gilt, ist nicht bekannt. Eine Form wie ?***lantatas*** würde ein Sprecher des Quenya eher vermeiden.

Imperativ

Der *Imperativ* (Befehlsform) wird im Quenya gebildet durch den Partikel ***á***, der vor die einfache Grundform gesetzt wird. Vor langen Silben wird der Partikel zu ***a*** verkürzt; die negative Form lautet ***áva***:

á vala Manwe! ›Manwe befiehl!‹ (im Sinne von ›Manwes Wille geschehe!‹)
a laita te! ›preiset sie!‹
áva care! ›tu es nicht!‹

Eine erstarrte angehängte Form des Partikels findet sich noch in Ausrufen wie ***ela!*** ›siehe!‹ oder ***heca!*** ›fort!‹.

Es gibt noch eine weitere Konstruktion mit ***na*** unmittelbar vor dem Verb, als *Subjunktiv* im Sinne von ›sollen‹, und zwar in Tolkiens Quenya-Fassung des Vaterunser, ***Átaremma*** (*VT* 43:12):

aranielya na tuluva
›Königreich-Euer soll kommen‹
»Dein Reich komme«

na care indómelya
›soll tun Wille-Euer‹
»Dein Wille geschehe«

Wenn man keinen Befehl, sondern nur einen Wunsch ausdrücken will, dass etwas geschehen möge, so gibt es dafür im Quenya eine spezielle Formel:

nai hiruvalye Valimar! ›möget Ihr Valimar finden!‹
nai tiruvantes! ›mögen sie darüber wachen!‹

Nai wird übersetzt als ›sei es, dass‹ (*RGEO* 67). Es ist zu vermuten, dass diese Konstruktionen mit dem Hilfsverb ***na*** ›sein‹ (s. u.) und dem Partikel ***i*** zusammenhängen.

Partizipien

Das *Partizip* ist ein Wort mit der Funktion eines Adjektivs, das von einem Verb abgeleitet ist. Aktive Partizipien können wie ein Verb ein Objekt haben.

Aktive Partizipien

Das Partizip Präsens Aktiv beschreibt den Zustand von jemandem oder etwas, wenn er oder es die Handlung des entsprechenden Verbs ausführt. Die meisten Beispiele hierzu stammen aus dem »Markirya«-Gedicht (U&K). So ist ***ilcala*** ›weiß glänzend‹ das Partizip zum Stamm ***ilca-*** ›weiß glänzen‹:

isilme ilcala ›weiß glänzendes Mondlicht‹
vinga hlápula ›fliegender Schaum‹

Wie im Präsens wird der Stammvokal gelängt, wenn keine Konsonantengruppe darauf folgt.

Es ist nicht ganz klar, wie die Endung bei Stammverben angehängt wird, da dies in einigen Fällen zu unzulässigen Lautverbindungen führen würde. Das Partizip von ***tir-*** ›schauen‹ kann nicht *****tírla*** sein. Es gibt leider kein eindeutiges Beispiel; so wollen wir hilfsweise eine Form ****tírala*** wie bei den schwachen Verben annehmen.

Das aktive Partizip scheint im Gegensatz zu den Adjektiven keine Plural-Endung aufzuweisen:

rámar sisílala ›glänzende Schwingen‹

Möglicherweise gibt es neben der Präsens- auch eine Aorist-Form dieses Partizips im Quenya. Zumindest ein Beispiel scheint darauf hinzudeuten: ***itila*** ›funkelnd‹, von ***ita-*** ›funkeln‹ (*PMe* 363), ohne die erwartete Längung des Stammvokals und mit ***-i-***. Doch die Textgrundlage ist zu schmal, um darauf Verallgemeinerungen aufzubauen.

Passive Partizipien

Das Partizip Perfekt Passiv beschreibt den Zustand, der durch die Handlung des entsprechenden Verbs herbeigeführt wird: So ist ***hastaina*** ›beschädigt‹ vermutlich das Partizip des (nicht belegten) Verbs ***hasta-*** ›beschädigen‹.

Abgeleitete Verben bilden das passive Partizip durch Anhängen von ***-ina*** (worauf das Endungs-***a*** mit dem ***-i*** zum Dipththong ***-ai-*** verschmilzt).

Die Bildung mit ***-ina*** scheint auch bei Stammverben auf ***-p***, ***-t*** und ***-c*** zu gelten, wahrscheinlich auch auf ***-v***, wobei der Stammvokal gelängt wird: ***rácina*** ›zerbrochen‹, von ***rac-*** ›brechen‹. Möglicherweise lässt sich dieses Schema auf alle starken Verben ausdehnen. Doch bei Verben auf ***-r***, ***-m*** und ***-n*** finden wir die einfache Endung ***-na***, ohne Längung des Stammvokals:

carna ›gemacht‹	(von ***car-*** ›machen‹)
namna ›verurteilt‹	(von ***nam-*** ›urteilen‹)
cenna ›gesehen«	(von ***cen-*** ›sehen‹)

Bei Stammverben auf ***-l*** würde ein folgendes ***n*** zu ***d*** assimiliert. Dem entspricht etwa ***melda*** ›geliebt‹ als mögliches Partizip zu ***mel-*** ›lieben‹.

Über eine Pluralform des Partizips Passiv ist nichts bekannt. Hilfsweise wollen wir annehmen, dass sich Partizipien grundsätzlich im Plural nicht ändern, es sei denn, sie werden als

Adjektive aufgefasst (ähnlich wie bei Adjektiven, die als Nomen verwendet werden können und dann eine andere Endung haben). Die Grenzen sind dabei fließend.

Gerundium

Das *Gerundium* (Verbalsubstantiv) ist ein Wort mit der Funktion eines Nomens, das von einem Verb abgeleitet ist. Es kann wie ein Verb ein Objekt haben.

Gerundien im Quenya werden mit der Endung ***-ië*** gebildet, die an den Verbstamm angehängt wird. Bei abgeleiteten Verben entfällt dabei notwendigerweise das ***-a*** im Stammauslaut. Bei Verben auf ***-ya*** würde dies zu einer unzulässigen Lautkombination führen; in diesem Fall fällt das ***-ya*** ganz weg.

Das bekannteste Beispiel stammt aus Cirions Eid (NAM 3/II):

Vanda sina termaruva Elenna-nóreo alcar enyaliën
»Dieser Eid soll Bestand haben zum Gedenken an den Glanz des Sternwärts-Landes«

Wie Tolkien selbst in den Anmerkungen ausführt, steht ***yal-*** ›zusammenrufen‹ hier in gerundialer Form ***en-yalië*** ›das Wieder-Zusammenrufen‹, hier übersetzt mit ›Gedenken‹. Da das Gerundium als Nomen fungiert, kann es eine Kasus-Endung haben, in diesem Fall die Dativ-Endung ***-n***. Als indirektes Objekt bezeichnet es den Begünstigten der Handlung: Der Eid soll Bestand haben, und diese Handlung begünstigt das Gedenken. Das Dativ-Gerundium ***enyaliën*** hat als direktes Objekt ***alcar*** ›den Glanz‹, und dies regiert wiederum den Genitiv ***Elenna-nóreo*** ›des Sternwärts-Landes‹ – also wörtlich: ›zum den-Glanz-des-Sternwärts-Landes-Erinnern‹.

So redet natürlich kein normaler Mensch, und wem das alles zu kompliziert ist, für den soll genügen, dass das Gerundium in dieser Form verwendet wird wie im Deutschen der erweiterte Infinitiv: ›um zu erinnern‹.

Mitunter ist es schwierig zu entscheiden, ob es sich bei einem Wort um ein Gerundium oder einfach um ein abstraktes Nomen handelt, da die Bildungssilbe ***-ië*** auch allgemein dafür verwendet werden kann:

nainië (von ***naina-*** ›klagen‹) ›das Klagen‹ oder ›die Klage‹
mornië (von ***morna*** ›dunkel‹) ›Dunkelheit‹

Verbindet man ein solches Wort mit einem Nomen im Genitiv, so bezeichnet dieses das *Subjekt* des entsprechenden Verbs. Steht jedoch das begleitende Nomen im Possessiv, so bezeichnet es das *Objekt*.

Altariëllo nainië ›Galadriëls Klage‹ (d. h. Galadriël klagt)
Nurtale Valinoreva ›Die Verhüllung von Valinor‹ (d. h. die Valar verhüllen Valinor)

Das Hilfsverb »sein«

Das Verb ›sein‹ ist in den Texten nur spärlich belegt. Namárië im *Herrn der Ringe* enthält die 3. Person ***ná*** ›ist‹. In einer Entwurfsversion ist es mit einem Subjekt im Plural verbunden und weist die Form ***nar*** ›sind‹ auf. Es ist möglich, dass die Formen mit langem Vokal Präsens, die mit kurzem Aorist sind. Die Formen im Präteritum lauten vermutlich ****né*** bzw.?****nér***, und für das Futur ist die Form ***nauva*** belegt (*VT* 42:34), im Plural wahrscheinlich ****nauvar***.

Ob diese Formen mit Personalendungen verbunden werden können, ist nicht bekannt. Zum Glück lässt sich dieses Problem umgehen. In einem neueren veröffentlichten Text außerhalb des Mittelerde-Materials, dem ***Aia María*** (*VT* 43:28), einer Quenya-Fassung des *Ave Maria*, schrieb Tolkien:

aistana elye imica nísi
›gesegnet [seid] Ihr unter [den] Frauen‹
»Du bist gebenedeit unter den Frauen«

Daraus und aus ähnlichen Beispielen lässt sich schließen, dass es möglich ist, in eindeutigen Zusammenhängen das Wort für ›sein‹ einfach wegzulassen.

Ein weiteres Wort, das auch mit ›ist‹ übersetzt wird, ist ***ea***, doch es bedeutet eher ›existiert‹, in einem absoluteren Sinne. Es wird vor allem auf Gott bezogen, und es war das Wort mit dem Eru Ilúvatar die Welt ins Sein rief: »***Ea!***« Als Substantiv bezeichnet es die Schöpfung, und ***eala***, Pl. ***ealar*** sind Wesen, die im natürlichen Zustand ohne Körper existieren können (z. B. Maiar wie Sauron oder die Balrogs). Die Form entspricht dem aktiven Partizip ›seiend‹: ›die Seienden‹. Das Präteritum ist vermutlich ****enge*** (vgl. *VT* 39:17). Da ***ea*** ein Vollverb ist, kann es vermutlich Personalendungen anfügen; es gibt freilich kein belegtes Beispiel.

G. Fragewörter

Am besten belegt ist das Wort für ›wer‹, das in »Namárië« und »Markirya« vorkommt:

Sí man i yulma nin en-quant-uva?
›Nun wer den Kelch mir wieder-füllen-wird?‹
»Wer nun soll den Becher für mich wiederfüllen?«
Man tiruva fáne cirya?
›Wer sehen-wird (ein) weißes Schiff?‹
»Wer wird es beachten, ein weißes Schiff?«

In einigen frühen Zitaten wird ***man*** auch für ›was?‹ verwendet. Doch in einer Quelle aus der Zeit nach dem *Herrn der Ringe* (*PM* 395) finden wir:

Mana i-coimas Eldaron? ›Was [ist] das Lebensbrot der Eldar?‹

Wenn wir annehmen, dass das Hilfsverb »sein« ergänzt wird und nicht in ***mana*** enthalten ist, wäre dies die Form für ›was?‹. Diese Vermutung wird unterstützt von einem weiteren Satz im selben Zusammenhang:

manen lambe Quendion ahyane? ›Wie änderte sich die Sprache der Quendi?‹

Die Form ***manen*** ist anscheinend der Instrumentalis des Fragepartikels. Vermutlich kann das Wort noch andere Endungen annehmen, doch die drei hier genannten sind als einzige belegt.

H. Syntax

Quenya ist eine von Endungen bestimmte Sprache, sodass die Wortstellung ebenso wie die Wortbildung relativ frei sein kann, wenn der Sinnzusammenhang klar ist. Dies gilt vor allem für die poetische Sprache, wie aus dem Vergleich zwischen dem Text von »Namárië« im *Herrn der Ringe* und der normaleren Wort- und Satzordnung, die Tolkien in *The Road Goes Ever On* (S. 58–9) angibt, deutlich wird.

Wortstellung

Im Quenya entspricht der Satz in seiner einfachsten Form der Formel »Subjekt – Prädikat – Objekt«, wobei bei mehreren Objekten das direkte Objekt (Akkusativ) dem indirekten (Dativ) vorausgeht.

Elentári ortane máryat
›(Die) Sternkönigin erhob ihre-beiden-Hände (Akk.)‹
Sí man i yulma nin enquantuva?
›Nun wer den Kelch (Akk.) mir (Dat.) wieder füllen-wird?‹

Der Genitiv wird im Satz meist vorangestellt:

hísië untúpa Calaciryo míri
›Nebel deckt Calaciryas Juwelen‹

Der Possessiv jedoch wird in der Regel nachgestellt:

yuldar lisse-miruvóreva
›Trünke von-süß(em)-Nektar (Poss.)‹

Bei komplizierten Konstruktionen, etwa wenn mehrere Wörter zu einer Nominalgruppe zusammengefasst werden, gibt es keine verbindlichen Regeln. Es ist eine Regel formuliert worden, dass bei zusammengehörigen Worten nur das letzte gebeugt werden muss:

ómaryo airetári-lírinen (poet.)
›ihrer-Stimme (Gen.) durch-Heiligkeitkönigin-Lied (Instr.)‹

Das lässt sich fast nicht übersetzen. Die reguläre Wortfolge ist ***ómaryo lírinen airetário***, was aber nicht so elegant ist. Ein ähnliches Phänomen haben wir bei gleichgeordneten Hauptwörtern und sogar bei Kombinationen mit Adjektiven (die normalerweise nicht gebeugt werden):

Namna Finwe Míriëllo
›Das Statut von Finwe [und] Míriel (Gen.)‹
Elendil Vorondo voronwe
›Elendil(s) [des] Getreuen (Gen.) Standhaftigkeit‹

Aber es gibt auch Gegenbeispiele. So haben wir im »Markirya«-Gedicht sowohl Formulierungen wie ***isilme ilcalasse*** ›im schimmernden Mondlicht‹ als auch ***ondolisse morne*** ›auf dunklen Felsen‹. Anscheinend kann die Entscheidung, welches der Worte die Endung trägt, nach dem Prinzip der Eindeutigkeit getroffen werden, und ?***ondoli mornasse(n)*** oder ?***ondo mornalisse*** sind eher zweifelhafte Konstruktionen.

In dieser Regel mag auch der Grund dafür liegen, dass Adjektive dem Nomen häufig vorausgehen, außer im Nominativ. Der Nominativ hat keine Kasusendung; der Akkusativ hat ursprünglich einmal eine besessen, aber sie später verloren, so dass er wie ein gebeugter Kasus behandelt wird. Aber auch dies ist eher eine Faustregel.

lassi lantar laurië súrinen
›Blätter (Nom.) fallen golden(e) (im-)Wind (Lok.)‹

Verben kommen nur in Fragen am Satzende vor:

Sí man i yulma nin enquantuva?
›Nun wer den Kelch (Akk.) mir (Dat.) wiederfüllen-wird?‹

Auch hier geht das direkte Objekt dem indirekten voraus.

In besonders emotional aufgeladenen Sätzen kann das Verb wie andere Satzglieder auch als Fokus am Anfang stehen:

auta i lóme
›vergeht die Nacht‹

In der poetischen Sprache sind sogar Konstruktionen möglich, die im Deutschen unzulässig wären:

Vardo tellumar nu luini
›Vardas Kuppeln unter blauen‹
»unter den blauen Kuppeln Vardas«

Relativsätze

Relativsätze im Quenya werden gebildet mit dem Relativpronomen ***ya***, das auch Kasusendungen annehmen kann:

nu luini tellumar, yassen tintilar i eleni
›unter blauen Kuppeln, worin (Lok. Pl.) funkeln die Sterne‹

Der bestimmte Artikel ***i*** kann auch die Funktion des Relativpronomens übernehmen:

i Eru i or ilye mahalmar ea tennoio
›der Eine, der über allen Thronen ist auf ewig‹
i carir quettar
›[diejenigen,] die Worte bilden‹

Verneinung

Das negative Verb ***um-*** (Prät. ***úme***, Fut. ***úva***), das in *Etymologies* aufgelistet wird, kann anscheinend sowohl als negatives Hilfsverb ›nicht sein‹ dienen als auch in Kombination mit dem Infinitiv anderer Verben zur Verneinung verwendet werden:

umin quete ›ich spreche nicht‹

Daneben gibt es auch ein Wort ***lá*** ›nein, nicht‹ als unabhängiges Wort, das wie ein Partikel dem Hauptverb vorangesetzt wird. Es kann auch verwendet werden, um einen Infinitiv zu verneinen.

I. Wortbildung

Die Wortbildung erscheint im Quenya manchmal unregelmäßig, da dort frühere Entwicklungsstufen eine Rolle spielen. Im Zweifelsfall hilft nur ein Blick in die »Etymologies«.

Zusammensetzungen

Zusammengesetzte Worte werden im Quenya wie im Sindarin gewöhnlich wie im Deutschen gebildet, indem das Hauptelement an die zweite Stelle und das beschreibende oder modifizierende Element an den Anfang gesetzt wird. Der Modifikator steht gewöhnlich in seiner einfachsten Form, ohne grammatische Endungen. Er ist oft in der Einzahl, auch wenn er dem Sinn nach Plural ist.

Elendil ›Freund der Elben‹ (wörtl. Stern-Freund)
Noldolante ›Der Fall der Noldor‹ (wörtl. Noldo-Fall)

An der Stelle, wo die Einzelworte aufeinander stoßen, kommt es häufig zu Änderungen, meist aus lautlichen Gründen:

Vokal + Vokal

Wenn das erste Wort auf einen Vokal endet und das zweite mit einem Vokal beginnt, wird der erste Vokal gewöhnlich ausgelassen.

Wenn das erste Wort auf zwei Vokalen endet, wird der zweite ausgelassen. Der erste kann beibehalten werden, wenn sich eine mögliche Vokalkombination (***ea***, ***eo***, ***ia***, ***ië***, ***io***), aber kein Diphthong ergibt. Ansonsten fällt auch er weg.

Undómiël ›Zwielicht-Tochter‹ (***undóme*** + ***iël***)
Yavanna ›Frucht-Spenderin‹ (***yáve*** + ***anna***)

Vokal + Konsonant

Wenn das erste Wort auf einen Vokal endet und das zweite mit einem Konsonant beginnt, werden beide meistens einfach aneinander gefügt.

Manchmal kann sich der Vokal ändern, insbesondere bei ***e***, das am Wortende zu ***-i*** geworden war. Wenn das erste Wort auf zwei Vokalen endet, können der erste oder beide beibehalten werden. Der erste Vokal kann die Wortbetonung erhalten, niemals aber der zweite.

Calaquendi ›Licht-Elben‹ ***(cala + quendi)***
Vingilóte ›Schaum-Blume‹ ***(vinge + lóte)***
Lómeanor ›Düster-Land‹ ***(lómea + nor)***

Konsonant + Vokal

Wenn das erste Wort mit einem Konsonant endet und das zweite mit einem Vokal beginnt, werden die beiden gewöhnlich einfach aneinander gefügt.

Formenos ›Nord-Festung‹ (***formen*** + ***os***[***to***])

Konsonant + Konsonant

Wenn das erste Wort mit einem Konsonant endet und das zweite mit einem Konsonant beginnt, kann verschiedenes passieren, je nach Art der Konsonanten.

Wenn beide Konsonanten identisch sind, werden sie entweder zu einem langen Laut aneinander gefügt, oder einer von ihnen fällt weg. Manchmal wird bei Zusammensetzungen ein

Fugenvokal eingefügt; dies ist in der Regel entweder der Stammvokal oder ein *-i-*. Gelegentlich wird der erste Konsonant dem zweiten lautlich angeglichen, insbesondere in unbetonter Silbe.

Bei ***n*** verändert sich der Laut je nach Umgebung:
n + ***l***, ***r***, ***s*** oder ***m*** wird zu ***ll***, ***rr***, ***ss*** oder ***mm***,
n + ***p*** wird zu ***mp***,
n + ***c*** wird zu ***ñc***.

Bei ***l*** wird der folgende Laut angeglichen:
l + ***r*** wird zu ***ll***,
l + ***n*** wird zu ***ld***.

Earráme ›Meer-Schwinge‹ (***ear*** + ***ráme***)
Elendilmir ›Elendil-Juwel‹ (***elendil*** + ***mir***)
Atanamir ›Mensch-Juwel‹ (***atan*** + ***a*** + ***mir***)
Palantír ›Fernhin-Seher‹ (***palan*** + ***tír***)
Númenor/Númenóre ›West-Land‹ (***númen*** + ***nóre***)
Elemmíre ›Stern-Juwel‹ (***elen*** + ***míre***)
Númellóte ›West-Blume‹ (***númen*** + ***lóte***)

Wenn das Ende des ersten Wortes und der Anfang des zweiten ähnliche Lautgruppen beinhalten, fallen diese häufig zusammen. Man nennt diesen Vorgang *Haplologie*.

untúpa ›herab-leckt‹ (***unde*** + ***túpa)***
Endor/Endóre ›Mittel-Erde‹ (***ende*** + ***ndóre)***

Veränderungen am Anfang des zweiten Wortes einer Zusammensetzung haben oft etymologische Ursachen. So bewahrten die primitiven Laute **mb*, **nd*, **ng* ihre Form in der Wortmitte, aber wurden am Wortanfang zu ***m***, ***n***, ***ñ*** (> ***n***). Worte, die mit diesen Ur-Lauten begannen, können in Zusammensetzungen die alten Formen zeigen.

mar ›Wohnstätte‹ (<****mbar***)
Eambar ›Meer-Heim‹ (***ear*** + ***mar***) (Schiffsname)
Eldamar ›Elben-Heim‹ (***elda*** + ***mar***)

Die ur-elbischen Laute ****b***, ****d***, ****g*** wurden im Quenya in der Wortmitte zu ***mb***, ***nd***, ***ñg***, am Wortanfang wurde ****b*** zu ***v***, ****d*** zu ***l***, und ****g*** fiel ganz weg. Worte, deren Anfang auf diese Ur-Laute zurückzuführen ist, können bei Zusammensetzungen in der Wortmitte die entsprechenden Formen aufweisen.

lóme ›Nacht, Dunkel‹ (<****dómé***)
tindóme ›Glitzer-Nacht, Stern-Zwielicht‹ (***tin*** + ***lóme***)
Aldalóme ›Baum-Dunkel‹ (***alda*** + ***lóme***)

Ableitungen

Viele Personennamen haben Endungen, welche die »Person« oder »handelnde Person« beziehungsweise das natürliche Geschlecht bezeichnen. Die Vokale ***-a*** und ***-ië*** sind weiblich, ***-o*** ist männlich; ***-e*** kann beides sein (etwa bei den Valar), ist aber häufiger weiblich, ***-we*** (»Person, jemand«, vor allem in alten Namen) ist ebenfalls geschlechtsneutral, aber häufiger männlich.

Varda ›die Erhabene‹	***Manwe*** ›der Gesegnete‹
Amarië ›die von Aman‹	***Ulmo*** ›der Gießer‹
Vaire ›die Weberin‹	***Osse*** ›der Schrecken‹

Weibliche Suffixe für Personennamen sind:

-wen ›Maid‹	***Earwen*** ›Meer-Maid‹
-(n)dis ›Frau‹	***Artanis*** ›Edel-Frau‹ ***Erendis*** ›Einsam-Frau‹
-iël/-iën ›Maid, Tochter‹	***Undómiël*** ›Dämmerung-Tochter‹
-riël/riën ›Bekränzte Maid‹	***Altáriël*** ›Glanz-Gekrönte‹
-rel/-sel ›Tochter‹	***Tindómerel*** ›Zwielicht-Tochter‹ (Nachtigall)
-(i)me ›Handelnde, Täterin‹	***Ancalime*** ›Hell-Strahlende‹

Männliche Suffixe für Personennamen sind:

-ion ›Sohn‹	***Anárion*** ›Sonne-Sohn‹
-(n)dil ›Freund‹ (Liebender)	***Valandil*** ›Vala-Freund‹
-(n)dur ›Freund‹ (Diener)	***Meneldur*** ›Himmel-Diener‹
-(i)mo ›Handelnder, Täter‹	***Súlimo*** ›Atmer, Windmacher‹ (Beiname Manwes)

Ursprünglich standen die beiden Silben ***-ndil*** und ***-ndur*** für »Freund« bzw. »Diener« – also ***arandil*** »König-Freund«, ***arandur*** »König-Diener« – doch mit der Zeit nahmen sie beide dieselbe Bedeutung einer selbstlosen Hingabe an. Es gibt auch die verkürzten Formen ***-nil***, ***-nur*** (wie auch ***-nis*** bei ***-ndis***). Die weibliche Form von ***-ndil*** ist möglicherweise ***-ndilme***. Alle diese Suffixe können nicht allein stehen, sondern nur in Verbindung mit anderen Worten.

Nicht gebundene Elemente, die häufig in Eigennamen zu finden sind, lauten:

heru-, ***-her*** ›Herr, Fürst‹	***Herunúmen*** ›Herr des Westens‹ ***Ondoher*** ›Stein-Fürst‹
-tur ›Meister, Beherrscher‹	***Falastur*** ›Küste-Beherrscher‹
-dacil ›Sieger‹	***Rómendacil*** ›Ost-Sieger‹
-macil ›Schwert‹	***Calmacil*** ›Licht-Schwert‹
-mir ›Juwel‹	***Aldamir*** ›Baum-Juwel‹

Die Bildung von Nomen aus anderen Wortarten ist uns schon im Zusammenhang mit dem Gerundium begegnet. Solche Wörter lassen sich auf verschiedene Weise auch von Adjektiven oder Adverbien ableiten; relevante Endungen sind ***-ië, -me, -e*** für Abstraktes, ***-le*** für Konkretes (vor allem aus Verben und Adjektiven).

mornië ›Dunkelheit‹ (von ***morna*** ›dunkel‹)
lindele ›Musik‹ (von ***linde-*** ›Singen, Gesang‹)

Um ein Nomen zu einem handelnden Subjekt zu machen, fügt man das Suffix ***-(n)tar*** hinzu:

Telcontar ›Streicher‹ (von ***telco*** ›Stamm, Stengel, langes Bein‹; Beiname Aragorns)

Auch Präfixe (Vorsilben) sind eine sehr produktive Art, neue Worte zu bilden. Die meisten von diesen sind aus dem Wörterbuch zu erschließen, sodass sich eine Aufstellung hier erübrigt.

V. Grammatik des Sindarin

A. Phonologie

Laute

Der Bestand an Konsonanten ist im Sindarin größer als im Quenya. Es war ursprünglich wie folgt:

		Bilabiale	Labiodentale	Dentale	Alveolare	Postalveolare	Palatale	Velare	Uvulare	Glottale
Plosive	stimmlos	p			t			k		
	stimmhaft	b			d			g		
Frikative	stimmlos		f	θ	s			x		h
	stimmhaft		v	ð						
Nasale		m			n			ŋ		
Liquide	stimmlos				l̥	r̥				
	stimmhaft				l	r				
Halbvokale	stimmlos	ʍ								
	stimmhaft	w					j			

Die *Konsonanten* (Mitlaute) entsprechen weitgehend dem Deutschen, mit zwei Ergänzungen. Das ***th*** aus dem Gemeinen Eldarin, das im Quenya aufgegeben wurde, ist im Sindarin erhalten geblieben, sowohl stimmhaft als auch stimmlos. Außerdem gibt es noch ein stimmloses ***r, l*** und ***w***. Diese sind jedoch im Dritten Zeitalter mit den stimmhaften Varianten zusammengefallen, sodass sie zwar noch anders geschrieben, aber normal ausgesprochen werden.

Die stimmlosen Plosive ***p, t, k*** finden sich nie nach einem Vokal, da sie in dieser Position zu ***b, d, g*** geworden sind.

Das Sindarin hat sechs *Vokale* (Selbstlaute), ***a, e, i, o, u, y,*** jeweils kurz und lang; die langen Vokale sind mit einem Akzent markiert: ***á, é, í, ó, ú, ý***. In betonten einsilbigen Worten sind die Vokale besonders lang und werden dann mit einem Zirkumflex geschrieben: ***â, ê, î, ô, û, ŷ***. Die Vokale werden wie im Deutschen ausgesprochen; ***y*** entspricht dem deutschen ***ü*** [y]. *Diphthonge* (Zwielaute) gibt es sechs: ***ai, ei, ui, au, ae, oe***. Außerdem gab es im alten Sindarin noch den Umlaut ***œ***, entsprechend dem deutschen ***ö*** [œ], der jedoch im Dritten Zeitalter zu ***e*** geworden ist.

Aussprache

Die Aussprache des Sindarin erfordert etwas mehr Übung als beim Quenya, da einige der verwendeten Laute im Deutschen nicht vorkommen.

Der Buchstabe ***c*** wird immer [k] ausgesprochen, wie in ***Celeborn*** [k'eleborn]. Das ***r*** im Sindarin ist der mit der Zungenspitze am Zahnrücken angeschlagene Laut [r] wie in englisch ***merry*** [m'eri], nicht das deutsche Zäpfchen-***r*** [ʀ]. Das ***w*** ist der englische Halbvokal [w], der fast wie ***u*** ausgesprochen wird, nicht das deutsche ***w*** [v].

Die Buchstabenkombination ***th*** steht für den stimmlosen Laut wie in englisch ***thin*** [θ'in], ***dh*** für das stimmhafte Gegenstück wie in ***this*** [ð'iz]. Weitere Buchstabenkombinationen für Einzellaute sind ***ph*** für [f] (bzw. [ff] in Zusammensetzungen), ***ng*** für [ŋ] wie in deutsch ***Ring*** [r'iŋ] (am Wortende) bzw. [ŋg] wie in ***Ringgeist*** [r'iŋgaist] (in der Wortmitte zwischen Vokalen), ***lh*** und ***rh*** für das stimmlose ***l*** bzw. ***r*** und ***hw*** für das stimmlose ***w***. Der Laut ***ch*** wie in ***na-chaered*** [na-x'aered] entspricht dem in deutsch ***acht*** ['axt].

Die Diphthonge ***ae*** und ***oe*** werden fast wie ***ai*** und ***oi*** ausgesprochen, nur mit einem ***e*** als zweitem Element.

Am Wortende wird der Diphthong ***au*** [au] ***aw*** und der Laut ***v*** [v] (das deutsche ***w***) ***f*** geschrieben. Tolkien hat diese Schreibungen eingeführt, um das Schriftbild dem Walisischen anzunähern.

Betonung

Die Betonung entspricht den Regeln des Lateinischen.

Ein zweisilbiges Wort wird auf der vorletzten Silbe betont.

amon ›Hügel, Berg‹

Ein Wort mit drei oder mehr Silben wird auf der vorletzten Silbe betont, wenn diese Silbe lang ist. Eine Silbe ist lang, wenn sie (a) einen langen Vokal oder einen Diphthong aufweist oder (b) der Vokal von mehr als einem Konsonanten gefolgt wird. Dabei zählt die Aussprache, nicht die Schreibung; es ist auch völlig egal, wo man das Wort trennt. Doppelt geschriebene Konsonanten bezeichnen einen Laut, der einen Moment gehalten wird; die Silbe ist also nicht, wie im Deutschen, kurz, sondern lang.

Ithil ›Mond‹, aber ***ithildin*** (***i*** + ***ld*** = Vokal + zwei Konsonanten; die vorletzte Silbe ist lang, also wird sie betont)

Perian ›Halbling‹, aber ***Periannath*** (***nn*** ist lang).

Wenn die vorletzte Silbe kurz ist, wird das Wort auf der drittletzten Silbe betont.

Anor ›Sonne‹, aber ***Anóriën*** (***ië*** ist kein Diphthong, darum Silbentrennung ***A-nó-ri-en***; die vorletzte Silbe ist kurz, also Betonung auf der drittletzten Silbe)

B. Artikel

Der bestimmte *Artikel* (Beiwort) ***der, die, das*** lautet im Singular ***i***: ***i aran*** ›der König‹. Die Plural-Form des Artikels ist ***in***: ***in Edhil*** ›die Elben‹. Der Artikel kann zur Verdeutlichung mit einem mittigen Punkt oder einem Bindestrich (Divis) an das Hauptwort angekoppelt werden; im Folgenden wird diese Schreibung nur in den Fällen verwendet, wenn das ***-n*** in der Umschrift wegfällt.

Der Artikel löst beim folgenden Hauptwort eine Veränderung (Mutation) des Anfangskonsonanten aus; Näheres siehe dazu weiter unten im Kapitel über Anlaut-Mutationen. Die verschiedenen Arten werden hier nur aufgelistet, ohne dass sie im Einzelnen erklärt werden.

Der Singular-Artikel löst eine Lenierung (weiche Mutation) aus.

mellon ›Freund‹ ***i vellon*** ›der Freund‹

Der Plural-Artikel löst eine Nasalmutation aus:

gaurhoth ›Werwolfhorde‹ ***i-ngaurhoth*** ›die Werwölfe‹

Insbesondere nach Präpositionen kann der Artikel als Suffix (Nachsilbe) auftreten. Dieses hat die Form ***-in*** oder ***-n***, im Singular wie im Plural. Präposition und Artikel werden dann zu einem Wort zusammengezogen: ***na*** ›zu‹ + ***-n*** wird zu ***nan*** ›zum/zur‹; Pl. ›zu den‹. Hat das Suffix die Form ***-in***, verändert sich der Vokal der Präposition durch Umlautung: ***or*** ›über‹ + ***-in*** wird zu ***erin*** (<****œrin***) ›über dem/über der‹, Pl. ›über den‹.

Der Artikel im Verbund mit einer Präposition löst eine gemischte Mutation aus.

Der Genitiv wird im Sindarin bei Eigennamen allein durch die Wortstellung ausgedrückt:

Ennyn Durin Aran Moria
›die Türen (von) Durin, Herr (von) Moria‹

Wenn das zweite Wort in einer solchen Konstruktion ein gewöhnliches Nomen ist, wird der Genitiv-Artikel ***en***, Pl. ***in*** verwendet:

Cabed-en-Aras ›Sprung des Hirschen‹
Tol-in-Gaurhoth ›Insel der Werwölfe‹

Auch der Genitiv-Artikel löst die Nasalmutation aus. Eigentlich sollte es also auch hier ***i-ngauroth*** heißen; die Aussprache [iŋ ŋ'auroθ] ist in beiden Fällen die gleiche. Die lateinische Schrift wird dem Sindarin eben nicht völlig gerecht.

C. Nomen

Pluralbildungen

Im Sindarin verändern sich Substantive ausschließlich vom Singular zum Plural. Es gibt keine Kasus wie z. B. im Deutschen (Nominativ, Genitiv, Dativ, usw). Dies gilt auch für Adjektive. Beziehungen wie in den Lokalkasus im Quenya werden durch Präpositionen ausgedrückt.

Die Pluralformen im Sindarin werden meistens durch Vokalveränderungen gebildet. Neben dem normalen Plural gibt es noch den kollektiven Plural (Klassenplural).

Pluralbildung durch Umlaut

Wie in den meisten anderen Sprachen ist der Singular die grundlegende, ungebeugte Wortform. Die Pluralform ist im

Sindarin durch Umlautung gekennzeichnet: ***aran*** (König), ***erain*** (Könige). Dabei verändern sich ein oder mehrere Vokale, während die Konsonanten unverändert bleiben.

Mit »Umlautung« wird die Tatsache bezeichnet, dass ein Vokal einen anderen, meist in der vorangehenden Silbe, an den eigenen Klang angleicht. Auf Sindarin heißt dieses Phänomen ***prestanneth*** ›Störung, Beeinflussung‹. Im Sindarin wird auch der Begriff »i-Beeinflussung« verwendet. In der Ursprache der Elben gab es die Plural-Endung ***-î*** (die im Quenya zu ***-i*** wurde). Die Plural-Endung selbst fiel im klassischen Sindarin weg, nicht aber die Veränderungen, die sie zuvor im Wortstamm ausgelöst hatte.

Im Folgenden werden die Veränderungen der Vokale abhängig von ihrer Position und der Form des Wortes aufgelistet. Da die Regeln ebenso für die Plural-Bildung des Adjektivs gelten, sind in den Beispielen oft auch Adjektive zu finden. Die untypischen Plural-Formen sind auch im Wörterbuch mit aufgeführt.

Der Vokal »a«

Ein ***a*** in der letzten Silbe wird zu ***ai***. Dies gilt auch für einsilbige Stämme, die oft ein langes ***â*** besitzen.

tâl ›Fuß‹	Pl. ***tail***
cant ›Umriss‹	Pl. ***caint***
rach ›Wagen‹	Pl. ***raich***
barad ›Turm‹	Pl. ***beraid***
aran ›König‹	Pl. ***erain***

Im frühen Sindarin lautete der Umlaut ***ei***; dieses wurde jedoch generell in Endsilben zu ***ai***. Daher finden wir mitunter in alten Worten noch einen Nebenform mit ***ei*** im Plural sowie in Fällen, wo früh ein zweites Element am Ende hinzugefügt wurde, etwa in ***Ereinion*** ›Sohn der Könige‹ (ursprünglicher Name von Gil-galad).

Wenn die letzte (oder einzige) Silbe auf ***-ng*** oder ***-rn*** endet, so wird das ***a*** zu ***e***:

narn ›Erzählung‹ Pl. ***nern***
fang ›Bart‹ Pl. ***feng***

In allen anderen Fällen (also wenn die betreffende Silbe nicht die letzte oder einzige Silbe im Wort ist) wird ***a*** zu ***e***. Dies trifft auch auf mehrsilbige Wörter zu:

lavan ›Tier‹ Pl. ***levain***
tawaren ›hölzern‹ Pl. ***tewerin***

Der Vokal »e«

Ein ***e*** in der letzten oder einzigen Silbe wird zu ***i***. Dies gilt entsprechend auch für lange Vokale:

Edhel ›Elb‹ Pl. ***Edhil***
lalven ›Ulme‹ Pl. ***lelvin***
certh ›Rune‹ Pl. ***cirth***
hên ›Kind‹ Pl. ***hîn***
têw ›Buchstabe‹ Pl. ***tîw***

Wenn in der letzten oder einzigen Silbe direkt vor dem ***e*** ein ***i*** steht, so wird aus diesem ***ië*** ein ***i***:

Miniël ›Elbe des ersten Clans‹, Vanya Pl. ***Mínil***

Möglicherweise wird hier das erste ***i*** in der Pluralform zu ***í*** gelängt, weil aus dem einst dreisilbigen Wort nun ein zweisilbiges mit kurzer Endsilbe geworden ist. Bei langen Endsilben bleibt der Vokal offenbar kurz, z. B. ***Mirion*** ›Silmaril‹, Pl. ***Miruin***.

In allen anderen Fällen (also wenn die betreffende Silbe nicht die letzte oder einzige Silbe im Wort ist) bleibt das ***e*** unverändert (siehe oben: ***Edhel***, Pl. ***Edhil***).

Der Vokal »o«

Der Vokal ***o*** wird in der letzten oder einzigen Silbe eines Wortes zu ***y***. Dies gilt entsprechend auch für lange Vokale:

Orch ›Ork‹	Pl. ***Yrch***
bôr ›Getreuer‹	Pl. ***bŷr***
amon ›Hügel‹	Pl. ***emyn***
annon ›Tor‹	Pl. ***ennyn***

Falls in der letzten oder einzigen Silbe ein ***i*** vor dem ***o*** steht (was zu ****iy*** werden würde), so wird ***io*** zu ***y***:

thalion ›Held‹	Pl. ***thelyn***

In allen anderen Fällen wird ***o*** üblicherweise zu ***e***.

Nogoth ›Zwerg‹	Pl. ***Negyth***
Onod ›Ent‹	Pl. ***Enyd***

Ursprünglich gab es hier im Sindarin einen Umlaut ***œ*** [œ], der jedoch im Dritten Zeitalter zu ***e*** geworden war. Daher findet man mitunter noch alte Formen wie ***Noegyth***. Auch der reguläre Plural von ***orod*** ›Berg‹ ist ***eryd***; eine Form wie ***Ered Engrin*** ›Eisenberge‹ ist entweder so zu erklären, dass sie als zusammengesetzte Form interpretiert wird (s. u.) oder als Dialektform aus Gondor, ebenso wie Pl. ***Ened*** ›Ents‹ (vgl. BRIEFE Nr. 168).

Es gibt einige wenige Wörter, in denen das ***o*** in einer vorangehenden Silbe nicht zu ***e*** wird. In diesen Fällen geht der Laut auf ein langes ***â*** oder ***aw*** im Primitiven Quendisch zurück, das dann über ***å*** bzw. ***au*** im Archaischen Sindarin zu ***o*** wurde. Beispiele:

Ódhel (< AS. *___audelo___ < PQ. *___aw[a]delo___) Pl. ***Ódhil***
›Fortgeher‹; Elbe, der nach Aman ging
roval (< AS. *___råmale___ < PQ. *___râmalê___) Pl. ***rovail***
›Schwinge‹; vgl. ***Landroval***.

Der Vokal »u«

Ein ***u*** wird im der Regel zu ***y***. Nur in der Endsilbe wird ein langes ***û*** zu ***ui***:

tulus ›Pappel‹ Pl. ***tylys***
dûr ›dunkel‹ Pl. ***duir***

Der Vokal »i«

Der Vokal ***i*** bleibt in der Pluralbildung immer und an jeder Stelle unverändert:

ithron ›Zauberer‹ Pl. ***ithryn***

Folglich ist bei einem Wort, das nur ***i***-Vokale besitzt, nicht zwischen Singular und Plural zu unterscheiden. Der Satzzusammenhang muss in diesen Fällen über den Numerus Auskunft geben.

Der Vokal »y«

Der Vokal ***y*** verändert sich im Plural nicht, offenbar weil die Ähnlichkeit mit dem ***i*** schon ausreichend ist:

ylf ›Trinkgefäß‹	Pl. ***ylf***
mŷl ›Möwe‹	Pl. ***mŷl***

Diphthonge

Im Sindarin wird der Diphthong ***au*** im Plural zu ***oe***. (Man beachte, dass am Wortende statt ***-au*** immer ***-aw*** geschrieben wird. Die Aussprache ändert sich dabei nicht.)

gwaun ›Gans‹	Pl. ***gwoen***
Naug ›Zwerg‹	Pl. ***Noeg***
naw ›Idee‹	Pl. ***noe***

Der Diphthong ***au*** wird oft zu ***o*** verkürzt, wenn er unbetont an zweiter Stelle eines Wortverbundes steht. Trotzdem wird er in diesem Fall im Plural zu ***oe***. Der Plural von ***Balrog***, dessen ***-rog*** ein verkürztes ***raug*** ›Dämon‹ zugrunde liegt, lautet demnach ***Belroeg***.

Obwohl es an aussagekräftigen Beispielen mangelt, so ist es ziemlich klar, dass sich die meisten anderen Diphthonge wie ***ae***, ***ai***, ***ei*** und ***ui*** vom Singular zum Plural nicht ändern.

Es gibt einige wenige Fälle, in denen sich ein ***ai*** im Plural zu ***î*** verändert. Diese Ausnahme tritt bei Wörtern auf, deren Wortstamm im frühen Sindarin ein ***e*** oder ***i*** enthielten, welches von einem späteren ***i*** im Wort beeinflusst wurde. So ist z. B. ***fair*** ›Sterblicher‹ abgeleitet von AS. ***firia*** (vgl. Qu. ***firya***) und bildet den Plural ***fîr***. Die betroffenen Wörter sind:

cai ›Hecke‹	Pl. ***cî***
cair ›Schiff‹	Pl. ***cîr***
fair ›Sterblicher‹	Pl. ***fîr***
gwain ›neu‹	Pl. ***gwîn***
lhain ›dünn‹	Pl. ***lhîn***
paich ›Saft‹	Pl. ***pich*** (Ausnahme: kurzes ***i***!)

So ist das ***i*** in einem Sindarin-Namen wie ***Círdan*** ›Schiffbauer‹ (reduziert von ****Cairdan***) lang, in einem Quenya-Namen wie ***Ciryon*** ›Schiffssohn‹ (abgeleitet von Qu. ***cirya*** ›Schiff‹) dagegen kurz. Im Sindarin von Gondor wurde das Element ***cair*** in Namen zu ***cir-*** verkürzt, darum also ***Cirion*** ›Schiffssohn‹ als Name des zwölften Regierenden Statthalters.

Wenn das ***ai*** (über ***ei***) von einem noch älteren ***œi*** abgeleitet ist, sollte der Plural ein ***y*** enthalten. So ist z. B. ***rain*** ›Fußabdruck, Spur‹ abgeleitet von AS. ****runia*** (vgl. Qu. ***runya***) und bildet den Plural ***rŷn***. Auch wenn es dazu keine Belege gibt, ist die Folgerung nahe liegend. Die betroffenen Wörter sind:

fair ›rechts, rechte Hand‹	Pl. ***fŷr***
rain ›Fußabdruck, Spur‹	Pl. ***rŷn***
tellain ›Fußsohle‹	Pl. ***tellyn***

Man sieht hier, wie gleich klingende Wörter wie ***fair*** ›Sterblicher‹ und ***fair*** ›rechte Hand‹ aufgrund ihrer unterschiedlichen Ableitungen verschiedene Pluralformen bilden.

Ein-/Mehrsilber

Es gibt eine Gruppe von Wörtern, die im frühen Sindarin einsilbig waren und im Laufe der Entwicklung zu zweisilbigen Wörtern wurden. Dennoch verhalten sich die Wörter bei der Pluralbildung wie die ehemals einsilbigen. Ursprünglich endeten sie auf Vokale, die jedoch im archaischen Sindarin wegfielen. Im frühen Sindarin gab es beispielsweise die Wörter ****dagr*** [d'agr] (Kampf) (< PQ. ****ndakro***] und ****magl*** [m'agl] ›Schwert‹ (< PQ. ****makla***).

Diese Wörter bildeten völlig regelmäßige Plural-Formen ****deigr*** [d'eigr] bzw. ****meigl*** [m'eigl], wie man es für ein einsilbiges Wort erwartet. Später wurde das ***r*** bzw. ***l*** zum Silbenträger, sodass sich die Aussprache zu [d'ag-r] bzw. [m'ag-l] veränderte.

Schließlich schob sich vor den letzten Laut ein ***o*** ein: ***dagor*** [d'agor] bzw. ***magol*** [m'agol]. Der gleiche Prozess fand parallel in der Pluralform statt, und so findet man dort Formen wie ***deigor*** [d'eigor] bzw. ***meigol*** [m'eigol].

badhor ›Richter‹	Pl. ***beidhor***
idhor ›Nachdenklichkeit‹	Pl. ***idhor***
gollor ›Magier‹	Pl. ***gyllor***
maethor ›Kämpfer‹	Pl. ***maethor***

bragol ›plötzlich‹	Pl. ***breigol***
Naugol ›Zwerg‹	Pl. ***Negol*** (< ***Nœgol***)

Bei einer weiteren Gruppe von einsilbigen Wörtern entstand die zweite Silbe, indem ein Halbvokal am Wortende (meist ein ***-w***) zu einem Vokal wurde. Das alte Sindarin-Wort ***curw*** (Geschick) bildete einen regelmäßigen Plural ***cyrw***. Durch die beschriebene Veränderung wurde ***curw*** [k'urw] zu ***curu*** [k'uru] und bildet daher einen Plural ***cyru*** [c'yru] (anstelle von *****cyry***, wie es die oben genannten Regeln erwarten ließen). Weitere Wörter sind:

anu ›männlich‹	Pl. ***einu***
galu ›begünstigt‹	Pl. ***geilu***
haru ›Verletzung‹	Pl. ***heiru***
pathu ›Ebene‹	Pl. ***peithu***
celu ›Ursprung‹	Pl. ***cilu***
nedhu ›Kissen‹	Pl. ***nidhu***
hethu ›vage‹	Pl. ***hithu***
inu ›weiblich‹	Pl. ***inu***
tinu ›Funke‹	Pl. ***tinu***
hithu ›Nebel‹	Pl. ***hithu***
coru ›tückisch‹	Pl. ***cyru***
curu ›Geschick‹	Pl. ***cyru***

Schließlich gibt es noch einige Wörter, die bei denen eine recht komplexe Folge von Änderungen in den Endungen stattgefunden hat. Bei ***fela*** ›Höhle‹ hieß die entsprechende Form im AS. ****phelga***, woraus nach Wegfall des Endvokals ****phelg*** bzw. ****felg*** wurde. Das ***g*** schwächte sich ab zu ***gh***, sodass sich ****felgh***, Pl. ****filgh*** ergab. Durch den Wegfall des ***gh*** ergaben sich aufgrund der unterschiedlichen Umgebung die Formen ***fela***, Pl. ***fili***. Wörter dieser Kategorie sind:

thala ›kräftig‹	Pl. ***theili***
tara ›starr‹	Pl. ***teiri***
fela ›Höhle‹	Pl. ***fili***
thela ›Speerspitze‹	Pl. ***thili***

Erweiternder Plural

Eine Gruppe von Wörtern zeigt die Eigenschaft, dass die Plural-Form länger als die Singular-Form ist:

ael ›Teich‹	Pl. ***aelin***
âr ›König‹	Pl. ***erain***
êl ›Stern‹	Pl. ***elin***
fêr ›Buche‹	Pl. ***ferin***
bôr ›Getreuer‹	Pl. ***beryn***
tôr ›Bruder‹	Pl. ***teryn***
thôr ›Adler‹	Pl. ***theryn***

In diesen Fällen ist die Singular-Form verkürzt worden, während die lange Form in Plural erhalten geblieben ist. Deutlich wird dies an ***êl***, dessen Plural ***elin*** der reguläre Plural von AS. ****elen*** ist (vgl. Qu. ***elen*** und siehe auch unten den kollektiven Plural ***elenath*** ›Sternenschar‹). In einigen Fällen existiert die Langform im Singular als Nebenform, wie bei ***aran*** ›König‹ oder ***thoron*** ›Adler‹.

Bei anderen Fällen ist der zweisilbige Plural darauf zurückzuführen, dass der Konsonant sich im Auslaut so weit abschwächte, dass er wegfiel. Dies kommt bei einigen Wörtern vor, deren Stamm auf -S endete, wie in ÔLOS ›Traum‹ (vgl. Qu. ***olor, olos-***), das im Sindarin zu ***-h*** wurde. Während die Singular-Form zu ***ôl*** reduziert wurde, wurde die Plural-Form von GE. ****olosi*** > AS. ****olohi*** über Umlautung und Wegfall der Plural-Endung schließlich zu ***ely***. Worte dieser Art sind:

ôl ›Traum‹	Pl. ***ely*** (Wurzel ÔLOS)
pêl ›umzäuntes Feld‹	Pl. ***peli*** (Wurzel PELES)
thêl ›Schwester‹	Pl. ***theli*** (Wurzel THELES)

Abgeleiteter Singular

Es gibt einige Substantive im Sindarin, deren Grundform nicht der Singular, sondern der Plural (oder ein alter Dual) ist. Dies kommt daher, weil diese Wörter einen Verbund, eine Gruppe oder eine fest zusammengehörende Anzahl bezeichnen. Die Mehrzahl ist hier sozusagen die natürliche Vorkommensart. Um dennoch ein einzelnes Exemplar bezeichnen zu können, bedient man sich einer Singular-Endung (***-od***, ***-ig***, ***-og***). Beispiel: Bezeichnet ***glam*** eine Orkhorde, so steht ***glamog*** für einen einzelnen Ork. Weitere Wörter dieser Art:

lhaw ›Ohren-Paar‹	Sg. ***lhewig*** ›einzelnes Ohr‹
gwanûn ›Zwillingspaar‹	Sg. ***gwanunig*** ›einzelner Zwilling‹
filig ›kleine Vögel‹	Sg. ***filigod*** ›einzelner kleiner Vogel‹

Diese letztere Kombination sieht zwar seltsam aus, ist aber genauso belegt wie das reguläre Paar ***fileg/filig***.

Plural im Wortverbund

Einige Beispiele zeigen, dass ein zusammengesetztes Hauptwort bei der Pluralbildung offenbar wie ein einziges Wort behandelt werden kann: Das Wort ***Edenedair*** ›Menschenväter‹ ist offensichtlich der Plural von ***Adanadar*** ›Menschenvater‹, aus ***Adan*** ›Mensch‹ und ***adar*** ›Vater‹. Eigentlich würde man nur von ***adar*** ›Vater‹ die Pluralform ***edair*** ›Väter‹ bilden, was zu ***Adanedair*** führen würde. Das Wort ***Adanadar*** wurde aber offenbar wie ein einziges, viersilbiges Wort behandelt, was gemäß den Regeln zur Pluralbildung aus den ersten drei (nichtfinalen) ***a*** ein ***e*** und aus dem letzten (finalen) ***a*** ein ***ai*** macht und schließlich zu ***Edenedair*** führt.

Adanadar ›Menschenvater‹	Pl. ***Edenedair***
calardan ›Lampenmacher‹	Pl. ***celerdain***
rochben ›Pferd-Mann, Reiter‹	Pl. ***rechbin***

Es sei noch angemerkt, dass die »normalen« Pluralformen ***Adanedair***, ***calardain*** und ***rochbin*** zwar unüblich, jedoch ebenso gültig sind.

Kollektiver Plural (Klassenplural)

Der kollektive Plural wird benutzt, wenn alles von einer bestimmten Sorte gemeint ist; gebildet wird er durch Anhängen von ***-ath*** an die Singular-Form, mitunter mit Längung des Auslauts. Bei Wortstämmen mit ***-i*** lautet die Endung ***-iath***:

êl ›Stern‹	***elenath*** ›Sternenschar‹
gil ›Stern‹	***giliath*** ›alle Sterne‹
ennor ›Mittelland‹	***ennorath*** ›Mittelerde‹ (die Gesamtheit der mittleren Lande von Arda)
Perian ›Halbling‹	***Periannath*** ›Halblinge‹ (allgemein)
sell ›Tochter‹	***sellath dîn*** ›alle seine Töchter‹

Ein wenig untypisch verhalten sich die oben genannten ehemals einsilbigen Wörter auf ***-l*** und ***-r***, die im klassischen Sindarin zweisilbig wurden. So ist für ***dagor*** ›Schlacht‹ der kollektive Plural ***dagorath*** belegt (in Dagor Dagorath, dem Namen für die große Schlacht am Ende aller Zeiten). Dafür ist für ***Egol*** ›Verlassener‹ die entsprechende Form ***Eglath***. Auch anderweitig sind solche Formen noch in alten Namen wie ***Tavrobel*** (zu ***tavor*** ›Specht‹) oder ***Idhril*** (zu ***idhor*** ›Nachdenklichkeit‹) erhalten. Es ist zu vermuten, dass die Form des Wortes davon abhängt, wann es gebildet wurde.

Um Volksgruppen oder Rassen zu bezeichnen, verwendet man anstelle von ***-ath*** auch oft ***-rim*** oder (negativ besetzt) ***-hoth*** ›Horde‹: ***glamhoth*** ›Lärm-Horde‹, ein anderer Name für Orks, ***Nogothrim*** ›Zwerge‹.

Anlaut-Mutationen

Weil der Klang und der Sprachfluss im Sindarin eine große Rolle spielen, wird der Anlaut eines Wortes oft der sprachlichen Umgebung angeglichen. Dies bedeutet, dass ein und dasselbe Wort je nach Zusammenhang mit unterschiedlichen Konsonanten beginnen kann; Vokale am Wortanfang sind davon nicht betroffen. Dieses Phänomen bezeichnet man als *Mutation* (Veränderung). Es kann sowohl durch grammatische als auch durch phonologische (lautliche) Faktoren ausgelöst werden.

Man betrachte die beiden Wörter ***saew*** ›Gift‹ und ***haew*** ›Gewohnheit‹: Eine Mutations-Regel besagt, dass ***s*** unter bestimmten Voraussetzungen zu ***h*** wird. Der Singular-Artikel ***i*** ist einer der Auslöser dieser Mutation, sodass »das Gift« ***i haew*** lautet. Obwohl ***haew*** auch »Gewohnheit« bedeutet, ist der Sinn doch eindeutig. Denn eine weitere Mutations-Regel besagt, dass ***h*** an dieser Stelle zu ***ch*** wird. Somit heißt »die

Gewohnheit« ***i chaew***, womit die beiden Wörter wieder unterscheidbar geworden sind.

Dass sich Wörter nicht am Wortende, sondern am Wortanfang verändern, ist für jemanden, der mit so etwas noch nie zu tun hatte, sehr irritierend. Die Gefahr, beim Lesen von ***i haew*** eine Wortliste zur Hand zu nehmen und unter ***haew*** nachzuschlagen, ist natürlich sehr groß, wenn man die Mutationsregeln nicht verstanden hat. Auch wenn die Regeln sehr komplex und umfangreich sind, ist ihre Kenntnis dennoch unumgänglich, wenn man in der Lage sein will, Texte aus dem Sindarin zu übersetzen.

Ein Wort kann in einem Satz immer nur einmal mutiert werden. Falls ein Wort für zwei verschiedene Mutationen in Frage kommt, so hat eine phonologische Mutation Vorrang vor einer grammatischen.

Weiche Mutation (Lenierung)

Die weiche Mutation kommt im Sindarin am häufigsten vor. Dabei tritt ein Lautmerkmal in Funktion, das im Deutschen keine Rolle spielt: die Unterscheidung zwischen starker und schwacher Muskelspannung (lat. *fortis/lenis*; von daher der Ausdruck »Lenierung«). Anders ausgedrückt, »harte« Konsonanten am Wortanfang werden zu »weichen« Konsonanten abgeschwächt. Die weiche Mutation wird auf Wörter in folgenden Situationen angewandt:

- ein Substantiv, das auf den Artikel ***i*** folgt;
- ein Adjektiv, das direkt hinter dem Substantiv steht (in den meisten Fällen);
- ein direktes Satzobjekt (Akkusativ-Objekt);
- ein Verb, das direkt auf das Subjekt des Satzes folgt;
- das zweite Wort in einem zusammengesetzten Ausdruck, sofern es das erste Wort näher bestimmt.

Die weiche Mutation ist somit eine grammatische Mutation, da sie nicht von bestimmten Lauten, sondern von der Stellung oder Funktion eines Wortes im Satz abhängt.

p-, ***t-*** und ***c-*** werden zu ***b-***, ***d-*** und ***g-***:

pân ›Brett‹	***i bân*** ›das Brett‹
tawar ›Wald‹	***i dawar*** ›der Wald‹
calad ›Licht‹	***i galad*** ›das Licht‹

b- und ***d-*** werden zu ***v-*** und ***dh-***:

benn ›Mann‹	***i venn*** ›der Mann‹
dôl ›Kopf‹	***i dhôl*** ›der Kopf‹

g- fällt weg; zur Markierung des Wegfalls wird häufig ein Auslassungszeichen gesetzt:

galadh ›Baum‹	***i 'aladh*** ›der Baum‹
glam ›Lärm‹	***i 'lam*** ›der Lärm‹

h-, ***s-*** und ***m-*** werden zu ***ch-***, ***h-*** und ***v-***:

hammad ›Kleidung‹	***i chammad*** ›die Kleidung‹
salph ›Suppe‹	***i halph*** ›die Suppe‹
mellon ›Freund‹	***i vellon*** ›der Freund‹

hw- wird zu ***chw-***:

hwest ›Brise‹	***i chwest*** ›die Brise‹

f-, ***th-***, ***n-***, ***r-*** und ***l-*** bleiben unverändert:

fen ›Schwelle‹	***i fen*** ›die Schwelle‹
thond ›Wurzel‹	***i thond*** ›die Wurzel‹
nath ›Gewebe‹	***i nath*** ›das Gewebe‹
rem ›Netz‹	***i rem*** ›das Netz‹
lam ›Zunge‹	***i lam*** ›die Zunge‹

rh- und ***lh-*** werden mögl. zu ***thr-*** bzw. ***thl-***:

rhaw ›Fleisch‹	***i thraw*** ›das Fleisch‹
lhûg ›Schlange‹	***i thlûg*** ›die Schlange‹

Die weiche Mutation tritt nach folgenden Partikeln und Präfixen auf:

ab, adel, am, ath-, athra-, be, dad, di, go-/gwa-, na, nu/no, trî/tre-, ú-/u-.

Nasalmutation

Dies klingt nach einem besonders üblen Zauber; gemeint ist damit eine Angleichung, die nach bestimmten Wörtern auf ***-n*** eintritt. Es handelt sich somit um eine phonologische Mutation. Die Nasalmutation wird ausgelöst durch den Plural-Artikel ***in*** ›die‹, außerdem durch die Präpositionen ***an*** ›für‹ und ***dan*** ›gegen, zurück‹.

p-, ***t-*** und ***c-*** werden zu ***ph-***, ***th-*** und ***ch-***; gleichzeitig verkürzt sich der Artikel bzw. die Präposition:

in ›die‹ + ***Periannath*** ›Halblinge‹	***i Pheriannath*** ›die ›Halblinge‹
an ›für‹ + ***Periannath*** ›Halblinge‹	***a Pheriannath*** ›für Halblinge‹
in ›die‹ + ***cyrch*** ›Krähen‹	***i chyrch*** ›die Krähen‹
an ›für‹ + ***corch*** ›Krähe‹	***a chorch*** ›für eine Krähe‹

b-, ***d-*** und ***g-*** am Wortanfang werden zu ***m-***, ***n-*** und ***ng-***. Hierbei verhalten sich jedoch Artikel und Präposition unterschiedlich: Der Artikel wird verkürzt, die Präposition wird im Auslaut angeglichen:

in ›die‹ + ***beraid*** ›Türme‹	***i meraid*** ›die Türme‹
an ›für‹ + ***barad*** ›Turm‹	***am marad*** ›für einen Turm‹

in ›die‹ + ***Duredhil*** ›Dunkelelben‹	***i Nuredhil*** ›die Dunkelelben‹
an ›für‹ + ***Duredhel*** ›Dunkelelb‹	***an Nuredhel*** ›für einen Dunkelelb‹
in ›die‹ + ***gaurhoth*** ›Werwolfhorde‹	***i ngaurhoth*** ›die Werwolfhorde‹
dan ›gegen‹ + ***gaurhoth*** ›Werwölfe‹	***dan ngaurhoth*** ›gegen Werwölfe‹

Es gibt hier mitunter verschiedene Schreibungen, da die lateinische Umschrift die Lautung nur annähernd wiedergeben kann. So würde man ***dan ngaurhoth*** [d'aŋ ŋ'aurhoθ] aussprechen.

Gemischte Mutation

Die gemischte Mutation wird ausgelöst vom Genitiv-Artikel ***en*** ›des‹ und von Präpositionen, die eine Form des Artikels in sich tragen:

erin (< ***or*** + ***in***) ›am‹
ben (< ***be*** + ***in***) ›in Übereinstimmung mit dem‹
nan (< ***na*** + ***in***) ›zum‹
'nin (< ***an*** + ***in***) ›für den‹
uin (< ***o*** + ***in***) ›vom‹

Der Begriff »gemischte Mutation« stammt nicht von Tolkien, und in seinen Publikationen wird dieses Phänomen nirgendwo beschrieben oder erklärt. Man kann es nur an seinen Auswirkungen erkennen. Die gemischte Mutation verhält sich teilweise wie die weiche, teilweise wie die nasale Mutation. Es ist darum auch nicht klar, inwieweit sie grammatisch oder phonologisch bedingt ist. Die Gründe für diese scheinbaren Widersprüche liegen vermutlich darin, dass hier beide Mutationen in unterschiedlichen Phasen der Entwicklung des Sindarin auftraten. Die genauen Zusammenhänge sind sehr komplex und nicht völlig entschlüsselt. Daher beschränken wir uns hier auf die Auswirkungen:

t-, ***p-*** und ***c-*** werden zu ***b-***, ***d-*** und ***g-***:

toloth ›acht‹	***erin dolothen*** ›am achten [Tag]‹

b-, ***d-*** und ***g-*** bleiben unverändert:

genediad ›Rechnung‹	***ben genediad*** ›nach der Rechnung‹

Plosivmutation

Die Plosivmutation wird von Wörtern ausgelöst, die auf einen Verschlusslaut (***-t*** oder ***-d***) enden oder endeten (hierzu gehört die Präposition ***o*** ›von‹, die früher ***od*** lautete). Als Beispiel soll hier die Präposition ***ed*** ›aus, heraus‹ dienen.

t-, ***p-*** und ***c-*** werden zu ***th-***, ***ph-*** und ***ch-***:

pân ›Brett‹	***e phân*** ›aus einem Brett‹
caw ›Spitze‹	***e chaw*** ›aus einer Spitze‹
taur ›Wald‹	***e thaur*** ›aus einem Wald‹
claur ›Glanz‹	***e chlaur*** ›aus einem Glanz‹
criss ›Riss‹	***e chriss*** ›aus einem Riss‹
prestanneth ›Beeinflussung‹	***e phrestanneth*** ›aus einer Beeinflussung‹
trenarn ›Geschichte‹	***e threnarn*** ›aus einer Geschichte‹

b-, ***d-***, ***g-***, ***m-*** und ***n-*** bleiben unverändert:

barad ›Turm‹	***e barad*** ›aus einem Turm‹
daw ›Finsternis‹	***e daw*** ›aus einer Finsternis‹
gas ›Loch‹	***e gas*** ›aus einem Loch‹

môr ›Dunkelheit‹ — ***e môr*** ›aus einer Dunkelheit‹
nath ›Netz‹ — ***e nath*** ›aus einem Netz‹

h- und ***hw-*** werden zu ***ch-*** und ***w-***:
haust ›Bett‹ — ***e chaust*** ›aus einem Bett‹
hwest ›Brise‹ — ***e west*** ›aus einer Brise‹

Zudem sagt Tolkien, dass das Wort ***ed*** vor Wörtern mit ***s-***, ***f-*** und ***th-*** oft (also nicht immer) als ***es***, ***ef*** und ***eth*** erscheint:

sarch ›Grab‹ — ***es sarch*** ›aus einem Grab‹
falch ›Schlucht‹ — ***ef falch*** ›aus einer Schlucht‹
thôl ›Helm‹ — ***eth thôl*** ›aus einem Helm‹

Tolkiens »oft« bedeutet, dass die Formen ***e sarch***, ***e falch*** und ***e thôl*** ebenso gültig sind.

Eine Anmerkung zur Verwendung der Präposition ***o***: Vor Wörtern mit ***o-*** ist es üblicher, die alte Form ***od*** zu verwenden, um zwei aufeinander folgende ***o*** zu vermeiden: ***od orch*** ›von einem Ork‹.

Eine vollständige Auflistung findet sich in der Tabelle der Mutationen am Ende des Kapitels.

Liquidmutation

Nach den Liquiden ***-r*** und ***-l*** werden Verschlusslaute zu Reibelauten:

pân ›Brett‹ — ***or phân*** ›über einem Brett‹
caw ›Spitze‹ — ***or chaw*** ›über einer Spitze‹
tâl ›Fuß‹ — ***or thâl*** ›über einem Fuß‹
benn ›Mann‹ — ***or venn*** ›über einem Mann‹
doron ›Eiche‹ — ***or dhoron*** ›über einer Eiche‹

g- verschwindet komplett:

galadh ›Baum‹ *or 'aladh* ›über einem Baum‹
glam ›Lärm‹ *or 'lam* ›über Lärm‹

m- wird zu *v-*:

mîr ›Juwel‹ *or vîr* ›über einem Juwel‹

h- und *hw-* werden zu *ch-* und *chw-*:

habad ›Küste‹ *or chabad* ›über einer Küste‹
hwand ›Pilz‹ *or chwand* ›über einem Pilz‹

Stimmlose *lh-* und *rh-* werden zu *'l-* und *'r-*:

lhûg ›Drache‹ *or 'lûg* ›über einem Drachen‹
rhûn ›Osten‹ *or 'rûn* ›über [dem] Osten‹

r-, l-, f-, th-, n- und *s-* verändern sich nicht:

rem ›Netz‹ *or rem* ›über einem Netz‹
lam ›Zunge‹ *or lam* ›über einer Zunge‹
fen ›Schwelle‹ *or fen* ›über einer Schwelle‹
thond ›Wurzel‹ *or thond* ›über einer Wurzel‹
nath ›Gewebe‹ *or nath* ›über einem Gewebe‹
sîr ›Fluss‹ *or sîr* ›über einem Fluss‹

Tabelle der Mutationen

Hier findet man alle Mutationen für alle Konsonanten zusammengefasst:

- die weiche Mutation am Beispiel des Artikels *i* ›der/die/das‹
- die Nasalmutation am Beispiel des Artikels *in* ›die‹ und der Präposition *an* ›für‹
- die gemischte Mutation am Beispiel des Genitiv-Artikels *en* ›des‹
- die Plosivmutation am Beispiel der Präposition *ed* ›aus, hinaus‹
- die Liquidmutation am Beispiel der Präposition *or* ›über‹

	Weich	Nasal-1	Nasal-2	Gemischt	Plosiv	Liquid
	(i)	*(in)*	*(an)*	*(en)*	*(ed)*	*(or)*
b...	***i v...***	***i m...***	***am m...***	***e-b...***	***e b...***	***or v...***
bl...	***i vl...***	***i ml...***	***a ml...***	***e-ml...***	***e bl...***	***or vl...***
br...	***i vr...***	***i mr...***	***a mr...***	***e-mr...***	***e br...***	***or vr...***
c...	***i g...***	***i ch...***	***a ch...***	***e-g...***	***e ch...***	***or ch...***
cl...	***i gl...***	***i chl...***	***a chl...***	***e-gl...***	***e chl...***	***or chl...***
cr...	***i gr...***	***i chr...***	***a chr...***	***e-gr...***	***e chr...***	***or chr...***
d...	***i dh...***	***i n...***	***an n...***	***e-d...***	***e d...***	***or dh...***
dr...	***i dhr...***	***in dr...***	***an dr...***	***en-dr...***	***e dr...***	***or dhr...***
f...	***i f...***	***i f...***	***af f...***	***e-f...***	***ef f...***	***or f...***
g...	***i '...***	***i ng...***	***an ng...***	***e-g...***	***e g...***	***or '...***
gl...	***i 'l...***	***in gl...***	***an gl...***	***en-gl...***	***e gl...***	***or 'l...***
gr...	***i 'r...***	***in gr...***	***an gr...***	***en-gr...***	***e gr...***	***or 'r...***
gw...	***i 'w...***	***in gw...***	***an gw...***	***en-gw...***	***e gw...***	***or 'w...***
h...	***i ch...***	***i ch...***	***a ch...***	***e-h...***	***e ch...***	***or ch...***
hw...	***i chw...***	***i 'w...***	***a 'w...***	***e-'w...***	***e w...***	***or chw...***
l...	***i l...***	***i l...***	***al l...***	***e-l...***	***ed l...***	***or l...***
lh...	***i thl...***	***i 'l...***	***al 'l...***	***e-'l...***	***e thl...***	***or 'l...***
m...	***i v...***	***i m...***	***am m...***	***e-m...***	***e m...***	***or v...***
n...	***i n...***	***i n...***	***an n...***	***en-n...***	***e n...***	***or n...***
p...	***i b...***	***i ph...***	***a ph...***	***e-b...***	***e ph...***	***or ph...***
pr...	***i br...***	***i phr...***	***a phr...***	***e-mr...***	***e phr...***	***or phr...***
r...	***i r...***	***idh r...***	***adh r...***	***edh-r...***	***ed r...***	***or r...***
rh...	***i thr...***	***idh 'r...***	***adh 'r...***	***e-'r...***	***e thr...***	***or 'r...***
s...	***i h...***	***i s...***	***as s...***	***e-h...***	***es s...***	***or s...***
t...	***i d...***	***i th...***	***a th...***	***e-d...***	***e th...***	***or th...***
th...	***i th...***	***i th...***	***ath th...***	***e-th...***	***eth th...***	***or th...***
tr	***i dr...***	***i thr...***	***a thr...***	***en-dr...***	***e thr...***	***or thr...***

Spezialfälle bei ***b***, ***d*** und ***g***, die von primitiven nasalisierten Verschlusslauten ***mb***, ***nd***, ***ñg*** abgeleitet wurden:

	Weich *(i)*	Nasal-1 *(in)*	Nasal-2 *(an)*	Gemischt *(en)*	Plosiv *(ed)*	Liquid *(or)*
b...	***i m...***	***i mb...***	***am mb...***	***e-mb...***	***e mb...***	***or b...***
d...	***i n...***	***i nd...***	***an nd...***	***e-nd...***	***e nd...***	***or d...***
g...	***i ng...***	***in g...***	***an g...***	***en-g...***	***en g...***	***or g...***

D. Adjektive und Adverbien

Formen des Adjektivs

Adjektive passen sich im Numerus (Singular/Plural) an das zugehörige Substantiv an. Adjektive, die mehrere Wörter oder eine Kollektivform bestimmen, stehen im Plural. Für die Pluralbildung gelten dieselben Regeln wie bei Nomen.

Häufige Adjektiv-Endungen sind ***-eb***, ***-en*** (oder ***-ren***) und ***-ui***. Doch als Folge des Verlusts der Endungen des Gemeinen Eldarin haben im Sindarin viele Adjektive keine speziellen Endungen, und manche Worte können von ihrer Form her sowohl Adjektiv als auch Substantiv sein.

aglareb ›ruhmreich‹ ***aglar*** ›Ruhm‹
angren ›eisern‹ ***ang*** ›Eisen‹
uanui ›monströs‹ ***úan*** ›Monster‹
loss ›schneeweiß‹ ***loss*** ›Schnee‹

Das Adjektiv folgt gewöhnlich dem Nomen; in dieser Stellung wird es leniert.

Annon edhellen ›elbisches Tor‹
Curunír 'lan ›Saruman der Weiße‹

Die Reihenfolge kann aus poetischen oder rhetorischen Gründen geändert werden:

galadremmin ennorath ›die walddurchwirkte Mittelerde‹

Der *Komparativ* (Vergleichsform) wird durch die Vorsilbe ***an-*** gebildet. Unter Umständen passt sich diese Vorsilbe an den ersten Konsonanten des Adjektivs an.

an- + ***alag*** (wild)	***analag*** (wilder)
an- + ***maer*** (gut)	***ammaer*** (besser)

Der *Superlativ* (Höchststufe) wird möglicherweise durch Anhängen der Nachsilbe ***-wain*** gebildet. Dabei können im Adjektiv Vokal-Veränderungen auftreten:

iaur (alt)	***iarwain*** (ältest)

Hierfür gibt es freilich nur ein einziges Beispiel, und die Form lässt sich vielleicht auch anders (als ***iaur*** + ***wain*** ›alt-jung‹) interpretieren.

In einer früheren Fassung der Sindarin-Grammatik wurden Komparativ und Superlativ durch Anhängen von ***-iad*** bzw. ***-iant*** gebildet (*PM* 13:125). Dies würde auch für das klass. Sindarin Sinn machen, wenn man die Form mit ***an-***, ähnlich wie im Quenya, als Elativ (›sehr wild‹, ›sehr gut‹) deutet. Doch die Textbasis ist einfach zu klein, und es gibt keine Belege dafür.

Zahlwörter

Zahlwörter werden unterschieden nach *Kardinalzahlen* (eins, zwei, drei...), die als Bestimmungswörter, und *Ordinalzahlen* (erster, zweiter, dritter...), die wie Adjektive verwendet werden. Im Sindarin lauten sie wie folgt:

Kardinalzahlen		Ordinalzahlen	
mîn	eins	***minui***	erst(er, e, es)
tâd	zwei	***tadui***	zweit(er, e, es)
nêl	drei	***nelui***	dritt(er, e, es)
canad	vier	***canthui***	viert(er, e, es)
leben	fünf	***lefnui***	fünft(er, e, es)
eneg	sechs	***enchui***	sechst(er, e, es)
odog	sieben	***odothui***	siebt(er, e, es)
toloth	acht	***tollui***	acht(er, e, es)
neder	neun	***nedrui***	neunt(er, e, es)
pae	zehn	***paenui***	zehnt(er, e, es)
minig	elf	****minchui***	elft(er, e, es)
uiug	zwölf	****uichui***	zwölft(er, e, es)

Die Zahlen für elf und zwölf gelten für das elbische Duodezimalsystem; es ist zu vermuten, dass sie auch im Dezimalsystem verwendet wurden. Kardinalzahlen zwischen 13 und 19 haben die Form ***pae-a-nêl***, ***pae-a-canad*** ... ***pae-a-neder***. Im Dezimalsystem haben die Zehnerwerte folgende Form: 20 ***taphae***, 30 ***nelphae***, 40 ***canaphae***, 50 ***lephae***, 60 ***enephae***, 70 ***odophae***, 80 ***tolophae***, 90 ***nederphae***, 100 ***haran***. Die Hunderterwerte haben die Form: 200 ***tacharan***, 300 ***nelcharan***, 400 ***canacharan***, 500 ***lefaran***, 600 ***enecharan***, 700 ***odocharan***, 800 ***tolocharan***, 900 ***nedercharan***, 1000 ***meneg***.

Im Brief König Elessars an Sam Gamdschie (*SD* 128–9) gibt es abweichende Ordinalzahlen, nämlich ***edwen*** ›zweit(er, es, es), ***tolothen*** [mutiert zu ***dolothen***] ›acht(er, e, es)‹ und ***nelchaenen*** ›dreißigst(er, e, es). Ob diese Form speziell für Datumsangaben verwendet wird oder ob es sich um alternative Formen handelt, lässt sich nicht entscheiden.

Adverbien

Das einzige Beispiel eines abgeleiteten Adverbs findet sich in dem Lobpreis der Halblinge auf dem Feld von Cormallen:

> ***Cuio i Pheriain anann!***
> ›[Es] leben die Halblinge lange!‹

Dies entspricht dem Adjektiv ***and*** ›lang‹ mit einer Bildungssilbe ***an-***. Möglicherweise handelt es sich jedoch auch einfach um eine Intensivierung; solange es keine weiteren Beispiele gibt, lässt sich die Form nicht mit Sicherheit deuten.

E. Pronomen

Über die Pronomina (Fürwörter) im Sindarin ist noch weniger bekannt als im Quenya. Vieles von dem Folgenden sind Ableitungen aus dem Quenya bzw. aus dem Gemeinen Eldarin, das beiden Sprachen zugrunde liegt.

Demonstrativpronomen

Im Sindarin ist nur ein Demonstrativpronomen bekannt: ***sen*** ›dies(er, e, es) hier‹, Pl. ***sin***. Dabei kann auch noch der bestimmte Artikel hinzutreten:

> ***Celebrimbor o Eregion teithant i thiw hin***
> ›Celebrimbor von Eregion schrieb die Zeichen diese‹
> »Celebrimbor von Eregion schrieb diese Zeichen«

Analog zum Quenya könnte man noch weitere Formen wie **tain* ›der(, die, das) da‹, Pl. **tain*, und **ent* ›jen(er, e, es) dort‹, Pl. **ent*, vermuten; sie sind aber nicht belegt.

Personalpronomen

Wir wollen davon ausgehen, dass auch im Sindarin, wie im Quenya, in der 2. Person zwischen Singular und Plural unterschieden wird, wobei die Plural-Form zugleich als formelle Anrede (»Ihr«) dient.

Was die folgende Zweiteilung betrifft, so beruht sie auf einer eigenen Theorie, die es zumindest ermöglicht, die vorliegenden Formen in ein System zu bringen:

		Form-1	Suffix	Form-2
1. P. Sg.	ich	***im***	***-n***	****ni***
2. P. Sg.	du	****ech***	***-ch***	****ce***
3. P. Sg.	er/sie/es	***e***	–	****se***
1. P. Pl.	wir	****em***	***-m***	***men***
2. P. Pl.	ihr	****el***	***-l***	***le***
3. P. Pl.	sie	****sain***	***-r***	****te***

Die erstgenannten Formen sind regelgemäß über das Gemeine Eldarin abgeleitet. Die alternativen Formen (Form-2) sind stärker vom Quenya beeinflusst, aber darum nicht notwendigerweise älter.

Die abweichenden Formen der 3. Person sind aus dem Stamm des Demonstrativpronomens gebildet.

Die Formen im Dativ und Akkusativ sind gleich, weshalb man hier wohl besser von einem »Objektiv« spricht. Wenn sie im Sinne des Akkusativs, das heißt als direktes Objekt, verwendet werden, tritt eine Lenierung ein:

	Dativ		Akkusativ (leniert)	
1. P. Sg.	mir	***nin***	mich	***nin***
2. P. Pl.	dir	****len***	dich	****len***
3. P. Sg.	ihm/ihr/ihn	****ten***	ihn/sie/es	***den***
1. P. Pl.	uns	***men***	uns	****ven***
2. P. Sg.	euch	****cen***	euch	****chen***
3. P. Pl.	ihnen	****sain***	sie	***hain***

Zur 3. Person Plural vergleiche man den Spruch auf dem Tor von Moria:

> ***im Narvi hain echant***
> ›ich, Narvi, sie (Akk.) machte‹
> »Ich, Narvi, machte sie.«

Die Objektivform ***men*** findet sich auch in ***ammen*** (***an*** + ***men***) ›für uns‹ in dem Spruch Gandalfs vor dem Tor von Moria:

> ***edro hi ammen*** ›öffne-dich nun für-uns‹

Dagegen scheint die entsprechende Form ***anim*** (***an*** + ***im***) ›für mich‹ in Gilraens ***linnod*** auf den ersten Blick eine Nominativ-Form zu enthalten:

> ***ú-chebin estel anim***
> ›nicht-habe-ich Hoffnung für-mich‹
> »Ich habe keine Hoffnung für mich behalten.«

Der Grund für die Form liegt jedoch wohl darin, dass hier das Objekt mit dem Satzsubjekt identisch ist, sodass wir es hier mit einem Reflexivpronomen (›für mich selbst‹) zu tun haben.

Im Lied der Elben von Imladris (»A Elbereth Gilthoniel«) findet sich die Form ***le*** (2. Pers. Pl./formell) zur Kennzeichnung des direkten Objekts, wo man eigentlich ****len*** erwarten müsste:

le linnathon ›zu Euch singe ich‹

Möglicherweise zeigt sich hier der Einfluss des Quenya, den Tolkien für das Sindarin von Bruchtal bescheinigt, darin, dass eine mit dem Nominativ identische Form verwendet wird.

Possessivpronomen

Die besitzanzeigenden Fürwörter im Sindarin werden in der Regel dem Beziehungswort nachgestellt, wo sie wie Adjektive eine Anlautveränderung (Lenierung) erfahren.

		Grundform	(leniert)	Suffix
1. P. Sg.	mein	****nîn***	***nîn***	***-en***
2. P. Sg.	dein	****cîn***	****chîn***	****-ech***
3. P. Sg.	sein/ihr/sein	****tîn***	***dîn***	****-e?***
1. P. Pl.	unser	****mîn***	***vîn***	****-em***
2. P. Pl.	euer	****lîn***	***lîn***	****-el***
3. P. Pl.	ihr	****sîn***	****hîn***	****-er?***

Eine Endung ist nur für eine Person belegt, nämlich für ›mein‹ in ***lammen*** (< ****lam[b] + en***):

lasto beth lammen
›höre [das] Wort Zunge-meiner‹
»Höre auf das Wort meiner Stimme«

Zur 3. Person Sg. gibt es im Brief des Königs noch eine weitere Form ***în***. Dabei handelt sich um ein Reflexivpronomen, das sich auf das Subjekt des Satzes bezieht:

aníra i aran . . . suilannad mhellyn în phain
›wünscht der König . . . zu-grüßen Freunde seine alle‹
»der König wünscht . . . alle seine Freunde zu grüßen«

In diesem Fall sind die Freunde des Königs gemeint, also seine eigenen. Wären die Freunde von Meister Samweis gemeint, würde es ***mhellyn dîn*** heißen.

F. Verben

Das Verbsystem des Sindarin ist weit weniger bekannt als das des Quenya. Zum Teil gibt es nur einzelne Formen, aus denen weit reichende Schlüsse gezogen werden müssen. Und es ist wirklich kompliziert. Um es zu verstehen, ist eine Kenntnis des Systems von Lautveränderungen erforderlich, über die sich das Sindarin – ebenso wie das Quenya – aus dem Gemeinen Eldarin ableitet. Darum ist die folgende Darstellung vereinfacht; sie stimmt mit den Quellen überein, aber verzichtet auf einige Folgerungen, die nicht mehr ohne weiteres nachzuvollziehen sind.

Übersicht

Das Verb im Sindarin besteht aus einer Stammform, an die verschiedene Endungen angehängt werden:

Aorist	Stamm
ú-chebin ›ich habe nicht‹	***(u-)heb-***

Präsens	Stamm
penna ›(er/sie/es) scheint herab‹	***penna-***
nallon ›ich rufe‹	***nalla-***

Präteritum	Stamm
echant ›(er/sie/es) machte‹	***echad-***
teithant ›(er/sie/es) schrieb‹	***teitha-***
ónen ›ich gab‹	***anna-***

Futur	Stamm
linnathon ›ich werde singen‹	***linna-***

Imperativ	Stamm
cuio ›lebe!‹	***cuia-***
daro ›halt!, halte!‹	***dar-***
edro ›öffne dich! tu dich auf!‹	***edra-***
eglerio ›preiset! rühmet!‹	***egleria-***
lasto ›höre! höre zu!‹	***lasta-***
pedo ›sprich!, sage!‹	***ped-***
tiro ›sieh!, wache!‹	***tir-***

Partizip Präsens Aktiv	Stamm
míriël ›juwelengleich glänzend‹	***mir-***
palan-diriël ›fern-blickend‹	***tir-***

Partizip Perfekt Aktiv	Stamm
palan-díriël ›fern-geblickt-habend‹	***tir-***

Partizip Perfekt Passiv	Stamm
govannen ›getroffen‹	***govad-***

Grundformen des Verbs

Im Sindarin gibt es wie im Quenya zwei Klassen von Verben.

Die abgeleiteten oder »schwachen« Verben wurden ursprünglich gebildet, indem an einen primitiven Stamm eine Bildungsendung angehängt wurde. Solche Endungen sind im Sindarin ***-ia, -na, -da/-tha/-ta/-na, -ra*** oder einfach ***-a***. Aus diesem Grunde spricht von auch von A-Stämmen.

Die »starken« oder Stammverben bestehen direkt aus primitiven Wortstämmen, die keine weitere Endung besitzen.

Anhand des vorliegenden Materials ergeben sich folgende Grundformen:

Aorist Sg.	Präsens Sg.
linna ›singt‹ (allg.)	***linna*** ›singt‹ (jetzt)
pêd ›fällt‹ (allg.)	***pida*** ›fällt‹ (jetzt)
Präteritum Sg.	Futur Sg.
linnant ›sang‹	***linnatha*** ›wird singen‹
pent ›sprach‹	***peditha*** ›wird sprechen‹

Personen

Im Sindarin werden *Numerus* (Einzahl oder Mehrzahl) und *Person* durch Endungen ausgedrückt:

1. P. Sg.	ich	***-n***
2. P. Sg.	du	***-ch***
3. P. Sg.	er/sie/es	–
1. P. Pl.	wir	***-m***
2. P. Pl.	ihr	***-l***
3. P. Pl.	sie	***-r***

Da hier, wie schon verschiedentlich ausgeführt, für die Grammatik die revidierte Fassung des *Herrn der Ringe* aus den 60er-Jahren zugrunde gelegt wird, gehen wir von der Annahme aus, dass die 2. Person Plural (»ihr«) zugleich als Höflichkeitsform (»Ihr«) dient.

Man beachte, dass die 3. Person Singular (er/sie/es) keine Endung besitzt. Diese Form bezeichnen wir auch als Grundform.

Das Tempussystem

Unter *Tempus* (Zeitform) verstehen wir eine Kategorie des Verbs, welche die Zeitstufe der Handlung angibt. Die Definitionen entsprechend weitgehend dem Quenya, sodass sie hier verkürzt wiedergegeben sind.

Aorist

Der *Aorist* bezeichnet eine allgemeine Aussage ohne Zeitbezug. Im Deutschen würde man dergleichen mit dem Präsens wiedergeben; wir nehmen an, dass auch im Sindarin der Aorist teilweise unterschiedslos mit dem Präsens verwendet wird.

Ob es im Sindarin wirklich einen Aorist gibt, ist umstritten. Das Tempussystem des Sindarin ist nicht identisch mit dem des Quenya. Doch die Formen der 1. Pers. Sg., die in den »Etymologies« zu finden sind, stimmen von der Wortbildung her eher mit den Aorist-Formen des Quenya als mit dessen Präsens überein.

Präsens

Das *Präsens* (Gegenwart) steht für gegenwärtige oder zurzeit andauernde Handlungen. Der Unterschied zum Aorist besteht darin, dass ein bewusster Zeitbezug zur Gegenwart besteht.

Präteritum

Das *Präteritum* (Vergangenheit) steht für Handlungen in der Vergangenheit.

Perfekt

Über eine Perfekt-Form ist nichts bekannt; vermutlich wird deren Funktion zum Teil durch die Partizipien (s. u.) mit abgedeckt. Zwar gibt es eine Form, die im *Herrn der Ringe* (HR Anh A) mit dem Perfekt übersetzt wird:

ú-chebin estel amin
»Ich habe keine Hoffnung für mich behalten«

Der zugrunde liegende Stamm ist höchstwahrscheinlich ***heb-*** (*VT* 41:6), und es liegt die Vermutung nahe, dass es sich um eine allgemeine Aussage handelt – im Sinne von ›es gibt keine Hoffnung für mich‹ –, also um einen Aorist.

Futur

Das *Futur* (Zukunft) steht für zukünftige Handlungen. Es kann, mit oder ohne entsprechende Partikeln, auch Hoffnungen und Wünsche für die Zukunft oder einen Subjunktiv ausdrücken.

estathar aen
›nennen-werden-sie sei-es-dass‹
»sie sollten nennen«

Konjugationen

Tempusendungen werden grundsätzlich zwischen Stamm und Personalendung eingefügt.

Aorist

Die Form ist eine direkte Ableitung aus dem Gemeinen Eldarin, mit der Endung ***-i*** (< ***-î***) bei Stammverben und ohne Endung bei abgeleiteten Verben. Bei starken Verben mit einem einsilbigen Stamm wird dieser in der 3. Pers. Sg. gelängt.

Abgeleitete Verben

1. P. Sg.	***linnan***	ich singe
2. P. Sg.	***linnach***	du singst
3. P. Sg.	***linna***	(er/sie/es) singt
1. P. Pl.	***linnam***	wir singen
2. P. Pl.	***linnal***	ihr singt
3. P. Pl.	***linnar***	sie singen

Stammverben (-i-)

1. P. Sg.	***pedin***	ich spreche
2. P. Sg.	***pedich***	du sprichst
3. P. Sg.	***pêd***	(er/sie/es) spricht
1. P. Pl.	***pedim***	wir sprechen
2. P. Pl.	***pedil***	ihr sprecht
3. P. Pl.	***pedir***	sie sprechen

Bei den starken Verben bewirkt das ***-i-*** in der letzten Silbe, dass ***-a-*** und ***-o-*** in der vorangehenden Stammsilbe zu ***-e-*** umgelautet wird:

cab- ›springen‹	***câb*** ›springt‹	***cebin*** ›ich springe‹
tol- ›kommen‹	***tôl*** ›kommt‹	***telin*** ›ich komme‹

Präsens

Die Form wurde im Gemeinen Eldarin bei Stammverben durch den Bildungsvokal ***-a-*** und durch eine Längung des Stammvokals gebildet. Da die Längung so weit zurückliegt, hat dies Auswirkung auf die Qualität des Stammvokals; denn langes ***â***, ***ê*** und ***ô*** wurde in einem Stadium, das wir als Archaisches Sindarin bezeichnen, zu ***ô***, ***î*** und ***û***. Altes ***î*** blieb ***î***, und unser einziges Beispiel eines Verbs, das im Quenya und im Sindarin mit gelängtem Vokal vorkommt, nämlich ***síla*** ›scheint‹, hat leider diesen Vokal. Altes ***û*** blieb ebenfalls ***û***, wohingegen kurzes ***u*** zu ***o*** wurde.

Mit anderen Worten: Verbstämme mit dem Stammvokal ***a*** hätten Präsens-Formen in ***ó***, Stämme mit ***e*** in ***í*** und Stämme mit ***o*** (ob original oder abgeleitet von primitivem ***u***) in ***ú***.

mad- ›essen‹	***mâd*** ›isst‹ (Aor.)	***móda*** ›isst‹ (Präs.)
ped- ›sprechen‹	***pêd*** ›spricht‹ (Aor.)	***pída*** ›spricht‹ (Präs.)
tol- ›kommen‹	***tôl*** ›kommt‹ (Aor.)	***túla*** ›kommt‹ (Präs.)
sil- ›scheinen‹	***sîl*** ›scheint‹ (Aor.)	***síla*** ›scheint‹ (Präs.)

Bei schwachen Verben würde das Präsens gebildet durch eine Längung des auslautenden ***-a***, das später in geschlossenen Silben wieder verkürzt wird.

Die Formen auf ***-o-*** in der 1. Pers. Sg. erklären sich durch eine Zwischenform vom GE. ****lindáni*** > AS. ****lindauni*** > S. ***linnon***. In der 3. Pers. Sg. war die Endsilbe ursprünglich geschlossen, mit der Endung ***-s***, das dann zu ***-h*** wurde und schließlich ganz wegfiel. Das ist der Grund, weshalb das ***-a*** am Ende erhalten ist, weil ansonsten Vokale am Wortende im Sindarin wegfielen.

Somit bildeten sich folgende Formen:

Abgeleitete Verben

1. P. Sg.	***linnon***	ich singe
2. P. Sg.	***linnach***	du singst
3. P. Sg.	***linna***	(er/sie/es) singt
1. P. Pl.	***linnam***	wir singen
2. P. Pl.	***linnal***	ihr singt
3. P. Pl.	***linnar***	sie singen

Stammverben (-i-)

1. P. Sg.	***pidon***	ich spreche
2. P. Sg.	***pidach***	du sprichst
3. P. Sg.	***pida***	(er/sie/es) spricht
1. P. Pl.	***pidam***	wir sprechen
2. P. Pl.	***pidal***	ihr sprecht
3. P. Pl.	***pidar***	sie sprechen

Präteritum

Bei abgeleiteten Verben wird das Präteritum gebildet durch die Tempusendung ***-nt***, Wenn an diese Endung aber wiederum Personen-Endungen angehängt werden, wird ***-nt*** zu ***-nne-***. Gemäß dieser Regel würde man für die Präteritum-Formen von ***linna-*** ›singen‹ nun ***linnannen*** ›ich sang‹ erwarten. Da in diesem Wort jedoch zweimal ***-nn-*** vorkommt, wird das Wort zusammengezogen zu ***linnen***. Man beachte die Ausnahme bei der 3. Person Singular!

Bei den Stammverben ist das Imperfekt dadurch gekennzeichnet, dass ein nasales Element in das Wort eingebracht wird. Bei Stämmen, die auf ***-r*** oder ***-n*** enden, wird es in Form eines ***-n*** angehängt:

tir- ›schauen‹	***tirn*** ›schaute‹	***tirin*** ›ich schaute‹
cen- ›sehen‹	***cenn*** ›sah‹	***cennin*** ›ich sah‹

Dasselbe gilt bei Stämmen, die auf ***-l*** enden, nur dass das angehängte ***-n*** zu ***-l*** assimiliert wird:

tol- ›kommen‹	***toll*** ›kam‹	***tellin*** ›ich kam‹

Bei Stämmen, die auf ***-b, -d, -g, -dh*** und ***-v*** enden, würde das Anhängen eines ***-n*** eine unzulässige Lautkombination ergeben. Daher wird das Bildungssuffix zu einem Infix; das heißt, das nasale Element wird nicht an den letzten Konsonanten angehängt, sondern davor eingeschoben. Dies bewirkt, dass sich besagter Konsonant verändert:

cab- ›springen‹	***camp*** ›sprang‹	***cemmin*** ›ich sprang‹
nod- ›binden‹	***nont*** ›band‹	***nennin*** ›ich band‹
dag- ›töten‹	***danc*** ›tötete‹	***dengin*** ›ich tötete‹
redh- ›säen‹	***rend*** ›säte‹	***rendin*** ›ich säte‹
lav- ›lecken‹	***lam*** ›leckte‹	***lemmin*** ›ich leckte‹

Wie im Aorist bewirkt das ***-i-*** in der Endung, dass ***-a-*** und ***-o-*** im Wortstamm zu ***-e-*** umgelautet wird. Zusätzlich ergibt sich das Phänomen, dass sich einige Konsonant-Verbindungen verändern, wenn sie aufgrund der angehängten Personen-Endung nicht mehr am Wortende stehen:

> ***-nt/-nd, -nc*** und ***-mp*** werden zu ***-nn-, -ng-*** und ***-mm-***,
> ***-m*** wird zu ***-mm-***.

Abgeleitete Verben (-nne-)

1. P. Sg.	***linn[ann]en***	ich sang
2. P. Sg.	***linn[ann]ech***	du sangst
3. P. Sg.	***linnant***	(er/sie/es) sang
1. P. Pl.	***linn[ann]em***	wir sangen
2. P. Pl.	***linn[ann]el***	ihr sangt
3. P. Pl.	***linn[ann]er***	sie sangen

Stammverben (Nasal-Infix)

1. P. Sg.	***pennin***	ich sprach
2. P. Sg.	***pennich***	du sprachst
3. P. Sg.	***pent***	(er/sie/es) sprach
1. P. Pl.	***pennim***	wir sprachen
2. P. Pl.	***pennil***	ihr spracht
3. P. Pl.	***pennir***	sie sprachen

Futur

Das Bildungssuffix bei schwachen Verben lautet ***-tha-***. Für starke Verben haben wir keine Belege; es ist jedoch zu vermuten, dass die gleiche Bildungssilbe an den Stamm angehängt wird, mit dem Fugenvokal ***-i-***, der in der vorangehenden Silbe die üblichen Umlaute erzeugt.

Man beachte, dass auch hier die Endung ***-n*** in der 1. Pers. Sg. bewirkt, dass das davor stehende ***-a-*** zu ***-o-*** wird.

Abgeleitete Verben (-tha-)

1. P. Sg.	***linnathon***	ich werde singen
2. P. Sg.	***linnathach***	du wirst singen
3. P. Sg.	***linnatha***	(er/sie/es) wird singen
1. P. Pl.	***linnatham***	wir werden singen
2. P. Pl.	***linnathal***	ihr werdet singen
3. P. Pl.	***linnathar***	sie werden singen

Stammverben (-tha-)

1. P. Sg.	***pedithon***	ich werde sprechen
2. P. Sg.	***pedithach***	du wirst sprechen
3. P. Sg.	***peditha***	(er/sie/es) wird sprechen
1. P. Pl.	***peditham***	wir werden sprechen
2. P. Pl.	***pedithal***	ihr werdet sprechen
3. P. Pl.	***pedithar***	sie werden sprechen

Infinitiv

Abgeleitete Verben bilden den Infinitiv, indem das finale ***-a*** durch ein ***-o*** ersetzt wird:

lacha- ›entflammen‹	***lacho*** ›entflammen‹
ertha- ›vereinen‹	***ertho*** ›vereinen‹
linna- ›singen‹	***linno*** ›singen‹

Stammverben bilden den Infinitiv, indem an den Wortstamm ein ***-i*** angehängt wird:

tir- ›schauen‹ ***tiri*** ›zu schauen‹
cen- ›sehen‹ ***ceni*** ›zu sehen‹
redh- ›säen‹ ***redhi*** ›zu säen‹

Trägt ein Stammverb ein ***-a-*** oder ***-o-*** in seinem Wortstamm, so wird dies durch den Einfluss der Endung zu ***-e-*** umgelautet:

can- ›rufen‹ ***ceni*** ›zu rufen‹
tol- ›kommen‹ ***teli*** ›zu kommen‹

Dies bedeutet, dass unterschiedliche Verben im Infinitiv gleich lauten können: ***can-*** ›rufen‹ und ***cen-*** ›sehen‹ haben den selben Infinitiv ***ceni***. Im Sindarin wird aber oft statt des Infinitivs das Gerundium verwendet, und damit ist der Unterschied ersichtlich: ***caned*** und ***cened***.

Imperativ

Der Imperativ wird gebildet, indem an den Wortstamm ein ***-o*** angehängt wird:

ped- ›sprechen‹ ***pedo*** ›sprich!‹
tir- ›schauen‹ ***tiro*** ›schau!‹
tol- ›kommen‹ ***tolo*** ›komm!‹

Abgeleitete Verben bilden den Imperativ, indem das finale ***-a*** durch ein ***-o*** ersetzt wird. Das bedeutet, dass Infinitiv und Imperativ der A-Stämme gleich lauten:

lacha- ›entflammen‹ ***lacho*** ›entflamme!‹
ertha- ›vereinen‹ ***ertho*** ›vereine!‹
linna- ›singen‹ ***linno*** ›sing!‹

Im Sindarin unterscheidet der Imperativ nicht zwischen Ein- und Mehrzahl. Somit bedeutet ***lasto!*** sowohl ›höre!‹ (Sg.) als auch ›hört!‹ (Pl.).

Imperative stehen meist am Satzanfang. Sie können, was im Deutschen ungebräuchlich ist, ein Subjekt haben:

Lacho calad! Drego morn!
›Flamme Licht! Fliehe Dunkel!‹
»Licht flamme auf! Nacht entfliehe!«

Cuio i Pheriain annan!
›[Es] leben die Halblinge lange!‹
»Lang leben die Halblinge!«

Partizipien

Wir unterscheiden im Sindarin zwei aktive Partizipien, nach dem lateinischen System *Partizip Präsens Aktiv* und *Partizip Perfekt Aktiv* genannt, sowie ein passives Partizip, *Partizip Perfekt Passiv.* Aktive Partizipien können wie ein Verb ein Objekt haben.

Aktive Partizipien

Das *Partizip Präsens Aktiv* beschreibt den Zustand, in dem man sich befindet, wenn man die Tätigkeit ausübt, die das Verb beschreibt.

Das Partizip Präsens wird bei Stammverben gebildet, indem man an den Wortstamm die Endung ***-el*** anhängt:

ped- ›sprechen‹	***pedel*** ›sprechend‹
tol- ›kommen‹	***tolel*** ›kommend‹

Bei Wortstämmen mit ***-i-*** lautet die Endung ***-iel***:

tir- ›schauen‹	***tiriel*** ›schauend‹

Das Partizip Präsens wird bei abgeleiteten Verben gebildet, indem man das finale ***-a*** durch die Endung ***-ol*** ersetzt.

linna- ›singen‹	***linnol*** ›singend‹
lacha- ›entflammen‹	***lachol*** ›entflammend‹
ertha- ›vereinen‹	***erthol*** ›vereinend‹

Neben dem Partizip Präsens gibt es im Sindarin noch ein weiteres aktives Partizip, das einen vergangenen Zustand beschreibt. Wir sprechen daher vom *Partizip Perfekt Aktiv.* Tolkien stellt ausdrücklich ***palan-díriël*** ›in die Ferne geblickt habend‹ in »A Elbereth Gilthoniel« der Form ***palan-diriël*** »in die Ferne blickend‹ in Sams Anrufung in Kankras Lauer gegenüber (*RGEO* 72–3). Beide Formen sind im Übrigen leniert (von ***tir-*** ›schauen, wachen über‹).

Das aktive Partizip Perfekt hat die Endung ***-iël***, und bei den Stammverben wird der Stammvokal gelängt (AS. ***ê***, ***â***, ***ô*** wird zu S. ***í***, ***ó***, ***ú***). Es gibt keine belegten Beispiele für die Form bei abgeleiteten Verben, aber es ist zu vermuten, dass diese Endung mit der Perfekt-Bildungssilbe ***ië*** im Quenya zu tun hat und darum auch für schwache Verben gilt:

ped- ›sprechen‹	***pídiël*** ›gesprochen habend‹
linna- ›singen‹	***linniël*** ›gesungen habend‹

Passives Partizip

Das *Partizip Perfekt Passiv* beschreibt den Zustand, der durch die Handlung des entsprechenden Verbs herbeigeführt wird.

Anders als die entsprechende Form im Quenya, wird es von der Imperfekt-Form abgeleitet, und zwar indem an die Grundform die Silbe ***-en*** angehängt wird:

dar- ›anhalten‹	***darn*** ›hielt an‹	***darnen*** ›angehalten‹
thel- ›meinen›	***thell*** ›meinte‹	***thellen*** ›gemeint‹
tir- ›beobachten‹	***tirn*** ›beobachtete‹	***tirnen*** ›beobachtet‹

Wie auch bei der Bildung des Imperfekt beschrieben, ändern sich die finalen Konsonant-Verbindungen ***-nt/-nd***, ***-nc*** und ***-mp*** durch das Anhängen einer Endung zu ***-nn-***, ***-ng-*** und ***-mm-***:

ped- ›sprechen‹	***pent*** ›sprach‹	***pennen*** ›gesprochen‹
dag- ›erschlagen‹	***danc*** ›erschlug‹	***dangen*** ›erschlagen‹
redh- ›säen‹	***rend*** ›säte‹	***rennen*** ›gesät‹

Bei abgeleiteten Verben wird das Partizip Perfekt Passiv gebildet, indem die Endung ***-nnen*** an den Wortstamm gehängt wird:

lacha- ›entflammen‹	***lachannen*** ›entflammt‹
ertha- ›vereinen‹	***erthannen*** ›vereint‹

Da es auch hier wieder möglich ist, dass in einem Wort zweimal ***-nn-*** vorkommt, wird das Wort verkürzt:

linna- ›singen‹	***linnen*** ›gesungen‹

Das Partizip Perfekt Passiv hat wie Adjektive auf ***-en*** eine Plural-Form, wenn es ein Plural-Wort beschreibt. Dies wird gebildet durch *i*-Umlaut; die Endung ***-nnen*** ändert sich zu ***-nnin***.

Gerundium

Das *Gerundium* oder Verbalsubstantiv wird bei Stammverben gebildet, indem man an den Wortstamm die Endung ***-ed*** anhängt:

ped- ›sprechen‹ ***peded*** ›Sprechen‹
tir- ›schauen‹ ***tired*** ›Schauen, Wachehalten, Wachen‹
cab- ›springen‹ ***cabed*** ›Springen, Sprung‹

Bei abgeleiteten Verben wird das Gerundium gebildet, indem man ***-d*** an den Wortstamm anhängt:

linna- ›singen‹ ***linnad*** ›Singen, Gesang‹
lacha- ›entflammen‹ ***lachad*** ›Entflammen‹
ertha- ›vereinen‹ ***erthad*** (Vereinen)

Es gibt einige Ungereimtheiten bei der Verwendung des Gerundiums. So scheint die Form im Brief des Königs wie ein Infinitiv verwendet zu werden:

anira i aran . . . suilannad mhellyn în phain
›wünscht der König . . . zu-grüßen Freunde seine alle‹
»der König wünscht . . . alle seine Freunde zu grüßen«

Als Nomen verwendet (›der König wünscht . . . das Grüßen aller seiner Freunde‹) müsste das Wort ***suilannad*** eigentlich als Objekt des Satzes – an Stelle von ***mellyn*** – leniert werden. Auch eine andere Form im selben Text ist nicht klar:

edregol e anira tírad i Cherdir Perhael
›insbesondere er wünscht zu-sehen den Meister Samweis‹
»insbesondere wünscht er den Meister Samweis zu sehen«

Sofern es sich bei ***tírad*** nicht um eine Sonderform handelt, ist sie von einem schwachen Verb ***tíra-*** abgeleitet, das ansonsten nicht belegt ist. Diese und andere Fragen müssen jedoch auf Klärung warten, bis weiteres Material vorliegt.

Unregelmäßige Verben

Es gibt eine Reihe von Verben, die größtenteils wie A-Stämme behandelt werden, sich im Imperfekt jedoch wie Stammverben verhalten. Es handelt sich dabei im Wesentlichen um abgeleitete Verben mit der reinen Bildungsendung ***-a*** (< GE. **-â*) sowie einige daran angeglichene Verben. Vermutlich ist das ***-a*** im Stammauslaut so schwach, dass es unter Druck nachgibt.

Beispiel: Wortstamm ***drava-*** ›schlagen‹
Infinitiv ***dravo***, Präsens ***drava***, Futur ***dravatha***
Imperativ ***dravo***, Partizip aktiv ***dragol***, Gerundium ***dravad***, aber: Imperfekt ***dram*** ›schlug‹.

Man spricht bei diesen Verben auch von der gemischten Konjugation. Weitere Beispiele sind:

ava- ›nicht tun‹	***am*** ›er/sie/es tat nicht‹
brona- ›überleben‹	***bronn*** ›er/sie/es überlebte‹
fara- ›jagen‹	***farn*** ›er/sie/es jagte‹
gala- ›wachsen‹	***gall*** ›er/sie/es wuchs‹
laba- ›springen‹	***lamp*** ›er/sie/es sprang‹
pada- ›beschreiten‹	***pant*** ›er/sie/es beschritt‹
loda- ›schweben‹	***lunt*** ›er/sie/es schwebte‹
soga- ›trinken‹	***sunc*** ›er/sie/es trank‹
toba- ›überdachen‹	***tump*** ›er/sie/es überdachte‹

Der Wechsel von ***o*** nach ***u*** erklärt sich dadurch, dass diese Verben ursprünglich im Stamm ein kurzes ***u*** aufwiesen, das zu ***o*** wurde, außer vor Nasalen. Somit scheint im Präteritum der ursprüngliche Stammvokal wieder auf.

Es gibt noch eine Reihe dreisilbiger Wörter, die ebenfalls zur gemischten Konjugation gezählt werden, zum Beispiel:

athrada- ›überqueren‹ ***athrant*** ›überquerte‹
gannada- ›Harfe spielen‹ ***gannant*** ›spielte Harfe‹
limmida- ›befeuchten‹ ***limmint*** ›befeuchtete‹

Auf weitere unregelmäßige Formen kann in diesem Zusammenhang nicht mehr eingegangen werden. Es gibt noch eine Reihe von Verkürzungen und Sonderformen, wobei es mitunter schwierig zu entscheiden ist, wo es sich um schlichte Schreib- oder Lesefehler handelt – denn auch das kommt im vorliegenden Material nachweislich vor – oder einfach um Ideen, die nie einen endgültigen Status erreichten.

Das Hilfsverb »sein«

Das Hilfsverb »sein« kommt in dem bekannten Material nicht vor. Es ist daher anzunehmen, dass es im Sindarin generell vom Hörer ergänzt wird.

naur an edraith ammen
›Feuer zur Rettung für-uns‹

Abgesehen von dem Partikel ***aen***, der möglicherweise Qu. *nai* entspricht, gibt es einen Fall, in dem das Wort ***na*** in der Bedeutung ›sein‹ aufzuscheinen scheint:

Ai na vedui Dúnadan!
»O, es ist endlich der Dúnadan!«

Aber vermutlich handelt es sich hier um die Präposition ***na*** wie in ***na-chaered*** ›in [die] Ferne‹ mit folgender Lenierung, und wir sollten daher eher ***na-vedui*** ›zum Letzten‹ lesen.

G. Fragewörter

Im Sindarin ist nur ein Fragewort bekannt, nämlich ***man***. Es kann »was« und evtl. auch »wer« bedeuten.

man agorech?
›Was hast du getan?‹

H. Syntax

Wortstellung

Eigentlich sollte man in einer Sprache wie dem Sindarin, in dem die Wortendungen eine geringe Rolle spielen, eine feste Wortstellung »Subjekt – Prädikat – Objekt – Satzergänzungen« erwarten. Dies ist in der Tat wohl die Grundstellung:

Aragorn Arathornion . . . aglennatha
›Aragorn Arathornssohn ... (Subj.) sich-nähern-wird (Präd.)
i Varanduiniant erin dolothen Ethuil
der Baranduinbrücke (Obj.) am achten Ethuil‹

Doch in den vorliegenden Beispielen ist die Wortstellung ansonsten relativ frei. Abgesehen davon, dass Adjektive in der Regel nachgestellt werden, scheint es nur die eine Regel zu geben, dass nämlich das Satzobjekt dem Verb folgt. Folgen mehrere Objekte aufeinander, ist das erste direktes Objekt (Akkusativ), das zweite indirektes (Dativ):

Onen i-Estel Edain
›Ich gab den Estel (Akk.) [den] Menschen (Dat.)‹

Manchmal wird das Dativobjekt auch durch die Präposition ***an*** eingeleitet:

Gurth an Glamhoth!
›Tod für-die Glamhoth (= Lärmhorde)!‹
»Tod den Orks!«

Ist das Satzobjekt ein Personalpronomen, so kann es auch vor dem Verb stehen:

le linnathon ›(zu) Euch werde ich singen‹
Im Narvi hain echant ›Ich, Narvi, sie machte‹

Möglich ist auch die Wortstellung »Prädikat – Subjekt – Objekt«, was einen etwas altertümlichen Klang bewirkt:

ar pent Rían na Tuor ›und es sprach Rían zu Tuor‹
ar ennas aníra i aran ... suilannad mhellyn în
›und dort wünscht der König ... zu-grüßen seine Freunde‹

Dies scheint jedoch nicht für Pronomen zu gelten:

edregol e aníra tírad i Cherdir Perhael
›insbesondere er wünscht zu-sehen den Meister Samweis‹

Das direkte Objekt eines Satzes wird in der Regel leniert.

Daur a Berhael, Conin en Annûn! Eglerio!
›Frodo und Samweis (Akk.), Fürsten des Westens, preiset!‹
»Frodo und Samweis, Helden des Westens! Preiset sie!«

Dies gilt auch für den Genitiv, der als Objekt eines anderen Nomens gesehen wird. Handelt es sich jedoch bei dem Wort im Genitiv um einen Namen, so kann das Verhältnis einfach durch die Wortstellung ausgedrückt werden:

Ennyn Durin Aran Moria
›Türen [von] Durin, Herr [von] Moria‹

Relativsätze

Im Sindarin übernimmt der bestimmte Artikel ***i*** (Singular) und ***in*** (Plural) die Funktion des Relativpronomens:

Dor Gyrth i chuinar ›Land der Toten, die leben‹

Verneinung

Die allgemeine Verneinung wird im Sindarin mit der Vorsilbe ***ú-*** gebildet und löst beim nachfolgenden Wort die weiche Mutation aus:

ú-chebin estel amin
›nicht-habe-ich-behalten Hoffnung für mich‹

Statt der Vorsilbe ***u-*** kann auch der Partikel ***la***, ***law*** verwendet werden.

Eine weitere Möglichkeit der Verneinung ist die Verwendung des Negativ-Adverbs ***avo***, das auch in der Form als Vorsilbe ***av-*** vorkommt. Die Verneinung mit ***avo*** bzw. ***av-*** wird nur bei Verben in Verbindung mit dem Imperativ verwenden.

pedo! ›sprich!‹ ***avo bedo!, avbedo!*** ›sprich nicht!‹
minno! ›tritt ein!‹ ***avo vinno!, avinno*** ›tritt nicht ein!‹

In allen Fällen wird beim nachfolgenden Verb die weiche Mutation ausgelöst.

I. Wortbildung

In zusammengesetzten Worten oder Wortgruppen ist es wichtig festzustellen, welches der beiden Worte das andere näher bestimmt oder modifiziert. Wenn der Modifikator dem Hauptwort folgt, wird er leniert.

Ard-galen ›die grüne Region‹ (***ard*** + ***calen***)
Calenardhon ›die Grüne Provinz‹ (***calen*** + ***ardhon***)

Auch im Sindarin sind Affixe – Vor- und Nachsilben – eine sehr produktive Art, neue Worte zu bilden. Die häufigsten von diesen sind *augmentativ* (vergrößernd), *diminuitiv* (verkleinernd), *pejorativ* (verschlechternd) oder *negativ* (verneinend):

aear ›Meer‹ ***aearon*** ›großes Meer, Ozean‹
sîr ›Fluss‹ ***sirion*** ›großer Fluss, Strom‹
Nogoth ›Zwerg‹ ***Nogotheg*** ›kleiner Zwerg‹
amarth ›Schicksal‹ ***úmarth*** ›übles Schicksal, Unglück‹
adar ›Vater‹ ***pen-adar*** ›ohne-Vater, vaterlos‹
firin ›sterblich‹ ***alfirin*** ›unsterblich‹

VI. Die Elbenschriften

Die Schriften von Mittelerde sind am vollständigsten dokumentiert in den Anhängen zum *Herrn der Ringe*. Dennoch ist es schwer, davon eine genaue Vorstellung zu gewinnen. Denn die Schriftzeichen spiegeln in ihren verschiedenen Formen und Anwendungen die Sprachgeschichte ihrer Benutzer wider. Hinzu kommt, dass sich die von den Elben entwickelten Schriften in einer Hinsicht von allen uns bekannten natürlichen Schriften unterscheiden: Es sind Lautschriften. Sie machen sich die Tatsache zunutze, dass sich das Lautsystem einer Sprache auf der Grundlage bestimmter Merkmale zergliedern lässt, und geben diese Unterscheidungen wieder. Somit lässt sich mit den Elbenschriften jede Sprache schreiben – zum Beispiel auch das Englische oder Deutsche. Allerdings schreibt man darin eben so, wie man spricht, und darum ist etwa eine Umsetzung unserer lateinischen Umgangsschrift in die elbische nicht ohne weiteres möglich.

Aus diesem Grund geht der Darstellung der einzelnen Schreibweisen ein allgemeiner Teil mit einer Darstellung des Systems voraus.

Die im Folgenden verwendeten Sonderzeichen zur Erklärung von Lauten – in eckigen Klammern – sind bei den Abkürzungen am Anfang des Buches mit Beispielen aufgelistet und im Anhang erklärt.

A. Systematik

Die Sarati

Die Elben, die sich selbst ursprünglich ***Quendi***, die Sprechenden, nannten, waren von Natur aus sehr sprachbewusst. Daher ist es auch nicht verwunderlich, dass einer von ihnen eine Möglichkeit erfand, mit der sich Sprache festhalten ließ. Dies geschah zu der goldenen Zeit, als die Elben in Frieden unter der Herrschaft der Valar in den Unsterblichen Landen westlich von Mittelerde lebten.

Tolkien selbst schreibt hierzu:

> Am ältesten ist das Alphabet Rúmils. Dies ist die endgültige kursive Ausformung der ältesten Buchstaben der Noldor in Valinor. Nur die Vervollständigung und die Anordnung dieser Buchstaben werden tatsächlich Rúmil von Tirion zugeschrieben; ihr oder ihre Urheber sind nun vergessen. Obwohl es in Tirion entstand, wird es ›valinorisch‹ genannt, weil es hauptsächlich für das Schreiben von Quenya verwendet wurde, und sein Gebrauch wurde später bei den Noldor durch das Alphabet Feanors verdrängt. Es soll noch unter den Lindar von Valinor Verwendung finden, aber es ist nicht mehr im allgemeinen Gebrauch bei den Quendi. (*TI* 453; ältere Bezeichnungen hier durch die des *Silmarillion* ersetzt.)

Die ursprüngliche Schrift Rúmils, ***Sarati*** genannt, galt lange Zeit als nirgendwo aufgezeichnet; inzwischen sind jedoch Beispiele ans Tageslicht gekommen, die allerdings nur in Fachzeitschriften veröffentlicht wurden.

Die Sarati stellten ein allgemeines Lautalphabet dar, wobei, entsprechend der Sprachtheorie der Noldor, die Vokale nicht als eigenständige Laute angesehen wurden, sondern als »Färbung« der Konsonanten. Somit wurden nur Konsonanten als echte Sarati geschrieben, die Vokale hingegen als diakritische Zeichen. Darunter versteht man Markierungen wie etwa die zwei Punkte bei den Umlauten ***ä***, ***ö***, ***ü*** im Deutschen, welche den Grundbuchstaben zur Unterscheidung hinzugefügt werden.

Die Sarati wurden gewöhnlich in Reihen geschrieben, von oben nach unten, mit einem vertikalen Strich als Leitlinie, wobei die Vokalzeichen zur Linken des jeweils folgenden Konsonanten hinzugesetzt wurden.

Da diese Schrift in Mittelerde nie verwendet wurde, wird auf eine Darstellung des Systems hier verzichtet.

Die Tengwar

In Mittelerde existierte das Alphabet der Noldor nur in der veränderten und erweiterten Form, die als die Feanorischen Schriftzeichen bekannt ist. Diese waren »teilweise davon abgeleitet, teilweise neu gebildet, um einem anderen System des Schreibens (von links nach rechts) zu entsprechen« (*TI* 453).

Es wird ausdrücklich gesagt, dass Feanor, der Schöpfer der Silmaril, die Tengwar selbst entwickelt hat, und zwar sowohl als ein allgemeines Lautalphabet als auch mit unterschiedlichen Anordnungen zur Wiedergabe des Noldorin, Vanyarin und Lindarin, der Sprachen der nach Aman ausgewanderten Elben. Aus dem Noldorin entstand mit nur geringen Abwandlungen das Quenya, wie es in Mittelerde gesprochen wurden. Darüber hinaus wurden Varianten des Schriftsystems später auch zur Wiedergabe anderer Sprache wie des Sindarin und des Westron verwendet.

Betrachten wir zunächst einmal das System der Buchstaben (Qu. ***tengwar***, S. ***tîw***), aus dem sich schon einige Schlüsse für die Verwendung ziehen lassen. Zum Charakter der Tengwar heißt es im Anhang des *Herrn der Ringe:*

> Diese Schrift war vom Ansatz her kein »Alphabet«, worunter eine zufällige Reihe von Schriftzeichen zu verstehen ist, von denen jedes einen eigenen, von den anderen unabhängigen Lautwert hat und die in einer traditionellen Reihenfolge aufgelistet werden, welche weder mit ihren Formen noch mit ihren Funktionen etwas zu tun hat. Sie war vielmehr ein System von Zeichen, einander ähnlich nach Form und Stil, für Konsonanten, das nach Belieben auch die Konsonanten anderer, den Eldar bekannter (oder von ihnen erfundener) Sprachen darstellen konnte. Keiner dieser Buchstaben hatte an sich eine feste Bedeutung; aber gewisse Beziehungen zwischen ihnen wurden nach und nach als gültig angesehen. (Übers. d. Verf., vgl. HR Anh E.)

Wie haben wir uns dieses »System von Zeichen« vorzustellen? Wenn wir hier zunächst einmal von den äußeren Formen ausgehen, so lässt sich feststellen, dass wir es bei den Tengwar im wesentlichen mit drei Elementen zu tun haben, die unterschiedlich angeordnet werden können:

 (1) dem so genannten »Stamm« (Qu. ***telco***), einem senkrechten Strich,

 (2) dem so genannten »Bogen« (Qu. ***lúva***), einer gekrümmten Linie,

 (3) einem »Querbalken« (Qu. ***hwarma***), der den normalerweise offenen Bogen schließen kann.

Der Bogen konnte zudem in beiden Varianten verdoppelt werden.

Was den Stamm betrifft, so gibt es bei den so genannten »Primärbuchstaben« drei verschiedene Versionen: (a) eine Form mit Mittel- und Unterlänge; (b) eine Form mit Mittel- und Oberlänge; (c) eine verkürzte Form nur mit Mittellänge. Theoretisch müsste noch eine vierte, verlängerte Form mit Ober-,

Mittel- und Unterlänge möglich sein. Eine solche wird auch erwähnt, aber nur für Sonderfälle benutzt.

Durch die unterschiedlichen Kombinationen dieser Grundelemente ergeben sich Beziehungen zwischen den Buchstaben: Jeder von ihnen weist zu jedem anderen Ähnlichkeiten wie auch Unterschiede auf, und diese fügen sich zu einem geordneten System zusammen.

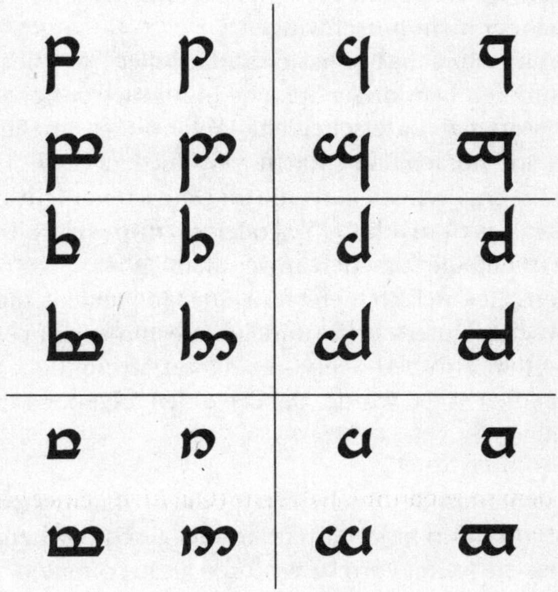

Für die Darstellung einer Sprache macht sich dieses Schriftsystem die Tatsache zunutze, dass sich auch die Laute einer Sprache in Merkmale zerlegen und dadurch systematisch in ein Raster einordnen lassen. Nun kann eine Sprache sehr unterschiedlich ausgesprochen werden, abhängig vom Dialekt, von der sozialen Schicht, aber auch von persönlichen Eigenheiten. Entscheidend ist daher nicht die absolute, sondern die relative Qualität von Lauten.

Um dies an einem Beispiel zu erklären: Im Deutschen gibt es die Wörter »mein« und »dein«, ausgesprochen (zumindest in meinem Dialekt) [main] und [dain]. Beide Wörter sind gleich bis auf den Anfangslaut. Dieser unterscheidet sich unter anderem dadurch, dass das [m] mit den Lippen, das [d] dagegen mit Zunge und Zahnrücken gebildet wird. Auf der anderen Seite haben diese Laute auch Ähnlichkeiten; so sind sie etwa beide stimmhaft, im Gegensatz zum [p] in »Pein« [pain], bei dem die Stimmbänder nicht mitschwingen.

Laute einer Sprache lassen sich so darstellen, dass sie sich von jedem anderen Laut dieser Sprache in mindestens einem relevanten Merkmal unterscheiden. Welche dies im Einzelnen sind, ist von Sprache zu Sprache verschieden. So gibt es zum Beispiel im Englischen Laute, die im Deutschen nicht vorkommen, etwa das ***th*** in »this« [ð'is] oder in »thin« [θ'in]. Das Prinzip aber ist auf alle Sprachen anwendbar.

Tolkiens Elbenschrift bietet nun eine Möglichkeit, dieses System lautlicher Unterschiede und Entsprechungen auf ein grafisches System zu übertragen – es darauf abzubilden, wie der Mathematiker sagen würde. Dabei werden folgende Prinzipien beachtet:

(1) Der Stamm des Zeichens zeigt die Artikulationsstelle im Mund (vorn bzw. hinten) an. Bei geschlossenem Bogen liegt sie weiter vorn bzw. hinten als bei offenem.
(2) Die Verlängerung des Stammes steht für eine Öffnung der Artikulation.
(3) Die Verdoppelung des Bogens fügt Stimme hinzu.

In der »traditionellen« Anordnung von vier »Reihen« (Qu. ***témar***), I–IV, mit je sechs »Stufen« (Qu. ***tyeller***), 1–6, weicht das System von der idealen grafischen Verteilung ab:

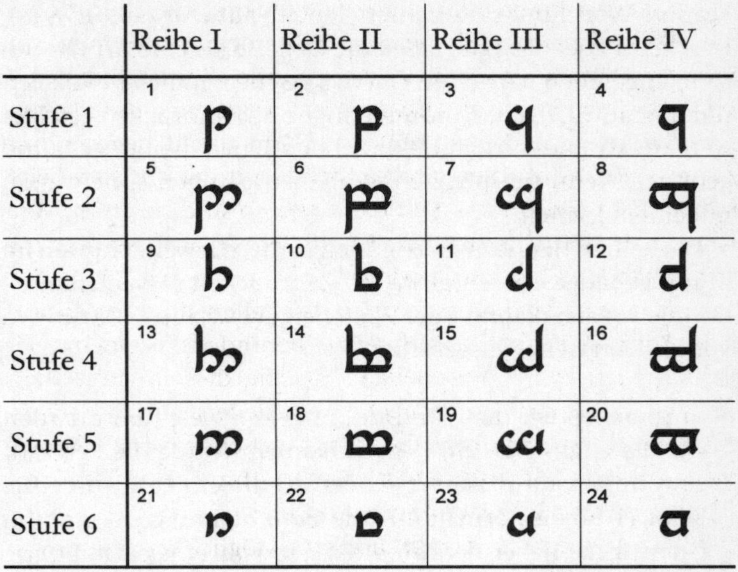

	Reihe I	Reihe II	Reihe III	Reihe IV
Stufe 1	1	2	3	4
Stufe 2	5	6	7	8
Stufe 3	9	10	11	12
Stufe 4	13	14	15	16
Stufe 5	17	18	19	20
Stufe 6	21	22	23	24

Diese Unterschiede betreffen aber nur die Anordnung, nicht die Lautwerte, denn Tolkien führt hierzu aus:

> Die theoretische Freiheit der Anwendung war im Dritten Zeitalter durch Gewohnheit so weit eingeschränkt, dass die Reihe I im Allgemeinen für die Dentallaute oder ***t***-Reihe (***tincotéma***) verwandt wurde und II für die Labiallaute oder ***p***-Reihe (***parmatéma***). Die Verwendung der Reihen III und IV wechselte je nach den Erfordernissen der verschiedenen Sprachen (HR Anh E).

Die Reihe II der Tengwar bezeichnet somit die Laute, die mit den Lippen gebildet werden (Labiallaute), also ganz vorn im Mund, und die Reihe I die Zahnlaute (Dentallaute). Ursprünglich scheinen die Labiale als erste Reihe gestanden zu haben:

Feanors Wort für ›Konsonanten‹ lautete ***patacar*** (aus ***›p, t, k‹***). Es scheint aber, dass die Elben die Dentale als eine Art Grundform angesehen haben. Im Quenya erscheinen neben Vokalen nur die Laute ***l, n, r, s, t,*** die mit Zunge und Zahnrücken gebildet werden, als Endkonsonanten. Bei den Elben bleibt der Mund geöffnet, wenn sie sprechen; die Elbensprachen spricht man mit einem Lächeln.

Die Reihen III und IV bezeichnen Laute, die weiter hinten im Mund gebildet werden, etwa am Zahnrücken (Alveolarlaute), Gaumen (Palatallaute) oder Zäpfchen (Velarlaute). Dazu wird von Tolkien weiter ausgeführt:

> In Sprachen wie dem Westron, in denen viele Konsonanten wie die englischen ***ch, j, sh*** vorkamen, wurde die Reihe III gewöhnlich für diese verwendet; in diesem Fall wurde die Reihe IV für die normale ***k***-Reihe (***calmatéma***) gebraucht. Im Quenya, das neben der ***calmatéma*** sowohl eine palatalisierte (***tyelpetéma***) als auch eine labialisierte Lautreihe (***quessetéma***) besaß, wurden die Palatallaute durch ein feanorisches diakritisches Zeichen »folgendes ***y***« (gewöhnlich zwei darunter gesetzte Punkte) dargestellt, während Reihe IV eine ***kw***-Reihe war.
>
> Innerhalb dieser allgemeinen Anwendungen wurden auch die folgenden Einteilungen gemeinhin beachtet. Die normalen Buchstaben der Stufe 1 wurden für die »stimmlosen Verschlusslaute« verwendet: ***t, p, k*** usw. Die Verdoppelung des Bogens besagte, dass »Stimme« dazukam: wenn also 1, 2, 3, 4 = ***t, p, c, k*** (oder ***t, p, k, kw***) waren, dann waren 5, 6, 7, 8 = ***d, b, j, g*** (oder ***d, b, g, gw***). Die Oberlänge des Stammes stand für die Öffnung des Konsonanten zu einem »Spiranten«: so wurden die obigen Werte für Stufe 1 bei Stufe 3 (9–12) zu ***th, f, sh, ch*** (oder ***th, f, kh, khw/hw***) und bei Stufe 4 (13–16) zu ***dh, v, zh, gh*** (oder ***dh, v, gh, ghw/w***). (HR Anh E)

Diese Auflistungen lassen sich leichter durchschauen, wenn man sie in das Raster einträgt und den jeweiligen Zeichen zuordnet. In der folgenden Aufstellung erscheinen in der ersten Tabelle die Quenya- und in der zweiten die Westron-Bedeutungen:

Quenya	Reihe I	Reihe II	Reihe III	Reihe IV
Stufe 1	1 t	2 p	3 k	4 *kw*
Stufe 2	5 d	6 b	7 g	8 *gw*
Stufe 3	9 th	10 f	11 kh	12 *khw**
Stufe 4	13 dh	14 v	15 gh	16 *ghw***

* später abgeschwächt zu ***hw***.
** später abgeschwächt zu ***w***.

Westron	Reihe I	Reihe II	Reihe III	Reihe IV
Stufe 1	1 t	2 p	3 *c*	4 k
Stufe 2	5 d	6 b	7 *j*	8 g
Stufe 3	9 th	10 f	11 *sh*	12 ch
Stufe 4	13 dh	14 v	15 *zh*	16 gh

Deutlich wird aus den Tabellen, dass die Laute der Reihe III im Quenya identisch sind mit denen der Reihe IV im Westron, trotz der zum Teil unterschiedlichen Schreibung (***kh*** = ***ch***).

Die Reihe IV im Quenya sind die so genannten Labiovelare – eine Kombination von Lauten wie ***k, g, ch, gh*** mit gleichzeitiger Lippenrundung –, die es im Westron nicht gibt.

Dafür dient im Westron die Reihe III für die Palatale, die hier etwas eigenartig geschrieben sind, entsprechend der englischen Aussprache. Gemeint sind damit die Laute ***tsch*** [tš], ***dsch*** [dž] (wie in ***Dschungel***), ***sch*** [š] und das palatale ***ġ*** [ž] (wie in ***Genie***). Wie oben erwähnt, gibt es im Quenya auch »palatalisierte« Laute, wobei der Konsonant so klingt, als würde er mit einem »folgenden ***y***« (das heißt [j]) gesprochen. Diese werden aber mithilfe von zusätzlichen Markierungen und nicht durch eigene Buchstaben wiedergegeben (und im Übrigen von den Westron-Sprechern oft mit den »richtigen« Palatalen ihrer eigenen Sprache verwechselt).

Dass bei den unterschiedlichen Systemen für die verschiedenen Sprachen die Zuordnung von Reihe I und II relativ stabil ist, während sie bei den Reihen III und IV recht stark schwankt, liegt in der Natur der Lautbildung begründet. Die Unterscheidungen zwischen Labialen und Dentalen lassen sich anhand recht weniger Merkmale benennen, während im hinteren Mundraum die Artikulation vielfältiger und schlechter zu kontrollieren ist.

Das System wird durchbrochen bei den Stufen 5 und 6:

> Stufe 5 (17–20) wurde gewöhnlich für die nasalen Konsonanten angewandt: so waren 17 und 18 die geläufigsten Zeichen für ***n*** und ***m***. (HR Anh E.)

Über Nr. 19 und 20 wird hier nichts gesagt. Folgen wir aber dem System, so müsste 19 ein palataler Nasallaut sein, das heißt ein ***ny*** [nj]; bzw. in der Quenya-Schreibweise der velare Nasallaut

ng [ŋ]. Nr. 20 wäre entsprechend im Westron ***ng*** [ŋ] und im Quenya ***ngw*** [ŋw].

Bei diesen Lauten muss man in der Umschrift etwas aufpassen, da ***ng*** unterschiedlich gelesen werden kann, zum einen wie im deutschen »Finger« [f'iŋər], zum anderen wie im englischen »finger« [f'iŋgər] (bzw. im Deutschen in Zusammensetzungen wie »Ringgeist« [r'iŋgaist]). Tolkien schreibt den velaren Nasal mitunter zur Verdeutlichung mit einer Tilde, und so wollen wir dies auch halten: Im Zweifelsfall steht ***ñ*** für [ŋ], ***ñg*** für [ŋg].

Weiter heißt es bei Tolkien:

> Entsprechend dem oben verfolgten Prinzip hätte Stufe 6 dann die stimmlosen Nasallaute darstellen müssen, aber da solche Laute (...) in den betreffenden Sprachen sehr selten vorkamen, wurde Stufe 6 (21–24) meistens für die schwächsten oder »halbvokalischen« Konsonanten jeder Reihe verwendet. ... So stand 21 oft für ein schwaches (nicht rollendes) ***r***, das im ursprünglichen Quenya vorkam und im Lautsystem dieser Sprache als der schwächste Konsonant der ***tincotéma*** galt; 22 wurde allgemein für ***w*** verwendet; und wo Reihe III eine palatale Reihe darstellte, bezeichnete 23 gewöhnlich das konsonantische ***y***. (HR Anh E.)

Über den Buchstaben 24 wird hier nichts gesagt; der Logik nach müsste es eine schwache Form von ***ng*** oder ***ngw*** sein.

Quenya	Reihe I	Reihe II	Reihe III	Reihe IV
Stufe 5	17 n	18 m	19 ng	20 *ngw*
Stufe 6	21 r	22 w	23 –	24 *w?*

Westron	Reihe I	Reihe II	Reihe III	Reihe IV
Stufe 5	17 n	18 m	19 *ny*	20 ng
Stufe 6	21 r	22 w	23 *y*	24 –

Dies ist sozusagen die ideale Verteilung der Lautwerte, die auf den unteren Stufen schon an ihre Grenzen stößt. In der Praxis sind in den einzelnen Schreibweisen manche Buchstaben entbehrlich, sodass sie entweder gar nicht verwendet werden oder mit bestimmten Lautkombinationen belegt sind, die besonders häufig vorkommen.

Die weiteren Zeichen, obwohl sie in der Tabelle feste Positionen haben, passen überhaupt nicht mehr in das Raster. Sie werden je nach der Sprache, auf die sie sich beziehen, unterschiedlich belegt. Dabei ist aufschlussreich, dass die Zeichenkörper zum Teil keinen richtigen Stamm mehr besitzen; ihre Artikulationsstelle liegt im mittleren Mundraum und ist, etwa bei den Fließlauten (Liquiden) *l* und *r* und Zischlauten (Sibilanten) *s* und *z*, nicht genau zu definieren.

	25 r	26 rd	27 l	28 ld
	29 s	30 s	31 z	32 z
	33 h	34 hw	35 y	36 w

Die Zeichen, die in der Tabelle mit demselben Lautwert bezeichnet sind, wurden zum Teil unterschiedlich verwendet. Es gibt darüber hinaus noch weitere Sonderzeichen, die in den folgenden Einzeltabellen mit aufgeführt werden.

Die Tengwar-Zeichen besaßen jeweils Namen, die ihren Lautwert wiedergaben. Diese Namen wurden auch bei Schreibweisen für andere Sprachen in der Quenya-Form beibehalten. So heißt es zumindest im Anhang des *Herrn der Ringe*; andererseits gibt es zumindest für die Númenische oder Westron-Schreibweise, wie weiter unten ausgeführt, eigene Bezeichnungen, und es mag sein, dass auch in anderen Sprachen welche existierten.

Die ursprünglichen Namen der Tengwar sind wie folgt:

parmatéma	*tincotéma*	*tyelpetéma*	*calmatéma*	*quessetéma*
parma	*tinco*	*tyelpe*	*calma*	*quesse*
umbar	*ando*	*indyo*	*anga*	*ungwe*
formen	*thúle*	*istyar*	*harma*	*hwesta*
ampa	*anto*	*intya*	*anca*	*unque*
malta	*númen*	*nyelle*	*ñoldo*	*ñwalme*
vala	*óre*	*arya*	*anna*	*wilya*
rómen	*arda*	*alya*	*lambe*	*alda*
silme	*aze*	*hyarmen*	*yanta*	*úre*

Die Cirth

Während des Ersten Zeitalters begannen die Sindar von Beleriand ein eigenes Alphabet für ihre Sprache zu entwickeln. Dessen Buchstaben waren für das Ritzen in Holz, Stein oder Metall gedacht, daher ihre geradlinigen Formen. Diese Buchstaben wurden ***cirth*** (Sg. ***certh***) genannt, von einer Wurzel, die ›schneiden‹ bedeutet.

Die Cirth waren bei weitem nicht so systematisch wie die Tengwar. Die Form eines Zeichens bestand aus einem Stamm und einem Zweig, der gewöhnlich auf der rechten Seite des Stammes ansetzte. Die ältesten Cirth waren die Folgenden:

Die Verteilung dieser Zeichen auf die gegebenen Laute war sehr unterschiedlich. Doch Reihe 1 wurde meist für die Labiale, Reihe 2 für die Dentale verwendet. Außerdem wurden in der Regel folgende Prinzipien beachtet:

(1) Verdoppelung von Zweigen fügt Stimme hinzu;
(2) Umkehrung des Zeichens (Zweige links vom Stamm) steht für Öffnung des Verschlusslauts zum Hauchlaut (Spirant) oder Reibelaut (Frikativ);
(3) Spiegelung des Zeichens (Zweige rechts und links vom Stamm) fügt Nasalität hinzu.

Vergleicht man dies mit den Tengwar, so scheint es, dass Feanors Schrift die Cirth recht früh beeinflusst hat.

Die Ordnung der Zeichen dieses Alphabets nannte man in ihrer Gesamtheit ***Certhas*** (›Runenreihen‹). Die einzelnen Reihen sind im Folgenden immer senkrecht angeordnet. Die ursprünglichen Lautwerte der Cirth in Doriath waren wie folgt.

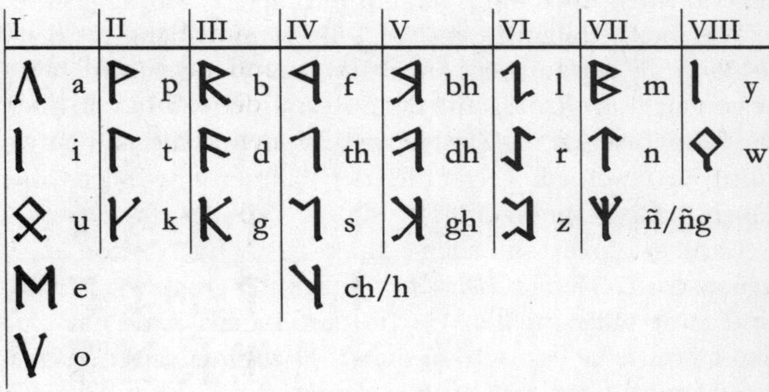

In einigen Fällen gab es noch alternative Zeichen, die hier nicht aufgeführt sind. Auf dieser Grundlage systematisierte Daeron, der Spielmann König Thingols von Doriath, die Cirth zu den ***Angerthas*** (›Lang-Runenreihen‹), die nach ihm benannt sind.

B. Schreibweisen

Mittels unserer heutigen Kenntnis der Geschichte der Elbensprachen ist es möglich, auch die älteren Schreibweisen der Tengwar bis zu einem gewissen Grad an Wahrscheinlichkeit zu rekonstruieren. Ähnliches gilt für die Cirth. Hier sollen jedoch nur die Schreibweisen aufgeführt werden, die im Dritten Zeitalter vorkamen, auch wenn sie zum Teil älteren Ursprungs sind.

Was die Cirth betrifft, so gibt Tolkien im Anhang des *Herrn der Ringe* die Belegung der Angerthas Daeron in der Schreibweise von Eregion an, die somit der Ausgangspunkt sein soll. Auch die Schreibweisen der Zwerge werden deshalb hier mit aufgeführt, auch wenn dies eigentlich den Rahmen eines Buchs über Elbensprachen sprengt.

Darüber hinaus sind auch Schreibweisen für Westron angegeben, das Tolkien im *Herrn der Ringe* mit Englisch wiedergab – und zwar selbst in den Inschriften! Daraus habe ich eine Schreibweise für Deutsch abgeleitet, die zu einem eigenen kreativen Umgang mit der Schrift anregen soll.

Die Tengwar

Schon in dem ursprünglichen System Feanors gab es eine Schreibweise, ***Quanta-Sarme*** genannt, die Vokale als eigene Zeichen darstellte. Diese konnte sich jedoch unter den Noldor nicht durchsetzen. Daher sind Texte in Quenya gewöhnlich in einer Schreibweise wiedergegeben, welche die Vokale durch ***Tehtar***, diakritische Zeichen, ausdrückt. Sindarin finden wir dagegen häufig im »vollen« Modus, bei dem jeder Vokal ein eigenes Schriftzeichen hat. Beide Schreibweisen sind jedoch nicht zwingend für die jeweilige Sprache.

Schreibweise für Quenya

Quenya	Reihe I	Reihe II	Reihe III	Reihe IV
Stufe 1	t	p	c (k)	qu
Stufe 2	nd	mb	ñg	ñgw
Stufe 3	s (<th)	f	h (<ch)	hw
Stufe 4	nt	mp	ñc	ñqu
Stufe 5	n	m	n-	nw-
Stufe 6	-r	v	–*	v-/w
	r	rd	l	ld
	s	s	ss	ss
	h- (<hy)	wh?	+i	+u
	'h	kurzer Träger	langer Träger	

Vokale	ta	te	ti	to	tu
Diphtonge	ai	oi	ui	au	eu
Palatale	y-	ty (etc.)			

Anmerkungen:

Stufe 2: Die Laute ***d, b, g, gw*** kamen im Quenya nur in der Verbindung mit den entsprechenden Nasalen vor (und niemals am Wortanfang).

Stufe 4: Die theoretischen Lautwerte dieser Stufe, ***dh, v, gh, ghw***, kamen im Quenya entweder nicht vor, oder ließen sich – im Falle von ***v*** – durch ein Zeichen einer anderen Stufe wiedergeben. Daher wurde diese Stufe für die stimmlosen Varianten von Stufe 2 verwendet.

ñg: Gesprochen wie das ***ngg*** in »Ringgeist« [r'iŋgaist], nicht wie in »singen« [z'iŋən].

s (<th): Dieser Buchstabe hieß ursprünglich ***thúle***, doch das ***th*** wurde im Quenya der Noldor schon vor deren Rückkehr nach Mittelerde zu ***s*** (und der Name zu ***súle***). Man verwendet das Zeichen in den Fällen, wo sich das s aus einem früheren ***th*** herleitet, zum Beispiel ***Sauron*** (<****Thauron***).

h (<ch): Dies war ursprünglich ein starker ***ch***-Laut, der ***harma*** [xarma] genannt wurde. Dieser schwächte sich zunächst am Wortanfang ab (worauf er dort in der Schrift durch ***hyarmen*** ersetzt wurde), dann auch in der Wortmitte, wo er nun ***aha*** hieß. Man kann ihn entweder generell im Wortinnern verwenden oder nur zwischen Vokal und Konsonant, wo das ***h*** nach wie vor stark behaucht wird, wie in ***Telumehtar*** [telum'eçtar].

n-/nw-: Im Dritten Zeitalter wurde ***ng*** [ŋ] am Wortanfang zu ***n***. Wörter, die ursprünglich mit ***ng*** bzw. ***ngw*** begannen, wurden nach wie vor mit diesen Buchstaben geschrieben, zum Beispiel ***Noldo*** ›Weiser, einer der ***Noldor***‹ (<****ñoldo***) und ***nwalme*** ›Folter‹ (<****ñwalme***).

-r/r: Es gibt zwei Zeichen für ***r***, ***óre*** und ***rómen***. Das Zeichen ***óre*** wird im Dritten Zeitalter vor Konsonanten und am Wortende verwendet, ***rómen*** vor Vokalen. Dies ist insofern etwas merkwürdig, als das Wort »óre« in Tengwar mit ***rómen***

geschrieben würde. Möglicherweise stand früher einmal ***óre*** in der Wortmitte und am Ende, ***rómen*** am Wortanfang.

v: Die Lautkombination ***lv*** wird gewöhnlich ***l*** + ***mb*** geschrieben.

–:* Dieser Buchstabe hatte einst den Lautwert ***gh*** [ɜ], der im Quenya ziemlich früh verschwand, z. B. bei Wörtern wie ***alda*** ›Baum‹ (< AQu. ****ɜalda*** < GE. ****galda*** < PQ. ****galadā***; vgl. S. ***galad***). Da es sich somit um ein Zeichen ohne Lautwert handelt, dient es als ›Träger‹ für ein anlautendes *y* [j] (das durch zwei darunter gestellte diakritische Punkte wiedergegeben wird), zum Beispiel in ***yéni*** ›Jahre‹.

v-/w: Im späten dritten Zeitalter war ***w*** am Wortanfang mit ***v*** verschmolzen, doch der Buchstabe wurde weiter verwendet bei Wörtern, die früher einmal mit ***w*** angefangen hatten – wie zum Beispiel in dem Namen ***vilya*** (< ****wilya***). In der Wortmitte blieb der Laut als ***w*** erhalten.

s/s: Das erste Zeichen, ***silme***, ist die Normalform. Das zweite, ***silme nuquerna*** (umgekehrtes ***silme***) genannt, ist wie in vielen anderen Schreibweisen nur eine Variante, die verwendet werden kann, wenn über dem Zeichen nicht genügend Platz für ein Tehta ist.

z/z: Dieses Zeichen hieß ursprünglich ***áze*** und stand für ein stimmhaftes ***s*** [z]. Dieser Laut änderte sich dann im klassischen Quenya zu ***r*** (und der Name des Zeichens zu ***áre***). Da es bereits ***rómen*** für das ***r*** zwischen Vokalen gab, wurde das Zeichen nach dem Ersten Zeitalter für ***ss*** (langes ***s***) verwendet und erhielt den neuen Namen ***esse***. Die hier gezeigte Form des ***esse nuquerna*** kommt in der überlieferten Fassung von »Namárië« vor und stellt möglicherweise nur eine Schreibvariante dar. Die Verwendung entspricht der von ***silme nuquerna***.

h-(<hy): Ursprünglich stand ***hyarmen*** für den Laut ***hy*** [ç], der im Quenya zu ***h*** wurde. Das Zeichen wurde dann grundsätzlich für ***h*** am Wortanfang verwendet.

wh?: Das ***hwesta sindarinwa***, ein stimmloses ***w***, hatte keinen Lautwert im Quenya, war aber fester Bestandteil der Tabelle.

+i/+u: Nur als Bestandteil von Diphthongen verwendet.

'h: Ursprünglich für das gehauchte ***h*** verwendet, das nur in den Dialekten von Aman überdauerte. Der Name für das Zeichen, ***halla***, ist insofern merkwürdig, als dieses Wort zu Zeiten Feanors [x'alla] ausgesprochen wurde. Dieser Buchstabe wird nur in den Kombinationen ***hr*** und ***hl*** verwendet.

Tehtar:

Bereits die erste Fassung der Tengwar Feanors besaß Tehtar, diakritische Zeichen, die über oder unter dem Buchstaben hinzugefügt wurden. Dies ist zurückzuführen auf die Sprachtheorie der Noldor, wonach die Konsonanten als die Grundbestandteile der Sprache galten und die Vokale diesen nur eine »Färbung« verliehen.

Auch die Palatalisierung – wobei der Konsonant so klingt, als würde er mit einem »folgenden *y*« [j] gesprochen – wurde als Färbung angesehen (wenngleich diese Konsonanten für die Aussprache als lang galten). Sie wurden durch zwei Punkte ***(nuntixi)*** unter dem jeweiligen Tengwa bezeichnet. Die palatalisierten Laute waren ursprünglich als eigene Reihe, ***tyelpetéma*** angesehen worden; ihre Namen lauteten ***tyelpe***, ***indyo***, ***istyar***, ***intya***, ***nyelle***, ***arya*** und ***alya***, mit den entsprechenden Lautwerten. Dies hatte sich aber bis zum Dritten Zeitalter verloren, sodass die Markierung sich nur noch auf das jeweilige Tengwa bezieht und keine Lautkombination mehr bezeichnet.

Im Quenya, das meist auf Vokale endet, wurden die Vokalzeichen ***(ómatehtar)*** über den jeweils vorangehenden Konsonanten gesetzt. Falls kein entsprechender Konsonant zur Verfügung stand, wurde das Tehta bei kurzen Vokalen auf einen kurzen Träger gestellt. Bei langen Vokalen konnte das Tehta verdoppelt werden (nur bei ***e***, ***u***, ***o***); in der Regel wurde es aber auf einen langen Träger gestellt.

Bei Diphthongen wurde der zweite Bestandteil (***i*** oder ***u***) als Halbvokal aufgefasst, und das Tehta in diesem Fall über das entsprechende Tengwa (***yanta*** bzw. ***úre***) gesetzt, in Umkehrung der sonst üblichen Reihenfolge.

Anwendung:
Das bekannteste Beispiel für diese Schreibweise ist Tolkiens eigene Fassung von »Namárië« (in *RGEO*), von der hier ein Teil als Umschrift wiedergegeben ist:

NAMÁRIË

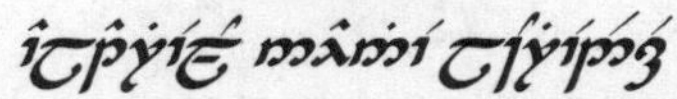

Altariello nainie Lóriendesse

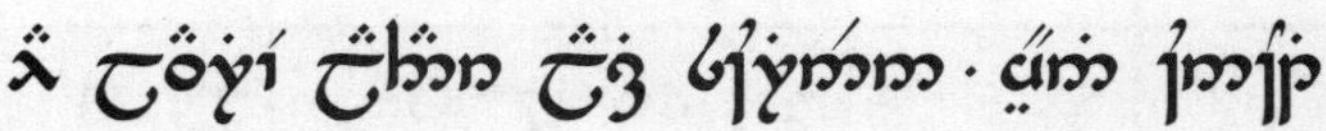

Ai laurië lantar lassi súrinen, yéni únóti-

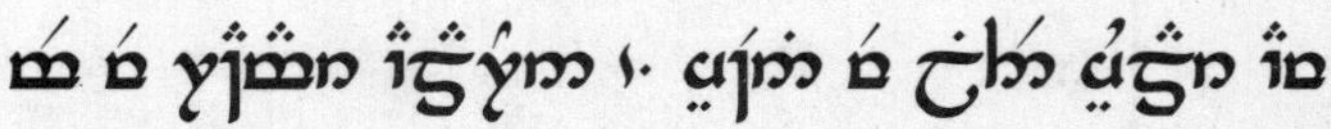

me ve rámar aldaron! yéni ve linte yuldar av-

ánïer, mi oromardi lisse-miruvóreva andúne pe-

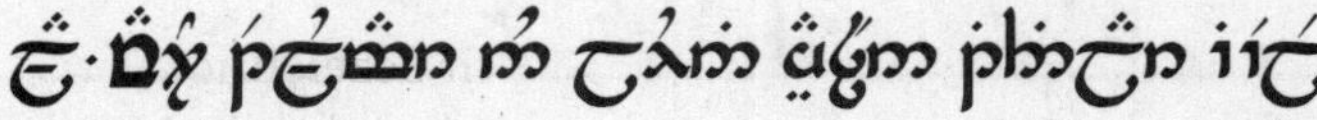

lla, Vardo tellumar nu luini yassen tintilar i ele-

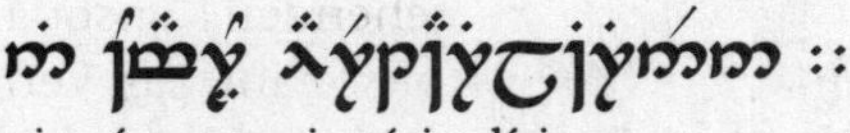

ni ómaryo airetári- lírinen.

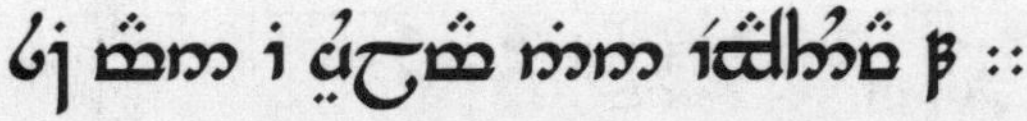

Sí man i yulma nin enquantuva?

Schreibweise von Beleriand

Sindarin	Reihe I	Reihe II	Reihe III	Reihe IV
Stufe 1	t	p	c (k)	–
Stufe 2	d	b	g	–
Stufe 3	th	f	ch	–
Stufe 4	dh	v	*gh	–
Stufe 5	nn	mm	ng?	–
Stufe 6	n	m	o	w
	r	rd	l	ld
	s	y	ss?	*œ?
	h	hw?	e	u
	i	i-?	a	

Lang-vokale	á/â	é/ê	í/î	ó/ô	ú/û
Diph-tonge	ai	ae?	au		ý/ŷ
	ei	oe?	ui		

Amerkungen:

ch: Im Zweiten Zeitalter, als die Schreibweise von Beleriand entstand, wurde der Laut ***harma*** [x'arma] noch ***ch*** gesprochen, was sich in den Sindarin-Schreibweisen so hielt, während er sich im Quenya später zu ***h*** abschwächte.

****gh:*** Der Lautwert ***gh*** [ʒ] existierte vermutlich als Zwischenstufe im Archaischen Sindarin und fiel danach weg.

nn/mm: Diese Zeichen wurden als Verdoppelung der Zeichen der Stufe 6 aufgefasst, die in dieser Schreibweise für ***n*** bzw. ***m*** standen.

ng?: Dieser Buchstabe ist nicht belegt. Es fehlt jedoch ein Zeichen für das ***g*** am Anfang eines Wortes, wenn dies aufgrund von Nasalmutation zu ***ng*** wird. In diesem Fall handelt es sich bei dem Laut um ein ***ñ*** [ŋ], nicht um ein ***ñg*** [ŋg]; also kann es nicht durch das Zeichen für ***g*** mit einer Tilde dargestellt werden. Darum würde sich in diesem Fall das ursprüngliche ***ñoldo*** anbieten. (Das Gleiche gilt im Prinzip auch für das ***-n*** am Ende eines Wortes, wenn das folgende Wort Nasalmutation erfährt.)

w: Der Laut hat hier noch den ursprüngliche Wert ***w***. Im Sindarin wurde jedoch die ganze Reihe der ***quessetéma*** nicht verwendet; nur dieses Tengwa findet sich an einer Stelle als »End-***u***« (in ***tîw***), vielleicht als Übernahme aus der Quenya-Schreibweise.

y: Das Zeichen ist in dieser Schreibform belegt. Möglicherweise handelt es sich aber nur um eine stilistische Variante von ***silme nuquerna***.

ss: Das Sindarin besaß kein stimmhaftes ***s*** [z]. Die Verwendung von ***esse*** für ***ss*** ist allerdings nur aus einem Text des Dritten Zeitalters belegt und stellt mögl. eine Übernahme aus der späteren Quenya-Schreibweise dar.

****œ?:*** Die Verwendung von ***esse nuquerna*** für das archaische ***œ*** [ö] – nicht zu verwechseln mit dem Diphthong ***oe*** [oe] – ist reine Spekulation, analog zur Verwendung von ***silme nuquerna*** für das vokalische ***y***.

hw?: Das ***hwesta sindarinwa*** ist nirgendwo belegt. Es ist darum nicht klar, ob es bereits in der Schreibweise von Beleriand verwendet wurde oder nur in späteren nicht-elbischen Schreibweisen für das »Grauelben-***w***« stand, wenn ***hwesta*** anders belegt war.

Vokale:

Vokale wurden in diesem Modus als eigene Zeichen geschrieben. Die Vokalzeichen sind hier, soweit sie mit den Quenya-Schriftzeichen identisch sind, an den entsprechenden Stellen im System angegeben. Man beachte die Verwendung des ***silme nuquerna*** für das vokalische ***y*** [y], einen Laut, den es im Quenya nicht gibt. Außerdem wurde ein neues Zeichen, ein einfacher, nach rechts geöffneter Bogen für ***a*** hinzugefügt. Die Zeichen für ***a*** und ***i*** konnten mit einem darüber gesetzten Punkt versehen werden, um sie in der Handschrift deutlicher abzusetzen.

Zwischen langen und kurzen Vokalen wurde in dieser Schreibweise ursprünglich anscheinend nicht unterschieden. Ein Schrägstrich in Form eines Akzents konnte als Längenzeichen ***(andaith)*** über einen langen Vokal gesetzt werden, wobei kein Unterschied zwischen den normal langen Vokalen ***(á, é, í, ó, ú, ý)*** und den besonders langen bei einsilbigen Wörtern ***(â, ê, î, ô, û, ŷ)*** gemacht wurde.

Ob die Vokalzeichen in der Schreibweise von Beleriand Ableitungen aus den Quenya-Zeichen, eigene Schöpfungen der Sindar oder Formen der (verloren gegangenen) feanorischen Vokal-Tengwar darstellten, lässt sich nicht sagen.

Diphthonge:

Diphthonge wurden mittels Tehtar wiedergegeben. Zwei über das Vokalzeichen gesetzte Punkte standen für ***-i*** in ***ai, ei, ui***, eine umgekehrte Tilde für ***-u*** in ***au*** (am Wortende ***-aw*** geschrieben). Wie die Diphthonge ***ae*** und ***oe*** wiedergegeben wurden, wird nicht gesagt, möglicherweise mit einem darüber gesetzten diakritischen Zeichen in Form eines ***yanta***, wie aus einem späteren Text überliefert.

Weitere Sonderzeichen:

Eine darüber gesetzter Strich – gerade oder geschwungen in Form einer Tilde – wurde verwendet, um einen vorangehenden Nasal gleicher Reihe zu bezeichnen, also bei ***nt/nd***, ***mp/mb***, ***ñc/ñg***. Ob noch weitere Kürzel, die in der späteren Schreibweise von Gondor verwendet wurden, schon in der Schreibweise von Beleriand in Gebrauch waren, ist nicht bekannt.

Darüber hinaus gab es auch eine Schreibweise, in der sämtliche Laute, Vokale wie Konsonanten, voll ausgeschrieben wurden.

Anwendung:

Das bekannteste der Beispiele der Schreibweise von Beleriand, ausdrücklich als solches bezeichnet, ist die Inschrift auf dem Tor von Moria. Dort werden keine Längenzeichen, aber andere Tehtar verwendet. Dies ist im Übrigen das älteste Schriftdokument von Mittelerde, das als Faksimile bekannt ist (entstanden vor 1600 Z. Z.).

Auch Tolkiens eigene Fassung von »A Elbereth Gilthoniël« (in *RGEO*), ist als Beispiel für eine voll ausgeschriebene Fassung dieses Modus anzusehen.

Beide sind hier mit Umschrift wiedergegeben:

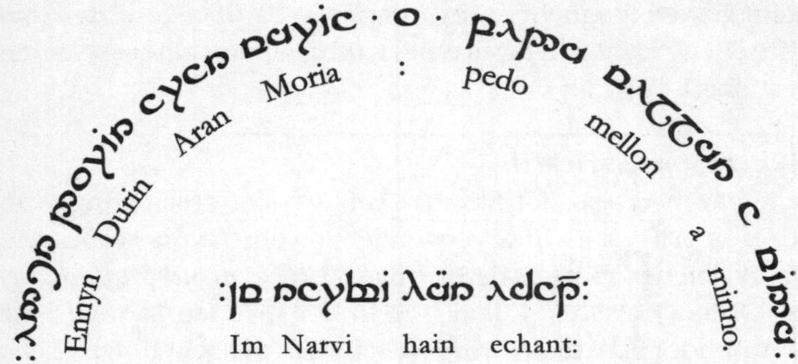

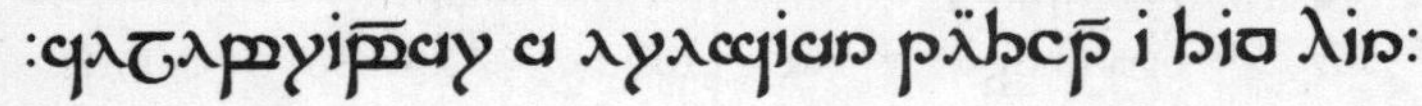
Celebrimbor o Eregion teithant i thiw hin.

A Elbereth

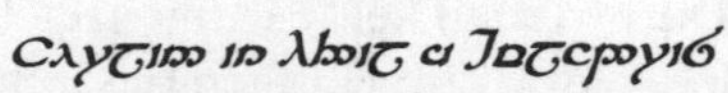
Aerlinn in Edhil o Imladris

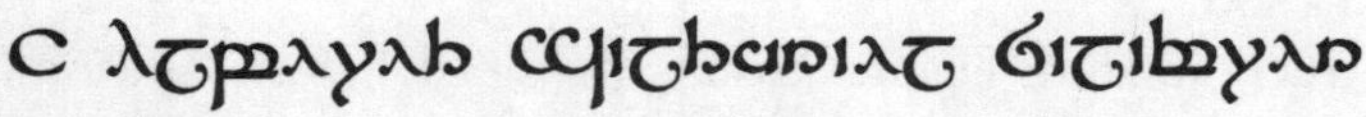
A Elbereth Gilthoniel, silivren

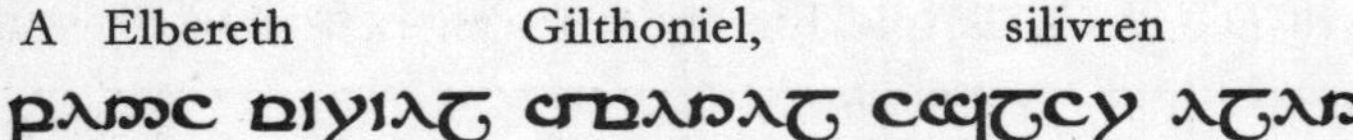
penna míriel o menel aglar elen-

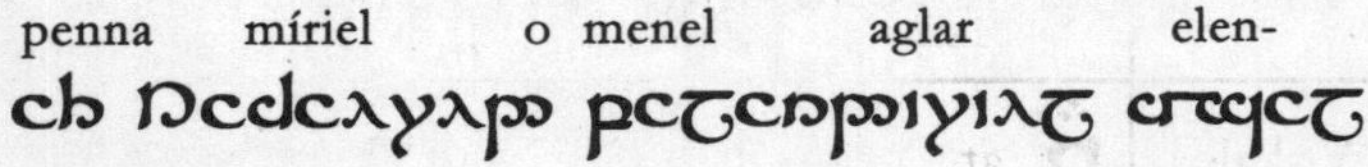
ath! Na-chaered palan-diriel o gal-

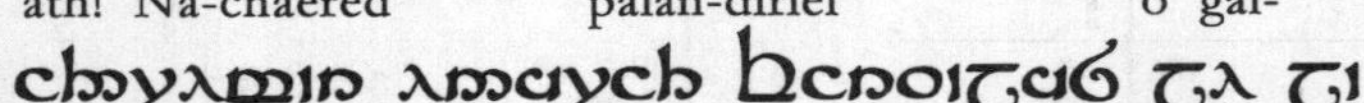
adhremmin ennorath, Fanuilos, le li-

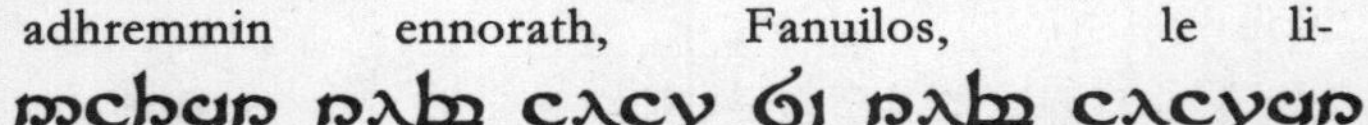
nnathon nef aear, sí nef aearon.

Schreibweise von Gondor

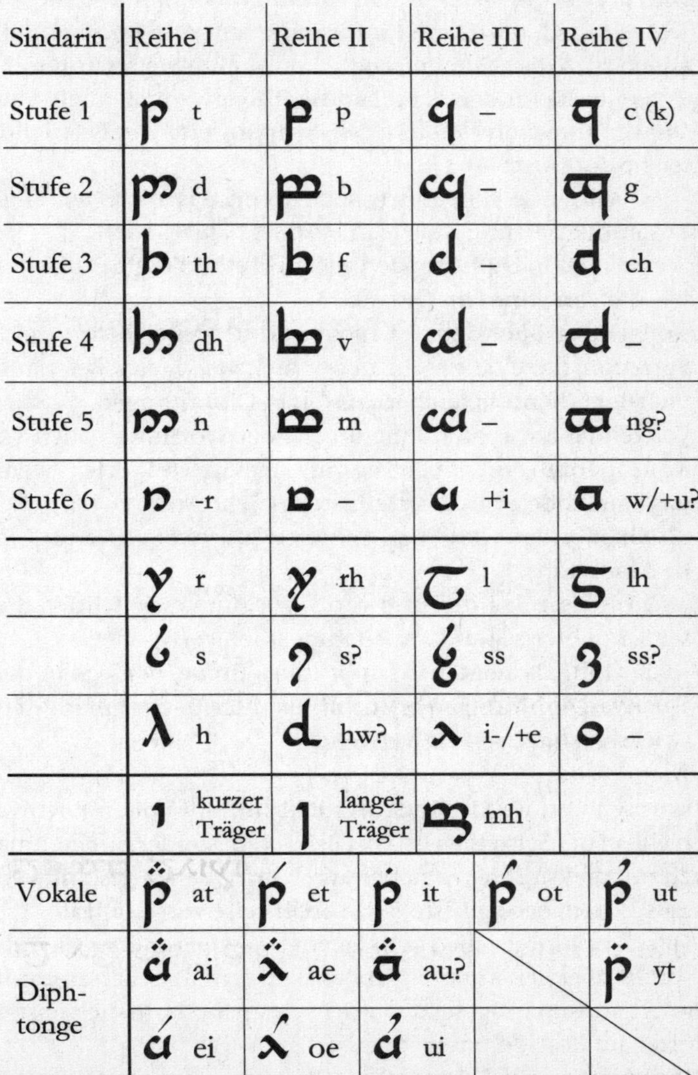

Sindarin	Reihe I	Reihe II	Reihe III	Reihe IV
Stufe 1	t	p	–	c (k)
Stufe 2	d	b	–	g
Stufe 3	th	f	–	ch
Stufe 4	dh	v	–	–
Stufe 5	n	m	–	ng?
Stufe 6	-r	–	+i	w/+u?
	r	rh	l	lh
	s	s?	ss	ss?
	h	hw?	i-/+e	–
	kurzer Träger	langer Träger	mh	

Vokale	at	et	it	ot	ut
Diphtonge	ai	ae	au?		yt
	ei	oe	ui		

Anmerkungen:

Reihe IV: Dass ***quesseteéma*** statt ***calmatéma*** für die ***k***-Reihe verwendet wird, dürfte ein Einfluss aus dem Adûnaïschen sein (siehe auch die »Numenische Schreibweise« weiter unten).

ng?: Vielleicht für den Nasallaut ***ng*** [ŋ] verwendet, analog zur Verwendung von ***Ñoldo*** in der »Schreibweise von Beleriand« (siehe dort Anm. 4).

-r: Am Wortende verwendet, auch wenn das Wort Teil einer Zusammensetzung ist, wie in ***Perhael*** (< ***per*** + ***sael***).

+i: Verwendet in Diphthongen wie ***ai***, ***ei*** etc.; dieselbe Funktion wie die von ***yanta*** im Quenya.

w/+u?: Dieser Buchstabe ist nicht belegt; vielleicht war seine Funktion dieselbe wie in der Schreibweise von Beleriand, vielleicht diente er auch für das ***-u*** in Diphthongen.

r: Verwendet am Wortanfang und in der Wortmitte, auch vor Konsonanten, außer bei zusammengesetzten Worten, wenn das ***r*** am Ende eines Wortteils steht (siehe Anm. zu ***-r***).

hw?: Nicht belegt, wie in der »Schreibweise von Beleriand« (siehe Anm. dort).

s?/ss?: Die umgekehrte Form von ***silme*** (und ***esse***) wird in dieser Schreibweise nur in Ausnahmefällen verwendet.

i-/+e: Sowohl als Teil eines Diphthongs (in ***ae***, ***oe***), wie in den Quenya-Diphthongen ***ai*** und ***oi***, als auch für ein Anfangs-***i*** [j] (wie in ***Iorhael, Ioreth***) verwendet.

Wie es scheint, wurde Sindarin nicht nur mit vollen Buchstaben wie in der Schreibweise von Beleriand, sondern manchmal auch mit diakritischen Zeichen wie beim Quenya geschrieben. Dieses System beeinflusste die Schreibweise von Gondor.

Der Hauptunterschied zum Quenya liegt darin, dass die Tehtar nicht über den vorangehenden, sondern über den nachfolgenden Konsonant gesetzt wurden, da im Sindarin die meisten Wörter auf Konsonanten endeten.

Wenn ein Artikel den Anfangskonsonanten des folgenden

Substantivs veränderte, konnte das Ganze als ein einziges Wort geschrieben werden (in der Umschrift durch einen Bindestrich gekennzeichnet; siehe ***i-Varanduinant*** im folgenden Beispieltext).

Es gibt ein neues Tehta für den Sindarin-Vokal ***y*** [y], bestehend aus zwei Punkten ***(amatixi)*** über einem Konsonanten. Der Querstrich über dem Konsonanten, der einen vorangehenden Nasal derselben Reihe bezeichnet, findet sich auch bei ***n*** als Verdoppelungszeichen (und vielleicht auch bei ***m***). Wir sehen auch die ***w***-Tilde bei Wörtern wie ***edwen*** und den Querstrich unter dem Konsonanten als allgemeines Verdoppelungszeichen. Es findet sich auch ein Sonderzeichen für ***mh***; dieser Laut wurde im Dritten Zeitalter zu ***v***, und in anderen Fällen erscheint er auch so in der Umschrift, doch es scheint, dass in der Tengwar-Schrift die traditionelle Schreibweise beibehalten wurde.

Anwendung: Das einzige bekannte Beispiel hierfür ist der Sindarin-Text von König Elessars Brief an Bürgermeister Samweis Gamdschie im später gestrichenen Epilog zum *Herrn der Ringe* (*SD* 131).

Elessar Telcontar Aragorn Arathornion edhel-
harn anglennatha i-Varanduinant erin dolothen
Ethuil (egor ben genediad drannail er-
in Gwirith edwen) ar ennas aníra i aran Gondor
ar Arnor ar Hîr i-Mbair Annui suilannad mhell-
yn în phain. *Edregol* e aníra tírad i Cher-
dir *Perhael* (i sennui *Panthael* estathar aen)
Condir i Drann; ar *Meril* bess dîn; ar *Elan-
or*, *Meril*, *Glorfinniel*, *Eirien* sellath dîn
ar *Iorhael*, *Gelir*, *Cordof*, *Baravorn* ionn-
ath dîn.

Nördliche Variante (Schreibweise von Arnor)

Diese Schreibweise erscheint in einer anderen, früheren Fassung von König Elessars Brief; möglicherweise wurde sie von den Dúnedain des Nordens verwendet.

Es handelt sich dabei um eine »volle« Schreibweise ähnlich der »Schreibweise von Beleriand«. Die Vokalzeichen sind die gleichen wie dort, einschließlich der Verwendung des langen Trägers für das Anfangs-***i*** [j]. Die Werte der konsonantischen Zeichen entsprechen denen der »Schreibweise von Gondor«. ***Númen*** und ***malta*** haben den Wert von ***n*** bzw. ***m*** wie im Quenya, und ***óre*** und ***rómen*** werden unterschiedslos eingesetzt; es gibt keine festen Regeln, wann der eine oder der andere Buchstabe verwendet werden soll.

Für den Diphthong ***ae*** finden sich in ein und demselben Text zwei verschiedene Schreibungen: einmal ausgeschrieben und zum anderen mit einem darüber gesetzten Theta in Form eines verkleinerten ***yanta***.

Anwendung:

Das einzige Beispiel ist die erwähnte erste Fassung des Briefs von König Elessar an Bürgermeister Sam Gamdschie (*SD* 130). Diese Schreibweise wird daher hier nur der Vollständigkeit halber erwähnt.

Númenische Schreibweise

Westron	Reihe I	Reihe II	Reihe III	Reihe IV
Stufe 1	t	p	ch	k
Stufe 2	d	b	j	g
Stufe 3	th	f (ph)	sh	-h
Stufe 4	dh	v	zh	gh
Stufe 5	n	m	ny	ng
Stufe 6	-r	w	y	’?
	r	rh	l	lh
	s	s	z	z
	h	wh?	+i?	+u?
	kurzer Träger	langer Träger		

Vokale	ta	te	ti	to	tu
Diphtonge	ai?	oi?	ui?	au?	eu?

Für die Númenische – das heißt westliche – Schreibweise sind eigene Namen der Zeichen überliefert. Für die Dentale wird in der Regel ***ó***, für die Labiale ***í***, für die Palatale ***é*** und für die Velare ***á*** hinzugefügt. Ob dem vielleicht adûnaïsche Wörter zugrunde liegen oder ob es sich nur um ein Lautspiel handelt, ist nicht bekannt.

Reihe I	Reihe II	Reihe III	Reihe IV
tó	***pí***	***ché***	***ká***
dó	***bí***	***jé***	***gá***
thó	***fí***	***ché***	***aha***
adhó	***ví***	***izhé***	***agha***
nó	***mí***	***nyé***	***ngá***
ar	***wí***	***yé***	***'á***
aro	***rho***	***alo***	***lho***
só	***ós***	***azo***	***oza***
há	***whí***	***ai***	***au***

Anmerkungen:

Reihe III: Da es die ***tyelpetéma*** nicht mehr gab, das Westron aber über Palatallaute verfügte, wurde die Reihe III für diese verwendet. Die Lautwerte sind ***ch*** [tš], ***j*** [dž], ***sh*** [š], ***zh*** [ž], ***ny*** [nj] und ***y*** [j]. Nur ***sh*** ist in dem bekannten Westron-Material belegt. Es heißt aber, dass die Quenya-Laute ***ty*** und ***hy*** von Westron-Sprechern durch ***ch*** und ***sh*** ersetzt wurden (HR Anh E); so ist zu vermuten, dass ein Wort wie *ribadyan* ›Geburtstagskind‹ (BRIEFE Nr. 214) [rib'adžan] ausgesprochen wurde.

f (ph) (fí): Obwohl der Name mit ***f*** angegeben ist, kommt in dem bekannten Westron-Material nur ***ph*** vor.

-h (aha): Dem Namen nach zu schließen, wurde dieses Zeichen in der Wortmitte verwendet.

dh (adhó)/zh (izhé)/gh (agha): Den Namen nach zu schließen, kamen diese Laute nicht am Wortanfang vor. Keiner davon ist im Westron belegt.

ng (ngá): Vermutlich der velare Nasallaut ***ñ*** [ŋ].

-r (ar): Der Name bezeichnet vermutlich einen Laut am Wortende bzw. vor Konsonanten, entsprechend der Verwendung im Quenya; sonst müsste er regulär ****ró*** heißen.

'? ('a): Der Name gibt Rätsel auf: vielleicht ein glottaler Verschlusslaut (im Westron nicht nachgewiesen), vielleicht auch ein verschwundener Konsonant (als eine Art Leerzeichen, wie ***anna*** im Quenya).

r (aro): Nimmt man die Bezeichnung selbst her, so steht ***aro*** für ein ***r*** in der Wortmitte bzw. zwischen (oder vor) Vokalen. Vermutlich steht der Buchstabe auch im Anlaut, ebenso wie bei ***l***.

rh (rho)/lh (lho): Der Laut für ***rho*** ist nicht belegt; es gibt jedoch Wörter im Westron, die ursprünglich mit ***hl*** begannen, wie z. B. ***hloth*** ›Zweizimmer-Höhle‹ (HR Anh F).

l (alo): Der Name ist mögl. eine Analogiebildung zu ***aro***. Jedenfalls gibt es im Westron Worte, die mit ***l*** anlauten.

s (só/ós)/z (azo/oza): Die Zeichen scheinen in derselben Beziehung zu stehen wie ***silme*** und ***esse*** und deren jeweilige Umkehrungen im Quenya.

h (há): Dem Namen nach zu schließen, wurde dieses Zeichen am Wortanfang verwendet.

wh? (whí): Das ***hwesta sindarinwa***, wie in anderen Schreibweisen vermutlich zur Darstellung von ***hw***, wenn ***hwesta*** anderweitig belegt war.

+i? (ai)/ +u? (au): Das Vokalsystem des Westron bestand aus den fünf Vokalen ***a***, ***e***, ***i***, ***o***, ***u*** in kurzer und langer Form. Diphthonge sind aus dem bekannten Vokabular nicht bekannt, mit der Ausnahme von ***Maura*** (Hobbitisch für »Frodo«), das jedoch aus der Sprache der Rohirrim entlehnt ist. Ob daher ***ai*** und ***au*** für das zweite Element in Diphthongen standen, muss dahingestellt bleiben.

Die Númenische Schreibweise geht eigentlich über das Thema dieser Einführung hinaus, da es sich um eine Anwendung der Feanorischen Schrift für das Westron handelt. Da es jedoch dafür ein Textbeispiel im *Herrn der Ringe* gibt, ist sie hier mit aufgeführt.

Bei diesem Modus handelt es sich allem Anschein nach um eine Weiterentwicklung einer Schreibweise, wie sie für das Adûnaïsche verwendet wurde. Vermutlich wurde sie in Mittelerde durch die númenórischen Siedlungen verbreitet, aus denen die Exil-Königreiche entstanden.

Die Sprecher des Westron scheinen die Zeichen der Tabelle sehr gut an die Laute ihrer Sprache angepasst zu haben, zum Teil besser als bei den elbischen Sprachen.

Es ist zu vermuten, dass die Tehtar wie im Quenya auf den jeweils vorangegangenen Konsonanten gesetzt wurden, da die meisten Wörter im Westron auf Vokale endeten.

Die Werte in dieser Liste sind die in Gondor verwendeten. Diese Schreibweise diente Tolkien auch als Grundlage für seine »Westron«-Texte, die er in englischer Sprache schrieb.

Anwendung:
Das bekannteste Beispiel für diese Schreibweise ist die Ringinschrift, in der sich Sauron für die Schwarze Sprache dieses Modus bedient. Dabei sind die Tehtar jeweils auf den folgenden Konsonanten gesetzt, da in dieser Sprache die Wörter meist auf Konsonanten enden, und die Zeichen für ***o*** und ***u*** vertauscht:

Vokale	at	et	it	ot	ut

Außerdem ist bei der Ringinschrift bei den Zeichen von Stufe 3 und 4 eine Variante mit einem verlängerten Stamm verwendet worden.

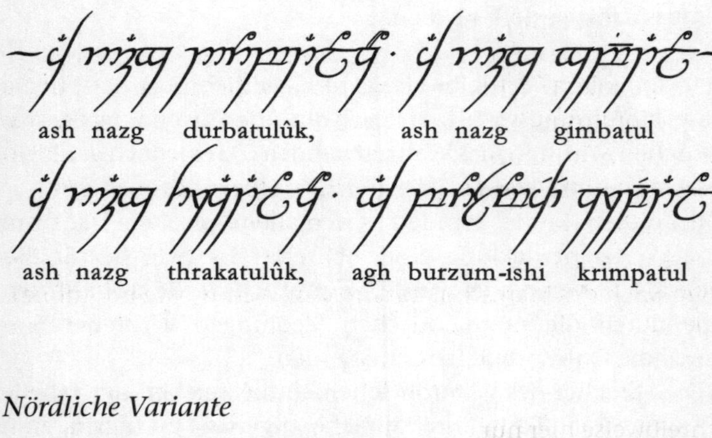

Nördliche Variante

Es gab auch eine Westron-Schreibung in »vollem« Modus, die vor allem in Arnor verwendet wurde. Der Hauptunterschied zur »Schreibweise von Gondor« liegt darin, dass die Buchstabenwerte der Númenischen und nicht der Sindarin-Schreibweise entsprechen. Zu beachten ist auch, dass der Buchstabe ***'a*** für den Vokal ***a*** verwendet wird statt des einfachen offenen Bogens.

Diphthonge werden wieder mit den beiden diakritischen Punkten und der ***w***-Tilde wiedergegeben. Neben den Konsonanten wird auch bei Vokalen von einem darunter gesetzten Strich zum Zeichen der Verdoppelung bzw. Längung Gebrauch gemacht.

Anwendung:
Die Hauptbeispiele hierfür sind die »Westron«-Fassung im Brief König Elessars (*SD* 130, 131), die dem Sindarin-Text beigegeben ist, und eine der drei Seiten aus dem Buch des Mazarbul (*Pictures* Nr. 23), von denen Tolkien Faksimiles erstellte – »eine große, schwungvolle Handschrift mit elbischen Buchstaben« (HR II/5), die Óri zugeschrieben wird. In beiden Fällen ist das Westron durch Englisch wiedergegeben, sodass sich daraus nur indirekte Rückschlüsse auf die Sprache selbst treffen lassen. So wird z. B. ein darunter gesetzter Punkt für den Schwachvokal ***e*** [ə] verwendet, welcher im Westron nicht vorkommt.

Im Brief König Elessars wird eine Unterscheidung gemacht zwischen ***ar*** und ***aro*** wie bei ***óre*** und ***rómen*** im Quenya. ***Au*** wird für den Halbkonsonanten ***w*** verwendet, ***wí*** hat den Wert von ***u***, und das konsonantische ***y*** [j] wird durch den langen Träger wiedergegeben.

Im Buch des Marzarbul hat ***aro*** den Wert ***w***, wie im Adûnaïschen.

Da diese Texte teils vom Autor verworfen wurden, teils für den deutschen Leser nur bedingt relevant sind, wird diese Schreibweise hier nur der Vollständigkeit halber erwähnt.

Schreibweise für Deutsch

Deutsch	Reihe I	Reihe II	Reihe III	Reihe IV
Stufe 1	t	p	tsch	k
Stufe 2	d	b	dsch	g
Stufe 3	c/z	f	sch	ch
Stufe 4	–	w	ġ	–
Stufe 5	n	m	nj	ng
Stufe 6	–	v	j	–
	–	–	l	r
	s	s	ss	ß
	h	+i	+u	-r
	kurzer Träger	langer Träger	st-	x

Vokale	at	et	it	ot	ut
Umlaute	ät	öt	üt		
Diphtonge	ai (ay/ei/ey)		oi (äu/eu)		au

Anmerkungen:

g/ġ: In Reihe IV das normale *g* wie in »genau«, in Reihe III der Laut in »Genie« (der nur in Fremdworten vorkommt).

c/z: Im Deutschen in beiden Fällen derselbe Laut [ts], daher in der Schreibung nicht unterschieden.

ch: Der Buchstabe steht in dieser Form eigentlich nur für das velare ***ch*** [x] nach ***a, o, u***, wie in »acht, noch, schluchzen«; für das palatale ***ch*** [ç] nach ***e, i*** und nach Umlauten, wie in »recht, nicht, ächzen«, müsste es mit zwei darunter gestellten Punkten versehen werden. Da die beiden Varianten einander ausschließen, kann darauf verzichtet werden.

ng: Das ***n*** vor ***k*** wie in »denken« wird ebenfalls mit diesem Buchstaben geschrieben.

v: Der Laut in »Vater«, nicht in »Vase«. Schreibvariante von ***f***.

-r/r: Zum einen das ›verdumpfte‹ ***r*** nach Vokalen wie in »Vater«; zum anderen das gerollte Zäpfchen-***r*** wie in »Rat«, in der Regel vor Vokalen. Das Zeichen ***rómen***, das in den meisten anderen Modi für ***r*** verwendet wird, ist von der Form her – der angedeutete Stamm weist auf eine Lautbildung vorn im Mund – nicht für das deutsche ***r*** geeignet. Darum musste hierfür ein neues Tengwa gewählt werden.

s/s: Es wird nicht unterschieden zwischen dem stimmlosen ***s*** wie in »hassen« und dem stimmhaften ***s*** wie in »Hasen«. Schreibvarianten des stimmlosen ***s*** im Deutschen wie ***ss*** oder ***ß*** spielen eigentlich keine Rolle, da sie auf die Aussprache keinen Einfluss haben. Zur besseren Lesbarkeit sind die alternativen Formen dafür gewählt worden.

Kürzel: Das Sonderzeichen für ***st*** ist eine Kombination von ***sch*** und ***t***. Statt der Kurzformen können auch die Buchstabenfolgen ***sch-t*** bzw. ***k-s*** stehen. Die Zeichenfolge ***qu*** wird als ***k-w*** geschrieben.

Für eine Verdoppelung wie in ***nn, mm, ll*** kann eine unter den Buchstaben gesetzte Tilde oder ein Querstrich verwendet werden. Eine darüber gesetzte Tilde oder ein Querstrich bezeichnet einen vorangehenden Nasal der gleichen Reihe wie in ***nt/nd***, ***mp/mb***. Dagegen wird ***ng*** immer mit einem eigenen Buchstaben notiert.

Vokale:

Bei der Schreibung der Vokale ist zu beachten, dass alle Formen der Dehnung, also ***aa***, ***ie***, ***oh***, etc., als Langvokale, das heißt mit langen Träger oder Verdoppelung der Tehtar (sofern angebracht) geschrieben werden.

Für ein unbetontes oder unterdrücktes ***e*** kann der Vokal auch durch einen kurzen senkrechten Strich über dem Tengwa wiedergegeben werden. Dieses Tehta sowie die Tehtar für die Umlaute ***ä*** und ***ö*** sind von den Sarati Rúmils übernommen, das Tehta für ***ü*** von den Sindarin-Schreibweisen.

Diphthonge:

Die hier angegebenen Zeichen gelten für alle Formen der Umschrift wie ***ai***, ***ay***, ***ei*** [ai], ***eu***, ***äu*** [oi] und ***au*** [au]. Nicht die Rechtschreibung ist entscheidend, sondern die Aussprache.

Es handelt sich hierbei um eine mehr oder weniger phonemische Schreibweise, wie sie von Tolkien selbst auch für das Englische verwendet wurde. Das heißt, man schreibt im Prinzip so, wie man spricht, und sollte sich beim Schreiben (und Lesen) nicht von der deutschen Rechtschreibung verwirren lassen.

Anwendung:

Diese Schreibweise ist in den Tolkien'schen Werken verständlicherweise nicht belegt, da es sich um eine Weiterentwicklung handelt. Aus diesem Grunde soll auch ein eigenes »Hobbit-Lied« als Beispiel dienen:

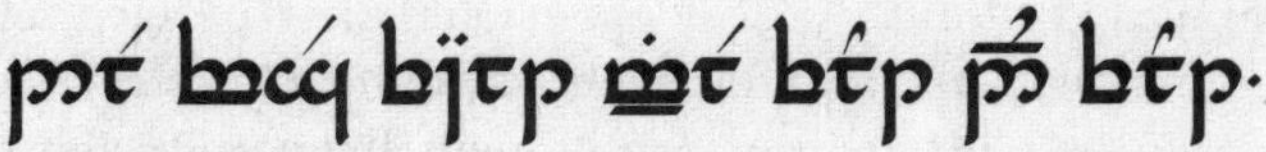

Der Weg führt immer fort und fort,

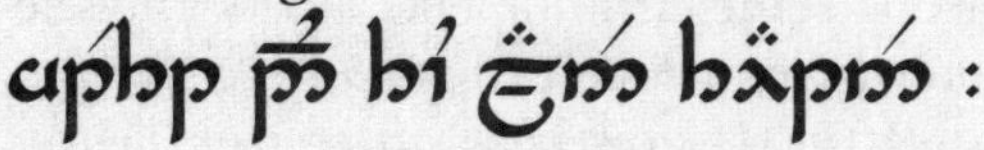

jetzt und zu allen Zeiten.

Er führt von einem festen Ort

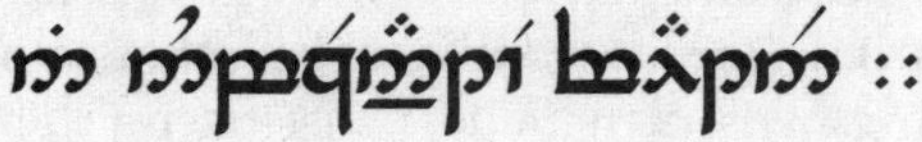

in unbekannte Weiten.

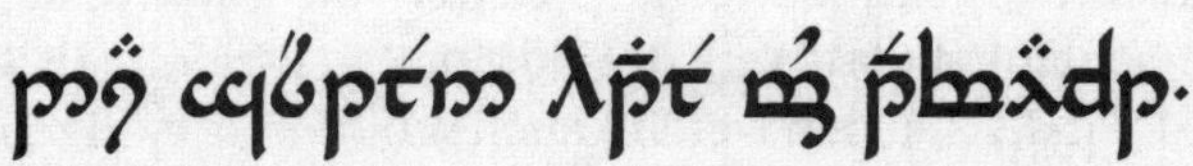

Das Gestern hinter uns entweicht,

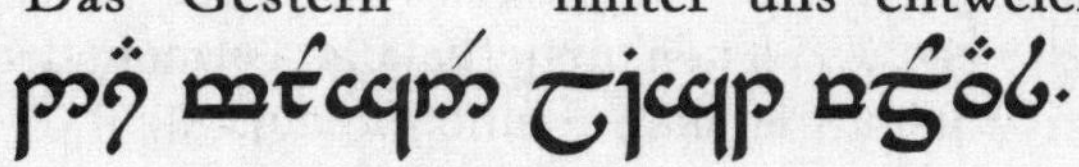

das Morgen liegt voraus,

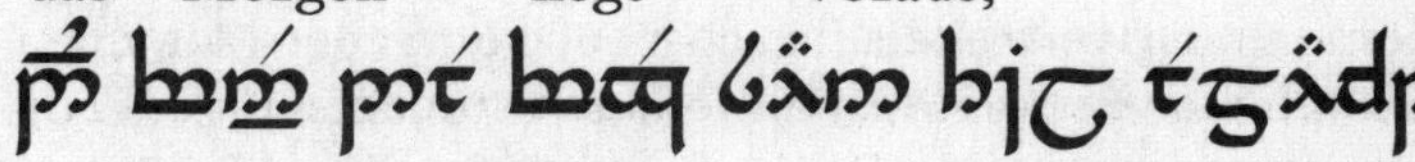

und wenn der Weg sein Ziel erreicht

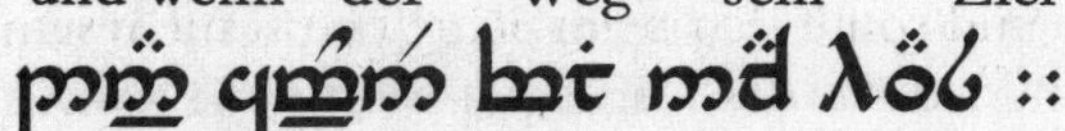

dann kommen wir nach Haus.

Die Cirth

Obwohl die Cirth im Dritten Zeitalter als »Zwergenrunen« bekannt sind, sind sie doch eine Erfindung der Elben von Beleriand im Ersten Zeitalter. Systematisiert wurden sie in Doriath; dieses System ist als Angerthas Daeron bekannt, weil es Daeron, dem Spielmann König Thingols, zugeschrieben wird.

Die Angerthas Daeron wurden im Zweiten Zeitalter von den Noldor in Eregion weiterentwickelt, die es um Laute ergänzten, welche im Sindarin nicht vorkamen. Dieses System, das aus der Auflistung im Anhang des *Herrn der Ringe* zu entschlüsseln ist, soll hier als Ausgangsbasis dienen. Wie viel davon Teil der ursprünglichen Angerthas war, ist umstritten. So schreibt Tolkien, dass die Hinzufügung der Zeichen für Labiovelare »höchstwahrscheinlich das Werk der Noldor von Eregion« (HR Anh E) war, doch die Zeichen werden auch schon in Fassungen der Angerthas von Doriath überliefert (*TI* 461). Dagegen ist anzunehmen, dass sich die Zeichen für die Palatale erst zur Darstellung des Westron herausbildeten.

Dieses System wurde von den Zwergen von Moria und Erebor übernommen, verbreitete sich aber auch unter den Menschen. So schrieben die Rohirrim mit einer vereinfachten Form der Cirth. Daraus eine Verbindung zu den historischen Runen unseres Mittelalters zu ziehen, sprengt freilich den Rahmen von Mittelerde. Im *Hobbit* hat Tolkien, ebenso wie er die Namen der Zwerge aus der Gemeinsamen Sprache in altnordische Wörter umgesetzt hat, auch die Runen von Mittelerde in die altnordischen Runen »übersetzt«. Diese werden darum als Anhang mit aufgelistet.

Die Runen sind in »Reihen« gegliedert, welche in der Tabelle im *Herrn der Ringe* durch jeweils zwei kreisförmige Punkte voneinander getrennt werden. Diese gehören aber nicht zu den Schriftzeichen; ich erwähne dies nur, weil es mitunter zur Verwirrung geführt hat.

Angerthas Daeron (Schreibweise von Eregion)

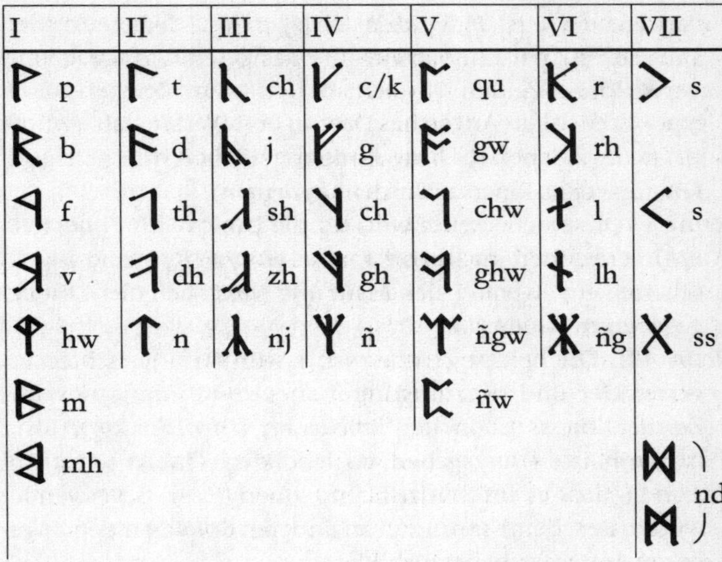

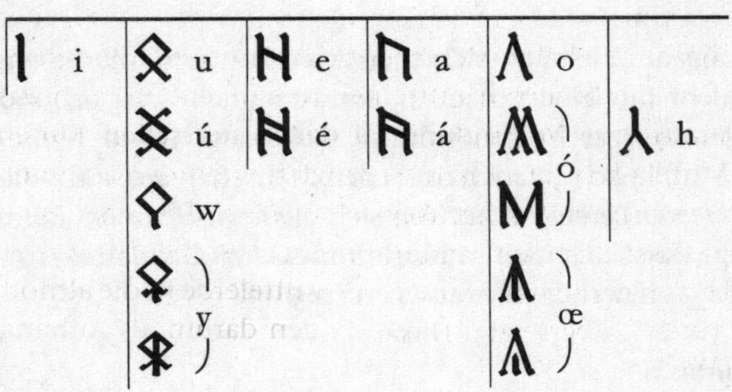

Anmerkungen:

Reihe III: Diese neue Reihe wird für die Palatallaute des Westron verwendet: ***ch*** [tš], ***j*** [dž], ***sh*** [š], ***zh*** [ž], ***nj*** [ñ]. Ob diese Zeichen auch für die palatalisierten Laute des Quenya ***(tyelpetéma)*** Verwendung fanden, ist nicht bekannt. Das Zeichen für ***ch*** hatte in der alten Angerthas Daeron den Wert ***h***, dafür wurde ein neues Zeichen für ***h*** am Ende angefügt (vermutlich abgeleitet aus dem Tengwar-Zeichen ***hyarmen***).

Reihe V: Diese neue Reihe wird für die Labiovelare ***(quessetéma)*** verwendet: ***qu*** [kw], ***gw***, ***chw***, ***ghw/w***, ***ñgw*** und ***ñw***. Es scheint kein eigenes Zeichen für ***ñqu*** (und auch nicht für ***ñc***) gegeben zu haben.

Reihe VII: Die beiden Zeichen für ***s*** wurden unterschiedslos verwendet, und zwar für stimmhaftes und stimmloses ***s***. Das Zeichen für ***ss*** ist in der Tabelle im *Herrn der Ringe* als ***z*** (stimmhaftes ***s***) angegeben, doch Tolkien schreibt selbst (HR Anh E), dass es im Sindarin und Quenya für ***ss*** verwendet wurde. Es scheint somit nur in anderen Sprachen den angegebenen Wert gehabt zu haben.

Wie sich aus der Vielfalt der Zeichen zeigt, konnten mit diesem System nicht nur Elbensprachen, sondern auch Westron und andere Sprachen geschrieben werden. Aus diesem Grunde breitete sich die Runenschrift auch unter den Menschen aus; auch die Hobbits verwendeten Runen, wie sich etwa im *Herrn der Ringe* daran zeigt, dass selbst die Kinder die Rune G für »Gandalf« kannten (HR I/1) – in der Schreibweise von Eregion.

Anwendung:

Es gibt kein überliefertes Beispiel (außer der Rune G im *Herrn der Ringe*). Die Schrift wurde von den Elben vorwiegend für Inschriften in Holz, Stein und Metall benutzt. Es sind auch gerundete Buchstabenformen für das Schreiben mit Feder auf Papier überliefert (*TI* 462–3).

Angerthas Moria

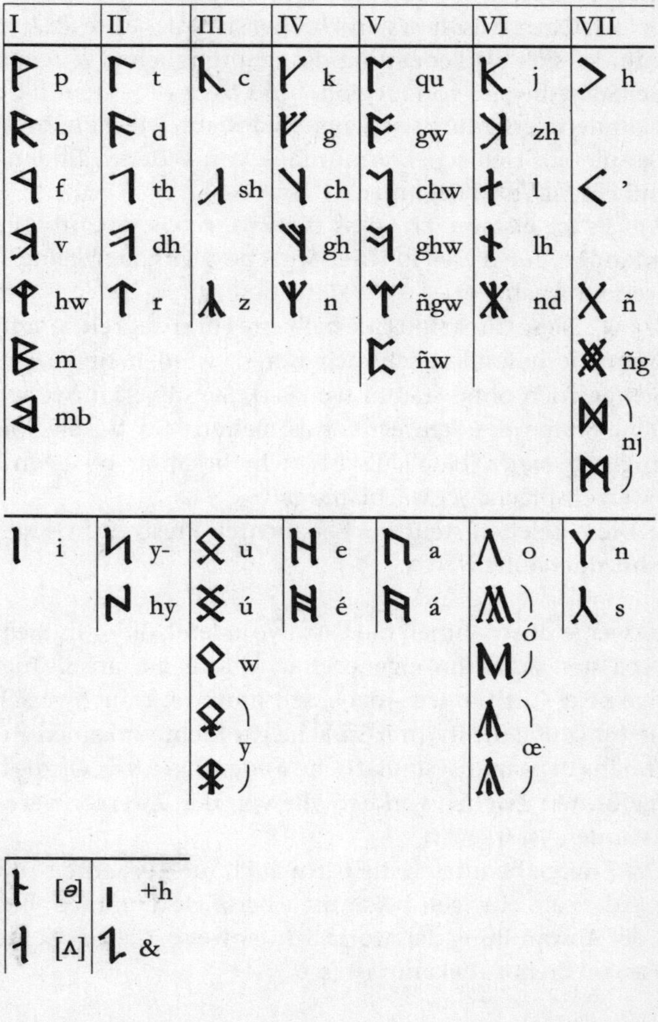

Anmerkungen:

Reihe VII: Bereits im Sindarin schwankte die Bedeutung der beiden Cirth zwischen ***s*** und ***h***. Hier steht das erste für ***h*** (und ***s*** findet sich als Bedeutung des ursprünglichen ***h***-Zeichens der Schreibweise von Eregion), und das zweite steht für den glottalen Verschlusslaut, jenen Knacklaut, wie man ihn zum Beispiel im Deutschen am Anfang von Wörtern findet, die mit einem Vokal beginnen.

y-/hy: Es ist erstaunlich, dass die Zwerge diese Cirth hinzu erfanden, für die es in ihrer Sprache überhaupt keine Verwendung gab.

[ə]/[ʌ] : Diese Cirth sind eine halbierte Form des Zeichens für ***e***; wenn sie besonders schwach waren, wurden sie zu einem Schrägstrich ohne Stamm reduziert. Sie stehen für verschiedene Stufen des Schwachvokals, benutzt für Vokale wie in Englisch *butter* [bˈʌtə^{r}]. Es ist nicht bekannt, ob es in der Zwergensprache Schwachlaute gab.

+h: Diese Zeichen steht bei behauchten Plosiven, wie sie im Khuzdul häufig waren.

Die Zwerge übernahmen die Cirth von den Noldor in Eregion und passten sie an ihre eigene Sprache, Khuzdul, an. Sie fügten einige neue Cirth hinzu – dabei seltsamerweise auch verschiedene für Laute, die in ihrer Sprache gar nicht vorkamen – und nahmen ein paar unsystematische Änderungen vor. Ob die hier aufgeführten Zeichen wirklich alle von den Zwergen verwendet wurden, ist fraglich.

Die Zwerge benutzten die Cirth auch für das Schreiben mit der Feder; die einzigen bekannten Beispiele stammen jedoch aus der Abwandlung der Moria-Schreibweise, die als »Schreibweise von Erebor« bekannt ist (s. u.)

Anwendung:
Die Inschrift auf Balins Grab in Moria ist in dieser Schreibweise gehalten. Die Übersetzung in Westron ist in der Unterzeile hinzugegeben; im Original und in der alten Übersetzung ist sie in englischer Sprache, in der neuen Übersetzung auf Deutsch abgefasst (in einer Vermischung von deutscher Rechtschreibung und Lautschrift, die hier berichtigt wurde).

Tolkien selbst sah diese Inschrift später sehr kritisch, zum einen, was die Verwendung der Sprache der Übersetzung in Faksimiles betrifft, zum anderen auch Namen wie »Balin« und »Fundin«, da auch diese – dem Altnordischen entnommen – nur analoge Übersetzungen zur Gemeinsamen Sprache darstellen. Man hätte auf diesem Grabstein die Namen in der Sprache der Menschen des Nordens finden müssen – wenn nicht gar hier, tief im Innern des Zwergenreiches, die wahren Namen der Zwerge in ihrer eigenen Sprache.

Angerthas Moria (Schreibweise von Erebor)

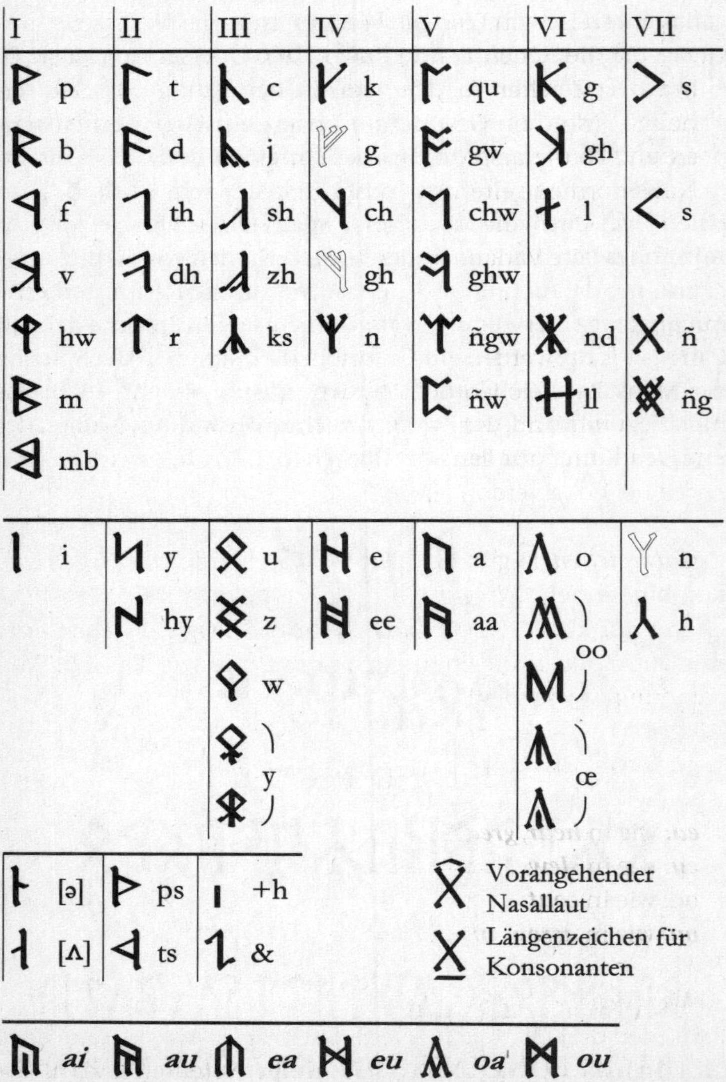

Anmerkungen:

Reihe III: Dies sind die alten Werte der Palatallaute aus der Schreibweise von Eregion, hier wiederhergestellt.

Reihe VI: Die neuen Zeichen für ***g*** bzw. ***gh*** sind als Verdoppelung der Zeichen für ***k*** und ***ch*** in Reihe IV zu deuten; das heißt, es sind im Grunde nur unsystematische Schreibvarianten. Ob die ursprünglichen Zeichen in Reihe IV noch als Nebenformen gelten, ist nicht klar.

ps/ts: Zwei Cirth, die von den Zwergen eingeführt wurden.

n/n: Die zweite Variante ist nicht belegt.

Vokale:

Lange Vokale werden durch einen darunter gesetzten Strich markiert. Das Zeichen, das in der Schreibweise von Moria für das lange ***u*** stand, wird hier als stimmhaftes ***s*** gedeutet. Die anderen Runen für Langvokale stehen als orthografische Varianten bei Vokalverdoppelung.

Zusatzzeichen: Es gibt eine Reihe von neuen Zeichen für Vokalkombinationen. Wir wissen aber nicht, inwieweit diese Zeichen (hier kursiv gesetzt) im Westron Gültigkeit haben oder nur von Tolkien im Englischen verwendet wurden. Die Verwendung ist wie folgt:

ai: wie in ***air, day***
au: wie in ***out***
ea: wie in ***hear, great***
eu: wie in ***slew***
oa: wie in ***coat***
ou: wie in ***arrow, armouries***

Anwendung:

Zwei der drei Blätter aus dem Buch des Mazarbul (*Pictures*, Nr. 23), von denen Tolkien Faksimiles erstellte, sind in der

Schreibweise von Erebor gehalten – auf Westron, das heißt, in englischer Sprache. Der Text ist teilweise identisch mit dem, was Gandalf im Roman entziffert, geht aber noch um einiges darüber hinaus.

Die zweite dieser Seiten ist in Umschrift hier abgebildet. Die Schreibung folgt zum Teil der Aussprache, zum Teil der englischen Rechtschreibung, ohne erkennbares System. Bei den Cirth ist zu beachten, dass das Wort ***the*** durch einen kurzen vertikalen Strich, das Wort ***of*** [əv] durch die Rune für ***v*** und das Wort ***is*** [iz] durch die Rune für ***z*** wiedergegeben ist.

Auch hier stellt Tolkien später fest, dass dies »natürlich eine irrtümliche Ausweitung des allgemeinen linguistischen Ansatzes« (*PMe* 299) sei. Eigentlich hätte dieses Faksimile auf Adûni (›Westron‹) abgefasst sein müssen, aber diese Sprache war nicht in dem Umfang konzipiert, um eine Übersetzung eines so langen Textes zuzulassen. Dennoch ist es interessant zu sehen, wie hier der Text umgesetzt wird, und zwar »in Englisch, wie es gegenwärtig geschrieben wird, aber modifiziert, wie es bei Schreibern unter Zeitdruck sein könnte, die mit der geschriebenen Form nur unvollkommen vertraut sind und die auch (...) das Englische in ein anderes Alphabet umsetzten – eines, das zum Beispiel keinen Buchstaben für mehr als einem bestimmten Lautwert verwendete« (*PMe* 298). So ist die Verteilung von engl. ***k/c*** und ***c/s*** auf ***k*** und ***s*** reduziert, während das stimmlose und stimmhafte ***s*** hier mit unterschiedlichen Cirth geschrieben wird. Auch die Fehler im Text sind somit als Äquivalente zu den Fehlern anzusehen, die ein Westron schreibender Zwerg unter diesen Unständen machen würde. Dies ist, wie Tolkien sagt, »alles schön und gut und gibt vielleicht einen Eindruck von der Art von Text, den Gandalf in großer Hast in der Mazarbul-Kammer zu lesen versuchte« (*PMe* 299), aber es besitzt dennoch eine gewisse Absurdität.

Die deutsche Fassung findet sich bei der nachfolgenden Schreibvariante.

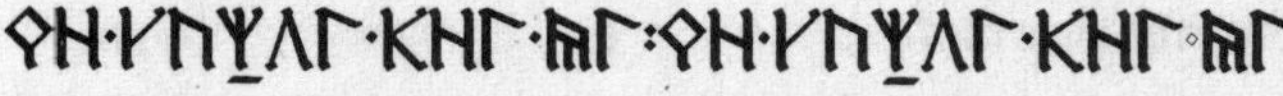
WE CANNOT GET OUT : WE CANNOT GET OUT

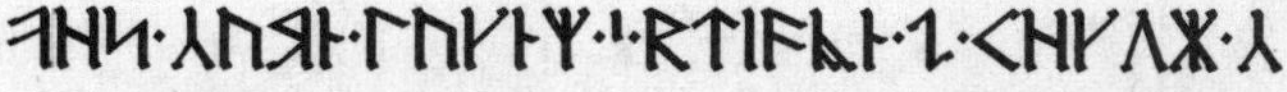
THEY HAVE TAKEN THE BRIDGE AND SECOND H-

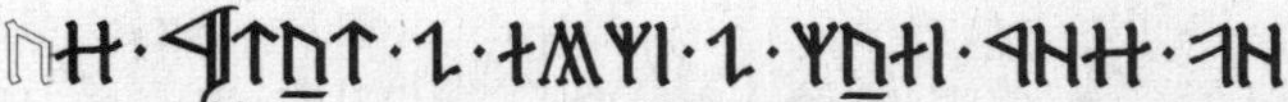
[A]LL FRÁR AND LÓNI AND NÁLI FELL THE-

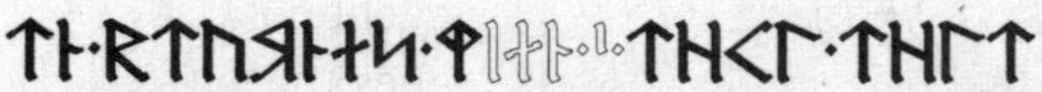
RE BRAVELY WH[ILE THE] REST RETR[EATED?] ....

MAZA[RB]UL .... WE STILL HO[PE?] ....

G : BUT HOPE IS .... N .... [Ó]INS P-

ARTY WENT 5 DAYS AGO BUT [TODAY] ONLY

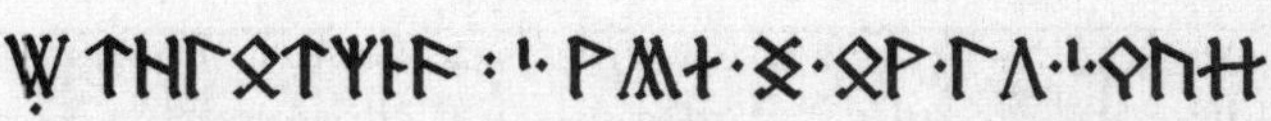
4 RETURNED : THE POOL IS UP TO THE WALL

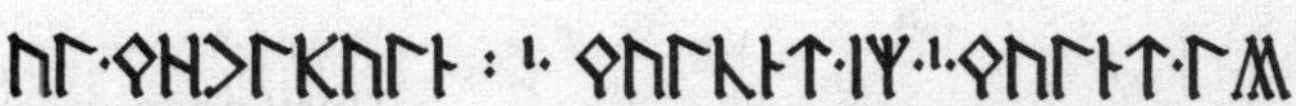
AT WESTGATE : THE WATCHER IN THE WATER TOO-

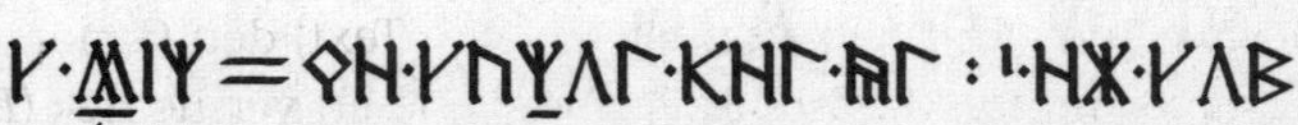
K ÓIN = WE CANNOT GET OUT : THE END COM-

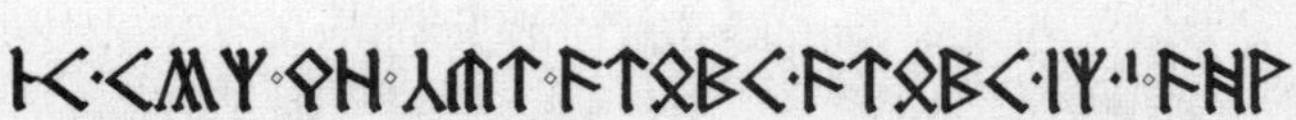
ES SOON WE HEAR DRUMS DRUMS IN THE DEEP

Angerthas deutsch

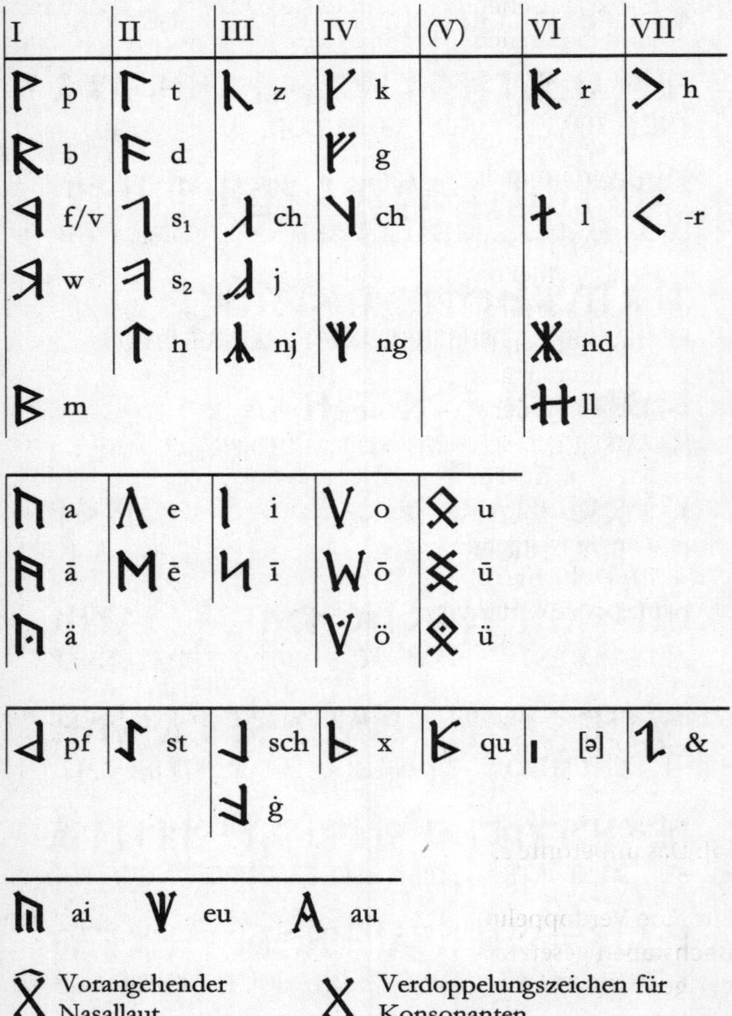

Anmerkungen:

Reihe I: Im Deutschen ist ***v*** meist derselbe Laut wie ***f***, daher im der Schreibung nicht unterschieden. Ein ***v*** wie in »Vase« wird ***w*** geschrieben.

Reihe II: Es wird unterschieden zwischen dem stimmlosen ***s*** wie in »hassen« und dem stimmhaften ***s*** wie in »Hasen«. Schreibvarianten des stimmlosen ***s*** im Deutschen wie ***ss*** oder ***ß*** spielen hierbei keine Rolle, da sie auf die Aussprache keinen Einfluss haben.

Reihe III: Es ist hier das deutsche ***z*** [ts] gemeint; das gleiche Zeichen steht auf für Schreibvarianten wie ***c***, ***ts***, ***tz***. Das ***ch*** steht für den palatalen Laut [ç] nach ***e***, ***i*** und nach Umlauten, wie in »recht, nicht, ächzen«.

Reihe IV: Das ***ch*** hier steht für das velare ***ch*** [x] nach ***a***, ***o***, ***u***, wie in »acht, noch, schluchzen«. Das ***ng*** steht für den velaren Nasal [ŋ] wie in »Finger« und das ***n*** vor ***k*** wie in »denken«.

Reihe (V): Die Labiovelare gibt es im Deutschen nicht, daher ist diese Reihe weggefallen.

Reihe VI: Das ***r*** hier ist das gerollte Zäpfchen-***r***, vor allem vor Vokalen verwendet.

Reihe VII: Das ***-r*** bezeichnet einen abgeschwächten Laut, der nicht gerollt wird, vor allem am Silben- oder Wortende.

st: Gemeint ist der Laut, der (zumindest im Hochdeutschen) ***scht*** [št] ausgesprochen wird.

ġ: Hier der Laut in »Genie« (der nur in Fremdworten vorkommt).

[ə]: Das unbetonte ***e***.

Für eine Verdoppelung wie in ***nn, mm, ll*** kann ein unter den Buchstaben gesetzter Querstrich verwendet werden. Ein darüber gesetztes Dach (Caron) bezeichnet einen vorangehenden Nasal der gleichen Reihe wie in ***nt/nd***, ***mp/mb***. Dagegen wird ***ng*** immer mit einem eigenen Buchstaben und die Buchstabenkombination ***nk*** als ***ng-k*** notiert (wie oben angemerkt).

Vokale:
Bei der Schreibung der Vokale ist zu beachten, dass alle Formen der Dehnung – also ***aa***, ***ie***, ***oh***, etc. – als Langvokale geschrieben werden.

Diphthonge:
Die hier angegebenen Zeichen gelten für alle Formen der Umschrift wie ***ai***, ***ay***, ***ei***, ***ey*** [ai], ***eu***, ***äu*** [oi] und ***au*** [au]. Nicht die Rechtschreibung ist entscheidend, sondern die Aussprache.

Diese Schreibweise beruht weitgehend auf der, welche Tolkien selbst für eine phonemische Schreibung des Englischen entwickelt hat (*TI* 464), einschließlich der Zeichen für die Umlaute. Man schreibt im Prinzip so, wie man spricht, und sollte sich beim Schreiben (und Lesen) nicht von der deutschen Rechtschreibung verwirren lassen.

Anwendung:
Diese Schreibweise ist in den Tolkien'schen Werken verständlicherweise nicht belegt, da es sich um eine Weiterentwicklung handelt. Als Beispiel dient meine eigene Rekonstruktion der letzten Seite im Buch des Mazarbul. Was über die gewisse Absurdität bei dem englischen Faksimile gesagt wurde, trifft hierauf natürlich in doppelter Weise zu.

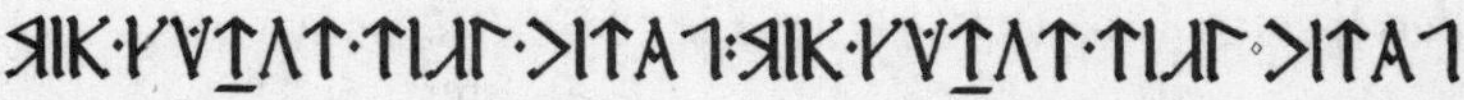

WIR KÖNNEN NICHT HINAUS : WIR KÖNNEN NICHT HINAUS

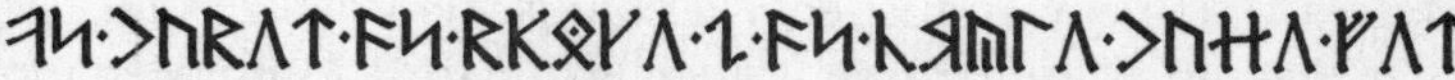

SIE HABEN DIE BRÜCKE UND DIE ZWEITE HALLE GEN-

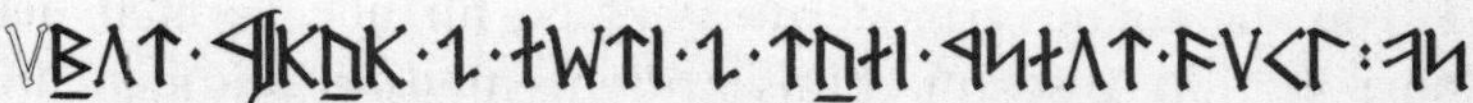

[O]MMEN : FRÁR UND LÓNI UND NÁLI FIELEN DORT : SIE

KÄMPFTEN TAPFE[R WÄH]REND DER REST S[ICH?] . . . . . .

. . ZOG ZU [?] MAZA[RB]UL . . . . WIR HO[FFEN?] . . . .

NOCH AUF RETTUNG : AB[ER] . . . . ND . . . [Ó]IN-

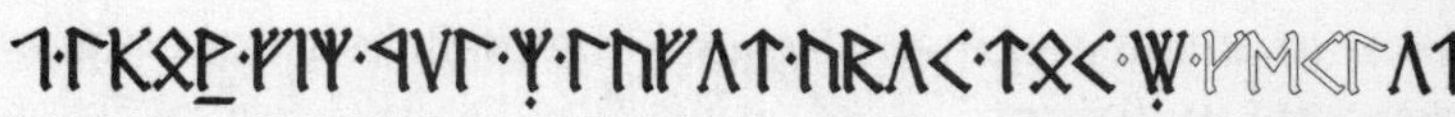

S TRUPP GING VOR 5 TAGEN, ABER NUR 4 [KEHRT]EN

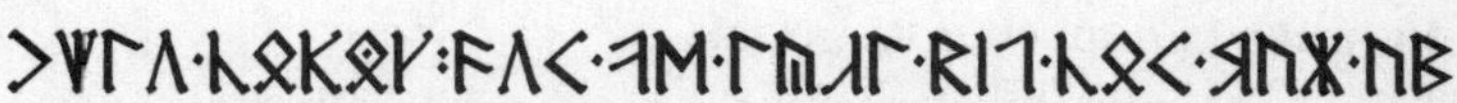

HEUTE ZURÜCK : DER SEE REICHT BIS ZUR WAND AM

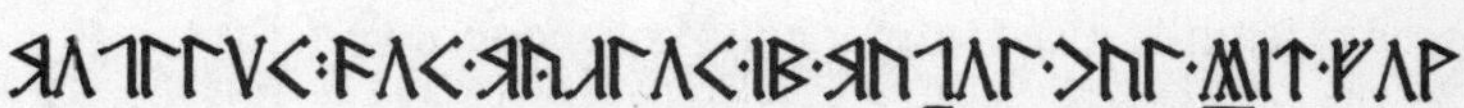

WESTTOR : DER WÄCHTER IM WASSER HAT ÓIN GEP-

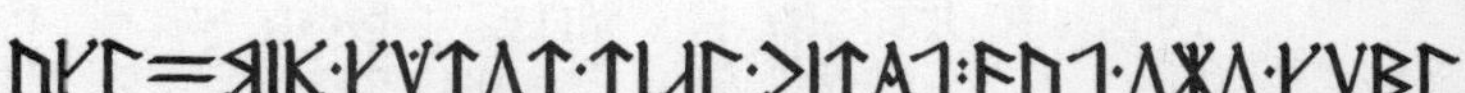

ACKT = WIR KÖNNEN NICHT HINAUS : DAS ENDE KOMMT

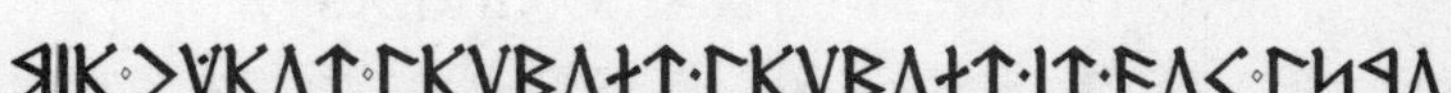

WIR HÖREN TROMMELN TROMMELN IN DER TIEFE

Anhang: Die Runen in *Der Hobbit*

Als »Runen« bezeichnet man ein halbwegs unabhängig entwickeltes Alphabet verschiedener germanischer Völker. Woher sie sich ableiten, ist umstritten. Runen waren in Skandinavien um das 7. Jahrhundert n. Chr. in Gebrauch. Gewiss weist ihre eckige Form darauf hin, dass sie in erster Linie für in Stein gehauene oder in Holz geschnitzte Inschriften entwickelt wurden. In einer des Lesens weitgehend unkundigen Gesellschaft schrieb man diesen seltsamen Zeichen magische Eigenschaften zu, und sie wurden oft verwendet, um Objekte – Schwerter, Schmuckstücke, etc. – zu beschriften und ihnen damit magische Eigenschaften zu verleihen.

Es gab verschiedene Runen-Schreibweisen, die einander in den Lautwerten der Zeichen alle relativ ähnlich waren. Das skandinavische System ist nach seinen ersten sechs Buchstaben als ***futhark*** bekannt, das englische als ***futhorc***. Diese Schreibweise wird auf der Landkarte in der englischen Ausgabe des *Hobbit* verwendet. Tolkiens leicht abgewandeltes System ist zusammen mit den altenglischen Runennamen auf der folgenden Seite aufgelistet:

Anmerkung:
Tolkien benutzt die Runen in einer orthografischen Weise, sodass auch Laute wie das stumme ***e*** mitgeschrieben werden, wenngleich er nicht immer ganz konsequent verfährt.

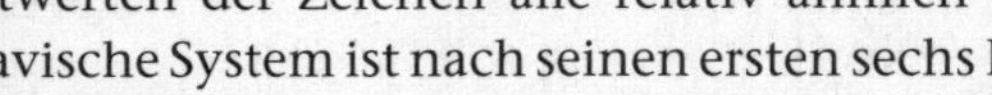

FIVE FEET HIGH THE DOOR

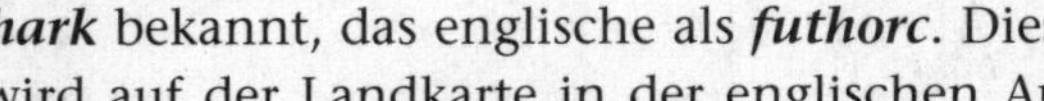

AND THREE MAY WALK ABREAST.

ᚠ	F	*feoh*	(Vieh)	ᛋ	S	*sigel*	(Sonne)
ᚢ	U/V	*ūr*	(Auerochs)	ᛏ	T	*Tīr*	(germ. Gott)
ᚦ	TH	*þorn*	(Dorn)	ᛒ	B	*Beorc*	(Birke)
ᚩ	O	*ōs*	(Ase)	ᛖ	E	*eh*	(Pferd)
ᚱ	R	*rād*	(Weg)	ᛗ	M	*mann*	(Mann)
ᚳ	C	*cēn*	(Fackel)	ᛚ	L	*lagu*	(See)
ᚷ	G	*gyfu*	(Geschenk)	ᛝ	NG	*Ing*	(germ. Gott)
ᚹ	W	*wyn*	(Freude)	ᛟ	EE	*ēðel*	(Heimatland)
ᚻ	H	*hægl*	(Hagel)	ᛞ	D	*dæg*	(Tag)
ᚾ	N	*nied*	(Not)	ᚫ	A	*æsh*	(Esche)
ᛁ	I/J	*īs*	(Eis)	ᚣ	Y	*ȳr*	(Bogen)
ᚳᚹ	Q	=*kw*		ᛉ	X		
				ᛦ	Z		

C. Zahlzeichen

Die Tengwar

Die Tengwar-Zahlzeichen wurden von Christopher Tolkien im Nachlass entdeckt und in der englischen Zeitschrift *Quettar* erstmals veröffentlicht.

Für Auflistungen – erstens, zweitens, drittens, etc. – und dergleichen wurden die Tengwar von 1 bis 24 benutzt, so wie wir (a), (b), (c) etc. verwenden. Eine Markierung wie ein Punkt oder ein waagerechter Strich darüber konnte diese Verwendung verdeutlichen.

Für Kardinalzahlen – eins, zwei, drei, etc. – verwendeten die Eldar sowohl ein Dezimal-(Zehner-) als auch ein Duodezimal-(Zwölfer-)System, die Zwerge ein Duodezimalsystem und die Menschen des Westens im Dritten Zeitalter hauptsächlich ein Dezimalsystem. Die Ziffern waren wie folgt:

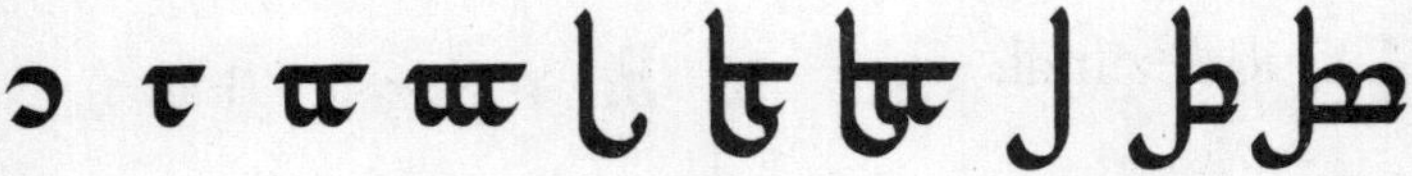

0 1 2 3 4 5 6 7 8 9

10 11 (im Zwölfersystem)

 oder 

12 (nur einzeln verwendet)

In allen Systemen werden die Zahlen von links nach rechts geschrieben, und zwar mit der kleinsten Ziffer beginnend – also umgekehrt wie in unserem Zahlsystem (vg. BRIEFE Nr. 344). Die Ziffern wurden gewöhnlich markiert: Im Dezimalsystem wurden sie mit einem Punkt über jeder Ziffer oder mit einer durchgehenden Linie über der ganzen Zahl versehen. Im Duodezimalsystem wurden die Punkte bzw. die Linie darunter gesetzt. Das Zeichen konnte entfallen, wo es als überflüssig empfunden wurde. In einem Duodezimalsystem konnte anstelle des Punktes ein kleiner Kreis verwendet werden, um die erste Zwölferstelle zu markieren.

Dezimal:

$= 0\ 1_{10} \qquad = 10$

$= 0\ 8\ 1_{10} \qquad = 180$

$= 2\ 2\ 4\ 1_{10} \qquad = 1422$

Duodezimal:

$= 3\ 6_{12} \qquad = 75$

$(3 \cdot 12^0 + 6 \cdot 12^1 = 3 + 72 = 75)$

$= 7\ 0\ 11\ 2_{12} = 5047$

$(7 \cdot 12^0 + 0 \cdot 12^1 + 11 \cdot 12^2 + 2 \cdot 12^3$
$= 7 + 0 + 1584 + 3456$
$= 5047)$

(Für nicht ganz so brillante Mathematiker: Die Hochzahlen bezeichnen die Stellen im System; eine beliebige Zahl hoch Null ist immer gleich 1.)

Anwendung:
Das einzige Beispiel, das wir kennen, befindet sich in dem Brief König Elessars an Sam im Epilog zum *Herrn der Ringe* (*SD* 131). Die Ziffern sehen dort etwas anders aus, lassen aber dasselbe Prinzip erkennen:

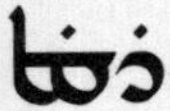 $= 6\ 1_{10}$ $= 16$ (IV. Zeitalter)

 $= 6\ 3\ 4\ 1_{10}$ $= 1436$ (Auenland-Zeitrechnung)

Die Cirth

Ein vollständiges Zahlensystem der Cirth ist nicht bekannt. Doch in den Inschriften im »Buch des Mazarbul« (*Pictures*, Nr. 24) werden einige Zeichen speziell für Zahlen verwendet:

1 2? 3 4 5 6

Das Zeichen für 2 ist spekulativ. Der Punkt unter dem Zeichen für 4 ist mögl. eine Zahlenmarkierung, ähnlich wie bei den Tengwar-Zahlzeichen.

VII. Wörterbuch Quenya – Deutsch

A

á ['a:], ***a*** [a], *Imp.-Partikel* o. ♦ HR VI/4. BRIEFE Nr. 230. *WJ* 365, 404. ◇ ***á vala Manwe!*** ›möge Manwe es befehlen!‹, wörtl. ›o befehle Manwe!‹; ***a laita, laita te!*** ›[o] segnet, segnet sie!‹.

a[1] ['a], *Interj.* o!. ♦ HR VI/6. BRIEFE Nr. 230. ◇ In ***a vanimar*** ›o ihr Schönen‹.

a[2] ['a], siehe ***á***.

a[3] ['a], siehe ***ar***.

a- ['a], *Präf.* ♦ U&K 239. ◇ Verbstämmen vorangesetzt nach einem Objekt von Verben der sinnlichen Wahrnehmung zur Beschreibung dessen, was das Objekt tut; wie in ***Man cenuva lumbor ahosta?*** ›Wer wird die Wolken sich sammeln sehen?‹.

acsa ['aksa], *N.* Kluft, Schlucht, Hohlweg. ♦ *Ety* (AK).

acúna [ak'u:na], siehe ***cúna-***.

aha ['aha], *N.* Zorn. *Ling.* Name von Tengwa 11 (früher ***harma*** genannt). ♦ HR Anh E.

ahosta [ah'osta], siehe ***hosta-***.

ahya- ['aça], *V.* verändern. ♦ *PMe* 395. ◇ Nur belegt im *Prät.* ***ahyane***.

ai! ['ai], *Interj.* ah!, ach!. ♦ HR II/8. *RGEO* 66–7, 69.

aica ['aika], *Adj.* scharf, wild. ♦ SIL Anh *(nar)*. *Ety* (AYAK). *PMe* 347, 363. ◇ Selten angewandt auf Böses.

aicale ['aikale], *N.* Spitze, Gipfel. ♦ *Ety* (AYAK).

Aicanáro [aikan'a:ro], ***Aicanár*** ['aicana:r], *N.* ›Scharfe Flamme, Wildes Feuer‹. ♦ SIL Reg *(Aegnor)*, Anh *(nar)*. *MR* 323. *PMe* 345. ◇ Eigenname. ÑS. *Aegnor*.

aicasse [aik'asse], *N.* Berggipfel. ♦ *Ety* (AYAK).

ailin ['ailin], *N.* Teich, kleiner See. ♦ *Ety* (AY, LIN[1]). ◊ *Gen. Sg.* ***ailinen*** *(Ety)* ist nicht mehr gültig im späten Qu.

Ailinel ['ailinel], *N.* ›Teich-Maid‹. ♦ NAM 2/II. ◊ Eigenname.

aina ['aina], *Adj.* heilig. ♦ SIL Anh. *LR* 72. *Ety* (AYAN). *WJ* 399. ◊ Abgeleitet von ***Ainu***. Lehnwort aus dem Valarin.

Aini ['aini], *N. f.* ›Heilige‹. ♦ *Ety* (AYAN). ◊ Selten.

Ainu ['ainu], *Pl.* ***Ainur*** ['ainur], *N.* ›Heilig(er, e)‹, Ainu. ♦ SIL Ain; Reg, Anh *(aina). Ety* (AYAN). *WJ* 399. ◊ Eines der unsterblichen Wesen, die von Eru vor Anbeginn der Welt aus seinen Gedanken erschaffen wurden. Lehnwort aus dem Valarin.

Ainulindale [ainul'indale], *N.* ›Musik der Heiligen, Musik der Ainur‹, Ainulindale. ♦ SIL Ain; Reg, Anh *(aina, lin-[2]). Ety* (AYAN). *WJ* 406. ◊ Das Lied der Schöpfung, gesungen von den Ainur vor der Erschaffung von Ea.

aiqua ['aikwa], *Adj.* steil. ♦ *Ety* (AYAK).

aiquen ['aikwen], *Pron.* wenn irgendwer, wer auch immer. ♦ *WJ* 372. ◊ Also ****ai*** ›wenn‹?

aira[1] ['aira], *Adj.* rot, kupferfarben, rötlich. ♦ *Ety* (GAY).

aira[2] ['aira], *Adj.* heilig. ♦ *PMe* 363. ◊ Siehe auch ***aire***[1].

aire[1] ['aire], *N.* Heiligkeit. ♦ HR II/8. *RGEO* 66–7. *PMe* 363. ◊ Nach *PMe* 363 ist ***aire*** das Subst. ›Heiligkeit‹ (als Titel der Valar), wogegen ***aira*** das *Adj.* ›heilig‹ ist.

aire[2] ['aire], *N.* Meer. ♦ *Ety* (AYAR/AIR [unter AY]). ◊ Nur für die Binnenmeere von Mittelerde wie etwa das Meer von Rhûn verwendet.

airetári [airet'a:ri], *N.* Heiligkeit-Königin, heilige Königin. ♦ HR II/8. *RGEO* 66–7. *PMe* 363. ◊ *Gen. Sg.* ***airetário***. Titel von Varda. *PMe* liest ***Aire Tári***.

airetári-líre [aire'ta:ri-l'i:re], *N.* Lied der Heiligkeit-Königin. ♦ HR II/8. *RGEO* 66–7. ◊ *Instr. Sg.* ***airetári-lírinen***. Gesang von Varda. Übers. »heiliges und königliches Lied«.

airita- ['airita], *V.* heiligen. ♦ *VT* 37:7.

aista- ['aista-], *V.* fürchten. ♦ *Ety* (GÂYAS).

aiwe ['aiwe], *N.* (kleiner) Vogel. ♦ *Ety* (AIWÊ). SIL Anh *(lin[1])*.

Aiwendil [aiw'endil], *N.* ›Vogelfreund‹. ♦ NAM 4/II. ◇ Name eines Zauberers.

Aiwenor ['aiwenor], ***Aiwenóre*** [aiwen'o:re], *N.* ›Vogelland‹. ♦ *SMe* 241. *Ety* (AIWÊ). ◇ Der untere der drei Bereiche der Luft.

aiya ['aija], *Interj.* heil!, siehe!, sei gegrüßt!. ♦ HR IV/9. SIL 213, 275. ◇ Siehe BRIEFE Nr. 297 zur Übers.

ala- ['ala-], *Präf.* nicht, un-. ♦ *Ety* ([GALA]).

alahasta [alah'asta], *Adj.* unbefleckt, unversehrt. ♦ *MR* 254.

alalme [al'alme], *N.* Ulme. ♦ *Ety* (ÂLAM, LÂLAM).

Alamanyar [alam'anjar], *N.* ›Die nicht von Aman‹. ♦ *MR* 163. ◇ Name der Elben, die den Marsch von Cuiviénen begannen, aber Aman nicht erreichten; gleichbedeutend mit ***Úmanyar***.

alarca [al'arka], *Adj.* schnell, geschwind. ♦ *Ety* (LAK^1). ◇ Intensivum von ***larca***.

alasaila [alas'aila], *N.* unweise, unklug. ♦ *VT* 41:13.

alasse [al'asse], *N.* Freude, Frohsinn. ♦ *Ety* (GALÂS).

alat- ['alat], siehe ***alta***.

alata ['alata], *N.* Glanz. ♦ SIL Anh *(kal-)*.

Alataire [alat'aire], *N.* Großes Meer. ♦ *Ety* (ÂLAT, AYAR/AIR). ◇ Der westliche Ozean. S. *Belegaer.*

Alatar ['alatar], *N.* ›Glanzherr‹ (?). ♦ NAM 4/II. ◇ Einer der Blauen Zauberer.

Alatáriël, siehe ***Altáriël***.

alca ['alca], *N.* Lichtstrahl. ♦ *Ety* (AKLA-R).

alcar ['alkar], ***alcare*** ['alkare], *N.* Leuchten, Glanz, Glorie. ♦ *RGEO* 73. SIL Anh *(aglar)*. NAM 3/II. *Ety* (AKLA-R). *WJ* 369. ◇ SIL Anh liest ***alkar***.

alcarin ['alkarin], ***alcarinqua*** [alkar'inkwa], *Adj.* leuchtend, glanzvoll, glorreich. ♦ HR Anh A. *RGEO* 73. *Ety* (AKLAR). *WJ* 412.

Alcarin ['alkarin] (auch Tar-~), *N.* ›der Glorreiche‹. ♦ HR Anh A. *RGEO* 73. NAM 4/II. ◇ Königsname oder Beiname.

Alcarinque [alkar'iŋkwe] (Alkarinque), *N.* ›der Glanzvolle‹. ♦ SIL QS/3; Reg, Anh *(aglar)*. *MR* 160, 166, 435. ◊ Name eines Sterns, gleichgesetzt mit Jupiter.

alda ['alda], *N.* Baum. *Ling.* Name von Tengwa 28. ♦ HR Anh E. HR II/8. *RGEO* 66–7. SIL Anh. NAM 2/IV. BRIEFE Nr. 347 Anm. *LR* 41. *Ety* (GALAD, GÂLAD). *SD* 302. ◊ *Gen. Pl.* ***aldaron***. Insbesondere ein kräftiger, ausladender Baum wie Eichen und Buchen, im Gegensatz zu ***orne*** (s. d.).

Aldalemmar [aldal'emmar], *N.* ›Baumwoche‹. ♦ *Ety* (GALAD, GÂLAD, LEP [LEPEN/LEPEK], YEN). ◊ Woche von fünf Tagen in der Mitte des Valianischen Jahres, den Zwei Bäumen gewidmet. Irrtum für ****Aldulemnar***, mit Dual-Form?

Aldalóme [aldal'o:me], *N.* ›Baumnacht, Baumdunkel‹. ♦ HR III/4.

Aldamir ['aldamir], *N.* ›Baumjuwel‹. ♦ HR Anh A. *PMe* 199. ◊ Eigenname.

Aldarion [ald'arion] (Tar-~), *N.* ›Sohn der Bäume‹. ♦ HR Anh A. NAM 2/I. ◊ Eigenname.

Aldaron ['aldaron], *N.* ›[Herr] der Bäume‹. ♦ SIL Val; Reg, Anh *(alda)*. *Ety* (GÂLAD). ◊ Ein Name von Orome.

aldarwa [ald'arwa], *Adj.* baumbewachsen, baumbestanden. ♦ *Ety* (3AR).

Aldea ['aldea], *N.* ›Tag des Baumes‹. ♦ HR Anh D. ◊ Eig. *Adj.* zu ***alda***. Tag der númenorischen Woche, dem Weißen Baum von Númenor gewidmet. Siehe ***Aldúya***.

Aldudénië [aldud'e:nie], *N.* ›Klagelied um die Zwei Bäume‹. ♦ SIL QS/8; Reg, Anh *(alda)*. ◊ Das Wort enthält ***Aldu***, eine Dualform, bezogen auf die Zwei Bäume (Telperion und Laurelin). Das Wort ist insofern merkwürdig, als Qu. kein intervokalisches *d* erlaubt; eine zulässige Form wäre ****Aldunainië***.

Aldúya [ald'u:ja], *N.* ›Zwei-Bäume-Tag‹. ♦ HR Anh D. BRIEFE Nr. 347. ◊ Vierter Tag der elbischen Sechs-Tage-Woche, den Zwei Bäumen gewidmet. Die Númenórer änderten den Namen zu ***Aldea***.

alfirin ['alfirin], ***ilfirin*** ['ilfirin], *N.* ›Unsterbliche‹. ♦ HR V/9. NAM 1/I Anm, 3/II. BRIEFE Nr. 312. ◇ Eine immerblühende Blume mit Glockenblüten in vielen Farben, alle sanft und zart. Wahrscheinlich identisch mit dem ›Immertreu‹ auf den Gräbern der Könige von Rohan.

alma ['alma], *N.* Reichtum, Glück, Segen. ♦ *Ety* (GALA).

almare ['almare], *N.* Segen, Gesegnetsein. ♦ *Ety* (GALA).

almárea [alm'a:rea], *Adj.* gesegnet. ♦ *Ety* (ALA).

Almaren ['almaren], *N.* ›Segensort‹. ♦ SIL QS/1. *LR* 357. ◇ Der erste Wohnsitz der Valar in Arda; anscheinend verwandt mit ***almare*** ›Gesegnetsein‹.

Almarian [alm'arian], *N.* ›Segengekrönte‹. ♦ NAM 2/II. ◇ Eigenname.

Almáriël [alm'a:riel], *N.* ›Segengekrönte Maid‹. ♦ *Ety* (GALA). ◇ Eigenname.

almië ['almie], *N.* Segen, Gesegnetsein. ♦ *Ety* (GALA). ◇ Siehe auch ***almare***.

Almiël ['almiel], *N.* ›Gesegnete Maid‹. ♦ NAM 2/II. ◇ Eigenname.

alqua ['alkwa], *N.* Schwan. ♦ SIL Anh. NAM 2/IV. *Ety* (ÂLAK).

Alqualonde [alkwal'onde], *N.* ›Schwanenhafen‹. ♦ HR II/1. SIL QS/5; Reg, Anh *(alqua, londe)*. NAM 2/IV. *Ety* (ÂLAK, LOD). ◇ Stadt und Hafen der Teleri in Aman.

alta[1] ['alta], *N.* Glanz. ♦ SIL Anh *(kal-)*. ◇ Die Form *alata* ist Telerin.

alta[2] ['alta], ***alat-*** ['alat], *Adj.* groß, riesig. ♦ *Ety* (ÂLAT).

Altariël [alt'a:riel], ***Altariëlle*** [alta:ri'elle], *N.* ›mit einem Strahlenkranz gekrönte Maid‹. ♦ *RGEO* 66. SIL Anh *(kal-)*. NAM 2/IV Anh. *PMe* 347. ◇ *Gen. Sg.* ***Altariëllo***. Qu.-Form des Namens Galadriel, von Telerin; ***Alatáriël(le)***.

alya ['alja], *Adj.* reich, glücklich, wohlhabend. *N. Ling.* Buchstabe *ly*. ♦ *Ety* (ÂLAM, GALA). Kloczko 1995.

ama, siehe ***amba***.

aman ['aman], *Adj.* gesegnet, frei von Bösem. ♦ *WJ* 399. ◇ Lehnwort aus dem Valarin.

Aman ['aman], *N.* ›Gesegnet, frei von Unheil‹; ›Segensreich‹. ♦ HR Anh A. SIL QS/1; Reg, Anh *(mân-)*. NAM 2/I. *MR* 28, 44. *WJ* 399. ◊ Die Unsterblichenlande im fernen Westen; im Ausdruck »die Hallen von Aman« auch die ganze Welt.

Amandil [am'andil] (auch: Tar-~), *N.* ›Aman-Freund‹. ♦ HR Anh A. SIL Ak; Reg, Anh *(mân-, -(n)dil)*. NAM 2/III. ◊ Königsname oder Eigenname.

Amaneldi [aman'eldi], ***Amanyar*** [am'anjar], *N.* ›Aman-Elben, die von Aman‹. ♦ *WJ* 373–4. ◊ Elben, die in Aman leben oder gelebt hatten; gleichbedeutend mit ***Calaquendi***. Gegensatz ***Úmanyar***.

amanya [am'anja], *Adj.* von Aman, amanisch. ♦ *WJ* 411.

Amanyar, siehe ***Amaneldi***.

Amarië [am'arie], *N.* ›Segengekrönte‹ (?). ♦ SIL QS/15.

amaticse [amat'ikse], *N.* ›Über-Markierung‹. ♦ *Ety* (TIK). ◊ Diakritisches Zeichen über der Schrift.

amaurea [am'aurea], *N. poet.* Morgen, früher Tag. ♦ U&K 239–40.

amba ['amba], ***ama*** ['ama], *Adv.* aufwärts. ♦ *Ety* (AM², [UNU]).

ambal ['ambal], *N.* geformter Stein, Pflasterstein. ♦ *Ety* (MBAL).

ambale ['ambale], ***ammale*** ['ammale], *N.* gelber Vogel, Goldammer. ♦ *Ety* (SMAL).

ambalotse [ambal'otse], *N.* ›aufsteigende Blüte‹, Helmzier. ♦ *WJ* 319. ◊ Gemeint ist »die Blüte oder blütenförmige Zier, welche die Spitze eines hohen [archaischen?] Helms krönt«.

amban ['amban], *N.* Hanganstieg. ♦ *Ety* (AM²).

ambapenda [ambap'enda], ***ampenda*** [amp'enda], *Adj.* aufwärts führend. ♦ *Ety* (AM²).

ambar¹ ['ambar], *N.* Schicksal. ♦ HR VI/5. SIL QS/21; Anh (amarth). NAM 1/II. ◊ *Instr.* ***ambartanen*** ›vom Schicksal‹. Im Namen ***Turambar***. Variante von ***umbar*** (s. d.).

Ambar² ['ambar], *N.* Erde, bewohnte Welt. ♦ *Ety* (MBAR).

Ambarenya [ambar'enja], ***Ambarendya*** [ambar'endja], *N.* Mittelerde. ♦ *Ety* (MBAR).

Ambar-metta [ambarm'etta], *N.* Welt-Ende, das Ende der Zeiten. ♦ HR VI/5.

ambaron ['ambaron], ***ambaróne*** [ambar'o:ne], *N.* Aufgang, Sonnenaufgang, Osten, Orient. ♦ *Ety* (AM²). ◇ *Dat. Sg.* ***ambarónen***.

Ambaróna [ambar'o:na], *N.* ›Sonnenaufgang‹. ♦ HR III/4. ◇ Vielleicht ein bestimmter Wald oder Ort bei Sonnenaufgang.

Ambarto [amb'arto], *N.* ›der Oben-Erhabene‹. ♦ *PMe* 353–4. ◇ Muttername von ***Pityafinwe***. ÑS. *Amrod*.

Ambarussa [ambar'ussa], *N.* ›der Oben-Rotbraune‹, Abwandlung von ***Umbarto***. ♦ *PMe* 353–4. ◇ Muttername von ***Telufinwe***. ÑS. *Amras*.

ambo ['ambo], *N.* Hügel. ♦ U&K 239–40.

amil ['amil], ***amille*** [am'ille], *N.* Mutter. ♦ *Ety* (AM¹). *VT* 44:7.

amilesse [amil'esse], *N.* Muttername. ♦ *MR* 217. ◇ Name, der einem Kind von der Mutter gegeben wurde, manchmal prophetisch, ***amilessi tercenye*** ›Mutternamen der Einsicht‹.

amme ['amme], *N.* Mutter, Mama (Koseform). ♦ *Ety* (AM¹).

amorta- [am'orta], *V.* wogen, aufsteigen. ♦ U&K 239. ◇ *Part. Akt.* ***amortala*** ›wogend‹.

ampa ['ampa], *N.* Haken. *Ling.* Name von Tengwa 14. ♦ HR Anh E. *Ety* (GAP).

ampano ['ampano], *N.* Gebäude, Halle (aus Holz). ♦ *Ety* (PAN).

ampenda, siehe ***ambapenda***.

ampende [amp'ende], *N.* (aufwärts führender) Hang. ♦ *Ety* (PEN/PÊNED).

an ['an], ***ana*** ['ana], ***na*** ['na], *Adv./Präp.* auf ... zu, in Richtung, entgegen. ♦ *Ety* (NA¹). *SD* 290. ◇ In dem Ausdruck ***es sorni heruion an!*** ›die Adler der Herren nahen!‹ scheint ***an*** Bewegung auf den Sprecher hin zu bezeichnen.

an ['an], *Konj.* denn. ♦ HR II/8. *RGEO* 66–7.

ana- ['ana], *Präf.* auf ... zu, in Richtung, entgegen. ♦ *Ety* (NÂ¹).

Anamo ['anamo], *N.* siehe ***Rithil-Anamo***.

ananta [an'anta] (a-nanta), *Konj.* und doch, aber doch. ♦ *LR* 72. *Ety* (NDAN).

Anar ['anar], *N.* Sonne. ♦ *Ety* (ANAR, NAR[1]). SIL QS/11; Anh *(nar).* NAM 1/I. U&K 239. *LR* 72. ◇ ***anar*** eine Sonne‹; ***Anarinya*** ›meine Sonne‹. Siehe auch ***Úr-anar***.

Anardil [an'ardil], *N.* ›Sonnenfreund‹. ♦ HR Anh A. NAM 2/II. ◇ Eigenname.

Anarinya [anar'inja], siehe ***Anar***.

Anárion [an'a:rion] (auch: Tar-~), *N.* ›Sonnensohn‹. ♦ HR VI/7; Anh A. SIL Anh *(nar).* NAM 2/II Anm. ◇ Eigenname oder Königsname.

anaróre [anar'o:re], *N.* Sonnenaufgang. ♦ *Ety* (ORO).

Anarríma [anarr'i:ma], *N.* ›Sonnensaum‹. ♦ SIL QS/3. Vgl. *Ety* (RÎ). ◇ Name eines Sternbilds.

Anarya [an'arja], *N.* ›Sonntag‹. ♦ HR Anh D. ◇ Eig. Adj. zu ***Anar***. Zweiter Tag der elbischen Sechs-Tage-Woche, der Sonne geweiht.

anca ['aŋka], *N.* Kiefer, Gebiss; Maul. *Ling.* Name von Tengwa 15. ♦ HR Anh E. SIL Anh. *Ety* (ÂNAK, NAK). ◇ Ungeachtet dessen, was im SIL Anh steht, scheint das Qu.-Wort ***anca*** *nicht* im Namen *Ancalagon* auf, sondern S. *anc*.

Ancale ['aŋkale], *N.* ›starkes Licht‹. ♦ *Ety* (KAL). ◇ Name der Sonne.

ancalima [aŋk'alima], *Adj.* sehr hell, hellst(er, e, es). ♦ HR IV/9. BRIEFE Nr. 297. ◇ ***calima*** ›hell‹ mit einem Superlativ- oder Intensiv-Präf.

Ancalime [aŋk'alime] (auch Tar-~), *N.* ›die sehr Helle‹. ♦ HR Anh A, B. NAM 2/II. ◇ Königsname; auch Name des Weißen Baums von Númenor.

Ancalimon [aŋk'alimon] (Tar-~), *N.* ›der sehr Helle‹. ♦ HR Anh A. SIL Ak. NAM 2/III. ◇ Königsname.

anda ['anda], *Adj.* lang. ♦ *Ety* (ÂNAD/ANDA).

Andafangar [andaf'aŋgar], *N. Pl.* ›Langbärte‹. ♦ *PMe* 320. ◇ Einer der Stämme der Zwerge (Kh. *Sigin-tarâg*, S. *Anfangrim*).

andamunda [andam'unda], *N.* ›Langschnauze‹, Elefant. ♦ *Ety* (MBUD).

andatehta [andat'eçta], *N. Ling.* Längenzeichen. ♦ *Ety* (TEK).

andave ['andave], *Adv.* lange. ♦ HR VI/4. BRIEFE Nr. 230.

ando ['ando], *N.* Tür, Tor. *Ling.* Name von Tengwa 5. ♦ HR Anh E. *Ety* (AD).

Andolat ['andolat], *N.* (?). ♦ *Ety* (NDOL). ◊ Hügel.

andon ['andon], *N.* (großes) Tor. ♦ *Ety* (AD). ◊ *Pl.* ***andondi.***

andondi [and'ondi], *Pl.* von ***andon***.

Andor ['andor], ***Andóre*** [and'o:re], *N.* ›Land der Gabe‹. ♦ SIL Ak; Reg, Anh *(anna)*. *SD* 247. ◊ Bezeichnung für Númenor.

Anducal ['andukal] (Tar-~), *N.* ›Licht des Westens‹. ♦ NAM 2/III. ◊ Königsname.

andúne [and'u:ne], *N.* Sonnenuntergang, Westen. ♦ HR II/8. *RGEO* 66–7, 69. SIL Anh. U&K 239. *Ety* (NDÛ). ◊ Das übliche Qu.-Wort für Westen ist ***númen***.

Andúnië [and'u:nie], *N.* ›die Westliche‹. ♦ HR Anh A. *Ety* (NDÛ). SIL Ak; Anh *(andúne)*. NAM 2/I. ◊ Name für Númenor; auch Stadt und Hafen an der Westküste von Númenor.

Andúril [and'u:ril], *N.* ›Westglanz‹. ♦ HR II/3. SIL Anh *(ril)*. ◊ Schwertname. Übers. »Flamme des Westens«.

Andustar [and'ustar], *N.* ›Westlande‹. ♦ NAM 2/I. ◊ Westteil von Númenor.

anesse [an'esse], *N.* gegebener (oder hinzugesetzter) Name. ♦ *MR* 217. ◊ Sowohl ***epesse*** als auch ***amilesse*** (s. d.) umfassend.

anga ['aŋga], *N.* Eisen. *Ling.* Name von Tengwa 7. ♦ HR Anh E. SIL Anh. *Ety* (ANGÂ). *PMe* 347.

angaina [aŋg'aina], *Adj.* eisern, aus Eisen. ♦ *Ety* (ANGA).

Angainor [aŋg'ainor], *N.* ›Peiniger‹. ♦ SIL QS/3; Anh *(anga)*. ◊ Die Kette, mit der Melkor gebunden wurde.

Angamaite [aŋgam'aite], *N.* ›der Eisenhändige‹. ♦ HR Anh A. BRIEFE Nr. 347. ◊ Eigenname.

Angamanda [aŋgam'anda], ***Angamando*** [aŋgam'ando], *N.*

›Eisengefängnis‹. ♦ SIL Anh *(band)*. *Ety* (MBAD). *MR* 350. ◊ Festung Morgoths, S. *Angband*.

Angaráto [aŋgar'a:to], *N.* ›Eisenheld‹. ♦ SIL Anh *(ar(a)-)*. ◊ Eigenname. ÑS. *Angrod*.

ango ['aŋgo], *N.* Schlange. ♦ *Ety* (ANGWA/ANGU). ◊ *Pl.* ***angwi***.

angulóce [aŋgul'o:ke], *N.* Drache. ♦ *Ety* (LOK).

anna ['anna], *N.* Geschenk, Gabe. *Ling.* Name von Tengwa 23. ♦ HR Anh E. SIL Anh. *LR* 72. *Ety* (ANA[1]).

Annatar ['annatar], *N.* ›Herr der Geschenke‹. ♦ SIL RM; Anh *(anna, tar)*. NAM 2/IV. ◊ Von Sauron angenommener Name im Zweiten Zeitalter.

anta- ['anta], *V.* geben, schenken. ♦ *Ety* (ANA[1]). *LR* 63, 72. ◊ Verschiedene Formen in *LR*, die aber nicht dem Quenya des *Herrn der Ringe* entsprechen.

ante ['ante], *N. f.* Geberin. ♦ *Ety* (ANA[1]).

anto[1] ['anto], *N. m.* Geber. ♦ *Ety* (ANA[1]).

anto[2] ['anto], *N.* Mund. *Ling.* Name von Tengwa 13. ♦ HR Anh E.

antoryame [ant'orjame], *N.* Stärkung, Verstärkung. ♦ *VT* 39:9.

anwa ['anwa], *Adj.* wirklich, wahr. ♦ *Ety* (ANA[2].)

anwe ['anwe], *Prät.* von ***auta-***[2].

apa- ['apa], *V.* berühren, betreffen. ♦ *VT* 44:26. ◊ *Aor.* ***ape***. Im übertragenen Sinne; siehe auch ***appa-***.

apacenya [apak'enja], *Adj.* voraussichtig. ♦ *MR* 216. ◊ *Pl.* ***apacenye***. Eig. ›nach-sichtig‹; gemeint ist Wissen von dem, was danach kommt; wie in ***essi apacenye*** ›Namen der Voraussicht‹, prophetische Namen, die einem Kind von der Mutter gegeben werden.

Apanónar [apan'o:mar], *N.* ›die Nachgeborenen‹. ♦ SIL QS/12; Reg. *WJ* 387. ◊ Elbischer Name für die sterblichen Menschen als die Zweitgeborenen Ilúvatars.

ape ['ape], *Aor.* von ***apa-***.

appa- ['appa], *V.* berühren. ♦ *VT* 44:26. ◊ Im physischen Sinne: Kontakt von Oberflächen.

apsa ['apsa], *N.* Speise, gekochtes Essen. ♦ *Ety* (AP).

apsene- ['apsene], *V.* loslassen, fortschicken; vergeben. ♦ *VT* 43:19.

aqua ['akwa], *Adj.* völlig, vollständig, ingesamt, ganz. ♦ *WJ* 392.

aquapathië [akwap'aθie], *N.* Abgeschlossenheit, Ungestörtheit, Abgeschiedenheit. ♦ *VT* 39:23, 41:6.

ar ['ar], *Konj.* und. ♦ HR II/8. *RGEO* 66–7. SIL Anh *(ar-)*. NAM 3/II. *LR* 47, 56, 72. ◊ In »Firiel's Song« (*LR*) auch die Variante ***a***, anscheinend vor Worten auf ***f-***; es ist nicht bekannt, ob dies im späten Qu. weiterhin gilt.

Ar Fanturion ['ar fant'u:rion], *N.* ›Tag der Wolkenherren‹. ♦ *Ety* (LEP/LEPEN/LEPEK). ◊ 3. Tag der Valianischen Woche, Tag des Mandos und Loriën.

Ar Manweo ['ar 'manweo] (Ar Manwen), *N.* Tag des Manwe. ♦ *Ety* (LEP/LEPEK/LEPEK). ◊ 1. Tag der Valianischen Woche.

Ar Neldion ['ar n'eldion], ***Ar Nessaron*** ['ar n'essaron], *N.* ›Tag der Drei‹, ›Tag der Jungen‹. ♦ *Ety* (LEP/LEPEN/LEPEK). ◊ 5. Tag der Valianischen Woche, Tag der drei jüngeren Götter: Osse, Orome und Tulkas.

Ar Ulmo ['ar 'ulmo] (Ar Ulmon), *N.* Tag des Ulmo. ♦ *Ety* (LEP/LEPEN/LEPEK). ◊ 2. Tag der Valianischen Woche.

Ar Veruo ['ar v'eruo] (Ar Veruen, Arveruen), *N.* Tag der Eheleute. ♦ *Ety* (LEP/LEPEK/LEPEK). ◊ 4. Tag der Valianischen Woche, Tag des Aule und der Yavanna.

ára ['a:ra], *N.* Morgendämmerung. ♦ *Ety* (AR^1).

ar-[1] ['ar], ***ara-*** ['ara], *Präf.* hoch, edel, königlich. ♦ SIL Anh *(ar(a)-)*. *PMe* 344.

ar-[2] ['ar], siehe ***ara***.

ara ['ara], *Präp.* neben, außerhalb von. ♦ SIL Anh *(ar-)*. *Ety* (AR). ◊ *Präf.* ***ar-***. Rein örtlich gesehen.

Arafinwe [araf'inwe], *N.* ›Edler Finwe‹. ♦ *PMe* 344. ◊ Eigenname. ÑS. *Finarfin*, aus ***Finwe Arafinwe***.

Araman ['araman], *N.* ›außerhalb von Aman‹. ♦ SIL QS/9; Anh *(ar, mân-)*. ◊ Name eines Gebietes zwischen dem Großen Meer und den Pelóri.

aran ['aran], *N.* König (eines Landes). ♦ NAM 2/II. *WJ* 369. ◇ ***aranya*** ›mein König‹.

Aran Meletyalda ['aran meletj'alda], *N.* ›König mächtig-dein‹. ♦ *WJ* 369. ◇ Anrede, gleichbedeutend mit »Eure Majestät«.

arandil [ar'andil], *N.* Königsfreund, Royalist. ♦ BRIEFE Nr. 297 Anm.

Arandor [ar'andor], *N.* ›Königsland‹. ♦ NAM 2/I. ◇ Das Kernland von Númenor.

arandur [ar'andur], *N.* Königsdiener, Minister. ♦ NAM 3/II Anm. BRIEFE Nr. 297 Anm. ◇ Als Titel in Gondor wiedergegeben mit ›Statthalter‹ (alte Übers. ›Truchsess‹).

aranel ['aranel], *N.* Prinzessin. ♦ NAM 2/II; Reg.

aránië [ar'a:nie], *N.* Königtum, Königreich. ♦ *PE* 43:15.

Arantar [ar'antar], *N.* ›Königlicher Hoher‹. ♦ HR Anh A. *PMe* 192. ◇ Eigenname.

Aranwe [ar'anwe], *N.* ›Königliche Person‹. ♦ SIL QS/23. NAM 1/I. ◇ Eigenname.

aranya [ar'anja], siehe ***aran***.

Aranwion [ar'anwion], *N.* ›Aranwe-Sohn‹. ♦ NAM 1/I. ◇ Eigenname.

Aratan ['aratan], *N.* ›Edler Adan‹. ♦ SIL RM. *PMe* 191, 208. NAM 3/I. ◇ Eigenname.

Aratar ['aratar], *N. Pl.* ›die Erhabenen‹. ♦ SIL Val; Reg, Anh *(ar(a)-)*. *WJ* 402. ◇ Die obersten Valar, Übersetzung aus dem Valarin.

Aratarya [arat'arja], *N.* ›ihre Erhabenheit‹. ♦ *WJ* 369. ◇ Titel der Valië Varda.

aráto [ar'a:to], *N.* Held, Recke, bedeutender Mann. ♦ SIL Anh *(ar(a)-)*.

arca ['arka], *Adj.* eng. ♦ *Ety* (AK).

Arciryas [ark'irjas], *N.* ›Königlicher Schiffer‹. ♦ HR Anh A. ◇ Eigenname.

Arda ['arda], *N.* ›Bereich‹, Welt, Erde; ›das Reich‹. *Ling.* Name von Tengwa 26. ♦ HR III/4; Anh E. *RGEO* 74. SIL Ain; Reg.

NAM 1/II. *Ety* (3AR). *SD* 246. *WJ* 402, 413. ◇ Es heißt, ***arda*** bezeichnet jeden mehr oder weniger begrenzten oder definierten Ort, eine Region. Im engeren Sinne Name der Erde als das Königreich Manwes.

Ardamin ['ardamin] (Tar-~), *N.* ›Pfeiler der Welt‹ (?). ♦ NAM 2/III. ◇ Eigenname. Der adûnaïsche Name ist Ar-Abattârik ›Stärke des Pfeilers‹; *min* (vgl. SIL Anh *(minas)*).

Ardamíre [ardam'i:re], *N.* ›Juwel der Welt‹. ♦ *PMe* 348. ◇ Eigenname.

áre ['a:re], ***are*** ['are], *N.* Sonnenlicht, Tag. *Ling.* Name von Tengwa 31. ♦ HR Anh E. SIL Anh *(ariën)*. *Ety* (AR[1]). *PMe* 127. ◇ *Pl.* ***ari***. Der Name des Schriftzeichens war vormals ***áze***, später ***esse***[1] (s. d.).

áre nuquerna ['a:re nukw'erna], *N. Ling.* ›***áre*** umgekehrt‹, Name von Tengwa 32. ♦ HR Anh E. ◇ Ähnlich zum normalen ***áre***, aber umgedreht. Der Name des Schriftzeichens war vormals ***áze nuquerna***, später ***esse nuquerna*** (s. d.).

Arfanyaras [arf'anjaras], ***Arfanyarasse*** [arfanjar'asse], *N.* ›Hohes weißes Horn‹. ♦ *WJ* 403. ◇ Entsprechung zu ***Taniquetil*** (s. d.).

arië ['arie], *N.* Tagzeit. ♦ *Ety* (AR[1]).

Ariën ['arien], *N.* ›Sonnenmaid‹. ♦ *Ety* (AR[1]). SIL QS/11; Anh. ◇ Die Maia der Sonne.

arin ['arin], *N.* Morgen. ♦ *Ety* (AR[1]).

arinya [ar'inja], *Adj.* morgendlich, früh. ♦ *Ety* (AR[1]).

armar ['armar], *N. Pl.* Güter, Besitztümer. ♦ *Ety* (3AR).

Armenelos [arm'enelos], *N.* ›Königliche Himmels-Festung‹. ♦ SIL Ak. NAM 2/1. ◇ Stadt der Könige in Númenor.

arna ['arna], *Adj.* ›königlich‹. ♦ BRIEFE Nr. 347.

Arnanor ['arnanor], ***Arnanóre*** [arnan'o:re], *N.* ›Königliches Land‹. ♦ HR I/7, A; Anh B. SIL RM; Reg *(Arnor)*, Anh *(ar(a)-)*. NAM 2/II. BRIEFE Nr. 347. ◇ Kurzform ***Arnor***, als Vermengung mit S. *arn(a)dor.* Die Übers. »Land des Königs« ist frei.

Arnor ['arnor], siehe ***Arnanor***.

arquen ['arkwen], *N.* Edler, Edelmann. ♦ *WJ* 372.

arta[1] ['arta], *Adj.* erhaben, edel. ♦ *PMe* 354.

arta[2] ['arta], *N.* Festung, befestigter Ort. ♦ *Ety* (GARAT).

Artaher ['artaher] (Artahér), *N.* ›edler Herr‹. ♦ *PMe* 346. ◇ Eigenname. ÑS. *Arothir.*

Artaresto [artar'esto], *N.* ›edler (?)‹. ♦ *PMe* 350. ◇ Eigenname. ÑS. *Rodreth,* später *Orodreth.*

Artamir ['artamir], *N.* ›edles Juwel‹. ♦ HR Anh A. NAM 3/II. ◇ Eigenname.

Artanis ['artanis], *N.* ›edle Frau‹. ♦ NAM 2/IV. ◇ Eigenname.

Artano ['artano], *N.* ›Hoch-Schmied‹. ♦ NAM 2/IV; Reg. ◇ Von Sauron angenommener Name im Zweiten Zeitalter.

artuile ['art'uile], *N.* Tagesanbruch. ♦ *Ety* (TUY).

Arvalin ['arvalin], *N.* ›außerhalb Valinor‹. ♦ *Ety* (AR[1]). ◇ Name eines Gebietes zwischen dem Großen Meer und den Pelóri.

arwa ['arwa], *Adj.* besitzend, in Kontrolle von (mit *Gen.*). ♦ *Ety* (3AR). ◇ auch als Halb-Suffix ***-arwa***, z. B. ***aldarwa*** ›Baum-besitzend, baumbewachsen‹; vgl. die *Poss.*-Endung *-wa.*

arya ['arja], *N.* Tag, Tagzeit (zwölf Stunden). *Ling.* Buchstabe *ry.* ♦ *Ety* (AR[1]). Kloczko 1995.

Aryante [arj'ante], *N.* ›Tagbringer‹. ♦ *Ety* (AR[1], ANA[1]). ◇ Name der Sonne.

aryon ['arjon], *N.* (königlicher) Erbe. ♦ *Ety* (3AR).

as- ['as], *Präf.* mit. ♦ *VT* 43:30.

asar ['asar], *N.* festgelegte Zeit, Festzeit, Fest. ♦ *WJ* 399. ◇ Lehnwort aus dem Valarin; Vanyarin *athar.*

asea aranion ['asea ar'anion], *N.* ›Hilfreiches [Kraut] der Könige‹, Königskraut. ♦ HR V/8. ◇ Eine Heilpflanze von Westernis mit langen, süß duftenden Blättern und weißen Blüten. S. *athelas.*

assa ['assa], *N.* Loch, Öffnung. ♦ *Ety* (GAS).

asta ['asta], *N.* Monat. ♦ HR Anh D. ◇ Nur *Pl.* ***astar*** belegt.

Astaldo [ast'aldo], *N.* ›der Tapfere‹. ♦ SIL. Val. ◇ Beiname des Tulcas.

astar ['astar], siehe ***asta***.

asto ['asto], *N.* Staub. ♦ *Ety* (ÂS-AT).

ata ['ata], *Adv.* wieder. ♦ *Ety* (AT[AT]).

ata- ['ata], ***at-*** ['at], *Präf.* zurück, wieder, re-. ♦ *Ety* (AT[AT]).

atalante [atal'ante], ***atalantië*** [atal'antie], *N.* Zusammenbruch, Fall, Sturz. ♦ U&K 240. BRIEFE Nr. 257. *LB* 47. *Ety* (DAT/DANT [TALÂT]). ◊ ***atalantië*** wird als »normale Substantiv-Bildung« im Qu. bezeichnet.

Atalante [atal'ante], *N.* ›die Gefallene‹. ♦ SIL Ak; Reg. *SD* 247, 310. *LR* 47. *Ety* (DAT/DANT [TALÂT]). ◊ Name des versunkenen Númenor.

atalantea [atal'antea], *Adj.* zertrümmert, gestürzt. ♦ U&K 239–40.

atalantië, siehe ***atalante***.

ataltа- [at'alta], *V.* einstürzen, zusammenbrechen. ♦ *LR* 47, 56. *Ety* (TALÂT). *SD* 247. ◊ *Prät.* ***ataltane*** oder ***atalante***. Siehe auch ***talta-***.

Atanamir [at'anamir] (Tar-~), *N.* ›Juwel der Menschen‹. ♦ HR Anh A. SIL Ak; Anh *(mîr)*. ◊ Königsname.

Atanatar [at'anatar], *N.* ›Vater der Menschen‹. ♦ HR Anh A, B. NAM 2/III. *RGEO* 73. NAM 4/II. *PMe* 197. ◊ Eigenname.

Atanatári [atanat'a:ri], *Sg.* ***Atanatar*** [at'anatar], *N.* ›Menschen-Väter‹. ♦ SIL QS/12; Anh *(atar)*. *PMe* 324. ◊ Ein Titel, der »eigentlich nur den Anführern und Häuptlingen der Völker zu der Zeit ihres Eintritts in Beleriand« (*PMe*) gebührte.

Atani ['atani], *Sg.* ***Atan*** ['atan], *N.* ›die Zweiten‹. ♦ HR Anh F. SIL QS/1; Reg. NAM 2/II Anm. ◊ Elbischer Name für die Menschen, die Zweitgeborenen Ilúvatars. Evtl. Umdeutung eines Wortes aus der Sprache der Menschen.

ataque [at'akwe], *N.* Konstruktion, Gebäude. ♦ *Ety* (TAK).

atar ['atar], *N.* Vater. ♦ SIL Anh. NAM 2/II. *LR* 70. *Ety* (ATA). *WJ* 402. ***Atarinya***, ›mein Vater‹.

Atarince [atar'iŋke], *N.* ›kleiner Vater‹. ♦ *PMe* 353. ◊ Verkleinerungsform. Mutternamé von ***Curufinwe***, so genannt wegen der Ähnlichkeit mit seinem Vater Feanor.

Atarinya [atar'inja], siehe ***atar***.

atendea [at'endea], *N.* Schaltjahr. ♦ HR Anh D (nur in der 1. engl. Ausg.). ◊ Wörtl. ›doppelt-mittel‹, so genannt, weil in einem solchen Jahr zwei ***enderi*** oder Mittel-Tage für den ***loënde*** eingefügt wurden.

atsa ['atsa], *N.* Haken, Klaue. ♦ *Ety* (GAT).

atta ['atta], *Num.* zwei. ♦ *Ety* (AT[AT]). BRIEFE Nr.347. *WJ* 421.

Attalyar [att'aljar], *Sg.* ***Attalya*** [att'alja], *N.* ›Zweifüßler‹. ♦ *WJ* 389. ◊ Gleichbedeutend mit ›Kleinzwerge‹, von S. *Taddail*.

attea ['attea], *Num. Adj.* zweit(er, e, es). ♦ *VT* 42:25.

atto ['atto], *N.* Vater, Papa (Koseform). ♦ *LR* 59. *Ety* (ATA).

atwa ['atwa], *N.* doppelt. ♦ *Ety* (AT[AT]).

au- [au], ***ava-*** [ava], *Präf.* nicht, un-, ohne. ♦ *Ety* (AWA, AR^2). *WJ* 365, 368, 370. ◊ Verneinende Vorsilbe, meist etwas Verbotenes bezeichnend.

auciri- ['aukiri], *V.* wegschneiden, abschneiden. ♦ *WJ* 365, 368. ◊ Abtrennen eines Teils, das nicht mehr verwendet werden kann.

Aule ['aule], *N.* ›der Former‹. ♦ HR Anh F. SIL Ain. NAM 2/IV. *Ety* (GAWA/GOWO [TAN]). *WJ* 399. ◊ Name eines Vala, entlehnt aus dem Valarin.

aule ['aule], *N.* Erfindung. ♦ *Ety* (GAWA/GOWO).

Aulendil [aul'endil], *N.* ›Freund Aules‹. ♦ NAM 2/IV. ◊ Von Sauron angenommener Name im Zweiten Zeitalter.

Aulendur [aul'endur], *N.* ›Diener Aules‹. ♦ *PMe* 366. ◊ Insbes. auf jene Personen oder Familien unter den Noldor angewandt, die tatsächlich in Aules Dienste traten und von ihm unterwiesen wurden.

aure ['aure], *N.* Sonnenlicht, Tag. ♦ SIL Anh *(ur)*. U&K 239. ◊ *Lok.* ***auresse*** ›am Morgen‹.

Aureldi [aur'eldi], *Sg.* ***Aurel*** ['aurel], *N.* ›Fort(gegangene) Elben‹. ♦ *WJ* 363. ◊ Elben von Beleriand, die nach Aman gingen (im

Gegensatz zu den Sindar, die dort blieben). Die ursprüngliche Vanyarin-Form lautete ***Auzeldi*** (*WJ* 374). Siehe auch ***Oarel***.

ausa ['ausa], *N.* Erscheinung, Geist, undeutliche Gestalt. ♦ *VT* 42:10.

auta-[1] ['auta], *V.* erfinden, ersinnen. ♦ *Ety* (GAWA/GOWO).

auta-[2] ['auta], *V.* fortgehen, entschwinden. ♦ *WJ* 365–6. ◇ Altes starkes *Prät.* ***anwe***, gewöhnlich ersetzt durch ***váne***; *Perf.* ***avánië***, poet. auch ***vánië***; *Part.* ***vanwa*** (s. d.); in der Bedeutung ›den gedanklichen Blickpunkt des Sprechers verlassen‹. *Prät.* ***oante***; *Perf.* ***oantië***; in der Bedeutung ›fortgehen‹ (zu einem anderen Ort).

áva ['a:va], ***avá*** [av'a:], *Imp.-Partikel* nicht!. ♦ *WJ* 371. ◇ ***ávan*** ›ich nicht!‹ (auch ***ván, ványe***); ***áva care!*** ›tu es nicht!‹

ava-[1], siehe ***au-***.

ava-[2] ['ava], *V.* verweigern, verbieten. ♦ *WJ* 370. ◇ *Prät.* ***avane***.

ava-[3] ['ava], *Präf.* außen, außerhalb. ♦ *Ety* (AWA).

Avacúma [avak'u:ma], *N.* ›Äußere Leere‹. ♦ *Ety* (AWA, OY). ◇ Bereich außerhalb der Mauern der Welt.

avahaira [avah'aira], *Adj.* fern, entfernt, entlegen. ♦ *Ety* (KHAYA).

avalatya [aval'atja], *Adj.* geschlossen, nicht offen. ♦ *VT* 41:6.

Avallóne [avall'o:ne], *N.* ›Avalon‹. ♦ HR Anh A. SIL Ak; Reg. NAM 2/II. ◇ Hafen und Stadt auf Tol Eressea. Es heißt, die Stadt sei so benannt, weil sie »von allen Städten Valinor am nächsten« sei, was aber nicht weiter erklärt wird. Vgl. ***Avalóna***.

Avalóna [aval'ona], *N.* Außeninsel, Äußere Insel. ♦ *Ety* (AWA, LONO). ◇ Die Insel Tol Eressea.

Avamanyar [avam'anjar], *N.* ›die nicht von Aman‹. ♦ *WJ* 370. ◇ Elben, die sich weigerten, nach Aman zu gehen; gleichbedeutend mit ***Úmanyar***.

ávan ['a:van], siehe ***áva***.

avane ['avane], *Prät.* von ***ava-***[2].

avánië [av'a:nie], *Perf.* von ***auta-***.

avanir ['avanir], *N.* Unwille. ♦ *VT* 39:23.

avanóte [avan'o:te], *Adj.* zahllos, unzählbar, ohne Zahl. ♦ *Ety* (AWA, AR^2).

avanyárima [avanj'a:rima], *Adj.* unerzählbar. ♦ *WJ* 370. ◇ Etwas, das nicht berichtet oder erzählt werden darf.

avaquet- [av'akwet-], *V.* verweigern, verbieten. ♦ *Ety* (KWET).

avaquétima [avakw'etima], *Adj.* unsagbar. ♦ *WJ* 370. ◇ Etwas, das nicht gesagt werden darf.

Avari ['avari], *Sg.* ***Avar*** ['avar], ***Avaro*** ['avaro], *N.* ›Unwillige, Verweigerer, Widerstrebende‹. ♦ SIL QS/3; Reg. NAM 2/IV Anh. *Ety* (AB/ABAR). *WJ* 371. ◇ Bezeichnet die Elben, die sich weigerten, sich dem Marsch gen Westen nach Aman anzuschließen.

Avathar ['avaθar], *N.* ›die Schatten‹ (?). ♦ SIL QS/8; Reg. *MR* 284. *WJ* 404. ◇ Name des Landes zwischen den südlichen Pelóri und dem Meer; bezeichnet als altes Qu. (*MR*) bzw. »nicht Elbisch« (*WJ*) und als Entlehnung aus dem Valarin zu sehen. Im späten Qu. müsste die Form ***Avasar*** lauten.

avatyara- [avatj'ara], *V.* fort-tun, vergeben. ♦ *VT* 43:18.

axan ['aksan], *N.* Gesetz; Regel, Gebot. ♦ *WJ* 399. ◇ Lehnwort aus dem Valarin.

axo ['akso], *N.* Knochen. ♦ U&K 239–40. ◇ *Pl.* ***axor.***

áya ['a:ja], *N.* Ehrfurcht. ♦ *PMe* 363.

áze ['a:ze], siehe ***áre.***

áze nuquerna ['a:ze nukw'erna], siehe ***áre nuquerna.***

C

caila [k'aila], *N.* Bettlägrigkeit, Krankheit. ♦ *Ety* (KAY).

caima [k'aima], *N.* Bett. ♦ *Ety* (KAY).

caimasan [k'aimasan], *N.* Schlafkammer. ♦ *Ety* (STAB). ◇ *Pl.* ***caimasambi.***

caimasse [kaim'asse], ***caimassea*** [kaim'assea], *Adj.* bettlägrig, krank. ♦ *Ety* (KAY).

cainen [k'ainen], *Num.* zehn. ♦ *Ety* (KAYAN/KAYAR).

caita- [k'aita], *V.* liegen. ♦ HR II/8. *RGEO* 66–7.

cal- [k'al], *V.* scheinen, leuchten. ♦ NAM 1/I. *Ety* (KAL).

cala [k'ala], *N.* Licht. ♦ *Ety* (KAL).

Calacilya [kalak'ilja], *N.* ›Lichtpass‹. ♦ *Ety* (KIL [KAL]). ◇ Siehe ***Calacirya***.

Calacirya [kalak'irja], ***Calaciryan***[1] [kalak'irjan], *N.* ›Lichtspalt‹. ♦ HR II/8. *RGEO* 66–7, 70. SIL QS/5; Reg, Anh *(kal-, kir-)*. *WJ* 403. ◇ Die große Schlucht in den Bergen von Valinor, die Passage von Valmar zu dem Gebiet, wo die Teleri lebten.

Calaciryan[2] [kalak'irjan], ***Calaciryande*** [kalakiry'ande], *N.* ›Lichtspaltland‹. ♦ HR II/1, II/8. *RGEO* 66–7, 70. ◇ Das Gebiet von Eldamar in und nahe dem Eingang zu der Schlucht, wo das Licht heller war und das Land schöner. HR II/1 liest ***Calacirian***, eine anglisierte Form; vgl. *RGEO* 70.

Calamando[1] [kalam'ando], *N.* ›Lichtbinder‹. ♦ *Ety* (KAL, MBAD [MANAD]). ◇ Name des Vala Mandos.

Calamando[2] [kalam'ando], *N.* ›Licht-Mando‹. ♦ *Ety* (MBAD). ◇ Name des Vala Manwe.

Calaquendi [kalakw'endi], *N.* ›Lichtelben, Elben des Lichts‹. ♦ SIL QS/3; Reg, Anh *(kal-, quen)*. *Ety* (KAL). *WJ* 361, 373. ◇ Elben, die das Licht von Aman gesehen haben.

calarus [k'alarus], *N.* (poliertes) Kupfer. ♦ *VT* 41:10. ♦ Stamm ***calarust-***.

cále [k'a:le], *N.* Licht. ♦ U&K 238, 240.

calima [k'alima], siehe ***ancalima***.

Calimehtar [kalim'eçtar], *N.* ›Heller Schwertkämpfer‹. ♦ HR Anh A. NAM 3/II. ◇ Eigenname.

Calimmacil [kal'immakil], *N.* ›Helles Schwert‹. ♦ HR Anh A. ◇ Eigenname.

calina [k'alina], *Adj.* licht, hell. ♦ *Ety* (KAL). ◇ Eigenname.

Calion [k'alion] (Tar-~), *N.* ›Sohn des Lichts‹ (?). ♦ SIL Ak; Reg, Anh *(kal-)*. NAM 2/IV. ◇ Qu.-Name von Ar-Pharazôn dem Goldenen.

callo [k'allo], *N.* edler Mann, Held. ♦ *Ety* (KAL).

calma [k'alma], *N.* Leuchte (angezündet). *Ling.* Name von Tengwa 3. ♦ *Ety* (KAL). ♦ HR Anh E.

Calmacil [k'almakil], *N.* ›Lichtschwert‹. ♦ HR Anh A. NAM 2/III. ◇ Eigenname.

calmatéma [kalmat'e:ma], *N. Ling. k*-Reihe, Velarlaute. ♦ HR Anh E.

Calmindon [kalm'indon], *N.* ›Hoher Leuchtturm‹. ♦ NAM 2/II.

calpa [k'alpa], *N.* Wassergefäß. ♦ *Ety* (KALPA).

calta- [k'alta], *V.* leuchten. ♦ *Ety* (KAL).

calya- [k'alya], *V.* erleuchten. ♦ *Ety* (KAL).

cambe [k'ambe], *N.* hohle Hand. ♦ *Ety* (KAB).

camta- [k'amta-], *V.* anpassen, angleichen, in Übereinstimmung bringen. ♦ *VT* 44:14.

can- [k'an]. *V.* befehlen, verlangen. ♦ *PMe* 361–2. ◇ Nur die Wurzel KAN wird erwähnt.

Canafinwe [kanaf'inwe], *N.* ›Gebieter-Finwe, Finwe mit lauter Stimme‹. ♦ *PMe* 352. ◇ Kurzform ***Cáno***. Muttername von ***Macalaure***.

cáne [k'a:ne], *N.* Mut. ♦ *Ety* (KAN).

Cáno [k'a:no], siehe ***Canafinwe***.

cáno [k'a:no], *N.* Gebieter, Befehlshaber, Anführer. ♦ SIL Anh *(káno)*. NAM 4/II. *Ety* (KAN). *PMe* 345, 362. ◇ Gewöhnlich als Titel eines geringeren Anführers verwendet, der als Stellvertreter eines Höherrangigen fungiert. Ursprüngl. ›Rufer, Herold‹.

canta- [k'anta], *V.* formen. ♦ *Ety* (KAT).

canta[1] [k'anta], ***can-*** [kan], *Num.* vier. ♦ *Ety* (KÂNAT).

canta[2] [k'anta], *Adj.* förmig, geformt. ♦ *Ety* (KAT).

cantea [k'antea], *Num. Adj.* viert(er, e, es). ♦ *VT* 42:25.

cár [k'a:r], *N.* Kopf, Haupt. ♦ *Ety* (KAS). ♦ Stamm ***cas-***.

car [k'ar], *N.* Gebäude, Haus. ♦ *Ety* (KAR). ♦ Stamm ***card-***.

car- [kar], *V.* tun, machen, bauen. ♦ *LR* 362. *WJ* 371, 391. ◇ Grundform ***care*** in dem Ausdruck ***áva care*** ›tu es nicht‹;

Aor. **carin** ›ich tue‹; *Prät.* **carne**; *Part.* **carna** ›gemacht, gebildet‹. Einige zweifelhafte Formen in *LR*.

caraxe [kar'akse] (caracse), *N.* Stachelhecke. ♦ *Ety* (KARAK).

carca [k'arka], *N.* Zahn, Fang. ♦ *Ety* (KARAK). SIL Anh *(carak-)*. U&K 239. ◇ *Pl.* **carcar** in »Markirya«, dort übers. »Felsen«.

carcane [k'arcane], *N.* Zahnreihe. ♦ *Ety* (KARAK).

carco [k'arko], *N.* Krähe. ♦ *Ety* (KARKA).

carin [k'arin], *Aor.* von **car-**.

carma [k'arma], *N.* (númenórischer) Helm. ♦ *Unfinished Tales*, London: Allen & Unwin, 1980, Umschlag. ◇ Helm der Uinendili, bestehend aus überlappenden Metallschuppen mit einem »Fisch-Kamm« aus gehärtetem und gefärbtem Leder.

carme [k'arme], *N.* Kunst. ♦ NAM 4/II.

carna[1] [k'arna], *Adj.* mutig, kühn. ♦ *Ety* (KAN).

carna[2] [k'arna], *Part.* von **car-**.

carne[1] [k'arne], *Adj.* rot. ♦ SIL Anh *(caran)*. *Ety* (KARÂN).

carne[2] [k'arne], *Prät.* von **car-**.

Carnil [k'arnil], *N.* ›Rotfunke‹. ♦ SIL QS/3; Anh *(caran)*. *MR* 435. ◇ Name eines Sterns, gleichgesetzt mit dem Planeten Mars.

carnimírië [karnim'i:rie] (carnemírië), *N.* ›die mit rotem Juwelenschmuck‹. ♦ HR III/4. SIL Anh *(caran)*. BRIEFE Nr. 168. ◇ Die Eberesche in Flinkbaums Lied, übers »Rotbeperlte«.

Carnistir [k'arnistir], *N.* ›der Rotgesichtige‹. ♦ *PMe* 353. ◇ Muttername von **Morifinwe**. ÑS. *Caranthir.*

caro [k'aro], *N.* Handelnder, Täter. ♦ *Ety* (KAR).

carrea [k'arrea], *N.* Haarnetz. ♦ *VT* 42:12.

carwa [k'arwa], *N.* Ankündigung, Befehl. ♦ *PMe* 362.

Casalli [kasalli], *Koll.* von **Casar**.

Casar [k'asar], *N.* Zwerg,. ♦ *WJ* 388, 389. ◇ *Pl.* **Casari** oder **Casári**, *Koll.* **Casalli**. Adaptiert von Kh. *Khazâd*.

Casári [kas'a:ri], **Casari** [k'asari], *Pl.* von **Casar**.

Casarrondo [kasarr'ondo], *N.* ›Zwergengewölbe‹. ♦ *WJ* 388, 389. ◇ Lehnübersetzung von Kh. *Khazad-dûm*.

cassa [k'assa], *N.* Helm. ♦ *Ety* (KAS).

Castamir [k'astamir], *N.* ›Kronjuwel‹ (?). ♦ HR Anh A. *PMe* 199. ◇ Eigenname. Das erste Element ist spekulativ.

celma [k'elma], *N.* Kanal. ♦ *Ety* (KEL).

celume [k'elume] (kelume), *N.* Fluss, Flut, Gezeit, Strömung. ♦ U&K 238, 240. *Ety* (KEL).

celvar [k'elvar] (kelvar), *N. Pl.* Tiere; lebende Dinge, die sich bewegen. ♦ SIL QS/2; Reg *(Kelvar)*. *WJ* 341. ◇ *Sg.* nicht belegt.

cemen [k'emen] (kemen), ***cén*** [k'e:n], *N.* Erde. ♦ SIL Anh *(kemen)*. *Ety* (KEM). ◇ Die Erde als flacher Grund unter ***menel***, den Himmeln.

Cemendur [kem'endur], *N.* ›Diener der Erde‹. ♦ HR Anh A. *PMe* 197. ◇ Eigenname.

Cementári [kement'a:ri] (Kementári), *N.* ›Königin der Erde‹. ♦ SIL Val; Reg *(Kementári)*, Anh *(kemen, tar-)*. ◇ Titel der Valië Yavanna.

cemnaro [k'emnaro], *N.* Töpfer. ♦ *Ety* (KEM).

cén, siehe ***cemen***.

cen- [k'en] (ken-), *V.* sehen, erblicken. ♦ U&K 238–9.

cenda- [kenda], *V.* beobachten (um Informationen zu sammeln); lesen. ♦ *VT* 41:5.

centa [k'enta], *N.* Kommunikation, Übermittlung; Untersuchung, Abhandlung. ♦ *MR* 415. ◇ ***Ósanwe-centa*** ›Kommunikation der Gedanken‹, ein Anhang zu Pengolodhs ***Lammas***; vgl. auch ***Essecenta***.

centano [k'entano], *N.* Töpfer. ♦ *Ety* (TAN).

Cermië [k'ermie], *N.* ›Schneidung, Mahd‹. ♦ HR Anh D. NAM 3/II. ◇ Siebter Monat des Jahres, »Juli«.

certa [k'erta], *N.* Rune. ♦ HR Anh E. *WJ* 396. ◇ *Pl.* ***certar*** angegeben, adaptiert von S. ***certh*** (eine ererbte Qu.-Form wäre ****cirte*** gewesen).

cilme [k'ilme], *N.* Wahl. ♦ *MR* 214. *PMe* 339. ◇ In ***Essecilme, cilmesse***.

cilmesse [k'ilmesse], *N.* Beiname, Rufname. ♦ *PMe* 339. ◇ Wörtl. ›Wahl-Name‹, Name persönlicher Wahl bei den Noldor im Exil.

cilya [k'ilja], ***cirya*** [k'irja], *N.* Kluft, Spalte, Klamm. ♦ *LR* 47, 56. *Ety* (KIL).

cir- [kir], *V.* spalten, durchschneiden; *poet.* (ein Schiff) steuern. ♦ *Ety* (KIR). ◇ In ***auciri-***, ***hóciri-***.

círa- [k'i:ra] (kíra-), *V.* segeln. ♦ U&K 238. ◇ Anscheinend der kontinuative Stamm von **cir-*.

circa [k'irka], *N.* Sichel. ♦ *Ety* (KIRIK).

cirinci [kir'iŋki], *N. Pl.* ›Spalterchen‹ (?). ♦ NAM 2/I. ◇ *Sg.* ***cirince*** nicht belegt. Eine Art von Vögeln, »nicht größer als Zaunkönige, doch purpurfarben, deren pfeifende Stimme das menschliche Ohr gerade noch vernehmen konnte«.

cirisse [kir'isse], *N.* Schnitt, Riss; (klaffende) Wunde. ♦ *Ety* (KIRIS).

cirya[1] [k'irja] (kirya), *N.* Schiff (mit scharfem Bug). ♦ SIL Anh *(kir-)*. *Ety* (KIR). U&K 238–9. ◇ Pl. ***ciryar***; Du. ***ciryat***. Im SIL Anh fälschlich ***círya* geschrieben, verm. verwechselt mit dem ersten Element des S.-Namens *Círdan*. In einem Brief Tolkiens an Dick Plotz (ca. 1966–67; Faksimile in Martsch, *Basic Quenya*, S. 47) ist ***cirya*** gebeugt für alle Kasus außer Poss. Pl.

cirya[2], siehe ***cilya***.

Ciryaher [k'irjaher], *N.* ›Schiffsherr‹. ♦ HR Anh A. ◇ Eigenname.

ciryamo [k'irjamo], *N.* Schiffer, Seefahrer. ♦ NAM Einl. ◇ Nom. und Gen. identisch, da das Subst. bereits auf ***-o*** endet: ***Indis i Ciryamo*** ›Das Weib des Seefahrers‹.

Ciryandil [kirj'andil], *N.* Schiffsfreund. ♦ HR Anh A. *PMe* 197. ◇ Eigenname.

ciryaquen [k'iryakwen], *N.* Schiffer, Seefahrer. ♦ *WJ* 372.

ciryar [k'irjar], *Pl.* von ***cirya***[1].

ciryat [k'irjat], *Du.* von ***cirya***[1].

Ciryatan [k'irjatan] (Tar-~), *N.* ›Schiffbauer‹. ♦ HR Anh A. SIL Ak; Anh *(kir-)*. NAM 2/III. ◊ Eigenname.

Ciryatur [k'irjatur], *N.* ›Schiffsherr‹. ♦ NAM 2/IV. ◊ Eigenname.

Ciryon [k'irjon], *N.* ›Schiffssohn‹. ♦ SIL RM; Reg, Anh *(kir-)*. NAM 3/I. *PMe* 191, 208. ◊ Eigenname. Im SIL Anh fälschlich ***Círyon*** geschrieben, verm. verwechselt mit dem ersten Element des S.-Namens *Círdan*.

coa [k'oa], *N.* Haus. ♦ *WJ* 369.

coacalina [koak'alina], *N.* Licht des Hauses. ♦ *MR* 250. ◊ Eine Metapher für die Seele (***fea***), die im Körper (***hroa***) wohnt.

coimas [k'oimas], *N.* Lebensbrot. ♦ SIL Anh *(cuivië)*. *PMe* 395. ◊ Traditionelle elbische Wegzehrung, gebacken von den ***Yavannildi*** (s. d.). Gleichbedeutend mit S. *lembas*.

coire [k'oire], *N.* Regung. ♦ HR Anh D. SIL Anh *(cuivië)*. ◊ Im Kalender von Imladris eine »Jahreszeit« von 54 Tagen. Im SIL Anh übers. als der erste Tag des Frühlings.

coirea [k'oirea], *Adj.* lebend, lebendig. ♦ *PMe* 399. ◊ *Ling.* in ***coirea quenya*** ›lebende Sprache‹.

col- [k'ol], *V.* tragen. ♦ *MR* 385. ◊ Part. ***colla*** ›getragen‹.

colindo [kol'indo], *N.* Träger. ♦ HR VI/4. BRIEFE Nr. 230. ◊ In ***cormacolindo***.

colla[1] [k'olla], *Part.* von ***col-***.

colla[2] [k'olla], *N.* Gewand, Mantel. ♦ *MR* 385.

collo [k'ollo], *N.* Mantel. ♦ SIL Anh *(thin(d))*. *MR* 385. ◊ Im Namen ***Sindicollo***. Evtl. ***colla*** ›Mantel‹ mit männlicher Endung ***-o***.

coranar [k'oranar], *N.* Sonnenrunde, Sonnenjahr. ♦ HR Anh D. SIL QS/12. *PMe* 126. ◊ *Pl.* ***coranári***. Das Sonnenjahr der Elben.

coranári [koran'a:ri], *Pl.* von ***coranar***.

corco [k'orko], *N.* Krähe. ♦ *Ety* (KORKA [siehe **KARKA]).

corin [k'orin], *N.* Kreis, kreisförmige Umfriedung. ♦ *Ety* (KOR).

corma [k'orma], *N.* Ring. ♦ HR VI/4. ◇ In ***cormacolindo.***

cormacolindo [kormakol'indo], *N.* Ringträger. ♦ HR VI/4. BRIEFE Nr. 230. ◇ Nur *Pl.* ***cormacolindor*** belegt.

Cormare [k'ormare], *N.* ›Ringtag‹. ♦ HR Anh D. ◇ Fest im Vierten Zeitalter zu Ehren von Frodo, abgehalten in jedem Schaltjahr am Tag nach dem 30. Yavanniё.

corna [k'orna], *Adj.* rund, kugelig. ♦ *Ety* (KOR).

Corollaire [koroll'aire], siehe ***Coron Oiolaire.***

coromindo [korom'indo], *N.* Kuppel. ♦ *Ety* (KOR).

coron [k'oron], *N.* Kugel, Ball; (runder) Hügel; Anhöhe. ♦ *Ety* (KOR). SIL Anh. ◇ Stamm ***corn-***.

Coron Oiolaire [k'oron oiol'aire], *N.* ›Hügel des Immersommers‹. ♦ SIL QS/1; Reg *(Corollaire)*, Anh *(coron)*. *WJ* 401. *WJ* 401. ◇ Hügel in Aman, wo die Zwei Bäume wuchsen. Auch zusammengezogen zu ***Corollaire***; die Übers. »Grüne Anhöhe« bezieht sich auf den anderen Namen ***Ezellohar*** (s. d.).

costa- [k'osta], *V.* streiten. ♦ *Ety* (KOT [KOTH]).

cotumo [k'otumo], *N.* Feind. ♦ *Ety* (KOT [KOTH]).

cotya [k'otja], *Adj.* feindlich. ♦ *Ety* (KOT [KOTH]).

cú [k'u:], *N.* Bogen. ♦ *Ety* (KU3).

cu [k'u], ***cua*** [k'ua], *N.* Taube. ♦ *Ety* (KÛ).

cuile [k'uile], *N.* Leben, Lebendigsein. ♦ *Ety* (KUY).

cuina [k'uina], *Adj.* lebendig. ♦ *Ety* (KUY).

cuive [k'uive], *N.* Erwachen. ♦ *Ety* (KUY).

cuivea [k'uivea], *Adj.* erwachend. ♦ *Ety* (KUY).

cuiviё [k'uivie], *N.* Erwachen; Leben. ♦ *Ety* (KUY). SIL Anh *(cuiviё)*. *VT* 42:8.

cuiviё-lancasse [k'uivie-lank'asse], *N.* plötzliches Ende. ♦ *VT* 42:8.

Cuiviénen [kuivi'e:nen], *N.* ›Wasser des Erwachens‹. ♦ SIL QS/3; Reg, Anh *(cuivie, nen)*. NAM 2/IV. *Ety* (KUY) ◇ Ort, an dem die Elben erwachten.

culda [k'ulda], ***culina*** [k'ulina], *Adj.* feuerfarben, goldrot. ♦ *Ety* (KUL).

cullo [k'ullo], *Adj.* rotgold (altertümlich). ♦ *Ety* (KUL).

culuina [kul'uina], *Adj.* orange. ♦ *Ety* (KUL).

culuma [k'uluma], *N.* Orange. ♦ *Ety* (KUL).

culumalda [kulum'alda], *N.* ›Orangenbaum‹. ♦ SIL Anh *(mal-)*.

Culúriën [kul'u:rien], *N.* ›der Goldrot-Bekränzte‹. ♦ SIL QS/1; Anh *(cul-)*. *LR* 365. ◊ Ein Name für Laurelin.

cúma [k'u:ma], *N.* Höhlung, Leere. ♦ *Ety* (KUM [GAS]). ◊ Siehe auch ***Avacúma***.

cumbe [k'umbe], *N.* Erdhügel, Haufen. ♦ *Ety* (KUB).

cumna [k'umna], *Adj.* leer. ♦ *Ety* (KUM).

cúna [k'u:na] (kúna), *Adj.* krumm, gebogen. ♦ U&K 240.

cúna- [k'u:na] (kúna-), *V.* sich beugen. ♦ U&K 239–40. ◊ In der Form ***acúna*** (siehe ***a-***).

cundu [k'undu], *N.* Prinz, Fürst. ♦ *Ety* (KUNDÛ).

curu [k'uru], ***curwe*** [k'urwe], ***curve*** [k'urve], *N.* Geschick, Handfertigkeit. ♦ SIL Anh. *Ety* (KUR). *PMe* 344, 360.

Curufinwe [kuruf'inwe], *N.* ›Geschickter Finwe‹. ♦ SIL QS/6; Reg *(Feanor)*, Anh *(curu)*. *PMe* 343, 352. ◊ Kurzname ***Curvo***. Ein Name von Feanor. Auch der Ursprung des ÑS.-Namens ***Curufin***; Feanor nannte seinen Lieblingssohn nach sich selbst.

Curumo [k'urumo], *N.* ›der Schlaue‹. ♦ NAM 4/II. ◊ Qu.-Name von Saruman.

Curvo [k'urvo], *N.* Siehe ***Curufinwe***.

curwe, ***curve***, siehe ***curu***.

cyerme [kj'erme], *N.* Gebet. ♦ NAM 2/I. ◊ In ***Erukyerme***; evtl. ***cerme*** im späten Qu.

E

e ['e], *Adv.* wahrlich (?). ♦ *LR* 63. ◊ Im Satz ***e man antaváro?***, ›was wird er wahrlich geben?‹ Bedeutung unklar.

Ea ['ea], *N.* Schöpfung, Welt, Universum. ♦ HR I/11; Anh A. SIL Ain; Reg. BRIEFE Nr. 212 Anm. NAM 2/II. *WJ* 402.

ea ['ea], *V.* (er/sie/es) ist, existiert. ♦ SIL Reg *(Ea)*. NAM 3/II. BRIEFE Nr. 212 Anm. ◇ Imp. ***ea!*** ›es sei!‹. In einem absoluteren Sinn als die Kopula ***ná***.

eala ['eala], *N.* Wesen, Geist. ♦ *MR* 165. ◇ *Pl.* ***ealar***. Verwendet für Wesen, deren natürlicher Zustand es ist, ohne Körper zu existieren, z. B. Balrogs.

ealar ['ealar], *Pl.* von ***eala***.

Eambar [e'ambar], *N.* ›Meerwohnung‹. ♦ NAM 2/II; Reg. ◇ Schiffsname.

ear ['ear], ***eare*** ['eare], ***-aire*** ['aire], *N.* Meer, Ozean. ♦ SIL Anh. BRIEFE Nr. 297. *LR* 47, 72. *Ety* (AYAR/AIR). *WJ* 413. ◇ *Pl.* ***eari***.

Ear ['ear], *N.* ›das Große Meer‹. ♦ HR VI/5.

Earendil [ear'endil], *N.* ›Meeresfreund‹. ♦ HR II/1; Anh A. SIL QS/12; Reg, Anh *(ear, -(n)dil)*. NAM 1/I Anm. BRIEFE Nr. 131, 297. ◇ Eigenname.

earendur [ear'endur], *N.* Diener des Meeres, Seemann. ♦ BRIEFE Nr. 297 Anm.

Earendur [ear'endur], *N.* ›Meeresdiener‹. ♦ HR Anh A. SIL Anh *(-(n)dur)*. NAM 2/II, 2/III. ◇ Eigenname.

Earenya [ear'enja], *N.* ›Meerestag‹. ♦ HR Anh D. ◇ Eig. *Adj.* zu ***ear***. ◇ Der sechste Tag der Woche, von den Númenórern eingefügt.

eari ['eari], *Pl.* von ***ear***.

Earnil [e'arnil], *N.* ›Meerfreund‹. ♦ HR Anh A. SIL Anh *(-(n)dil)*. NAM 2/IV. *PMe* 197. ◇ Kurzform von ***Earendil***.

Earnur [e'arnur], *N.* ›Meerdiener‹. ♦ HR Anh A. SIL RM; Anh *(-(n)dur)*. NAM 3/II. *PMe* 201–2. ◇ Kurzform von ***Earendur***.

Earráme [earr'a:me], *N.* ›Meerschwinge‹. ♦ SIL QS/23; Anh *(ear)*. *Ety* (AYAR/AIR, RAM). ◇ Schiffsname.

earuile [ear'uile], *N.* Tang, Seegras. ♦ *Ety* (UY).

Earwen [e'arwen], *N.* ›Meer-Maid‹. ♦ SIL QS/5; Anh *(wen).* NAM 2/IV. ◇ Eigenname.

Eccaia [ekk'aia] (Ekkaia), *N.* ›Außenmeer‹. ♦ SIL QS/1. ◇ Das äußere Meer, das Arda umgab.

eccaira [ekk'aira], *Adj.* fern, entfernt, entlegen. ♦ *Ety* (KHAYA).

ecco ['ekko], ***ehte*** ['eçte], *N.* Speer. ♦ *Ety* (EK/EKTE).

ecet ['eket], *N.* Kurzschwert. ♦ NAM 3/I. ◇ Kurzes zweischneidiges Schwert mit breiter Klinge.

ehtari ['eçtari], *N.* siehe ***ehtyar.*** ♦ *Ety* (EK/EKTE).

ehte, siehe ***ecco.***

ehtele ['eçtele], *N.* Austritt des Wassers, Quelle. ♦ SIL Anh *(kel-).* *Ety* (ET, KEL).

ehtyar ['eçtjar], *N.* Speerträger. ♦ *Ety* (EK/EKTE). ◇ *Pl.* ***ehtari.***

Ekkaia, siehe ***Eccaia***.

él ['e:l], *N.* Stern. ♦ SIL Anh *(êl/elen).* *Ety* (EL). *WJ* 362. ◇ *Pl.* ***éli***. Poetisches Wort. Nach der Legende war ***ele!*** ein primitiver Ausruf »Siehe!«, den die Elben taten, als sie erstmals die Sterne sahen.

ela ['ela], *Imp. Interj.* siehe! ♦ *WJ* 362. ◇ Den Blick zu einem tatsächlich sichtbaren Objekt lenkend.

Elatan ['elatan], *N.* ›Sternmensch/Elbenmensch‹. ♦ NAM 2/II. ◇ Eigenname.

elda ['elda], *Adj.* von den Sternen. ♦ SIL Anh *(êl/elen).*

Elda, siehe ***Eldar***.

Eldacan ['eldakan], *N.* ›Elbenmut‹. ♦ *Ety* (KAN). ◇ Eigenname.

Eldacar ['eldakar], *N.* ›Elbenhaupt‹ (?). ♦ HR Anh A. *PMe* 192. ◇ Eigenname.

Elda-lambe [eldal'ambe], *N.* ›Elben-Sprache‹, Sprache der Eldar. ♦ *WJ* 368.

Eldalië [eld'alie], *N.* ›Elbenvolk‹. ♦ SIL Ain; Reg. *Ety* (ÊLED). *WJ* 374. ◇ Oft verwendet bezogen auf das ganze Volk von Elben, wenngleich es eigentlich die Avari nicht einschließt.

Eldalonde [eldal'onde], *N.* ›Elbenhafen‹. ♦ NAM 2/I. ◇ Hafen an der Westküste von Númenor.

Eldamar ['eldamar], *N.* ›Elbenheim›. ♦ HR II/1; Anh F. *RGEO* 70. SIL QS/5; Reg, Anh *(bar)*. *Ety* (ÊLED). ◇ Land der Elben in Aman. Nach *MR* 176 ein anderer Name von Tirion.

Eldameldor [eldam'eldor], *Sg.* ***Eldameldo*** [eldam'eldo], *N.* ›Elben-Liebende‹. ♦ *WJ* 412. ◇ Siehe ***Elendili***.

Eldandili [eld'andili], *Sg.* ***Eldandil*** [eld'andil], *N.* ›Elben-freunde‹. ♦ *WJ* 410, 412. ◇ Siehe ***Elendili***.

Eldanna [eld'anna], *N.* ›Elbenwärts‹. ♦ NAM 2/I. ◇ Bucht an der Westküste von Númenor.

Eldanor ['eldanor], *N.* ›Elbenland‹. ♦ *MR* 176. ◇ Bereich von Valinor, wo die Elben wohnten und die Sterne gesehen werden konnten.

Eldar ['eldar], *Sg.* ***Elda*** ['elda] *N.* ›Volk der Sterne‹, Elben. ♦ HR II/1, A, B; Anh F. *RGEO* 68. SIL QS/3; Reg, Anh *(êl/elen)*. NAM 1/I. *LR* 72. *Ety* (ELED, ÊLED). *WJ* 362, 368–9, 407. *PMe* 395, 402. ◇ Das Wort ***Eldar*** bezieht sich eigentlich nur auf die Nicht-Avari-Elben, wird aber auch angewendet auf die Elben im Allgemeinen.

Eldarin ['eldarin], *Adj.* ›zu den Eldar gehörig‹. *N. Ling.* ›Elbisch‹. ♦ *Ety* (ÊLED). SIL Reg. ◇ Im Allgemeinen bezogen auf die Sprache Quenya.

Eldarion [eld'arion], *N.* ›Elben-Sohn‹. ♦ HR Anh A. ◇ Eigenname.

eldi ['eldi], siehe ***elen***.

Eldo ['eldo], *N. arch.* ›einer der geht‹, Elbe. ♦ *WJ* 362, 374. ◇ Bezogen auf die Elben von Cuiviénen, die Orome nach Valinor folgten; im späten Qu. ungebräuchlich.

Elemmacil [el'emmakil], *N.* ›Sternenschwert‹. ♦ NAM 1/I. ◇ Eigenname.

Elemmíre [elemm'i:re], *N.* ›Sternenjuwel‹. ♦ SIL QS/3; Anh *(mîr)*. *MR* 435. ◇ Name eines Sterns, gleichgesetzt mit Merkur.

elen ['elen], *N. poet.* Stern. ♦ HR II/8, IV/9. *RGEO* 66–68. SIL Anh *(êl/elen)*. BRIEFE Nr. 297. *Ety* (EL). *WJ* 362. ◇ *Pl.* ***eleni,*** poet. auch ***eldi***; *Gen. Pl.* ***elenion*** in dem Ausdruck ***elenion***

ancalima ›hellster der Sterne‹. In Zusammensetzungen oft vermengt mit ***Elda*** ›Elbe‹.

elena ['elena], *Adj.* von den Sternen. ♦ SIL Anh *(êl/elen).*

Elenarda [elen'arda], *N.* ›Sternenreich‹. ♦ *Ety* (3AR). ◇ Der obere Himmel.

Elende [el'ende], *N.* ›Sternmitte/Elbenmitte‹. ♦ SIL QS/5. *Ety* (ELED). *MR* 176. ◇ Bereich von Valinor, wo die Elben wohnten und die Sterne gesehen werden konnten.

elendil [el'endil], ***Elendil*** (auch Tar-~), *N.* ›Sternenfreund/ Elbenfreund‹. ♦ HR Anh A. SIL Ak; Reg, Anh *(-(n)dil).* NAM 2/I Anm, 3/II. BRIEFE Nr. 297 Anm. *Ety* (NIL/NDIL). *WJ* 410. ◇ Auf die Edain angewandt, erhielt es die Bedeutung ›Elbenfreund‹; siehe ***elen***. Auch Eigenname.

Elendili [el'endili], *Sg.* ***Elendil*** [el'endil], *N.* ›Elbenfreunde‹. ♦ SIL QS/19; Reg. ◇ Name für die Númenórer, die nicht mit den Eldar brachen; auch die Getreuen genannt.

Elendilmir [elend'ilmir], *N.* ›Elendil-Stern‹. ♦ NAM 3/I. ◇ Name eines Juwels.

Elendur [el'endur], *N.* ›Sternendiener/Elbendiener‹. ♦ HR Anh A. SIL RM. NAM 3/I. ◇ Eigenname.

Elenna [el'enna], *N.* ›Sternwärts, dem Stern nach‹. ♦ HR Anh A. SIL Ak; Reg. ◇ *All.* von ***elen***. Siehe ***Elenna-nóre***.

Elenna-nóre [el'ennan'o:re], *N.* ›Sternwärts-Land, das Land, sternenwärts genannt‹. ♦ HR II/8. *RGEO* 64, 77. SIL QS/3. NAM 3/II; Reg. ◇ Ein Name von Númenor, auch in der verkürzten Form ***Elenna***.

Elentári [elent'ari], *N.* ›Sternenkönigin‹. ♦ HR II/8. *RGEO* 66–7, 74. SIL QS/3; Reg, Anh *(tar-). Ety* (EL). ◇ Titel der Valië Varda.

Elentirmo [elent'irmo], *N.* ›Sternenwächter‹. ♦ NAM 2/I. ◇ Eigenname.

Elenwe [el'enwe], *N.* ›Stern-Person‹. ♦ SIL QS/9. NAM 1/I Anm. ◇ Eigenname.

Elenya [el'enja], *N.* ›der Sternige‹. ♦ HR Anh D. ◇ Name des ersten Tages der elbischen Sechs-Tage-Woche, den Sternen gewidmet.

elenya [el'enya], *Adj.* sternig, gestirnt. ♦ *WJ* 362. ◇ Nur bezogen auf Sterne.

Elerosse [eler'osse], *N.* ›Sterngischt‹. ♦ *PMe* 348. ◇ Eigenname. S. Elros.

Elerína [eler'i:na], ***Elerrína*** [elerr'i:na], *N.* ›der Sterngekrönte‹. ♦ SIL QS/1; Reg. *Ety* (EL [RIG]). ◇ Ein Name des Taniquetil.

Elessar [el'essar], *N.* ›Sternstein/Elbenstein‹. ♦ HR II/8. NAM 2/IV. ◇ Königsname.

Elesser [el'esser], *N.* ›Sternfreund/Elbenfreund‹. ♦ *Ety* (SER). ◇ Eigenname.

Elestirne [elest'irne] (Tar-~), *N.* ›Herrin mit der Sternenstirn‹. ♦ NAM 2/II. ◇ Königsname.

Ellaire [ell'aire], *N.* ›Erster Sommer(monat)‹. ♦ *PMe* 135. ◇ Alternativer Name für ***Nárië***.

Elmo ['elmo], *N.* ›Stern-Täter‹. ♦ NAM 2/IV. ◇ Elbenname der ersten Generation, schwer zu deuten.

elvea ['elvea], *N.* sternengleich. ♦ U&K 238, 240. ◇ *Pl.* ***elvië***.

Elwe ['elwe], *N.* ›Stern-Person‹. ♦ HR I/11, A; Anh F. SIL QS/3. *Ety* (3EL [WEG]). NAM 2/IV. *WJ* 369. *PMe* 340. ◇ Elbenname der ersten Generation, schwer zu deuten.

elye ['elje], *Pron.* (sogar) Ihr. ♦ HR II/8. *RGEO* 66–7.

Emerië [em'e:rie], *N.* ›Hüteland‹ (?). ♦ NAM 2/I. ◇ Land in Númenor.

en- ['en], *Präf.* wieder, neu. ♦ HR II/8. *RGEO* 66–7. NAM 3/II. *MR* 405.

en ['en], *Interj.* dort, siehe dort! ♦ *LR* 72. *Ety* (EN, YA). ◇ Räumlich und zeitlich, im letzteren Fall auf die Zukunft gerichtet. Verm. assimilierte Form ***es*** in dem Ausdruck ***es sorni heruion an!***, ›die Adler der Herren nahen!‹ (*SD* 290).

enda ['enda], *N.* Herz, Zentrum, Inneres (im spirituellen Sinne). ♦ *VT* 39:32.

Endamar ['endamar], *N.* Mittelerde. ♦ *Ety* (EN, MBAR, NDOR).

ende ['ende], ***ened*** ['ened], *N.* Mitte, Zentrum. ♦ SIL Anh *(dôr)*. *Ety* (EN, NÊD).

endea ['endea], *Adj.* mittel, in ***atendea***.

enderi ['enderi], *N.* Mitteltage. ♦ HR Anh D. ◇ *Sg.* ****endere*** nicht belegt. Drei (in Schaltjahren sechs) zwischen den »Jahreszeiten« ***yávië*** und ***quelle*** eingefügte Tage im Kalender von Imladris.

Endero ['endero], *N.* ›Mann‹. ♦ *Ety* (NDER, TULUK). ◇ Beiname des Vala Tulkas.

Endiën ['endien], *N.* ›Mittjahr‹. ♦ *Ety* (LEP/LEPEN/LEPEK, YEN [ÊNED]). ◇ Woche in der Mitte des Valianischen Jahres, außerhalb der Monatszählung, den Zwei Bäumen gewidmet.

endiën ['endien], *N.* Mittjahr. ♦ *PMe* 135. ◇ Alternativer Name für ***quelle***.

Endor ['endor], ***Endóre*** [end'o:re], *N.* ›Landmitte‹; ›Mittelland‹, Mittelerde. ♦ HR Anh E. SIL QS/9; Reg, Anh *(dôr)*. BRIEFE Nr. 168. *SMe* 249. *Ety* (EN, NDOR). ◇ *All.* ***Endorenna*** ›nach Mittelerde‹ in HR VI/5. Auch im Sinne des geografischen Mittelpunkts der Welt.

endya ['endja], ***enya*** ['enja], *Adj.* mittel, mittig. ♦ *Ety* (ÊNED).

ened, siehe ***ende***.

enga ['eŋga], *Präp.* außer. ♦ *LR* 72.

engwa ['eŋgwa], *Adj.* kränklich. ♦ *Ety* (GENG-WA).

Engwar ['eŋgwar], *N. Pl.* ›die Kränklichen‹. ♦ SIL QS/12; Reg. ◇ *Sg.* nicht belegt. Elbischer Name für die sterblichen Menschen.

engwe ['eŋgwe], *N.* Ding. ♦ *VT* 39:7.

enquantuva [eŋkw'antuva], *V.* wird wiederfüllen. ♦ HR II/8. RGEO 66–7. ◇ Siehe ***en-***, ***quat-***.

enque ['eŋkwe], *Num.* sechs. ♦ *Ety* (ÊNEK).

enquea ['enkwea], *Num. Adj.* sechst(er, e, es). ♦ *VT* 42:25.

enquië ['eŋkwie], *N.* ›Woche‹. ♦ HR Anh D. ◇ *Pl.* ***enquiër***. Elbische Sechs-Tage-Woche.

enta ['enta], *Pron.* jenseits, dort drüben, auf der anderen Seite. ♦ *Ety* (EN).

Entar ['entar], ***Entarda*** [ent'arda], *N.* ›Jenseits-Lande‹. ♦ *Ety* (EN).

Entulesse [entul'esse], *N.* ›Wiederkehr‹. ♦ NAM 2/I; Reg. ◇ Schiffsname.

envinyanta [env'inyanta], *Adj.* erneuert, geheilt. ♦ *MR* 405. ◇ ***Arda Envinyanta*** ›die Neue Welt‹ (am Ende der Zeiten).

Envinyatar [env'injatar], *N.* ›der Erneuerer‹. ♦ HR V/8. ◇ Beiname.

enwina ['enwina], *Adj.* alt. ♦ U&K 239.

enya, siehe ***endya***.

enyalië [enj'alie], *N.* Erinnern, Gedenken. ♦ NAM 3/II. ◇ *Dat.* ***enyaliën*** ›zum Gedenken‹.

enyáre [enj'a:re], *Adv.* an jenem Tag. ♦ *LR* 72. ◇ Auf die Zukunft bezogen.

Eónwe [e'o:nwe], *N.* ›Eónwe‹. ♦ SIL Val. NAM 4/II. *WJ* 417. ◇ Name eines Maia, entlehnt aus dem Valarin.

epe ['epe], *Präp.* vor, bis. ♦ *VT* 42:32.

epesse [ep'esse], *N.* Beiname. ♦ NAM 2/IV Anh. *PMe* 339. ◇ Meist verliehen als ein Titel der Bewunderung oder Ehre.

eque ['ekwe], *V.* sagt, sagte. ♦ *WJ* 392, 415. ◇ Mit Affixen ***equen*** ›sagte ich‹, ***eques*** ›sagte er/sie‹. Ein zeitloses defektives Verb, verwendet, um Zitate oder eine dass-Konstruktion einzuleiten.

eques ['ekwes], *N.* Spruch, Diktum, Zitat von jemandes Worten, Sprichwort oder Redensart. ♦ *WJ* 392, 398. ◇ *Pl.* ***equessi***. ***I Equessi Rúmilo*** ›die Worte Rúmils‹.

er ['er], *Adj.* einzig, allein. ♦ *Ety* (ERE).

erca ['erka], *N.* Stachelrücken. ♦ *Ety* (ERÊK).

erca- ['erka], *V.* stechen. ♦ *Ety* (ERÊK).

ercasse [erk'asse], *N.* Stechginster. ♦ *Ety* (ERÊK).

Ercoire [erk'oire], *N.* ›Erster Regung(smonat)‹. ♦ *PMe* 135. ◇ Alternativer Name für ***Nendesse*** bzw. ***Nénime***.

erde[1] ['erde], *N.* Einheit, Person. ♦ *MR* 216. ◇ Die Person als Ganzes.

erde[2] ['erde], *N.* Saat. ♦ *Ety* (ERÊD).

Erendis [er'endis], *N.* ›Einsame Frau‹. ♦ NAM 2/II. ◊ Eigenname.

eresse [er'esse], *N.* Einsamkeit. ♦ *Ety* (ERE).

eressea [er'essea], *Adj.* einsam. ♦ *Ety* (ERE). SIL Reg.

Eressea [er'essea], siehe ***Tol Eressea.***

erinqua [er'iŋkwa], *Adj.* einzeln, allein. ♦ *VT* 42:10.

erma ['erma], *N.* Materie. ♦ *MR* 338, 470.

Erquelle [erkw'elle], *N.* ›Erster Herbst(monat)‹. ♦ *PMe* 135. ◊ Alternativer Name für ***Yavanniё.***

Erríve [err'i:ve], *N.* ›Erster Winter(monat)‹. ♦ *PMe* 135. ◊ Alternativer Name für ***Hísime.***

Ertuile [ert'uile], *N.* ›Erster Frühling(smonat)‹. ♦ *PMe* 135. ◊ Alternativer Name für ***Víresse.***

Eru ['eru], *N.* ›der Eine, Er, welcher einzig da ist‹, Gott. ♦ SIL Ain; Reg, Anh *(er).* NAM 2/I. *LB* 354. *MR* 329. *WJ* 402. ◊ *Gen.* ***Eruo.*** Ein Name vorbehalten für die feierlichsten Anlässe; von seinen Geschöpfen meist ***Ilúvatar*** (s. d.) genannt.

Eruanna [eru'anna], *N.* ›Geschenk Erus‹, Gnade. ♦ *VT* 43:28.

Eruhantale [eruh'antale], *N.* ›Danksagung an Eru‹. ♦ NAM 2/I; Reg. ◊ Númenorisches Fest.

Eruhíni [eruh'i:ni], *Sg.* ***Eruhin*** ['eruhin] *N.* Kinder Erus. ♦ *WJ* 403. SIL Anh *(híni).* ◊ Elben und Menschen.

Erukyerme [erukj'erme], *N.* ›Gebet an Eru‹. ♦ NAM 2/I; Reg. ◊ Númenorisches Fest.

Erulaitale [erul'aitale], *N.* ›Lob Erus‹.♦ NAM 2/I; Reg. ◊ Númenorisches Fest.

Erulisse [erul'isse], *N.* ›Süße Erus‹, Gnade. ♦ *VT* 43:28. ◊ Wurzel LISI ›Süße‹.

Eruman ['eruman], *N.* ›Erus Stätte‹, Himmel (als Wohnstatt Gottes). ♦ *VT* 43:16. ◊ Evtl. nicht gültig im Kontext von Arda.

erume ['erume], *N.* Wüste. ♦ *Ety* (ERE).

Erusén ['eruse:n], *N.* ›Kinder Erus‹. ♦ *RGEO* 74. ◊ Eine ungewöhnliche Form ohne Pl.-Endung. Die normale Form scheint ***Eruhíni*** zu sein. Übers. »Kinder Gottes«.

Eruva ['eruva], *Adj.* göttlich. ♦ *VT* 44:18.

erya ['erja], *Adj.* einzeln, allein. ♦ *Ety* (ERE).

es ['es], siehe ***en***.

esse[1] ['esse], *N.* Name. *Ling.* Späterer Name von Tengwa 31, ursprüngl. ***áre*** (< VQu. ***áze***) genannt. ♦ *Ety* (ES). HR Anh E. *PMe* 339. *MR* 470. ◊ *Pl.* ***essi***.

esse[2] ['esse], *N.* Anfang. ♦ *Ety* (ESE/ESET).

essea ['essea], *Adj.* erst-, vordringlich, primär. ♦ *Ety* (ESE/ESET).

Essecarme [essek'arme], *N.* ›Namen-Schöpfung‹. ♦ *MR* 214, 470. ◊ Eldar-Zeremonie, in der der Vater den Namen seines Kindes verkündet.

Essecenta [essek'enta], *N.* ›Namen-Untersuchung‹. ♦ *MR* 415. ◊ Siehe ***centa***.

Essecilme [essek'ilme], *N.* ›Namen-Wahl‹. ♦ *MR* 214, 471. ◊ Eldar-Zeremonie, in der ein Kind sich selbst nach ***lámatyáve*** (s. d.) benennt.

esse nuquerna ['esse nukw'erna], *N. Ling.* Späterer Name von Tengwa 32. ♦ HR Anh E. ◊ Siehe auch ***áre nuquerna***.

esta ['esta], *Adj.* erst(er, e, es). ♦ *Ety* (ESE/ESET).

esta- [esta], *V.* benennen. ♦ *Ety* (ES).

estanesse [estan'esse], *N.* Erstgeborener. ♦ *Ety* (ESE/ESET).

Este ['este], *N.* ›Ruhe‹. ♦ SIL Val; Reg. *Ety* (EZDE, SED). *WJ* 403–4. ◊ Nur als Name einer Valië.

estel ['estel], *N.* Hoffnung. ♦ *WJ* 318. *MR* 320.

Estelmo [est'elmo], *N.* ›Hoffnung-Macher‹. ♦ NAM 3/I. ◊ Eigenname.

et ['et], *Präp.* aus, heraus. ♦ NAM 3/II. ◊ Mit Abl.

et- [et], *Präf.* aus, heraus. ♦ *Ety* (ET).

etelehta- [etel'eçta], *V.* befreien, erlösen. ♦ *VT* 43:23.

eteminya [etem'inja], *Adj.* hervorstechend. ♦ *VT* 42:24.

eterúna- [eter'u:na], ***etrúna-*** [etr'u:na], *V.* befreien, erlösen. ♦ *VT* 43:23.

etsir ['etsir], *N.* Flussmündung. ♦ *Ety* (ET).

ette ['ette], *Adv.* außerhalb. ♦ *Ety* (ET).

ettele ['ettele], *N.* Außenlande. ♦ *Ety* (ET).

ettelen ['ettelen], *Adj.* ausländisch, fremd. ♦ *Ety* (ET).

Etyangoldi [etyaŋ'oldi], *N. Pl.* Exil-Noldor. ♦ *WJ* 374. ◇ Sg. nicht belegt.

Ezellohar [ez'ellohar], *N.* ›der Grüne Hügel‹. ♦ SIL QS/1. *WJ* 399, 401. ◇ Hügel in Aman, wo die Zwei Bäume wuchsen; entlehnt aus dem Valarin. Siehe auch ***Coron Oiolaire, Corollaire***.

F

faica [f'aika], *Adj.* verachtenswert, gemein. ♦ *Ety* (SPAY).

faila [f'aila], *Adj.* gerecht, großzügig. ♦ *PMe* 352.

faina- [f'aina], *V.* Licht aussenden, strahlen. ♦ *Ety* (PHAY).

faire[1] [f'aire], *N.* Leuchten, Strahlen. ♦ *Ety* (PHAY).

faire[2] [f'aire], *N.* Tod. ♦ *Ety* (PHIR). ◇ Natürlicher Tod, als Akt.

faire[3] [f'aire], *N.* Phantom, Geist. ♦ U&K 238–9. MR 349. ◇ *Pl.* ***fairi***. Körperloser Geist (***fea***), sichtbar als eine blasse Erscheinung.

Falanyel [fal'anyel], *N.* ›Ufer-Sänger‹. ♦ *Ety* (PHAL/PHÂLAS, NYEL). ◇ *Pl.* ***Falanyeldi***. Die Teleri.

falasse [fal'asse], *N.* Küste, Brandungsstreifen, Strand. ♦ *Ety* (PHAL/PHÂLAS). SIL Anh *(falas)*.

Falassion [fal'assion] (Tar-~), *N.* ›Küsten-Sohn‹. ♦ NAM 2/III. ◇ Königsname.

falasta- [f'alasta], *V.* schäumen (vom Meer). ♦ U&K 238, 240. ◇ *Part. Akt.* ***falastala*** ›schäumend, gischtend‹.

Falastur [fal'astur], *N.* ›Beherrscher der Küste‹. ♦ HR Anh A. *PMe* 197. NAM 4/II Anm; Reg. ◇ Eigenname.

falle [f'alle], *N.* Meerschaum. ♦ *Ety* (PHAL/PHÂLAS).

falma [f'alma], *N.* (schaumgekrönte) Welle. ♦ HR II/8. *RGEO*

66–8. SIL Anh *(falas)*. *Ety* (PHAL/PHÂLAS). ◇ *Koll. Pl.* ***falmalinnar***.

falmar [f'almar], ***falmarin*** [f'almarin], *N.* Wassernymphe. ♦ *Ety* (PHAL/PHÂLAS). ◇ *Pl.* ***falmarindi*** oder ***falmarini***.

Falmari [f'almari], *N.* ›Wellenvolk‹. ♦ SIL QS/3; Anh *(falas)*. *PMe* 386. ◇ Die Teleri, die aus Mittelerde in den Westen zogen.

fána[1] [f'a:na], ***fáne*** [f'a:ne], *Adj.* weiß. ♦ U&K 238–9. *Ety* (SPAN).

fána[2], siehe ***fanya***.

fana [f'ana], *N.* Schleier, Hülle, Gewand. ♦ HR II/8. *RGEO* 66–7, 74. ◇ Gestalt, in der die Valar sich physischen Augen zeigten.

fanga [f'aŋga], *N.* Bart. ♦ *Ety* (SPÂNAG).

fanta- [f'anta], *V.* verschleiern, verhüllen, mit einem Mantel bedecken. ♦ *VT* 43:22.

Fantur [f'antur], *N.* ›Meister der Schleier‹. ♦ *Ety* (SPAN, TUR). ◇ Beiname des Mandos.

fanya [f'anja], ***fána*** [f'a:na], *N.* (weiße) Wolke. ♦ HR II/8. *RGEO* 66–7, 74. *LR* 72. *Ety* (SPAN).

Fanyamar [f'anjamar], *N.* ›Wolkenheim‹. ♦ *Ety* (SPAN). ◇ Obere Luftzone.

fanyare [f'anjare], *N.* Himmel. ♦ U&K 239–40. ◇ Die oberen Lüfte und Wolken, übers. »die Himmel«, wie in ***nu fanyare rúcina*** ›unter den wirren Himmeln‹.

fáre [f'a:re], *N.* Genüge, Fülle. ♦ *Ety* (PHAR). ◇ Alles, was man will oder braucht, im positiven Sinne.

fárea [f'a:rea], *Adj.* genug, hinreichend. ♦ *Ety* (PHAR). *LR* 72. ◇ Gegensatz ***ufárea***.

farya- [f'arja], *V.* genügen, hinreichen. ♦ *Ety* (PHAR). ◇ *Prät.* ***farne***.

fasse [f'asse], *N.* (wirres, verfilztes) Haar. ♦ *Ety* (PHAS).

fasta [f'asta], *N.* Gestrüpp, Wirrwarr. ♦ *Ety* (PHAS).

fauca [f'auka], *Adj.* mit offenem Mund, durstig. ♦ *Ety* (PHAU).

fea [f'ea], *N.* Geist, Seele. ♦ SIL Anh. *Ety* ([PHAY]). *MR* 363. *WJ* 405. ◇ *Pl.* ***fear***. Die Inkarnierten leben in einer notwendigen Verbindung von ***hroa*** (Körper) und ***fea*** (Geist).

feafelme [feaf'elme], *N.* Geist-Antrieb. ♦ *VT* 41:19. ◇ Geistiger Impuls.

fealóce [feal'o:ke], *N.* Funkendrache. ♦ *Ety* (LOK).

Feanáro [fean'a:ro], *N.* ›Feuergeist‹. ♦ SIL Reg *(Feanor)*, Anh *(fea, nar)*. *Ety* (PHAY). ◇ Eigenname. ÑS. *Feanor.*

Feanturi [feant'uri], *N.* ›Herren der Geister‹. ♦ SIL Val; Reg, Anh *(fea, tur)*. NAM 4/II. ◇ Bezeichnung für die beiden Valar Mandos und Lóriën.

felme [f'elme], *N.* Antrieb, Gefühl. ♦ *VT* 41:19.

felya [f'elja], *N.* Höhle. ♦ *Ety* (PHÊLEG).

fenda [f'enda], *N.* Schwelle. ♦ *Ety* (PHEN).

feren [f'eren], ***ferne*** [f'erne], *N.* Buche. ♦ *Ety* (BERÊTH, PHER/PHÊREN). ◇ *Pl.* ***ferni.***

ferinya [fer'inja], *Adj.* buchen, aus Buche. ♦ *Ety* (PHER/PHPREN).

ferna [f'erna], *N.* Mast, Bucheckern. ♦ *Ety* (PHER/PHÊREN).

ferne, siehe ***feren***.

feuya- [f'euja], *V.* verabscheuen. ♦ *Ety* (PHEW).

fifiru- [f'ifiru], *V.* langsam entschwinden, verblassen. ♦ U&K 238, 240. ◇ *Part. Akt.* ***fifirula.*** Offensichtlich Iterativum von ***fir-***.

filit [f'ilit], *N.* (kleiner) Vogel. ♦ *Ety* (PHILIK). ◇ *Pl.* ***filici.***

finda [f'inda], *Adj.* mit Haar, behaart. ♦ *PMe* 340.

Findaráto [findar'a:to], *N.* ›Haar-Held‹. ♦ SIL Anh *(ar(a))*. ◇ Eigenname, ÑS. *Finrod.*

finde [f'inde], *N.* Haarlocke, Haarflechte, Haupthaar. ♦ *Ety* (SPIN). *PMe* 340, 345.

Findecáno [findek'a:no], *N.* ›Haar-Befehlshaber‹. ♦ *PMe* 344. ◇ Eigenname. ÑS. *Fingon.*

findesse [find'esse], *N.* Haar, Haarschopf. ♦ *PMe* 345. ◇ Das Haar einer Person als Ganzes.

fine [f'ine], *N.* (einzelnes) Haar. ♦ *Ety* (SPIN). *PMe* 340.

Finwe [f'inwe], *N.* ›Finwe‹. ♦ SIL QS/3. NAM 2/IV. *Ety* (PHIN [WEG]). *PMe* 340–1. ◇ Eigenname mit dem alten Element ***-we***

›Person‹. Der Stamm FIN hat normalerweise mit Haar zu tun, aber der Name ist obskur.

fion [f'ion], *N.* Eile (?). ♦ *Ety* (PHI). ◇ *Pl.* ***fioni, fiondi.*** Bedeutung unklar; vielleicht auch ›Falke‹.

Fionwe [fi'onwe], *N.* ›Eile-Person‹ (?). ♦ *Ety* (PHI [WEG]). ◇ Maia, Herold Manwes.

fir- [f'ir], *V.* sterben, schwinden. ♦ U&K 240.

fire [f'ire], *N.* Sterblicher. ♦ *Ety* (PHIR). ◇ *Pl.* ***firi.***

fíre- [f'i:re], *V.* aushauchen. ♦ *MR* 250, 470. ◇ Augmentloses Perf. ***fírië*** ›hat ausgehaucht‹.

Fíriël [f'i:riel], *N.* ›sie, die aushauchte‹ (im Sinne von seufzen oder sterben). ♦ HR Anh A. ATB 25. *MR* 250. *PMe* 201. ◇ Späterer Name von Míriël; auch Gestalt in einem Lied.

fírima [f'irima], *Adj.* sterblich. ♦ *Ety* (PHIR).

Fírimar [f'i:rimar], *N.* ›Sterbliche‹. ♦ SIL QS/12; Reg. *WJ* 387. ◇ *Sg.* ***Fírima.*** Elbischer Name für die sterblichen Menschen.

firin [f'irin], *Adj.* tot (aus natürlichen Gründen). ♦ *Ety* (PHIR).

Firyanor [f'irjanor], *N.* ›Menschenland‹. ♦ *Ety* (PHIR). ◇ Name für Hildóriën.

Firyar [f'irjar], *N.* ›Sterbliche‹. ♦ *Ety* (PHIR). *WJ* 387. ◇ *Sg.* ***Firya.*** Ein elbischer Name für die sterblichen Menschen.

formaite [form'aite], *Adj.* rechtshändig. ♦ *Ety* (PHOR). ◇ Eig. ›nordhändig‹; auf den Karten von Mittelerde lag Westen oben und Norden somit rechts.

formen [formen], ***Formen*** [f'ormen], *N.* ›Norden‹. *Ling.* Name von Tengwa 10. ♦ HR Anh E. SIL Anh *(formen, men). Ety* (PHOR [MEN]).

Formenos [f'ormenos], *N.* ›Nordfestung‹. ♦ SIL QS/7; Reg, Anh *(formen, os(t)).*

formenya [form'enja], *Adj.* nördlich. ♦ *Ety* (PHOR).

Forostar [for'ostar], *N.* ›Nordlande‹. ♦ NAM 2/I. ◇ Nordteil von Númenor.

forya [f'orja], *Adj.* rechts. ♦ *Ety* (PHOR).

forte [f'orte], Adj. rechts; nördlich. ♦ *Ety* (PHOR).

Fui [f'ui], ***Hui*** [h'ui], *N.* ›die Nacht‹. ♦ *Ety* (PHUY). ◇ Personifikation der Nacht.

fuine [f'uine], ***huine*** [h'uine], *N.* (tiefer) Schatten, Dunkelheit, Düster. ♦ SIL Anh *(fuin). LR* 47, 56. *Ety* (PHUY). ◇ Auch verwendet für ›Schatten‹, gleichbedeutend mit Sauron.

Fuinur [f'uinur], *N.* ›Diener der Nacht‹ (?). ♦ SIL RM; Reg. ◇ Eigenname.

H

Wörter, deren Stamm auf den stimmhaften Reibelaut ***gh-*** (ʒ-) zurückgeht, sowie Wörter auf ***hl-*** und ***hr-*** werden mit dem Tengwa ***halla*** (einem einfachen verlängerten Stamm ohne Bogen) geschrieben.

háca- [h'a:ka], *V.* gähnen, klaffen. ♦ U&K 239. ◇ Nur belegt als *Part.* ***hácala*** ›klaffend‹.

hahta [h'axta], *N.* Haufen, Hügel. ♦ *Ety* (KHAG).

haime [h'aime], *N.* Gewohnheit. ♦ *Ety* (KHIM).

haira [h'aira], *Adj.* fern, entfernt, entlegen. ♦ *Ety* (KHAYA).

haiya [h'aija], *Adj.* fern. ♦ *SD* 247.

hala [h'ala], *N.* (kleiner) Fisch. ♦ *Ety* (SKAL², KHAL¹).

halatir [h'alatir], ***halatirno*** [halat'irno], *N.* ›Fischbeobachter‹. ♦ *Ety* (KHAL¹, SKAL², TIR). ◇ Vogel, entweder Eisvogel oder Reiher.

halda [h'alda], *Adj.* verborgen, verhüllt, mit Schatten umgeben. ♦ *Ety* (SKAL¹).

halla [h'alla], *Adj.* hoch. *Ling.* Name eines Tengwa (aus einem einfachen verlängerten Stamm ohne Bogen). ♦ HR Anh E.

Hallacar [h'allacar], *N.* ›Hoch-Haupt‹. ♦ NAM 2/II Anm. ◇ Eigenname.

Hallatan [h'allatan], *N.* ›Hoch-Mensch‹. ♦ NAM 2/II. ◇ Eigenname.

halya- [h'alja], *V.* verbergen, verhüllen, von Schatten umgeben. ♦ *Ety* (SKAL[1]).

ham-[1] [h'am], *V.* denken, meinen, urteilen. ♦ *VT* 42:33. ◇ *Aor.* ***hamil*** ›Ihr meint‹.

ham-[2] [h'am], *V.* sitzen. ♦ *Ety* (KHAM).

han [h'an], *Präp.* jenseits, über ... hinaus. ♦ *VT* 43:14. ◇ Stamm HAN ›vermehren, erhöhen, ehren (insbesondere durch Geschenk)‹.

handa [h'anda], *Adj.* verständig, intelligent. ♦ *Ety* (KHAN).

handasse [hand'asse], *N.* Verstand, Intelligenz. ♦ *Ety* (KHAN).

hande [h'ande], *N.* Verstehen, Wissen. ♦ *Ety* (KHAN).

handele [h'andele], *N.* Intellekt. ♦ *Ety* (KHAN).

hantale [h'antale], *N.* Danksagung. ♦ NAM 2/I. ◇ In ***Eruhantale***.

hanu [h'anu], *N.* Männchen, Mann. ♦ *Ety* (3AN).

hanuvoite [hanuv'oite], *Adj.* männlich. ♦ *Ety* (INI). Vgl. *QL* 31 *(anuvoite)*.

hanwa [h'anwa], Adj. männlich. ♦ *Ety* (INI).

hanya- [h'anja], *V.* verstehen, begreifen, anwenden können. ♦ *Ety* (KHAN).

har- [h'ar], ***hára-*** [h'a:ra], *V.* sitzen. ♦ NAM 3/II. ◇ *Pl.* ***hárar*** in ***i hárar*** ›die, welche sitzen‹.

haran [h'aran], *N.* Hauptmann, Anführer. ♦ *Ety* (3AR [TA/TA3]). ◇ *Pl.* ***harni.***

haranye [har'anje], *N.* ›Anführerjahr‹. ♦ HR Anh D. ◇ Das letzte Jahr eines Jahrhunderts im númenórischen Kalender.

harma [h'arma], *N.* Schatz, Wertvolles. *Ling.* Name von Tengwa 11, später ***aha*** genannt. ♦ HR Anh E. *Ety* (3AR). ◇ Der Name ***harma*** (< VQu. ****harma***) wird nicht mit dem Tengwa gleichen Namens geschrieben.

Harmen [h'armen], *N.* ›Süden‹. ♦ *Ety* (MEN, vgl. KHYAR). ◇ Nebenform von ***Hyarmen*** (s. d.).

harna [h'arna], verwundet. ♦ *Ety* (SKAR).

harna- [h'arna], *V.* verwunden, zerfetzen. ♦ *Ety* (SKAR).

harwe[1] [h'arwe], *N.* Schatz, Hort. ♦ *Ety* (3AR).

harwe[2] [h'arwe], *N.* Wunde. ♦ *Ety* (SKAR).

harya- [h'arna], *V.* besitzen. ♦ *Ety* (3AR).

haryon [h'arjon], *N.* Erbe. ♦ *Ety* (3AR).

hastaina [h'astaina], Adj. beschädigt, versehrt. ♦ *MR* 254. ◊ ***Arda Hastaina*** ›die Beschädigte Welt‹ (vgl. SIL QS/24).

hat- [h'at], *V.* zerbrechen. ♦ *Ety* (SKAT). ◊ *Prät.* ***hante.***

hauta- [h'auta], *V.* aufhören, rasten, innehalten. ♦ *Ety* (KHAW).

háya [h'a:ja], *Adv.* fern, weit weg. ♦ *Ety* (KHAYA).

heca [h'eka] *Imp. Interj.* weg!, beiseite!. ♦ *WJ* 364. ◊ Auch ***hecat*** *Sg.* und ***hecal*** *Pl.* mit Pron.-Suffixen.

Heceldi [hek'eldi], *N.* ›Verlassene‹. ♦ *WJ* 371. ◊ *Sg.* ***Hecel.*** Gleichbedeutend mit ***hecil***, aber umgebildet als Analogie zu ***Oarel***; insbes. angewandt auf die Eldar, die in Beleriand blieben.

Hecelmar [hek'elmar], ***Heceldamar*** [hek'eldamar], *N.* ›Heim der verlassenen Elben‹. ♦ *WJ* 365. ◊ Ein von den Weisen von Aman für Beleriand verwendeter Name.

hecil [h'ekil], *N.* jemand, der von Freunden verlassen wurde, Waise, Ausgestoßener, Gesetzloser. ♦ *WJ* 365.

hecile [h'ekile], *N. f.* Verlassene, Ausgestoßene. ♦ *WJ* 365.

hecilo [h'ekilo], *N. m.* Verlassener, Ausgestoßener. ♦ *WJ* 365.

hehta- [heçta], *V.* beiseite legen, ausschließen, zurücklassen, im Stich lassen. ♦ *WJ* 365. ◊ *Prät.* ***hehtane.***

helca [h'elka], *Adj.* kalt, eisig. ♦ SIL Anh (khelek-). BVG-1 283. *Ety* (KHEL).

Helcar [h'elkar], *N.* ›Eisige‹ (?). ♦ SIL QS/3; Anh *(khelek-)*. ◊ Binnenmeer im Nordosten von Mittelerde.

Helcaraxe [helkar'akse], *N.* ›Eisstachelhecke‹. ♦ SIL QS/3; Anh *(khelek-, cark-)*. NAM 1/I Anm. *Ety* (KARAK). ◊ Das Malmeis.

helce [h'elke], *N.* Eis. ♦ *Ety* (KHELEK).

helcelimbe [helkel'imbe], *N.* Glastropfen. ♦ *Ety* (LIB[1]).

helda [h'elda], *Adj.* nackt, ausgezogen. ♦ *Ety* (SKAL[1], SKEL).

helle [h'elle], *N.* Himmel. ♦ *Ety* (3EL).

Helluin [h'elluin], *N.* ›der Eisig-Blaue‹. ♦ SIL QS/3; Reg, Anh *(luin).* ◇ Name eines Sterns, gleichgesetzt mit Sirius.

helma [h'elma], *N.* Haut, Balg. ♦ *Ety* (SKEL).

helwa [h'elwa], *Adj.* hellblau. ♦ *Ety* (3EL).

helyanwe [helj'anwe], *N.* Himmelsbrücke; Regenbogen. ♦ *Ety* (3EL).

hen [h'en], *N.* Auge. ♦ *Ety* (KHEN-D-E). ◇ *Pl.* ***hendi***.

hequa [h'ekwa], *Adv.* beiseite lassend, nicht zählend, ausschließend, außer. ♦ *WJ* 365.

hér, siehe ***heru***.

héra [h'e:ra], *N.* Oberhaupt. ♦ *Ety* (KHER).

heren[1] [h'eren], *N.* Orden. ♦ NAM 4/II. ◇ In ***Heren Istarion***.

heren[2] [h'eren], *N.* Glück. ♦ *Ety* (KHER).

Heren Istarion [h'eren ist'arion], *N.* ›Orden der Zauberer‹. ♦ NAM 4/II.

Herendil [her'endil], *N.* ›Glücksfreund‹. ♦ *LR* 52, 56. *Ety* (KHER, NIL/NDIL). ◇ Eigenname.

herenya [her'enja], *Adj.* glücklich, gesegnet, wohlhabend, reich. ♦ *Ety* (KHER).

heri [h'eri], *N. f.* Herrin, Frau. ♦ *Ety* (KHER).

hérince [he:r'iŋke], *N. f.* kleine Herrin. ♦ NAM 2/II. ◇ Zur diminuitiven Endung vgl. ***Atarince***.

heru [h'eru], ***hér*** [h'eru], *N. m.* Herr, Meister. ♦ *PMe* 210. SIL Anh. *SD* 290. BRIEFE Nr. 211. *Ety* (KHER). ◇ *Gen. Pl.* ***heruion***.

Herucalmo [heruc'almo], *N.* ›Herr-Erleuchter‹. ♦ NAM 2/III. ◇ Eigenname.

Herumor [h'erumor], *N.* ›Schwarzer Herr‹. ♦ SIL RM; Anh *(heru).* ◇ Eigenname.

Herunúmen [herun'u:men] (auch Tar-~), *N.* ›Herr des Westens‹. ♦ SIL Ak; Reg, Anh *(heru).* NAM 2/III. *LR* 47. ◇ Titel von Manwe, auch Königsname in Númenor.

hilde [h'ilde], ***hildo*** [h'ildo], *N.* Nachfolger, Erbe. ♦ HR VI/5. ◇ In ***hildinyar*** ›meine Erben‹.

Hildi [h'ildi], ***Hildor*** [h'ildor], *N.* ›die Nachfolger, die Nachkömmlinge‹. ♦ SIL QS/11; Reg, Anh *(khil-)*. *Ety* (KHIL). *WJ* 387. ◊ *Sg.* ***Hil***; vgl. ***Tarcil*** (< **târa-khil*). Elbischer Name für die Menschen als die Zweitgeborenen Ilúvatars.

Hildóriën [hild'o:rien], *N.* ›Hildor-Land‹, Land der Menschen. ♦ *Ety* (KHIL [PHIR]). SIL QS/12; Reg, Anh *(khil-)*.◊ Das Land, wo die Menschen im Anfang erwachten.

hilya- [hilja], *V.* folgen. ♦ *Ety* (KHIL).

himba [h'imba], *N.* Haften, Kleben. ♦ *Ety* (KHIM).

himya- [h'imja], *V.* haften, kleben; bleiben bei. ♦ *Ety* (KHIM).

hin [h'in], *N.* Herz. ♦ *Ety* (KHO-N). ◊ Als Körperteil.

hína [h'i:na], ***-hin*** [hin] *N.* Kind. ♦ SIL Anh (híni). *WJ* 403. ◊ *Pl.* ***híni*** in ***Híni Ilúvataro***, ***Eruhíni***. Auch ***hina***, verwendet im Vok. für ein (junges) Kind; ***hinya*** ›mein Kind‹.

Híni Ilúvataro [h'i:ni ilu:v'ataro], *N.* ›Kinder Ilúvatars‹. ♦ SIL Reg *(Kinder Ilúvatars)*. ◊ Elben und Menschen.

hira- [h'ira], *V.* finden. ♦ HR II/8. *RGEO* 66–7. ◊ *Fut.* ***hiruva***.

Hirilonde [hiril'onde], *N.* ›Hafenfinder‹. ♦ NAM 2/II; Reg. ◊ Schiffsname.

híse [h'i:se], ***hísië*** [h'i:sie], *N.* Nebel. ♦ HR II/8. *RGEO* 66–7. SIL Anh *(hith)*. *Ety* (KHIS/KHITH).

Hísilóme [hi:sil'o:me], *N.* ›Nebeldunkel‹. ♦ SIL QS/14; Anh *(hith)*. *Ety* (LUM). ◊ Übers. »Nebelland«. S. *Hithlum*.

Hísime [h'i:sime], *N.* ›der Neblige‹. ♦ HR Anh D. SIL Anh *(hith)*. NAM 1/II. ◊ Elfter Monat des Jahres, »November«.

hiswa [h'iswa], *Adj.* grau, neblig. ♦ *Ety* (KHIS/KHITH).

hiswe [h'iswe], *N.* Nebel. ♦ *Ety* (KHIS/KHITH).

hlapu- [l'apu], *V.* fliegen oder im Winde schwimmen. ♦ U&K 238, 240. ◊ *Part.* ***hlápula*** ›fliegend‹.

hlar- [l'ar], *V.* hören. ♦ U&K 239–40.

hlóke [l'o:ke], *N.* Schlange. ♦ SIL Anh *(lok)*.

hloni [l'oni], *N.* Ling. Laute. ♦ *WJ* 394. ◊ *Sg.* nicht belegt.

hloníti tengwi [lon'i:ti t'eŋgwi], *N. Ling.* phonetische Zeichen. ♦ *WJ* 395. ◊ Also ****hloníte*** ›phonetisch‹?

hó- [ho:], *Präf.* weg, von, von … her. ♦ *WJ* 368. ◇ Der Blickpunkt liegt dabei außerhalb des gedachten Ortes oder der Gruppe.

ho [h'o], *Adv.* von, her. ♦ *Ety* (3O).

hóciri- [h'o:kiri], *V.* abschneiden. ♦ *WJ* 365, 368. ◇ Abtrennen eines Teils, um es zu haben oder zu benutzen.

hópa [h'o:pa], *N.* Hafen, Hafenbucht. ♦ *Ety* (KHOP).

hopasse [hop'asse], *N.* Ankerplatz. ♦ *Ety* (KHOP).

hóre [h'o:re], *N.* Impuls. ♦ *Ety* (KHOR).

hórea [h'o:rea], *Adj.* impulsiv. ♦ *Ety* (KHOR).

horme [h'orme], *N.* Dringlichkeit. ♦ *Ety* (KHOR).

horta- [h'orta], *V.* drängen, losschicken, antreiben. ♦ *Ety* (KHOR).

hortale [h'ortale], *N.* Drängen, Antreiben. ♦ *Ety* (KHOR).

hosta [h'osta], *N.* Menge, große Zahl. ♦ *Ety* (KHOTH).

hosta- [h'osta], *V.* sammeln, ballen, häufen. ♦ U&K 239. *Ety* (KHOTH). *LR* 72.

Hostamir [h'ostamir] (Tar-~), *N.* ›Juwelensammler‹. ♦ NAM 2/III. ◇ Königsname.

hótuli- [h'o:tuli], *V.* wegkommen, herkommen. ♦ *WJ* 368. ◇ Einen Ort oder eine Gruppe verlassen und sich zu einer anderen im Blickpunkt des Sprechers gesellen.

hráva [r'a:va] (ráva), *N.* Wildnis. ♦ *Ety* (RAB).

Hravani [r'avani], *N.* ›Wilde‹. ♦ *WJ* 219. ◇ Sg. nicht belegt. Menschen im Ersten Zeitalter, die nicht zu den Edain zählten.

hráve [r'a:ve], *N.* Fleisch. ♦ *MR* 349.

hresta [r'esta], *N.* Ufer, Gestade. ♦ U&K 238–9.

hríve [r'i:ve], *N.* Winter. ♦ HR Anh D. ◇ Im Kalender von Imladris eine »Jahreszeit« von 72 Tagen, aber auch verwendet im allgemeinen Sinne.

hroa [r'oa], *N.* Körper. ♦ *MR* 304, 330. *WJ* 405. ◇ *Pl.* ***hroar.*** Die Inkarnierten leben in einer notwendigen Vereinigung von ***hroa*** (Körper) und ***fea*** (Geist).

hroafelme [roaf'elme], *N.* Körper-Antrieb. ♦ *VT* 41:19. ◇ Impuls, den der Körper zur Selbsterhaltung gibt.

hróta [r'o:ta], *N.* unterirdische Wohnstätte, künstliche Höhle oder aus dem Fels gehauene Halle. ♦ *PMe* 365.

huan [h'uan], *N.* (großer) Hund, Jagdhund. ♦ *Ety* (KHUGAN, KHUG). ◇ *Dat. Sg.* ***húnen***.

Hui, siehe ***Fui***.

huine, siehe ***fuine***.

huo [h'uo], *N.* (kleiner) Hund. ♦ *Ety* (KHUG [siehe KHUGAN]).

huore [h'uore], *N.* Mut, Beherztheit. ♦ *Ety* (KHO-*N*).

hwan [hw'an], *N.* Schwamm, Pilz. ♦ *Ety* (SWAD). ◇ *Pl.* ***hwandi.***

hwarin [hw'arin], *Adj.* krumm. ♦ *Ety* (SKWAR).

hwarma [hw'arma], *N.* Querholz, Sprosse. *Ling.* Querbalken (der Schrift). ♦ *Ety* (SKWAR).

hwerme [hw'erme], *N. Ling.* Zeichensprache. ♦ *WJ* 395.

hwesta [hw'esta], *N.* Brise, Hauch, Atem. *Ling.* Name von Tengwa 12. ♦ HR Anh E. *Ety* (SWES).

hwesta- [hw'esta], *V.* schnauben, Atem ausstoßen. ♦ *Ety* (SWES).

hwesta sindarinwa [hw'esta sindar'inwa], *N. Ling.* Grauelben-*hw*, Name von Tengwa 34. ♦ HR Anh E.

hwinde [hw'inde], *N.* Wirbel. ♦ *Ety* (SWIN).

hwinya- [hw'inja], *V.* wirbeln, sich drehen. ♦ *Ety* (SWIN).

hyalma [ç'alma], *N.* Muschel. ♦ *Ety* (SYAL).

hyapat [ç'apat], *N.* Ufer, Gestade. ♦ *Ety* (SKYAP).

Hyarastorni [çarast'orni], *N.* ›Südwaldland‹ (?). ♦ NAM 2/II.

hyar- [ç'ar], *V.* spalten. ♦ *Ety* (SYAD). ◇ *Aor.* ***hyarin*** ›ich spalte‹.

hyarmaite [çarm'aite], *Adj.* linkshändig. ♦ *Ety* (KHYAR). Eig. ›südhändig‹; auf den Karten von Mittelerde lag Westen oben und Süden somit links.

hyarmen [ç'armen], ***Hyarmen*** [ç'armen], *N.* Süden. *Ling.* Name von Tengwa 33. ♦ HR Anh E. SIL Anh *(hyarmen, men). Ety* (KHYAR).

Hyarmendacil [çarm'endakil], *N.* ›Süd-Sieger.‹. ♦ HR Anh A, B. NAM 2/IV Anm. *PMe* 197–8. ◇ Beiname.

Hyarmentir [çarm'entir], *N.* ›Süd-Wacht‹. ♦ SIL Anh *(hyarmen).* ◇ Gipfel der Pelóri.

hyarmenya [çarm'enja], *Adj.* südlich. ♦ *Ety* (KHYAR).

Hyarnustar [çarn'ustar], *N.* ›Südwestlande‹. ♦ NAM 2/I. ◇ Südwestteil von Númenor.

Hyarrostar [çarr'ostar], *N.* ›Südostlande‹. ♦ NAM 2/I. ◇ Südostteil von Númenor.

hyarya [ç'arja], *Adj.* links. ♦ *Ety* (KHYAR).

hyatse [ç'atse], *N.* Spalte, Kluft. ♦ *Ety* (SYAD).

hyelle [ç'elle], *N.* Glas. ♦ *Ety* (KHYEL[ES]).

hyóla [ç'o:la], *N.* Trompete. ♦ *SD* 419.

I

i ['i], ***i-*** ['i], *Art./Pron.* der, die, das. ♦ HR II/8. *RGEO* 66–7. NAM 3/II. U&K 238. *Ety* (I). *WJ* 369, 391, 398. ◇ Artikel und Relativpronomen; auch im Sinne von ›derjenige, der‹ (etc.).

iër ['ier], *Adv.* wie. ♦ *VT* 43:16.

il- ['il], *Präf.* nein, nicht. ♦ *Ety* (LA).

ilaurea [il'aurea], ***ilyarea*** [ilj'area], *Adj.* täglich. ♦ *VT* 43:18.

ilca- ['ilka], *V.* (weiß) schimmern. ♦ U&K 239–40. ◇ *Part.* ***ilcala*** ›schimmernd‹.

Ilcorin ['ilkorin], *N.* ›das Nicht-Umfriedete‹. ♦ *Ety* (LA [AR^2]).

ilfirin ['ilfirin], *N.* unsterblich. ♦ *Ety* (PHIR).

Illuin ['illuin], *N.* ›Sternblau‹ (?). ♦ SIL QS/1; Reg. ◇ Eine der Lampen der Valar.

illume ['illume], *Adv.* immer, die ganze Zeit. ♦ *VT* 44:9.

ilma ['ilma], *N.* Sternlicht. ♦ *Ety* (GIL).

Ilmare ['ilmare], *N.* Sternmaid. ♦ SIL Val; Anh *(ilm-). Ety* (GIL). ◇ Name einer Maia.

Ilmarin ['ilmarin], *N.* ›Ilmen-Wohnstatt‹ (?). ♦ HR II/1. SIL Anh *(ilm-).* ◇ Manwes und Vardas Sitz auf dem Oiolosse. Übers. »Palast der Hohen Lüfte«.

Ilmen ['ilmen], *N.* ›Sternregion‹. ♦ SIL QS/11; Reg, Anh *(ilm-)*. *Ety* (GIL). ◇ Das Gebiet oberhalb der Luft, wo die Sterne sind und Sonne und Mond ihre Bahnen ziehen.

Ilmen-assa [ilmen'assa], *N.* ›Kluft von Ilmen‹. ♦ *Ety* (GAS).

ilqua ['ilkwa], *Adj.* alles. ♦ *LR* 72. *Ety* (IL).

ilquen ['ilkwen], *Adj.* jeder. ♦ *WJ* 372.

ilu ['ilu], ***ilúve*** [il'u:ve], *N.* alles, das Ganze. ♦ SIL Anh. *Ety* (IL). *MR* 471. *WJ* 402. ◇ In ***Ilúvatar*** ›*All*-Vater‹.

Ilu ['ilu], *N.* ›Alles, die Welt‹. ♦ *LR* 47, 56, 72.

ilúcara [il'u:kara] (ilucara), *Adj.* allschaffend. ♦ *VT* 39:20.

ilúista [il'u:isa] (iluisa), *Adj.* allwissend. ♦ *VT* 39:20. ◇ Eine zweifelhafte Form.

Ilumíre [ilum'i:re], *N.* ›Alljuwel‹. ♦ *Ety* (IL). ◇ Beiname für ***Silmaril*** (s. d.).

Ilurambar [ilur'ambar], *N.* ›Allmauern, die Mauern der Welt‹. ♦ *Ety* (IL, RAMBA). ◇ Die äußere Begrenzung von Arda.

ilúvala [il'u:vala], *Adj.* allmächtig. ♦ *VT* 39:20.

Ilúvatar [il'u:vatar], *N.* ›Allvater‹. ♦ HR Anh A. *RGEO* 74. SIL Ain; Reg. Anh *(ilúve, atar)*. NAM 2/I. *LR* 47, 72. *Ety* (IL, ATA). *SD* 246. ◇ Gott, aus der Sicht seiner Kinder. Die Übers. »Vater des Alls« (SIL) ist irreführend.

ilúve [il'u:ve], *N.* ›das Ganze, Alles‹. ♦ SIL Anh.

ilya ['ilja], *Adj.* alles. ♦ HR II/8. *RGEO* 66–7. NAM 3/II. *LR* 47, 56. *Ety* (IL). *SD* 310. ◇ Wird gebeugt wie ein Adj.

ilyarea, siehe ***ilaurea***.

Imbar ['imbar], *N.* ›die Wohnstatt‹. ♦ *MR* 337. *WJ* 419 Anm. ◇ Die Erde als Hauptteil Ardas.

imbe ['imbe], *Präp.* zwischen. ♦ HR II/8. *RGEO* 66–7.

ímen [i:men], *Pron.* in ihnen. ♦ *LR* 72. ◇ Verm. nicht gültig im späten Qu.

imi ['imi], *Präp.* in, innerhalb. ♦ *Ety* (MI). *VT* 43:30.

imica ['imika], *Präp.* unter, zwischen (bei ähnlichen Objekten). ♦ *VT* 43:30.

indil ['indil], *N.* Lilie. ♦ *WJ* 399. ◇ Auch andere große einzelne Blüte. Lehnwort aus dem Valarin.

indis ['indis], *N.* Weib, Braut. ♦ NAM Einl.

Indis ['indis], *N.* ›Braut‹. ♦ SIL QS/5. *Ety* (I, NDIS-SÊ/SÂ [NDER, NETH, NI[1]]). ◇ Name der Valiё Nessa.

indo ['indo], *N.* Geist, Herz, Stimmung, Sinn; Wille, Zielbewusstsein, Entschlossenheit. ♦ *Ety* (ID). *LR* 72. *VT* 41:17. ◇ ***indo-ninya***, übers. »mein Herz«; lies ****indonya*** im späten Qu.?

indóme [ind'o:me], *N.* Wille, Vorsehung (Wille Erus). ♦ *VT* 43:16.

indyo ['indjo], *N.* Abkömmling, Enkelkind. *Ling.* Buchstabe *ndy.* ♦ *Ety* (ÑGY/ÑGYON). Kloczko 1995.

inga[1] [i'ŋga], *N.* Spitze, höchster Punkt. ♦ *PMe* 340.

inga[2] [i'ŋga], *Adj. Num.* erst(er, e, es). ♦ *Ety* (ING). ◇ Vor allem im Lindarin gebräuchlich und im Qu. als Lehnwort empfunden.

ingaran ['iŋgaran], *N.* Hochkönig. ♦ *PMe* 340.

ingóle [iŋg'o:le], *N. poet.* Urweisheit, Magie. ♦ *Ety* (ÑGOL).

ingole ['iŋgole], *N.* Wissenschaft, Philosophie (als Ganzes). ♦ *PMe* 360. *WJ* 383.

ingólemo [iŋg'o:lemo], *N.* Weiser. ♦ *PMe* 360. ◇ Einer mit sehr großem Wissen, nur auf die großen Gelehrten der Eldar in Valinor wie Rúmil angewandt.

ingolmo [iŋg'olmo], *N.* Gelehrter. ♦ *WJ* 383.

Ingolonde [iŋgol'onde], *N.* ›Land der Noldor‹. ♦ *Ety* (ÑGOLOD). ◇ Beleriand; zuvor auf Teile von Valinor angewandt.

ingor ['iŋgor], *N.* Gipfel eines Berges. ♦ *PMe* 340.

Ingwe ['iŋgwe], *N.* ›Erst-Person, Fürst‹. ♦ SIL QS/3. *Ety* (ING [WEG]). *PMe* 340. ◇ Elbenname der ersten Generation, schwer zu deuten.

Ingwe Ingweron ['iŋgwe 'iŋgweron], *N.* ›Fürst der Fürsten‹. ♦ *PMe* 340. ◇ Titel von Ingwe als Hochkönig.

Ingwer ['iŋgwer], *Sg.* ***Ingwe*** ['iŋgwe], *N.* ›Fürsten‹. ♦ *PMe* 340. ◇ Bezeichnung der Vanyar für sich selbst.

iní ['ini:], ***ní*** ['ni:], *N.* Frau. ♦ *Ety* (INI, NI).

inimeite [inim'eite], *Adj.* weiblich. ♦ *Ety* (INI). ◇ Siehe ***hanuvoite***.

intya ['intja], *N.* Vermutung, Annahme, Idee. *Ling.* Buchstabe *nty.* ♦ *Ety* (INK/INIK). Kloczko 1995.

intya- ['intja], *V.* raten, vermuten, annehmen. ♦ *Ety* (INK/INIK).

intyale ['intjale], *N.* Fantasie, Einbildungskraft. ♦ *Ety* (INK/INIK).

inwisti [inw'isti], *N.* Geist-Sinn. ♦ *MR* 216, 471. ◇ Manigfaltige Talente, ob Kunst oder Gelehrsamkeit.

inya ['inja], *Adj.* weiblich. ♦ *Ety* (INI).

íre[1] ['i:re], *Konj.* wenn, wann. ♦ *LR* 72.

íre[2], *N.* Verlangen, Begehren. ♦ *Ety* (ID).

Irilde Taltelemna [ir'ilde taltel'emna], *N.* ›Idril Silberfuß‹. ♦ *Ety* (KYELEP/TELEP). ◇ Eigenname. S. *Idril Celebrindal.*

írima ['i:rima], *Adj.* lieblich, begehrenswert, schön. ♦ *LR* 72. *Ety* (ID). ◇ *Pl.* ***írimar*** nicht mehr gültig im späten Qu.

Írimon ['i:rimon], *N.* ›Der Schöne‹. ♦ NAM 2/III. ◇ Eigenname.

Irisse [ir'isse], *N.* ›die Begehrenswerte‹ (?). ♦ *PMe* 345. ◇ Eigenname.

Irmo ['irmo], *N.* ›Wünscher‹. ♦ SIL Val; Reg. NAM 2/IV Anm. *WJ* 402. ◇ Name eines Vala; normalerweise ***Lóriën*** genannt, nach dem Ort, wo er wohnt.

Isil ['isil], *N.* ›Schein‹, Mond. ♦ HR Anh E. SIL QS/11; Reg, Anh *(sil-)*. *LR* 72. *Ety* (I, SIL, THIL, THIN). *SD* 302.

Isildur [is'ildur], *N.* ›Mond-Diener‹ oder ›Mond-Untergang‹. ♦ HR I/2, A; Anh B. SIL Ak; Anh *(sil-)*. *Ety* (NDÛ). NAM 3/I. *PMe* 192. ◇ Eigenname.

Isilme [is'ilme], *N.* ›Mond-Frau‹. ♦ NAM 2/II. ◇ Eigenname.

isilme [is'ilme], *N.* Mondschein. ♦ U&K 239–40. ◇ Freie Übersetzung »Mond« in U&K 230.

Isilmo [is'ilmo], *N.* ›Mond-Mann‹. ♦ NAM 2/III. ◇ Eigenname.

Isilya [is'ilja], *N.* ›Mondtag‹. ♦ HR Anh D. ◇ Eig. Adj. zu ***Isil***. Dritter Tag der elbischen Sechs-Tage-Woche, dem Mond gewidmet.

ista ['ista], ***istya*** ['istja], *N.* Wissen. ♦ *Ety* (IS).

ista- ['ista], *V.* wissen; können (wissen, wie). ♦ *Ety* (IS). *VT* 41:6. ◊ *Aor.* ***istan quete*** ›ich kann sprechen‹; *Prät.* ***sinte***.

istar ['istar], *N.* Weiser, Zauberer. ♦ HR II/4; Anh A. SIL Ak. NAM 2/IV, 4/II. BRIEFE Nr. 131 Anm, 156. *PMe* 384–5. ◊ *Pl.* ***istari***. Maiar, die in Menschengestalt nach Mittelerde kamen.

istima ['istima], *Adj.* weise, gelehrt, kundig. ♦ *Ety* (IS).

Istimor ['istimor], *N.* ›die Kundigen‹. ♦ *Ety* (IS). ◊ Name der Noldor.

istyar ['istjar], *N.* Gelehrter, Scholar. *Ling.* Buchstabe *sty* (< *thty*). ♦ *Ety* (IS). Kloczko 1995. ◊ *Pl.* ***istyari.***

íta ['i:ta], *N.* ein Blitz. ♦ *PMe* 363.

ita- ['ita], *V.* funkeln. ♦ SIL Anh *(ril)*. *PMe* 363.

Itaril ['itaril], ***Itarille*** [itar'ille], ***Itarilde*** [itar'ilde], *N.* ›Funkelglitzer‹. ♦ SIL Anh *(ril)*. *PMe* 346, 348. ◊ Eigenname. ÑS. *Idril*.

itila ['itila], *Adj.* funkelnd, glitzernd. ♦ *PMe* 363.

K

Siehe C.

kelvar, siehe ***celvar***.

Kementári, siehe ***Cementári***.

L

lá[1] ['la:], ***lala*** [l'ala], *Adv.* nein, nicht. ♦ *Ety* (LA). ◊ Die Gültigkeit im späten Qu. ist nicht ganz geklärt.

lá[2] ['la:], *Präp.* jenseits, außer, über, hinaus. ♦ *VT* 42:32, 44:4.

lacare [l'akare], *N.* Nichthandeln, Untätigkeit. ♦ *VT* 42:33.

laica [l'aica], siehe ***laiqua***.

laice [l'aike], *N.* Schärfe, Wahrnehmungsfähigkeit. ♦ *Ety* (LAIK).

laime [l'aime], *N.* Schatten, Schattigkeit, schattige Stelle. ♦ *Ety* (DAY).

laiqua [l'aikwa] (laica), *Adj.* grün. ♦ *Ety* (LÂYAK). ◇ *laica* in BRIEFE Nr. 211 ist verm. ein Schreibfehler; alle anderen Quellen haben *laiqua*.

Laiquendi [laikw'endi], *N.* ›Grün-Sprecher‹, Grünelben. ♦ SIL QS/10. SIL Anh *(quen-/quet-)*. *Ety* (LÂYAK). *WJ* 385. ◇ Die Nandor. Nicht häufig verwendet; Übers. von S. *Laegil, Laegelrim.*

laira [l'aira], *Adj.* schattig. ♦ *Ety* (DAY).

laire[1] [l'aire], *N.* Sommer. ♦ HR Anh D. BRIEFE Nr. 211. ◇ Im Kalender von Imladris eine »Jahreszeit« von 72 Tagen, aber auch verwendet im allgemeinen Sinne.

laire[2] [l'aire], *N.* Gedicht. ♦ *Ety* (GLIR).

lairelosse [lairel'osse], *N.* ›Sommer-Schneeweiß‹. ♦ NAM 2/I; Reg. ◇ Name eines Baums aus Númenor, vielleicht mit weißen Blüten.

lairus [l'airus], *N.* Grünspan. ♦ *VT* 41:10. ◇ Stamm ***lairust-***.

laita- [l'aita], *V.* lobpreisen, segnen, rühmen. ♦ HR VI/4. BRIEFE Nr. 230. ◇ ***A laita, laita te! Andave laituvalmet!*** ›Segnet sie, segnet sie, lange wollen wir sie rühmen!‹.

laitale [l'aitale], *N.* Lobpreisung. ♦ NAM 2/I. ◇ In ***Erulaitale***.

laive [l'aive], *N.* Balsam, Salbe. ♦ *Ety* (LIB[2]).

lala-[1] [l'ala], *V.* leugnen. ♦ *Ety* (LA). ◇ Evtl. ersetzt durch ***lala-***[2].

lala-[2] [l'ala], *V.* lachen. ♦ *PMe* 359.

lalme [l'alme], *N.* Ulme. ♦ *Ety* (ÂLAM).

Lalwende [lalw'ende], ***Lalwen*** [lalwen], *N.* ›Lachende Maid‹. ♦ *PMe* 343. ◇ Eigenname.

láma [l'a:ma], *N.* Echo, Hallen. ♦ *Ety* (LAM).

laman [l'aman], *N.* Tier. ♦ *WJ* 416. ◇ *Pl.* ***lamni*** oder ***lamani***. Gewöhnlich angewandt auf vierfüßige Tiere, nie auf Reptilien oder Vögel.

lámatyáve [la:matj'a:ve], *N. Ling.* ›Laut-Geschmack‹, individuelle Freude an Formen und Lauten von Worten. ♦ *MR* 215, 471. ◇ *Pl.* ***lámatyáver***.

lamba [l'amba], *N.* Zunge. ♦ *Ety* (LAB). *WJ* 394.

lambe [l'ambe], *N.* Sprache, Zunge. *Ling.* Name von Tengwa 27. ♦ HR Anh E. *Ety* (LAB, ÑGAL/ÑGALAM). *WJ* 368, 394. ◇ Das übliche Wort für Sprache in nicht-technischem Gebrauch.

Lambe Valarinwa [l'ambe valar'inwa], *N.* ›Valar'sche Sprache‹, Valarin. ♦ *WJ* 397.

Lambengolmor [lambeŋg'olmor], *N. Pl.* ›die Sprachgelehrten‹. ♦ *WJ* 396. ◇ Eine von Feanor gegründete Schule.

lambetengwe [lambet'eŋgwe], *N. Ling.* Konsonant (bezeichnet durch die Zungenstellung). ♦ *VT* 39:8. ♦ Nur *Pl.* ***lambetengwi*** belegt.

lámina [l'a:mina], *N.* Widerhallen. ♦ *Ety* (LAM).

lamma [l'amna], *N.* Klang. ♦ *Ety* (LAM).

lamya- [l'amja], *V.* klingen. ♦ *Ety* (LAM).

lanat [l'anat], *N.* Gewebe. ♦ *Ety* (LAN).

lanca [l'aŋka], *N.* (scharfe) Kante, Rand. ♦ *VT* 42:8. ◇ Etwa der Rand einer Klippe oder die scharfe Kante eines von Hand gemachten Gegenstands (nicht von Werkzeugen) oder Bauwerks; auch im übertragenen Sinne wie in ***cuivië-lancasse*** ›plötzliches Ende‹.

lanco [l'aŋko], *N.* Kehle. ♦ *Ety* (LAK[1], LANK).

landa[1] [l'anda], *Adj.* weit. ♦ *Ety* (LAD).

landa[2] [l'anda], *N.* Grenze, Grenzlinie. ♦ *VT* 42:8. ◇ Wurzel (G)LAN ›Rand, Kante, Grenze‹.

lane [l'ane], *N.* Saum. ♦ *VT* 42:8. ◇ Stamm ***lani-***.

lango [l'aŋgo], *N.* Breitschwert; Schiffsbug. ♦ *Ety* (LAG).

lanne [l'anne], *N.* Tuch, Stoff. ♦ *Ety* (LAN).

lanta [l'anta], *N.* Fall, Sturz. ♦ *Ety* (DAT/DANT [TAM). ◇ ***lante*** in ***Ñoldolante*** (s. d.).

lanta- [l'anta], *V.* fallen. ♦ HR II/8. *RGEO* 66–7. U&K 239. *SD* 246. ◇ *Part.* ***lantala*** ›fallend‹. Einige suspekte Formen in *LR* 56.

lanwa[1] [l'anwa], *N.* Webstuhl. ♦ *Ety* (LAN).

lanwa[2] [l'anwa], *Adj.* begrenzt, endlich, genau umrissen. ♦ *VT* 42:8. ◇ Wurzel (G)LAN ›Rand, Kante, Grenze‹.

lanya-[1] [l'anja], *V.* weben. ♦ *Ety* (LAN).

lanya-[2] [l'anja], *V.* abgrenzen, trennen von. ♦ *VT* 42:8. ◇ Wurzel (G)LAN ›Rand, Kante, Grenze‹.

lapsa- [l'apsa], *V.* (wiederholt) lecken. ♦ *Ety* (LAB). ◇ Iterativum von ***lav-***.

lapse [l'apse], *N.* Säugling, Kleinkind. ♦ *Ety* (LAP).

lár- [l'a:r], ***lasta-*** [l'asta], *V.* lauschen, zuhören. ♦ *Ety* (LAS[2]).

lár [lár], *N.* ›Pause‹, Wegstunde. ♦ NAM 3/I Anh. ◇ Streckenmaß, 5000 ***ranga*** (s. d.) oder ca. 4,8 km. Auf Märschen wurde nach jeder Stunde Wegs ein kurzer Halt eingelegt.

lára [l'a:ra], *Adj.* flach. ♦ *Ety* (DAL).

larca [l'arka], ***alarca*** [al'arka], *Adj.* schnell, geschwind. ♦ *Ety* (LAK[2]).

las [l'as], ***lasse*** [lasse], *N.* Blatt. ♦ HR II/8. *RGEO* 66–7. BRIEFE Nr. 211. *Ety* (LAS). *WJ* 407. ◇ *Pl.* ***lassi***; *Du.* ***lasset***; *Koll.* ***lasseli***. In einem Brief Tolkiens an Dick Plotz (Ms., ca. 1966–67) ist ***lasse*** gebeugt für alle Kasus außer Poss. Pl. Siehe auch ***lillassea***.

lassecanta [lassek'anta], *Adj.* blattförmig. ♦ *Ety* (KAT).

lasselanta [lassel'anta], ***lassewinta*** [lassewinta], *N.* ›Blattfall‹ (Herbst). ♦ HR Anh D. *RGEO* 70. BRIEFE Nr. 297. *Ety* (LAS[1], DAT/DANT). *PMe* 135. 376. ◇ Verwendet (ebenso wie ***quelle***) für den späteren Teil des Herbstes und den Anfang des Winters; alternativer Name für ***Narquelië***.

lassemista [lassem'ista], *Adj.* blattgrau, laubgrau. ♦ HR III/4. BRIEFE Nr. 168.

lassewinta, siehe ***lasselanta***.

lasta[1] [l'asta], *Adj.* leer. ♦ *Ety* (LUS).

lasta[2] [l'asta], *N.* Lauschen, Gehör. ♦ *Ety* (LAS[2]).

lasta-, siehe ***lár-***.

lastalaica [lastal'aika], *N.* Scharfohr. ♦ *Ety* (LAS[2]).

láta [l'a:ta], *Adj.* offen. ♦ *VT* 39:23.

latin [l'atin], ***latina*** [l'atina], *Adj.* offen, frei, gerodet. ♦ *Ety* (LAT).

latta[1] [l'atta], *N.* Loch, Grube. ♦ *Ety* (DAT/DANT).

latta[2], [l'atta], *N.* Riemen, Gurt. ♦ *Ety* (LATH).

latwa [l'atwa], *Adj.* kränklich. ♦ *Ety* (SLIW).

latya- [l'atja], *V.* öffnen. ♦ *VT* 39:23.

lau [l'au], ***laune*** [l'aune], ***laume*** [l'aume], *Adv.* nein, ganz und gar nicht, im Gegenteil. ♦ *Ety* (LA). ◊ Auch für ungläubige Fragen verwendet.

lauca [l'auka], *Adj.* warm. ♦ *Ety* (LAW).

laure [l'aure], *Adj.* Gold (nur von Licht und Farbe, nicht von Metall). ♦ *RGEO* 70. SIL Anh. *Ety* (LÂWAR/GLÂWAR, GLAW [-R]). ◊ Ursprünglich das Licht des goldenen Baums Laurelin.

laurea [l'aurea], *Adj.* golden, wie Gold. ♦ HR II/8. *RGEO* 66–7, 70.

Laurelin [l'aurelin], *N.* ›Goldenlied‹. ♦ HR II/8; Anh A. SIL QS/1; Reg, Anh *(laure, lin-*[2]*)*. NAM 1/I. BRIEFE Nr. 230. *Ety* (LIN[2], LÂWAR/GLÂWAR GLAW[-R]). ◊ Name des goldenen Baums von Valinor.

Laurelindórenan lindelorendor malinornélion ornemalin [laurelind'o:renan lindelor'endor malinorn'e:lion orn'emalin], *N.* ›Goldlicht-Musik-Land-Tal Musik-Traum-Land von Gelb-Bäumen baum-gelb‹. ♦ HR III/4. BRIEFE Nr. 230. NAM 2/IV. ◊ Qu.-Elemente gereiht auf entische Art; dies bedeutet so etwas wie »das Tal, wo die Bäume in einem goldenen Licht musikalisch singen, ein Land von Musik und Bäumen; es gibt dort gelbe Bäume, es ist ein baumgelbes Land«.

Laurelindórinan [laurelind'o:rinan], *N.* ›Tal des singenden Goldes‹. ♦ NAM 2/IV Anm. ◊ Ein früherer Name von ***Laurenande***.

Laurenande [lauren'ande], *N.* Golden-Tal. ♦ NAM 2/IV Anm. ◊ Gleichbedeutend mit ***Lóriën***.

laurinque [laur'inque], *N.* ›der Goldene‹. ♦ NAM 2/I. ◊ Baum aus Númenor mit hängenden Dolden von gelben Blüten.

lav-[1] [l'av], *V.* (einmal) lecken. ♦ HR II/8. *RGEO* 66–7. *Ety* (LAB). ◊ *Aor.* ***lavin*** ›ich lecke‹; *Prät.* ***láve*** in ***unduláve***. Siehe auch ***lapsa-***.

lav-[2] [l'av], *V.* nachgeben, erlauben, zugestehen. ♦ *Ety* (DAB).

lavaralda [laver'alda], *N.* hängender Baum (?). ♦ *LR* 57–8. ◇ Baum aus Tol Eressea mit langen grünen Blättern mit goldenen Unterseite und blassen, gelb geränderten Blüten.

lavin [l'avin], *Aor.* von ***lav-***[1].

lehta tengwe [l'exta t'eŋwe], ***lehta*** [lexta], *N. Ling.* Vokal. ♦ *VT* 39:17. ◇ *Pl.* ***lehta tengwi, lehtar***. Wörtl. ›freier Laut‹.

lelya- [l'elya], *V.* (in beliebige Richtung) gehen, fortschreiten; reisen. ♦ *LR* 47, 72. *SD* 310. *WJ* 362. ◇ *Prät.* ***lende***.

lemba [l'emba], *Adj.* zurückgelassen. ♦ *Ety* (LEB/LEM).

Lembi [l'embi], *N.* ›Zurückgelassene‹. ♦ *Ety* (LEB/LEM). ◇ Elben, die zurückblieben, d. h. Teleri.

lemnar [l'emnar], *N.* Woche (von 5 Tagen). ♦ *Ety* (LEP/LEPEN/LEPEK). ◇ Woche in der Zeitrechnung von Valinor.

lempe [l'empe], *Num.* fünf. ♦ *Ety* (LEP/LEPEN/LEPEK).

lempea [l'empea], *Num. Adj.* fünft(er, e, es). ♦ *VT* 42:25.

lende [l'ende], siehe ***lelya-***.

leneme [len'e:me], *Adv./Präp.* mit Erlaubnis (von). ♦ *SD* 246. ◇ Mit Gen.

Lenwe [l'enwe], *N.* ›Lenwe‹. ♦ SIL QS/3. *WJ* 412. ◇ Eigenname. Nand. *Denweg*.

leo [l'eo], *N.* Schatten (von einem Objekt geworfen). ♦ *Ety* (DAY).

leper [l'eper], ***lepse*** [l'epse], *N.* Finger. ♦ *VT* 44:16. *Ety* (LEP/LEPET). ◇ *Pl.* ***leperi, lepsi***.

lerina [l'erina], *Adj.* unbewacht, unbefestigt, nicht in Besitz (auf Dinge bezogen). ♦ *VT* 41:5.

lerta- [l'erta-], *V.* können, imstande sein (weil es keine Hindernisse gibt). ♦ *VT* 41:6. ◇ *Aor.* ***lertan quete*** ›ich kann sprechen‹.

lerya- [l'erja], *V.* freilassen. ♦ *VT* 41:5.

lesta [l'esta], *N.* Zaun, Gürtel; Maß. ♦ *WJ* 369. ◇ In ***Lestanóre***.

lestanen [l'estanen], *Adv.* in Maß. ♦ *LR* 72. ◇ Anscheinend Instr. von ***lesta***.

Lestanóre [lestan'o:re], *N.* ›Land des Zauns‹. ♦ *WJ* 369. ◇ S. *Doriath.*

leuca [l'euka], *N.* Schlange. ♦ HR Anh E.

leuca- [l'euka-], ***lehta-*** [l'eçta], *V.* lockern. ♦ *Ety* (LEK).

lia [l'ia], *N.* (dünner) Faden, Seidenfaden, Spinnenfaden. ♦ *Ety* (SLIG).

liante [li'ante], *N.* Spinne. ♦ *Ety* (SLIG).

lib [l'ib], *N.* Öl. ♦ *VT* 44:15.

líco [l'i:ko], *N.* Wachs. ♦ U&K 240.

lícuma [l'i:kuma], *N.* Kerze. ♦ U&K 239–40.

lië [l'ie], *N.* Volk. ♦ *Ety* (LI). ◇ In ***Eldalië***; *Poss.* ***liéva*** in ***Mindon Eldaliéva.***

lillassea [lill'assea], *Adj.* viele Blätter habend, blattreich. ♦ U&K 239–40. ◇ *Pl.* ***lillassië. Ve tauri lillassië***, ›wie vielblättrige Wälder‹, ist übers. »wie Laub der Wälder« (U&K 230).

lilómea [lil'o:mea], Adj. viele Schatten habend, schattenreich. ♦ HR III/4. BRIEFE Nr. 230.

lilótea [lil'o:tea], *Adj.* viele Blumen habend, blumenreich. ♦ *VT* 42:8.

lilta- [l'ilta], *V.* tanzen. ♦ *Ety* (LILT).

limba [l'imba], *N.* Tropfen. ♦ *Ety* (LIB^1).

limpe [l'impe], *N.* Wein; Nektar (Trank der Valar). ♦ *Ety* (LIP).

lin [l'in], ***lind-*** [lind], *N.* musikalischer Laut. ♦ BRIEFE Nr. 230.

lin- [l'in], *Präf.* viele. ♦ *Ety* (LI).

linda [l'inda], *Adj.* schön (insbesondere die Stimme betreffend). ♦ *Ety* (LIND, SLIN).

Lindar [l'indar], *N.* ›die Schönen‹ oder ›die Sänger‹. ♦ SIL Reg, Anh *($lin-^2$).* NAM 2/IV, Anm. *Ety* (LIND). *MR* 349. *WJ* 380. ◇ Bezeichnung der Teleri für sich selbst.

linde [l'inde], *N.* Singen, Lied, Melodie, Gesang; Sänger. ♦ HR III/4. SIL Anh *(gond).* BRIEFE Nr. 230. *Ety* (LIN^2, GLIN). *WJ* 309.

lindele [l'indele], *N.* Musik. ♦ *Ety* (LIN^2).

lindelorendor, siehe ***Laurelindórenan lindelorendor malinornélion ornemalin.***

Lindi [l'indi], *N.* ›Sänger‹. ♦ *WJ* 385, 309. ◇ Sg. ***Linde***. Bezeichnung der Grün-Elben für sich selbst; aus dem Nandorin, auch verwendet im Exil-Qu.

lindo [l'indo], *N.* Sänger, Singvogel. ♦ *Ety* (LIN[2]). ◇ *Pl.* ***lindor***.

Lindon [l'indon], ***Lindóne*** [lindo:ne], *N.* ›Lindon‹. ♦ HR VI/9, A; Anh B. SIL QS/14; Anh *(lin-[2])*. NAM 1/I Anm. *WJ* 385. ◇ Land der Lindi; aus dem Nandorin.

Lindórië [lind'o:rie], *N.* ›Sie, die im Lied ersteht‹. ♦ SIL Ak; Reg. NAM 2/III. ◇ Eigenname; vgl. ***Melkor*** ›Er, der in Macht ersteht‹.

lindornea [lind'ornea], *Adj.* viele Eichen habend, eichenbestanden. ♦ *Ety* (LI, DÔRON).

líne [l'i:ne], *N.* Spinnwebe. ♦ *Ety* (SLIG).

linga- [l'iŋga], *V.* hängen, baumeln. ♦ *Ety* (LING/GLING).

lingwe [l'iŋgwe], *N.* Fisch. ♦ *Ety* (LIW).

lingwilóce [l'iŋgwilo:ke], *N.* Fischdrache, Seeschlange. ♦ *Ety* (LOK).

linna- [l'inna], *V.* gehen. ♦ *Ety* (LED). ◇ *Prät.* ***lende***

linque [l'iŋkwe], *Adj.* nass. ♦ *Ety* (LINKWI).

linta [l'inta], *Adj.* schnell. ♦ HR II/8. *RGEO* 66–7. ♦ Pl. ***linte***.

lintyulussea [lintjul'ussea], *Adj.* viele Pappeln habend, pappelreich. ♦ *Ety* (LI).

linya [l'inja], *N.* Teich. ♦ *Ety* (LIN[1]).

linyenwa [l'injenwa], *Adj.* viele Jahre habend, bejahrt. ♦ *Ety* (YEN [LI]).

lipsa [l'ipsa], *N.* Seife. ♦ *Ety* (LIB[2]).

lir- [l'ir], *V.* singen. ♦ *Ety* (GLIR, LIR[1]). ◇ *Aor.* ***lirin*** ›ich singe‹.

líre [l'i:re], *N.* Lied. ♦ HR II/8. *RGEO* 66–7. ◇ *Instr.* ***lírinen*** ›im Lied‹ oder ›durch [das] Lied‹.

lirin [l'irin], siehe ***lir-***.

lirulin [l'irulin], *N.* Lerche. ♦ *MR* 238, 262.

lis[1] [l'is], *N.* Honig. ♦ *Ety* (LIS). ◇ *Dat. Sg.* ***lissen.***

lis[2] [l'is], *N.* Gnade, Segen. ♦ *PE* 12:54–5. ◇ Stamm ***list-***. Wurzel LISI ›Süße‹.

lisse [l'isse], *Adj.* süß. ♦ HR II/8. *RGEO* 66–7.

litse [l'itse], *N.* Sand. ♦ *Ety* (LIT).

líve [l'ive], *N.* Krankheit. ♦ *Ety* (SLIW).

ló [l'o:], *N.* (eine) Nacht. ♦ *Ety* (DO3/DO).

loa [l'oa], *N.* ›Wachstum‹, Jahr. ♦ HR Anh D. NAM 3/III Anm. *PMe* 126. *MR* 426. ◊ *Pl.* ***loar***. Verwendet für ein Sonnenjahr (gleichbedeutend mit ***coranar***), sofern der Wechsel der Jahreszeiten im Vordergrund steht.

lóce [l'o:ke], *N.* Drache, Schlange. ♦ SIL Anh *(lok-)*. *Ety* (LOK). ◊ Ältere Form ***hlóke***.

locse [l'okse], *N.* Haar. ♦ *Ety* (LOK).

loënde [lo'ende], *N.* ›Jahrmitte‹. ♦ HR Anh D. ◊ Der mittlere (183.) Tag des Jahres, eingefügt zwischen die Monate ***Nárië*** und ***Cermië*** (»Juni« und »Juli«) im númenórischen Kalender und der Statthalterrechnung.

loico [l'oiko], *N.* Leichnam, Leiche. ♦ U&K 239–40. ◊ In ***loicolícuma*** ›Leichenkerze‹.

lóme [l'o:me] (lúme), *N.* Nacht, Nachtzeit, Schatten der Nacht. ♦ SIL Anh *(lóme, dú)*. BRIEFE Nr. 230. *LR* 41. *Ety* (DO3/DO, DOMO, LUM). *SD* 302. *MR* 172. ◊ Vgl. ***lómelinde***. ›Licht‹ (BRIEFE) ist ein Übersetzungsfehler. Das Wort ***lúme*** in »Markirya« (U&K 239) ist verm. ein Schreibfehler, unter dem Einfluss von ***lumbe***.

lómea [l'o:mea], *Adj.* düster. ♦ HR III/4, Anh F. ♦ In ***Lómeanor***.

lómelinde [lo:mel'inde], *N.* ›Dämmersänger, Nachtsänger‹, Nachtigall. ♦ SIL QS/4; Reg *(Lómelindi)*, Anh *(dú, lóme, lin-²)*. *LR* 41. *Ety* (D03/DO, LIN² [TIN]). *SD* 302. *MR* 172. ◊ Pl. ***lómelindi***.

Lómion [l'o:mion], *N.* ›Sohn des Zwielichts‹. ♦ SIL QS/16; Reg, Anh *(lóme)*. ◊ Eigenname oder Beiname.

lóna¹ [l'o:na], *Adj.* dunkel. ♦ *Ety* (DO3/DO).

lóna² [l'o:na], *N.* Insel (entfernt und schwierig zu erreichen). ♦ *Ety* (LONO).

londe [l'onde], *N.* (landumschlossener) Hafen. ♦ *Ety* (LOD) SIL Anh.

lor [l'or], *N.* Traum. ♦ BRIEFE Nr. 230. ◊ Verm. eher ein elbisches »Element« als ein vollständiges Wort.

lóre [l'o:re], *N.* Schlummer, Schlaf. ♦ *Ety* (LOS).

Lórellin [lo:r'ellin], *N.* ›Traumsee‹. ♦ SIL Val. ◊ Name des Sees in Aman, wo die Valië Este schläft.

Lóriën[1] [l'o:rien], *N.* ›Träumer‹. ♦ SIL Val. *Ety* (LOS [ÔLOS, SPAN]). *WJ* 402. ◊ Name eines Vala, eigentlich der Ort, wo er wohnt; sein wirklicher Name ist ***Irmo***.

Lóriën[2] [l'o:rien], *N.* ›Traumland‹. ♦ HR II/2. NAM 2/IV Anm. ◊ Ein Elbenreich in Mittelerde.

lorna [l'orna], *Adj.* schlafend. ♦ *Ety* (LOS).

losse [l'osse], *N.* (gefallener) Schnee; *Adj.* schneeweiß. ♦ *RGEO* 69. *Ety* (LOT[H]). SIL Anh *(los)*.

lossea [l'ossea], *Adj.* schneeweiß. ♦ *VT* 42:18.

losta- [l'osta], *V.* blühen. ♦ *VT* 42:18.

lóte [l'o:te], *N.* (große, einzelne) Blume, Blüte. ♦ SIL Anh *(loth)*. *Ety* (LOT[H]). ◊ In den Namen ***Ninquelóte***, ***Vingilóte***; auch in ***Lótesse*** (s. d.).

Lótesse [lo:t'esse], *N.* ›Blüteanfang‹. ♦ HR Anh D. NAM 3/II. ◊ Fünfter Monat des Jahres, »Mai«.

lotse [l'otse], *N.* (kleine, einzelne) Blume, Blüte. ♦ *VT* 42:18.

lú [l'u:], *N.* Gelegenheit, Augenblick. ♦ *Ety* (LU).

lucando [luk'ando], ***lucindo*** [luk'indo], *N.* Schuldiger, Sünder. ♦ *VT* 43:19. ◊ *Pl.* ***lucandor***, ***lucindor***.

lucasse [luk'asse], ***luciё*** [l'ukie], *N.* Schuld, Vergehen, Sünde. ♦ *VT* 43:19. ◊ *Pl.* ***lucassemmar*** ›unsere Schulden‹.

lúce [l'u:ke], *N.* Verzauberung. ♦ *Ety* (LUK).

luciё [l'ukie], siehe ***lucasse***.

lucindo, siehe ***lucando***.

luhta [l'uxta], *N.* Schuld, Sünde. ♦ *VT* 43:19. ◊ *Pl.* ***luhtar*** belegt.

luhta- [l'uxta], *V.* verzaubern. ♦ *Ety* (LUK).

luin [l'uin], ***luine*** [l'uine], *Adj.* blau. ♦ HR II/8. *RGEO* 66–7. SIL Anh. ◊ *Pl.* ***luini***.

luina [l'uin], *Adj.* altvordern, vor langer Zeit. ♦ *PE* 12:56.

Luinil [l'uinil], *N.* ›Blaustern‹. ♦ SIL QS/3. *MR* 435. ◊ Name eines Sterns, versuchsweise gleichgesetzt mit dem Planeten Neptun.

Lumbar [l'umbar], *N.* ›Düsterheim‹ (?). ♦ SIL QS/3; Reg. *MR* 435. ◊ Name eines Sterns, versuchsweise gleichgesetzt mit dem Planeten Saturn.

lumbe [l'umbe], *N.* Düsternis, Schatten. ♦ *Ety* (LUM).

lumbo [l'umbo], *N.* Wolke. ♦ U&K 239. ◊ *Pl.* ***lumbor***.

lumbule [l'umbule], *N.* Dunkelheit, (tiefer) Schatten. ♦ HR II/8. *RGEO* 66–7.

lúme[1] [l'u:me], *N.* Zeit, Stunde. ♦ *Ety* (LU). *WJ* 367. BRIEFE Nr. 347 Anm. ◊ *All.* ***lúmenna*** ›auf die Stunde‹, elidiert ***lúmenn'*** im Gruß ***elen síla lúmenn' omentiëlvo***, weil das nächste Wort mit einem Vokal beginnt.

lúme[2] [l'u:me], siehe ***lóme***.

lumenyáre [lu:menj'a:re], *N.* Gegenwartsgeschichte. ♦ *Ety* (NAR[2]).

lúmequenta [lu:mekw'enta], *N.* chronologischer Bericht, Annalen. ♦ *Ety* (LU).

lúmequentale [lu:mekw'entale], *N.* Geschichte (als Wissenschaft) (?). ♦ *Ety* (KWET, LU).

lúmequentalea [lu:mekwent'alea], *Adj.* historisch. ♦ *Ety* (LU).

lumna- [lumna], *V.* liegen, lasten. ♦ *LR* 47. *Ety* (DUB). *SD* 310. ◊ *Aor.* ***lumna*** ›er/sie/es ist schwer‹.

lumna, [l'umna], *Adj.* schwer, belastend, bedrückend. ♦ *Ety* (DUB).

lunca [l'unka], *N.* Wagen. ♦ *VT* 43:19.

lúne [l'u:ne], *Adj.* blau. ♦ *Ety* (LUG[2]).

lunga [l'uŋga], *Adj.* schwer. ♦ *Ety* (LUG[1]).

Lúnoronti [lu:nor'onti], *N.* ›Blaue Berge‹. ♦ *Ety* (LUG[2]). ◊ S. *Ered Luin*.

lunte [l'unte], *N.* Boot. ♦ *Ety* (LUT).

lussa- [lussa], *V.* flüstern. ♦ *Ety* (SLUS/SRUS).

lusse [l'usse], *N.* Flüstern, Geflüster. ♦ *Ety* (SLUS/SRUS).

lúva [l'u:va], *N. Ling.* Bogen (der Schrift) ♦ HR Anh E.

M

má [m'a:], *N.* Hand. ♦ HR II/8. *RGEO* 66–7. *Ety* (MA3). LT 72. ◇ *Dual* ****mát*** ›ein Paar Hände‹, ***máryat*** seine/ihre (zwei) Hände; *All. Pl.* ***mannar*** ›in die Hände‹. Vgl. ***-maite***.

maca- [m'aka], *V.* hauen (mit einem Schwert). ♦ *VT* 39:11. ◇ *Aor.* ***mace***.

Macalaure [makal'aure], *N.* ›Gold-Spalter‹. ♦ *Ety* (MAK). *PMe* 353. ◇ Muttername von ***Canafinwe***. S. *Maglor*.

macar[1] [m'akar], *N.* Schwertkämpfer. ♦ HR Anh E Anm. ◇ In ***Menelmacar*** (s. d.).

macar[2] [m'akar], *N.* Händler. ♦ *Ety* (MBAKH).

macil [m'akil], *N.* Schwert. ♦ *Ety* (MAK).

macsa [m'aksa], *Adj.* weich, fügsam. ♦ *Ety* (MASAG).

macse [m'akse], *N.* Teig. ♦ *Ety* (MASAG).

mahalma [mah'alma], *N.* Thron. ♦ NAM 3/II. *WJ* 399. ◇ *Lok. Pl.* ***mahalmassen***. Lehnwort aus dem Valarin.

Máhanaxar [mahan'aksar], *N.* ›Schicksalsring‹. ♦ SIL QS/1. *WJ* 401. ◇ Richterstätte der Valar. Lehnwort aus dem Valarin.

Máhani [m'a:hani], *N.* ›Schicksalsmächte‹. ♦ *WJ* 402. ◇ Die acht obersten Valar. Lehnwort aus dem Valarin, übers. als ***Aratar***.

mahta-[1] [m'axta], *V.* handhaben, fühlen, streicheln. ♦ *Ety* (MA3).

mahta-[2] [m'axta], *V.* handhaben, führen (einer Waffe). ♦ *Ety* (MAK).

Mahtan [m'axtan], *N.* ›Handwerker‹. ♦ SIL QS/6. ◇ Eigenname.

mahtar [m'axtar], *Adj.* scharf, durchdringend. ♦ *Ety* (MAK).

Maiar [m'aiar], *Sg.* ***Maia*** [m'aia], *N.* ›die Schönen‹. ♦ HR Anh A, B. SIL Val; Reg. NAM 2/II Anm, IV/2. *MR* 49. ◇ Die geringeren Ainur, die in Eä eintraten.

maica [m'aika], *Adj.* scharf, durchdringend. *N.* Klinge. ♦ SIL Anh *(maeg)*. *VT* 39:11. ◇ Vgl. *Ety* (MAK).

maile [m'aile], *N.* Lust. ♦ *Ety* (MIL-IK).

mailea [m'ailea], *Adj.* lustvoll. ♦ *Ety* (MIL-IK).

maisi, siehe ***maite***.

maita [m'aita], *Adj.* hungrig. ♦ *VT* 39:11.

maite [m'aite], *Adj.* händig, geschickt. ♦ *Ety* (MA3). ◊ *Pl.* ***maisi***. In ***Angamaite***, ***morimaite***, ***Telemmaite*** (s. d.).

Maitimo [m'aitimo], *N.* ›der Wohlgeformte‹. ♦ *PMe* 353. ◊ Muttername von ***Nelyafinwe***, Beiname ***Russandol***. ÑS. *Maedhros*.

maiwe [m'aiwe], *N.* Möwe. ♦ *Ety* (MIW). U&K 238. ◊ *Pl.* ***maiwi***.

Makalaure [makal'aure], ›Goldenschmied‹. ♦ *PMe* 353. ◊ Muttername von ***Canafinwe***, auf den goldenen Klang seiner Harfe bezogen. ÑS. *Maeglor*.

mal ['mal], *Konj.* aber, doch. ♦ *VT* 43:23.

Malantur [m'alantur], *N.* ›-Herr‹ (?). ♦ NAM 2/II. ◊ Eigenname.

malarauco [malar'aúko], *N.* ›grausamer Dämon‹. ♦ *Ety* (RUK [ÑGWAL]). ◊ S. *Balrog*.

malda[1] [m'alda], *N.* Gold. ♦ *Ety* (SMAL).

malda[2] [m'alda], *Adv.* mehr. ♦ *VT* 42:32.

malina [m'alina], *Adj.* gelb. ♦ BRIEFE Nr. 230. *Ety* (SMAL).

Malinalda [malin'alda], *N.* ›Gelber Baum‹. ♦ SIL QS/1; Anh *(mal-, alda)*. ◊ Ein Name von Laurelin. Übers. »Goldner Baum«.

malinorne [malin'orne], *N.* gelber Baum. ♦ NAM 2/I. ◊ *Pl.* ***malinorni***; *Gen. Koll. Pl.* ***malinornélion***, in ***Laurelindórenan lindelorendor malinornélion ornemalin*** (s. d.). Baum mit glatter silberner Rinde, goldgelben Blüten und grünen Blättern mit silberner Unterseite, die im Herbst golden werden. Sie wuchsen nur in Aman, auf der Insel Númenor, aber nicht in Mittelerde außer in Lórien und (ein einziger) im Auenland. S. *mallorn*.

malle [m'alle], *N.* Straße. ♦ *Ety* (MBAL). *LR* 47, 56. *SD* 310. ◊ *Pl.* ***maller.***

málo [m'a:lo], *N.* Freund. ♦ *Ety* (MEL).

malo [m'alo], *N.* gelbes Pulver, Pollen. ♦ *Ety* (SMAL).

malta [m'alta], *N.* Gold. *Ling.* Name von Tengwa 18. ♦ HR Anh E.

malwa [m'alwa], *Adj.* blass. ♦ *Ety* (SMAL) .

máma [m'a:ma], *N.* Schaf. ♦ *WJ* 395.

Mámandil [m'a:mandil], *N.* ›Schaf-Freund‹. ♦ NAM 2/II. *WJ* 395. ◇ Eigenname.

mamil [m'amil], *N.* Mutter. ♦ NAM 2/II.

man [m'an], *Pron.* wer? ♦ HR II/8. *RGEO* 66–7. U&K 238–9. *LR* 72, 59. *PMe* 357 Anm. ◇ Abgeleitet vom Fragepartikel ***ma, man*** im Eldarin. Übers »was?« in *LR* 59. »Markirya«, Zeile 1 (U&K 238), liest ****men,*** offenkundig ein Schreibfehler.

mána [m'a:na], *Adj.* gesegnet. ♦ *LR* 72.

mana [m'ana], *Pron.* was? ♦ *PMe* 395, 402. ◇ Übers. im Satz ***mana i-coimas Eldaron*** ›was ist das Lebensbrot der Eldar?‹

manaquenta [manakw'enta], *Adj.* gesegnet, voller Gnade. ♦ *VT* 44:10.

manar [m'anar], ***mande*** [m'ande], *N.* Schicksal, Geschick; Ende, ewige Seligkeit. ♦ *Ety* (MANAD [unter MAN]).

manca- [m'aŋka], *V.* handeln (mit Waren). ♦ *Ety* (MBAKH) .

mancale [m'aŋkale], *N.* Handel. ♦ *Ety* (MBAKH).

mande, siehe ***manar***.

mando [m'ando], *N.* Gefängnis, Kerker, Gewahrsam. ♦ *MR* 350. SIL Anh *(band).*

Mando [m'ando], *N.* ›Binder, schrecklicher Binder‹. ♦ *Ety* (MBAD [MANAD, ÑGUR, SPAN]). *WJ* 402. ◇ Name eines Vala; siehe auch ***Mandos***.

Mandos [m'andos], ***Mandosse*** [mand'osse], *N.* ›Burg des Gewahrsams‹. ♦ SIL Val. Anh *(band, os(t)).* NAM 1/I. *MR* 350. ◇ Verwendet als der Name eines Vala, eigentlich der Ort, wo er wohnt; sein richtiger Name lautet ***Námo***.

manen [m'anen], *Konj.* wie? ♦ *PMe* 395.

manu [m'anu], *N.* (hingeschiedener) Geist. ♦ *Ety* (MAN).

Manwe [m'anwe], *N.* ›Geist-Wesen, Gesegnetes Wesen‹. ♦ HR II/1; Anh A. *RGEO* 68–9, 74. SIL Ain; Anh *(mân-)*. NAM I/1 Anm, 4/II. BRIEFE Nr. 211. *Ety* (MAN [WEG]). *WJ* 399. ◇ König der Valar; entlehnt aus dem Valarin. Erklärt als »Einer im Einklang mit Eru«.

mapa- [m'apa], *V.* packen, greifen. ♦ *Ety* (MAP).

maquet- [m'akwet], *V.* fragen. ♦ *PMe* 403. ◇ *Prät.* ***maquente***.

már [m'a:r], ***mar*** [m'ar], N. Wohnstätte, Heim; Haus, Halle; Land, Welt. ♦ HR II/8. *RGEO* 66–7. SIL Anh *(bar)*. *LR* 72. *Ety* (MBAR). *MR* 385. ◇ *Pl.* ***mardi***; *Abl.* ***mardello***. Heim von Personen und von Völkern.

mar- [m'ar], *V.* weilen; angesiedelt oder sesshaft gemacht werden. ♦ NAM 3/II. HR VI/5.

mára [m'a:ra], *Adj.* nützlich, passend, gut (von Dingen). ♦ *Ety* (MAG [unter MA3]).

maranwe [mar'anwe], *N.* Schicksal. ♦ *Ety* (MBARAT) .

Mardil [m'ardil], *N.* ›Heim-Freund‹. ♦ HR Anh A, D. SIL RM; Anh *(bar, -(n)dil)*. NAM 3/II Anm. BRIEFE Nr. 297 Anm. *PMe* 204. ◇ Eigenname, interpretiert als »dem Hause (der Könige) ergeben«.

márië [m'a:rie], *V.* ›es ist gut‹. ♦ *LR* 72. ◇ Zweifelhaft, da das Verb-Suffix ***-ië*** im späten Qu. nicht mehr gültig ist; vgl. aber ***namárië***.

Mar-nu-Falmar [m'ar n'u f'almar], *N.* ›Heim-unter-Wellen‹. ♦ SIL Ak; Reg, Anh *(bar, falas)*. ◇ Name von Númenor nach dem Untergang.

marta [m'arta], *Adj.* schicksalhaft, verdammt. ♦ *Ety* (MBARAT).

Martalmar [mart'almar], *N.* ›Wurzeln der Erde‹. ♦ *Ety* (TALAM). ◇ Unterer Bereich von Mittelerde.

Martan [m'artan], ***Martano*** [m'artano], *N.* ›Erderbauer, Erdschmied‹. ♦ *Ety* (MBAR, TAN). ◇ Beiname des Vala Aule.

martya- [m'artja], *V.* bestimmen (im Sinne des Schicksals). ♦ *Ety* (MBARAT).

marya [m'arja], *Adj.* bleich, fahl. ♦ *Ety* (MAD).

massánië [mass'a:nie], *N.* Brotgeberin, Herrin. ♦ *PMe* 404. ◇ Verwendet als ein Titel der höchsten Frau in einem elbischen Volk, da sie die Aufbewahrung und Vergabe des ***coimas*** *(lembas)* verantwortete. (Das englische Wort »Lady« hat die gleiche Grundbedeutung.)

masta [m'asta], *N.* Brot. ♦ *Ety* (MBAS; *PMe* 404). ◇ Evtl. zu ändern in ****massa***.

masta- [m'asta], *V.* backen. ♦ *Ety* (MBAS). ◇ Evtl. zu ändern in ****massa-***.

mat- [m'at], *V.* essen. ♦ *Ety* (MAT).

maure [m'aure], *N.* Gier. ♦ *Ety* (MBAS).

mausta [m'austa], *N.* Zwang. ♦ *Ety* (MBAW) .

mauya- [m'auja], *V.* zwingen. ♦ *Ety* (MBAW).

me [m'e], *Pron.* wir, uns (excl.) ♦ HR II/8. *RGEO* 66–7. *LR* 56. ◇ Siehe auch ***met***.

mel- [m'el], *V.* lieben (als Freund). ♦ *Ety* (MEL). ◇ Aor. ***mélanye*** ›ich liebe‹; *LB* 70 liest ***meláne***, wohl nicht mehr gültig im späten Qu.

méla [m'e:la], *Adj.* liebevoll. ♦ *VT* 39:10.

Melco [m'elko] (Melko), *N.* ›der Gierige‹ oder ›der Mächtige‹. ♦ *Ety* (MIL-IK [MOR]). *LR* 72. *MR* 350, 362. ◇ Name des rebellischen Vala, gewöhnlich ***Melcor*** genannt; aber die Form ***Melco*** ist noch gültig im späten Qu.

Melcor [m'elkor] (Melkor), *N.* ›Er, der in Macht ersteht‹. ♦ HR I/11, A, B; Anh F. SIL Ain; Reg. NAM 1/I. *WJ* 402. ◇ Der größte der Ainur, der sich gegen Eru auflehnte. Ältere Form ***Melcóre*** ›Mächtig-aufsteigend‹. Älteste Form ****mbelekôro***.

Melcorohíni [melkoroh'i:ni] (Melkorohíni), *N.* ›Kinder Melcors‹. ♦ *MR* 416. ◇ Orks. »Doch die Weiseren sagen: nein, die Sklaven Melcors, aber nicht seine Kinder, denn Melcor hatte keine Kinder.«

melda [m'elda], *Adj.* lieb, geliebt. ♦ *Ety* (MEL).
meldo [m'eldo], *N.* Freund. ♦ *WJ* 412. ◊ Pl. ***meldor***. S. *mellon*.
meletya [meletj'a], *Adj.* mächtig. ♦ *WJ* 369. ◊ Siehe ***Aran Meletyalda***.
melima [m'elima], *Adj.* lieblich, schön. ♦ *Ety* (MEL).
Melimar [m'elimar], *N. Pl.* ›die Schönen‹. ♦ *Ety* (MEL). ◊ Name der Vanyar.
melin [m'elin], *Adj.* lieb, teuer. ♦ *Ety* (MEL).
melindo [mel'indo], *N. m.* Liebender, Liebhaber. ♦ *Ety* (MEL).
melisse [mel'isse], *N. f.* Liebende, Liebhaberin. ♦ *Ety* (MEL).
Melko, siehe ***Melco***.
Melkor, siehe ***Melcor***.
Melkorohíni, siehe ***Melcorohíni***.
melme [m'elme], *N.* Liebe. ♦ *Ety* (MEL).
Melyanna [melj'anna], *N.* ›Liebes-Geschenk‹. ♦ *Ety* (MEL, ANA[1]). SIL Reg, Anh *(mel-)*. ◊ Name einer Maia, S. *Melian*.
men[1] [m'en], *N.* Ort, Stelle; Weg. ♦ SIL Anh. *Ety* (MEN). ◊ Die erste Bedeutung ist evtl. nicht mehr gültig im späteren Qu.
men[2], siehe ***man***.
ména [m'e:na], *N.* Gebiet. ♦ *Ety* (MEN).
mende [m'ende], *N.* Wille, Absicht. ♦ *VT* 43:15.
méne [m'e:ne], *Pron.* auf uns. ♦ *SD* 310.
menel [m'enel], *N.* Sternregion, die Himmel, Himmelskuppel. ♦ SIL Anh *(menel, kemen)*. U&K 239. *Ety* (MEN, EL). *MR* 387. ◊ Die Gesamtheit der Himmelszonen. Identisch im S.
meneldil [men'eldil], *N.* Freund der Himmel, Astronom. ♦ BRIEFE Nr. 297 Anm.
Meneldil [men'eldil], *N.* ›Himmelfreund‹. ♦ HR II/2; Anh A. SIL RM; Anh *(menel)*. NAM 3/I. BRIEFE Nr. 297 Anm. *PMe* 197. ◊ Eigenname, gleichbedeutend mit Astronom.
Meneldur [men'eldur] (Tar-~), *N.* ›Himmeldiener‹. ♦ HR Anh A. NAM 2/III. ◊ Eigenname.
Menelmacar [menelm'akar], *N.* ›Himmel-Schwertkämpfer‹. ♦

HR I/3; Anh E. SIL QS/3; Anh *(menel).* ◇ Das Sternbild Orion (auch ***Telumehtar*** genannt).

Menelmacil [men'elmakil], *N.* ›Himmel-Schwert‹. ♦ *WJ* 411. ◇ Anderer Name des Sternbilds Orion.

Meneltarma [menelt'arma], *N.* ›Himmelpfeiler‹. ♦ HR Anh A. SIL Ak; Reg, Anh *(menel, tar-).* NAM 2/I. ◇ Name des großen Berges von Númenor.

Menelya [men'elja], *N.* ›Himmeltag‹. ♦ HR Anh D. ◇ Eig. Adj. zu ***menel***. Fünfter Tag der elbischen Sechs-Tage-Woche, den Himmeln gewidmet.

mennai [m'ennai], *Präp.* bis, vor. ♦ *VT* 27.

menta- [m'enta], *V.* schicken. ♦ *VT* 41:6, 43:16. ◇ Wurzel MEN ›sich bewegen (in eine beabsichtigte Richtung), zugehen auf, als Ziel haben‹.

mente [m'ente], *N.* Spitze, Ende. ♦ *Ety* (MET).

merca [m'erka], *Adj.* wild, wütend. ♦ *Ety* (MERÊK vgl. BEREK).

mere- [m'ere], *V.* wünschen, verlangen, wollen. ♦ *Ety* (MER). ◇ *Prät.* ***merne***.

meren [m'eren], ***merende*** [mer'ende], *N.* Fest, Festival. ♦ *Ety* (MBER).

merya [m'erja], *Adj.* festlich. ♦ *Ety* (MBER).

meryale [m'erjale], *N.* Festtag. ♦ *Ety* (MBER).

met [met], *Pron.* uns (beide). ♦ HR II/8. *RGEO* 66–7. ◇ Beinhaltet die Dual-Endung ***-t***.

Metelaire [metel'aire], *N.* ›Letzter Sommer(monat)‹. ♦ *PMe* 135. ◇ Alternativer Name für ***Úrime***.

Meterríve [meterr'i:ve], *N.* ›Letzter Winter(monat)‹. ♦ *PMe* 135. ◇ Alternativer Name für ***Narvinye***.

métima [m'e:tima], *Adj.* letzt(er, e, es), endgültig. ♦ U&K 238–9.

metta [m'etta], *N.* Ende. ♦ HR VI/5.

mettare [m'ettare], *N.* ›Endtag‹. ♦ HR Anh D. ◇ Letzter Tag des Jahres im númenórischen Kalender und der Statthalterrechnung, zu keinem Monat gehörig.

metya- [m'etja], *V.* enden, ein Ende machen (trans.). ♦ *Ety* (MET).

mí [m'i:], *Präp.* im. ♦ HR II/8. *RGEO* 66–7. NAM 3/II. ◇ NAM hat ***mi***; die korrekten Formen sollten sein: ***mi*** ›in‹, und ***mí*** (gleichbedeutend mit ***mi i***) ›in‹ + Art.

mi [m'i], *Präp.* in, innerhalb. ♦ *Ety* (MI). *VT* 43:30.

mica [m'ika], *Präp.* unter, zwischen (bei ähnlichen Objekten). ♦ *VT* 43:30.

micsa [m'iksa], *Adj.* nass. ♦ *Ety* (MISK).

miha [m'iha], *Adj.* scharf-spitzig. ♦ *WJ* 337.

milca [m'ilka], *Adj.* gierig. ♦ *Ety* (MIL-LK).

milme [m'ilme], *N.* Gier, Verlangen. ♦ *Ety* (MIL-LK).

milya- [m'ilja], *V.* verlangen nach. ♦ *Ety* (MIL-LK).

min [m'in], ***mine*** [m'ine], *Num.* eins. ♦ *Ety* (MINI). *WJ* 421.

mína [m'i:na], *Adj.* startbereit, begierig zu gehen. ♦ *VT* 39:11.

mína- [m'i:na], *V.* gehen wollen, eine (bestimmte) Richtung nehmen, Kurs nehmen auf. ♦ *VT* 39:11.

mina [m'ina], *Präp.* in . . . hinein. ♦ *VT* 43:30. ◇ Evtl. nicht mehr gültig im späten Qu.

Minalcar [min'alcar], *N.* ›Erst-Glanz‹. ♦ HR Anh A. *PMe* 198. ◇ Eigenname.

Minardil [min'ardil], *N.* ›Turm-Freund‹. ♦ HR Anh A. NAM 3/II. *PMe* 199–200. ◇ Eigenname.

minasse [min'asse], *N.* Festung, Stadt (mit einer Zitadelle und einem zentralen Wachtturm). ♦ *VT* 42:24. ◇ Teilweise vermengt mit S. *minas* ›Turm‹.

Minastan [min'astan], *N.* ›Turm-Macher‹. ♦ HR Anh A. ◇ Eigenname.

Minastir [min'astir] (Tar-~), *N.* ›Turm-Wächter‹. ♦ HR Anh A, B. SIL Ak. NAM 2/III. ◇ Königsname.

minasurië [minas'urie], *N.* Untersuchung. ♦ *VT* 42:17. ◇ Ältere Form ****minathurië***.

minda [m'inda], *Adj.* prominent, hervorstechend. ♦ *Ety* (MINI).

minde [m'inde], *N.* Türmchen. ♦ *VT* 42:24.

mindo [m'indo], *N.* (einzeln stehender) Turm. ♦ *Ety* (MINI).

mindon [m'indon], *N.* (großer hoher) Turm. ♦ U&K 239. SIL Anh *(minas).* ◇ *All. Pl.* ***mindoninnar*** in »Markirya«, geändert in die zusammengezogene Form ***mindonnar.***

Mindon Eldaliéva [m'indon eldali'e:va], *N.* ›Hoher Turm der Eldalië‹. ♦ SIL QS/5; Reg.

mine [m'ine], siehe ***min.***

minna [m'inna], ***mir*** [m'ir], *Adv./Präp.* nach innen, hinein in. ♦ *Ety* (MI). ◇ ***mir*** ist ein alter All., verm. nicht mehr gültig im späten Qu.

Minnónar [minn'o:nar], *N. Pl.* ›Erstgeborene‹. ♦ *WJ* 403. ◇ *Sg.* nicht belegt. Elben, im Gegensatz zu ***Apanónar***, den Nachgeborenen, Menschen.

Minohtar [min'oxtar], *N.* ›Erst-Krieger‹. ♦ NAM 3/II. ◇ Eigenname.

minque [m'iŋkwe], *Num.* elf. ♦ *Ety* (MINIK-W).

minya [m'inja], *Num. Adj.* erst(er, e, es). ♦ SIL Anh *(minas). Ety* (MINI).

Minyar [m'injar], *N. Pl.* ›die Ersten‹. ♦ *WJ* 380. ◇ *Sg.* nicht belegt. Der ursprüngl. Name der Vanyar.

Minyatur [m'injatur] (Tar-~), *N.* ›Erst-Herrscher‹. ♦ HR Anh A. SIL Anh *(minas, tur).* NAM 2/III. *PMe* 348. ◇ Königsname.

minyen [m'injen], *N.* erster Tag. ♦ *Ety* (YEN [MINI]). ◇ Erster Tag des Jahres.

mir, siehe ***minna.***

míre [m'i:re], *N.* Juwel. ♦ SIL Anh *(mîr). Ety* (MIR). ◇ Kurzform ***-mir*** in ***Tar-Atanamir.***

Míriël [m'i:riel] (auch Tar-~), *N.* ›Juwel-Tochter‹. ♦ SIL QS/5, Ak; Anh *(mîr).* ◇ *Gen.* ***Míriëllo.*** Eigenname oder Königsname.

miril [m'iril], *N.* Juwel. ♦ *Ety* (MBIRIL). ◇ *Pl.* ***mirilli.***

mirilya- [mir'ilja], *V.* glitzern. ♦ *Ety* (MBIRIL).

mirima [m'irima], *Adj.* frei. ♦ *Ety* (MIS).

Mirimor [m'irimor], *N.* ›Freie‹, Wanderer. ♦ *Ety* (MIS). ◇ Die Teleri.

mirroanwi [mirro'anwi], *N.* Inkarnierte; jene Geister, die einen Leib bewohnen. ♦ *MR* 350.

miruvor [m'iruvor], ***miruvóre*** [miruv'o:re], *N.* Met; ein besonderer Wein. ♦ HR II/3, II/8. *RGEO* 66–7, 69. NAM 3/I. *WJ* 399. ◇ *Poss.* ***miruvóreva***. Lehnwort aus dem Valarin. Ursprünglich ein Wein aus dem Honig der Blumen in den Gärten Yavannas. Auch Name für einen Stärkungstrunk der Elben von Imladris.

mista [m'ista], *Adj.* grau. ♦ BRIEFE Nr. 168. ◇ In ***lassemista***.

mista- [m'ista], *V.* umherstreifen. ♦ *Ety* (MIS).

miste [m'iste], *N.* Sprühregen. ♦ *Ety* (MIZD).

mitta [m'itta], *Präp.* in ... hinein, in. ♦ *VT* 43:22.

mitta-[1] [m'itta], *V.* einfügen (trans.); eintreten, eindringen in (intrans.). ♦ *VT* 43:30. ◇ Die trans. Bedeutung ist evtl. nicht mehr gültig im späten Qu.

mitta-[2] [m'itta], *Präf.* zwischen, inwendig. ♦ *VT* 43:30.

Mittalmar [mitt'almar], *N.* ›Binnenwurzeln‹ (?), Binnenland. ♦ NAM 2/I. ◇ Mittellande von Númenor.

mittanya- [mitt'anya], *V.* (hinein)führen. *VT* 43:22.

mitya [m'itja], *Adj.* inner. ♦ *Ety* (MI).

miule [m'iule], *N.* Wimmern, Jaulen, Miauen. ♦ *Ety* (MIW).

moina [m'oina], *Adj.* vertraut, lieb. ♦ *Ety* (MOY [MUY]).

mól [m'o:l], *N.* Sklave, Knecht. ♦ *Ety* (MO).

mólanoldorin [mo:lan'oldorin], *N.* Sklaven-Noldorin. ♦ *Ety* (MO). ◇ Sprache der versklavten Noldor unter Morgoth.

móna [m'o:na], *N.* Leib, Mutterleib. ♦ *VT* 43:31. ◇ Wurzel MÔ ›sich mühen, geplagt sein‹.

morco [m'orko], *N.* Bär. ♦ *Ety* (MORÔK).

mordo [m'ordo], *N.* Schatten, Verdunkelung, Fleck. ♦ *Ety* (MOR).

mor [m'or], ***more*** [m'ore], *N.* Dunkel, Schwärze, Finsternis. ♦ SIL Anh. BRIEFE Nr. 230. ◇ Stamm ***mori-***.

móre [m'o:re], *N.* Schwärze, Dunkelheit, Nacht. ◇ *Ety* (MOR).

more [m'ore], *Adj.* schwarz, dunkel. *N.* Dunkel, Dunkelheit. ♦ BRIEFE Nr. 297. *Ety* (MOR).

Morifinwe [morif'inwe], *N.* ›Dunkler Finwe‹. ♦ *PMe* 353. ◇ Eigenname; er wurde auf S. *Caranthir* genannt. Qu.-Kurzname ***Moryo***.

morilinde [moril'inde], *N.* Nachtsängerin (Nachtigall). ♦ *Ety* (MOR).

morimaite [morim'aite], *Adj.* schwarzhändig. ♦ HR VI/6.

Morimando [morim'ando], *N.* ›Dunkel-Binder‹. ♦ *Ety* (MBAR). ◇ Beiname des Vala Mandos.

Moringotto [moriŋg'otto], *N.* ›Schwarzer Feind‹. ♦ *MR* 194. ◇ Die älteste Form soll **Morñgoto* gewesen sein. S. *Morgoth*.

Morion [m'orion], *N.* ›der Dunkle‹. ♦ *LR* 72. ◇ Ein Titel von Morgoth.

Moriquendi [morikw'endi], ***Morquendi*** [morkw'endi], *N.* ›Dunkel-Elben‹. ♦ SIL QS/3; Reg, Anh *(mor, quen-/quet-)*. *WJ* 373, 361. ◇ Elben, die das Licht von Aman nicht gesehen haben.

Mormacil [m'ormakil], *N.* ›Dunkel-Schwert‹. ♦ *Ety* ([MAK]). ◇ Beiname.

morna [m'orna], *Adj.* dunkel, düster, schwarz. ♦ *Ety* (MOR). HR III/4. BRIEFE Nr. 297. U&K 239. ◇ *Pl.* ***morne***.

morniё [m'ornie], *N.* Dunkelheit. ♦ HR II/8. *RGEO* 66–7.

Moryo [m'orjo], *N.* siehe ***Morifinwe***.

móta- [m'o:ta], *V.* arbeiten, schuften. ♦ *Ety* (MO).

motto [m'otto], *N.* Fleck. ♦ *Ety* (MBOTH).

muile [m'uile], *N.* Geheimhaltung, Verborgenheit. ♦ *Ety* (MOY).

muina [m'uina], *Adj.* geheim, verborgen. ♦ *Ety* (MOY).

mundo [m'undo], *N.* Schnauze, Nase; Bulle. ♦ *Ety* (MBUD). BRIEFE Nr. 342.

musse [m'usse], *Adj.* weich. ♦ *VT* 39:17.

musse tengwe [m'usse t'eŋgwe], ***musse*** [m'usse], *N. Ling.* Vokal. ♦ *VT* 39:17. ◇ *Pl.* ***musse tengwi***, ***mussi***. Wörtl. ›weicher Laut‹.

N

Wörter, deren Stamm auf den nasalierten Plosiv ***ng-*** (ÑG-) oder ***ngw-*** (ÑGW-) zurückgeht, werden mit dem Tengwa ***ñoldo*** (Nr. 19) bzw. ***ñwalme*** (Nr. 20) geschrieben. Sie sind im Wörterbuch mit ***ñ-*** gekennzeichnet; auf die Aussprache im Dritten Zeitalter hat dies keinen Einfluss.

na [n'a], *Partikel*. es sei, es soll sein. ♦ *VT* 43:14. ◊ Verm. Aor. des Hilfsverbs ***na-***, dem Verb vorangestellt zum Ausdruck des Subjunktivs: ***aranielya na tuluva*** ›Dein Reich komme‹.

na- [n'a], *V.* sein. ♦ HR II/8. *RGEO* 66–7. *Ety* (NA^2). *VT* 42:34. ◊ *Präs.* ***ná***; *Fut.* ***nauva***. Siehe auch ***na, nai***^{1}.

ná^1 [n'a:], siehe ***na-***.

ná^2 [n'a:], ***nán*** [n'a:n], ***nan*** [n'an], *Konj.* aber, doch. ♦ *Ety* (NDAN). *LB* 72.

nac- [n'ak-], *V.* beißen. ♦ *Ety* (NAK).

nahamna [nah'amna], *Adj.* gedemütigt. ♦ *LR* 47. ◊ Gleichbedeutend mit ***nucumna*** in *SD* 246 (vgl. *SD* 290 Anm).

Nahar [n'ahar], *N.* ›Nahar‹. ♦ SIL QS/1; Reg. *WJ* 401. ◊ Name von Oromes Ross, entlehnt aus dem Valarin.

nahta [n'axta], *N.* Biss. ♦ *Ety* (NAK).

nai^1 [n'ai], *Partikel*. sei es, dass; vielleicht. ♦ HR II/8. *RGEO* 66–8. NAM 3/II. *Ety* (NA). ◊ Zur Einleitung eines Wunsches, in den belegten Beispielen mit einem Verb im Futur. ***Nai hiruvalye Valimar!*** ›Mögest du Valimar finden!‹, ***Nai tiruvantes*** ›Mögen sie es schützen‹.

nai^2 [n'ai], *Interj.* ach!. ♦ *Ety* (NAY).

naice [n'aike], ***naicele*** [n'aikele], *N.* scharfer Schmerz. ♦ *Ety* (NÂYAK).

naicelea [naik'elea], *Adj.* schmerzhaft. ♦ *Ety* (NÂYAK).

naico [n'aiko], ***naiquea*** [n'aikwea], *N.* Schuldiger, Sünder. ♦ *VT* 43:19. ◊ Nur *Pl.* ***naicor, naiquear*** belegt.

naina- [n'aina], *V.* klagen. ♦ *Ety* (NAY).

nainië [n'ainie], *N.* Klagen, Klage. ♦ *RGEO* 65 [in Tengwar], 66.

naiquea, siehe ***naico***.

Naira [n'aira], *N.* ›Flammenherz‹. ♦ *MR* 198. ◊ Ein Name der Sonne.

naire [n'aire], *N.* Klage. ♦ *Ety* (NAY).

nalláma [nall'a:ma], ***nallama*** [n'allama], *N.* Echo. ♦ *Ety* (LAM).

Ñaltariël [nalt'ariel], *N.* ›mit einem Strahlenkranz gekrönte Maid‹. ♦ *PMe* 347. ◊ Echte Qu.-Form von ***Galadriël***, die tatsächlich verwendete Form war ***Altariël*** (s. d.).

nam- [n'am], *V.* denken, meinen, urteilen. ♦ *VT* 41:18. ◊ *Aor.* ***namin*** ›ich meine‹.

namárië [nam'a:rie], *Interj.* lebwohl. ♦ HR II/8. *RGEO* 66–7, 69.

namba [n'amba], *N.* Hammer. ♦ *Ety* (NDAM).

namba- [n'amba], *V.* hämmern. ♦ *Ety* (NDAM).

Nambarauto [nambar'auto], *N.* ›Kupfer-Hämmerer‹. ♦ *Ety* (NDAM [RAUTA]). ◊ Eigenname. ÑS. *Damrod*.

námië [n'a:mie], *N.* Urteil, Beschluss, Begehr. ♦ *VT* 41:13.

namna [n'amna], *N.* Statut. ♦ *MR* 258. ◊ ***Namna Finwe Míriëllo*** ›Das Statut von Finwe und Míriel‹.

námo [n'a:mo] eine Person, jemand. ♦ *PMe* 340.

Námo [n'a:mo], *N.* ›Verkünder, Richter‹. ♦ SIL Val; Reg. NAM 4/II. *WJ* 402. ◊ Name eines Vala, normalerweise Mandos genannt, nach dem Ort, wo er wohnt.

nan[1], ***nán***, siehe ***ná***[2].

nan[2] [n'an], ***nande*** [n'ande], *N.* Tal. ♦ HR III/4. NAM 2/IV. BRIEFE Nr. 230. ◊ Stamm ***nand-***. In ***Laurenande***, ***Nan-tasarion***.

nan- [n'an], *Präf.* rückwärts, rück-. ♦ *Ety* (NDAN).

Nanar [n'anar], *N.* ›die Rückwärtigen‹. ♦ *Ety* (DAN). ◊ Name der Grünelben.

nanda [n'anda], *N.* (bewässerte) Ebene, Aue. ♦ *Ety* (NAD).

ñanda- [n'anda], *V.* Harfe spielen. ♦ *Ety* (ÑGAN/ÑGÂNAD).

ñandaro [n'andaro], *N.* Harfner. ♦ *Ety* (ÑGAN/ÑGÂNAD).

nande, siehe ***nan***[2].

ñande [n'ande], *N.* Harfe. ♦ *Ety* (ÑGAN/ÑGÂNAD).

ñandele [n'andele], *N.* Harfenspiel. ♦ *Ety* (ÑGAN/ÑGÂNAD).

ñandelle [nand'elle], *N.* (kleine) Harfe. ♦ *Ety* (ÑGAN/ÑGÂNAD).

Nandor [n'andor], *N.* ›die Rücknehmer‹. ♦ SIL QS/3; Reg. NAM 1/II. *WJ* 412. ◇ Name der Grünelben; ****ndandô*** besagt ›einer, der sein Wort oder seine Entscheidung zurücknimmt‹, da die Nandor den Zug von Cuiviénen nach Aman verließen. Übers. »Die sich abwenden«.

nangwa [n'aŋgwa], *N.* Kiefer, Gebiss. ♦ *Ety* (NAK).

Nan-tasarion [n'an tas'a:rion], *N.* ›Tal der Weiden‹. ♦ HR III/4. SIL Anh *(tathar)*. ◇ Ortsname.

nár [n'a:r], ***náre*** [n'a:re], *N.* Flamme. ♦ SIL Anh *(nar)*. *Ety* (NAR[1]). ◇ Mit männl. Personalendung ***-o*** in ***Feanáro***.

naraca [n'araka], *Adj.* gewalttätig. ♦ *Ety* (NÂRAK).

narci- [n'arki], *V.* zerreißen. ♦ *Ety* (NÂRAK).

narda [n'arda], *N.* Knoten. ♦ *Ety* (SNAR).

Nárië [n'a:rie], *N.* ›der Feurige, der Sonnige‹. ♦ HR Anh D. ◇ Sechster Monat des Jahres, »Juni«.

Narmacil [n'armakil], *N.* ›Flamme-Schwert‹. ♦ HR Anh A. NAM 3/II. *PMe* 198. ◇ Eigenname.

ñarmo [n'armo], *N.* Wolf. ♦ *Ety* (ÑGAR[A]M).

Narquelië [narkw'elie], *N.* ›Feuer-Schwinden‹. ♦ HR Anh D. NAM 1/I. ◇ Zehnter Monat des Jahres, »Oktober«.

Narquelion [narkw'elion], *N.* ›Feuer-Schwinden‹, Herbst. ♦ *Ety* (NAR[1], KWEL [LAS[1]]).

Narsil [n'arsil], *N.* ›Narsil‹. ♦ HR I/10; Anh A. SIL RM; Anh *(nar, sil-)*. NAM 3/I. BRIEFE Nr. 347. ◇ Das Schwert Elendils, Zusammensetzung aus dem Stamm, der in ***Anar*** ›Sonne‹ und ***Isil*** ›Mond‹ aufscheint.

Narsilion [nars'ilion], *N.* ›(Lied) von Sonne und Mond‹. ♦ SIL

QS/11; Reg. ◊ Die Stämme der Worte für Sonne und Mond mit einer hinzugefügten Gen.-Pl.-Endung.

Narvinye [narv'inje], *N.* ›Neues Feuer‹. ♦ HR Anh D. ◊ Erster Monat des Jahres, »Januar«.

narwa [n'arwa], *Adj.* feuerrot. ♦ *Ety* (NAR[1])

Narya [n'arja], *N.* ›der Feurige‹. ♦ HR VI/9. SIL RM; Anh *(nar)*. NAM 2/IV, 4/II. ◊ Einer der Drei Ringe, genannt der Ring des Feuers oder der Rote Ring.

násië [na'sie], *Interj.* so ist es! (zur Bekräftigung). ♦ *VT* 43:24. ◊ Entspricht lat. *Amen!*

nasse [n'asse], *N.* Dorn, Stachel. ♦ *Ety* (NAS).

nasta- [n'asta], *V.* stechen. ♦ *Ety* (NAS).

nasta[1] [n'asta], *N.* Stich, Spitze. ♦ *Ety* (NAS).

nasta[2] [n'asta], *N.* Speerspitze, Zwickel, dreieckiges Stück Land. ♦ *Ety* (SNAS/SNAT).

nat [n'at], *N.* Ding. ♦ *Ety* (NA).

natse [n'atse], *N.* Netz. ♦ *Ety* (NAT).

nattira- [n'attira], *V.* verachten. ♦ *VT* 44:8. ◊ *Aor.* ***nattira***.

nauca [n'auka], *Adj.* kurz, verkürzt, verkrüppelt. ♦ *WJ* 413. ◊ Insbes. angewandt auf Dinge, die, voll ausgewachsen, kleiner oder kürzer als ihre Art waren und zudem hart, verdreht oder missgestalt.

Naucalië [nauk'alie], *N.* ›Zwergenvolk‹. ♦ *WJ* 388.

Nauco [n'auko], *N.* Zwerg. ♦ *Ety* (NAUK).

ñaule [n'aule], *N.* Wolfsgeheul. ♦ *Ety* (ÑGAW).

ñauro [n'auro], *N.* Werwolf, Warg. ♦ *Ety* (ÑGAW).

nause [n'ause], *N.* Fantasie, Vorstellungskraft. ♦ *Ety* (NOWO).

nauta [n'auta], *Adj.* gebunden, verpflichtet. ♦ *Ety* (NUT).

nauva [n'auva], siehe ***na-***.

nav- [n'av], *V.* denken, meinen, urteilen. ♦ *VT* 42:33. ◊ *Aor.* ***nave***.

náva [n'a:va], *N.* Mund. ♦ *VT* 39:8.

Návarot [n'a:varot], *N.* Hohlburg. ♦ *WJ* 389. ◊ Eine Zwergenbinge im Ersten Zeitalter, Übers. von Kh. *Tumunzahar.* S. *Novrod* (später *Nogrod*).

náva-tengwe [na:vat'eŋgwe], siehe ***návea***.

návea [n'a:vea], ***náva-tengwe*** [na:vat'eŋgwe], *N. Ling.* Konsonant (Laut abhängig von Bewegungen im Mund). ♦ *VT* 39:8. ◇ Nur *Pl.* ***návear, náva-tengwi*** belegt.

néca [n'e:ka] (néka), *Adj.* unbestimmt, blass, unklar zu erkennen. ♦ U&K 238–9.

nehte [n'eçte], *N.* Keil. ♦ NAM 3/I. ◇ Irgendeine Formation, die sich zu einer Spitze verjüngt: eine Speerspitze, ein Keil, eine schmale Landzunge.

nel [n'el], ***nelde*** [n'elde], *Num.* drei. ♦ SIL Anh *(neldor)*. *Ety* (NEL/NÊL-ED). *WJ* 421.

nel- [n'el], *Num. Präf.* tri-, drei-. ♦ *Ety* (NEL/NÊL-ED).

nelci [n'elki], *Pl.* von ***nelet***.

nelde, siehe ***nel***.

neldea [n'eldea], ***nelya*** [n'elja], *Num. Adj.* dritt(er, e, es). ♦ *WJ* 380. *PME* 352. *VT* 42:25.

Neldion, siehe ***Ar Neldion***.

nelet [n'elet], *N.* Zahn. ♦ *Ety* (NÊL-EK). ◇ *Pl.* ***nelci***.

nelle [n'elle], *N.* Bach. ♦ *Ety* (NEN).

neltil [n'eltil], *N.* Dreieck (*Pl.*). ♦ *Ety* (NEL, TIL). ◇ *Pl.* ***neltildi***.

nelya, siehe ***neldea***.

Nelyafinwe [neljaf'inwe], *N.* ›dritter Finwe‹. ♦ *PMe* 352. ◇ Qu.-Kurzname ***Nelyo***. Auf S. *Maedhros* genannt.

Nelyar [n'eljar], *N.* ›die Dritten‹. ♦ *WJ* 380. ◇ Sg. nicht belegt. Der ursprüngl. Name der Noldor.

Nelyo [n'eljo], *N.* siehe ***Nelyafinwe***.

nem- [n'em], *V.* denken, meinen, urteilen. ♦ *VT* 42:33. ◇ *Aor.* ***neme***.

nén [n'e:n], ***nen-*** [n'en], *N.* Gewässer, Teich, See, Lagune. ♦ *Ety* (NEN).

Nénar [n'e:nar], *N.* ›Wasser-‹ (?). ♦ SIL QS/3. *MR* 435. ◇ Name eines Sterns; die Identikation mit dem Neptun ist zweifelhaft.

nenda [n'enda], *Adj.* wässrig, nass. ♦ *Ety* (NEN).

Nendesse [nend'esse], *N.* ›Nassanfang‹. ♦ *PMe* 134. ◊ Alternativer Name für ***Nénime***.

Nendili [n'endili], *N.* ›Wasser-Freunde‹. ♦ *WJ* 411. ◊ Der am häufigsten verwendete Titel oder sekundäre Name der Lindar

nengwe [n'eŋgwe], *N.* Nase. *Ling.* Nasallaut. ♦ *Ety* (NEDWI).

nengwea [n'eŋgwea], *Adj.* die Nase betreffend. *Ling.* nasal. ♦ *Ety* (NED-WI).

Nénime [n'e:nime], *N.* ›der Wässrige‹. ♦ HR Anh D. NAM 3/I Anm. ◊ Zweiter Monat des Jahres, »Februar«.

nente [n'ente], *Prät.* von ***net-***.

Nenya [n'enja], *N.* ›der Wässrige‹. ♦ HR II/7; Anh A. SIL RM; Anh *(nen)*. NAM 2/IV. ◊ Einer der Drei Ringe, genannt der Ring des Wassers oder der Weiße Ring.

ner [n'er], *N.* Mann, Erwachsener. ♦ *Ety* (NDER, DER, NI[1]). *MR* 213. ◊ *Pl.* ***neri***.

Nerdanel [n'erdanel], *N.* (?). ♦ SIL QS/6. ◊ Eigenname.

nernehta [nern'eçta], *N.* Mann-Speerspitze. ♦ NAM 3/I. ◊ Eine keilförmige Kampfformation.

nerte [n'erte], *Num.* neun. ♦ *Ety* (NÊTER).

nertea [n'ertea], *Adj. Num.* neunt(er, e, es). ♦ *VT* 42:25.

Nerwen [n'erwen], *N.* ›Mann-Frau‹. ♦ NAM 2/IV. ◊ Muttername Galadriëls.

nése [n'e:se], ***nesse*** [n'esse], *N.* Jugend. ♦ *Ety* (NETH).

nessa [n'essa], *Adj.* jung. ♦ *Ety* (NETH).

Nessa [n'essa], *N.* ›die Junge‹. ♦ SIL Val. *Ety* (NETH [NÎ[1]]). *WJ* 404, 416. ◊ Name einer Valië, auch ***Indis*** genannt. Lehnwort aus dem Valarin oder einer arch. elbischen Bildung.

nessamelda [nessam'elda], *N.* Nessa-geliebt. ♦ NAM 2/I, Reg. ◊ Immergrüner Baum von Númenor.

Nessaron, siehe ***Ar Nessaron***.

nesse, siehe ***nése***.

nessima [n'essima], *Adj.* jugendlich. ♦ *Ety* (NETH).

net- [n'et], *V.* bekommen, erhalten. ♦ *PE* 12:66. ◊ *Prät.* ***nente***.

neuma [n'euma], *N.* Schlinge. ♦ *Ety* (SNEW).

neuna [n'euna], *Adj*. Num. zweit(er, e, es). ♦ *Ety* (NDEW).
neuro [n'euro], *N*. Nachfolger. ♦ *Ety* (NDEW).
ngoldo [ŋ'oldo], siehe ***noldo***.
ngwalme [ŋw'alme], siehe ***nwalme***.
ní [n'i:], *N. f. arch. poet.* Frau. ♦ *Ety* (NÎ[1], INI). ◇ Gewöhnlich ersetzt durch ***nis*** oder ***nisse***.
ni [n'i], *Pron*. ich. ♦ HR II/8. *RGEO* 66–7. ◇ *Dat*. ***nin*** (s. d.)
nicu- [n'iku], *V*. kalt sein (vom Wetter), frieren. ♦ *WJ* 417. Aor. ***nique***.
nië [n'ie], ***níre*** [n'i:re], *N*. Träne. ♦ *Ety* (NEI).
niëninque [nien'inque], *N*. Weiße Träne. ♦ *Ety* (NEI, NIK-W). Eine blasse Winterblume, ähnlich dem Schneeglöckchen. S. *niphredil*.
Niënna [ni'enna], *N*. ›die Weinende‹. ♦ SIL Val. *Ety* (NEI). NAM 4/II. ◇ Name einer Maia.
nilda [n'ilda], *Adj*. freundlich, liebevoll. ♦ *Ety* (NIL/NDIL).
nilde [n'ilde], *N. f*. Freundin. ♦ *Ety* (NIL/NDIL).
nildo [n'ildo], ***nilmo*** [nilmo], *N. m*. Freund. ♦ *Ety* (NIL/NDIL).
ñille [n'ille], *N*. ›Silberglanz‹. ♦ *MR* 388. ◇ Ein Stern-Abbild am ***Nur-menel*** (s. d.).
nilme [n'ilme], *N*. Freundschaft. ♦ *Ety* (NIL/NDIL).
nilmo, siehe ***nildo***.
nin [n'in], *Pron*. mir, für mich. ♦ HR II/8. *RGEO* 66–7. *LR* 72.
Ninar [n'inar], *N*. ›die Wässer‹. ♦ SIL Reg. *MR* 435. ◇ Name eines Sterns, versuchsweise gleichgesetzt mit dem Planeten Uranus.
Nindamos [n'indamos], *N*. (?). ♦ NAM 2/I. ◇ Hafenstadt in Númenor.
ninde [n'inde], *Adj*. dünn. ♦ *Ety* (NIN-DI).
ninque [n'inkwe], *Adj*. weiß, kalt, bleich. ♦ SIL Anh *(nim)*. U&K 239. *Ety* (NIK-W). *WJ* 417. ◇ *Pl*. ***ninqui***.
Ninquelóte [ninkwel'o:te], *N*. ›Weiße Blüte‹. ♦ SIL QS/1; Anh *(nim, loth)*. ◇ Der Weiße Baum von Númenor, S. *Nimloth*.
ninquisse [ninkw'isse], *N*. (kalte) Weiße. ♦ *Ety* (NIK-W).

ninquita- [ninkwita], *V.* weiß glänzen; weißen, weißmachen. ♦ *Ety* (NIK-W).

ninya [n'inja], *Pron.* mein. ♦ *LR* 72. ◇ Siehe ***indo-ninya***. Vielleicht nicht mehr gültig im klass Qu.

nique[1] [n'ikwe], *Aor.* von ***nicu-***.

nique[2] [n'ikwe], *N.* Schnee. ♦ *Ety* (NIK-W).

niquis [n'ikwis], ***niquesse*** [nikw'esse], *N.* Frostmuster, Eisblumen. ♦ *WJ* 417. ◇ ***niquesse*** durch Assoziation mit ***quesse*** ›Feder‹.

nir- [n'ir], *V.* drücken, Druck ausüben, stoßen (in eine gegebene Richtung, physisch und moralisch). ♦ *VT* 41:17.

níra [n'i:ra], *N.* Wille (als Potenzial oder Fähigkeit). ♦ *VT* 39:30.

níre, siehe ***nië***.

nirme [n'irme], *N.* Wille, Willensakt. ♦ *VT* 39:30.

nirwa [n'irwa], *N.* Polster, Kissen. ♦ *Ety* (NID).

nirwa- [n'irwa], *V.* polstern, dämpfen. ♦ *Ety* (NID).

nís [n'i:s], ***nis*** [n'is], ***nisse*** [n'isse], *N.* Frau. ♦ *Ety* (NI[1], NDIS-SÊ/SÂ [unter NDIS], NIS [NER]). *MR* 213. ◇ *Pl.* ***nissi***.

Nísimaldar [ni:sim'aldar], *N.* ›Duftende Bäume‹. ♦ NAM 2/I. ◇ Gebiet in Númenor.

Nísinen [n'i:sinen], *N.* ›Duftendes Wasser‹. ♦ NAM 2/I. ◇ See in Númenor.

nisse, siehe ***nís***.

nissi [n'issi], Pl. von ***nís***.

níte [n'i:te], *Adj.* klamm, taubedeckt. ♦ *Ety* (NEI).

nixe [n'ikse], *N.* Frost. ♦ *WJ* 417.

nó [n'o:], *Präp.* nach, nächst-, zweit- (nur zeitlich). ♦ *PE* 12:66.

no [n'o], *Präp.* unter. ♦ *Ety* (NO/NU).

noa [n'oa], ***nó*** [no:], *N.* Vorstellung, Begriff, Gedanke. ♦ *Ety* (NOWO). ◇ *Pl.* ***nówi***.

Nócoire [no:c'oire], *N.* ›Zweite(r) Regung(smonat)‹. ♦ *PMe* 135. ◇ Alternativer Name für ***Súlime***.

Noirinan [n'oirinan], *N.* ›Tal der Grabstätten‹. ♦ NAM 2/I. ◇ Das Tal der Gräber in Númenor.

nóla [n'o:la], *N.* Kopf, (runder) Hügel. ♦ *Ety* (NDOL).

ñóla [n'o:la], *Adj.* weise, gelehrt. ♦ *Ety* (ÑGOL).

Nólaire [no:l'aire], *N.* ›Zweiter Sommer(monat)‹. ♦ *PMe* 135. ◇ Alternativer Name für ***Cermië***.

Ñoldo [n'oldo], *N.* Noldo, einer vom weisen Volk. *Ling.* Name von Tengwa 19. ♦ HR Anh E. SIL Anh *(golodh)*. *Ety* (ÑGOLOD). ◇ Ursprüngl. ausgesprochen ***ngoldo***; ***ng*** am Wortanfang war in der Aussprache des Dritten Zeitalters zu ***n*** geworden. Siehe auch ***Ñoldor***.

Ñoldolante [noldol'ante], *N.* ›Der Sturz der Noldor‹. ♦ SIL QS/9; Reg. ◇ Name eines Liedes.

Ñoldomíre [noldom'i:re], *N.* ›Noldo-Juwel‹, Silmaril. ♦ *Ety* (ÑGOLOD).

Ñoldor [n'oldor], *Sg.* ***Ñoldo*** [n'oldo], *N.* ›die Weisen‹.♦ HR Anh B, E. *RGEO* 68. SIL Val; Reg, Anh *(gûl)*. NAM 1/I. *Ety* (ÑGOLOD). *WJ* 380–1. ◇ Name des zweiten Geschlechts der Eldar.

Ñoldóran [nold'o:ran], *N.* ›König der Noldor‹. ♦ *PMe* 343. ◇ Titel.

ñóle [n'o:le], *N.* Weisheit, langes Mühen, Wissen, Kunde. ♦ SIL Anh *(gûl)*. *Ety* (ÑGOL). *MR* 350. *WJ* 383.

Ñólimon [n'o:limon], *N.* ›der Wissende‹. ♦ NAM 2/III. ◇ Beiname.

ñolme[1] [n'olme], *N.* Geruch. ♦ *Ety* (ÑOL). ◇ *****holme*** in *Ety* ist ein Lesefehler.

ñolme[2] [n'olme], *N.* Wissen(schaft), Philosophie. ♦ *PMe* 360.

ñolmo [n'olmo], *N.* weise Person. ♦ *PMe* 360.

Ñolofinwe [nolof'inwe], *N.* ›Kluger Finwe‹. ♦ *PMe* 344. ◇ Eigenname. ÑS. *Fingolfin*, aus ***Finwe Ñolofinwe***.

ñolwe [n'olwe], *N.* Weisheit, geheimes Wissen. ♦ *Ety* (ÑGOL).

Nóquelle [no:kw'elle], *N.* ›Zweiter Herbst(monat)‹. ♦ *PMe* 135. ◇ Alternativer Name für ***Narquelië***.

nóre[1] [n'o:re], ***nór*** [n'o:r], ***nor*** [n'or], N. Land, Wohnstätte; Gegend, wo bestimmte Leute leben. ♦ *Ety* (NDOR, NO, BAL). *WJ* 413. ◇ Auch Land im Gegensatz zum Meer (BRIEFE Nr. 230.).

nóre[2] [n'o:re], *N.* Stamm, Sippe, Rasse. ♦ *Ety* (NO, ONO; vgl. NDOR). SIL Anh ***(dór)***. ◇ Auch verwendet im Sinne von ›Volk‹.

nórië [n'o:rie], *N.* Land. ♦ HR II/8. *RGEO* 66–7. ◇ In ***sindanórië***.

norna [n'orna], *Adj.* steif, zäh. ♦ *WJ* 413.

Nornalië [norn'alie], *N.* ›Zwergenvolk‹ (als Ganzes). ♦ *WJ* 388.

Norno [n'orno], *N.* ›Zwerg‹. ♦ *WJ* 413. ◇ Personalisierte Form des Adj. ***norna***.

norno [n'orno], *N.* Eiche. ♦ *Ety* (DÔRON).

Norríve [norr'i:ve], *N.* ›Zweiter Winter(monat)‹. ♦ *PMe* 135. ◇ Alternativer Name für ***Ringare***.

norsa [n'orsa], *N.* Riese. ♦ *Ety* (NOROTH).

nosse [n'osse], *N.* Sippe, Familie, Haus. ♦ *Ety* (NO). *PMe* 320.

nostari [n'ostari], *N. Pl.* Eltern. ♦ HR VI/4. BRIEFE Nr. 230. ◇ *Sg.* nicht belegt.

not- [n'ot], *V.* zählen, rechnen. ♦ *Ety* (NOT).

nóte [n'o:te], *N.* Zahl. ♦ *Ety* (NOT).

nótima [u:n'o:tima], *Adj.* zählbar. ♦ HR II/8. *RGEO* 66–7. ◇ *Pl.* ***nótime***. In ***únótime***.

nótina [n'o:tina], *Adj.* gezählt. ♦ *LR* 72.

Nótuile [no:t'uile], *N.* ›Zweiter Frühling(smonat)‹. ♦ *PMe* 135. ◇ Alternativer Name für ***Lótesse***.

nówi [n'o:wi], *Pl.* von ***noa***.

nu [n'u], *Präp.* unter. ♦ HR II/8. *RGEO* 66–7. U&K 239. *LR* 56.

Núaran [nu:'aran], *N.* ›West-König‹. ◇ *LR* 60, 71. ◇ Titel des Königs von Númenor.

nucumna [nu'kumna], *Adj.* gedemütigt, erniedrigt, gebeugt. ♦ *SD* 246.

nuhta- [n'uxta], *V.* hemmen, in seinem Wachstum hindern, verkümmern lassen. ♦ *WJ* 413.

nuhuinenna [nuhuin'enna], *Adv.* unter Schatten. ♦ *SD* 246. ◇ All., siehe ***huine***.

nulda [n'ulda], ***nulla*** [n'ulla], *Adj.* geheim, verborgen. ♦ *Ety* (DUL, NDUL).

núme [n'u:me], *N.* Niedergehen, Okzident. ♦ B 471.

númeheru [nu:meh'eru], *N.* ›Herr des Westens‹. ♦ *SD* 290. ◇ Beiname Manwes.

Númellóte [nu:mell'o:te], *N.* ›Blume des Westens‹. ♦ NAM 2/III, Reg. ◇ Eigenname.

númen [n'u:men], ***Númen*** [n'u:men], *N.* Westen, Richtung oder Region des Sonnenuntergangs. *Ling.* Name von Tengwa 17. ♦ HR Anh E. SIL Anh *(andúne, men).* NAM 3/II. BRIEFE Nr. 276. *Ety* (NDÛ [MEN]).

Númendil [n'u:mendil], *N.* ›West-Freund‹. ♦ NAM 2/III. ◇ Eigenname.

Númendor [nu:m'endor], *N.* ›Land des Westens‹. ♦ SIL Anh (dor). ◇ Siehe ***Númenóre***[1].

Númenóre[1] [nu:men'o:re], *N.* ›West-Land‹. ♦ *Ety* (NDÛ).

Númenóre[2] [nu:men'o:re], ***Númenor*** [n'u:menor], *N.* ›Volk des Westens‹. ♦ SIL Ak; Reg, Anh *(dôr).* NAM 1/I Anm, 2/I. *LR* 56, 72. ◇ Vermengt mit ***Númendor*** ›Land des Westens‹; von daher ***Númenor*** als der Name der großen Insel, die den Edain von den Valar gegeben wurde.

númenya [nu:m'enja], *Adj.* westlich. ♦ *Ety* (NDÛ).

Númerrámar [nu:merr'a:mar], *N.* ›West-Schwingen‹. ♦ NAM 2/II. ◇ Schiffsname.

Númevalion [nu:mev'alion], *N.* ›West-Mächte‹. ♦ *SD* 290.

nún [n'u:n], *Adv./Präp.* unten, unterhalb von. ♦ *Ety* (NO/NU).

Núnatani [nu:n'atani], *N.* ›West-Menschen‹. ♦ *WJ* 386. ◇ Gleichbedeutend mit S. *Dúnedain.*

Nunduine [nund'uine], *N.* ›West-Fluss‹. ♦ NAM 2/I. ◇ Fluss in Númenor.

nuntixe [nunt'ikse], *N. Ling.* Unter-Markierung. ♦ *Ety* (TIK). ◇ Diakritisches Zeichen unter der Schrift.

nuquerna [nukw'erna], *Adj.* umgedreht. In den Ausdrücken ***silme nuquerna*** und ***áre nuquerna*** (s. d.).

núra [n'u:ra], *Adj.* tief. ♦ *Ety* (NO/NU).

Nur-menel [n'urmenel], *N.* ›Tief-Himmel‹. ♦ *MR* 388. ◇ Eine große Kuppel, die Valinor bedeckt, geschaffen von Varda und voller Stern-Abbilder (siehe ***tinwe***, ***ñille***), ***Tar-menel***, dem wahren Firmament, nachempfunden.

núro [n'u:ro], *N.* Sonnenuntergang. ♦ *Ety* (NDÛ).

Nurquendi [nurkw'endi], *N.* ›Tief-Sprecher‹, Tief-Elben. ♦ *Ety* (NO/NU). ◇ Im Sinne von ›tiefgeistige Elben‹; Beiname der Noldor.

nurru- [n'urru], *V.* murmeln, grummeln. ♦ U&K 239–40. ◇ *Part.* ***nurrula*** in »Markirya«, geändert in ***nurrua***, vielleicht eine Art Verbaladj. derselben Bedeutung (übers. mit »brummen« in U&K 230).

nurtale [n'urtale], *N.* Verbergen. ♦ SIL QS/11. ◇ In ***Nurtale Valinóreva***.

Nurtale Valinóreva [n'urtale valin'o:reva], *N.* ›Die Verhüllung von Valinor‹. ♦ SIL QS/11; Reg.

Ñuru [n'uru], *N.* ›der Tod‹ (personifiziert). ♦ *Ety* (ÑGUR). ◇ Beiname des Mandos.

ñuru [n'uru], *N.* Tod. ♦ *Ety* (ÑGUR).

Ñurufantur [nuruf'antur], *N.* ›Todesschleierherr‹. ♦ *Ety* (ÑGUR, SPAN). NAM 4/II. ◇ Beiname des Mandos.

ñuruhuine [nuruh'uine], *N.* Todesschatten. ♦ *LR* 47, 56. *SD* 310.

núta- [n'u:ta], *V.* untergehen, sinken (von Sonne oder Mond). ♦ *Ety* (NDU).

núte [n'u:te], *N.* Band, Knoten. ♦ *Ety* (NUT).

nut- [n'ut], *V.* binden. ♦ *Ety* (NUT). *Aor.* ***nutin*** ›ich binde‹.

nutin [n'utin], *Aor.* von ***nut-***.

ñwalca [nw'alka], *Adj.* grausam. ♦ *Ety* (ÑGWAL).

ñwalme [nw'alme], *N.* Folter. *Ling.* Name von Tengwa 20. ♦ HR Anh E. ◇ Ursprüngl. ausgespr. ***ngwalme***; ***ng*** am Wortanfang war im Dritten Zeitalter zu ***n*** geworden.

ñwalya- [nw'alja], *V.* quälen, foltern. ♦ *Ety* (ÑGWAL).

nyar- [nj'ar], *V.* erzählen, berichten. ♦ *Ety* (NAR^2). ◇ Aor. ***nyarin*** ›ich erzähle‹.

nyáre [nj'a:re], *N.* Erzählung, Geschichte, Saga. ♦ *Ety* (NAR^2).

nyarin [nj'arin], *Aor.* von ***nyar-***.

nyarna [nj'arna], *N.* Erzählung, Saga. ♦ *Ety* (NAR^2). ◇ Gesprochene Geschichte.

nyaro [nj'aro], *N.* Ratte. ♦ *Ety* (NYAD). ◇ ****nyano*** in *Ety* ist ein Lesefehler.

nyelle [nj'elle], *N.* Glocke. *Ling.* Buchstabe *ny.* ♦ *Ety* (NYEL). Kloczko 1995.

nyello [nj'ello], *N.* Sänger. ♦ *Ety* (NYEL).

O

ó- ['o:], *Präf.* zusammen. ♦ *Ety* (WO). *WJ* 367. ◇ Gewöhnlich reduziert zu ***o-***, da unbetont. »Verwendet in Worten, welche die Begegnung, Verbindung oder Vereinigung von zwei Dingen, Personen oder zwei Gruppen, die als Einheiten gesehen werden, beschreiben.« In ***omentië***, ***onóna***.

oa ['oa], ***oar*** ['oar], *Adv.* weg, fort. ♦ *WJ* 365. ◇ Gesehen vom Blickpunkt des verlassenen Ortes, in Ruhe wie in Bewegung.

oante [o'ante], *V. Prät.* von ***auta-***^{2}.

oantië [o'antie], *V. Perf.* von ***auta-***^{2}.

oar, siehe ***oa***.

Oareldi [oar'eldi], *Sg.* ***Oarel*** ['oarel], *N.* ›Fort-Elben‹. ♦ *WJ* 363, 374. ◇ Elben, die von Beleriand nach Aman gingen (im Gegensatz zu denen, die dort blieben).

ocama- ['okama], ***ócama-*** ['o:kama], *V.* sich erbarmen, Mitleid haben. ♦ *VT* 44:13.

ohlon ['oxlon], *N. Ling.* Dipththong. ♦ *VT* 39:9.

ohta ['oxta], *N.* Krieg. ♦ *Ety* (KOT [KOTH], OKTA).

ohtacáre [oxtak'a:re], *V.* (er/sie/es) führte Krieg. ♦ *LR* 47. *SD* 246. ◇ Mit *All.* ›führte Krieg gegen‹. Verm. ****ohtacarne*** im späten Qu. Siehe ***car-***.

ohtacaro [oxt'akaro], ***ohtatyaro*** [oxt'atjaro], *N.* Krieger; einer, der Krieg führt. ♦ *Ety* (KAR). *WJ* 362.

Ohtar ['ohtar], *N.* ›Soldat‹. ♦ NAM 3/I. ◇ Eigenname, vielleicht auch Anrede.

ohtar ['oxtar], *N.* Krieger, Soldat. ♦ HR II/2. SIL RM; Reg. NAM 3/I Anm. ◇ In Gondor ein ausgebildeter Soldat, der noch nicht den Rang eines ***roquen*** (s. d.) erreicht hat.

oi ['oi], *Adv.* immer, ewig. ♦ *RGEO* 69. *Ety* (OY).

oia ['oia], *Adj.* immer während. ♦ *Ety* (OY).

Oiacúmi [oiak'u:mi], *N.* ›Ewige Leere‹. ♦ *Ety* (OY). ◇ Bereich außerhalb der Welt, auch ***Avacúma***.

oiale ['oiale], *N.* Ewigkeit, *Adv.* ewiglich, in Ewigkeit. ♦ *Ety* (OY). HR II/8. *RGEO* 66–7, 69.

Oiëncarme Eruo [oienk'arme 'eruo], *N.* ›Ewige Schöpfung des Einen‹. ♦ *MR* 471. ◇ Gottes Lenkung der sich entfaltenden Welt.

oio ['oio], *N.* eine endlose Zeitspanne, Ewigkeit. ♦ SIL Anh *(los)*. *RGEO* 69. NAM 3/II.

Oiolaire [oiol'aire], *N.* ›Immer-Sommer‹. ♦ SIL Anh (coron). NAM 2/I. ◇ Immergrüner Baum von Númenor; auch im Namen ***Coron Oiolaire***, ›Hügel des Immersommers‹.

Oiolosse [oiol'osse], *N.* ›Ewig-Schnee, Immerweiß, Immer-Schneeweiß, Immer währender Schnee‹. ♦ HR II/8. *RGEO* 66–7, 69–70. SIL QS/1; Reg, Anh *(los)*. NAM 1/I Anm. *Ety* (EY, GEY, OY). *WJ* 403. ◇ Beiname des Taniquetil oder höchster Gipfel des Berges. Übers. »Berg Immerweiß«; explizit in ***Oron Oiolosse*** ›Berg Immerweiß‹ (*WJ* 403). Ablativischer *Gen.* ***Oiolosseo*** ›vom Berg Immerweiß‹.

Oiomúre [oiom'u:re], *N.* ›Immer-Nichttag‹ (?). ♦ SIL QS/9; Reg.

oira ['oira], *Adj.* ewig. ♦ *Ety* (OY).

oire ['oire], *N.* Ewigkeit. ♦ *Ety* (OY).

óla- ['o:la], *V.* träumen. ♦ NAM 4/II. ◇ Bezeichnet als unpersönlich, sodass der Träumende verm. eher im Dat. (»ihm träumt«) als im Nom. steht.

olassië [ol'assie], *N.* Gesamtheit von Blättern, Laub. ♦ BRIEFE Nr. 211.

Olofantur [olof'antur], *N.* ›Traumschleierherr‹. ♦ *Ety* (ÔLOS, SPAN). NAM 4/II. ◊ Beiname des Vala Lóriën.

oloire [ol'oire], *N.* Flut, Überschwemmung. ♦ *VT* 42:10. ◊ Wurzel LOG ›nass (und weich), durchtränkt, sumpfig‹ (*VT* 42:10).

oloiya- [ol'oija], *V.* überfluten, überschwemmen. ♦ *VT* 42:10. ◊ Wurzel LOG; siehe ***oloire***.

olor, siehe ***olos***[1].

Olórin [ol'o:rin], *N.* ›Olórin‹. ♦ HR IV/5. SIL Val; Reg. NAM 4/II. ◊ Name des Maia, der Gandalf wurde; verknüpft mit ***olos***.

olos[1] ['olos], ***olor*** ['olor], *N.* Traum, Vision. ♦ NAM 4/II. *Ety* (LOS, ÔLOS). ◊ *Pl.* ***olori***.

olos[2] ['olos], ***olosse*** [ol'osse], *N. poet.* Schnee. ♦ *Ety* (GOLÔS).

olosta [ol'osta], *Adj.* verträumt, träumerisch. ♦ NAM 4/II.

olóte [ol'o:te], *N.* Blüte, Blütenstand (alle Blüten einer Pflanze). ♦ *VT* 42:18.

olva ['olva], ***olwa*** ['olwa], *N.* Zweig, Ast, Pflanze. ♦ *Ety* (GÔLOB). *PMe* 341.

olvar ['olvar], *N. Pl.* wachsende Dinge mit Wurzeln in der Erde, Pflanzenreich, Flora. ♦ SIL. QS/2; Reg. *WJ* 341.

Olwe ['olwe], *N.* ›Traum-Person‹ (?). ♦ SIL QS/3. NAM 2/IV. *PMe* 340–1. ◊ Elbenname der ersten Generation, schwer zu deuten.

óma[1] ['o:ma], *N.* Stimme. ♦ *Ety* (OM). HR II/8. *RGEO* 66–7.

óma[2] ['o:ma], ***óman*** ['o:man], *N. Ling.* Selbstlaut, Vokal. ♦ *Ety* (OM). *WJ* 391. ◊ *Pl.* ***omandi***.

ómataina [o:mat'aina], *N. Ling.* ›vokalische Ausdehnung‹. ♦ *WJ* 371, 417. ◊ Die Hinzufügung eines Endvokals zur Wurzel, der identisch ist mit dem Stammvokal (***sundóma***).

ómatehta [o:mat'eçta], *N.* Vokalzeichen. ♦ *WJ* 396. ◊ Diakritisches Zeichen verwendet für Vokale (gewöhnlich einfach ***tehta*** genannt).

óma-tengwe [o:mat'eŋwe], ***ómea*** ['o:mea], *N. Ling.* Vokal. ♦ *VT* 39:8. ◊ *Pl.* ***óma-tengwi***, ***ómear***. Wörtl. ›Stimm-Laut‹.

omentië [om'entie], *N.* Begegnung. ♦ *WJ* 367. ◇ Zusammentreffen der Richtungen von zwei Personen oder Gruppen.

ondo ['ondo], *N.* Stein. ♦ SIL Anh *(gond)*. NAM Reg *(Ondosto)*. U&K 239. *Ety* (GOND).

Ondoher ['ondoher], *N.* ›Stein-Herr‹. ♦ HR Anh A. NAM 3/II. *PMe* 200–1. ◇ Eigenname; ***ondo*** als Anklang zu ***Gondor*** ›Steinland‹.

Ondolinde [ondol'inde], *N.* ›Steinlied‹. ♦ SIL QS/15; Reg, Anh *(gond)*. ◇ *S. Gondolin.*

Ondosto [Ond'osto], *N.* ›Steingebiet‹. ♦ NAM 2/I. ◇ Ortsname.

óne ['o:ne], *Prät.* von ***onta-.***

onna ['onna], *N.* Geschöpf. ♦ *Ety* (ONO).

ono ['ono], *Konj.* aber, doch. ♦ *VT* 43:23.

onóna [on'o:na], *Adj.* zwillingsgeboren. *N.* Zwilling. ♦ *WJ* 367. ◇ *Pl.* ***onóni*** ›Zwillinge‹.

onóne [on'o:ne], *N.* Schwester. ♦ *Ety* (NO, THEL/THELES).

onóro [on'o:ro], *N.* Bruder. ♦ *Ety* (NO, TOR [WÔ]).

onot- ['onot], *V.* aufrechnen, zusammenzählen. ♦ *Ety* (NOT).

onta- ['onta], *V.* zeugen, schaffen. ♦ *Ety* (ONO). ◇ *Prät.* ***ontane***, ***óne.***

ontane ['ontane], *Prät.* von ***onta-.***

ontani ['ontani], *N. Pl.* Eltern. ♦ *Ety* (ONO).

ontare ['ontare], ***ontaril*** ['ontaril], *N. f.* Erzeugerin, Mutter. ♦ *Ety* (ONO). *VT* 43:32.

ontaro ['ontaro], *N. m.*, Erzeuger, Vater. ♦ *Ety* (ONO).

onya ['onja], *N.* mein Sohn. ♦ NAM 2/II. ◇ Nicht das normale Wort für Sohn; scheint abgeleitet zu sein aus dem Stamm ONO ›zeugen‹.

opele ['opele], *N.* Haus, Dorf, Stadt (mit einer Mauer umgeben). ♦ *Ety* (PEL[ES]).

or ['or], *Präp.* über. ♦ NAM 3/II.

ora- ['ora], *V.* antreiben, drängen. ♦ *VT* 41:11. ◇ *Imp.* ***ore nin*** + *Inf.* ›ich verspüre einen Drang (Wunsch, Verlangen), etwas zu tun‹.

órava- ['o:rava], *V.* sich erbarmen, Mitleid haben. ♦ *VT* 44:13.

orco ['orko], *N.* Ork. ♦ *Ety* (ÔROK). *MR* 74. *WJ* 390. ◊ *Pl.* ***orqui*** (oder ***orcor***).

óre ['o:re], *N.* Herz, Geist. *Ling.* Name von Tengwa 21. ♦ HR Anh E. *PMe* 337. ◊ Im Sinne von ›innerer Geist‹, vgl. die Beschreibung von Galadriël in *PMe*: »In ihr wohnte der edle und großmütige Geist *(óre)* der Vanyar«.

ore ['ore], *N.* Aufsteigen. ♦ *Ety* (ORO).

orma ['orma], *N.* physische Materie. ♦ *MR* 218, 231, 471.

Ormal ['ormal], *N.* ›Hochgold‹ (?). ♦ SIL QS/1; Reg. ◊ Eine der Lampen der Valar.

orme ['orme], *N.* Hast, Übereilung, Zorn. ♦ *Ety* (GOR).

orna ['orme], *Adj.* hastig, übereilt. ♦ *Ety* (GOR).

orne ['orne], *N.* Baum. ♦ HR III/4. BRIEFE Nr. 230, Nr. 347 Anm. *Ety* (ÔR-NI). *SD* 302. ◊ Hoher, einzeln stehender Baum, im Gegensatz zu ***alda*** (s. d.). Nach *SD* ein »kleinerer und schlanker [Baum] wie eine Birke oder Eberesche«.

ornemalin, siehe ***Laurelindórenan lindelorendor malinornélion ornemalin***.

Ornendil [orn'endil], *N.* ›Baum-Freund‹. ♦ HR Anh A, B. ◊ Eigenname.

oro- ['oro], *Präf.* hoch, Höhe, aufsteigend, aufwärts. ♦ *Ety* (ORO).

Orocarni [orok'arni], *N.* ›Rote Berge‹. ♦ SIL QS/3; Reg, Anh *(orod, caran)*.

orofarne [orof'arne], *Adj.* gebirgsbewohnend. ♦ HR III/4. BRIEFE Nr. 168. ◊ Ein Name für die Eberesche.

oromardi [orom'ardi], *N. Pl.* Hoch-Hallen. ♦ HR II/8. *RGEO* 66–8. ◊ Die überkuppelten Hallen Manwes und Vardas auf dem Oiolosse.

Orome ['orome], *N.* ›Hornblasen, Hornbläser‹. ♦ HR V/1; Anh A. SIL Val; Reg, Anh *(rom)*. NAM 2/II. *Ety* (ORM [ÔROM, TÂWAR]). *WJ* 368–7, 400–1. ◊ Name eines Vala, entlehnt aus dem Valarin. »Die Eldar deuten nun den Namen als Hornblasen oder Hornbläser, doch für die Valar hatte er keine derartige Bedeutung« (*WJ*).

Oromet ['oromet], *N.* ›Hoch-Ende‹ (?). ♦ SIL Ak; Reg, Anh *(orod).* ◇ Berg am Westende von Númenor.

oron ['oron], *N.* Berg. ♦ *Ety* (ÔROT). ◇ *Pl.* ***oronti.***

Oron Oiolosse ['oron oiol'osse], *N.* ›Berg Immerweiß‹. ♦ *WJ* 403. ◇ Siehe ***Oiolosse.***

orqui ['orkwi], *Pl.* von ***orco.***

Orquin ['orkwin], *N. Ling.* ›Orkisch‹, Sprache der Orks. ♦ *LB* 178.

Orrostar [orr'ostar], *N.* ›Ostlande‹. ♦ NAM 2/I. ◇ Ostteil von Númenor.

orta- ['orta], *V.* aufsteigen, erheben, hochheben. ♦ HR II/8. *RGEO* 66–8. BRIEFE Nr. 347 Anm. *Ety* (ORO). ◇ *Prät.* ***ortane*** [*****ortani*** in BRIEFE ist ein Lesefehler].

orto ['orto], *N.* Bergspitze. ♦ *Ety* (ÔROT).

ósanwe [o:s'anwe], *N.* Gedanke. ♦ *MR* 415. ◇ ***ósanwe-centa*** ›Kommunikation von Gedanken‹.

oselle [os'elle], *N.* Schwester, Verbündete. ♦ *Ety* (WO, THEL/THELES). ◇ Meist im übertragenen Sinne verwendet.

Osse ['osse], *N.* ›Schrecken‹. ♦ SIL Val. NAM 1/I. *WJ* 400. ◇ Name eines Maia, entlehnt aus dem Valarin.

osse ['osse], *N.* Schrecken. ♦ *Ety* (GOS/GOTH).

ostime ['ostime], *N. Ling.* Verschmelzung (zweier Laute). ♦ *VT* 39:9.

osto ['osto], *N.* Stadt, ummauerter Ort, Festung. ♦ *Ety* (OS). *MR* 350, 471. *WJ* 414. ◇ *Pl.* ***ostar.*** Ein starker oder befestigter Ort oder ein Gebäude.

Ostoher ['ostoher], *N.* ›Festungs-Herr‹. ♦ HR Anh A. NAM 3/II Anm. *PMe* 197.

otornasse [otorn'asse], *N.* Bruderschaft. ♦ *Ety* (TOR).

otorno [ot'orno], *N.* Eidbruder, Verbündeter. ♦ *Ety* (WŌ, TOR).

otsea ['otsea], *Num. Adj.* siebt(er, e, es). ♦ *VT* 42:25.

Otselen ['otselen], *N.* ›Sieben Sterne‹. ♦ *Ety* (OT/OTOS/OTOK). ◇ Sternbild, gleichgesetzt mit dem Großen Wagen.

otso ['otso], *Num.* sieben. ♦ SIL Anh *(sir)*. *Ety* (OT/OTOS/OTOK).

P

pa [p'a], ***pá*** [p'a:], *Präp.* berührend, betreffs, hinsichtlich. ♦ *VT* 44:26.

pahta [p'axta], *Adj.* geschlossen, privat. ♦ *VT* 39:23.

palan [p'alan], *Adv.* fernhin, weithin. ♦ SIL Anh. *Ety* (PAL).

palantír [pal'anti:r], *N.* ›Fernhin-Seher‹. ♦ HR III/10; Anh A. *RGEO* 73. SIL Ak; Anh *(palan, tir)*. NAM 3/I, 4/III. BRIEFE Nr. 347, 555. *Ety* (PAL, TIR). ◇ *Pl.* ***palantíri***. Die magischen, weit-blickenden Steine, die von den Noldor im Ersten Zeitalter geschaffen wurden.

Palantir [pal'antir] (Tar-~), *N.* ›Fernhin-Seher‹. ♦ HR Anh A, B. SIL Ak; Anh *(palan, tir)*. NAM 2/III. *Ety* (PAL, TIR). ◇ Königsname.

Palarran [pal'arran], *N.* ›Fernhin-Wanderer‹. ♦ NAM 2/II. ◇ Schiffsname.

palla [p'alla], *Adj.* groß, weit, ausgedehnt. ♦ *Ety* (PAL).

Pallando [pall'ando], *N.* ›Der Weitreisende‹ (?). ♦ NAM 4/II. ◇ Einer der Blauen Zauberer.

palme [p'alme], *N.* Oberfläche. ♦ *Ety* (PAL).

palpa- [p'alpa], *V.* schlagen, quirlen. ♦ *Ety* (PALAP).

palu- [p'alu], ***palya-*** [p'alja], *V.* weit öffnen, ausbreiten, verbreiten, ausdehnen. ♦ *Ety* (PAL).

palúre [pal'u:re], *N.* Oberfläche, Busen, Busen der Erde. ♦ *Ety* (PAL).

Palúriën [pal'u:rien], *N.* ›Erdbusen-Maid‹. ♦ *Ety* (PAL). ◇ Beiname der Valië Yavanna.

palya-, siehe ***palu-***.

panda [p'anda], *N.* Umfriedung. ♦ *Ety* (PAD).

pano [p'ano], *N.* Holzstück (bearbeitet). ♦ *Ety* (PAN).

panta [p'anta], *Adj.* offen. ♦ *Ety* (PAT).

panta- [p'anta], *V.* (sich) entfalten, ausbreiten, öffnen. ♦ *Ety* (PAT).

panya- [p'anja], *V.* festmachen, festsetzen, richten (insbes. Holz). ♦ *Ety* (PAN).

parca [p'arka], *Adj.* trocken. ♦ *Ety* (PÂRAK).

parma [p'arma], *N.* Buch. *Ling.* Name von Tengwa 2. ♦ HR Anh E. *Ety* (PAR).

Parmaite [parm'aite], *N.* ›der Buchhändige‹. ♦ NAM 2/III. ◇ Beiname.

parmalambe [parmal'ambe], *N.* Buchsprache, Quenya. ♦ *Ety* (PAR).

parmatéma [parmat'e:ma], *N. p*-Reihe, Labiale. ♦ HR Anh E.

pasta [p'asta], *Adj.* glatt. ♦ *Ety* (PATH).

patacar [p'atakar], *N. Pl. Ling.* Konsonanten. ♦ *VT* 39:8. ◇ Nur *Pl.* belegt. Benannt nach den drei hauptsächlichen Artikulationsstellen für Konsonanten: ***p, t, k***.

patta [p'atta], *N. Ling.* Punkt (Schriftzeichen). ♦ *Ety* (PUT [siehe PUS]).

pé [p'e:], *N.* Lippe; Mund. ♦ *Ety* (PEG). *VT* 39:9. ◇ *Dual* ***peu*** ›Lippen(paar)‹.

pel- [p'el], *V.* sich drehen, umkreisen; wiederkehren. ♦ *Ety* (PEL).

Pelendur [pel'endur], *N.* ›Hof-Diener‹. ♦ HR Anh A. NAM 4/III Anm. *PMe* 204. ◇ Eigenname.

peler [p'eler], *N.* (eingezäuntes) Feld. ♦ *Ety* (PEL[ES]).

pella [p'ella], *Präp.* jenseits. ♦ HR II/8. *RGEO* 66–7. U&K 239. ◇ Anscheinend eher eine Postposition: ***Andúne pella*** ›jenseits des Westens‹.

Pelmar [p'elmar], *N.* ›umschlossene Wohnstatt‹. ♦ *SMe* 241. ◇ Die bewohnbare Oberfläche von Arda.

Pelóri [pel'o:ri], *N.* ›Umring-Höhen‹. ♦ *RGEO* 69. SIL QS/1; Reg,

Anh *(pel-)*. NAM 1/I. *WJ* 403. ◇ Die Berge, die von den Valar zum Schutz Amans errichtet wurden.

peltas [p'eltas], *N.* Drehpunkt, Spindel. ♦ *Ety* (PEL, TAK). ◇ *Pl.* ***peltacsi***

penda [p'enda], *Adj.* geneigt, niedersenkend. ♦ *Ety* (PEN/PÊNED).

pende [p'ende], *N.* (abwärts führender) Hang, Neigung. ♦ *Ety* (PEN/PÊNED).

penna [p'enna], *N. Ling.* Vokal. ♦ *VT* 39:16. ◇ Wörtl. ›mangelnd‹.

penquanta [peŋkw'anta], *Adj.* voll, randvoll, mit vollem Mund. ♦ *VT* 39:11.

penya [p'enja], *Adj.* unzulänglich, mangelhaft. ♦ *VT* 39:6.

per- [p'er], *Präf.* halb. ♦ *Ety* ([PER]).

Pereldar [per'eldar], *N.* ›Halb-Eldar‹. ♦ *Ety* (PER), BRIEFE Nr. 297. ◇ Halbelben, S. *Peredhil.*

perina [p'erina], *Part.* von ***perya-***.

perya [p'erja], *N.* Saft, Sirup. ♦ *Ety* (PIS).

perya- [p'erja], *V.* zweiteilen, halbieren. ♦ *Ety* (PER). ◇ *Part.* ***perina*** ›zweigeteilt, halbiert‹.

peu [p'eu], *Dual* von ***pé***.

piata [p'iata], *V.* spucken, speien. ♦ *Ety* (PIW).

píca- [p'ika] (píka-), *V.* abnehmen, schwinden. ♦ U&K 239–40.

Picinaucor [pikin'aukor], *N.* ›Kleinzwerge‹. ♦ *WJ* 389. ◇ Alte Form ***Pitya-naucor.***

pilin [p'ilin], *N.* Pfeil. ♦ *Ety* (PÎLIM). ◇ *Pl.* ***pilindi.***

Pityafinwe [pitjaf'inwe], *N.* ›Klein-Finwe‹. ♦ *PMe* 353. ◇ Qu.-Kurzname ***Pityo.*** Auf S. *Amrod* genannt.

Pityo [p'itjo], *N.* siehe ***Pityafinwe.***

poica [p'oika], *Adj.* sauber. ♦ *Ety* (POY).

poita- [p'oita], *V.* säubern. ♦ PE12:75.

pol- [p'ol], *V.* können (im physischen Sinne). ♦ *VT* 41:6. ◇ *Aor.* ***polin quete*** ›ich kann sprechen‹.

polda [p'olda], *Adj.* stark, stämmig. ♦ *Ety* (POL/POLOD).
poldore [p'oldore], *N.* Kraft (?). ♦ *Ety* (POL/POLOD).
poldórea [pold'o:rea], *Adj.* kräftig (?). ♦ *Ety* (POL/POLOD).
pore [p'ore], *N.* Mehl. ♦ *Ety* (POR).
punta [p'unta], *N. Ling.* Verschlusslaut, Plosiv. ♦ *Ety* (PUT [siehe PUS]).
púrea [p'urea], *Adj.* verwischt, entfärbt. ♦ U&K 239–40.
pusta [p'usta], ***putta*** [putta], *N.* Stopp. *Ling.* Punkt (Satzzeichen). ♦ *Ety* (PUS).
pusta- [p'usta], *V.* beenden, aufhören. ♦ *Ety* (PUS). ◇ Trans. und intrans.
putta, siehe ***pusta***.

Q

quáco [kw'a:ko], *N.* Krähe. ♦ *WJ* 395.
quainea [kw'ainea], *Num. Adj.* zehnt(er, e, es). ♦ *VT* 42:25. ◇ Wurzel KWAYA/KWAY-AM ›alles, das Ganze, alle zehn Finger‹ verwandt mit KWA ›voll, komplett, all‹.
qualin [kw'alin], *Adj.* tot. ♦ *Ety* (KWAL).
qualme [kw'alme], *N.* Todespein, Tod. ♦ *Ety* (OVAL).
quáme [kw'a:me], *N.* Krankheit. ♦ *Ety* (KWAM).
quanta [kw'anta], *Adj.* voll. ♦ *Ety* (KWAT).
Quantarië [kwant'a:rie], *N.* ›Tag der Vollendung‹, Altjahrstag. ♦ *PMe* 127. ◇ Zusätzlicher Tag am Ende des Jahrhunderts.
quanta-sarme [kwantas'arme], *N. Ling.* Volle Schreibung. ♦ VT 39:8 ◇ Tengwar-Schreibweise Feanors, in der Vokale als volle Zeichen dargestellt wurden, was sich unter den Noldor nicht durchsetzen konnte.
quantiën[1] [kw'antien], *N.* ›Voll-Jahr‹, Jahrhundert. ♦ *PMe* 126–7. ◇ *Pl.* ***quantiéni***.
quantiën[2] [kw'antien], *N.* ›Voll-Jahr‹. ♦ *Ety* (YEN [KWAT]). ◇ Letzter Tag des Jahres.

quantuva [kw'antuva], *Fut.* von ***quat-***.

quár [kw'a:r], ***quáre*** [kw'a:re], *N.* Hand, Faust. ♦ *Ety* (KWAR). SIL Anh *(celeb)*. *PMe* 318. ◇ *Pl.* ***quari***. Verwendet mit Bezug auf eine fest geschlossene Hand, wie bei dem Gebrauch eines Werkzeugs.

quat- [kw'at], *V.* füllen. ♦ HR II/8. *RGEO* 66–7. *WJ* 392. ◇ *Fut.* ***quantuva***.

quel- [kw'el], *V.* vergehen. ♦ *LR* 72. ◇ *Fut.* ***queluva***.

quelet [kw'elet], *N.* Leiche. ♦ HR II/8. *RGEO* 66–7. *Ety* (KWEL). ◇ *Pl.* ***queletsi***.

quelle [kw'elle], *N.* Vergehen. ♦ HR Anh D. ◇ Im Kalender von Imladris eine »Jahreszeit« von 72 Tagen; auch verwendet allgemein für die Zeit gegen Herbstende und Winteranfang.

queluva [kw'eluva], *Fut.* von ***quel-***.

quen [kw'en] einer, jemand, Person, Individuum, Mann oder Frau. ♦ *WJ* 361 vgl. 360, 372. ◇ *Pl.* ***queni*** (als Schlusselement in Zusammensetzungen: ***-quen***) ›Personen, Leute, »man« in allgemeinster Bedeutung‹. In alten Zusammensetzungen bei Personen mit ständigen Tätigkeiten und Aufgaben, z. B. in ***roquen***, ***ciryaquen***, ***arquen*** (s. d.).

Quende [kw'ende], analoger Sg. von ***Quendi***.

Quendelië [kwend'elie], *N.* ›Sprechervolk‹, Elbenvolk. ♦ *Ety* (KWEN[ED]).

Quendendil [kwend'endil], ***Quendil*** [kw'endil], *N.* Elbenfreund. ♦ *WJ* 410, 412.

Quenderin [kw'enderin], *N.* ›Quendisch‹. ♦ *WJ* 407. ◇ Die Elben als Ganzes bezeichnend (ein gelehrtes Wort).

Quendi [kw'endi], *N. Pl.* ›Sprecher, Die mit Stimmen reden‹. ♦ HR Anh B. SIL QS/1; Reg, Anh *(quen-/quet-)*. NAM 2/III Anm. *WJ* 361, 372. *PMe* 395. ◇ *Sg.* ***Quende***, selten verwendet. Elben als eine Rasse.

quendi [kw'endi], *N. f.* Elbenfrau. ♦ *MR* 229. ◇ *Pl.* ***quendir***.

Quendil [kw'endil], siehe ***Quendendil***.

quendu [kw'endu], *N. m.* Elbenmann. ♦ *MR* 229. ◇ *Pl.* ***quendur***.

quenta [kw'enta], *N.* Erzählung, Geschichte. ♦ *Ety* (KWET).

Quenta Silmarillion [kw'enta silmar'illion], *N.* ›Geschichte von den Silmaril‹. ♦ HR Anh A. SIL Vorw; Anh *(quen-/quet-)*.

quentale [kw'entale], *N.* Bericht, Geschichte. ♦ *Ety* (KWET).

quentaro [kw'entaro], *N.* Erzähler. ♦ *Ety* (KWET).

quentasta [kwent'asta], *N.* Historischer Bericht, Geschichtswerk. ♦ *VT* 39:16. ◊ Zusammenstellung von historischen Aufzeichnungen oder dergleichen in zusammenhängender Form durch einen Autor.

quenya [kw'enja], ***Quenya***, *N.* Sprache, Rede; Quenya. ◊ HR II/8, A, E; Anh F. SIL QS/5; Reg. Anh *(quen-)*. NAM 1/I Anm, 2/II Anm. BRIEFE Nr. 144. *WJ* 374, 393, 407. *PMe* 399. ◊ Auch mit ›Elbisch‹ übersetzt, aber nicht mehr als allg. *Adj.* verwendet: ***Quenya lambe*** ›Quenya-Sprache‹.

querna [kw'erna], *Adj.* verm. gedreht; isoliert aus ***nuquerna*** (s. d.) unter-gedreht, gleichbedeutend mit umgedreht.

queset [kw'eset], *N.* Kissen, Federkissen. ♦ *Ety* (KWES).

quesse [kw'esse], *N.* Feder. *Ling.* Name von Tengwa 4. ♦ *Ety* (KWES). HR Anh E. *WJ* 417.

quessetéma [kwesset'e:ma], *N. Ling. kw*-Reihe, labialisierte Reihe, Labiovelare. ♦ HR Anh E.

quet- [kw'et], *V.* sagen, sprechen. ♦ SIL Anh *(quen-/quet-)*. *PMe* 401, 404. ◊ *Prät.* ***quente***.

quetil [kw'etil], *N.* Zunge, Sprache. ♦ *Ety* (KWET).

quetta [kw'etta], *N.* Wort. ♦ SIL Anh *(quen-/quet-)*. *WJ* 391. ◊ *Pl.* ***quettar***.

quilta [kw'ilta], *N.* Gürtel. ♦ PE 12:78.

quinga [kw'iŋga], *N.* Bogen. ♦ *Ety* (KWIG).

R

rá[1] [r'a:], *N.* Löwe. ♦ *Ety* (RAW). ◊ *Pl.* ***rávi.***

rá[2] [r'a:], *Präp.* für, zugunsten. ♦ *VT* 43:33. ◊ In ***rámen*** (s. d.).

rac- [r'ak] (rak-), *V.* brechen. ♦ U&K 239–40. ◇ *Part.* ***rácina*** ›gebrochen‹.

racine [rak'ine], *Adj.* entblößt, mittellos, hilflos. ♦ *VT* 39:6.

raica [r'aika], *Adj.* gebogen, krumm, falsch. ♦ *Ety* (RÂYAK).

raica- [r'aika], *V.* krumm sein, sich biegen. ♦ *LB* 47.

raima [r'aima], *N.* Netz (eines Fischers oder Jägers). ♦ *VT* 42:11. ◇ Wurzel RAY ›knüpfen, häkeln, ein Netzwerk knüpfen, in ein Netz verstricken‹.

raina [r'aina], *Adj.* gnädig, freundlich. ♦ *VT* 44:35. ◇ Wurzel RAYA ›lächeln‹.

raina [r'aina], *Adj.* maschig, netzförmig. ♦ *VT* 42:11.

raita- [r'aita], *V.* fangen (in einem Netz). ♦ *VT* 42:12.

raiwe [r'aiwe], *N.* Spitze, Spitzenstoff. ♦ *VT* 42:11.

ráma [r'a:ma], *N.* Schwinge. ♦ HR II/8. *RGEO* 66–7. U&K 238. *Ety* (RAM). ◇ *Instr. Pl.* ***rámainen***.

rámalóce [ra:mal'o:ke], *N.* (geflügelter) Drache. ♦ *Ety* (LOK).

ramba [r'amba], *N.* Mauer, Wall; Bergkette. ♦ SIL Anh. *Ety* (RAMBA).

rámen [r'a:men], *Pron.* für uns. ◇ *VT* 43:33.

Rana [r'ana], ***Rána*** [r'a:na], *N.* ›Wanderer, Streuner. ♦ SIL QS/11; Reg, Anh *(ran-)*. NAM 2/IV. *Ety* (RAN). *MR* 198. ◇ Name des Mondes als mythologische Erklärung der Abweichungen in den Mondzyklen.

ranco [r'anko], *N.* Arm. ♦ *Ety* (RAK). ◇ *Pl.* ***ranqui***.

randa [r'anda], *N.* Zeitalter (100 Valianische Jahre). ♦ *Ety* (RAD).

ráne [r'a:ne], *Adj.* streifend, wandernd. ♦ *Ety* (RAN).

ránen [r'a:nen], *Adj.* wandernd, fahrend, Abenteuer suchend. ♦ *Ety* (RAN).

ranga [r'aŋga], *N.* Schritt. ♦ NAM 3/I Anh; Reg. ◇ Númenórisches Längenmaß, »ein voller Schritt, ein wenig länger als ein englischer Yard«.

rangwe [r'aŋgwe], *N.* Faden. ♦ *Ety* (RAK). ◇ Elbisches Maß.

ranya- [r'anja], *V.* umherstreifen, umherirren. ♦ *Ety* (RAN).

rasse [r'asse], *N.* Horn. ♦ *Ety* (RAS). *PMe* 69.

rasta [r'asta], *Num.* zwölf. ♦ *Ety* (RÂSAT). ◇ Nur die Wurzel ist in *Ety* angegeben; die Form ist spekulativ.

rauco [r'auko] (rauko), *N.* Dämon. ♦ SIL Anh *(rauko)*. *Ety* (RUK). *WJ* 415. *VT* 39:10. ◇ Eine mächtige, feindliche und schreckliche Kreatur, insbes. in ***Valarauco*** ›Dämon der Macht‹.

raumo [r'aumo], *N.* (Lärm von einem) Sturm. ♦ U&K 239–40.

rauta [r'auta], *N.* Metall. ♦ *Ety* (RAUTA).

ráva[1] [r'a:va], *N.* Wolf. ♦ *Ety* (DARÂK).

ráva[2] [r'a:va], *N.* Bank, Uferbank (insbes. eines Flusses). ♦ *Ety* (RAMBA).

ráve [r'a:ve], *N.* tobender Lärm. ♦ U&K 240.

rávea [r'a:vea], *Adj.* tosend. ♦ U&K 239–40. ◇ Abgeleitet von ***ráve*** (s. d.).

rávi [r'a:vi], *Pl.* von ***rá***[1].

raxe [r'akse], ***raxale*** [r'axale], *N.* Gefahr. ♦ *VT* 44:9. ◇ *Abl. Pl.* ***raxellor***, ***raxalellor***.

ré [r'e:], *N.* Tag (der Sonne). ♦ HR Anh D. ◇ ***-re*** in Zusammensetzungen wie ***Ringare***.

rea- [r'ea], *V.* klöppeln, knüpfen. ♦ *VT* 42:12.

remba- [r'emba], *V.* fangen (mit Schnüren oder Netzen). ♦ *VT* 42:11.

rembe [r'embe], *N.* Netz (eines Fischers oder Jägers). ♦ HR Anh E. *VT* 42:11.

rembina [r'embina], *Adj.* verstrickt, gefangen (mit Schnüren oder Netzen). ♦ *VT* 42:12.

remi- [r'emi], *V.* fangen (mit einer Schlinge). ♦ *VT* 42:11.

remna [r'emna], *N.* Schlinge. ♦ *VT* 42:12.

rempa [r'empa], *Adj.* gekrümmt, gebogen. ♦ *Ety* (REP).

réna [r'e:na], *N.* Rand, Borte. ♦ *Ety* (REG).

rende [r'ende], *Prät.* von ***rer-***.

réne [r'e:ne], *N.* Rand, Kante, Grenze.

rer- [r'er] *V.* säen. ♦ *Ety* (RED). ◇ *Aor.* ***rerin*** ›ich säe‹; *Prät.* ***rende.***

rië [r'ie], *N.* Krone. ♦ *Ety* (RIG).

riël [r'iel], ***riëlle*** [ri'elle], *N.* bekränzte Maid. ♦ SIL Anh *(kal-)*. *PMe*

347. ◇ Im vollen Sinne ›eine Maid gekrönt mit einem Festkranz‹.

rihta- [r'içta], *V.* zucken, sich winden. ♦ *Ety* (RIK[H]).

rille [r'ille], *N.* Glänzen, Schimmer. ♦ *Ety* (RIL).

rilma [r'ilma], *N.* schimmerndes Licht. ♦ *Ety* (RIL).

rilya [r'ilja], *N.* Schimmer, Glanz. ♦ *Ety* (RIL).

ríma [r'i:ma], *N.* Rand, Saum. ♦ *Ety* (RÎ).

rimba [r'imba], *Adj.* zahlreich, häufig. ♦ *Ety* (RIM).

rimbe [r'imbe], *N.* Vielzahl, Schar. ♦ SIL Anh *(rim)*. BRIEFE Nr. 297. *Ety* (RIM).

rimpa- [r'impa], *V.* eilen, fliehen. ♦ *Ety* (RIP).

rína [r'i:na], *Adj.* gekrönt. ♦ *Ety* (RIG).

rince [r'iŋke], *N.* Blühen, Schütteln. ♦ *Ety* (RIK[H]).

rinda [r'inda], *Adj.* kreisförmig. ♦ *Ety* (RIN).

rinde [r'inde], *N.* Kreis. ♦ *Ety* (RIN).

ringa [r'iŋga], *Adj.* kalt. ♦ U&K 238.

Ringare [r'iŋgare], *N.* ›Kalt-Tag‹. ♦ HR Anh D. SIL Anh *(ring)*. ◇ Zwölfter Monat des Jahres, »Dezember«.

ringe[1] [r'iŋge], *Adj.* kalt. ♦ *Ety* (RINGI).

ringe[2] [r'iŋge], *N.* kalter Teich oder See (im Gebirge). ♦ *Ety* (RINGI).

rista [r'ista], *N.* Schnitt. ♦ *Ety* (RIS).

rista- [r'ista], *V.* schneiden. ♦ *Ety* (RIS).

Rithil Anamo [r'ithil 'anamo], *N.* ›Ring des Schicksals‹. ♦ *WJ* 401. ◇ Übers. des Fremdworts ***Máhanaxar***, das aus dem Valarin entlehnt war. Verm. ***Risil Anamo*** im späten Qu.

rocco [r'okko], *N.* Pferd. ♦ SIL Anh *(roch)*. BRIEFE Nr. 211. *Ety* (ROK). ◇ Schnelles Pferd zum Reiten.

rocindo [rok'indo], *N.* Schuldige, Sünder. ♦ *VT* 43:20. ◇ *Abl. Pl.* ***rocindillomman*** ›von unseren Schuldigern‹.

rohta [r'oxta], *N.* Schuld, Vergehen, Sünde. ♦ *VT* 43:19. ◇ *Pl.* ***rohtar***.

rohtalië [roxt'alie], *N.* Schuld-Volk, Schuldige, Sünder. ♦ *VT* 43:19.

roime [r'oime], *N.* Jagd, Jagen. ♦ *Ety* (ROY[1]). ◇ *****raime*** in *Ety* ist verm. ein Lesefehler.

roina [r'oina], *Adj.* rötlich. ♦ *Ety* (ROY[2]).

roita- [r'oita], *V.* verfolgen. ♦ *Ety* (ROY[1]).

róma[1] [r'o:ma], *N.* Horn. ♦ *WJ* 368.

róma[2] [r'o:ma], *N.* (lauter) Schall, Trompetenstoß. ♦ *Ety* (ROM).

romba [r'omba], *N.* Horn, Trompete. ♦ *Ety* (ROM).

Rómello [r'o:mello], *N.* ›(Eine) von Osten‹. ♦ HR II/8. *RGEO* 66–7, 69. ◇ *Abl.* von ***rómen***. Übers. »für jene aus dem Osten«.

rómen [r'o:men], ***Rómen*** [r'o:men], *N.* Aufgang, Sonnenaufgang, Osten. *Ling.* Name von Tengwa 25. ♦ HR Anh E. SIL Anh *(men, rómen)*. *LR* 47, 56. *Ety* (RÔ [MEN]).

Rómendacil [ro:m'endakil], *N.* ›Ostsieger.‹. ♦ HR Anh A. NAM 3/II. BRIEFE Nr. 347. *PMe* 197. ◇ Beiname.

Rómenna [ro':menna], *N.* ›Ostwärts‹. ♦ SIL Ak; Anh *(rómen)*. NAM 2/I. ◇ *All.* von ***rómen***. Ort im Ostteil von Núnemor.

rómenya [ro:m'enja], *Adj.* östlich. ♦ *Ety* (RO).

rondo [r'ondo], *N.* Höhle, Gewölbe, (gewölbte) Kammer. ♦ *Ety* (ROD). *WJ* 414. ◇ Ein gewölbtes oder überkuppeltes Dach, von unten gesehen (und gewöhnlich nicht sichtbar von außen).

ronya [r'onja], *N.* Jagdhund. ♦ *Ety* (ROY).

ronyo [r'onjo], *N.* Verfolger. ♦ *Ety* (ROY).

roquen [r'okwen], *N.* Reiter, Ritter. ♦ NAM 3/I. *WJ* 372.

rosse [r'osse], *N.* Sprühregen, Tau. ♦ *Ety* (ROS[2]). *PMe* 371.

rotto [r'otto], *N.* kleine Grotte oder Tunnel. ♦ *PMe* 365.

Rú [r'u:], *N.* ›Drûg‹. ♦ NAM 4/I.

Rúatani [ru:'atani], *Sg.* ***Rúatan*** [r'u:atan] *N.* ›Drúedain‹. ♦ NAM 4/I.

ruc-[1] [r'uk], *V.* Angst haben, (sich) fürchten. ♦ *WJ* 415. ◇ *Aor.* ***rucin*** ›ich fühle Angst, ich fühle Schrecken‹. Konstruiert mit ›von‹ für das gefürchtete Objekt.

ruc-[2] [r'u:k], *V.* fliehen, Zuflucht suchen. ♦ *VT* 44:7. ◇ *Aor.* ***rucimme*** ›wir fliehen‹.

rúcima [r'u:kima], *Adj.* schrecklich. ♦ *WJ* 415.
rucimme [ruk'imme], *Aor.* von ***ruc-***[2].
rucin [r'ukin], *Aor.* von ***ruc-***[1].
rúcina [r'u:kina], *Adj.* verwirrt, zerstreut, durcheinander. ♦ U&K 239–40.
ruhta- [r'uxta], *V.* erschrecken. ♦ *WJ* 415.
rúma- [r'u:ma], *V.* rücken, sich bewegen, sich wälzen (von großen und schweren Dingen). ♦ U&K 239–40. ◊ *Part.* ***rúmala*** ›sich wälzend‹; geändert in ***rúma***, offensichtlich die reine Grundform verwendet als Partizip.
Rúmil [r'u:mil], *N.* ›Rúmil‹. ♦ HR Anh E. SIL QS/6; Reg. *WJ* 398. ◊ Eigenname, Bedeutung unklar, evtl. ›der Geheimnisvolle‹.
rúna [r'u:na], *Adj.* frei. ♦ *VT* 43:23.
runda [r'unda], *N.* Keule, Knüppel. ♦ *Ety* (RUD).
rúnya [r'u:nja], ***runya*** [r'unja], *N.* rote Flamme. ♦ SIL Anh *(ruin)*. *Ety* (RUN). *PMe* 366.
rusco [r'usko], *N.* Fuchs. ♦ *PMe* 353.
ruscuite [rusc'uite], *Adj.* fuchsig. ♦ *VT* 41. ◊ *Pl.* ***rusqui*** (von ***ruscu-***).
Russandol [russ'andol], *N.* ›Kupfer-Kopf‹. ♦ *PMe* 354. ◊ Beiname von ***Maitimo/Nelyafinwe.***
russe[1] [r'usse], *N.* Klinge, (poliertes) Metall. ♦ *Ety* (RUS).
russe[2] [r'usse], *N.* Rotschopf, roter Pelz. ♦ *VT* 41:10.
ruxa- [r'uksa-], *V.* ›bröckeln‹. ♦ U&K 239. ◊ *Part.* ***ruxala*** ›bröckelnd‹.

S

saccat- [sakk'at], *V.* zerreißen. ♦ *SD* 246. ◊ *Prät.* ***saccante*** ›sie zerrissen‹.
sahta- [s'axta], *V.* (jemanden) veranlassen, dazu bringen (etwas zu tun). ♦ *VT* 43:23.

sahtië [s'axtie], *N.* Zwang, Druck (etwas zu tun gegen den eigenen Willen oder das Gewissen). ♦ *VT* 43:22.

saira [s'aira], *Adj.* weise. ♦ *Ety* (SAY).

sairon [s'airon], *N.* Weiser, Zauberer. ♦ *Ety* (SAY).

Salmar [s'almar], *N.* (?). ♦ SIL QS/1; Reg. ◇ Maia im Dienste Ulmos; Etymologie unklar.

salpa- [s'alpa], *V.* schlürfen, auflecken. ♦ *Ety* (SÂLAP).

salque [s'alkwe], *N.* Gras. ♦ *Ety* (SALÂK-[WE]).

sáma [s'a:ma], *N.* Geist, Verstand. ♦ *VT* 39:23.

sambe [s'ambe], *N.* Raum, Kammer. ♦ *Ety* (STAB).

samna[1] [s'amna], *N.* Pfosten, Holzpfeiler. ♦ *Ety* (STAB).

samna[2] [s'amna], *N. Ling.* Diphthong. ♦ *Ety* (SAM).

samno [s'amno], *N.* Zimmermann, Holzschnitzer. ♦ *Ety* (STAB).

san [s'an], *Adv.* so. ♦ *VT* 43:17.

sanar [s'anar], *N.* Denker. ♦ *VT* 41:13.

sanca [s'aŋka], *N.* Spalte, Kluft. ♦ *Ety* (STAK).

sanda [s'anda], *Adj.* fest, treu, bleibend. ♦ *Ety* (STAN).

sandastan [sand'astan], *N.* Schild-Sperre (eine Schlachtformation). ♦ NAM 3/I. ◇ Stamm verm. ***sandastam-*** da das Schlusselement von einem Stamm ***stama-*** ›versperren, ausschließen‹ abgeleitet ist.

sanga [s'anga], *N.* Menge, Ansammlung (von Personen), Haufe (feindlicher Krieger). ♦ SIL Anh *(thang). Ety* (STAG).

sanga- [s'anga], *V.* drücken, drängen, zusammendrücken, eng packen. ♦ *Ety* (STAG). *PE* 12:81. *VT* 43:22.

Sangahyando [saŋgaç'ando], *N.* Haufe-Spalter. ♦ HR Anh A. SIL Anh *(thang). Ety* (STAG, SYAD). BRIEFE Nr. 347. ◇ Schwertname; auch Kampfname oder Beiname.

sangië [s'aŋgie], *N.* Not, Notwendigkeit. ♦ *VT* 44:8.

sangwa [s'aŋgwa], *N.* Gift. ♦ *Ety* (SAG).

sanwe [s'anwe], *N.* Gedanke (*Akt* oder Produkt des Denkens). ♦ *VT* 39:23.

sanwecenda [sanwek'enda], *N.* Gedankenerforschung, Gedankenlesen. ♦ *VT* 41:5.

sanwe-menta [sanwem'enta], *N.* Gedanken-Sendung, geistige Botschaft. ♦ *VT* 41:5.

sanya [s'anja], *Adj.* gehorsam, gesetzestreu. ♦ *Ety* (STAN).

sanye [s'anje], *N.* Gesetz; Regel. ♦ *Ety* (STAN).

sar [s'ar], *N.* (kleiner) Stein. ♦ *Ety* (SAR). ◊ *Pl.* ***sardi.***

sára [s'a:ra], *Adj.* bitter. ♦ *Ety* (SAG).

sara [s'ara], *N.* Segge, (trockenes, steifes) Gras. ♦ *Ety* (STAR).

sarat [s'arat], *N. Ling.* Buchstabe, (bedeutungstragendes) Zeichen). ♦ *WJ* 396. *VT* 37:18, 39:7. *PE* 13:5–89. ◊ *Pl.* ***sarati.*** Nach der Erfindung von Feanors Tengwar für die Buchstaben Rúmils verwendet.

sarda [s'arda], *Adj.* hart. *N. Ling.* harter Laut, Konsonant. ♦ *VT* 39:17.

sarda tengwe [s'arda t'eŋgwe], *N. Ling.* harter Laut, Konsonant. ♦ *VT* 39:17. ◊ Auch kurz ***sarda*** (s. d.).

sarme [s'arme], *N.* Schreiben. ♦ *VT* 39:8.

sarna [s'arna], *Adj.* steinern. ♦ *Ety* (SAR).

sarne [s'arne], *N.* Festung. ♦ *Ety* (SAR).

sarnië [s'arnie], *N.* Strandkies, Kiesbank. ♦ NAM Reg *(Serni).*

sati- [s'ati], *V.* beiseite legen, reservieren (für einen bestimmten Zweck oder Besitzer). ♦ *VT* 42:20.

satya [s'atja], *Adj.* privat, getrennt, nicht allgemein, ausgeschlossen. ♦ *VT* 42:20.

saura [s'aura], *Adj.* übel, faul, eitrig. ♦ *Ety* (THUS). ◊ Arch. ***thaura.***

Sauron [s'auron], ***Sauro*** [s'auro], ***Súro*** [s'u:ro], *N.* ›der Abscheuliche, der Üble‹. ♦ HR I/2; Anh A, B, F. SIL Val; Reg, Anh *(thaur).* NAM 2/1. BRIEFE Nr. 297. *Ety* (THUS). ◊ Arch. ***Thauron.*** Name eines Maia im Dienste Morgoths, Schöpfer des Einen Rings, Herr der Ringe.

sáva [s'a:va], *N.* Saft. ♦ *Ety* (SAB).

selda [s'elda], *N. f.* Tochter. ♦ *Ety* (SEL-D).

selde [s'elde], *N.* Kind. ♦ *Ety* (SEL-D).

seldo [s'eldo], *N. m.* Sohn. ♦ *Ety* (SEL-D).

seler [s'eler], *N.* Schwester. ♦ *Ety* (THEL/THELES). ◇ *Pl.* ***selli***. Arch. ***theles***.

selma [s'elma], *N.* (verfestigte) Idee, Wille. ♦ *WJ* 319. ◇ Arch. ***thelma***.

senda [s'enda], *Adj.* ruhig, in Ruhe, rastend. ♦ *Ety* (SED).

-ser [ser], *N.* Freund (Suffix). ♦ *Ety* (SER).

serce [s'erke] (serke), *N.* Blut. ♦ SIL Anh (sereg).

ser- [s'er], *V.* ruhen. ♦ *Ety* (SED). ◇ *Aor.* ***serin*** ›ich ruhe‹

serin [s'erin], *Aor.* von ***ser-***.

Serinde [ser'inde], *N.* ›Stickerin‹ oder ›Näherin‹. ♦ SIL QS/6; Reg. *PMe* 333. ◇ Arch. ***Therinde***. Eigenname.

serme [s'erme], *N.* Freundin. ♦ *Ety* (SER).

sermo [s'ermo], ***seron*** [seron], *N.* Freund. ♦ *Ety* (SER).

sí [s'i:], ***sín*** [s'i:n], ***sin*** [s'in], *Adv.* jetzt, nun. ♦ HR II/8. *RGEO* 66–7. *LR* 47, 72, 310. *Ety* (SI). *SD* 247, 310. ◇ ***sín*** oder ***sin*** vor Vokalen. In *LR* wird ***sí*** mit ›hier‹ übersetzt; evtl. gilt es zeitlich wie räumlich.

sicil [s'ikil], *N.* Dolch, Messer. ♦ *Ety* (SIK).

sië [s'ie], *Adv.* so, also. ♦ *VT* 43:24.

sil- [s'il], *V.* leuchten (mit weißem oder silbernem Licht), weiß glänzen,. ♦ HR I/3. U&K 240.

silima [s'ilima], ***silma***[1] [s'ilma], *N.* ›Leuchtstoff‹. ♦ SIL QS/6; Anh (*sil-*). ◇ Die kristallene Substanz, aus der die Silmaril gemacht waren, erfunden von Feanor.

silma [s'ilma], *Adj.* silbern, silberleuchtend. ♦ *Ety* SIL.

Silmariën [silm'arien], *N.* ›mit Silberlicht Bekränzte‹. ♦ HR Anh A, B. SIL Ak. NAM 2/I Anm. ◇ Eigenname.

Silmarille [silmar'ille], ***Silmaril*** [s'ilmaril], *N.* ›Silberglitzern‹. ♦ HR I/11; Anh A. *RGEO* 73. SIL QS/7; Anh *(sil-, ril)*. NAM 1/I Anm, 2/IV. BRIEFE Nr. 131. *Ety* (SIL, RIL [MIR]). ◇ *Pl.* ***Silmarilli***; *Gen. Pl.* ***Silmarillion*** wie in ***Quenta Silmarillion***. Die von Feanor geschaffenen Juwelen, die das Licht der Zwei Bäume Valinors einfingen. Übers. »Strahlen des reinen Lichts«.

silme nuquerna [s'ilme nukw'erna] *N. Ling.* ›***silme*** umgekehrt‹,

Name von Tengwa 32. ♦ HR Anh E. ◇ Ähnlich zum normalen ***silme***, aber umgedreht.

silme[1] [s'ilme], *N.* Sternenlicht. *Ling.* Name von Tengwa 29. ♦ HR Anh E.

silme[2] [s'ilme], *N.* Leuchtsilber, Silberlicht. ♦ *Ety* (SIL). ◇ Eig. das Licht von Silpion (Telperion), einem der Zwei Bäume von Aman.

Silmerosse [silmer'osse], *N.* ›Silbertau‹. ♦ *Ety* (ROS[2] [SIL]). ◇ Beiname von Telperion.

Silpion [s'ilpion], *N.* ›(Baum) von Silberglanz‹. ♦ *Ety* (SÎLIP [BAL, ROS[1], SIL]). SIL QS/1; Reg, Anh *(sil-)*. *LR* 385. ◇ Name für Telperion.

símen [s'i:men], *Adv.* hier. ♦ *LR* 72. ◇ Vgl. ***sinome***.

sin[1] [s'in], *Adv.* also. ♦ *PMe* 401. ◇ Im Satz ***sin quente Quendingoldo Elendilenna***, ›also sprach Pengolodh zu Elendil‹.

sin[2] [s'in], *Adv.* siehe ***sí***.

sina [s'ina], *Pron.* dies(er, e, es). ♦ NAM 3/II. ◇ In unserem einzigen Beispiel dem Subst nachgestellt: ***vanda sina*** ›dieser Eid‹.

sincahonda [sinkah'onda], *Adj.* Stein-herzig. ♦ HR VI/6.

sinda, siehe ***sinde***.

Sindacollo [sindak'ollo], *N.* ›Grau-Mantel‹. ♦ SIL Reg, Anh *(thin(d))*. ◇ Siehe ***Sindicollo***.

sindanórië [sindan'o:rie], *N.* Graues Land. ♦ HR II/8. *RGEO* 66–7. ◇ *Abl.* ***sindanóriëllo*** ›aus einem grauen Land‹.

Sindar [s'indar] *N.* ›die Grauen‹, Grauelben. ♦ HR Anh B, E, F. SIL QS/4; Reg, Anh *(thin(d))*. NAM 1/I. *Ety* ([THIN]). *WJ* 369, 375. ◇ *Sg.* ***Sinda, Sindo***.

Sindarin [s'indarin], *N.* ›Grauelbisch‹. ♦ HR Anh E, F. SIL QS/13; Reg. NAM 1/I, 2/IV.

sindarinwa [sindar'inwa], *Adj.* Grauelbisch. ♦ HR Anh E. ◇ In dem Ausdruck ***hwesta sindarinwa*** ›Grauelben-*hw*‹. Evtl. ***Sindarin*** (als Nomen) mit der adjektivischen Poss.-Endung ***-wa***.

sinde [s'inde], ***sinda*** [s'inda], *Adj.* grau, blass, silbrig grau. ♦ SIL Anh *(thin(d))*. HR Anh F. *WJ* 384. ◇ Arch. ***thinde***. Evtl. entstand die Form ***sinda*** mit Bezug auf die Sindar, aber auch allgemein verwendet wie in ***sindanórië*** (s. d.).

Sindeldi [sind'eldi], ***Sindel*** [s'indel], *N.* Grauelbe. ♦ *WJ* 384. ◇ Gleichbedeutend mit ***Sinda***, ***Sindar***, aber weniger häufig.

Sindicollo [sindik'ollo], ***Singollo*** [siŋg'ollo], *N.* ›Graumantel‹. ♦ SIL QS/3; Reg, Anh *(thin(d))*. *WJ* 333, 410. *MR* 217, 385. ◇ Titel von Elwe (Elu), S. *Thingol*. ***Sindi-*** in diesem Namen ist eine gebundene Form von ***sinde*** (s. d.), das ***-o*** ist verm. eine männliche Endung zu ***colla*** ›Mantel‹. Originalform ***Thindicollo***. SIL Anh liest ***Sindacollo***.

Sindo [s'indo], *N.* ›der Graue‹. ♦ *Ety* (THIN). ◇ Beiname Elwes.

Singollo, siehe ***Sindicollo***.

sinome [s'inome], *Adv.* an diesem Ort, hier. ♦ HR VI/5.

sinta [s'inta], *Adj.* kurz. ♦ *Ety* (STINTA).

sinta- [s'inta], *V.* verblassen. ♦ *Ety* (THIN). ◇ Arch. ***thinta-***.

sinte [s'inte], *Prät.* von ***ista-***.

sinya [s'inja], *Adj.* neu. ♦ *Ety* (SI).

sinye [s'inje], *N.* Abend. ♦ *Ety* (THIN). ◇ Arch. ***thinye***.

sir- [s'ir], *V.* fließen. ♦ *Ety* (SIR).

sire[1] [s'ire], *N.* Fluss. ♦ *Ety* (SIR).

sire[2] [s'ire], *N.* Ruhe, Rast, Frieden. ♦ *LR* 7 . *Ety* (SED). ◇ Siehe unter ***úye***.

Siril [s'iril], *N.* ›Glanzfluss‹ (?). ♦ NAM 2/I.

siril [s'iril], *N.* Rinnsal. ♦ *Ety* (SIR).

Siriondil [siri'ondil], *N.* ›Sirion-Freund‹. ♦ HR Anh A. *PMe* 197. ◇ Eigenname.

sisíla- [sis'i:la], *V.* schillern, glänzen. ♦ U&K 238, 240. ◇ Als Iterativum zu ***sil-*** bezeichnet; das *Part.* ***sisílala*** ist einfach übers. mit ›glänzen‹ (U&K 230).

siule [sj'ule], *N.* Anregung, Antrieb, Ermutigung. ♦ *Ety* (SIW).

síve [s'i:ve], *Adv.* wie (auf nahe Liegendes bezogen). ♦ *VT* 43:16.

soica [s'oika], *Adj.* durstig. ♦ *VT* 39:11.

Solonyeldi [solonj'eldi], *N. Pl.* ›Brandungssänger‹. ♦ *Ety* (SOL, NYEL). ◇ Beiname der Teleri.

solor [s'olor], *N.* Brandung. ♦ *Ety* (SOL).

soron [s'oron], ***sorne*** [s'orne], ***sorno*** [s'orno], *N.* Adler. ♦ BRIEFE Nr. 347. *Ety* (THOR/THORON). ◇ *Pl.* ***sorni***. Arch. ***thorno*** (< ***thorono***).

Sorontar [sor'ontar], *N.* ›Adlerherr‹. ♦ SIL Anh *(thoron)*. *Ety* (THOR/THORON, TA/TA3). ◇ Name des Herrn der Adler, S. *Thorondor.*

Sorontil [sor'ontil], *N.* ›Adlerhorn‹. ♦ NAM 2/I. ◇ Berg in Númenor.

Soronto [sor'onto], *N.* ›Adler-‹ (?). ♦ NAM 2/I. ◇ Eigenname.

Soronúme [soron'u:me], *N.* ›Adler des Westens‹. ♦ SIL QS/3; Anh *(thoron)*. ◇ Name eines Sternbilds.

suc- [s'uk], *V.* trinken. ♦ *Ety* (SUK). ◇ *Aor.* ***sucin*** ›ich trinke‹.

sucin [s'ukin], *Aor.* von ***suc-***.

suhto [s'uxto], *N.* Trunk. ♦ *Ety* (SUK).

sulca [s'ulka], *N.* (essbare) Wurzel. ♦ *Ety* (SÛLUK).

súle [s'u:le], *N.* Atem, Hauch, Geist. *Ling.* Name von Tengwa 9. ♦ HR Anh E. *Ety* (THÛ). ◇ Arch. ***thúle***, vor der Verschiebung ***th*** > ***s***, die kurz vor der Rebellion der Noldor eintrat.

Súlime [s'u:lime], *N.* ›der Windige‹. ♦ HR Anh D. SIL Anh *(sûl)*. NAM 3/II. ◇ Dritter Monat des Jahres, »März«.

Súlimo [s'u:limo], *N.* ›der Atmer‹. ♦ SIL Val, NR; Anh *(sûl)*. *Ety* (THÛ). ◇ Beiname Manwes.

súlo [s'u:lo], *N.* Kelch. ♦ *Ety* (SUG [siehe SUK]).

súma [s'u:ma], *N.* Höhlung, Busen. ♦ U&K 238–9.

sundo [s'undo], *N. Ling.* Wurzel, Basis. ♦ *Ety* (SUD).

sundóma [sund'o:ma], *N. Ling.* Basis-Vokal. ♦ *WJ* 319. ◇ Der bestimmende Vokal einer sprachlichen Wurzel.

sungwa [s'uŋgwa], *N.* Trinkgefäß. ♦ *Ety* (SUK).

súre [s'u:re], *N.* Wind. ♦ HR II/8. *RGEO* 66–7. U&K 239. ◇ *Instr.* ***súrinen*** ›im Wind, durch den Wind‹.

Súrion [s'u:rion] (Tar-~), *N.* ›Wind-Sohn‹. ♦ HR Anh A. NAM 2/III. ◇ Königsname.

surya [s'urja], *N. Ling.* Reibelaut, Spirant. ♦ *Ety* (SUS).

súya- [s'u:ja], *V.* atmen. ♦ *Ety* (THU). ◇ Arch. ***thúya-***.

T

ta [t'a], *Pron.* das, es. ♦ *Ety* (TA).

tac- [t'ak], *V.* befestigen. ♦ *Ety* (TAK). ◇ *Aor.* ***tace***; *Prät.* ***tance.***

tace [t'ake], *Aor.* von ***tac-.***

taile [t'aile], *N.* Ausdehnung, Längung. ♦ *Ety* (TAY).

taina [t'aina], *Adj.* verlängert, ausgedehnt. ♦ *Ety* (TAY).

taita- [t'aita], *V.* verlängern, ausdehnen. ♦ *Ety* (TAY).

tál [t'a:l], *N.* Fuß. ♦ SIL Anh (tal). *Ety* (TAL).

talan [t'alan], *N.* Fußboden, Boden. ♦ *Ety* (TALAM). ◇ *Pl.* ***talami.***

tallune [tall'une], ***talrunya*** [talrunja], *N.* Fußsohle. ♦ *Ety* (TALAM, RUN).

talma [t'alma], *N.* Grundlage, Basis, Wurzel. ♦ *Ety* (TALAM).

Talmar Ambaren [t'almar 'ambaren], *N.* ›Wurzeln der Erde‹. ♦ *Ety* (TALAM). ◇ Unterer Bereich von Mittelerde.

talta [t'alta], *Adj.* geneigt, abschüssig. ♦ *Ety* (TALÂT).

talta- [t'alta], *V.* sich neigen, gleiten, abrutschen, stürzen. ♦ *Ety* (TALÂT). U&K 239–40. ◇ Reduplizierter Stamm im *Part.* ***talta-taltala*** ›herabfallend‹.

talrunya*,* siehe ***tallune****.*

tam- [t'am], *V.* (einmal) klopfen. ♦ *Ety* (TAM). ◇ *Aor.* ***tamin*** ›ich klopfe‹; *Prät.* ***tamne****.*

tamba- [t'amba], *V.* (andauernd) klopfen. ♦ *Ety* (TAM).

tambaro [t'ambaro], *N.* Specht. ♦ *Ety* (TAM).

tambe [t'ambe], *Adv.* wie (auf fern Liegendes bezogen). ♦ *VT* 43:16.

tamin*, Aor.* von ***tam-****.*

tamne*, Prät.* von ***tam-****.*

tampa [t'ampa], *N.* Stopfen. ♦ *Ety* (TAP).

tampe [t'ampe], *Prät.* von ***tap-****.*

tana [t'ana], *Pron.* jenes (rückverweisend). ♦ *Ety* (TA).

tana- [t'ana], *V.* zeigen, hinweisen auf, anzeigen. ♦ *MR* 350, 385, 471.

tanca[1] [t'aŋka], *Adj.* fest, sicher. ♦ *Ety* (TAK).

tanca[2] [t'aŋka], *N.* Befestigung, Niete. ♦ *Ety* (TAK).

tance[1] [t'aŋke], *N.* Nagel. ♦ *Ety* (TAK).

tance[2] [t'aŋke], *Prät.* von ***tac-***.

tancil [t'aŋkil], *N.* Brosche. ♦ *Ety* (TAK).

Tancol [t'aŋkol], *N.* ›Zeichenträger‹. ♦ *MR* 385. ◇ Markanter Stern, gleichgesetzt mit dem Planeten Venus.

tango, siehe ***tinge***.

tangwa [t'aŋgwa], *N.* Spange. ♦ *Ety* (TAK).

taniquelasse [tanikwel'asse], *N.* ›hohes weißes Blatt‹. ♦ NAM 2/I. ◇ Immergrüner Baum in Númenor, aus Tol Eressea.

Taniquetilde [tanikwet'ilde], ***Taniquetil*** [tan'ikwetil], *N.* ›Hohes weißes Horn, Hohe Schneespitze‹. ♦ HR II/1. *RGEO* 69. SIL Val; Reg, Anh *(nim, til)*. NAM 1/I. *Ety* (TA/TA3, NIK-W, TIL). *WJ* 416–7. ◇ Der höchste Berg von Valinor, auf dem sich die Wohnstätten Manwes und Vardas befanden. Eigentlich nur der oberste Gipfel; der ganze Berg wird ***Oiolosse*** genannt. *RGEO* liest ***Túniquetil***.

tanna [t'anna], *Adv.* dorthin. ♦ *VT* 27.

tanna [t'anna], *N.* Zeichen. ♦ *MR* 385.

tano [t'ano], *N.* Handwerker, Schmied. ♦ *Ety* (TAN).

tanta- [t'anta], *V.* Harfe spielen. ♦ *VT* 41:10.

tanta[1] [t'anta], *Adj.* doppelt. ♦ *Ety* (TATA).

tanta[2] [t'anta], ***tantila*** [t'antila], *N.* Harfe. ◇ *VT* 41:10.

tanwe [t'anwe], *N.* Konstrukt, Schöpfung der Kunst. ♦ *Ety* (TAN).

táp- [t'ap], *V.* anhalten, blockieren. ♦ *Ety* (TAP). ◇ *Aor.* ***tápe***; *Prät.* ***tampe***.

tápe [t'a:pe], *Aor.* von ***tap-***.

tapta [t'apta], *Adj.* behindert, blockiert. *N. Ling.* blockierter Laut, Konsonant. ♦ *VT* 39:17.

tapta tengwe [t'apta t'eŋgwe], *N. Ling.* blockierter Laut, Konsonant. ♦ *VT* 39:17. ◇ Auch kurz ***tapta*** (s. d.). Nur *Pl.* ***taptar, tapta tengwi*** belegt.

tár [t'a:r], ***táro*** [ta:ro], *N.* König (legitimer König eines ganzen Volkes, *Pl.* ***tári***). ♦ *Ety* (TA/TA3).

tar [t'ar], *Adv.* dorthin, jenseits. ♦ *Ety* (TA). *LR* 72.

-tar [t'ar], *N.* König oder Königin (Suffix, nicht geschlechtsgebunden). ♦ *Ety* (TA/TA3).

Tar- [t'ar], *Präf.* Hoch-. ♦ HR Anh A. SIL Anh. ◇ Element, das den Namen der Könige und Königinnen von Númenor vorangesetzt wurde (z. B. ***Tar-Amandil***), auch in ***Tareldar, Tar-menel***.

tára [t'a:ra], *Adj.* hoch, erhaben, edel. ♦ SIL Anh *(tar-)*. *Ety* (TA/TA3, TÂWAR [AYAK]). *WJ* 417. ◇ Die Übers. ›luftig‹ im SIL Anh ist falsch.

Tarannon [tar'annon], *N.* ›Edel-Geschenk‹ oder ›Edler Geber‹ (?). ♦ HR Anh A. NAM 4/II Anm. ◇ Eigenname.

tarca [t'arka], *N.* Horn (beim Tier). ♦ *Ety* (TARÂ).

Tarcil [t'arkil], *N.* ›Hoch-Mensch‹. ♦ HR Anh A. *Ety* (TUR, KHIL). *PMe* 192. ◇ Eigenname; auch in der Bedeutung ›Númenórer‹. Zur Herkunft des Elements ***-cil*** siehe ***Hildor***.

Tarciryan [tark'irjan], *N.* ›Hoher Schiffer‹. ♦ HR Anh A. ◇ Eigenname.

tare [t'are], *Adv.* an jenem Tag. ♦ *LR* 72.

Tareldar [tar'eldar], *N.* ›Hoch-Elben‹. ♦ SIL Reg. *MR* 349.

tári [t'a:ri], *N. f.* Königin (Gemahlin eines ***táro***). ♦ SIL Anh *(tar)*. NAM 2/II. *Ety* (TA/TA3). ◇ *Gen.* ***tário*** ›der Königin‹; ***tarinya*** ›meine Königin‹.

tárië [t'a:rie], *N.* Höhe. ♦ HR VI/4. BRIEFE Nr. 230. ◇ *All.* ***táriënna*** ›aufs Höchste‹.

Tárion [t'a:rion], *N.* ›(Tag) der Hohen‹. ♦ HR Anh D. ◇ Alternativer Name für ***Valanya***; der letzte Tag der elbischen Sechs-Tage-Woche, den Mächten (Valar) gewidmet.

tarma [t'arma], *N.* Säule, Pfeiler. ♦ SIL Anh *(tar-)*.

Tarmasundar [tarmas'undar], *N.* ›Wurzeln des Pfeilers‹. ♦ NAM 2/I. ◇ Die Hänge des Meneltarma in Númenor.

Tar-menel [t'armenel], *N.* ›Hoch-Himmel‹. ♦ HR II/1. *MR* 388. ◇ Das wahre Firmament, im Gegensatz zu ***Nur-menel*** (s. d.).

táro [táro], *N. m.* König. ♦ SIL Anh *(tar)*. *Ety* (TA/TA3).

Tarondor [tar'ondor], *N.* ›Herr des Steinlands (Gondor)‹. ♦ HR Anh A. *PMe* 192. ◇ Eigenname.

Tarostar [tar'ostar], *N.* ›Herr der Festungen‹. ♦ HR Anh A. NAM 3/II Anm. ◇ Eigenname.

tarquendi [tarkw'endi], *N.* Hochelben. ♦ *Ety* (TA/TA3). ◇ Bezeichnung für die Lindar.

tarquesta [tarkw'esta], *N.* Hochsprache. ♦ *Ety* (TA/TA3). ◇ Sprache der Lindar.

tarya [t'arja], *Adj.* zäh, steif. ♦ *Ety* (TÂRAG).

tasare [t'asare], *N.* Weide, Weidenbaum. ♦ SIL Anh *(tathar)*. *Ety* (TATHAR).

Tasarinan [tas'arinan], *N.* ›Weiden-Tal‹. ♦ HR III/4. SIL Anh *(tathar)*. ◇ Auch ***Nan-tasarion***. Ortsname.

tata [t'ata], *Num.* zwei. ♦ *WJ* 421.

tatya [t'atja], *Num. Adj.* zweit(er, e, es). ♦ *VT* 42:25.

tatya- [t'atja], *V.* wiederholen, verdoppeln. ♦ *Ety* (TATA).

Tatyar [t'atjar], *N.* ›die Zweiten‹. ♦ *WJ* 380. ◇ Der ursprüngl. Name der Noldor.

taura [t'aura], *Adj.* mächtig, gewaltig, von unermesslicher Macht oder Größe. ♦ *Ety* (TUR). *VT* 39:10.

taure [t'aure], *N.* (großer) Wald, Forst. ♦ SIL Anh *(taur)*. U&K 239. *Ety* (TÂWAR). BRIEFE Nr. 230. ◇ *Pl.* ***tauri***.

taurea [t'aurea], *Adj.* bewaldet. ♦ HR III/4, Anh F. ◇ In ***Tumbaletaurea***, siehe ***Taurelilómea-tumbalemorna Tumbaletaurea Lómeanor***.

Taure Huiniva [t'aure h'uiniva], *N.* ›Schattenwald‹. ♦ *Ety* (PHUY). ◇ S. *Taur na Fuin*.

Taurelilómea-tumbalemorna Tumbaletaurea Lómeanor [taurel'o:mea tumbalem'orna tumbalet'aurea lo:m'eanor], *N.* ›Waldvieldüster-tieftalschwarzes tieftalbewaldetes Düsterland‹. ♦ HR III/4, Anh F. BRIEFE Nr. 230. ◇ Qu.-Elemente gereiht auf entische Weise; dies heißt anscheinend so etwas wie »Ein schwarzer Schatten liegt auf den tiefen Tälern des

Waldes«. [Die Übersetzung »Waldvielschichtig« (HR Anh F, Neuübers.) ist wohl ein Flüchtigkeitsfehler.]

Tauremorna [taurem'orna], *N.* ›Wald-schwarz‹. ♦ HR III/4. BRIEFE Nr. 230. ◇ Name eines Waldes.

Tauremornalóme [tauremornal'o:me], *N.* ›Dunkelnachtwald‹. ♦ HR III/4. BRIEFE 403. ◇ Für *lóme* lies »Nacht« statt »Licht« (BRIEFE). Siehe ***Tauremorna***.

taurina [t'aurina], *Adj.* hölzern, aus Holz. ♦ *Ety* (TAWAR).

tavar [t'avar], *N.* Holz (als Material). ♦ *Ety* (TAWAR).

tavaril [t'avaril], *N. f.* Waldgeist, Dryade. ♦ *Ety* (TAWAR).

tavaro [t'avaro], ***tavaron*** [tavaron], *N. m.* Waldgeist. ♦ *Ety* (TAWAR).

te [t'e], *Pron. Pl.* sie. ♦ HR VI/4. BRIEFE Nr. 230.

tea [t'ea], *N.* Straße, (gerade) Linie. ♦ *Ety* (TED).

tea- [t'ea], *V.* anzeigen. ♦ *VT* 39. ◇ *Prät.* ***tenge***.

tec- [t'ek], *V.* schreiben. ♦ *Ety* (TEK). ◇ *Aor.* ***tece***.

tecco [t'ekko], *N.* Strich (mit Feder oder Pinsel, wenn nicht als Langzeichen benutzt). ♦ *Ety* (TEK).

tece [t'eke], *Aor.* von ***tec-***.

tecil [t'ekil], *N.* Stift, Feder, Schreibgerät. ♦ *Ety* (TEK); pen. ♦ *PMe* 318.

tehta [t'eçta], *N.* Zeichen, diakritisches Symbol. ♦ HR Anh E. *Ety* (TEK). *WJ* 396. ◇ *Pl.* ***tehtar***, oft verwendet für die Feanorischen Vokalzeichen (***ómatehtar***).

tel [t'el], ***telde*** [t'elde], *N.* Ende, end-, letzt-. ♦ *Ety* ([TELES]).

telco [t'elko], *N.* Bein, Stengel. *Ling.* Stamm (der Schrift). ♦ HR Anh E. *Ety* (TÊLEK). ◇ *Pl.* ***telqui***.

Telcontar [telk'ontar], *N.* ›Schreiter‹. ♦ HR V/8. *MR* 216. ◇ Qu.-Form von ›Streicher‹, Beiname Aragorns.

telda [t'elda], *Adj.* letzt(er, e, es), end-. ♦ *WJ* 407.

telde, siehe ***tel***.

tele- [t'ele], *V.* enden (intrans.), Letzter sein (in einer Reihe oder Folge von Ereignissen). ♦ *WJ* 411.

Telelli [tell'elli], *Koll.* von ***Teleri***.

Telellië [tel'ellie], *N.* ›Teleri-Volk‹. ♦ *Ety* (TELES).

Telemmaite [telemm'aite], *N.* ›der Silberhändige‹. ♦ HR Anh A. NAM 2/III. ◊ Eigenname.

telemna [tel'emna], *Adj.* silbern, aus Silber. ♦ *Ety* (KYELEP/TELEP).

Telemnar [tel'emnar] (Tar-~), *N.* ›Silber-Flamme‹. ♦ HR Anh A. NAM 2/III. ◊ Eigenname.

telep- [t'elep], siehe ***telpe***.

Teleporno[1] [telep'orno], *N.* ›Silberbaum‹. ♦ NAM 2/IV. ◊ S. *Celeborn*.

Teleporno[2] [telep'orno], ***Telporn*** [t'elporn], *N.* ›Der Silber-Hohe‹. ♦ BRIEFE Nr. 347. NAM 2/IV. ◊ S. *Celeborn*. Alternative Deutung des Namens.

Teleri [t'eleri], *Sg.* ***Teler*** [t'eler], *N.* ›die Letzten, die Hintersten, die am Ende der Reihe‹. ♦ SIL QS/1; Reg, Anh *(tel-)*. NAM 1/I. *Ety* (TELES). *WJ* 371, 382. ◊ *Koll.* ***Telelli.*** Ein Name der Lindar, auch See-Elben genannt, der dritten Volksgruppe der Eldar.

Telerin [t'elerin], *N. Ling.* ›Telerisch‹, Sprache der Teleri. ♦ SIL Anh *(tel-)*. *Ety* (TELES). NAM 1/I. ◊ Von den Eldar nicht in diesem Sinne verwendet.

tella [t'ella], *Adj.* hinterster, letzter. ♦ *Ety* (TELES).

telle [t'elle], *N.* Ende, Nachhut. ♦ *Ety* (TELES).

telluma [t'elluma], *N.* Kuppel. ♦ HR II/8. *RGEO* 66–7. *WJ* 399, 411. ◊ *Pl.* ***tellumar***. Insbes. die Kuppel der Varda über Valinor, aber auch angewandt auf die Wohnstatt von Manwe und Varda auf dem Taniquetil. Entlehnt aus dem Valarin.

telma [t'elma], *N.* Abschluss. ♦ *WJ* 411. ◊ Oft angewandt auf das letzte Element in einer Struktur, wie ein Schlussstein oder eine oberste Spitze.

telme [t'elme], *N.* Kapuze. ♦ *Ety* (TEL/TELU).

telmello telmanna [telm'ello telm'anna] ›von Kapuze bis Basis‹, von Kopf bis Fuß, von oben bis unten. ♦ *Ety* (TEL/TELU).

telpe [t'elpe], ***tyelpe*** [ty'elpe], *N.* Silber. *Ling.* Buchstabe *ty.* ♦ SIL Anh *(celeb)*. NAM 2/IV. *Ety* (KYELEP/TELEP). Kloczko 1995. ◊

Gebundene Form ***telep-***. Die eigentliche Qu.-Ableitung von PQu. ****kyelepê*** ist ***tyelpe***, aber die Telerin-Form ***telpe*** war verbreiteter, »denn die Teleri stellten Silber über Gold, und ihre Künste als Silberschmiede wurden sogar von den Noldor geschätzt«.

Telperiën [telp'erien] (Tar-~), *N.* ›Silberbekränzte‹. ♦ HR Anh A. NAM 2/III. ◊ Eigenname.

Telperinquar [telper'inkwar], *N.* ›Silbern-Hand‹. ♦ SIL Anh *(celeb)*. ◊ Auch ***Tyelperinquar***. S. *Celebrimbor*.

Telperion [telp'erion], *N.* ›Baum von Silberglanz‹. ♦ HR III/11. SIL QS/1; Reg, Anh *(celeb)*. NAM 1/I, 2/IV Anh. ◊ Der Weiße Baum von Valinor; aus dem Telerin.

telpina [t'elpina], *Adj.* silbern, aus Silber. ♦ *Ety* (KYELEP/TELEP).

telpma [t'elpma], *Adj.* schlussendlich. ♦ *Ety* ([TELES]).

telqui [t'elkwi], *Pl.* von ***telco***.

telta- [t'elta], *V.* bedecken, überschatten, beschirmen. ♦ *Ety* (TEL/TELU).

Telufinwe [teluf'inwe], *N.* ›Letzter Finwe‹. ♦ *PMe* 353. ◊ Kurzname ***Telvo***. Auf S. *Amras* genannt.

telume [t'elume], *N.* Kuppel (insb. Himmelskuppel), Dach, Baldachin. ♦ *Ety* (TEL/TELU). *WJ* 411, vgl. 399. ◊ Siehe auch ***telluma***).

Telumehtar [telum'eçtar], *N.* ›Himmelskrieger‹. ♦ HR Anh A, E. NAM 3/II. *Ety* (TEL/TELU). *WJ* 411. *PMe* 200. ◊ Älterer Name von ***Menelmacar*** (s. d.); auch Eigenname.

Telumendil [telum'endil], *N.* ›Himmelsfreund‹. ♦ SIL QS/3; Reg. ◊ Name eines Sternbilds.

telya- [t'elja], *V.* beenden, zu Ende bringen, abschließen (trans.). ♦ *WJ* 411.

téma [t'e:ma], *N. Ling.* Reihe, Serie, Linie. ♦ *Ety* (TED). ♦ HR Anh E. ◊ *Pl.* ***témar***. Übers. als »Spalte«.

ten [t'en], *Konj.* denn. ♦ *LR* 72. ◊ Anscheinend ersetzt durch ***an*** im späten Qu.

tencele [t'eŋkele], *N.* Schriftsystem. ♦ *Ety* (TEK).

tendile [t'endile], *N.* Gefühl. ♦ *PE* 12:91.

tenge [t'eŋge], *Prät.* von ***tea-***.

tengwa [t'eŋgwa], *N. Ling.* Buchstabe. ♦ HR Anh E. SIL QS/6. *Ety* (TEK). *WJ* 396. ◊ *Pl.* ***tengwar***. Ein Buchstabe, die geschriebene Wiedergabe eines ***tengwe***[1].

tengwanda [teŋgw'anda], *N. Ling.* ›Alphabet‹. ♦ *Ety* (TEK).

tengwe[1] [t'eŋgwe], *N. Ling.* Anzeichen, Zeichen. ♦ WH 394–5. ◊ *Pl.* ***tengwi***. Anscheinend oft verwendet für ›Phonem‹; ***hloníti tengwi*** ›phonetische Zeichen‹. In diesem Sinne auch ›Konsonant‹, da für die Eldar Vokale keine vollwertigen Laute waren.

tengwe[2] [t'eŋgwe], *N.* Schrift. ♦ *Ety* (TEK).

tengwesta [teŋgw'esta], *N. Ling.* Sprache, Grammatik. ♦ *Ety* (TEK). *WJ* 394–5. ◊ Ein System oder Zeichenkode, ein technischer Begriff für Sprache, einschl. Sprachen, die nicht aus Lauten aufgebaut sind, aber allg. verwendet in der Bedeutung gesprochene Sprache.

tengwestië [teŋgw'estie], *N.* Sprache (als Abstraktum oder Phänomen). ♦ *WJ* 394.

tenna [t'enna], *Präp.* bis, bis zu. ♦ HR VI/5. NAM 3/II. ◊ Elidiert in ***tenn' Ambar-metta*** ›bis zum Ende der Welt‹ in Elendils Eid.

tennoio [tenn'oio], *Adv.* für immer. ♦ NAM 3/II. ◊ Siehe ***tenna, oio***.

tér [t'e:r], ***tiër*** [t'ier], *Adv.* so. ♦ *VT* 43:17.

tercen [t'erken], *N.* Durchblick, Einsicht. ♦ *MR* 471.

tercenya [terk'enja], *Adj.* durchblickend, einsichtig. ♦ *MR* 216. ◊ *Pl.* ***tercenye***. ***Essi tercenye*** Namen der Erkenntnis; Name, der einem Kind von seiner Mutter gegeben wurde und der ein Charaktermerkmal enthält.

ter [t'er], ***tere*** [t'ere], *Adv.* durch. ♦ *Ety* (TER/TERES). NAM 3/II.

téra [t'e:ra], *Adj.* gerade, richtig. ♦ *Ety* (TEÑ [siehe TE3]). *LR* 47. ◊ ****téna*** in *SD* 310 dürfte ein Lesefehler sein.

teren [t'eren], ***terene*** [t'erene], *Adj.* schlank. ♦ *Ety* (TER/TERES).

Terendul [ter'endul], *N.* ›Schlank-Dunkel‹. ♦ *Ety* (TER/TERES [DUL, NDUL]). *LR* 59. ◊ Eigenname.

tereva [t'ereva], *Adj.* fein, scharf. ♦ *Ety* (TER/TERES).

terhante [terh'ante], *Prät.* von ***terhat-***.

terhat- [t'erhat], *V.* brechen, auseinanderbrechen. ♦ *LR* 47, 56. *Ety* (SKAT). ◊ *Prät.* ***terhante***.

termar [t'ermar] bestehen, andauern. ♦ NAM 3/II. ◊ *Fut.* ***termaruva***.

Thauron, siehe ***Sauron***.

thelma, siehe ***selma***.

Therinde, siehe ***Serinde***.

thinde, siehe ***sinde***.

Thindicollo, siehe ***Sindicollo***.

thorno, siehe ***sorno***.

thúle, siehe ***súle***.

tië [t'ie], *N.* Pfad, Richtung, Linie, Weg. ♦ *Ety* (TE3). HR II/8. *RGEO* 66–7. UT 22, 51. ◊ *Pl.* ***tiër***, *Lok. Sg.* ***tiëlyanna*** ›auf deinen Pfad‹.

tiër, siehe ***tér***.

tihta [t'içta], *V.* blinzeln, lugen. ♦ U&K 239–40.

til [til], ***tilde*** [t'ilde], *N.* Spitze, Horn. ♦ SIL Anh *(til)*. *Ety* (TIL). ◊ *Dat. Sg.* ***tilden***.

Tilion [t'ilion], *N.* ›der Gehörnte‹. ♦ *Ety* (TIL). SIL QS/11; Anh *(til)*. ◊ Name eines Maia, Steuermann des Mondes.

tin- [tin], *V.* funkeln. ♦ *Ety* (TIN). ◊ *Aor.* ***tine***.

tinco [t'iŋko], *N.* Metall. *Ling.* Name von Tengwa 1. ♦ *Ety* (TINKO). HR Anh E.

tincotéma [tiŋkot'e:ma], *N. Ling.* *t*-Reihe, Dentalreihe. ♦ HR Anh E.

tinda [t'inda], *Adj.* funkelnd, silbrig. ♦ *Ety* (TIN).

tinde [t'inde], *N.* Funkeln. ♦ *Ety* (TIN).

tindóme [tind'o:me], *N.* Sternendämmer. ♦ HR Anh D. SIL Anh *(tin-)*. *Ety* (TIN, DOMO). ◊ Gewöhnlich eher die Morgen- als die Abenddämmerung.

Tindómerel [tind'o:merel], *N.* ›Tochter des Zwielichts‹. ♦ SIL Anh *(tin-). Ety* (TIN, SEL-D). ◇ Poetischer Name für die Nachtigall; Beiname Lúthiens, S. *Tinúviël.*

tine [t'ine], *Aor.* von ***tin-***.

tinga- [t'iŋga], *V.* schwirren lassen (einer Bogensehne). ♦ *Ety* (TING/TANG).

tinge [t'iŋge], ***tango*** [t'aŋgo], *N.* Schwirren, Dröhnen (onomatopoetisch). ♦ *Ety* (TING/TANG).

tingilya [tiŋg'ilja], ***tingilinde*** [tiŋgil'inde], *N.* Funkelstern. ♦ *Ety* (TIN).

tinta- [t'inta], *V.* entzünden, entfachen, zum Funkeln bringen. ♦ SIL Anh *(tin-). Ety* (TIN). ◇ In ***Tintalle***.

Tintalle [tint'alle], *N.* ›Entzünderin‹. ♦ HR II/8. *RGEO* 66–7, 69. SIL Reg, Anh *(tin-).* Ety (TIN). *MR* 388. ◇ Beiname der Valië Varda, die die Sterne an den Himmel setzte.

Tintánië [tint'a:nie], ***Tintanië*** [tint'anie], *N.* ›Stern-Macherin‹. ♦ *Ety* (TAN, TIN). ◇ Beiname der Valië Varda.

tintila- [t'intila], *V.* funkeln. ♦ HR II/8. *RGEO* 66–7, 69. ◇ *Aor.* ***tintilar*** ›sie funkeln‹.

tintina- [t'intina], *V.* funkeln, glitzern. ♦ *Ety* (TIN). ◇ *Aor.* ***tintina*** ›es funkelt‹. Iterativum von ***tin-***.

tintina [t'intina], *Aor.* von ***tintina-***.

tinwe [t'inwe], *N.* Funke, Stern. ♦ SIL Anh *(tin-). RGEO* 69. *Ety* (TIN). *MR* 388. ◇ *Pl.* ***tinwi***. Eigentlich verwendet für die Stern-Abbilder am Nur-menel.

Tinwerína [tinwer'i:na], *N.* ›Sterngekrönt‹. ♦ *Ety* (RIG). ◇ Beiname des Taniquetil.

Tinwetar [t'inwetar], ***Tinwetári*** [tinwet'a:ri], ***Tinwerontar*** [tinwer'ontar], *N.* ›Sternkönigin‹. ♦ *Ety* (TIN, TA/TA3). ◇ Beiname der Valië Varda, die die Sterne entzündete.

tir- [t'ir], *V.* wachen, sehen, Wacht halten; wachen über, bewachen, beschützen. ♦ NAM 3/II. U&K 238. *Ety* ([TIR]). ◇ *Aor.* ***tirin*** ›ich wache‹; *Prät.* ***tirne***.

tirin [t'irin], *Aor.* von ***tir-***.

Tirion [t'irion], *N.* ›Großer Wachtturm‹. ♦ HR II/1. *RGEO* 73. SIL QS/5; Reg, Anh *(tir)*. *MR* 176. ◇ Stadt der Elben in Aman. Übers als »Wachsame Stadt« (*MR*).

tirion [t'irion], *N.* Wachtturm. ♦ *Ety* (TIR).

tirne [t'irne], *Prät.* von ***tir-*** (TIR).

titta [t'itta], *Adj.* klein, winzig. ♦ *Ety* (TIT).

tiuca [tj'uka], *Adj.* dick, fett. ♦ *Ety* (TIW).

tiuco [tj'uko], *N.* Schenkel. ♦ *Ety* (TIW).

tiuya- [tj'uia], *V.* schwellen, wachsen, zunehmen. ♦ *Ety* (TIW).

tixe [t'ikse] (tikse), *N. Ling.* Punkt, Tüpfel, Markierung. ♦ *Ety* (TIK).

tó [t'o:], *N.* Wolle. ♦ *Ety* (TOW).

toa [t'oa], *N.* Holz. ♦ *VT* 39:10.

tol [t'ol], *N.* Insel. ♦ *Ety* (TOL^2). SIL Reg. ◇ *Pl.* ***tolli***. In ***Tol Eressea***.

Tol Eressea [t'ol er'essea], *N.* ›Einsame Insel‹. ♦ HR II/2; Anh A, B. *RGEO* 70, 73. SIL QS/5; Reg, Anh *(tol, er)*. NAM 2/I, 2/IV Anh. *Ety* (TOL^2, ERE). ◇ Oft einfach in der Kurzform ***Eressea***.

tolli [t'olli], *Pl.* von ***tol***.

tolto [t'olto], *Num.* acht. ♦ *Ety* (TOL^1, OTH/OT).

tompe [t'ompe], *Prät.* von ***top-***.

top- [t'op], *V.* bedecken. ♦ *Ety* (TOP). ◇ *Aor.* ***tope***; *Prät.* ***tompe***.

tópa [t'o:pa], *N.* Dach. ♦ *Ety* (TOP).

tópa- [t'o:pa], *V.* überdachen. ♦ *Ety* (TOP).

tope [t'ope], *Aor.* von ***top-***.

toron [t'oron], *N.* Bruder. ♦ *Ety* (TOR). ◇ *Pl.* ***torni***.

torni [t'orni], *Pl.* von ***toron***.

tos [t'os], *Adj.* wollen, aus Wolle (*Adj.*). ♦ *Ety* (***TOW***).

tuc- [t'ukin], *V.* ich ziehe, bringe. ♦ *Ety* (TUK). ◇ *Aor.* ***tucin*** ›ich ziehe‹.

tucin [t'ukin], *Aor.* von ***tuc-***.

tuia- [t'uia], *V.* sprossen, entspringen. ♦ *Ety* (TUY).

tuile [t'uile], *N.* Frühling. ♦ *Ety* (TUY). HR Anh D. NAM 3/II Anm. ◇ Im Kalender von Imladris eine »Jahreszeit« von 72 Tagen, aber auch verwendet im allgemeinen Sinne.

tuilére [tuil'e:re], *N.* Frühlingstag. ♦ HR Anh D. ◊ Ein Tag außerhalb der Monate in der Statthalter-Zeitrechnung, eingeschoben zwischen Súlime und Víresse (»März« und »April«).

tuilindo [tuil'indo], *N.* Frühlingssänger, Schwalbe. ♦ *Ety* (TUY, LIN^2).

tuilo [t'uilo], *N.* Unterstützung, Halt. ♦ *Ety* (TULUK).

tuima [t'uima], *N.* Sprosse, Knospe. ♦ *Ety* (TUY).

tul- [t'ul], *V.* kommen. ♦ HR VI/5. *LR* 47. *SD* 246. ◊ *Aor.* ***tulin*** ›ich komme‹; *Prät.* ***túle***; *Perf.* ***utúlië, utúliën*** ›ich bin gekommen‹, ***utúlië'n aure*** ›der Tag ist gekommen‹ (die Funktion des ***'n*** ist unklar).

tulca^1 [t'ulka], *Adj.* gelb. ♦ *WJ* 399. ◊ Lehnwort aus dem Valarin.

tulca^2 [t'ulka], *Adj.* stark, fest, unbeweglich, standhaft. ♦ *Ety* (TULUK).

Tulcas [t'ulkas] (Tulkas), *N.* ›der Starke‹. ♦ *Ety* (TULUK). *WJ* 399. ◊ Name eines Vala; entlehnt aus dem Valarin.

túle [t'u:le], *Prät.* von ***tul-***.

tulin [t'ulin], *Aor.* von ***tul-***.

Tulkas, siehe ***Tulcas***.

tulta- [t'ulta], *V.* schicken nach, holen, herbeibeordern. ♦ *Ety* (TUL).

tulya- [t'ulja], *V.* führen. ♦ *VT* 43:22.

tumba [t'umba], ***tumbo*** [t'umbo], *N.* tiefes Tal (unter oder zwischen Hügeln). ♦ SIL Anh *(tum)*. BRIEFE Nr. 230. *Ety* (TUB).

tumbale [t'umbale], *N.* sehr tiefes Tal. ♦ BRIEFE Nr. 230. ◊ Erw. Form von ***tumba***. In ***tumbalemorna, tumbaletaurea***.

tumbalemorna [tumbalem'orna], *Adj.* tieftalschwarz. *N.* schwarzes tiefes Tal. ♦ HR III/4, Anh F. SIL Anh *(tum)*. BRIEFE Nr. 230. ◊ Siehe ***Taurelilómea-tumbalemorna Tumbaletaurea Lómeanor.***

tumbaletaurea [tumbalet'aurea], *Adj.* tieftalbewaldet. ♦ HR III/4, Anh F. BRIEFE Nr. 230. ◊ Siehe ***Taurelilómea-tumbalemorna Tumbaletaurea Lómeanor***.

tumbo, siehe ***tumba***.

Tumbolatsin [tumbol'atsin], *N.* ›Freie Ebene‹. ♦ *Ety* (LAT).

tumna [t'umna], *Adj.* tief, niedrig liegend. ♦ *Ety* (TUB).

tumpo [t'umpo], *N.* Höcker. ♦ *Ety* (TUMPU).

Tún [t'u:n], ***Túna*** [t'u:na], *N.* ›Hügel, Kuppe‹. ♦ SIL QS/5; Reg. *Ety* (TUN, KOR). *LR* 395. ◇ Name des Hügels, auf dem Tirion erbaut war.

tunda [t'unda], *Adj.* groß, hochgewachsen. ♦ *Ety* (TUN).

tundo [t'undo], *N.* Hügel, Grabhügel. ♦ *Ety* (TUN).

tunga [t'uŋga], *Adj.* straff, gespannt (von Sehnen). ♦ *Ety* (TUG).

tuo [t'uo], *N.* Kraft, (körperliche) Stärke; Muskel, Sehne. ♦ *Ety* (TUG).

tupse [t'upse], *N.* Ried, Rieddach. ♦ *Ety* (TUP).

tur, siehe ***túre***.

tur- [t'ur], beherrschen, kontrollieren, führen. ♦ *Ety* (TUR). ◇ *Aor.* ***turin*** ›ich beherrsche‹; *Prät.* ***turne***

turin [t'urin], *Aor.* von ***tur-***.

Turambar [tur'ambar], *N.* ›Meister des Schicksals‹. ♦ HR Anh A. SIL QS/21; Reg, Anh *(tur, amarth)*. NAM 1/II. *Ety* (TUR, MBARAT). ◇ Beiname.

Turcafinwe [turkaf'inwe], *N.* ›starker Finwe‹. ♦ *PMe* 352. ◇ Eigenname; auf S. *Celegorm* genannt. Qu.-Kurzname ***Turco***.

Turcil [t'urkil], *N.* ›Macht-Folger‹. ♦ *Ety* (TUR, KHIL). *LR* 47, 56. *SD* 246. ◇ *Pl.* ***turcildi***. Ein Name der Númenórer. Zur Herkunft des Elements ***-cil*** siehe ***Hildor***.

Turco [t'urko], siehe ***Turcafinwe***.

túre [t'u:re], ***tur*** [t'ur], *N.* Macht, Meisterschaft, Sieg. ♦ *Ety* (TUR).

Turindo [tur'indo], *N.* ›Sieg-Herz‹. ♦ *Ety* (TUR, ID). ◇ S. *Túrin*. *Ety* gibt ***Turindo*** als die Qu.-Form an, wenngleich »Túrin« dem Stil des Qu. durchaus entspricht und Nienor es in einem Qu.-Satz (SIL QS/21) verwendet.

turma [t'urma], *N.* Schild. ♦ *Ety* (TURÛM).

turne [t'urne], *Prät.* von ***tur-***.

Túrosto [tu:r'osto], *N.* ›Mächtige Festung‹. ♦. ◊ Gabilgathol, eine Wohnstätte der Zwerge. S. *Belegost.*

Turucáno [turuk'a:no], *N.* ›Sieg-Befehlshaber‹ (?). ♦ *PMe* 344. ◊ Eigenname. ÑS. *Turgon.*

turúna [tur'u:na], *Adj./Part.* gemeistert. ♦ SIL QS. NAM 1/II. ◊ Nur belegt in der elidierten Form ***turún'***. Die Form muss gedeutet werden als Part. von ***tur-*** ›beherrschen, meistern‹, aber man würde normalerweise ****túrina*** oder ****turna*** erwarten.

Turuphanto [turuf'anto], *N.* ›Hölzerner Wal‹. ♦ NAM 2/II. ◊ Schiffsname.

tussa [t'us:a], *N.* Busch, Strauch. ♦ *Ety* (TUS).

tuv- [t'uv], *V.* finden. ♦ HR VI/5. ◊ Perf. ***utúvië*** in Aragorn's Ausruf, als er den Schössling des Weißen Baumes fand: ***utúvië-nyes*** ›ich habe es gefunden‹.

tyalangan [tjal'aŋgan], *N.* Harfenspieler. ♦ *Ety* (TYAL).

tyalië [tj'alie], *N.* Spiel, Sport. ♦ *Ety* (TYAL).

tyal- [tj'al], *V.* spielen. ♦ *Ety* (TYAL). ◊ *Aor.* ***tyalin*** ›ich spiele‹.

tyalin [tj'alin], *Aor.* von ***tyal-***.

tyar- [tj'ar], *V.* verursachen. ♦ *Ety* (KYAR).

tyaro [tj'aro], *N.* Handelnder, Täter. ♦ *Ety* (KAR).

tyáve [tj'a:ve], *N.* Geschmack. ♦ *MR* 215, 216. ◊ *Pl.* ***tyáver*** belegt nur in ***lámatyáve*** (s. d.).

tyav- [tj'a:v], *V.* schmecken, kosten. ♦ *Ety* (KYAB). ◊ *Aor.* ***tyavin*** ›ich schmecke‹.

tyavin [tj'a:vin], *Aor.* von ***tyav-***.

tye [tj'e], *Pron.* dich. ♦ *LR* 70.

tyel [tj'el], ***tyelde*** [tj'elde], *N.* Ende. ♦ *LR* 72. *Ety* (KYEL).

tyel- [tj'el], *V.* enden, aufhören. ♦ *Ety* (KYEL).

tyelca [tj'elka], *Adj.* schnell, flink, rasch. ♦ *Ety* (KYELEK).

Tyelcormo [tjelk'ormo], *N.* ›der Rasch-Auffahrende‹. ♦ *PMe* 353. ◊ Muttername von ***Turcafinwe***. ÑS. *Celegorm.*

tyelde, siehe ***tyel***.

tyelima [tj'elima], *Adj.* endgültig, final. ♦ *Ety* (KYEL).

tyelle [tj'elle], *N. Ling.* Grad, Stufe. ♦ HR Anh E. ◊ *Pl.* ***tyeller.***

tyelme [tj'elme], *N.* Endung. ♦ *LR* 72.

tyelpe [tj'elpe], *N.* Silber. ♦ NAM 2/IV. BRIEFE Nr. 347. ◊ Die eigentliche Qu.-Ableitung vom primitiven ****kyelepê*** ist ***tyelpe***, aber die Telerin-Form ***telpe*** war verbreiteter, »denn die Teleri stellten Silber über Gold, und ihre Künste als Silberschmiede wurden sogar von den Noldor geschätzt«.

Tyelperinquar [tjelper'iŋkwar], *N.* ›Silber-Hand‹. ♦ *PMe* 318. ◊ Eigenname, S. *Celebrimbor.*

Tyelperion [tjelp'erion], *N.* ›Silberbaum‹. ♦ NAM 2/IV. ◊ Weniger gebräuchliche Form von ***Telperion*** (s. d.).

tyelpetéma [tjelpet'e:ma], *N. Ling. ty*-Reihe, palatalisierte Reihe. ♦ HR Anh E.

tyulma [tj'ulma], *N.* Mast (eines Schiffes). ♦ *Ety* (TYUL). *SD* 419.

tyulusse [tjul'usse], *N.* Pappel. ♦ *Ety* (TYUL).

U

ú- ['u:], *Präf.* nicht, un-, in-. ♦ *Ety* (UGU/UMU, GO).

ú ['u:], *Präp.* ohne, mangels. ♦ *VT* 39:14.

Úamanyar [u:am'anjar], ***Úmanyar*** [u:manjar], *N.* ›Die nicht von Aman‹. ♦ SIL QS/3; Reg, Anh *(mân-). WJ* 373. Elben, die von Cuiviénen loszogen, aber Aman nicht erreichten; gleichbedeutend mit ***Heceldi*** und ***Úmaneldi.***

ufárea [uf'a:rea], *Adj.* nicht genug. ♦ *LR* 72.

uile ['uile], *N.* lange Kriechpflanze (insb. Tang). ♦ *Ety* (UY).

uin ['uin], ***umin*** [umin], *V.* ich tue nicht, ich bin nicht. ♦ *Ety* (UGU/UMU). ◊ *Prät.* ***úme.***

Uinen ['uinen], *N.* ›Uinen‹. ♦ *Ety* (UY, NEN). *WJ* 404. SIL Anh *(nen).* NAM 2/II. ◊ Name einer Maia, Gemahlin von Osse. Lehnwort aus dem Valarin, wenngleich es auch heißt, dass es ***-nen*** ›Wasser‹ enthält. In *Ety* ist der Name abgeleitet vom selben Stamm wie ***uile*** (s. d.).

Uinendili [uin'endili], *N. Pl.* ›Uinenfreunde, Geliebte Uinens‹. ♦ NAM 2/II. ◊ Die númenórische Gilde der Wagemutigen.

Uinéniël [uin'e:niel], *N.* ›Tochter Uinens‹. ♦ NAM 2/II. ◊ Eigenname.

Úlairi [u:l'airi], *N. Pl.* ›die ohne Schatten‹, Nazgûl. ♦ SIL II/3. *LR* 354. ◊ Sg. nicht belegt. Gemeint ist der von Licht geworfene Schatten.

ulca ['ulka], ***ulco*** ['ulko], *N.* Böses, Übel. ♦ *VT* 43:23–4. ◊ *Abl.* ***ulcullo***.

úlea ['u:lea], *Adj.* gießend, flutend, fließend. ♦ *Ety* (ULU).

ulle ['ulle], *Prät. intrans.* von ***ulya-***.

ullume ['ullume], *Adv.* nicht für immer. ♦ *LR* 72.

Ulmo ['ulmo], *N.* ›der Gießer, der Regner‹. ♦ SIL Ain; Reg. NAM 1/I. *Ety* (ULU). *WJ* 400. ◊ Name eines Vala, von den Eldar gedeutet, aber tatsächlich entlehnt aus dem Valarin.

Ulumúri [ulum'u:ri], *N.* (?). ♦ SIL Val, Reg. ◊ Die großen Hörner Ulmos; Deutung obskur.

ulunde [ul'unde], *N.* Flut. ♦ *Ety* (ULU).

ulundo [ul'undo], *N.* Bestie, Untier, deformiertes Geschöpf. ♦ *Ety* (ÛLUG).

ulya- [ulja], *V.* gießen. ♦ *Ety* (ULU). ◊ *Prät. intrans.* ***ulle***, *trans.* ***ulyane***. Einige zweifelhafte Formen in *SD*.

ulyane ['uljane], *Prät. trans.* von ***ulya-***.

Úmaneldi [u:man'eldi], *N.* ›Nicht-Aman-Elben‹. ♦ *WJ* 373. ◊ Elben die nie in Aman wohnten; gleichbedeutend mit ***Úmanyar***.

Úmanyar, siehe ***Úamanyar***.

umbar ['umbar], *N.* Schicksal. *Ling.* Name von Tengwa 6. ♦ *Ety* (MBARAT). HR Anh E. ◊ *Dat. Sg.* ***umbarten***.

Umbardacil [umb'ardakil], *N.* ›Umbar-Sieger‹. ♦ HR Anh A. ◊ Beiname. Der Ortsname ***Umbar*** ist *nicht* Quenya.

Umbarto [umb'arto], *N.* ›der vom Schicksal Bestimmte‹. ♦ *PMe* 353–4. ◊ Mutternname von Telufinwe. Der ominöse Name wurde von Feanor geändert in ***Ambarto***, daraus ÑS. *Amras*.

úmea ['u:mea], *Adj.* böse. ♦ *Ety* (UGU/UMU).

úna ['u:na], *Adj.* (einer Sache) entblößt, beraubt. ♦ *VT* 39:14.

únat- ['u:nat], *N./Präf.* Unmögliches. ♦ *VT* 39:26.

undóme [und'o:me], *N.* ›Untergang-Zwielicht, Abenddämmerung‹. ♦ HR Anh D. ◇ Gegensatz ***tindóme*** (s. d.).

Undómiël [und'o:miel], *N.* ›Maid der Abenddämmerung‹. ♦ HR II/1. ◇ Beiname.

undu ['undu], ***unu*** ['unu], *Präp.* hinab, unter, unterhalb von. ♦ HR II/8. *RGEO* 66–7. *Ety* (UNU). ◇ In ***unduláve*** ›herab-leckte‹, gleichbedeutend mit ›bedeckte‹.

undume [und'ume], *N.* Abgrund. ♦ U&K 239.

unea- ['unea], *V.* aushöhlen. ♦ *Ety* (UNUK).

Úner ['u:ner], *N.* ›Keinmann‹. ♦ NAM 2/II.

ungo ['uŋgo], *N.* (dunkle) Wolke, Schatten. ♦ *Ety* (UDG).

Ungoliante [uŋgoli'ante], ***Ungoliant*** [uŋg'oliant] *N.* ›Schatten-Spinne‹. ♦ *Ety* (UÑG, SLIG). ◇ Die Schreibweise ***Ungolianth*** findet sich *nur* in der deutschen Ausgabe von SIL und NAM.

ungwale ['uŋgwale], *N.* Folter. ♦ *Ety* (OGWAL).

ungwe[1] ['uŋgwe], *N.* Spinnennetz, *Ling.* Name von Tengwa 8. ♦ HR Anh E.

ungwe[2] ['uŋgwe], *N.* Düsternis. ♦ *Ety* (UDG).

Ungweliante [uŋgweli'ante], *N.* ›Düsternis-Spinne‹. ♦ *Ety* (UÑG [SLIG]). ◇ Siehe ***Ungoliante***.

únótea [u:n'o:tea], *Adj.* ungezählt. ♦ *VT* 39:14.

únótima [u:n'o:tima], *Adj.* unzählig, unzählbar. ♦ HR II/8. *RGEO* 66–7. ◇ *Pl.* ***únótime***.

unqua ['uŋkwa], *Adj.* hohl. ♦ *Ety* (UNUK).

unquale ['uŋkwale], *N.* Todespein, Tod. ♦ *Ety* (KWAL).

unque ['uŋkwe], *N.* Mulde, Höhlung. *Ling.* Name von Tengwa 16. ♦ HR Anh E. *Ety* (UNUK).

untúp- [unt'u:p], *V.* herabdecken, bedecken. ♦ HR II/8. *RGEO* 66–7.

unuhuine [unuh'uine], *Adv.* unter-Schatten. ♦ *LR* 47. ◇ Siehe ***huine***.

únyárima [u:nj'a:rima], *Adj.* unerzählbar (weil nicht alle Tatsachen bekannt sind oder weil die Geschichte zu lang ist). ♦ *WJ* 370.

úquétima [u:kw'e:tima], *Adj.* unsagbar, unmöglich in Worte zu kleiden, unaussprechlich. ♦ *WJ* 370.

úr ['u:r], *N.* Feuer. ♦ *Ety* (UR). ◇ Getilgt, aber im *Herrn der Ringe* verwendet.

Úr ['u:r], *N.* ›Feuer‹. ♦ *MR* 377. ◇ Ein Name der Sonne.

úr- ['u:r], *V.* heiß sein, heiß werden. ♦ *Ety* (UR). ◇ Getilgt, aber im *Herrn der Ringe* verwendet.

úra ['u:ra], *Adj.* groß. ♦ *Ety* (UR).

Úr-anar ['u:r 'anar], *N.* ›Hitze-Sonne‹. ♦ *LR* 72. ◇ Übers. »die rote Sonne«, tatsächlich muss das vorangestellte Element etwas mit ***úr-*** ›heiß sein/werden‹ zu tun haben.

urco ['urko], *N.* ›Ork‹. ♦ *WJ* 390. ◇ *Pl.* ***urqui.*** Verwendet in Aman für alles, was den Elben während ihres Marsches Furcht bereitete; von den Noldor als verwandt mit S. *orch* wiedererkannt und in der Bedeutung ›Ork‹ verwendet. Die vom S. beeinflusste Form ***orco*** wurde auch verwendet.

úre ['u:re], *N.* Hitze. *Ling.* Name von Tengwa 36. ♦ HR Anh E.

Úrime ['u:rime] (Urime), *N.* ›der Hitzige‹. ♦ HR Anh D. SIL Anh *(ur-)*. NAM 3/II. ◇ Achter Monat des Jahres, »August«.

úro ['u:ro], *N.* Böses, Übel. ♦ *VT* 43:23–4.

uruite [ur'uite], ***úruva*** ['u:ruva], *Adj.* feurig. ♦ *Ety* (UR). ◇ Getilgt, aber evtl. noch gültig.

urulóce [urul'o:ke] (urulóke), *N.* Drache (feuerspeiend). ♦ SIL QS/13; ANH *(ur-, lok-)*. *Ety* (LOK).

Urundil [ur'undil], *N.* ›Kupfer-Freund‹. ♦ *PMe* 366. ◇ Eigenname.

urya- ['urja], *V.* flammen, brennen. ♦ *Ety* (UR).

úsahtië [u:s'axtie], *N.* Versuchung (etwas Unrechtes zu tun). ♦ *VT* 43:22.

usque ['uskwe], *N.* Gestank. ♦ *Ety* (USUK).

utúlië [ut'u:lie], *Perf.* von ***tul-***.

Utumno [ut'umno], *N.* ›das sehr Tiefe‹. ♦ *Ety* (TUB). SIL QS/1; Anh *(tum)*. ◊ Name von Morgoths unterirdischer Festung.

utúviënyes [utu:vi'enjes], siehe ***tuv-***.

úva ['u:va], *V.* (er/sie/es) wird nicht. ♦ *LR* 72. ◊ Evtl. nicht mehr gültig im späten Qu.; siehe aber ***vá***.

úvanea [u:v'anea], ***úvane*** ['u:vane], *Adj.* unschön, hässlich. ♦ *VT* 39:14.

úvanimo [u:v'animo], *N.* Ungeheuer. ♦ *Ety* (BAN, GO, UGU/UMU). ◊ *Pl.* ***úvanimor.***

úve ['u:ve], *N.* Reichhaltigkeit, (große) Menge. ♦ *Ety* (UB).

úvea ['u:vea], *Adj.* reichhaltig, in sehr großer Zahl, sehr groß (an Zahl oder Menge). ♦ *Ety* (UB).

úye ['u:je], *V.* ist nicht. ♦ *LR* 72. ◊ Anscheinend ***ye*** ›ist‹ mit dem negativen *Präf.* ***ú-***: ***úye sire indo-ninya símen***, übers. »mein Herz ruhet nicht hier«, wörtl. ›ist nicht Ruhe [für] mein Herz hier‹. Verm. nicht mehr gültig im späten Qu.

V

Wörter, deren Stamm mit W- beginnt, wurden in der Regel im Valinorischen Quenya mit ***w-*** (***wilya***) geschrieben, das im Dritten Zeitalter im Anlaut zu ***v-*** (***vilya***) wurde.

vá ['va:], *Interj.* nicht!, tu's nicht!. ♦ *WJ* 371. ◊ ***ván, ványe*** ›ich will nicht!‹, ***vamme*** ›wir wollen nicht‹.

vaháya [vah'a:ja], ***vaihaiya*** [vaih'aija], *Adj.* weit entfernt. ◊ *LR* 47. *SD* 247, 310.

vahta- [v'axta], V. beschmutzen, besudeln. ♦ *Ety* (WA3).

vaia [v'aia], ***vaiya*** [v'aija], *N.* Außenmeer. ♦ *Ety* (WAY [> VAY]). ◊ Äußerste Zone Ardas innerhalb der Mauern der Welt.

Vaiaro [vai'aro], *N.* ›Außenmeer-König‹. ♦ *Ety* (WAY [> VAY]). ◊ Beiname des Vala Ulmo.

Vaire [v'aire], *N.* ›die Weberin‹. ♦ *Ety* (WEY >VEY]). SIL Val; Reg. ◇ Name einer Valiё, Gemahlin des Mandos.

vaiwa [v'aiwa], *N.* Wind. ♦ *Ety* (WA/WAWA/WAIWA). ◇ VQu. ***waiya.***

Vaiya [v'aija] ›Außenmeer‹. ♦ *Ety* (WAY > VAY]). ◇ Der äußere Ozean.

vala- [v'ala], *V.* (göttliche) Macht haben; beherrschen, ordnen. ♦ *WJ* 404. ◇ Nur mit Bezug auf die Valar verwandt, nur belegt in den Sätzen ***á vala Manwe!*** ›möge Manwe es befehlen!‹ und ***Valar valuvar*** ›der Wille der Valar geschehe‹.

Vala[1] [v'ala], *N.* ›Macht‹, Vala. *Ling.* Name von Tengwa 22. ♦ HR Anh E. *Ety* (BAL). ◇ *Pl.* ***Valar*** (s. d.), ***Vali.***

Vala[2] [v'ala], *N. m.* ›(männl.) Macht‹, Vala. ♦ SIL Val. ◇ *Pl.* ***Valar.*** Gegensatz ***Valiё*** (s. d.).

Valacar [v'alakar], *N.* ›Vala-Kopf‹ (?). ♦ HR Anh A. NAM 3/II Anm. *PMe* 198. ◇ Eigenname.

Valacirca [valak'irka], *N.* ›Vala-Sichel‹. ♦ SIL QS/3; Reg, Anh *(val-)*. *Ety* (KIRIK [OT/OTOS/OTOK]). *MR* 388. ◇ Sternbild, gleichgesetzt mit dem Großen Wagen.

valaina [val'aina], *Adj.* göttlich (den Valar gehörig). ♦ *Ety* (BAL).

Valandil [val'andil], *N.* ›Vala-Freund‹. ♦ HR Anh A. NAM 2/II, 3/I. *LR* 60. ◇ Eigenname.

Valandor [val'andor], *N.* ›Land der Valar‹. ♦ SIL Anh *(dôr)*. ◇ Vermengt mit und ersetzt durch ***Valinóre***, Kurzform ***Valinor.***

Valandur [val'andur], *N.* ›Vala-Diener‹. ♦ HR Anh A. *PMe* 193. ◇ Eigenname.

Valanya [val'anja], *N.* ›Valartag‹. ♦ HR Anh D. BRIEFE Nr. 347. ◇ Eig. Adj. zu ***Vala***[1]. Letzter Tag der elbischen Sechs-Tage-Woche, den Valar gewidmet. Auch ***Tárion*** genannt.

Valaquenta [valakw'enta], *N.* ›Geschichte von den Valar‹. ♦ SIL Reg, Anh *(val-, quen-)*.

Valar[1] [v'alar], *Sg.* ***Vala*** [v'ala]. *N.* ›Mächte, Die welche Macht haben‹. ♦ HR IV/4; Anh A. *RGEO* 74. SIL Ain; Anh *(val-)*.

NAM 1/I. *LR* 47, 56, 72. *SD* 246. *WJ* 403. ◇ *Gen. Pl.* ***Valion*** ›[der] Valar‹; daraus abgeleitet *Nom. Pl.* ***Vali*** (unreg.) neben ***Valar***. *All. Pl.* ***Valannar*** ›zu [den] Valar‹. Engelgleiche Mächte, die die Welt für deren Schöpfer regieren, oft auch Götter genannt. ***Vala*** ist eigentlich ein Verb ›hat Macht‹ (über die Materie von Ea); auch verwendet als Nomen ›(eine) Macht‹.

Valarauco [valar'auko] (Valarauko), *N.* ›Dämon der Macht‹. ♦ SIL Ain; Anh *(val-, rauko)*. *Ety* (BAL, RUK). *WJ* 415. ◇ *Pl.* ***Valaraucar***. Maia im Dienste Morgoths, S. *Balrog*.

Valaróma [valar'o:ma], *N.* ›Vala-Horn‹. ♦ SIL Val; Reg, Anh *(rom)*. ◇ Oromes Horn.

valasse [val'asse], *N.* Göttlichkeit. ♦ *Ety* (BAL).

Valatar [v'alatar], *N.* Vala-König. ♦ *Ety* (BAL). ◇ Einer der obersten Valar.

Valatári [valat'a:ri], *N.* Vala-Königin. ♦ *Ety* (BAL). ◇ Eine der obersten Valiër.

Valië [v'alie], *N. f.* ›(weibl.) Macht‹, Valië. ♦ SIL Val; Reg. ◇ *Pl.* ***Valiër***. Gegensatz ***Vala***[2].

Valimar [v'alimar], *N.* ›Vala-Heim‹. ♦ HR II/8. *RGEO* 66–7, 70. SIL QS/1; Anh *(val-, bar)*. ◇ Gebiet in Valinor; siehe auch ***Valmar***. In »Namáriё« wird dieses Wort gleichbedeutend mit ***Valinor*** verwendet.

Valinor [v'alinor], ***Valinóre*** [valin'o:re], *N.* ›Land der Valar.‹. ♦ HR II/1; Anh A. *RGEO* 68, 70. SIL Val; Anh *(val-, dôr)*. NAM 1/I. *Ety* (BAL, NDOR). ◇ Land (oder Volk) der Valar; vgl. ***Valandor***.

Valmar [v'almar], *N.* ›Vala-Heim‹. ♦ *RGEO* 70. SIL Val; Reg, Anh *(val-, bar)*. NAM 2/IV, Reg. ◇ Alternative Form von ***Valimar***; in NAM als »Stadt der Valar in Valinor«.

valya [v'alja], *Adj.* machtvoll, mit göttlicher Macht ausgestattet. ♦ *Ety* (BAL).

ván [v'a:n], *N.* Gans. ♦ *Ety* (WAN). ◇ *Pl.* ***váni***. VQu. ***wán***.

ván [v'a:n], ***ványe*** [v'a:nje], siehe ***avá***.

Vána [v'a:na], *N.* ›die Helle, die Schöne‹. ›Vána‹. ♦ SIL Val. *WJ* 383. ◇ Eine Valië, Gemahlin Oromes.

vanda [v'anda], *N.* Eid, Gelöbnis, feierliches Versprechen. ♦ NAM 3/II.

váne [v'a:ne], *Prät.* von ***auta-***[2].

vánië [v'a:nie], *Perf.* von ***auta-***[2].

vanima [v'anima], *Adj.* schön. ♦ HR VI/6. BRIEFE Nr. 230. *Ety* (BAN). ◇ *Pl.* ***vanime***. Nominaler *Pl.* ***vanimar*** ›Schöne‹, *Koll. Gen.* ***vanimálion***, übers. »von schönen Kindern«, aber mit der wörtl. Bedeutung ›von [vielen] Schönen‹.

vanimelda [vanim'elda], *Adj.*, schön-geliebt. ♦ *WJ* 369.

Vanimelde [vamim'elde] (Tar-~), *N.* ›Schöne-Liebe‹. ♦ HR Anh A. NAM 2/III. ◇ Eigenname.

Vanimo [v'animo], *N.* ›Schöne(s Kind)‹. ♦ *Ety* (BAN). ◇ *Pl.* ***Vanimor*** ›die Schönen‹, die Kinder der Valar.

vanne, Prät. von ***vanya-***.

vanta [v'anta], *N.* Gang, Wanderung. ♦ *Ety* (BAT).

vanta- [v'anta], *V.* gehen. ♦ *Ety* (BAT).

vanwa [v'anwa] gegangen, verschwunden, verloren, vergangen, vorbei, tot. ♦ HR II/8. *RGEO* 66–7. *Ety* (WAN). *WJ* 365. ◇ *Part.* von ***auta-***[2].

vanwië [v'anwie], *N.* Vergangenheit. ♦ *Ety* (WAN).

vanya [v'anja], *Adj.* schön. ♦ *LR* 72. *Ety* (BAN). *WJ* 380, 381. ◇ Die ursprüngl. Bedeutung dieses Stammes war bleich, hellfarbig, nicht braun oder dunkel. Siehe auch ***Vanyar***.

vanya- [v'anja], *V.* gehen, fortgehen, verschwinden. ♦ *Ety* (WAN). *Prät.* ***vanne***.

Vanyar [v'anjar], *Sg.* ***Vanya*** [v'anja], *N.* ›die Schönen, die Blonden‹. ♦ SIL QS/1, Reg. *Ety* (BAN). NAM 2/IV. ◇ Die erste Volksgruppe der Eldar, auch Blondelben genannt.

váquenten [v'a:kwenten], *Prät.* von ***váquet-***.

váquet- [v'a:kwet], *V.* nein sagen, sich weigern. ♦ *WJ* 370, 371. ◇ *Aor.* ***váquetin*** ›ich sage nein‹, *Prät.* ***váquenten*** ›ich sagte nein‹.

váquetin [v'a:kwetin], *Aor.* von ***váquet-***.

var [v'ar], *Konj.* oder. ♦ *PE* 12:100. ◇ Spekulativ.

vára [v'a:ra], *Adj.* schmutzig, besudelt. ♦ *Ety* (WA3).

Varda [v'arda], *N.* ›die Erhabene‹. ♦ HR I/3, II/8. *RGEO* 66–9, 74. SIL Val; Reg. NAM 1/II. *Ety* (BARÂD, BARATH). *WJ* 402. ◇ Name einer Valië, Königin der Valar, Gemahlin Manwes. Übers. »die Erhabene«. Auf S. *Elbereth* genannt.

Vardamir [v'ardamir], *N.* ›Varda-Juwel‹. ♦ HR Anh A. NAM 2/III. ◇ Eigenname.

vardarianna [vardari'anna], *N.* Varda-Geschenk (?). ♦ NAM 2/I. ◇ Immergrüner Baum von Númenor (aber das ***ri***-Element ist obskur).

varna [v'arna], *Adj.* sicher, geschützt. ♦ *Ety* (BAR).

varnasse [varn'asse], *N.* Sicherheit. ♦ *Ety* (BAR).

varne [v'arne], ***varni-*** [v'arni], *Adj.* braun, tiefbraun. ♦ *Ety* (BARÂN).

varya- [v'arja], *V.* schützen. ♦ *Ety* (BAR).

Vása [v'a:sa], *N.* ›Verzehrer‹. ♦ SIL QS/11; Reg. *MR* 130. ◇ Ein Name der Sonne.

vasar [v'asar], *N.* Schleier. ♦ *VT* 42:10. ◇ Arch. ***vathar***. Nicht im täglichen Sprachgebrauch.

vasarya- [vas'arja], *V.* verschleiern. ♦ *VT* 42:10. ◇ Arch. ***vatharya-***.

vaxe [v'akse], *N.* Fleck. ♦ *Ety* (WA3).

ve [v'e]. *Konj.* als, wie. ♦ HR II/8. *RGEO* 66–7. U&K 239.

vea [v'ea], *Adj.* erwachsen, mannhaft. ♦ *Ety* (WEG).

veaner [v'eaner], *N.* Erwachsener, Mann. ♦ *Ety* (WEG).

Veantur [v'eantur], *N.* ›Meister der Männer‹ (?). ♦ NAM 2/I. ◇ Eigenname.

veasse [ve'asse], *N.* Kraft, Manneskraft. ♦ *Ety* (WEG).

vén [v'e:n], *N.* Grüne, Jugend, Frische. ♦ *Ety* (GWEN).

ven [v'en] (wen), ***vende*** [v'ende], (wende), *N.* Maid, Jungfrau. ♦ SIL Anh. *Ety* (WEN/WENED).

véne [v'e:ne] (wéne), ***venesse*** [v'enesse], *N.* Jungfräulichkeit. ♦ *Ety* (WEN/WENED).

venya [v'enja], *Adj.* grün, frühlingsgrün, hellgrün, gelbgrün. ♦ *Ety* (GWEN).

veo [v'eo], *N.* Mann. ♦ *Ety* (WEG).

véra [v'e:ra], *Adj.* persönlich, privat, eigen. ♦ *PMe* 340. ◇ VQu. ***wéra***.

verea [v'erea], *Adj.* wild. ♦ *Ety* (BERÊK).

verië [v'erie], *N.* Kühnheit. ♦ *Ety* (BER).

verno [v'erno], *N.* Ehemann, Gatte. ♦ *Ety* (BES). ◇ *Pl.* ***vernor.***

veru [v'eru], *N.* Eheleute, Ehepaar (Dual). ♦ *Ety* (BES).

verya [v'erja], *Adj.* kühn. ♦ *Ety* (BER).

verya- [v'erja], *V.* wagen. ♦ *Ety* (BER).

vesse [v'esse], *N.* Ehefrau, Weib. ♦ *Ety* (BES).

vesta [v'esta], *N.* Ehestand. ♦ *Ety* (BE).

vesta- [v'esta], *V.* heiraten. ♦ *Ety* (BE).

vestale [v'estale], *N.* Heirat, Hochzeit. ♦ *Ety* (BES).

vië [v'ie], *N.* Männlichkeit, Manneskraft. ♦ *Ety* (WEG).

vil- [v'il], *V.* fliegen. ♦ *Ety* (WIL). ◇ *Aor.* ***vilin*** ›ich fliege‹.

vilin [v'ilin], *Aor.* von ***vil-***.

vilja [v'ilja], *N.* Luft (untere Himmelszone Ardas). *Ling.* Name von Tengwa 24. ♦ HR Anh E. *Ety* (WIL). ◇ Vormals ***wilya***.

vilwa [v'ilwa] (wilwa), *Adj.* hin und her flatternd. ♦ U&K 238–9.

vilwarin [v'ilwarin] (wilwarin), *N.* Schmetterling. ♦ *Ety* (WIL). U&K 238–9. ◇ *Pl.* ***vilwarindi***.

Vilwarin [V'ilwarin] (Wilwarin), *N.* ›Schmetterling‹. ♦ SIL QS/3; Reg. ◇ Name eines Sternbilds, gleichgesetzt mit Cassiopeia.

Vilya [v'ilja], *N.* ›Der Luftige‹. ♦ HR VI/9; Anh B. SIL RM. NAM 2/IV. ◇ Einer der Drei Ringe, genannt der Ring der Luft oder der Blaue Ring.

vincarna [vink'arna], *Adj.* neu gemacht. ♦ *MR* 408. ◇ Siehe auch ***carna***[2], *Part.* von ***car-***.

vinga [v'iŋga] (winga), ***vinge*** [v'iŋge] (winge), *N.* Schaum, Gischt. ♦ U&K 238, 240. *Ety* (WIG).

Vingelot [v'iŋgelot] (Wingelot), ***Vingelóte*** [viŋgel'ote] (Wingelóte), ***Vingilot*** [v'iŋgilot], ***Vingilóte*** [viŋgil'o:te], *N.* ›Schaum-Blüte‹. ♦ HR II/1. SIL QS/24; Reg, Anh *(wing, loth)*. *Ety* (WIG, LOT [H]). ◇ Name von Eärendils Schiff.

vingil [v'iŋgil] (wingil), *N.* Schaum-Glanz, Nymphe, Meerjungfrau. ♦ *Ety* (WIG).

vinta- [v'inta] (winta), V. zerstreuen, herumwehen (trans. und intrans.). ♦ *PMe* 376.

vinya [v'inja], *Adj.* jung. ♦ *MR* 67.

Vinyalonde [vinjal'onde], *N.* ›Neuer Hafen‹. ♦ NAM 2/II. ◇ Númenórischer Hafen.

Vinyamar [v'injamar], *N.* ›Neue Wohnstatt‹. ♦ SIL QS/13; Reg, Anh *(bar)*. NAM 1/I. ◇ Ortsname.

Vinyarië [vinj'arie], *N.* ›Neujahrstag‹. ♦ *PMe* 127. ◇ Zusätzlicher Tag am Anfang des Jahrhunderts.

Vinyarion [vinj'arion], *N.* ›Sohn der Neuen‹. ♦ HR Anh A. ◇ Eigenname.

Víresse [vi:r'esse], *N.* ›Windanfang‹ (?). ♦ HR Anh D. NAM 2/II. ◇ Vierter Monat des Jahres, »April«. Der erste Bestandteil ist abgeleitet von einem Stamm GWERE ›wirbeln, sich winden‹. S. *Gwirith*.

vista [v'ista], *N.* Luft (als Substanz). ♦ *Ety* (WIS [WIL]).

vor- [v'or], ***voro-*** [v'oro], *Präf.* fortwährend, beständig, immer. ♦ *Ety* (BOR).

vorima [v'orima], ***vórima*** [v'o:rima], *Adj.* andauernd, wiederholt; standhaft (im Bündnis, im Halten eines Eides oder Versprechens), getreu. ♦ NAM 3/II. *Ety* (BOR). ◇ *Gen.* ***vórimo*** in Variante von NAM 3/II.

voronda [vor'onda], *Adj.* standhaft (im Bündnis, im Halten eines Eides oder Versprechens), getreu. ♦ NAM 3/II. ◇ *Gen.* ***vorondo***. Verwendet als ein Titel von Elendil.

Vorondil [vor'ondil], *N.* ›Getreuer Freund‹. ♦ HR V/1; Anh A. *PMe* 204. ◇ Eigenname.

vorongandele [voroŋg'andele], *N.* ständige Wiederholung. ♦ *Ety* (BOR).

voronwa [vor'onwa], *Adj.* erdauernd, lang dauernd. ♦ *Ety* (BORON).

Voronwe [vor'onwe], *N.* ›Der Getreue, der Standhafte‹. ♦ HR

Anh A. SIL QS/20; Reg. *Ety* (BORON). NAM 1/I, 3/II Anm. *PMe* 340. ◇ Eigenname.

voronwe [vor'onwe], *N.* Standhaftigkeit, Treue. ◆ NAM 3/II.

voronwië [vor'onwie], *N.* Dauer, Haltbarkeit, Beständigkeit. ◆ *Ety* (BOR).

W

Siehe V.

Y

yá [j'a:], *Adv.* früher, einstmals. ◆ *Ety* (YA).

ya [j'a] *Pron.* welches, was. ◆ HR II/8. *RGEO* 66–7. ◇ *Lok.* ***yasse***[1]. Relativpronomen.

yaime[1] [j'aime], *N.* Klagen. ◆ U&K 239.

yaime[2] [j'aime], *N.* Spott. ◆ *Ety* (YAY).

yaimea [j'aime], *Adj.* klagend. ◆ U&K 238–9. ◇ Pl. ***yaimië***.

yal- [j'al], *V.* rufen. ◆ NAM 3/II. ◇ In ***enyalië*** ›zum Zurückrufen‹.

yallame [j'allame], *Adv.* schließlich, endlich. ◆ *LR* 72.

yalme [j'alme], *N.* Lärm. ◆ *Ety* (ÑGAL/ÑGALAM [> ÑGYAL]).

yalúme [jal'u:me], *N.* frühere Zeit, Altvordernzeit. ◆ *Ety* (YA [LU]).

yalúmesse, siehe ***yasse***[2].

yalúmea [jal'u:mea], ***yárea*** [j'a:rea], *Adj.* altvordern. ◆ *Ety* (YA [LU]).

yána [j'a:na], *N.* heiliger Ort, Freistatt. ◆ *Ety* (YAN).

yana [j'ana], *Pron.* jenes (das frühere). ◆ *Ety* (YA).

yanga- [j'aŋga], *V.* gähnen. ◆ *Ety* (YAG).

yanta [j'anta], *N.* Joch, Brücke. *Ling.* Name von Tengwa 35. ◆ HR Anh E. ◆ *Ety* (YAT).

yanwe [j'anwe], *N.* Brücke, Verbindung, Landenge. ♦ *Ety* (YAT).

yár [j'a:r], *N.* Blut. ♦ *Ety* (YAR).

yára [j'a:ra], *Adj.* alt (zu alten Zeiten gehörig oder davon abstammend). ♦ *Ety* (YA).

yáre [j'a:re], *N.* Altvorderenzeit. ♦ *Ety* (YA).

yárea, siehe ***yalúmea***.

yáresse, siehe ***yasse***.

yarra- [j'arra], *V.* grollen, knurren. ♦ U&K 239–40. ◇ Stamm verwendet als *Part.* in »Markirya«, übers. mit »fauchen« (U&K 230).

yasse[1] [j'asse], *Pron.* worin. ♦ HR II/8. *RGEO* 66–7. ◇ *Pl.* ***yassen*** belegt.

yasse[2] [j'asse], ***yalúmesse*** [jalu:m'esse], ***yáresse*** [ja:r'esse], *Adv.* einstmals, vor langer Zeit. ♦ *Ety* (YA [LU]).

yat [j'at], ***yaht-*** [j'axt], *N.* Nacken. ♦ *Ety* (YAK).

yatta [j'atta], *N.* Landenge, Isthmus. ♦ *Ety* (YAK).

Yavanna [jav'anna], *N.* ›Fruchtgeberin‹. ♦ SIL Val; Reg, Anh *(yáve, anna)*. NAM 1/I. *Ety* (ANA[1]). ◇ Name einer Valië.

yavannamíre [javannam'i:re], *N.* ›Yavanna-Juwel‹. ♦ NAM 2/I. ◇ Immergrüner Baum von Númenor mit kugelförmigen roten Früchten.

Yavannië [jav'annie], *N.* ›der Fruchtgebende‹. ♦ HR Anh D. SIL Anh *(yáve)*. NAM 3/I Anm. ◇ Neunter Monat des Jahres, »September«.

Yavannildi [javann'ildi], *N.* ›Folger von Yavanna‹. ♦ *PMe* 404. ◇ Elbische Frauen, die das Geheimnis der Herstellung von ***coimas*** *(lembas)* kannten und hüteten.

yáve [j'a:ve], *N.* Frucht. ♦ SIL Anh. *Ety* (YAB). ◇ Vgl. ***Yavanna***.

yávië [j'a:vie], *N.* Herbst, Ernte. ♦ HR Anh D. SIL Anh *(yáve)*. ◇ Im Kalender von Imladris eine »Jahreszeit« von 72 Tagen; auch verwendet im allgemeinen Sinne.

yáviére [ja:vi'e:re], *N.* Herbsttag. ♦ HR Anh D. ◇ Tag außerhalb der Monate in der Truchsessen-Rechnung, eingefügt zwischen Yavannië und Narquelië.

yáwe [j'a:we], *N.* Kluft, Schlucht, Klamm. ♦ *Ety* (YAG).

yé [j'e:] *Interj.* ›ja!, siehe!‹. ♦ HR VI/5. ◇ Ausruf Aragorns, als er den Schössling des Weißen Baumes fand.

ye [j'e], *V.* ist. ♦ *LR* 72. ◇ *Fut.* ***yéva***. Ersetzt durch ***ná*** im späten Qu.

yelda [j'elda], ***yelme*** [j'elme], *Adj.* freundlich, lieb. ♦ *Ety* (YEL).

yello [j'eldo], *N.* Schrei, Ruf (des Triumphs). ♦ *Ety* (GYEL).

yelma [j'elma], *N.* Abscheu. ♦ *Ety* (DYEL).

yelta- [j'elta], *V.* verabscheuen. ♦ *Ety* (DYEL).

yelwa [j'elwa], *Adj.* verabscheuenswert. ♦ *Ety* (DYEL).

yén [j'e:n], ***yen-*** [j'en], *N.* langes Jahr, Elbenjahr. ♦ HR II/8, D; Anh E. *RGEO* 66–7. *Ety* (YEN). ◇ *Pl.* ***yéni*** in »Namárië«. Elbisches langes Jahr von 144 Sonnenjahren, 52.596 Tage.

yen [j'en], ***yende*** [j'ende], *N.* Tochter. ♦ *Ety* (YÔ/YON).

Yénonótië [je:non'o:tie], *N.* ›Jahreszählung‹. ♦ *MR* 51.

yenya [j'enja], *Adv.* letztes Jahr. ♦ *Ety* (YA (YEN]).

yerna [j'erna], *Adj.* alt, verbraucht. ♦ *Ety* (GYER).

yerya- [j'erja], *V.* altern, alt werden. ♦ *Ety* (GYER).

yesta [j'esta], *N.* Verlangen. ♦ *Ety* (YES).

yestare [j'estare], *N.* Ersttag. ♦ HR Anh D. NAM 3/III Anm. ◇ Der erste Tag des Sonnenjahres.

yéva [j'e:va], *Fut.* von ***yé***.

yomenië [jom'enie], *N.* Zusammentreffen, Versammlung (von drei oder mehr, die aus verschiedenen Richtungen kommen). ♦ *WJ* 407.

yondo [j'ondo], ***-ion*** [ion], *N.* Sohn. ♦ *Ety* (YO/YON).

yuale [j'uale], ***yúcale*** [j'u:kale], *N.* (rotes) Zwielicht. ♦ *Ety* (KAL).

yúla [j'u:la], *N.* Glut, Holzkohle (glühend). ♦ *Ety* (YUL).

yulda [j'ulda], *N.* Trunk. ♦ HR II/8. *RGEO* 66–7. ◇ *Pl.* ***yuldar***.

yulma[1] [j'ulma], *N.* Trinkgefäß, Kelch. ♦ HR II/8. *RGEO* 66–7. *WJ* 416.

yulma[2] [j'ulma], *N.* Fackel. ♦ *Ety* (YUL). ◇ Evtl. nicht mehr gültig.

***yulme*[1]** [j'ulme], *N.* Trinkgelage, Zecherei. ♦ *WJ* 416.

***yulme*[2]** [j'ulme], *N.* Hitze, Brandhitze. ♦ *Ety* (YUL). ◇ Evtl. nicht mehr gültig.

yúyo [j'u:jo], *Adj.* beide. ♦ *Ety* (YO).

VIII. Wörterbuch Sindarin – Deutsch

Für das Sindarin ist die Quellenlage sehr viel schwieriger als beim Quenya. Grundlage für das Wörterbuch ist das Sindarin der Grauelben des Dritten Zeitalters. Das »Noldorin«-Material aus »Etymologies« ist so weit angepasst worden, dass es dem entspricht, was wir von der Phonologie des klassischen Sindarin wissen. Abweichende Schreibungen sind in Klammen hinzugefügt, aber nicht als eigene Stichworte notiert.

Verben sind mit den Stammformen aufgeführt. Der Infinitiv, soweit belegt, ist mit aufgelistet, aber nicht als eigenes Stichwort mit Umschrift notiert, sofern er einfach – das heißt, ohne Umlautung – gebildet wird. Einige Verben sind nur im Aorist überliefert; in diesen Fällen sind dafür Querverweise eingefügt. Dies gilt auch für einige andere Einzelformen, die in den Quellen an besonders prominenter Stelle vorkommen.

Nicht aufgeführt sind zahlreiche Eigennamen aus Gondor, die der Form nach Sindarin sind, aber keine klare lexikalische Bedeutung haben.

Für die Namen der Noldor-Fürsten, die »sindarinisierte« Quenya-Formen darstellen, wird auf das Quenya-Wörterbuch verwiesen.

A

a[1] ['a], *Imp.-Partikel* o. ♦ HR IV/10. *RGEO* 72. ◇ In ***a tiro nin*** ›schau auf mich, wache über mich‹

a[2] ['a], *Interj.* O!. ♦ HR II/1, IV/10. *RGEO* 72. BRIEFE Nr. 230.

a[3] ['a], siehe ***ah***.

a[4] ['a], siehe ***an***.

ab- ['ab], *Präf.* danach, später. ♦ *WJ* 387. ◇ In ***Abonnen***.

Abonnen [ab'onnen], *N.* ›Nachgeborener‹, einer, der später geboren ist als die Elben. ♦ *WJ* 387. ◇ *Pl.* ***Ebennin***. Elbische Bezeichnung für Menschen.

acharn ['axarn], *N.* Rache. *WJ* 254, 301.

ad ['ad], *Adv.* zurück, wieder, re-. ♦ *Ety* (AT[AT]).

ada ['ada], *N.* Vater, Papa (Koseform). ♦ *Ety* (ATA).

adab ['adab], *N.* Gebäude, Haus. ♦ *Ety* (TAK). *WR* 379–80. ◇ *Pl.* ***edaib***.

Adan ['adan], *N.* Mensch, einer vom zweiten Volk. ♦ HR Anh A, F. *RGEO* 74. SIL QS/1; Anh BRIEFE Nr. 211. *WJ* 387. *PMe* 324. NAM 1/I. ◇ *Pl.* ***Edain***, *Koll.* ***Adanath*** ›Menschheit‹. Elbische Bezeichnung für Menschen, Qu. *Atan*.

Adanadar [ad'anadar], *N.* ›Vater der Menschen‹. ♦ *MR* 373. ◇ *Pl.* ***Edenedair***. Die Anführer der Menschen im Ersten Zeitalter.

Adanath ['adanaθ], *Koll.* von ***Adan***.

Adanedhel [ad'aneðel], *N.* ›Elbenmensch‹. ♦ SIL QS/21; Reg, Anh *(adan, edhel)*. NAM 1/II Anh. ◇ Eigenname.

Adaneth ['adaneθ], *N.* Menschenfrau, (sterbliche) Frau. ♦ *MR* 349.

adar ['adar], *N.* Vater. ♦ HR II/2. *Ety* 349 [ATA]. *MR* 373. *PMe* 324. ◇ *Pl.* ***edair*** ['edair] (eder, edeir).

adel ['adel], *Präp.* hinter, im Rücken von. ♦ *Ety* (TELES).

adertha- [ad'erθa], *V.* wiedervereinigen. ♦ SIL Anh. ◇ In *Ger.* ***aderthad*** ›Wiedervereinigung‹.

aderthad [ad'erθad], *Ger.* von ***adertha-***.

adlann ['adlann] (atland), *Adj.* abschüssig, geneigt. ♦ *Ety* (TALÂT).

adlanna- [adl'anna], *V.* abwärts führen, sich neigen. ♦ *Ety* (TALÂT). ◇ *Inf.* ***adlanno***.

adlant ['adlant] (atlant), *Adj.* geneigt, schräg. ♦ *Ety* (TALÂT).

adu ['adu], *Adv.* doppelt. ♦ SIL Anh *(rant)*.

aduial [ad'uial], *N.* ›zweites Zwielicht‹, Abenddämmer. ♦ HR Anh D. ◇ Die Zeit, wenn die ersten Sterne aufscheinen.

Adurant ['adurant], *N.* ›Doppellauf‹. ♦ SIL Anh *(rant).* ◇ Fluss.

aear ['aear] (oear, oer), *N.* Meer. ♦ HR II/1. *RGEO* 72–3. *Ety* (AYAR/AIR). ◇ Tolkien änderte dieses Wort mehrmals, siehe ***gaear.***

aearon ['aearon], *N.* großes Meer, Ozean. ♦ HR II/1. *RGEO* 72–3. ◇ Tolkien änderte dieses Wort mehrmals, siehe ***gaearon.***

aegais ['aegais] (oeges), *Pl.* von ***aegas.***

aegas ['aegas] (oegas), *N.* Berggipfel. ♦ *Ety* (AYAK). ◇ *Pl.* ***aegais.***

aeglir ['aeglir] (oeglir), *N.* Kette von Berggipfeln. ♦ *Ety* (AYAK).

Aeglos ['aeglos] (Aiglos) ›Schneespitze‹. ♦ HR II/2. SIL RM; Anh *(los).* NAM 1/II Anm. ◇ Speer Gil-galads; in HR ***Aiglos*** geschrieben.

aeglos ['aeglos], *N.* Eiszapfen; Bot. Schneedorn. ♦ NAM 1/II; Reg. ◇ Eine Pflanze, die auf dem Amon Rûdh wuchs.

Aegnor ['aegnor], *ÑS.*, siehe Qu. *Aicanáro.*

ael ['ael] (oel), *N.* See, Teich, Weiher. ♦ *Ety* (AI, LIN). SIL Anh (*aelin, lin*[1]). ◇ *Pl.* ***aelin.***

aelin ['aelin] (oelin), *Pl.* von ***ael.***

Aelin-uial ['aelin 'uial], *N.* ›Seen der Dämmerung‹. ♦ SIL QS/13; Reg, Anh *(aelin, uial).* NAM 1/II Anm.

Aeluin ['aeluin], *N.* ›Blauer See‹. ♦ SIL QS/19.

aen ['aen], *V./Part.* (?). ♦ *SD* 129–31. ◇ Evtl. verwandt mit Qu. *nai* »sei es, dass«. Der Kontext, in dem dieses Wort vorkommt, ist nicht klar genug, um es mit Sicherheit zu interpretieren.

aer ['aer] (oer), *N.* Meer. ◇ Tolkien änderte dieses Wort mehrmals, siehe ***aear, gaear.***

Aerandir [aer'andir], *N.* ›Seewanderer‹. ♦ SIL QS/24; Reg, Anh *(ran-).* ◇ Schiffsname.

aerlinn ['aerlinn], *N.* Heiliges Lied, Hymne. ♦ *RGEO* 70 [in Tengwar].

aes ['aes], *N.* Gekochtes, Fleisch. ♦ *Ety* (AP).

aew ['aew], *N.* (kleiner) Vogel. ♦ *Ety* (AIW). SIL Anh (*lin*[1]).

aewen ['aewen], *Adj.* von Vögeln. ♦ SIL Anh. ◇ In ***Linaewen.***

agar ['agar], *N.* Blut. ♦ SIL 378. ◇ In ***agarwaen.***

agarwaen [ag'arwaen], *Adj.* blutbefleckt. ♦ SIL QS/21; Reg.

Agarwaen [ag'arwaen], *N.* ›Der Blutbefleckte‹. ♦ SIL QS/21; Reg. NAM 1/II Anh. ◊ Beiname.

aglar ['aglar], *N.* Glanz, Glorie. ♦ HR II/1, VI/4. *RGEO* 72–3. SIL Anh. *Ety* (AKLA-R, KAL).

aglareb ['aglareb], *Adj.* glänzend, glorreich. ♦ SIL Anh *(aglar). Ety* (AKLA-R, KAL). *WJ* 412.

Aglarond ['aglarond], *N.* ›Glitzerndes Gewölbe‹. ♦ HR III/8; Anh A. SIL RM; Reg, Anh *(aglar, rond).* NAM 3/V Anh. ◊ Höhlen von Helms Klamm.

Aglon ['aglon], *N.* ›Engpass‹. ♦ SIL QS/14; Reg. ◊ Bergpass.

aglonn ['aglonn] (aglond, aglon), *N.* Hohlweg, Pass zwischen hohen Wänden. ♦ *Ety* (AK, LOD).

agor[1] ['agor] (agr), *Adj.* eng. ♦ *Ety* (AK).

agor[2] ['agor], *Prät.* von ***car-***.

ah ['ah], ***a*** ['a], Konj. und. ♦ HR II/4, VI/4. SIL Anh *(ar-).* BRIEFE Nr. 230. *LB* 354. *SD* 129–31. *MR* 303. *VT* 43:30. ◊ In ***Athrabeth Finrod ah Andreth***, übersetzt als »Gespräch von Finrod und Andreth«. In sehr späten Notizen (um 1968) erwähnt Tolkien eine Form im GE. ****as*** ›und‹, die im S. zu ***ah*** wird, vor Konsonanten zu ***a*** verkürzt (*VT*). *SD* hat ***ar*** (vor Vokal), evtl. unter dem Einfluss des Quenya; vgl. Qu. *ar.*

ai ['ai], *Interj.* ah!. ♦ HR I/12.

aith ['aiθ], *N.* Speerspitze. ♦ *Ety* (EK).

al- ['al], *Präf.* un-, nicht. ♦ *Ety* (LA).

alae ['alae], *Interj.* siehe! (?). ♦ NAM 1/I.

alag ['alag], *Adj.* stürmisch. ♦ *Ety* (ÂLAK).

alagos ['alagos], *N.* Windsturm. ♦ *Ety* (ÂLAK).

alfirin ['alfirin], *Adj.* unsterblich. *N.* ›Immertreu‹. ♦ HR V/9, BRIEFE Nr. 312, NAM 1/I, T3/II; Reg. ◊ Name einer Blume mit glockenförmigen Blüten und vielen sanften Farben; auch für eine andere Blume mit kleinen weißen Blüten verwendet.

alph ['alf] (alf), *N.* Schwan. ♦ HR Anh E. SIL Anh *(alqua). Ety* (ÂLAK). ◊ *Pl.* ***eilph***.

am[1] ['am], *Adv.* auf, aufwärts. ♦ *Ety* (AM[2]).

am[2] ['am], siehe ***an***.

amar ['amar] (ambar), *N.* die Erde. ♦ *Ety* (MBAR).

amarth ['amarθ] (ammarth), *N.* Schicksal. ♦ HR Anh A. SIL Anh. *GN* 183. *Ety* (MBARAT).

ambenn ['ambenn] (ambend, amben) *Adv.* hügelaufwärts, hangaufwärts. ♦ *Ety* (AM[2], PEN/PÊNED).

amdir ['amdir], *N.* Hoffnung, Aussicht, Zuversicht. ♦ *MR* 320. ◇ Basierend auf Vernunft.

Amlaith ['amlaiθ], *N.* ›aufsteigendes Lachen‹ (?). ♦ HR Anh A. *PMe* 193. ◇ Eigenname.

amloth ['amloθ], *N.* ›aufsteigende Blüte‹, Helmzier. ♦ *WJ* 318. ◇ Gemeint ist »die Blüte oder blütenförmige Zier, welche die Spitze eines hohen [archaischen?] Helms krönt«.

amlug ['amlug], *N.* Drache. ♦ *Ety* (ANGWA/ANGU, LOK).

ammen ['ammen], *Pron.* für uns, zu uns. ♦ HR II/4. *LB* 354.

amon ['amon], *N.* Hügel; Anhöhe (mit steilen Hängen), Berg. ♦ HR Anh E. SIL Anh. *Ety* (AM). ◇ *Pl.* ***emyn***.

Amon Amarth ['amon 'amarθ], *N.* ›Berg des Schicksals‹. ♦ HR Anh A. SIL RM; Reg, Anh *(Amarth)*.

Amon Anwar ['amon 'anwar], *N.* ›Berg der Ehrfurcht‹. ♦ NAM 3/II.

Amon Darthir ['amon d'arθir], *N.* ›Erdauernder Berg‹. ♦ NAM 1/II.

Amon Dîn ['amon d'i:n], *N.* ›Schweigender Berg‹. ♦ HR V/1. SIL Anh *(dîn)*. NAM 3/II.

Amon Ereb ['amon 'ereb], *N.* ›Einsamer Berg‹. ♦ SIL QS/10; Reg, Anh *(er)*. NAM 1/II.

Amon Ethir ['amon 'eθir], *N.* ›Hügel der Späher‹. ♦ SIL QS/21; Reg. NAM 1/II.

Amon Gwareth ['amon gw'areθ], *N.* ›Hügel [der Wacht]‹. ♦ SIL QS/13. ◇ Der Name ist »Qenya«; vgl. BVG-2 342, *GL* 47.

Amon Hen ['amon 'hen], *N.* ›Berg des Auges‹. ♦ HR II/9.

Amon Lanc ['amon l'ank], *N.* ›Nackter Berg‹. ♦ NAM 3/I; Reg.

Amon Lhaw ['amon l'aw], *N.* ›Berg des Ohrs‹. ♦ HR II/9.

Amon Obel ['amon 'obel], *N.* ›Berg der Festung‹ (?). ♦ SIL QS/21. NAM 1/II.

Amon Rûdh ['amon r'u:ð], *N.* ›Kahler Berg‹. ♦ SIL QS/21; Reg. NAM 1/II.

Amon Sûl ['amon s'u:l], *N.* ›Berg des Windes‹. ♦ HR I/11. SIL RM; Reg, Anh *(sûl)*. NAM 3/I Anm.

Amon Uilos ['amon 'uilos], *N.* ›Berg Immerweiß‹. ♦ SIL QS/1; Anh *(los)*. NAM 1/I Anm.

Amras ['amras], *ÑS.*, siehe Qu. *Ambarussa*.

Amrod [amrod], *ÑS.*, siehe Qu. *Ambarto*.

amrûn ['amru:n], *N.* Osten, Sonnenaufgang. ♦ HR Anh E. SIL Anh *(rómen)*. *Ety* (AM², RÔ).

an- [an], *Präf.* mit, durch. ♦ *Ety* (NÂ).

an [an], *Präp.* zu, für, an. ♦ HR II/4. NAM I/I. *SD* 129–31. ◇ Mit angehängtem Artikel und Elision in ***aglar'ni Pheriannath***, mit Mutation in ***a Pherhael***, ***am Meril***.

Anach ['anach], *N.* (?). ♦ SIL QS/21. NAM 1/I Anm. ◇ Bergpass.

anann ['anann], *Adv.* lange, eine lange Zeit. ♦ HR VI/4. BRIEFE Nr. 230.

anc ['ank], *N.* Kiefer, Gebiss. ♦ *Ety* (ÂNAK).

Ancalagon [ank'alagon], *N.* ›Stürmisches Gebiss‹. ♦ HR I/2. SIL Ak; Anh *(alqua)*. ◇ Name eines Drachen.

and ['and] (ann), *Adj.* lang. ♦ SIL Anh *an(d)*. *Ety* (ÂNAD).

andaith ['andaiθ] (andeith), *N. Ling.* Langzeichen. ♦ HR Anh E. *Ety* (TEK). ◇ Diakritisches Zeichen über einem Vokalzeichen im vollen Modus zur Anzeige eines Langvokals.

Andram ['andram], *N.* ›Langer Wall‹. ♦ SIL QS/10; Reg, Anh *(an(d), ram)*. ◇ Gebirgskette.

andrann ['anrann] (anrand), *N.* Zyklus, Zeitalter (100 Valische Jahre). ♦ *Ety* (RAD).

Andrast ['andrast], *N.* ›Langes Kap‹. ♦ HR Karte. NAM 2/II Anm; Reg.

Andrath ['andraθ], *N.* ›Langer Aufstieg‹. ♦ NAM 3/IV; Reg.

Androth ['androθ], *N.* ›Lange Höhle‹. ♦ SIL QS/23. NAM 1/I.

Anduin ['anduin], *N.* ›Langer Fluss‹. ♦ H Karte. HR Prol. SIL QS/3; Reg, Anh *(an(d), duin).*

Anfalas ['anfalas], *N.* ›Langer Strand‹. ♦ HR V/1. SIL Anh *(an(d), falas).* NAM 4/1.

Anfang ['anfaŋ] (Andfang), *N.* ›Langbart‹. ♦ *Ety* (ÂNAD/ANDA, SPÂNAG). *WJ* 322. ◊ *Pl.* ***Enfeng,*** *Koll.* ***Anfangrim*** ›Stamm der Langbärte‹. Die Langbärte waren einer der sieben Stämme der Zwerge.

Anfangrim [anf'aŋgrim], *Koll.* von ***Anfang.***

Anfauglir [auf'auglir], *N.* ›Gebiss des großen Durstes‹. ♦ SIL QS/19; Anh *(faug-).* ◊ Im Text übers. mit »Maul des Durstes«.

Anfauglith [anf'augliθ], *N.* ›Asche des großen Durstes‹. ♦ SIL QS/18; Anh *(faug-, lith).* NAM 1/I. ◊ Im Text übers. mit »der Erstickende Staub«.

ang ['aŋ], *N.* Eisen. ♦ SIL Anh *(anga). Ety* (ANG). *PMe* 347.

Angband ['aŋband], *N.* ›Eisenkerker‹. ♦ HR I/11. SIL QS/3; Reg, Anh *(anga, band).* NAM 1/I.

Angbor ['aŋbor], *N.* ›Eisenfaust‹. ♦ HR V/9. ◊ Eigenname.

angerthas [aŋg'erθas], *N.* Lang-Runenreihen. ♦ HR Anh E. SIL Anh. ◊ Systematisierte Fassung der Cirth.

Angerthas Daeron [aŋg'erθas d'aeron], *N.* ›Lang-Runenreihen von Daeron‹. ♦ HR Anh E.

Angerthas Moria [aŋg'erθas m'oria], *N.* ›Lang-Runenreihen von Moria‹. ♦ HR Anh E. SIL Anh *(an(d), kir-).*

Anghabar ['aŋghabar], *N.* ›Eisengrube‹. ♦ SIL QS/16; Reg. Anh *(anga).*

Anglachel ['aŋglaxel], *N.* ›Eisen-Flammenstern‹. ♦ SIL QS/21; Anh *(anga, lhach).* NAM 1/II Anm. ◊ Schwertname.

anglenna- [aŋgl'enna], *V.* sich nähern, herkommen. ♦ *SD* 129–31. ◊ *Fut.* ***anglennatha.***

anglennatha [aŋgl'ennaθa], *Fut.* von ***anglenna-.***

Angmar ['aŋgmar], *N.* ›Eisenheim‹. ♦ HR I/12, A; Anh B. NAM 3/II Anm.

angol[1] ['aŋgol], *N.* Gestank. ♦ *Ety* (ÑOL).

angol[2] ['aŋgol], *N.* dunkle Kunde, Magie. ♦ *Ety* (ÑGOL).

angren ['aŋgren], *Adj.* eisern, aus Eisen. ♦ SIL Anh *(anga). Ety* (ANG). ◇ *Pl.* ***engrin***.

Angren ['aŋgren], *N.* ›Der Eiserne‹, Isen. ♦ HR Karte. NAM 2/II. ◇ Flussname.

Angrenost ['aŋgrenost], *N.* ›Eiserne Festung‹, Isengart. ♦ HR III/4. SIL RM; Reg, Anh *(anga, os(t))*. NAM 3/II. ◇ Im Sinne von »Festung am Fluss Angren (Isen)«.

Angrist ['aŋgrist], *N.* ›Eisenspalter‹. ♦ SIL QS/19; Reg, Anh *(anga, ris)*. ◇ Name eines Dolchs.

Angrod ['aŋgrod], *ÑS.*, siehe Qu. *Angaráto*.

Anguirel [aŋg'uirel], *N.* ›Eisen-Ewigstern‹. ♦ SIL QS/21; Anh *(anga)*. ◇ Schwertname.

angwedh ['aŋgweð], *N.* Eisenband, Kette. ♦ *Ety* (WED).

anim ['anim], *Pron.* für mich. ♦ HR Anh A. ◇ Siehe auch ***enni***.

aníra- [an'i:ra], *V.* wünschen, ersehnen. ♦ *SD* 129–31.

anna- ['anna], *V.* geben, schenken. ◇ HR Anh A. SIL Anh. *Ety* (ANA). ◇ *Inf.* ***anno***; *Prät.* ***ónen*** ›ich gab‹.

annabon ['annabon] (andabon), *N.* Langschnauze, Elefant. ♦ *Ety* (MBUD).

Annael ['annael], *N.* (?). ♦ SIL QS/23. NAM 1/I. ◇ Eigenname.

annon ['annon], *N.* große Tür, Tor, Pforte. ♦ HR II/4. *RGEO* 75. SIL Anh. *Ety* (AD). ◇ *Pl.* ***ennyn***.

Annon-in-Gelydh ['annon 'iŋŋ'elyð], *N.* ›Pforte der Noldor‹. ♦ SIL QS/23; Reg, Anh *(annon, golodh)*. NAM 1/I.

ann-thennath ['ann θ'ennaθ], *N. Koll.* Lang-kurze (Versmaß). ♦ HR I/11. ◇ Versmaß mit Wechsel von ein- und mehrsilbigen Reimen.

annui ['annui], *Adj.* westlich. ♦ *SD* 129–31.

Annúminas [ann'u:minas], *N.* ›Turm des Westens‹. ♦ HR II/2. SIL RM; Reg, Anh *(andúne, minas)*. NAM 4/III.

annûn ['annu:n], *N.* Westen, Sonnenuntergang. ♦ SIL Anh *(andúne)*. HR VI/4. HR Anh E. BRIEFE Nr. 230. *LB* 354. *Ety* (NDÛ).

Annúnaid [ann'u:naid], *N.* ›Westron‹. ♦ *PMe* 316. ◊ Die Gemeinsame Sprache.

Anor ['anor], *N.* Sonne. ♦ SIL Anh *(nar)*. *Ety* (ANÂR).

Anóriën [an'o:rien], *N.* ›Sonnenland‹. ♦ HR V/1. SIL Anh *(nar)*. NAM 2/IV Anh.

ant ['ant], *N.* Gabe. ♦ *Ety* (ANA).

anu ['anu] (anw), *Adj.* männlich. ♦ *Ety* (3AN). ◊ Pl. ***einu***. *Ety* scheint dieses Wort als Nomen zu klassifizieren, doch ***anu*** kann nicht die Entsprechung zu Qu. *hanu* sein, weil der Endvokal dann verschwinden würde. Es entspricht eher dem Adj. *hanwa*; vgl. den Eintrag unter INI.

anwar ['anwar], *N.* Ehrfurcht. ♦ NAM 3/II; Reg. ◊ In ***Amon Anwar***.

aphad- ['affad], *V.* folgen, hinten gehen (auf einem Weg oder Pfad). ♦ *WJ* 387. ◊ Evtl. auch ***aphada-***, als schwaches Verb.

Aphadon ['affadon], *N.* ›Folger‹. ♦ *WJ* 387. ◊ *Pl.* ***Aphedyn;*** *Koll.* ***Aphadrim***. Elbischer Name für Menschen.

Aphadrim [aff'adrim], *Koll.* von ***Aphadon***.

âr ['a:r], *N.* König. ♦ *Ety* (TÂ/TA3). ◊ Herrscher über ein bestimmtes Gebiet.

ar- ['ar], *Präf.* ohne. ♦ *Ety* (AR^2).

ar ['ar], siehe ***ah***.

ara- ['ara] (ar-) *Präf.* hoch, edel, königlich. ♦ SIL Anh *(ar(a)-)*. ◊ Element in den Namen der Könige von Arnor und Arthedain sowie der Stammesfürsten des Nordens.

arad ['arad], *N.* Tagzeit, (ein) Tag. ♦ *Ety* 349.

Aradan ['aradan], *N.* ›Königsmensch‹. ♦ SIL QS/17; Anh *(ar(a)-, adan)*. *WJ* 234. ◊ Beiname.

Arador ['arador], *N.* ›Königlich + Land‹. ♦ HR Anh A. *PMe* 196. ◊ Eigenname.

Araglas [ar'aglas], *N.* ›Königlich + Freude‹. ♦ HR Anh A. *PMe* 196. ◊ Eigenname.

Aragorn ['aragorn], *N.* ›Königlich + Mut‹. ♦ HR Anh A. NAM 2/IV. *PMe* xii. ◇ Eigenname.

Aragost ['aragost], *N.* ›Königlich + Schrecken‹. ♦ HR Anh A. *PMe* 196. ◇ Eigenname.

Arahad ['arahad], *N.* ›Königlich + Stätte‹. ♦ HR Anh A. *PMe* 196. ◇ Eigenname.

Arahael ['arahael], *N.* ›Königlich + weise‹. ♦ HR Anh A. *PMe* 196. ◇ Eigenname.

aran ['aran], *N.* König. ♦ HR II/4, VI/7; Anh A. *RGEO* 75. SIL Anh BRIEFE Nr. 347. *Ety* (3AR, TÂ/TA3). *SD* 129–31. ◇ *Pl.* ***erain***. Herrscher über ein bestimmtes Gebiet.

Aranarth ['aranarθ], *N.* ›Königlich + Reich‹. ♦ HR Anh A. *PMe* 196. ◇ Eigenname.

Aranel ['aranel], *N.* ›Königsstern/Königlicher Elbe‹. ♦ SIL QS/20. ◇ Eigenname.

Aranrúth [ar'anru:θ], *N.* ›Königsgrimm‹. ♦ SIL QS/21; Reg, Anh *(ar(a)-, rûth)*. NAM 2/I. ◇ Schwertname.

Aranuir ['aranuir], *N.* ›Königlich + ewig‹. ♦ HR Anh A. *PMe* 196. ◇ Eigenname.

Araphant ['arafant], *N.* ›Königlich + alles‹. ♦ HR Anh A. *PMe* 195. ◇ Eigenname.

Araphor ['arafor], *N.* ›Königlich + Faust‹. ♦ HR Anh A. *PMe* 195. ◇ Eigenname.

aras ['aras], *N.* Hirsch, Reh. ♦ *WJ* 156–7.

Arassuil [ar'assuil], *N.* ›Königlich + Gruß‹. ♦ HR Anh A. *PMe* 196. ◇ Eigenname.

Arathorn ['araθorn], *N.* ›Königlich + Adler‹. ♦ HR Anh A. SIL RM. BRIEFE 556. *PMe* 196. ◇ Eigenname.

Araval ['araval], *N.* ›Königlich + Macht‹. ♦ HR Anh A. *PMe* 195. ◇ Eigenname.

Aravir ['aravir], *N.* ›Königlich + Juwel‹. ♦ HR Anh A. *PMe* 196. ◇ Eigenname.

Aravorn ['aravorn], *N.* ›Königlich + standhaft‹. ♦ HR Anh A. *PMe* 196. ◇ Eigenname.

Araw ['araw], *N.* ›Orome‹. ♦ HR V/1; Anh A. ◊ S.-Fassung des Qu.-Namens.

Ard-galen ['ard g'alen], *N.* ›Grünes Gebiet‹. ♦ SIL QS/13; Reg, Anh *(calen).*

ardh ['arð], *N.* Reich, Gebiet. ♦ *Ety* (3AR). ◊ Dialekt-Variante ***arth*** in ***Arthedain***.

ardhon ['arðon], *N.* Großes Gebiet, Provinz; Welt. ♦ SIL 386. *PMe* 348. ◊ In ***Calenardhon***.

Aredhel ['areðel], *N.* ›Edle Elbin‹. ♦ SIL QS/5; Reg, Anh *(ar(a)-, edhel).* NAM 1/I Anm.

Ar-Feiniël ['ar f'einiel], *N.* ›Edle weiße Maid‹. ♦ SIL QS/5. ◊ Eigenname. Übers. als »Weiße Dame«.

Argeleb ['argeleb], *N.* ›Königlich + Silber‹. ♦ HR Anh A. *PMe* 194. ◊ Eigenname.

Argonath ['argonaθ], *N.* ›Königssteine‹. ♦ HR II/9; Anh A. *RGEO* 75. SIL RM; Reg, Anh *(ar(a)-, gond).* BRIEFE Nr. 347. ♦ *Koll.*, übers. als »Säulen der Könige«. Aus **Arn(a)gon-ath***.

Argonui ['argonui], *N.* ›Königlich + steinig‹. ♦ HR Anh A. *PMe* 196. ◊ Eigenname.

Arminas ['arminas], *N.* ›Königlicher Turm‹. ♦ HR V/6; Anh F. SIL QS/21. NAM 1/I. ◊ Eigenname.

arn ['arn], ***arna*** ['arna], *Adj.* königlich. ♦ BRIEFE Nr. 347. ◊ In ***Argonath***, ***Arnor*** (s. d.).

arnediad [arn'ediad] (arnœdiad), *Adj.* unzählbar, zahllos, endlos. ♦ SIL Anh. *Ety* (AR^2, NOT).

Arnor ['arnor], *N.* ›Königliches Land‹. ♦ HR I/7, A; Anh B. SIL RM; Reg *(Arnor),* Anh *(ar(a)-).* NAM 2/II. BRIEFE Nr. 347. ◊ Aus **Arn(a)dor***, in Vermengung mit Qu. *Arnanor, Arnanóre.*

arod ['arod], *Adj.* edel. ♦ *PMe* 363. *VT* 41:9.

aronoded [ar'onoded], *Adj.* unzählbar, zahllos, endlos. ♦ *Ety* (NOT).

Aros ['aros], *N.* ›der außerhalb Herausfließende‹ (?). ♦ SIL QS/14. NAM 1/II. ◊ Flussname.

Arossiach [ar'ossiax], *N.* ›Aros-Furt‹. ♦ SIL QS/14.

Arothir ['aroθir], *N.*, siehe Qu. *Artaher.*

arphen ['arfen], *N.* (ein) Edler. ♦ *WJ* 376. ◇ *Pl.* ***erphin***.

Arthedain ['arθedain], *N.* ›Reich der Edain‹. ♦ HR Anh A. ◇ Siehe ***ardh***.

Arthóriën [arθ'o:rien], *N.* ›Umzäuntes Land‹. ♦ NAM 1/II. *LR* 393. ◇ Eigenname.

Arvedui ['arvedui], *N.* ›Königlich + letzt‹. ♦ HR Anh A, B. NAM 3/II; Reg. *PMe* 195. ◇ Eigenname.

Arvegil ['arvegil], *N.* ›Königlich + Schwert‹. ♦ HR Anh A. *PMe* 194. ◇ Eigenname.

Arveleg ['arveleg], *N.* ›Königlich + mächtig‹. ♦ HR Anh A. *PMe* 194. ◇ Eigenname.

Arverniën [arv'ernien], *N.* ›Königschutzland‹ (?). ♦ HR II/1. SIL QS/20. *LR* 251. ◇ ****Avernien*** in den deutschen Ausgaben von HR ist ein Schreibfehler.

Arwen ['arwen], *N.* ›Hohe Frau‹. ♦ HR II/1, A; Anh B. NAM 2/IV. ◇ Eigenname.

Ascar ['askar], *N.* ›der Wilde‹. ♦ SIL QS/10; Reg.

Asfaloth ['asfaloθ], *N.* (?). ♦ HR I/12. ◇ Names eines Pferdes, enthält evtl. ***loth*** ›Blüte‹.

asgar ['asgar] (ascar), *Adj.* heftig, stürmisch, ungestüm. ♦ *Ety* (SKAR).

ast ['ast], *N.* Staub. ♦ *Ety* (ÂS-AT).

ath- ['aθ], *Präf.* beidseitig, quer. ♦ *Ety* (AT[AT]).

athan ['aθan], *Präp.* jenseits. ♦ *SD* 62.

athelas ['aθelas], *N.* Heilkraut, ›Königskraut‹, wörtl. heilendes Blatt. ♦ HR I/12, V/8. ◇ Heilkraut, dass von den Númenórern nach Mittelerde gebracht worden war. Qu. *athea* ›hilfreich, heilsam‹ + *las* ›Blatt‹.

athra- ['aθra], *Präf.* beidseitig, quer. ♦ *MR* 329. ◇ In ***athrabeth***.

athrabeth ['aθrabeθ], *N.* Debatte, Disput. ♦ *MR* 329.

athrad ['aθrad], *N.* Furt, Querung (eines Flusses). ♦ NAM 2/IV, 3/II. *Ety* (AT[AT], RAT. ◇ *Pl.* ***ethraid***.

Athrad Angren ['aθrad 'aŋgren], *N.* ›Furt des Isen‹. ♦ NAM 3/II. ◇ Auch in der Pl.-Form ***Ethraid Engrin***.

athrada- ['aθrada], *V.* queren, überschreiten. ♦ *Ety* (RAT). ◇ *Inf.* ***athrado***.

athrado ['aθrado], *Inf.* von ***athrada-***.

aur ['aur], *N.* Tag, Sonnenlicht, Morgen. ♦ SIL Anh *(ur-). Ety* (AR).

auth[1] ['auθ], *N.* Krieg, Schlacht. ♦ *Ety* (KOTH, OKTÂ).

auth[2] ['auθ], *N.* Schatten, undeutliche Gestalt, geisterhafte oder vage Erscheinung. ♦ *VT* 42:9.

ava- ['ava], *V.* nicht wollen. ♦ *WJ* 371. ◇ *Ger.* ***avad*** ›Verweigerung, Widerstreben‹; *Imp.* ***avo*** (s. d.) ›wolle nicht!, tu nicht!‹; *Präs.* ***avon*** ›ich will nicht‹, ***avam*** ›wir wollen nicht‹.

avad ['avad], *Ger.* von ***ava-***.

avam ['avam], *Präs.* von ***ava-***.

avo ['avo], *Imp.* von ***ava-***. ◇ Verwendet als ein negatives Adverb vor einem Imperativ: *avo garo* ›tu es nicht!‹ Manchmal auch als Präf.: *avgaro*.

avon ['avon], *Präs.* von ***ava-***.

awarth ['awarθ], *N.* Preisgabe, Verlassen. ♦ *Ety* (WAR).

awartha- [aw'arθa], *V.* preisgeben, verlassen. ♦ *Ety* (WAR).

B

bach [b'ax], *N.* Ware (zum Tausch), Ding. ♦ *Ety* (MBAKH).

bachor [b'axr], *N.* Händler. ♦ *Ety* (MBAKH).

bâd [b'a:d], *N.* Pfad, Trampelweg. ♦ *Ety* (BAT).

badhor [b'aðor], *N.* Richter. ♦ *Ety* (BAD). ◇ Pl. ***beidhor***.

badhron [b'aðron], *N.* Richter. ♦ *Ety* (BAD).

bain [b'ain] (bein), *Adj.* schön. ♦ *Ety* (BAN).

bair [b'air], *Pl.* von ***bar***.

Balan [b'alan], *N.* Vala, göttliche Macht, Gottheit. ♦ SIL Anh *(val-).* BRIEFE Nr. 347. *Ety* (BAL). ◇ *Pl.* ***Belain***. Theoretische S.-Form von Qu. *Vala*, nicht verwendet.

Balar [b'alar], *N.* (?). ♦ SIL QS/5. NAM 1/I. ◇ Die große Bucht von Beleriand; Bedeutung unklar.

balch [b'alx], *Adj.* grausam. ♦ *Ety* (ÑGWAL).

Balchoth [b'alxoθ], *N.* ›Grausame Horde‹. ♦ HR Anh A. NAM 3/II.

Balrog [b'alrog], *N.* ›Dämon der Macht‹. ♦ HR II/5. SIL Val; Reg, Anh *(val-, rauko)*.

band [b'and] (bann), *N.* Zwang, Gefängnis, Gewahrsam. ♦ SIL Anh. *Ety* (MBAD). *MR* 350.

banga- [b'aŋga], *V.* handeln, Handel treiben. ♦ *Ety* (MBAKH).

bar [b'ar], *N.* Wohnstatt, Heim; bewohntes Land. ♦ SIL Anh. *WR* 379–80. *SD* 129–31. ◇ *Pl.* ***bair***.

Bar Erib [b'ar 'erib], *N.* ›Einsames Heim‹. ♦ NAM 1/II Anh.

bara [b'ara], *Adj.* feurig, eifrig. ♦ *Ety* (BARÂS).

Barad Eithel [b'arad 'eithel], *N.* ›Turm der Quelle‹. ♦ SIL QS/14; Reg, Anh *(barad, eithel)*. NAM 1/II.

Barad Nimras [b'arad n'imras], *N.* ›Turm des Weißen Horns‹. ♦ SIL QS/14; Reg, Anh *(barad, nim, ras)*.

barad[1] [b'arad], *Adj.* verloren, verdammt, verurteilt. ♦ *Ety* (MBÂRAT).

barad[2] [b'arad], *N.* Turm, Festung. ♦ SIL Anh. *Ety* (BARAT). ◇ *Pl.* ***beraid***.

Barad-dûr [b'arad d'u:r], *N.* ›Dunkler Turm‹. ♦ HR II/10; Anh B. SIL RM; Reg, Anh *(barad, dûr)*. NAM 2/IV Anh.

baradh [b'arað], *Adj.* steil. ♦ *Ety* (BARÂD).

baran [b'aran], *N.* braun, gelbbraun, goldbraun. ♦ HR Anh F. *Ety* (BARÂN).

Baranduin [bar'anduin], *N.* ›Brauner Fluss‹. ♦ HR I/12; Anh F. SIL RM; Reg, Anh *(duin)*. NAM 2/II.

Baravorn [b'aravorn], *N.* ›Hamfast‹. ♦ *SD* 128–9. ◇ Eigenname. Wörtl. ›Heim-fest‹, AE. *hámfoest* (vgl. HR Anh. E).

Bar-en-Danwedh [b'ar 'en d'anweθ], *N.* ›Haus der Auslöse‹. ♦ SIL QS/21; Reg, Anh *(bar)*. NAM 1/II.

Bar-en-Nibin-noeg [b'ar 'en n'ibin n'oeg], *N.* ›Haus der Kleinzwerge‹. ♦ NAM 1/II; Reg.

bartha- [b'arθa], *V.* verurteilen, verdammen. ♦ *Ety* (MBÂRAT). ◇ *Inf.* ***bartho***.

bartho [b'arθo], *Inf.* von ***bartha-***.

basgorn [b'asgorn], *N.* Laib, rundes Brot. ♦ *Ety* (MBAS, KOR).

bass [b'ass] (bast), *N.* Brot. ♦ *Ety* (MBAS). *PMe* 404–5. ◇ In *Ety.* ist das Wort für ›Brot‹ ***bast***, Qu. *masta*, aber es scheint, dass Tolkien dies später zu ***bass*** änderte; vgl. Qu. *massánië* ›Brotgeberin‹.

bassoneth [b'assoneθ] (besoneth), *N.* Brotgeberin, Herrin. *PMe* 404–5. ◇ Verwendet als ein Titel der höchsten Frau in einem elbischen Volk, da sie die Aufbewahrung und Vergabe des *coimas* (***lembas***) verantwortete. Vgl. AE. *hlæfdigan* (> *lady*) mit gleicher Bedeutung. Siehe ***bass***.

batha- [b'aθa], *V.* trampeln. ♦ *Ety* (BAT). ◇ *Inf.* ***batho***.

batho [b'aθo], *Inf.* von ***batha-***.

baudh [b'auð], *N.* Urteil. ♦ *Ety* (BAD).

baug [b'aug], *Adj.* tyrannisch, grausam, bedrückend. ♦ *Ety* (MBAW).

baugla- [b'augla], *V.* unterdrücken. ♦ *Ety* (MBAW). ◇ *Inf.* ***bauglo***.

Bauglir [b'auglir], *N.*, ›der Bedrücker‹. ♦ SIL QS/12; Reg. *Ety* (MBAW). NAM 1/II. ◇ Beiname von Morgoth.

baul [b'aul], *N.* Folter. ♦ *Ety* (ÑGWAL).

baur [b'aur], *N.* Not. ♦ *Ety* (MBAW).

baw [b'au], *Interj.* nein, tu's nicht!. ♦ *WJ* 371.

beidhor [b'eiðor], *Pl.* von ***badhor***.

Belain [b'elain] (belein, belen), *Pl.* von ***Balan***.

Belecthor [bel'ekθor], *N.* ›Großer Adler‹ (?). ♦ HR Anh A. *PMe* 205. ◇ Eigenname.

beleg [b'eleg], *Adj.* groß, mächtig. ♦ SIL Anh. *Ety* (BEL).

Beleg [b'eleg], *N.* ›Der Große, der Mächtige‹. ♦ SIL QS/18; Anh *(beleg)*. NAM 1/I. ◇ Eigenname.

Belegaer [b'elegaer], *N.* ›das Große Meer‹. ♦ HR II/6. SIL QS/1; Reg, Anh *(beleg, ear, gaer)*. NAM 1/I.

Belegorn [b'elegorn], *N.* ›Großer Baum‹. ♦ HR Anh A. *PMe* 204. ◇ Eigenname.

Belegost [b'elegost], *N.* ›Große Festung‹. ♦ HR Anh A. SIL QS/10; Reg, Anh *(beleg, os(t))*. NAM 1/I Anm. ◇ Übers. von Kh. *Gabilgathol.*

Belegund [b'elegund], *N.* ›Großer Prinz‹. ♦ SIL QS/17. NAM I/2. ◇ Eigenname.

Belegûr [b'elegu:r], *N.* ›Der in Macht ersteht‹. ♦ SIL Reg *(Melkor)*. ◇ S.-Form von Qu. *Melcor*, nicht verwendet.

Belegurth [b'elegurθ], *N.* ›Großer Tod‹. ♦ SIL Reg *(Melkor)*. ◇ Name für Melcor, Verzerrung von ***Belegûr*** (s. d.)

Beleriand [bel'eriand], *N.* ›das Land von Balar‹. ♦ HR II/2; Anh A. SIL QS/3; Reg. NAM 1/I. ◇ Siehe ***Balar***.

Belfalas [b'elfalas], *N.* ›Küste von Bêl‹. ♦ HR V/1. SIL Anh *(falas)*. NAM 2/IV. *RBG* 15. ◇ *Bêl* ist entweder adûnaïsch oder abgeleitet von ***Beleriand***.

bell [b'ell] (belt), *Adj.* (körperlich) stark. ♦ *Ety* (BEL).

bellas [b'ellas], *N.* (körperliche) Stärke. ♦ *Ety* (BEL).

Belthil [b'elthil], *N.* ›Götterglanz‹. ♦ SIL QS/15; Reg, Anh *(sil-)*. ◇ Ein Abbild Telperions.

Belthronding [belθr'onding], *N.* ›Mächtiger Klang‹ (?). ♦ SIL QS/21. ◇ Name eines Bogens.

ben [b'en], *Präp.* gemäß, in (mit angehängtem Art.). ♦ *SD* 129–31.

benn [b'enn], *N.* Mann. ♦ *Ety* 352 (BES).

bennas [b'ennas], *N.* Winkel, Ecke. ♦ *Ety* BEN, NAS).

beor [b'eor] (bior), *N.* Gefolgsmann, Vasall. ♦ *Ety* (BEW).

Beor [b'eor], *N.* ›Vasall‹. ♦ SIL QS/17. *Ety* (BEW). ◇ Eigenname.

beraid [b'eraid], *Pl.* von ***barad***[2].

beren [b'eren], *Adj.* kühn. ♦ *Ety* (BER).

bereth [b'ereθ], *N.* Gemahlin; Königin. ♦ *RGEO* 74. *Ety* (BARATH).

beria- [b'eria], *V.* schützen. ♦ *Ety* (BAR). ◇ *Inf.* ***berio***.

berio [b'erio], *Inf.* von ***beria-***.

bertha- [b'erθa], *V.* wagen. ♦ *Ety* (BER). ◇ *Inf.* ***bertho***.

bertho [b'erθo], *Inf.* von ***bertha-***.

Berúthiël [ber'u:θiel], *N.* ›Maid des königlichen Zorns‹ (?). ♦ HR

II/4. NAM 4/II Anm. ◇ Eigenname. Enthält verm. eine Verschmelzung von ***bereth*** ›Königin‹ und ***rûth*** ›Zorn‹.

bess [b'ess], *N.* (junge) Frau; Ehefrau. ◆ *Ety* (BES). *SD* 129–31 .

bessain [b'essain] (besain), *N.* Brotgeberin. ◆ *PMe* 404–5. ◇ Siehe *bass, bassoneth.*

blâb [bl'a:b], *Aor.* von ***blab-***. ◇ *Ety.* listet dieses Wort als Nomen, aber es ist offensichtlich eine Form des Verbs.

blab- [bl'ab], *V.* schlagen, flattern (mit Flügeln, etc.). ◆ *Ety* (PALÂP). ◇ *Inf.* ***blebi***; *Aor.* ***blâb*** ›er/sie/es flattert‹.

blebi [bl'ebi], *Inf.* von ***blab-***.

boda- [b'oda], *V.* verbieten. ◆ *WJ* 371.

boe [b'oe] (bui) *V.* es tut not, man muss. ◆ *Ety* (MBAW). ◇ Verm. defektives Verb.

boldog [b'oldog], *N.* Krieger, Soldat. ◆ *Ety* (ÑGWAL, NDAK). ◇ Hauptsächlich für Orks verwendet. Siehe auch ***daug***.

bôr [b'o:r], *N.* Standhafter, Getreuer, Vasall. ◆ *Ety* (BOR). ◇ *Pl.* ***bŷr***.

Borgil [b'orgil], *N.* ›Roter Stern‹. ◆ HR I/3. BRIEFE Nr. 347. ◇ Verm. gleichzusetzen mit dem Planeten Mars. Qu. *Carnil.*

born [b'orn], *Adj.* heiß, rot. ◆ BRIEFE Nr. 347.

boron [b'oron], ***born*** [born], Adj. standhaft, treu, fest. ◆ *Ety* (BOR). *SD* 129. *VT* 31. ◇ In ***Baravorn***.

Borondir [bor'ondir], *N.* ›Standhafter Mann‹. ◆ NAM 3/II. ◇ Eigenname.

both [b'oθ], *N.* kleiner Teich, Tümpel. ◆ *Ety* (MBOTH).

bragol [br'agol], *Adj.* plötzlich. ◆ SIL Anh. ◇ Pl. ***breigol***.

brand [br'and] (brann), *Adj.* hoch; (im übertr. Sinne) erhaben, edel, fein. ◆ *Ety* (BARÂD).

brannon [br'annon], *N.* Herr. ◆ *Ety* (BARÂD).

brass [br'ass], *N.* Weißglut. ◆ *Ety* (BARAS).

brassen [br'assen], *Adj.* weiß glühend. ◆ *Ety* (BARAS).

breg [br'e:g], *Adj.* flink, lebhaft. ◆ *GN* 185.

Bregalad [br'egalad], *N.* ›Flinkbaum‹. ◆ HR III/4. ◇ Name eines Ents.

breged [br'eged], *N.* Gewalt, Plötzlichkeit. ♦ *Ety* (BERÊK).

bregol [br'egol], *Adj.* gewaltsam, plötzlich, heftig. ♦ *Ety* (BERÊK).

bregolas [br'egolas], *N.* Wildheit, Heftigkeit. ♦ *Ety* (BERÊK).

breigol [br'eigol], *Pl.* von ***bragol***.

breitha- [br'eiθa], *V.* losbrechen, plötzlich ausbrechen. ♦ *Ety* (BERÊK). ◇ *Inf.* ***breitho***.

brennil [br'ennil], *N.* Herrin. ♦ *Ety* (BARÂD).

Brethil [br'eθil], ***Brethiliand*** [breθ'iliand], *N.* ›Buchen(wald)‹, ›Buchen(wald)land‹. ♦ SIL QS/14. NAM 1/I. *Ety* (BERÊTH).

brethil[1] [br'eθil] (brethel), *N.* Buche; Birke. ♦ SIL QS/14; Anh. *Ety* (BERÊTH, NEL). ◇ *Pl.* ***brethil***[2]. Im Wald von ***Brethil*** bezeichnet das Wort Buchen, in ***Nimbrethil*** Birken. Verm. im Sinne ›Buche‹ ersetzt durch ***neldor*** (s. d.).

brethil[2] [br'eθil], *Pl.* von ***brethil***[1].

Brilthor [br'ilθor], *N.* ›Glitzerndes Sturzwasser‹. ♦ SIL QS/14; Reg. ◇ Flussname.

brith [br'iθ], *N.* Kies. ♦ SIL Anh. *Ety* (BIRÎT). ◇ Aus dem Ilkorin.

Brithiach [br'iθiach], *N.* ›Kiesfurt‹. ♦ SIL QS/16; Anh *(brith)*. NAM 1/I.

Brithombar [briθ'ombar], *N.* ›Brithon-Heim‹. ♦ SIL QS/20; Anh *(brith, bar)*. NAM 1/I.

Brithon [br'iθon], *N.* ›der Kiesreiche‹. ♦ SIL QS/20; Anh *(brith)*. NAM 1/I Anm. ◇ Flussname.

brôg [br'o:g], *N.* Bär. ♦ *Ety* (MORÔK).

brona- [br'ona], *V.* durchhalten, überleben. ♦ *Ety* (BORÔN). ◇ *Inf.* ***brono***; *Ger.* ***bronad*** ›Überdauern‹ in ***bronadui***.

bronad [br'onad], *Ger.* von ***brona-***.

bronadui [br'onadui], *Adj.* andauernd, bleibend. ♦ *Ety* (BORÔN).

bronia- [br'onia], *V.* andauern. ♦ *Ety* (ÔBORN). ◇ *Inf.* ***bronio***.

bronwe [br'onwe], *N.* Ausdauer, Durchhaltevermögen, Glaube. ♦ *SD* 62.

brui [br'ui], *Adj.* laut. ♦ HR I/12. ◇ In ***Bruinen***.

Bruinen [br'uinen], *N.* ›Lautwasser‹. ♦ HR I/12. SIL Anh *(nen)*. NAM 3/IV Anm. ◇ Flussname.

brûn [br'u:n], *Adj.* alt, von langer Dauer, von langem Gebrauch. ♦ *Ety* (ÔBORN).

buia- [b'uia], *V.* dienen, Gefolgschaft halten. ♦ *Ety* (BEW). ◇ *Inf.* ***buio.***

bund [b'und] (bunn), *N.* Nase, Schnauze; Kap. ♦ *Ety* (MBUD).

bŷr[1] [b'y:r] (bior, beor), *N.* Gefolgsmann, Vasall. ♦ *Ety* (BEW).

bŷr[2] [b'y:r] (berein), *Pl.* von ***bôr.***

C

cab- [k'ab], *V.* springen. ♦ SIL 386. *WJ* 100. ◇ In *Ger.* ***cabed*** ›Sprung‹, (im übertr. Sinne) ›tiefe Schlucht‹.

cabed [k'abed], *Ger.* von ***cab-.***

Cabed Naeramarth [k'abed n'aeramarθ], *N.* ›Sprung des entsetzlichen Schicksals‹. ♦ SIL QS/21; Reg, Anh *(Amarth).* NAM 1/II.

Cabed-en-Aras [k'abed 'en 'aras], *N.* ›Sprung des Hirschen‹. ♦ SIL QS/21. NAM 1/II.

cabor [k'abor] (cabr), *N.* Frosch. ♦ *Ety* (KAP).

cadu [k'adu] (cadw), *Adj.* geformt, gestaltet. ♦ *Ety* (KAT).

cadwor [k'adwor] (cadwar), *Adj.* wohlgestalt. ♦ *Ety* (KAT).

cae [k'ae] (coe), *N.* Erde, Boden. ♦ *Ety* (KEM). ◇ Undeklinierbar.

cael [k'ael], *N.* Bettlägrigkeit, Krankheit. ♦ *Ety* (KAY).

caeleb [k'aeleb], *Adj.* bettlägrig, krank. ♦ *Ety* (KAY).

caer [k'aer], *Adj. Num.* zehn. ♦ *Ety* (KAYAN/KAYAR).

caew [k'aew], *N.* Lager, Rastplatz. ♦ *Ety* (KAY).

cai [k'ai], *N.* Hecke. ♦ NAM 3/I. ◇ Pl. ***cî.***

cail [k'ail], *N.* Zaun, Palisade (aus angespitzten Baumstämmen). ♦ NAM 3/I. ◇ Pl. ***cîl.***

caint [k'aint], *Pl.* von ***cant.***

cair [k'air] (ceir), *N.* Schiff. ♦ HR Anh A. *Ety* (KIR). ◇ Pl. ***cîr.***

Cair Andros [k'air 'andros], *N.* ›Schiff der Langgischt‹. ♦ HR V/4; Anh A. SIL Anh *(an(d), ros).* NAM 3/II. ◇ Insel im Anduin.

calad [k'alad], *Ger.* Leuchten, Licht. ♦ NAM 1/II. *Ety* (KAL).

calar [k'alar], *N.* Lampe. ♦ HR V/1. *WR* 287. ◊ In ***celerdain***.

calardan [kal'ardan], *N.* Lampenmacher. ♦ HR V/1. *WR* 287. ◊ *Pl.* ***celerdain***.

Calben [k'alben], *N.* ›Licht-Elbe‹. ♦ *WJ* 362, 376–7, 408–9. ◊ *Pl.* ***Celbin***. Elbe der Großen Wanderung, im Prinzip alle Elben außer den Avari umfassend.

Calembel [kal'embel], *N.* ›Grüne Nabe‹ (?). ♦ HR V/2.

calen [k'alen], *Adj.* grün. ♦ *Ety* (KAL). SIL Anh. BRIEFE Nr. 211. ◊ *Pl.* ***celin***. Die Grundbedeutung ist ›lichtfarbig, frisch‹.

Calenardhon [kal'enarðon], *N.* ›Große grüne Region, die Grüne Provinz‹. ♦ HR Anh A, B. SIL RM; Reg, Anh *(calen)*. NAM 2/II. BRIEFE Nr. 297.

Calenhad [kal'enhad], *N.* ›Grüner Ort‹. ♦ HR V/1. NAM 3/II Anm.

callon [k'allon], *N.* Held. ♦ *Ety* (KAL).

calph [k'alf] (calf), *N.* Wassergefäß. ♦ *Ety* (KALAP).

cam [k'am] (camb, camm), *N.* Hand. ♦ SIL Anh. *Ety* (KAB).

camlann [k'amlann] (camland), *N.* Handfläche. ♦ *Ety* (LAD).

Camlost [k'amlost], *N.* ›Der mit der leeren Hand‹. ♦ SIL QS/19; Reg, Anh *(cam)*. NAM 1/II Anh. ◊ Beiname Berens.

can- [k'an], *V.* schreien, rufen. ♦ *PMe* 361–2.

canad [k'anad], *Num.* vier. ♦ *Ety* (KÂNAT). *VT* 42:25.

canath [k'anaθ], *N.* ›Canath‹. ♦ *PMe* 45. ◊ Silbermünze von Gondor, der vierte Teil eines ***mirian***. Auf Westron *tharni* genannt.

cand [k'and] (cann), *Adj.* kühn. ♦ *Ety* (KAN).

cannas [k'annas], *N.* Formung, Gestalt. ♦ *WJ* 192, 206 (KAT). ◊ In ***Dorgannas***.

cant [k'ant], *N.* Umriss, Form. ♦ SIL Anh. *Ety* (KAT). ◊ *Pl.* ***caint***, in ***morchaint***.

canthui [k'anθui], *Num. Adj.* viert(er, e, es). ♦ *VT* 42:25, 27.

car [k'ar] (cardh), *N.* Haus, Gebäude. ♦ *Ety* (KAR).

car- [k'ar], *V.* tun. ♦ *Ety* (KAR). *WJ* 371, 415. ◊ *Prät.* ***agor***; *Ger.* ***carad***. In ***avo garo*** (auch ***avgaro***) ›tu es nicht!‹.

carab [k'arab], *N.* Hut. ♦ *WJ* 187.

carach [k'arax], *N.* Kiefer, Gebiss. ♦ SIL Anh.

Carach Angren [k'arax 'aŋgren], *N.* ›Eiserner Rachen‹. ♦ HR VI/2. SIL Anh (*carak-*). ◊ Pass in Mordor.

carad [k'arad], *Ger.* Machen, Tun. ♦ *Ety* (KAR). ◊ Abgeleitet von ***ceredir*** (s. d.). Siehe ***car-***.

Caradhras [kar'aðras], *N.* ›Rothorn‹. ♦ HR II/3; Anh E. SIL Anh (*caran, ras*). NAM 3/I Anm.

caraes [k'araes], *N.* Stachelhecke. ♦ *Ety* (KARAK).

carag [k'arag], *N.* Stachel, Spitze, Felszacke. ♦ *Ety* (KARAK).

Caragdûr [kar'agdu:r], *N.* ›Dunkle Felsspitze‹. ♦ SIL QS/16; Anh *(carak-, dûr)*.

caran [k'aran], *Adj.* rot. ♦ HR Anh E. SIL Anh. *Ety* (KARÂN).

Caranthir [k'aranθir], *ÑS.*, siehe Qu. *Carnistir.*

caras [k'aras], *N.* Stadt (oberirdisch erbaut). ♦ HR II/7; Anh F. *Ety* (KAR). ♦ Nach HR Anh F verm. waldelbischen Ursprungs.

Caras Galadhon [k'aras g'alaðon] (Caras Galadon), *N.* ›Stadt der Bäume‹. ♦ HR II/6, B; Anh F. SIL Anh *(alda)*. NAM 2/IV.

carch [k'arx], *N.* Zahn, Fang. ♦ SIL Anh (*carak-*). *Ety* (KARAK).

Carcharoth [k'arxaroθ], *N.* ›Roter Rachen‹. ♦ HR I/11. SIL QS/19; Anh (*carak-, caran*). NAM. ◊ Name eines großen Wolfs.

Carchost [k'arxost], *N.* ›Reißzahnfeste‹. ♦ HR VI/1. SIL Anh *(carak-)*.

cardh [k'arð] (carth), *N.* Tat. ♦ *Ety* (KAR).

Cardolan [k'ardolan], *N.* ›Land der roten Hügel‹ (?). ♦ HR Anh C. SIL RM. NAM 3/IV.

Carnen [k'arnen], *N.* ›Rotwasser‹. ♦ HR Anh A. NAM 4/II. ◊ Flussname.

cast [k'ast], *N.* Kap, Landspitze. ♦ *VT* 42:28.

caul [k'aul], *N.* (große) Last, Heimsuchung. ♦ *VT* 39:10.

caun[1] [k'aun], *N.* Aufschrei, Lärm. ♦ *PMe* 361–2. ◊ *Koll.* ***conath***, oft übers. im Sinne von ›Wehklage‹.

caun[2] [k'aun], *N.* Mut. ♦ *Ety* (KAN).

caun[3] [k'aun], *N.* Fürst, Herrscher. ♦ HR VI/4, BRIEFE Nr. 230. ◇ Pl. ***conin***.

caw [k'aw], *N.* Kopfende, Spitze. ♦ *Ety* (KAS).

ceber [k'eber], *N.* Spitze, Zacke; Bergkette. ♦ HR II/8. SIL Anh. *(sarn)*. *Ety* (KEPER). ◇ *Pl.* ***cebir***.

cebir [k'ebir], *Pl.* von ***ceber***.

cef [k'ev], *Pl.* ***ceif***, *N.* Boden, Erde. ♦ *Ety* (KEM).

cefn [k'efn] (cevn), *Adj.* irden. ♦ *Ety* (KEM).

ceif [k'eiv], *Pl.* von ***cef***.

celair [k'elair] (celeir), *Adj.* brillant. ♦ *Ety* (KAL-ÂR).

Celbin [k'elbin], *Pl.* von ***Calben***.

Celduin [k'elduin], *N.* ›Eilender Fluss‹. ♦ HR Anh A. NAM 3/II.

celeb [k'eleb], *N.* Silber. ♦ HR Anh E. SIL Anh BRIEFE Nr. 347. *Ety* (KJELEP).

Celebdil [kel'ebdil], *N.* ›Silberzinne‹. ♦ HR II/3. SIL Anh *(til)*. *GN* 206.

Celeborn [k'eleborn], *N.* ›Silberbaum‹. ♦ HR II/2. SIL QS/5; Reg, Anh *(celeb, orn)*. NAM 2/IV Anh. ◇ Eigenname.

Celebrant [cel'ebrant], *N.* ›Silberlauf‹. ♦ HR II/3. SIL RM; Reg, Anh *(celeb, rant)*. *GN* 206. NAM 2/IV Anh. ◇ Flussname.

celebren [kel'ebren], *Adj.* silbrig, silbergleich (an Farbe oder Wert). ♦ SIL Anh. *Ety* (KJELEP). ◇ *Pl.* ***celebrin***.

Celebrían [kelebr'i:an], *N.* ›Silber-Gekrönte‹ (?). ♦ HR I/12, A; Anh B. NAM 2/IV. ◇ Eigenname.

Celebrimbor [kelebr'imbor], *N.* ›Silberne Hand‹. ♦ HR II/2; Anh B. SIL QS/19; Reg, Anh *(celeb)*. NAM 2/IV. ◇ Eigenname.

celebrin [kel'ebrin], *Pl.* von ***celebren***.

Celebrindal [kelebr'indal], *N.* ›Silberner Fuß‹. ♦ SIL QS/15; Reg, Anh *(celeb)*. ◇ Beiname.

Celebrindor [kelebr'indor], *N.* ›Silberner Herr‹. ♦ HR Anh A. *PMe* 193. ◇ Eigenname.

Celebros [kel'ebros], *N.* ›Silbergischt‹. ♦ SIL QS/21; Reg, Anh *(celeb, ros)*. NAM 1/II. ◇ Flussname.

celeg [k'eleg], *Adj.* schnell, flink, eilig. ♦ *Ety* (KJELEK). *PMe* 353. *VT* 41:10.

Celegorm [k'elegorm], *ÑS.*, siehe Qu. *Tyelcormo.*

Celepharn [kel'epharn], *N.* ›Silberstein‹. ♦ HR Anh A. *PMe* 193. ◇ Eigenname.

celerdain [kel'erdain], *Pl.* von ***calardan***.

celevon [k'elevon] (celefn), *Adj.* silbern. ♦ *Ety* (KJELEP).

celin [k'elin], *Pl.* von ***calen***.

cell [k'ell], *Adj.* eilend, fließend. ♦ HR Karte. ◇ In ***Celduin***.

celon [k'elon], *N.* Fluss. ♦ *Ety* (KEL).

Celon [k'elon], *N.* ›Der rasch Herabfließende‹. ♦ SIL QS/10; Reg, Anh *(kel-)*. NAM 1/II. ◇ Im SIL Reg. übers. als »Bach, der von den Höhen herabkommt«.

Celos [k'elos], *N.* ›Der rasch Herausfließende‹. ♦ HR V/9. NAM 2/IV; Reg. ◇ Flussname.

celu [k'elu] (celw), *N.* Quelle. ♦ *Ety* (KEL). ◇ Pl. ***cilu***.

cen- [k'en], *V.* sehen. ♦ *TI* 184. ◇ *Ger.* ***cened*** ›Sehen, Sicht‹. In ***cenedril***.

cened [k'ened], *Ger.* von ***cen-***.

cenedril [ken'edril], *N.* Spiegel. ♦ SIL Anh. *TI* 184.

cennan [k'ennan], *N.* Töpfer. ♦ *Ety* (TAN).

cerch [k'erx], *N.* Sichel. ♦ *Ety* (KIRIK).

ceredir [k'eredir], *N.* Tuer, Macher. ♦ *Ety* (DER).

cerin [k'erin], *N.* kreisförmige Umfriedung, (runder) Hügel. ♦ SIL Anh. *Ety* (KOR).

Cerin Amroth [k'erin 'amroθ], ›Hügel des Amroth‹. ♦ HR II/6; Anh A. SIL Anh *(coron)*. NAM 2/II Anm; Reg.

certh [k'erθ], *N.* Rune. ♦ HR Anh E. SIL QS/10; Anh *(kir-)*. *TI* 452–65. *WJ* 396. ◇ *Pl.* ***cirth***. Von GE. **kirtê* ›Schnitt‹.

Certhas [k'erθas], *N.* Runen-Alphabet, Runenreihen. ♦ HR Anh E.

Certhas Daeron [k'erθas d'aeron], *N.* ›Runenreihen von Daeron‹. ♦ HR Anh E. SIL QS/10.

Cerveth [k'erveθ], *N.* ›Schneidung, Mahd‹. ♦ HR Anh D. ◇ Siebter Monat des Jahres, »Juli«.

cî [k'i:], *Pl.* von ***cai***.

cîl[1] [k'i:l], *N.* Kluft, *Pass* (zwischen Höhen), Schlucht. ♦ *Ety* (KIL).

cîl[2] [k'i:l], *Pl.* von ***cail***.

cilu [k'ilu], *Pl.* von ***celu***.

cîr [k'i:r], *Pl.* von ***cair***.

círbann [k'i:rbann] (cirban), *N.* Hafen. ♦ *Ety* (PAD).

círdan [k'i:rdan] (ceirdan, cirdan), *N.* Schiffbauer. ♦ HR Anh *Ety* (KIR, TAN).

Círdan [k'i:rdan], *N.* ›Schiffbauer‹. ♦ HR II/2, VI/9; Anh A. SIL QS/5; Reg, Anh *(kir-)*. NAM 1/I. ◊ Eigenname.

Ciril [k'iril], *N.* (?). ♦ HR V/2. ◊ Flussname.

Cirion [k'irion], *N.* ›Schiffer‹. ♦ HR IV/5; Anh A. *PMe* 205. NAM 3/II. ◊ Eigenname. Dialekt von Gondor.

cirith [k'iriθ], *N.* Kluft, hoher *Pass*, Hohlweg. ♦ SIL 387. Reg, Anh *(kir-)*.

Cirith Dúath [k'iriθ d'u:aθ], *N.* ›Schattenspalte‹. ♦ NAM 3/I Anm; Reg.

Cirith Forn en Andrath [k'iriθ f'orn 'en 'andraθ], *N.* ›Der Hochaufsteigende *Pass* des Nordens‹. ♦ NAM 3/I; Reg.

Cirith Gorgor [k'iriθ g'orgor], *N.* ›Geisterspalte‹. ♦ HR IV/3.

Cirith Ninniach [k'iriθ n'inniax], *N.* ›Regenbogenspalte‹. ♦ SIL QS/23; Reg. NAM 1/I.

Cirith Thoronath [k'iriθ θ'oronaθ], *N.* ›Adlerspalte‹. ♦ SIL QS/23; Reg, Anh *(thoron)*.

Cirith Ungol [k'iriθ 'uŋgol], *N.* ›Spinnenspalte‹. ♦ HR IV/6. NAM 3/I Anm.

cirth [k'irθ], *Pl.* von ***certh***.

claur [kl'aur], *N.* Glanz, Glorie (poetisch). ♦ *Ety* (KAL). ♦ In Namen oft in der Form ***glor***.

côf [k'o:f], Bucht. ♦ *VT* 42:15.

cofn [k'ofn] (caun), *Adj.* leer. ♦ *Ety* (KUM).

côl [k'o:l], *N.* Gold. ♦ *Ety* (KUL). ◊ Getilgt, aber verm. noch gültig im klass. Sindarin.

coll[1] [k'oll], *Adj.* rot, goldrot. ♦ *Ety* (KUL).

coll[2] [k'oll], *Adj.* hohl. ♦ *WJ* 414.

coll[3] [k'oll], *N.* Mantel, Umhang. ♦ SIL Anh *MR* 385. ◇ In ***Thingol***.

conath [k'onaθ], *Koll.* von ***caun***[1].

condir [k'ondir], *N.* Bürgermeister. ♦ *SD* 129–31. ◇ ***Condir i Drann*** ›Bürgermeister des Auenlandes‹.

conin [k'onin], *Pl.* von ***caun***[4].

conui [k'onui], *Adj.* befehlend, herrschend (?). ♦ HR Anh A. ◇ In *Argonui*.

corch [k'orx], *N.* Krähe. ♦ *Ety* (KORKA).

Cordof [k'ordov], *N.* ›Pippin‹. ♦ *SD* 129–31. ◇ Eigenname. Wörtl. ›Obstkern, ›Äpfelchen‹ (auch im Sinne von »toller Kerl«) (?).

Cormallen [korm'allen], *N.* ›Goldener Kreis, Goldener Hügel‹. ♦ HR VI/4. SIL Anh *(mal-)*.

corn [k'orn], *Adj.* rund, kugelförmig. ♦ *Ety* (KOR).

coron [k'oron], *N.* Kugel, Globus; (runder) Hügel. ♦ *Ety* (KOR). SIL Anh.

coru [k'oru] (corw), *Adj.* klug, verschlagen. ♦ *Ety* (KUR). ◇ Pl. ***cyru***.

cost [k'ost], *N.* Streit. ♦ *Ety* (KOTH).

coth [k'oθ], *N.* Feindschaft; Feind. ♦ *Ety* (KOTH).

craban [kr'aban], *N.* (große) Krähe, Rabenkrähe. ♦ HR II/3. ◇ *Pl.* ***crebain***.

cram [kr'am] (cramb), *N.* Presskuchen. ♦ *Ety* (KRAB). HR II/8. ◇ Kuchen aus gepresstem Mehl oder Schrot (oft mit Honig und Milch), als Reisenahrung.

crann [kr'ann], *Adj.* rotgesichtig. ♦ *Ety* (KARÂN).

crebain [kr'ebain], *Pl.* von ***craban***.

criss [kr'iss], *N.* Kluft, Spalte. ♦ *Ety* (KIRIS).

Crissaegrim [kriss'aegrim], *N.* ›Vielzahl gespaltener Spitzen‹. ♦ SIL QS/14; Anh *(ris)*. NAM 1/I. ◇ Gebirge.

crist [kr'ist], *N.* Spalter, Schwert. ♦ *Ety* (KIRIS).

critha- [kr'iθa], *V.* mähen, ernten. ♦ *Ety* (KIRIK). ◇ *Inf.* ***critho***.

crom [kr'om], *Adj.* links. ♦ *Ety* (KURÛM).

crum [kr'um], *N.* Linke, linke Hand. ♦ *Ety* (KURÛM).

crumui [kr'umui], *Adj.* linkshändig. ♦ *Ety* (KURÛM).

cû [k'u:], *N.* Bogen (architektonisch, im übertragenen Sinne auch Waffe). ♦ SIL Anh *(cú)*. *Ety* (KU3).

cugu [k'ugu], *N.* Taube. ♦ *Ety* (KU).

cuia- [k'uia], *V.* leben. ♦ HR VI/4. BRIEFE Nr. 230. ◊ *Imp.* ***cuio!*** ›es lebe!, hoch lebe!‹.

cuil [k'uil], *N.* Leben. ♦ *Ety* (KUY).

cuin [k'uin], *Adj.* lebendig. ♦ *Ety* (KUY).

cuina- [k'uina], *V.* leben, lebendig sein. ♦ BRIEFE Nr. 332. *Ety* (KUY). ◊ *Inf.* ***cuino***; *Aor.* ***cuinar*** in ***Dor Gyrth i chuinar*** ›Land der Toten, die leben‹.

cuinar [k'uinar], *Aor.* von ***cuina-***.

cum [k'um] (cumb), *N.* Erdhügel, Grabhügel. ♦ *Ety* (KUB).

cûn [k'u:n], *Adj.* gebogen, bogenförmig, gebeugt. ♦ *Ety* (KU3).

cund [k'und] (cunn), *N.* Fürst. ♦ *Ety* (KUND).

cúron [k'uron] (cúran), *N.* Mondsichel. ♦ *Ety* (KU3).

curu [k'uru] (curw), *N.* Kunstfertigkeit, Geschick. ♦ *Ety* (KUR). ♦ *Pl.* ***cyru***.

Curufin [k'urufin], *ÑS.*, siehe Qu. *Curufinwe*.

curunír [k'uruni:r] (curunir), *N.* geschickter Mann, Zauberer. ♦ HR III/8. *Ety* (KUR).

Curunír [k'uruni:r], *N.* ›Mann der schlauen Pläne‹. ♦ HR Anh B. SIL RM; Reg, Anh *(curu)*. NAM 4/II. ◊ Sindarin für Saruman.

Cúthalion [ku:θ'alion], *N.* ›Starker Bogen‹; ›Langbogen‹. ♦ SIL QS/21; Reg, Anh *(cú, thalion)*. NAM 1/II. ◊ Beiname.

cyru [k'yru], *Pl.* von ***coru***.

D

d'ad [dad], *Adv.* hinab, nach unten. ♦ *Ety* (DAT/DANT).

dadbenn [d'adbenn] (dadben) *Adv.* hügelabwärts, abschüssig, geneigt. ♦ *Ety* (DAT/DANT).

dae [d'ae], *N.* Schatten. ♦ SIL Anh. *Ety* (DAY).

daedelu [d'aedelu], *N.* Baldachin. ♦ *Ety* (TEL/TELU).

daen [d'aen], *N.* Leichnam. ♦ *Ety* (NDAK).

daer[1] [d'aer], *Adj.* groß. ♦ NAM 2/IV. *WJ* 187, 335. ◊ In ***Lond Daer.***

daer[2] [d'aer] (doer), *N.* Bräutigam. ♦ *Ety* (NDER).

Daeron [d'aeron], *N.* ›der Umschattete‹ (?). ♦ HR Anh E. SIL QS/10; Anh *(dae).* ◊ Eigenname.

dâf [d'a:v], *N.* Erlaubnis. ♦ *Ety* (DAB).

dag- [d'ag], *V.* erschlagen, töten. ♦ *Ety* (NDAK). ◊ *Part.* ***dangen,*** *Inf.* ***degi.***

dagnir [d'agnir], *N.* Töter, Bezwinger. ♦ SIL QS/17; Anh *(dagor).*

Dagnir Glaurunga [d'agnir glaur'uŋga], *N.* ›Glaurungs Verderber‹. ♦ SIL QS/21; Anh *(dagor).* ◊ Das Genitiv-*a* ist typisch für das S. von Doriath.

dagor [d'agor] (dagr), *N.* Schlacht. ♦ SIL Anh NAM 4/II. *Ety* (NDAK). ◊ *Pl.* ***deigor;*** *Koll.* ***dagorath*** in ***Dagor Dagorath.***

Dagor Aglareb [d'agor 'aglareb], *N.* ›Glorreiche Schlacht‹. ♦ SIL QS/13; Reg, Anh *(aglar).* ◊ Übers. »die Ruhmreiche Schlacht«.

Dagor Bragollach [d'agor brag'ollax], *N.* ›Schlacht des Jähen Feuers‹. ♦ SIL QS/18; Reg, Anh *(bragol, lhach).* NAM 1/I.

Dagor Dagorath [d'agor d'agoraθ], *N.* ›Schlacht der Schlachten‹. ♦ NAM 4/II. ◊ Die große Schlacht am Ende der Zeiten.

dagorath [d'agoraθ], *Koll.* von ***dagor.***

Dagorlad [dag'orlad], *N.* ›Schlachtebene, Schlachtfeld‹. ♦ HR II/2; Anh A, B. SIL RM; Reg, Anh *(lad).* NAM 3/I.

Dagor-nuin-Giliath [d'agor n'uin g'iliaθ], *N.* ›Schlacht unter Sternen‹. ♦ SIL QS/13; Reg, Anh *(gil).*

dagra- [d'agra], *V.* kämpfen. ♦ *Ety* (NDAK). ◊ *Inf.* ***dagro.***

dam [d'am], *N.* Hammer. ♦ *Ety* (NDAM).

dambeth [d'ambeθ], *N.* Antwort, Entgegnung. ♦ *PMe* 395. ◊ In Tolkiens Manuskript wurde diese Form getilgt zugunsten von ***dangweth*** (mit einer etwas anderen Bedeutung). Sie ist jedoch an sich verm. gültig.

damma- [d'amma], *V.* hämmern. ♦ *Ety* (NDAM). ◊ *Prät.* ***dammint***.

dammint [d'ammint], *Prät.* von ***damma-***.

dan [d'an], *Präp.* gegen. ♦ HR II/4.

dangen[1] [d'aŋen], *Part.* von ***dag-***.

dangen[2] [d'aŋen], *N.* Erschlagener. ♦ SIL Anh. *Ety* (NDAK). ◊ *Pl.* ***dengin***. Nominalisierung von ***dangen***[1], in *Haudh-en-Ndengin*.

dangweth [d'aŋgweθ], *N.* Antwort, Entgegnung (die neue Information gibt). ♦ *PMe* 395.

danna- [d'anna], *V.* fallen. ♦ *Ety* (DAT/DANT). ◊ *Prät.* ***dant***, *Part.* ***dannen*** ›gefallen‹. *Ety* liest ***dant-*** als Grundform.

dannen [d'annen], *Part.* von ***danna-***.

dant[1] [d'ant], *N.* Fall. ♦ *MR* 373.

dant[2] [d'ant], *Prät.* von ***danna-***.

Danwaith [d'anwaiθ], *N.* die Nandor (ein Stamm der Elben). ♦ *WJ* 385.

danwedh [d'anweð], *N.* Löse, Lösegeld. ♦ SIL 384.

dar- [d'ar], *V.* stehen bleiben; Anhalten, warten. ♦ HR II/6. *Ety* (DAR). ◊ *Imp.* ***daro*** ›halt!‹, *Inf.* ***deri***.

daro [d'aro], *Imp.* von ***dar-***.

dartha- [d'arθa], *V.* warten, bleiben, ausharren, aushalten. ♦ *Ety* (DAR).

dath [d'aθ], *N.* Loch, Grube. ♦ *Ety* (DAT/DANT).

daug [d'aug], *N.* Krieger, Soldat. ♦ *Ety* (NDAK). ◊ Hauptsächlich für Orks verwendet.

daul [d'aul], *Prät.* von ***doltha-***.

daur [d'aur], *N.* Pause, Halt; Wegstunde (etwa 4,5 km). ♦ NAM 3/I.

daw [d'aw], *N.* Nachtzeit, Dunkel. ♦ *Ety* (DO3/DÔ).

degi [d'egi], *Inf.* von ***dag-***.

deigor [d'eigor], *Pl.* von ***dagor***.

del ['del], *N.* Furcht, Ekel, Abscheu, Schrecken, Grauen. ♦ *Ety* (DYEL). SIL Anh.

Delduthling [deld'uθliŋ], *N.* Ungoliant. ♦ *Ety* (SLIG [DO3, DYEL]).

Deldúwath [deld'u:waθ], *N.* ›Schrecken des Nachtschattens‹. ♦ SIL QS/18; Reg, Anh *(del, dú, gwath). LR* 355.

deleb [d'eleb], *Adj.* schrecklich, abscheulich. ♦ *Ety* (DYEL).

delia- [d'elia], *V.* verbergen. ♦ *Ety* (DUL). ◊ *Inf.* ***delio*** (daelis).

delos [d'elos] (deloth), *N.* Verabscheuung, Verachtung. ♦ SIL Anh *(del). Ety* (DYEL).

delu [d'elu] (delw), *Adj.* verhasst, tödlich, mörderisch. ♦ *Ety* (DYEL).

dem [d'em], *Adj.* traurig, düster. ♦ *Ety* (DEM). ◊ Keine Sprachbezeichnung in *Ety,* aber nach Form und Kontext zu urteilen Noldorin.

Denethor [d'eneθor], *N.* ›Retter der Umkehrer‹. ♦ SIL QS/3. *LR* 188. NAM 1/II. ◊ Eigenname.

dengin [d'eŋin], *Pl.* von ***dangen***.

Denwaith [d'enwaiθ], *N.* die Nandor (ein Stamm von Elben), Denwes Volk. ♦ *WJ* 385.

deren, *Pl.* von ***doron***.

deri [d'eri], *Inf.* von ***dar-***.

dess [d'ess], *N.* junge Frau. ♦ *Ety* (NDIS).

dî [d'i:], *N.* Frau. ♦ *Ety* (DER [NDIS]).

di [d'i], *Präf.* unter. ♦ HR IV/10. *RGEO* 72. BRIEFE Nr. 211. ◊ In ***di'nguruthos***.

dîl [d'i:l], *N.* Stöpsel, Stopper, Füllung. ♦ *Ety* (DIL).

dilia- [d'ilia], *V.* verstopfen. ♦ *Ety* (DIL). ◊ *Inf.* ***dilio***.

Dimbar [d'imbar], *N.* ›Düsterheim‹. ♦ SIL QS/14; Anh *(bar).* NAM 1/I Anm. *LR* 354.

Dimrost [d'imrost], *N.* ›Düsterschacht‹ (?). ♦ SIL QS/21. NAM 1/II. ◊ Wasserfall. Im Text übers. mit »Regentreppe«.

dîn[1] [d'i:n], *N.* Stille, Schweigen. ♦ SIL Anh. *LB* 354. ◊ Im SIL Anh übers. als Adj. ›still‹.

dîn[2] [d'i:n], *N.* Öffnung, Lücke, Pass (im Gebirge). ♦ *Ety* (DEN).

dínen [d'i:nen], *Adj.* still, schweigend. ♦ SIL Anh. *WJ* 194.

Dineth [d'ineθ], *N.* ›Braut, junge Frau‹. ♦ *Ety* (NÎ[1], NETH). ◇ Name der Valië Nessa; auch kurz ***Neth***.

dineth [d'ineθ], *N.* Braut. ♦ *Ety* (NÎ[1] [NETH]).

Dior [d'ior], *N.* ›Nachfolger‹. ♦ HR I/11. SIL QS/20. *LR* 375. NAM 2/IV. ◇ Eigenname.

dîr [d'i:r], *N.* arch. Mann. ♦ *Ety* (DER). ◇ Ein erwachsenes männliches Mitglied einer sprachmächtigen Art wie Elben, Menschen, etc.

Dírhael [d'i:rhael], *N.* ›Weiser Mann‹ (?). ♦ HR Anh A. ◇ Eigenname.

Dírhaval [d'i:rhaval] (Dírhavel), *N.* ›Mann-‹ (?). ♦ SIL Reg *(Narn i Hîn Húrin)*. NAM 1/II Anm. *WJ* 315. ◇ Eigenname.

dírnaith [d'i:rnaiθ], *N.* Mann-Speerspitze (eine keilförmige Kampfformation). ♦ NAM 3/I.

dîs [d'i:s], *N.* Braut. ♦ *Ety* (NDIS).

dofn [d'ofn], *Adj.* düster. ♦ *Ety* (DUB).

dôl [d'o:l] (dol), *N.* Kopf; (im übertr. Sinne) Hügelkuppe, Berggipfel. ♦ SIL Anh. *Ety* (DOL).

Dol Amroth [d'ol 'amroθ], *N.* ›Hügel des Amroth‹. ♦ HR V/1. NAM 2/II Anm., 2/IV.

Dol Baran [d'ol b'aran], *N.* ›Goldbrauner Hügel‹. ♦ HR IV/2. NAM 4/III; Reg.

Dol Guldur [d'ol g'uldur], *N.* ›Hügel der Magie‹. ♦ HR II/2, A; Anh B. SIL RM; Reg, Anh *(dol, gûl, dûr)*. NAM 2/IV.

dolen [d'olen], *Part.* von ***doltha-***.

doll [d'oll] (dolt), *Adj.* dunkel, obskur. ♦ *Ety* (DUL, NDUL).

Dolmed [d'olmed], *N.* ›Nasser Kopf‹. ♦ SIL QS/10; Reg, Anh *(dol)*.

dolt [d'olt], *N.* runder Knauf, Buckel, Bosse. ♦ *Ety* (DOL). ◇ *Pl.* ***dylt***.

doltha- [d'olθa], *V.* verbergen, verstecken. ♦ *Ety* (DUL). ◇ *Prät.* ***daul***; *Part.* ***dolen*** ›verborgen, versteckt‹.

donn [d'onn], *Adj.* dunkel(häutig), schwärzlich. ♦ *Ety* (DUN).

dôr [d'a:r] (d'or), *N.* Land, Wohnstatt (Gebiet, wo bestimmte

Leute leben). ♦ SIL Anh. BRIEFE Nr. 332. *Ety* (NDOR). *WJ* 413.

Dor Caranthir [d'or kar'anθir], *N.* ›Caranthirs Land‹. ♦ SIL QS/14; Reg.

Dor Daedeloth [d'or d'aedeloθ], *N.* ›Land des Schattens des Schreckens‹. ♦ SIL QS/13; Reg, Anh *(dae, del)*.

Dor Dínen [d'or d'i:nen], *N.* ›Stilles Land‹. ♦ SIL QS/14; Reg, Anh *(dîn)*.

Dor Firn-i-Guinar [d'or f'irn 'i g'uinar], *N.* ›Land der Toten, die leben‹. ♦ SIL QS/20; Reg, Anh *(cuivie)*.

Dor-Cúarthol [d'or ku:'arθol], *N.* ›Land von Bogen und Helm‹. ♦ SIL QS/21; Reg, Anh *(cú, thôl)*. NAM 1/II Anh. ◇ Die Übers. »Land von Helm und Bogen« ist irreführend.

Dor-en-Ernil [d'or 'en 'ernil], *N.* ›Land des Prinzen‹. ♦ HR Karte. NAM 2/IV; Reg.

Doriath [d'oriaθ], *N.* ›Land des Zauns‹. ♦ HR II/2; Anh F. SIL QS/4; Reg, Anh *(dôr, iâth)*. NAM 1/I.

Dor-lómin [d'or l'o:min], *N.* ›Land des Schattens‹. ♦ SIL QS/14; Anh *(lóm)*. NAM 1/I.

dorn [d'orn], *Adj.* steif, zäh. ♦ *WJ* 413.

dornhoth [d'ornhoθ], *N. Koll.* ›das zähe Volk‹, Zwerge. ♦ *WJ* 388.

Dor-nu-Fauglith [d'or n'u f'augliθ], *N.* ›Land unter der erstickenden Asche‹. ♦ SIL QS/18; Reg, Anh *(faug-, lith)*.

doron [d'oron], *N.* Eiche. ♦ *Ety* (DÔRON). ◇ *Pl.* ***deren.***

dortha- [d'orθa], *V.* bleiben, wohnen. ♦ *Ety* (NDOR). ◇ *Inf.* ***dortho.***

Dorthonion [dorθ'onion], *N.* ›Land der Kiefern‹. ♦ HR III/4. SIL QS/3; Reg, Anh *(dôr, thôn)*. NAM 1/II.

drafn [dr'afn], *Adj.* behauen. ♦ *Ety* (DARÂM).

dram [dr'am] (dramm, dramb), *N.* schwerer Schlag, Hieb (z. B. von einer Axt). ♦ *Ety* (DARÂM).

drambor [dr'ambor], *N.* geballte Faust; Fausthieb. ♦ *Ety* (DARÂM).

Dramborleg [dramb'orleg], *N.* ›Schlag-scharf‹. ♦ NAM 2/I Anm. ◇ Axtname.

drammen [dr'ammen], *Prät.* von ***drava-***.

draug [dr'aug], *N.* Wolf. ♦ *Ety* (DARÂK). SIL Anh.

Draugluin [dr'augluin], *N.* ›Blauer Wolf‹. ♦ SIL QS/19; Anh *(draug)*.

drava- [dr'ava], *V.* hauen. ♦ *Ety* (DARÂM). ◇ *Prät.* ***drammen***; *Inf.* ***dravo***.

drega- [dr'ega], *V.* fliehen. ♦ NAM 1/II. ◇ Nur *Imp.* ***drego*** ›fliehe!‹ belegt. Die Form könnte somit auch ***dreg-*** (*Inf.* ***dregi***) sein.

drego [dr'ego], *Imp.* von ***drega-***.

Drengist [dr'engist], *N.* (?). ♦ SIL QS/9. NAM I/1. ◇ Fjord in Beleriand.

dring [dr'iŋ], *N.* Hammer. ♦ H 3. *Ety* (DRING). ◇ In ***Glamdring***.

dringa- [dr'iŋga], *V.* schlagen. ♦ *Ety* (DRING). ◇ *Inf.* ***dringo***.

Drû [dr'u:], *N.* wilder Mensch, Wasa. ♦ NAM 4/I. ◇ *Pl.* ***Drúin***; *Koll.* ***Drúath***. Lehnwort von Drú. *drughu*.

Drúadan [dr'u:adan], *N.* ›Drû-Mensch‹, wilder Mensch, Wasa. ♦ HR V/5; Anh F. NAM 3/V; Anh. ◇ *Pl.* ***Drúedain***.

Drúath [dr'u:aθ], *Koll.* von ***Drû***.

Drúedain [dr'u:edain], *Pl.* von ***Drúadan***.

Drúin [dr'u:in], *Pl.* von ***Drû***.

Drúnos [dr'u:nos], *N.* Drû-Familie. ♦ NAM 4/I. ◇ Eine Familie der Drúedain.

Drúwaith Iaur [dr'u:waiθ j'aur], *N.* ›Alte Drû-Wildnis‹. ♦ HR Karte. NAM 2/IV Anh, 4/I. ◇ Die Wildnis des Drû-Volkes.

dû [d'u:], *N.* Einbruch der Nacht, später Abend, Nacht, Abenddunkel. ♦ SIL Anh. *Ety* (DO3/DÔ). ◇ *Koll.* ***dúath*** ›Dunkelheit, Schatten‹.

dúath [d'u:aθ], *Koll.* von ***dû***. ◇ Evtl. auch Zusammensetzung ***dû*** + ***gwath*** ›Nachtschatten‹. *Ety* liest ***Dú(w)ath***.

Duilin [d'uilin], *N.* ›Flusssänger‹, Schwalbe (?). ♦ HR V/1.

Duilwen [d'uilwen], *N.* ›Grüner Fluss‹. ♦ SIL QS/14.

duin [d'uin], *N.* (langer, großer) Fluss. ♦ HR Anh F. SIL Anh. *GN* 179.

Duinhir [d'uinhir], *N.* ›Flussherr‹ (?). ♦ HR V/1. ◇ Eigenname.

duir [d'uir], *Pl.* von ***dûr***.

dúlinn [d'u:linn] (dúlind, dúlin) *N*, Nachtigall. ♦ SIL Anh *(dú)*. *Ety* (DO3/DÔ, LIN).

dûn [d'u:n], *N.* Westen. ♦ HR Anh E, F. SIL Anh *(andúne)*. *Ety* (NDÛ).

Dúnadan [d'u:nadan], ›West-Mensch‹, Númenórer. ♦ HR Prol, I/12, A; Anh F. SIL Ak; Reg *(Dúnedain)*, Anh *(andúne, adan)*. NAM 2/II. *WJ* 378. ◇ *Pl.* ***Dúnedain***.

Dúnedain [d'u:nedain], *Pl.* von ***Dúnadan***.

Dúnedhel [d'u:neðel], *N.* ›West-Elb‹, Elb von Beleriand (Noldor und Sindar umfassend). ♦ *WJ* 378. ◇ *Pl.* ***Dúnedhil***.

Dúnedhil [d'u:neðil], *Pl.* von ***Dúnedhel***.

Dungortheb [duŋg'orθeb], siehe ***Nan Dungortheb***.

dûr [d'u:r], *Adj.* dunkel, düster. ♦ SIL Anh. *Ety* (DO3/DÔ). ◇ *Pl.* ***duir***, in Emyn Duir.

Duredhel [d'urðel], *N.* Dunkelelb. ♦ Ety (D03/DÔ).

Durthang [d'urθaŋ], *N.* ›Dunkelbezwinger‹. ♦ HR VI/2. SIL Anh *(dûr, thang)*. ◇ Festung in Mordor.

dylt [d'ylt], *Pl.* von ***dolt***.

E

e ['e], *Pron.* er. ♦ *SD* 129–31.

Ebennin [eb'ennin] (ebœnnin), *Pl.* von ***Abonnen***.

ecet ['eket] (eket), *N.* kurzes Schwert mit breitem Blatt. ♦ NAM 3/I Anm.

ech ['ex], *N.* Speer. ♦ *Ety* (EK/EKTE).

echad ['exad], *N.* Lager. ♦ NAM 1/II.

echad- ['exad], *V.* herstellen, machen. ♦ HR II/4. *Ety* (KAT). ◇ *Inf.* ***echedi***; *Prät.* ***echant***.

Echad i Sedryn ['echad 'i s'edryn], *N.* ›Lager der Getreuen‹. ♦ NAM 1/II Anh; Reg.

echant ['exant], *Prät.* von ***echad-***.

echedi ['exedi], *Inf.* von ***echad-***.

echil ['exil], *N.* Folger, Nachfolger; Mensch. ♦ *WJ* 219.

echor ['exor], *N.* äußerer Kreis, äußerer Ring, Umkreis. ♦ HR V/1. SIL Anh.

Echoriath [ex'oriaθ], *N.* ›Umkreiszaun‹. ♦ SIL QS/13; Reg, Anh *(echor)*. NAM 1/I. ◇ Übers. »die Umzingelnden Berge«. In voller Form ***Ered-en-Echoriath***.

echui ['exui] (echuiw), *N.* Erwachen. ♦ SIL Anh. *Ety* (KUY).

Echuir ['exuir], *N.* ›Regung‹. ♦ HR Anh D. SIL Anh *(cuivië)*. *SD* 129–31. ◇ Eine Jahreszeit, der Anfang des Frühlings.

ecthel ['ekθel] (egthel), *N.* Speerspitze. ♦ *Ety* (STELEG).

Ecthelion [ekθ'elion], *N.* ›Sohn der Quelle‹. ♦ SIL QS/20. *LR* 388. ◇ Eigenname.

ed- ['ed], *Präf.* heraus, hervor. ♦ *Ety* (ET).

edaib ['edaib] (edeb), *Pl.* von ***adab***.

edaid ['edaid], *Adj.* doppelt. *VT* 42:26–7.

Edain ['edain], *Pl.* von ***Adan***.

edair ['edair] (edeir), *Pl.* von ***adar***.

eden ['eden], *Adj.* neu, wiederbegonnen. ♦ *Ety* (AT[AT]).

Edenedair [ed'enedair], *Pl.* von ***Adanadar***.

Edhel ['eðel], *N.* Elda, Elbe. ♦ *RGEO* 70 [in Tengwar]. SIL Reg, Anh (edhel, êl/elen). *Ety* (DELE). *WJ* 363–4. ◇ *Pl.* ***Edhil***. Die genaue Entsprechung zu Qu. *Elda* war S. ***Eledh***, das aber ungebräuchlich war außer in Namen.

Edhelharn [eð'elharn], *N.* ›Elbenstein‹. ♦ *SD* 128–9. ◇ Beiname.

edhellen [eð'ellen], *Adj.* elbisch. ♦ HR II/4. SIL Anh.

Edhellond [eð'ellond], *N.* ›Elbenhafen‹. ♦ HR Karte. NAM 2/IV Anm; Reg.

Edhelrim [eð'elrim], ***Eledhrim*** [el'eðrim]], *N.* ›Elbenvolk‹. ♦ NAM 3/II Anm.

Edhil ['eðil], *Pl.* von ***Edhel***.

edinor ['edinor] (edinar), *N.* Jahrestag. ♦ *Ety* 400.

edledhia- [edl'eðia], *V.* ins Exil gehen, auswandern. ♦ *Ety* (LED). ◇ *Inf.* ***edledhio*** (egledhio, egledhi).

edledhron [edl'eðron] (egledhron), *N.* Exilant, Ausgewanderter. ♦ *Ety* (LED).

edlenn ['edl'enn] (eglenn), *Adj.* exiliert, ausgewandert. ♦ *Ety* (LED).

edlothia- [edl'oθia], *V.* blühen. ♦ *WR* 293. ◇ *Ger.* ***edlothiad*** ›Blühen, Blüte‹. Der Text ist schwer lesbar und nicht übersetzt, aber dieses Wort ist eine plausible Form.

edlothiad [edl'oθiad], *Ger.* von **edlothia**. ◇ ***edlothiand* in *WR* 293 ist verm. ein Lesefehler.

edonna- [ed'onna], *V.* zeugen. ♦ *Ety* (ONO).

edra- ['edra], *V.* (sich) öffnen. ♦ HR II/4. *Ety* (ETER). ◇ *Imp.* ***edro!*** ›öffne dich!‹.

Edrahil ['edrahil], *N.* (?). SIL QS/19. ◇ Eigenname.

edrain ['edrain] (edrein), *N.* Grenze. ♦ *Ety* (REG).

edraith ['edraiθ], *N.* Rettung. ♦ HR II/4. *TI* 175.

edregol ['edregol], *Adv.* insbesondere. ♦ *SD* 129–31.

edro ['edro], *Imp.* von ***edra-***.

edwen ['edwen], *Num.* zweit(er, e, es). ♦ *SD* 129–31.

êg ['e:g], *N.* Dorn. ♦ *Ety* (EK/EKTE).

Egalmoth [eg'almoθ], *N.* ›Breitschulter‹ (?). ♦ HR Anh A. NAM 3/*V* Anh. ◇ Eigenname; der Name ist »Qenya«; vgl. BVG-2 344, *GL* 32.

Egladhrim [egl'aðrim], *Koll.* von ***Eglan***.

Egladil ['egladil], *N.* ›Freund der Verlassenen‹. ♦ HR II/6. ◇ Eigenname.

Eglador ['eglador], *N.* ›Land der Verlassenen‹. ♦ SIL QS/19; Reg. ◇ Alter Name von Doriath.

Eglain ['eglain], *Pl.* von ***Eglan***.

eglan ['eglan], *Adj.* verlassen. ♦ *WJ* 189, 365, 379–80.

Eglan ['eglan], *N.* Verlassener. ♦ *WJ* 189, 365, 379–80. ◇ *Pl.* ***Eglain; Koll. Egladhrim***. Die Elben des Falas, auch Falathrim genannt. Wurzel HEK.

Eglarest ['eglarest], *N.* ›Schlucht der Verlassenen‹. ♦ SIL QS/5. NAM 1/I. ◇ Hafenstadt der Falas.

Eglath ['eglaθ], *Koll.* von ***Egol***.

egleria- [egl'eria], *V.* rühmen, preisen. ♦ HR VI/4. BRIEFE Nr. 230. ◊ *Imp.* ***eglerio*** ›rühme(t)!, preise(t sie)!‹.

eglerio [egl'erio], *Imp.* von ***egleria***.

ego ['ego], *Interj.* ab! fort! ♦ *WJ* 365. ◊ Wurzel HEK.

Egol ['egol], *N.* Verlassener. ♦ SIL QS/5; Reg *(Eglath)*. *WJ* 189, 344. ◊ *Koll.* ***Eglath*** ›das Verlassene Volk‹. Die Elben des Falas, auch Falathrim genannt.

egor ['egor], *Konj.* oder. ♦ *SD* 129–31.

eil ['eil] (oeil), V. es regnet. ♦ *Ety* (ULU). ◊ Verm. defektives Verb.

eiliant ['eiliant] (eilianw, eilian), *N.* ›Himmelsbrücke‹; Regenbogen. ♦ *Ety* (3EL, YAT).

Eilinel ['eilinel], *N.* ›Regenbogenstern‹ (?). ♦ SIL QS/19. ◊ Eigenname.

eilph ['eilf], *Pl.* von ***alph***.

einu ['einu], *Pl.* von ***anu***.

einior ['einior], *Adj.* älter. ♦ *PMe* 358.

eiriën ['eirien], *N.* Gänseblümchen, Margerite. ♦ *SD* 129–31. Qu. *arien(de)* ›Tag-Maid‹.

Eiriën ['eirien], ›Margerite‹. ♦ *SD* 129–31. ◊ Eigenname.

eitha- ['eiθa], *V.* stechen (mit einer schwarfen Spitze); mit Verachtung behandeln, beleidigen (oft verbunden mit Zurückweisung). ♦ *WJ* 365. ◊ *Ger.* ***eithad*** ›Beleidigung‹.

eithad ['eiθad], *Ger.* von ***eitha-***.

eithel ['eiθel], *N.* Quelle, Wasseraustritt. ♦ *Ety* (KEL). SIL Anh *(eithel, kel-)*. *WJ* 85. *GN* 187. ◊ *Pl.* ***eithil***.

Eithel Ivrin ['eiθel 'ivrin], *N.* ›Quell von Kristall‹ (?). ♦ SIL QS/13; Reg, Anh *(eithel)*. NAM 1/I. ◊ Übers. »die Weiher von Ivrin«; die Übers. »Ivrin-Brunnen« ist irreführend. Auch einfach ***Ivrin***.

Eithel Sirion ['eiθel s'irion], *N.* ›Quell des Sirion‹. ♦ SIL QS/12; Reg, Anh *(eithel)*. NAM 1/II. ◊ Die Übers. »Sirion-Brunnen« ist irreführend.

eithil ['eiθil], *Pl.* von ***eithel***.

êl ['e:l], *N. arch.* Stern. ♦ HR II/1. *RGEO* 72–3, 75. SIL Anh *(êl/elen).* BRIEFE Nr. 211. *MR* 373. *WJ* 363. ◇ *Pl.* ***elin***, *Koll.* ***elenath*** ›Sternenschar‹. Selten gebraucht außer in der Dichtung.

elanor ['elanor], *N.* ›Sonnenstern‹. ♦ HR II/6, VI/9. NAM 2/II. BRIEFE Nr. 312. ◇ Eine Blume ähnlich einer großen Pimpernelle, mit goldenen und silbrigen Blüten an einer Pflanze.

Elanor ['elanor], *N.* ›Elanor‹. ♦ HR VI/9; Anh B. *SD* 129–31. ◇ Eigenname.

Elbereth ['elbereθ], *N.* ›Sternkönigin‹. ♦ HR I/3, II/1, IV/10. *RGEO* 69, 72, 74. SIL Val; Reg. ◇ Beiname der Valië Varda.

Eledh, siehe ***Edhel***.

Eledhrim, siehe ***Edhelrim***.

Eledhwen ['eleðwen], *N.* ›Elbenmaid‹ (?). ♦ SIL QS/18; Reg *(Morwen)*, Anh *(êl/elen)*. NAM 1/II. ◇ Beiname. Übers. als »Elbenschein«.

elenath ['elenaθ], *Koll.* von ***êl***.

elin ['elin], *Pl.* von ***êl***.

Elladan ['elladan], *N.* ›Elb-Mensch‹. ♦ HR Prol; Anh A, B. BRIEFE 369. ◇ Eigenname.

elleth ['elleθ], *N. f.* Elbenmaid. ♦ *WJ* 148, 256, 363–4.

ellon ['ellon], *N. m.* Elbenmann. ♦ *WJ* 363–4.

elloth ['elloθ], *N.* (einzelne) Blüte. ♦ *VT* 42:18.

elo ['elo], *Interj.* O! ♦ *WJ* 362. ◇ Ausruf des Staunens, der Bewunderung oder des Entzückens.

Elostirion [elost'irion], *N.* ›Sternwachtturm‹. ♦ HR Prol. SIL RM. NAM 4/III Anm. ◇ Einer der Weißen Türme.

Elrohir ['elrohir], *N.* ›Elb-Reiter‹. ♦ HR Prol; Anh A, B. BRIEFE 369. ◇ Eigenname.

Elrond ['elrond], *N.* ›Sterngewölbe‹. ♦ H 3. HR I/11; Anh A, B. SIL QS/24; Reg, Anh *(rond)*. NAM 2/I. BRIEFE 369. ◇ Eigenname.

Elros ['elros], *N.* ›Sterngischt‹. ♦ HR Anh A, B. SIL QS/24; Reg, Anh *(ros)*. NAM 1/I Anm, 2/III. BRIEFE 369. *PMe* 367–76. ◇ Eigenname.

elu ['elu] (elw), *N.* (blass)blau. ♦ *Ety* (HEL).

Eluchíl ['eluxi:l], *N.* ›Elus Erbe‹. ♦ SIL QS/20; Reg, Anh *(khil-)*. ◇ Eigenname.

Eluréd ['elure:d], *N.* ›Elus Erbe‹. ♦ SIL QS/22; Reg. *PMe* 369. ◇ Enthält Atanisch *rêda* ›Erbe‹. ◇ Eigenname.

Elurín ['eluri:n], *N.* ›Erinnerung an Elu‹. ♦ SIL QS/22; Reg. *PMe* 369. ◇ Eigenname.

elvellon [elv'ellon], *N.* Elbenfreund. ♦ *WJ* 412. ◇ *Pl.* ***elvellyn***.

elvellyn [elv'ellyn], *Pl.* von ***elvellon***.

Elwing ['elwiŋ], *N.* ›Sterngischt‹. ♦ HR I/11. SIL QS/12; Reg, Anh *(wing)*. NAM 2/I Anm. ◇ Eigenname.

ely ['ely] (elei), *Pl.* von ***ôl***.

Emerwen (Aranel) [em'erwen 'aranel], *N.* ›(Prinzessin) Hirtin‹. ♦ NAM 2/II. ◇ Eigenname.

emlin ['emlin] (emmelin, emelin), *N.* ›Gelbsänger‹, Goldammer. ♦ *Ety* (SMAL). ◇ Gelber Vogel.

emyn ['emyn] (emuin), *Pl.* von ***amon***.

Emyn Arnen ['emyn 'arnen], *N.* ›Hügel von Arnen‹. ♦ HR V/1. Anh *(nen)*. *RBG* 17. ◇ Das Wort *Arnen* ist vor-númenórischen Ursprungs; die Zuordnung zu ***nen*** ›Wasser‹ im SIL Anh ist falsch.

Emyn Beraid ['emyn b'eraid], *N.* ›Berge der Türme, Turmberge‹: ♦ HR Anh B. SIL RM; Reg, Anh *(amon, barad)*. NAM 4/III Anm.

Emyn Duir ['emyn d'uir], *N.* ›Dunkle Berge‹. ♦ NAM 3/I Anm; Reg.

Emyn Muil ['emyn m'uil], *N.* ›Öde Hügel‹. ♦ HR II/9. NAM 2/IV Anm.

Emyn Uial ['emyn 'uial], *N.* ›Berge der Dämmerung‹. ♦ HR Karte. SIL Anh *(amon)*.

Emyn-nu-Fuin ['emyn 'nu f'uin], *N.* ›Berge unter der Nacht‹. ♦ NAM 3/I Anm; Reg.

en ['en], Art. des, der, des (*Gen.*). ♦ HR VI/4. BRIEFE Nr. 230.

enchui ['enchui], *Adj. Num.* sechst(er, e, es). ♦ *VT* 42:25, 27.

enedh ['eneð], *N.* Kern, Zentrum, Mitte. ♦ BRIEFE Nr. 168. *Ety* (ÊNED, NED).

Enedwaith [en'edwaiθ], *N.* ›Mittelvolk‹; ›Mittlere Gegend‹. ♦ HR Anh B. SIL Anh *(gwaith)*. NAM 2/II, 2/IV Anh.

eneg ['eneg], *Num.* sechs. ♦ *Ety* (ÊNEK). *VT* 42:25.

Enerdhil [en'erðil], *N.* (?). ♦ NAM 2/IV. ◇ Eigenname.

Enfeng ['enfeŋ], *Pl.* von ***Anfang***.

engrin ['eŋgrin], *Pl.* von ***angren***.

ennas ['ennas], *Adv.* dort, an jenem Ort. ♦ *SD* 129–31.

enni ['enni], *Pron.* zu mir. ♦ *VT* 41:11. ◇ Siehe auch ***anim***.

ennin[1] ['ennin], *N.* Valisches Jahr. ♦ *Ety* (YEN).

ennin[2] ['ennin], *Pl.* von ***onnen***.

Ennor ['ennor], *N.* ›Mittelland‹. ♦ HR Anh E.

ennor ['ennor], *N.* Mittelland, Mittelerde. ♦ HR II/1; Anh E. *RGEO* 72, 75. SIL Anh *(dôr)*.◇ *Koll.* ***ennorath***.

ennorath ['ennoraθ], *Koll.* von ***ennor***.

ennyn ['ennyn], *Pl.* von ***annon***.

Enyd ['enyd], *Pl.* von ***Onod***.

Eol ['eol], *N.* (?). ♦ SIL QS/9. NAM 1/I Anm. *WJ* 320. ◇ Eigenname. Genannt der Dunkelelb; aus dem Avarin?

ephedyn ['effedyn], *Pl.* von ***aphadon***.

ephel ['effel], *N.* äußerer umringender Zaun. ♦ SIL Anh *(pel-)*. HR Anh E.

Ephel Brandir ['effel br'andir], *N.* ›Brandirs Zaun‹. ♦ SIL QS/21; Reg, Anh *(pel-)*. NAM 1/II.

Ephel Dúath ['effel d'u:aθ], *N.* ›Schattenzaun‹. ♦ HR II/2. SIL Anh *(pel-, dú, gwath)*. NAM 3/II.

êr ['e:r], *Num.* eins. ♦ *VT* 42:25.

er- ['er], *Präf.* einzel-. ♦ SIL Anh. NAM Reg *(Erelas)*.

Eradan ['eradan], *N.* ›Allein-Mensch‹. ♦ HR Anh A. *PMe* 204. ◇ Eigenname.

erain ['erain], *Pl.* von ***aran***.

erch ['erx], *N.* Stachel, Dorn. ♦ *Ety* (ERÊK).

ercha- ['erxa], *V.* stechen. ♦ *Ety.* (ERÊK). ◇ *Inf.* ***ercho***.

Erchamion [erx'amion] *N.* ›Einhänder‹. ♦ SIL QS/19; Reg, Anh *(er, cam)*. NAM 1/II. ◇ Beiname.

erchamion ['erx'amion], ***erchamui*** ['erxamui], *Adj.* einhändig. ♦ *Ety* (ER, KAB). *WJ* 51, 231.

ercho ['erxo], *Inf.* von ***ercha-***.

ereb ['ereb], *Adj.* isoliert, einsam. ♦ SIL Anh. *Ety* (ERE). ◊ *Pl.* ***erib***.

Erebor ['erebor], *N.* ›Einsamer Berg‹. ♦ HR II/1; Anh A, B. SIL Anh *(er)*. NAM 3/II. ◊ Übersetzt »Einsamer Berg« in H 1.

ered ['ered] (eryd, ereid), *Pl.* von ***orod***.

Ered-en-Echoriath ['ered 'en ex'oriaθ], siehe ***Echoriath***.

Ered Engrin ['ered 'eŋgrin], *N.* ›Eiserne Berge‹. ♦ SIL Val; Reg, Anh *(orod, anga)*.

Ered Gorgoroth ['ered g'orgoroθ], *N.* ›Berge der schrecklichen Angst‹. ♦ HR I/11. SIL QS/9; Reg, Anh *(gor)*. *LR* 377.

Ered Lindon ['ered l'indon], *N.* ›Berge von Lindon‹. ♦ SIL QS/14; Reg, Anh *(orod, lin-²)*. NAM 2/IV.

Ered Lithui ['ered l'iθui], *N.* ›Aschige Berge‹. ♦ HR IV/3. SIL Anh *(lith)*. NAM 3/II.

Ered Lómin ['ered l'o:min], *N.* ›Widerhallende Berge, Echoberge‹. ♦ SIL QS/9; Reg, Anh *(lóm)*. NAM 1/I.

Ered Luin ['ered l'uin], *N.* ›Blaue Berge‹. ♦ HR I/2. A. SIL QS/3; Reg, Anh *(luin)*. NAM 2/II Anm.

Ered Mithrin ['ered m'iθrin], *N.* ›Graue Berge‹. ♦ HR Anh A, B. NAM 3/II.

Ered Nimrais ['ered n'imrais], *N.* ›Berge der weißen Hörner‹. ♦ HR II/2; Anh A. SIL QS/10; Reg, Anh *(nim, ras)*. NAM 2/IV.

Ered Wethrin ['ered w'eθrin], *N.* ›Schattige Berge, Schattengebirge‹. ♦ SIL QS/13; Reg, Anh *(gwath)*. NAM 1/I.

eredh ['ereð], *N.* Saat, Keim. ♦ *Ety* (ERÊD).

ereg ['ereg], ***eregdos*** [er'egdos], *N.* Stechpalmenbaum. ♦ SIL Anh. *Ety* (ERÊK). ◊ *Pl.* ***erig***. In der deutschen Übersetzung mit ›Hulstbaum‹ wiedergegeben.

Eregion [er'egion], *N.* ›Gebiet der Stechpalmen‹. ♦ HR I/2; Anh B. *RGEO* 68. SIL RM; Reg. Anh *(ereg)*. NAM 2/II. ◊ Übers. »Land der Hulstbäume«.

Ereinion [er'einion], *N.* ›Sohn der Könige‹. ♦ SIL QS/16; Reg, Anh *(ar(a)-)*. NAM 2/II. ◇ Beiname.

Erellont [er'ellont], *N.* ›Einsamer Hafen‹ (?). ♦ SIL QS/24.

Erestor [er'estor], *N.* (?). ♦ HR II/2. ◇ Eigenname.

eria- ['eria], *V.* aufsteigen. ♦ *Ety* (ORO). ◇ *Inf.* ***erio***, *Prät.* ***oronte***.

Eriador [er'iador], *N.* ›Einsames Land, Wilderland‹. ♦ HR Anh A, B. SIL QS/3; Anh *(dôr)*. NAM 2/II. *RBG* 4.

erib ['erib], *Pl.* von ***ereb***.

erig ['erig], *Pl.* von ***ereg***.

erin ['erin], *Präp.* auf (mit angehängtem Art.). ♦ *SD* 129–31.

ernil[1] ['ernil], *N.* Prinz. ♦ HR VI/4. *RGEO* 75. UT/428. BRIEFE Nr. 230. ♦ *Pl.* ***ernil***[2].

ernil[2] ['ernil], *Pl.* von ***ernil***[1].

erphin ['erfin], *Pl.* von ***arphen***.

ertha- ['erθa], *V.* vereinigen. ♦ SIL Anh. ◇ *Ger.* ***erthad*** ›Vereinigung, Union‹. In ***aderthad***.

erthad ['erθad], *Ger.* von ***ertha-***.

eru ['eru], *N.* Öde, Wüste. ♦ *Ety* (ERE). ◇ Möglicherweise nicht mehr gültig im späten S.

erui ['erui], *Adj.* Num. erst(er, e, es). ♦ *TI* 312. *WR* 436.

Erui ['erui], *N.* ›der Erste‹. ♦ HR V/9. ◇ Flussname.

erydbin ['erydbin] (œrydbin), *Pl.* von ***orodben***.

eryn ['eryn], *N.* Wald. ♦ HR Anh B. ◇ Plural, als Singular verwendet.

Eryn Galen ['eryn galen], *N.* ›Grüner Wald‹. ♦ NAM 3/I Anm.

Eryn Lasgalen ['eryn l'asgalen], *N.* ›Wald der grünen Blätter‹. ♦ HR Anh B. NAM 3/I Anm.

Eryn Vorn ['eryn v'orn], *N.* ›Dunkler Wald‹. ♦ HR Karte. NAM 2/IV Anm; Reg.

esgal ['esgal], *N.* Schleier, Schutzschirm, Versteck. ♦ SIL Anh. *Ety* (SKAL). ◇ In *Ety.* als Ilkorin.

Esgalduin [esg'alduin], *N.* ›Fluss unter dem Schleier‹. ♦ HR I/11. SIL QS/10; Reg, Anh *(esgal, duin)*. NAM 1/II.

esgeri ['esgeri], *Inf.* von ***osgar-***.

espalass ['espalass], *N.* schäumender Fall (?). ♦ *Ety* (PHAL/PHÂLAS). ◇ Von der Variante SPÂLAS. Die Lesung der Glosse ist unsicher.

esta- ['esta], *V.* nennen, bezeichnen. ♦ *Ety* (ES). *SD* 129–31. ◇ *Fut.* ***estathar*** ›sie werden nennen‹.

estathar ['estaθar], *Fut.* von ***esta-***.

estel ['estel], *N.* Hoffnung, Vertrauen, Festigkeit (im Geiste). ♦ HR Anh A. *MR* 320. *WJ* 318–9. ◇ Eine Geisteshaltung, sich nicht von einem Ziel abbringen zu lassen oder in Verzweiflung zu verfallen.

estent ['estent], *Adj.* (sehr) kurz. ♦ UT/146. *WJ* 311, 315.

Estolad ['estolad], *N.* ›Lager‹. ♦ SIL QS/17; Reg. NAM 1/II.

Ethir Anduin ['eθir 'anduin], *N.* ›Ausfluss des Anduin‹. ♦ HR II/10. SIL Anh *(sir)*. NAM 2/IV; Reg.

ethir[1] ['eθir], *N.* Ausfluss; Mündung, Flussdelta. ♦ HR II/10. *Ety* (ED).

ethir[2] ['eθir], *N.* Spion. ♦ SIL 379. UT/418.

ethraid ['eθraid], *Pl.* von ***athrad***.

Ethraid Engrin ['eθraid 'eŋgrin], *N.* ›Furten des Isen‹. ♦ NAM 2/IV Anm. ◇ Auch in der Sg.-Form ***Athrad Angren***.

Ethring ['eθriŋ], *N.* ›Ringló-Übergänge‹ (?). ♦ HR Karte.

Ethuil ['eθuil], *N.* Frühling. ♦ HR Anh D. *SD* 129–31.

Evair ['evair], *N. Pl. arch.* Avari. ♦ *WJ* 380. ◇ Ein gelehrtes Wort, nicht mehr im Gebrauch.

F

faeg [f'aeg] (foeg), *Adj.* ärmlich, schäbig, schlecht. ♦ *Ety* (SPAY).

fael[1] [f'ail], *Adj.* aufrichtig, gerecht (denkend), großmütig. ♦ *PMe* 352. ◇ Im Wortsinne »ein gutes *fea* habend«.

fael[2] [f'ael], *N.* gleißende Helle (von der Sonne). ♦ *LB* 376. SIL 209–210. ◇ In ***Faelivrin***.

Faelivrin [fael'ivrin], *N.* ›Glanz von Ivrin‹. ♦ SIL QS/21. NAM 1/II. ◇ Beiname.

faen [f'aen] (foen), *Adj.* strahlend, weiß. ♦ *Ety* (PHAY).

faer [f'air], *N.* Geist. ♦ *MR* 349.

fain [f'ain] (fein), *Adj.* weiß. ♦ *Ety* (SPAN). *WR* 288 .

fair[1] [f'air] (feir), *N.* Sterblicher. ♦ *Ety* (PHIR). *WJ* 219, 387. ◇ *Pl.* ***fîr;*** *Koll.* ***firiath*** ›Sterbliche, Menschheit‹.

fair[2] [f'air] (feir, fœir), *N.* Rechte (Hand). ♦ *Ety* (PHOR). ◇ *Pl.* ***fŷr.***

Falas [f'alas], *N.* Küste. ♦ SIL QS/5; Anh *(falas).* NAM 1/II.

falas [f'alas], *N.* Ufer, Strand, Brandungslinie. ♦ SIL QS/5; Anh. *Ety* (PHAL/PHÂLAS). ◇ *Pl.* ***felais.***

Falathar [f'alaθar], *N.* ›Küstenherr‹. ♦ SIL QS/24; Anh *(falas).* ◇ Eigenname.

falathren [fal'aθren], *Adj.* Strand-, Ufer-, Brandungs-; *N. Ling.* ›Ufer-Sprache‹ (die Gemeinsprache). ♦ *Ety* (PHAL/PHÂLAS). *PMe* 32, 55.

Falathrim [fal'aθrim], *Koll.* ›Falas-Volk‹. ♦ SIL QS/5; Anh *(falas). WJ* 378. NAM 1/I. ◇ Die Teleri-Elben des Falas.

falch [f'alx], *N.* Schlucht, Kluft. ♦ NAM Reg *(Orfalch Echor).*

falf [f'alv], *N.* Gischt, Brecher. ♦ *Ety* (PHAL/PHÂLAS).

faltha- [f'alθa], *V.* schäumen, gischten. ♦ *Ety* (PHAL/PHÂLAS). ◇ *Inf.* ***faltho.***

faltho [f'alθo], *Inf.* von ***faltha-.***

fân [f'a:n], ***fan-*** [f'an], *N.* Schleier; Wolke. ♦ *RGEO* 74. ◇ Angewandt auf Wolken, die wie Schleier am blauen Himmel wehen.

fang [f'aŋ], *N.* Bart. ♦ *Ety* (SPÂNAG).

Fangorn [f'aŋgorn], *N.* ›Baumbart‹. ♦ HR II/8; Anh F. SIL Anh *(orn).* NAM 2/IV. ◇ Name eines Ents.

fanui [f'anui], *Adj.* wolkig. ♦ *RGEO* 74.

Fanuidhol [fan'uiðol], *N.* ›Wolkiger Kopf‹. ♦ HR II/3. SIL Anh *(dol).*

Fanuilos [fan'uilos], *N.* ›Schneeweiße, helle (engelhafte) Gestalt, immerweiß (wie Schnee)‹. ♦ HR II/1. *RGEO* 72–4. ◇ Beiname der Valië Varda.

far [f'ar], *Adj.* hinreichend, genug, recht. ♦ *Ety* (PHAR).

fara- [f'ara], *V.* jagen. ♦ *Ety* (SPAR). ◇ *Inf.* ***faro***; *Ger.* ***farad*** ›Jagen, Jagd‹ in ***faradrim***.

farad [f'arad], *Ger.* von ***fara-***.

faradrim [far'adrim], *N. Koll.* ›Jagd-Volk‹. ♦ *Ety* (SPAR).

faras [f'aras], *N.* Jägerei, Jagd. ♦ *Ety* (SPAR).

farn [f'arn], *Adv.* genug. ♦ *Ety* (PHAR).

faron [f'aron], *N.* Jäger. ♦ *Ety* (SPAR). ◇ In ***Elfaron***.

faroth [f'aroθ], *N.* Jagd, Verfolgung. ♦ SIL Anh. *Ety* (SPAR). ◇ In ***Taur-en-Faroth***.

fast [f'ast], *N.* struppiges Haar. ♦ *Ety* (PHAS).

faug [f'aug], *N.* durstig. ♦ *Ety* (PHAU).

faun [f'aun], *N.* Wolke. ♦ *Ety* (SPAN).

fela [f'ela], *N.* Höhle. ♦ *Ety* (PHÊLEG). ◇ *Pl.* ***fili***. ◇ Vgl. Kh. *felak* in ***Felagund***.

Felagund [f'elagund], *N.* ›Höhlenschleifer‹. ◇ SIL QS/5; Reg. NAM 2/IV. ◇ Beiname; aus dem Kh. *felak-gundu*; im Text übers. als »Herr der Grotten«.

felais [f'elais] (feles), *Pl.* von ***falas***.

fen [f'en] (fend, fenn), *N.* Tür, Schwelle. ♦ HR V/4. *Ety* (PHEN). *WR* 341.

Fen Hollen [f'en h'ollen], *N.* ›die Verschlossene Tür‹. ♦ HR V/4.

fennas [f'ennas], *N.* Durchgang, Tor. ♦ HR II/4. *RGEO* 75. SIL Anh.

fêr [f'e:r], *N.* Buche. ♦ *Ety* (PHER/PHÊREN). ◇ *Pl.* ***ferin***.

feredir [f'eredir], *N.* Jäger. ♦ *Ety* (SPAR). ◇ *Koll.* siehe ***faradrim***.

ferin [f'erin], *Pl.* von ***fêr***.

fern [f'ern], *Adj.* tot (von Sterblichen); *N.* Toter. ♦ SIL 367. *Ety* (PHIR). ◇ *Pl.* ***firn***, in ***Dor Firn-i-guinar***.

fileg [f'ileg], *Sg.* von ***filig***.

fili [f'ili], *Pl.* von ***fela***.

filig [f'ilig], *N. Pl.* kleine Vögel. ♦ *Ety* (PHILIK). ◇ *Sg.* ***fileg*** oder ***filigod*** ›kleiner Vogel‹.

filigod [f'iligod], *Sg.* von ***filig***.

fim [f'im], *Adj.* schlank. ♦ HR Anh F. ◇ In ***Fimbrethil***.

Fimbrethil [f'imbreθil], *N.* ›Schlankbirke‹. ♦ HR III/4; Anh F. SIL Anh *(brethil)*. ◇ Name einer Entfrau.

fin [f'i:n] (find, finn), *N.* Haarlocke. ♦ SIL Anh *(fin-)*. *PMe* 361–2.

Finarfin [fin'arfin], *ÑS.*, siehe Qu. *(Finwe) Arafinwe*.

Findegil [f'indegil], *N.* ›Weißhaar‹ (?). ♦ HR Prol. ◇ Eigenname.

Finduilas [find'uilas], *N.* ›Flussblatt-Haar‹ (?). ♦ SIL QS/21; Anh *(fin-)*. NAM 1/I, 4/III. ◇ Eigenname.

Finglas [f'iŋglas], *N.* ›Lockenblatt‹. ♦ HR III/4. ◇ Name eines Ents.

Fingolfin [fiŋg'olfin], *ÑS.*, siehe Qu. *(Finwe) Ñolofinwe*.

Fingon [f'iŋgon], *ÑS.*, siehe Qu. *Findecáno*.

finnel [f'innel] (findel), *N.* (geflochtenes) Haar. ♦ *Ety* (PHIN).

fîr [f'ir], *Pl.* von ***fair***[1].

fíreb [f'i:reb], *Adj.* sterblich. ♦ *WJ* 387. ◇ *Pl.* ***fírib***.

firen [f'iren], *Adj.* menschlich. ♦ *Ety* (PHIR).

firiath [f'iriaθ], *Koll.* von ***fair***[1].

fírib [f'i:rib], *Pl.* von ***fíreb***.

fíriël [f'i:riel] (firiel), *N.* sterbliche Maid. ♦ *Ety* 382. *PMe* 195, 232.

firiëth [f'irieθ], *N.* sterbliche Frau, Sterbliche. ♦ *WJ* 387.

firion [f'irion], *N.* sterblicher Mann, Sterblicher. ♦ *WJ* 387.

firith [f'iriθ], *N.* ›Vergehen‹. ♦ HR Anh D. ◇ Jahreszeit.

firn [f'irn], *Pl.* von ***fern***.

flâd [fl'a:d], *N.* Haut. ♦ HR III/4; Anh E. *GN* 187. ◇ In ***Fladrif***.

Fladrif [fl'adrif], *N.* ›Borkenhaut‹. ♦ HR III/4; Anh E. *GN* 187. ◇ Name eines Ents.

for, siehe ***forn***.

forgam [f'orgam], *Adj.* rechtshändig. ♦ *Ety* (PHOR).

Forlindon [forl'indon], *N.* ›Nord-Lindon‹. ♦ HR Anh B.

Forlond [f'orlond], *N.* ›Nordhafen‹. ♦ HR Anh A.

forn [f'orn], ***for*** [f'or], *N.* rechte Seite, Norden. ♦ SIL Anh *(formen)*. *Ety* (PHOR).

Fornost Erain [f'ornost 'erain], *N.* ›Nordfestung der Könige‹. ♦ HR II/2; Anh A. SIL RM; Reg, Anh *(formen, ar(a)-, os(t)).* NAM 3/I. ◊ Kurzform ***Fornost.***

Forochel [f'oroxel], *N.* ›Nordfrost(land)‹. ♦ HR Anh A.

forod [f'orod], *N.* Norden. ♦ HR Anh E. SIL Anh *(formen). Ety* (PHOR).

forodren [for'odren], *Adj.* nördlich. ♦ *Ety* (PHOR).

forodrim [for'odrim], *Koll.* Nordmenschen. ♦ *Ety* (PHOR).

forodwaith [for'odwaiθ] (forodweith), *N.* Nordmenschen; Länder des Nordens. ♦ HR Anh A. *Ety* (PHOR, WEG).

forven [f'orven], *N.* Norden. ♦ *Ety* (PHOR).

fuia- [f'uia], *V.* verabscheuen, Abscheu empfinden gegen. ♦ *Ety* (PHEW). ◊ *Inf.* ***fuio.***

fuin [f'uin], *N.* (tiefe) Nacht, Nachtdunkel, Dunkel. ♦ SIL Anh. *Ety* (PHUI).

fuir [f'uir], *Adj.* nördlich. ♦ *VT* 42:20.

fŷr [f'y:r], *Pl.* von ***fair***[2].

G

gad- [g'ad], *V.* fangen. ♦ *Ety* (GAT). ◊ *Inf.* ***gedi.***

gador [g'ador] (gadr), *N.* Gefängnis, Kerker. ♦ *Ety* (GAT[H]).

gae [g'ae], *N.* Schrecken. ♦ *Ety* (GAYA).

gaear [g'aear] (oear), *N.* Meer. ♦ *RGEO* 73. *Ety* (GÂYAS). *PMe* 363.

gaearon [g'aearon] (gaeron), *N.* großes Meer, Ozean. ♦ *RGEO* 72–3. *PMe* 348, 363.

gael [g'ael], *Adj.* bleich, glimmend. ♦ *Ety* (GIL).

gaer[1] [g'aer], *Adj.* schrecklich. ♦ *Ety* (GÂYAS).

gaer[2] [g'aer] (goer), *Adj.* rot, kupferfarben, rötlich. ♦ *Ety* (GAY).

gaer[3] [g'aer] (oer), *N.* Meer. ♦ SIL Anh *(gaer, ear). Ety* (AYAR/AIR unter AY). *PMe* 363.

gaeruil [g'aeruil] (oeruil), *N.* Meerespflanze, Tang. ♦ *Ety* (UY). *PMe 363.*

Gaerys [g'aerys], *N.* ›Schrecken‹. ♦ SIL Anh *(gaer).* ◇ Name für den Maia Osse.

gail [g'ail], *N.* helles Licht. ♦ *Ety* (GAL).

gal- [g'al], *Präf.* Licht-. ♦ SIL 398. *WJ* 322–3. ◇ In ***galvorn***.

gala- [g'ala], *V.* wachsen. ♦ *Ety* (GALA). ◇ *Inf.* ***galo***.

galad [g'alad], *N.* Leuchten, Glänzen, Widerschein. ♦ SIL Anh *(kal-).* BRIEFE Nr. 347. *PMe* 347. ◇ Von Juwelen, Glas, poliertem Metall oder Wasser.

galadh [g'alað], *N.* Baum. ♦ HR Anh E. *RGEO* 72–3. SIL Anh *(alda, kal-).* BRIEFE Nr. 347. *LB* 354. *Ety* (GALAD).

Galadhon [g'alaðon], *N.* ›Baummann‹. ♦ NAM 2/IV. ◇ Eigenname.

galadhremmen [galaðr'emmen], *Adj.* baumdurchwirkt, baumgewoben. ♦ HR II/1; Anh E. *RGEO* 72. ◇ *Pl.* ***galadhremmin***.

galadhremmin [galaðr'emmin], *Pl.* von ***galadhremmen***.

Galadhriël [gal'aðriel], *N.* ›Baum-Bekränzte Maid‹. ♦ SIL Anh *(kal-).* ◇ Variante von ***Galadriël*** (s. d.).

Galadhrim [gal'aðrim] (Galadrim), *Koll.* ›Baum-Volk‹. ♦ HR II/6; Anh B, F. SIL Anh *(alda).* NAM 2/IV. ◇ Elben von Lothlóriën.

Galador [g'alador], *N.* ›Lichtherr‹. ♦ NAM 2/IV. ◇ Eigenname.

Galadriël [gal'adriel], *N.* ›Lichtbekränzte Maid‹. ♦ HR II/6. SIL QS/5; Anh *(alda).* NAM 2/I, 2/IV. ◇ Eigenname. Siehe auch Qu. *Altariël.*

galas [g'alas], *N.* Trieb, Pflanze. ♦ *Ety* (GALA).

Galathil [g'alaθil], *N.* ›Silberbaum‹. ♦ NAM 2/IV. Eigenname.

Galathilion [galaθ'ilion], *N.* ›Silberspross-Baum‹. ♦ HR II/4. SIL QS/5; Anh *(sil-).* ◇ Der Weiße Baum der Eldar in Tirion.

Galdor [g'aldor], *N.* ›Glanzherr‹. ♦ HR II/2. SIL QS/17. NAM 1/II. *WJ* 234. ◇ Eigenname.

galenas [g'alenas], *N.* Pfeifenkraut, Westmannskraut. ♦ HR V/8. ◇ Nikotinhaltiges Gewächs.

Galion [g'alion], *N.* ›Sohn des Glanzes‹ (?). ♦ HR I/10. ◇ Eigenname.

galu [g'alu] (galw), *N.* Segen, Glück, Gedeihen (?). ♦ *Ety* (GALA). ◇ Pl. ***geilu***.

galvorn [g'alvorn], *N.* ›Schwarzglanz‹. ♦ SIL QS/16; Anh *(kal-, khelek). WJ* 322–323. ◇ Ein schwarzes Metall, von dem Dunkelelben Eol entwickelt.

gamp [g'amp], *N.* Haken, Klaue. ♦ *Ety* (GAP).

ganna- [g'anna], ***gannada-*** [g'annada], *V.* Harfe spielen. ♦ *Ety* (ÑGAN/ÑGÂNAD). ◇ *Inf* ***ganno, gannado***.

gannado [g'annado], *Inf.* von ***gannada-***; siehe ***ganna-***.

gannel [g'annel] (gandel), *N.* Harfe. ♦ *Ety* (ÑGAN/ÑGÂNAD).

gar- [g'ar], *V.* haben, halten. ♦ *Ety* (3AR). ◇ *Inf.* ***garo***; *Aor.* ***gerin*** ›ich habe‹.

garaf [g'arav], *N.* Wolf. ♦ *Ety* (ÑGÂR[A]M).

gardh [g'arð], *N.* begrenztes oder eingegrenztes Gebiet; Welt. ♦ *WJ* 402.

garn [g'arn], *N.* Eigentum. ♦ *Ety* (3AR).

garth [g'arθ], *N.* Festung, Feste. ♦ *Ety* (GARAT).

gas [g'as], *N.* Loch, Lücke. ♦ *Ety* (GAS).

gasdil [g'asdil], *N. Ling.* Lückenfüller. ♦ *Ety* (DIL, GAS). ◇ Name eines diakritischen Zeichens, welches anzeigt, dass ***g*** durch Lenierung verschwunden ist.

gast [g'ast], *N.* Leere. ♦ *Ety* (KUM [GAS]).

gath [g'aθ], *N.* Höhlung, Kaverne. ♦ *Ety* (GAT[H]).

gathrod [g'aθrod], *N.* Höhle. ♦ *Ety* (GAT[H]).

gaud [g'aud], *N.* Gerät, Vorrichtung, Maschine. ♦ *Ety* (GAWA/GOWO).

gaul [g'aul], *N.* Wolfsgeheul. ♦ *Ety* (ÑGAW).

gaur [g'aur], *N.* Werwolf. ♦ HR II/4. SIL Anh. *Ety* (ÑGAW). ◇ *Koll.* ***gaurhoth*** ›Werwolfhorde‹.

gaurhoth [g'aurhoθ], *Koll.* von ***gaur***.

gaurwaith [g'aurwaiθ], *N.* Wolfsvolk, Wolfsmänner. ♦ NAM 1/II; Reg.

gaw [g'aw], *N.* Leere. ♦ *Ety* (GAS).

gawa- [g'awa] (gaw-), *V.* heulen. ♦ *Ety* (ÑGAW). ◇ *Ger.* ***gawad*** ›Heulen, Geheul‹.

gawad [g'awad], *Ger.* von ***gawa-***.

gedi [g'edi], *Inf.* von ***gad-***.

geil [g'eil] (gail), *Pl.* von ***gîl***.

geilu [g'eilu], *Pl.* von ***galu***.

Gelion [g'elion], *N.* ›Sohn des Himmels, der Helle‹ (?). ♦ SIL QS/14. ◇ Flussname.

Gelir [g'elir], *N.* ›Merry‹. ♦ *SD* 129–31. ◇ Eigenname. Wörtl. ›der Frohe‹ (?).

gell [g'ell], *N.* Freude, Triumph. ♦ *Ety* (GYEL/GEL).

gellam [g'ellam], *N.* Jubel. ♦ *Ety* (GYEL/GEL).

gellui [g'ellui], *Adj.* triumphierend. ♦ *Ety* (GYEL/GEL).

gellyr [g'ellyr], siehe ***gollor***.

Gelmir [g'elmir], *N.* ›Himmelsjuwel‹. ♦ SIL QS/20. NAM 1/II. ◇ Eigenname.

Gelydh [g'elyð], *Pl.* von ***Golodh***.

gem [g'em] (gemb), *Adj.* kränklich. ♦ *Ety* (GENG).

genedia- [gen'edia], *V.* rechnen, zählen. ♦ *SD* 129–31. ◇ *Ger.* ***genediad*** ›Rechnung, Zählung; Kalender‹.

genediad [gen'ediad], *Ger.* von ***genedia-***.

gerin [g'erin], *Aor.* von ***gar-***.

gern [g'ern], *Adj.* verbraucht, altersschwach, klapprig. ♦ *Ety* (GYER). ◇ Nur auf Dinge bezogen.

gerthaid [g'erθaid] (gœrthaid), *Pl.* von ***gorthad***.

gîl [g'i:l] (gil), *N.* Stern, heller Funke. ♦ HR Anh E. *RGEO* 73. SIL Anh. *Ety* (GIL). ◇ *Pl.* ***geil***; *Koll.* ***giliath*** ›Sternenschar‹.

gildin [g'ildin], *N.* Silberfunke. ♦ *Ety* (TIN [GIL]).

Gildor [g'ildor], *N.* ›Sternherr‹. ♦ HR I/3. *RGEO* 73–4. ◇ Eigenname.

Gil-Estel [g'il 'estel], *N.* ›Stern der Hoffnung‹. ♦ SIL QS/24; Anh *(gil)*. ◇ Beiname.

Gil-galad [g'il g'alad], *N.* ›Strahlender Stern‹. ♦ HR I/2; Anh B.

RGEO 73. SIL QS/18; Anh *(gil, kal-)*. Reg. NAM 1/II Anm, 2/II. ◇ Beiname.

gilgalad [g'ilgalad], *N.* Sternenlicht. ◆ *Ety* (GIL).

giliath [g'iliaθ], *Koll.* von ***gîl***.

Gilmith [g'ilmiθ], *N.* ›Graustern‹. ◆ NAM 2/IV. ◇ Eigenname.

Gilraen [g'ilraen], ***Gilrain*** [g'ilrain], *N.* ›Mit einem Netz von Juwelen Geschmückte‹. ◆ HR V/9; Anh A, B. *RBG*. ◇ Eigenname.

Gilthoniël [gilθ'oniel], *N.* ›Sternentzünderin‹. ◆ HR I/3, II/1, IV/10. *RGEO* 72–3. ◇ Beiname der Valië Varda.

Ginglith [g'iŋglith], *N.* (?). SIL QS/19. ◇ Flussname.

gir- [g'ir], *V.* schaudern. ◆ *Ety* (GIR).

girith [g'iriθ], *N.* Schauden, Schrecken. ◆ SIL Anh. *Ety* (GIR).

Girithron [gir'iθron], *N.* ›der Schaudern-Macher‹. ◆ HR Anh D. SIL Anh *(girith)*. ◇ Zwölfter Monat des Jahres, »Dezember«.

glad [gl'ad], *N.* Wald. UT/452. ◇ In ***Methed-en-Glad***.

gladha- [gl'aða], *V.* lachen. ◆ *PMe* 359.

glaer [gl'aer], *N.* Ballade. ◆ *Ety* (GLIR).

glaew [gl'aeu], *N.* Salbe. ◆ *Ety* (LIB).

glam [gl'am] (glamm, glemb), *N.* Geschrei, wilder Lärm, Gebrüll; (im übertragenen Sinne) Orkhorde. ◆ *Ety* (GLAM). *WJ* 390, 416. ◇ Eigentlich das Brüllen und Schreien von Tieren, aber mit der Zeit so mit Orks verbunden, dass es allein für eine Orkhorde stehen konnte.

Glamdring [gl'amdring], *N.* ›Lärmhammer‹ ◆ H 3. HR II/3. NAM 1/I Anm. ◇ Schwertname. Im Sinne von ›Orkhammer‹, vgl. ***glamhoth***.

glamhoth [gl'amhoθ], *N. Koll.* Lärmhorde, Orks. ◆ SIL Anh *(hoth)*. NAM 1/I. *Ety* (GLAM). *WJ* 391.

glamog [gl'amog], *N.* (ein) Ork. ◆ *WJ* 390. ◇ Wörtl. ›ein Brüllender‹.

glamor [gl'amor] (glambr), *N.* Echo. ◆ *Ety* (GLAM). ◇ Pl. ***gleimor***.

glamren [gl'amren], *Adj.* widerhallend. ◆ *Ety* (GLAM).

glan [gl'an], *N.* Rand, Begrenzung, Grenze. ◆ *VT* 42:8.

glân[1] [gl'a:n], *N.* Saum, Borte. ♦ *VT* 42:8. ◊ Von Textilien und anderen von Hand gemachten Dingen.

glân[2] [gl'a:n], *Adj.* weiß. ♦ UT 390. ◊ In ***Curunír 'lân***.

glandagol [gl'andagol], *N.* Grenzmarke. ♦ *VT* 42:8.

Glanduin [gl'anduin], *N.* ›Grenzstrom‹. ♦ HR VI/6; Anh A. NAM 2/IV Anm; Reg.

Glanhír [gl'anhi:r], *N.* ›Grenzfluss‹. ♦ NAM 3/II; Reg.

glass [gl'ass] (glas), *N.* Freude. ♦ *Ety* (GALAS).

glaur [gl'aur] (glor), *N.* goldenes Licht (vom goldenen Baum Laurelin). ♦ *Ety* (LÂWAR/GLÂWAR). Siehe auch ***claur***.

Glaurung [gl'auruŋ], *N.* ›Golddunkel‹ (?). ♦ SIL QS/13. NAM 1/II. ◊ Name eines Drachen.

glavra- [gl'avra], *V.* babbeln. ♦ *Ety* (GLAM). ◊ *Inf.* ***glavro***, *Part.* ***glavrol*** ›babbelnd‹.

glavro [gl'avro], *Inf.* von ***glavra-***.

glavrol [gl'avrol], *Part.* von ***glavra-***.

glaw [gl'aw], *N.* Strahlen. ♦ *Ety* (KAL).

glawar [gl'awar], *N.* Sonnenlicht, Strahlen (vom goldenen Baum Laurelin). ♦ *Ety* (LÂWAR/GLÂWAR).

gleimor [gl'eimor], *Pl.* von ***glamor***.

gleina- [gl'eina], *V.* begrenzen, umschließen. ♦ *VT* 42:8.

glî [gl'i:], *N.* Honig. ♦ *Ety* (LIS).

glin [gl'i:n] (glinn), *N.* Schimmer, Schein. ♦ SIL Anh. *WJ* 337. ◊ Gewöhnlich von feinen, schmalen aber hellen Lichtstrahlen; insbesondere auch das Funkeln von Augen.

gling [gl'iri], *N.* hängen, baumeln. ♦ *Ety* (LING/GLING).

Glingal [gl'iŋgal], *N.* ›Hängende Flamme‹. ♦ SIL QS/15; Reg.

glinna [gl'inna] (glintha-), *N.* blicken auf. ♦ *WJ* 337.

Glinnel [gl'innel], *N.* Elbe, einer der Teleri. ♦ *WJ* 378, 385. ◊ *Pl.* ***Glinnil***.

Glinnil [gl'innil], *Pl.* von ***Glinnel***.

glîr [gl'i:r], *N.* Gesang, Gedicht, Ballade. ♦ *Ety* (GLIR [LIR[1]]).

glir- [gl'ir], *V.* singen, trällern, ein Gedicht vortragen. ♦ *Ety* (GLIR, LIR).

Glirhuin [gl'irhuin], *N.* ›Gedicht-‹ (?). ♦ SIL QS/22. ◇ Eigenname.

Glithui [gl'iθui], *N.* (?). ♦ NAM 1/I. *WJ* 182, 186. ◇ Flussname.

Glóredhel [gl'o:reðel], *N.* ›Goldenelbin‹. ♦ SIL QS/18; Anh *(laure, edhel)*. NAM 1/II. *WJ* 234.

Glorfindel [glorf'indel], *N.* ›Goldenhaar‹. ♦ HR I/12; Anh A. SIL QS/20; Reg, Anh *(laure, fin-)*. NAM 3/IV Anm. *WJ* 377–82. ◇ Eigenname.

Glorfinniël [glorf'inniel], *N.* ›Goldlöckchen‹. ♦ *SD* 128–9. ◇ Wörtl. ›Goldflechtenmaid‹. Übers. »Goldfranse« (HR VI/9; Anh C).

Glornan [gl'ornan], *N.* ›Goldenes Tal‹. ♦ NAM 2/IV Anm. ◇ Name für Qu. *Lóriën*.

gloss [gl'oss], *N.* Schnee; *Adj.* schneeweiß, blendend weiß. ♦ *RGEO* 70. *Ety* (GOLÔS).

glûdh [gl'u:ð] (glúdh), *N.* Seife. ♦ *Ety* (LIB).

go- [g'o], *Präf.* zusammen. ♦ *Ety* (WÔ). *WJ* 367.

gobel [g'obel], *N.* (von Mauer umgebenes) Haus, Dorf. ♦ *Ety* (PEL[ES]).

gobennas [gob'ennas], *N.* Geschichte, Historie. ♦ *Ety* (KWET/PET).

gobennathren [gobenn'aθren], *Adj.* geschichtlich, historisch. ♦ *Ety* (KWET/PET).

Gódhel [g'o:ðel], *N.* Noldo, einer vom weisen Volk. ♦ *WJ* 364, 379. ◇ *Pl.* ***Gódhil;*** *Koll.* ***Gódhellim***.

Gódhellim [go:ð'ellim], *Koll.* von ***Gódhel***.

Gódhil [g'o:ðil], *Pl.* von ***Gódhel***.

goe [g'oe], *N.* Schrecken, große Furcht. ♦ *PMe* 363.

goen [g'oen] (guin), *Pl.* von ***gwaun***.

goeol [g'oeol], *Adj.* schrecklich, furchterregend. ♦ *PMe* 363.

Golasgil [g'olasgil], *N.* ›Laubstern‹. ♦ HR V/1. ◇ Eigenname.

golf [g'olv], *N.* Zweig. ♦ *Ety* (GÔLOB).

goll [g'oll], *Adj.* klug. ♦ *Ety* (ÑGOL).

gollor [g'ollor], *N.* Magier. ♦ *Ety* (ÑGOL). ◇ Pl. ***gyllor*** oder ***gellyr*** (?).

Golodh [g'oloð] (Gœlydh, Gœlœidh, Geleidh), *N.* Noldo, ›Tiefelbe‹, einer vom weisen Volk. ♦ SIL QS/16; Reg *(Golodhrim)*, Anh. *Ety* (ÑGOLOD unter ÑGOL). *WJ* 264, 323. ◇ *Pl.* ***Gelydh***; *Koll.* ***Golodhrim***.

Golodhrim [gol'oðrim], *Koll.* von ***Golodh***.

goloth [g'oloθ], *N.* Blütenstand, Dolde (mit vielen kleinen Blüten). ♦ *VT* 42:18.

golwen [g'olwen], *Adj.* weise, gelehrt in tiefen Künsten. ♦ *Ety* (ÑGOL).

gonathra- [gon'aθra], *V.* verwickeln, verstricken. ♦ *Ety* (NAT).

gonathras [gon'aθras], *N.* Verstrickung. ♦ *Ety* (NAT).

gond [g'ond] (gonn), *N.* großer Stein, Fels. ♦ SIL Anh. *Ety* (GOND).

Gondolin [g'ondolin], *N.* ›Verborgener Felsen‹. ♦ H 3. HR II/4. SIL QS/13; Reg, Anh *(gond)*. NAM 1/I.

Gondolindrim [gondol'indrim], *N. Koll.* ›Gondolin-Volk‹. ♦ SIL QS/15; Reg. NAM 1/I Anm.

Gondor [g'ondor], *N.* ›Stein-Land‹. ♦ HR II/2; Anh A, B. SIL RM; Reg, Anh *(gond, dôr)*. NAM 2/I.

gondrafn [g'ondrafn], ***gondram*** [g'ondram], *N.* behauener Stein. ♦ *Ety* (DARÂM).

Gonnhirrim [gonnh'irrim], *N. Koll.* ›Steinherren-Volk‹. ♦ SIL QS/10; Reg, Anh *(gond, heru)*. ◇ Ein Name für die Zwerge.

gonod- [g'onod], *V.* zählen, zusammenzählen, rechnen, addieren. ♦ *Ety* (NOT, WÔ).

gor [g'or], *N.* Grauen, Entsetzen. ♦ SIL Anh

gorf [g'orv], *N.* Schwung, Triebkraft. ♦ *Ety* (GOR).

gorgor [g'orgor], *N.* großer Schrecken. ♦ SIL Anh (*gor*). *WJ* 415. ◇ Intensivum von ***gor***.

Gorgoroth [g'orgoroθ], *N.* ›Schrecken der Schrecken‹. ♦ SIL QS/19; Anh *(gor)*. NAM 1/I.

gorn [g'orn], *Adj.* heftig, ungestüm; *N.* Ungestüm, Tapferkeit, Mut. ♦ *Ety* (GOR). *PMe* xii. ◇ In ***Aragorn***.

gorog [g'orog], *N.* Schrecken. ♦ *WJ* 415.

goroth [g'oroθ], ***gorth*** [g'orθ], *N.* Schrecken. ♦ SIL Anh *(gor)*. *Ety* (ÑGOROTH). *WJ* 415.

gorthad [g'orθad], *N.* Grabstätte. ♦ HR Anh A. *PMe* 194. ◇ *Pl.* ***gerthaid***.

Gorthaur [g'orθaur], *N.* ›Abscheulicher Schrecken‹. ♦ SIL Val. Anh *(gor, thaur)*. ◇ Name Saurons im S.

gortheb [g'orθeb], *Adj.* schrecklich. ♦ *WJ* 415.

Gorthol [g'orθol], *N.* ›Schreckenshelm‹. ♦ SIL QS/21; Reg, Anh *(gor, thôl)*. ◇ Beiname.

gost [g'ost], *N.* Schrecken, Furcht. ♦ *Ety* (GOS).

gosta- [g'osta], *V.* außerordentlich fürchten. ♦ *Ety* (GOS).

Gothmog [g'oθmog], *N.* ›Feind-Hass‹. ♦ SIL QS/13. NAM 1/I Anm. BVG-2 348. ◇ Ork-Name, im Sinne von ›Morgoths Hass‹.

govad- [g'ovad], *V.* (sich) treffen, begegnen. ♦ HR I/12. BRIEFE Nr. 230. ◇ *Part.* ***govannen*** ›getroffen‹, in ***mae govannen!*** ›wohl getroffen!‹.

govannen [gov'annen], *Part.* von ***govad-***.

gowest [g'owest], *N.* Abmachung, Pakt, Vertrag. ♦ *Ety* (WED, WÔ.)

groga- [gr'oga], *V.* Schrecken empfinden. ♦ *WJ* 415.

grond [gr'ond], *N.* Keule. ♦ *Ety* (RUD).

groth [gr'oθ], *N.* große Höhle, Grube, unterirdische Wohnstatt. ♦ SIL Anh. *WJ* 415.

gruin [gr'uin], *Adj.* rötlich. ♦ *Ety* (ROY).

gruitha- [gr'uiθa], *V.* erschrecken. ♦ *WJ* 415.

Guilin [g'uilin], *N.* ›?-Sänger‹. ♦ SIL QS/20. ◇ Eigenname.

gûl [g'u:l], *N.* Magie, geheimes Wissen; schwarze Magie, Zauberei, Nekromantie. ♦ *Ety* (ÑGOL). SIL Anh. *MR* 350, *WJ* 383. ◇ In der Grundbedeutung Wissen, das durch langes Studium erworben wurde, insbesondere wie es Künstler besaßen, die wunderbare Dinge machten.

gûr[1] [g'u:r], *N.* Herz; Rat. ♦ *VT* 41:11, 15.

gûr[2] [g'u:r], *N.* Tod. ♦ *Ety* (ÑGUR).

guren [g'uren], *N.* mein Herz. ♦ *VT* 41:11. ◇ Anscheinend das

Wort ***gûr*** mit einem angehängten Personalsuffix. Zur Form siehe ***lammen***.

gurth [g'urθ], ***guruth*** [g'uruθ], *N.* Tod. ♦ SIL Anh. *Ety* (ÑGUR).

Gurthang [g'urthaŋ], *N.* ›Todeseisen‹. ♦ SIL QS/21; Reg, Anh *(gurth, anga)*. NAM 1/II. ◇ Schwertname.

guruthos [g'uruθos], *N.* Todesschatten, Todesfurcht. ♦ HR IV/10. *RGEO* 72. BRIEFE Nr. 211. ◇ In ***di'nguruthos*** ›unter Todesschatten‹.

gwa- [gw'a], *Präf.* zusammen. ♦ *Ety* (WÔ). *WJ* 367. ◇ Nur in alten Zusammensetzungen; die produktive Form ist *go-*.

gwachaedir [gwax'aedir] (gwahaedir), *N.* sehender Stein, Palantír. ♦ *PMe* 186.

gwador [gw'ador], *N.* Bruder. ♦ *Ety* (TOR). ◇ *Pl.* ***gwedeir***. Insbesondere angewendet im übertragenen Sinne auf Eidgenossen oder Verbündete.

gwaedh [gw'aeð], *N.* Bund, Eidbund, Treuebund; Eid. ♦ *Ety* (WED).

gwael [gw'ael], *N.* Möwe. ♦ *WJ* 418.

gwaen [gw'aen], *Adj.* befleckt. ♦ SIL 378. ◇ In ***agarwaen***.

gwaeren [gw'aeren], *Adj.* windig. ♦ *VT* 42:15.

Gwaeron [gw'aeron], *N.* ›der Wind-Macher‹. ♦ HR Anh D. NAM 1/II. ◇ Dritter Monat des Jahres, »März«.

gwaew [gw'aew], *N.* Wind. ♦ *Ety* (WA/WAWA/WAIWA).

Gwaihir [gw'aihir], *N.* ›Windherr‹. ♦ HR II/2. ◇ Name eines Adlers.

gwain [gw'ain], *Adj.* neu. ♦ *Ety* (WIN). HR Anh D. ◇ *Pl.* ***gwîn***. In ***Narwain***.

gwaith [gw'aiθ], *N.* Trupp von wehrfähigen Männern, Volk; Gebiet, Wildnis. ♦ SIL Anh. *Ety* (WEG).

Gwaith-i-Mírdain [gw'aiθ 'i m'i:rdain], *N.* ›Volk der Juwelenschmiede‹. ♦ HR II/2; Anh B. SIL RM; Reg, Anh *(gwaith, mîr)*. NAM 2/IV. ◇ Auch einfach ***Mírdain***.

gwaloth [gw'aloθ], *N.* Blütenfülle, Strauß. ♦ *Ety* (LOTH).

gwanath [gw'anaθ], *N.* Tod. ♦ *Ety* (WAN). ◇ Akt des Sterbens, nicht Tod als Zustand oder im abstrakten Sinne.

gwann [gw'ann], *Adj.* hingeschieden, tot. ♦ *Ety* (WAN).

gwanna- [gw'anna], *V.* hinscheiden, sterben. ♦ *Ety* (WAN). ◇ *Inf.* ***gwanno.***

gwanod [gw'anod], *N.* Anzahl, Zahl. ♦ *Ety* (NOT).

gwanu [gw'anu] (gwanw), *N.* Tod. ♦ *Ety* (WAN). ◇ *Pl.* ***gweinu.*** Akt des Sterbens, nicht Tod als Zustand oder im abstrakten Sinne.

gwanûn [gw'anu:n], *N.* Zwillingspaar. ♦ *WJ* 367.

gwanunig [gw'anunig], *N.* (ein) Zwilling. ♦ *WJ* 367. ◇ Einer von einem Zwillingspaar.

gwanur [gw'anur], *N.* Zwillinge; Bruder oder Verwandter, Verwandte. ♦ HR Anh A. *Ety* (NÔ, WÔ).

gwarth [gw'arθ], *N.* Verräter. ♦ *Ety* (WAR).

gwass [gw'ass], *N.* Fleck. ♦ *Ety* (WAH).

gwastar [gw'astar], *N.* Hügel. ♦ *Ety* (STAR, WÔ).

gwath [gw'aθ], *N.* Schatten, Düster, Trübes Licht; Fleck. ♦ SIL Anh. *Ety* (WA3, WATH). ◇ Verschmelzung von Wörtern zweier verschiedener Stämme.

gwatha- [gw'aθa], *V.* beflecken. ♦ *Ety* (WAH). ◇ *Inf.* ***gwatho.***

gwathel [gw'aθel], *N.* Schwester, Verbündete. ♦ *Ety* (THEL). ◇ *Pl.* ***gwethil.***

Gwathir [gw'aθir], *N.* ›Schattenfluss‹. ♦ NAM 2/II; Reg.

Gwathló [gw'aθlo:], *N.* ›Schattenfenn‹. ♦ HR I/12. SIL Anh *(gwath).* NAM 2/II. ◇ In der Gemeinsprache »Grauflut« genannt.

gwathra- [gw'aθra], *V.* beschatten, verdüstern, verhüllen, verbergen. ♦ *VT* 42:9.

gwathren [gw'aθren], *Adj.* schattig. ♦ SIL Anh. ◇ *Pl.* ***gwethrin.*** In ***Ered Wethrin.***

gwathui [gw'aθui], *Adj.* schattig. ♦ *PMe* 330. ◇ In ***Gwathuirim.***

Gwathuirim [gwaθ'uirim], *Koll.* Dunländer, Menschenvolk von Dunland. ♦ *PMe* 330.

gwaun [gw'aun], *N.* Gans. ♦ *Ety* (WA-*N*). ◇ *Pl.* ***goen.***

gwaur [gw'aur], *N.* befleckt, schmutzig. ♦ *Ety* (WA3).
gwedeir [gw'edeir], *Pl.* von ***gwador.***
gwedh [gw'eð], *N.* Band. ♦ *Ety* (WED).
gwedhant [gw'eðant] (gwend, gwenn), *Prät.* von ***gwedhi-.***
gwedhi- [gw'eði], *V.* binden. ♦ *Ety* (WED). ◇ *Prät.* ***gwedhant.***
gweinu [gw'einu], *Pl.* von ***gwanu.***
gwelu [gw'elu] (gwelw), *N.* Luft (als Substanz). ♦ *Ety* (WIL).
gwelwen [gw'elwen], *N.* Luft, untere Luft (im Gegensatz zur ›oberen‹ Luft, dem Ort der Sterne). ♦ *Ety* (WIL).
gwend[1] [gw'end], *N.* Band, Freundschaft. ♦ *Ety* (WED).
gwend[2] [gw'end] (gwenn), *N.* Maid. ♦ *Ety* (WEN/WENED).
gweneth [gw'eneθ], *N.* Jungfräulichkeit. ♦ *Ety* (WEN/WENED).
gwenyn [gw'enyn], *N. Pl.* Zwillinge. ♦ *PMe* 353, 365.
gweria- [gw'eria], *V.* verraten, betrügen. ♦ *Ety* (WAR). ◇ *Inf.* ***gwerio.***
gwest [gw'est], *N.* Eid. ♦ *Ety* (WED).
gwesta- [gw'esta], *V.* schwören. ♦ *Ety* (WED). ◇ *Inf.* ***gwesto.***
gweth [gw'eθ], *N.* Männlichkeit; Kriegsstärke, Trupp wehrfähiger Männer, Heer; Regiment. ♦ *Ety* (WEG).
gwethil [gw'eθil], *Pl.* von ***gwathel.***
gwethrin [gw'eθrin], *Pl.* von ***gwathren.***
gwî [gw'i:], *N.* Netz, Gewebe. ♦ *Ety* (WEY).
gwilith [gw'iliθ], *N.* Luft (als Region). ♦ *Ety* (WIL).
gwilwileth [gw'ilwileθ], *N.* Schmetterling. ♦ *Ety* (WIL).
gwîn [gw'i:n], *Pl.* von ***gwain.***
Gwindor [gw'indor], *N.* ›Gischtherr‹ (?). ♦ SIL QS/20. NAM 1/I. ◇ Eigenname.
gwing [gw'iŋ], *N.* Gischt, Wellenschaum. ♦ *Ety* (WIN). *PMe* 392. ◇ Im eigentlichen Sinne Schaum, der von einem Wellenkamm fliegt.
Gwirith [gw'iriθ], *N.* ›Windanfang‹ (?). ♦ HR Anh D. *SD* 129–31. ◇ Vierter Monat des Jahres, »April«. Der erste Bestandteil ist verm. abgeleitet von einem Stamm GWERE ›wirbeln, sich winden‹, sonst nicht erhalten im klass. Sindarin. Qu. *Víresse.*

gyllor [g'yllor], *Pl.* von ***gollor.***

gyrth [g'yrθ], *N. Pl.* die Toten. ♦ BRIEFE Nr. 332.

H

ha [h'a] (hana), Pron. es. ♦ *Ety* (S). HR II/4. ◇ *Pl.* ***hain.*** Möglicherweise ***sa, sain*** im klass. S., mit ***ha, hain*** als lenierten Formen.

hab- [h'ab], *V.* kleiden. ♦ *Ety* (KHAP).

habad [h'abod], *N.* Ufer, Gestade. ♦ *Ety* (SKYAP). ◇ *Pl.* ***hebaid.***

habar [h'abar], *N.* Mine. ♦ *WJ* 209, *WJ* 419. ◇ In ***Nornhabar.*** (Eine mögliche Form wäre auch ***sabar*** [s. d.], mit Anlautmutation in der Zusammensetzung.).

had- [h'ad], *V.* schleudern. ♦ *Ety* (KHAT). ◇ *Inf.* ***hedi***; *Prät.* ***hant.***

hadhod [h'aðod], *N.* Zwerg. ♦ SIL Anh. *WJ* 388, 414. ◇ ***hadhodrim*** *Koll.* ›Zwergenvolk‹. Lehnwort von Kh. *khazâd.*

hadhodrim [hað'odrim], *Koll.* von ***hadhod.***

Hadhodrond [hað'odrond], *N.* ›Khazâd-Gewölbe‹. ♦ SIL QS/10, Anh *(hadhod, rond).* ◇ Lehnübers. von Kh. *Khazad-dûm.*

hadlath [h'adlaθ] (haglath), *N.* Schleuder. ♦ *Ety* (KHAT, LATH).

hador [h'ador], ***hadron*** [h'adron], *N.* Schleuderer, Werfer. ♦ *Ety* (KHAT). ◇ Pl. ***heidor*** (zu ***hador***).

Hador [h'ador], *N.* ›Krieger‹. ♦ HR II/2. SIL QS/17. *Ety* (KHAT). NAM 1/II. *WJ* 234. ◇ Eigenname.

hae [h'ae], *Adj.* fern, entfernt. ♦ *PMe* 186. ◇ In ***gwachaedir.***

Haerast [h'aerast], *N.* ›Ferne Küste‹. ♦ SIL Reg.

haered [h'aered], *N.* Ferne, Entfernung. ♦ HR II/1. *RGEO* 72. In ***na-chaered.***

haeron [h'aeron], *Adj.* fern, entfernt, entlegen. ♦ *PMe* 273.

haew [h'aew], *N.* Gewohnheit, Brauch. ♦ *Ety* (KHIM).

hain [h'ain] (hein), *Pl.* von ***ha.***

hair [h'air] (heir), *Adj.* links, linkerhand; *N.* Linke, linke Hand. ♦ *Ety* (KHYAR).

Halbarad [h'albarad], *N.* ›Hoch-Turm‹ (?). ♦ HR V/2. ◇ Eigenname.

half [h'alv], *N.* (Meeres)Muschel. ♦ *Ety* (SYAL).

hall[1] [h'all], *Adj.* hoch, erhaben. ♦ *Ety* (KHAL).

hall[2] [h'all], *Adj.* verschleiert, verhüllt, verborgen, umschattet. ♦ *Ety* (SKAL).

Hallas [h'allas], *N.* ›der Hohe‹, ›Hochblatt‹ (?). ♦ HR Anh A. NAM 3/II. *PMe* 205. ◇ Eigenname.

haltha- [h'alθa], *V.* verhüllen. ♦ *Ety* (SKAL).

hamma- [h'amma], *V.* kleiden. ♦ *Ety* (KHAP). ◇ *Ger.* ***hammad*** ›Kleidung‹.

hammad [h'ammad], *Ger.* von ***hamma-***.

hamnia [h'amnia], *N.* Kleidung. ♦ *Ety* (KHAP).

hamp [h'amp], *N.* Gewand. ♦ *Ety* (KHAP).

hand [h'and] (hann), *Adj.* intelligent. ♦ *Ety* (KHAN).

hannas [h'annas], *N.* Verstand, Intelligenz. ♦ *Ety* (KHAN).

hant [h'ant], *Prät.* von ***had-***.

harad [h'arad], ***Harad*** [h'arad], *N.* Süden. ♦ HR II/2, B; Anh E. SIL Anh *(hyarmen)*. NAM 2/II. *Ety* (KHYAR).

haradren [har'adren], *Adj.* südlich. ♦ *Ety* (KHYAR).

Haradrim [har'adrim], *N. Koll.* Südländer, Volk des Südens. ♦ HR II/2; Anh A. SIL RM. NAM 4/II.

Haradwaith [har'adwaiθ], *N.* ›Südvolk, Südland‹. ♦ HR Karte. NAM 4/I. ◇ HR Karte nur in der alten Übers.

haran [h'aran], *Num.* hundert. ♦ *VT* 42:25.

hargam [h'argam], *N.* linkshändig. ♦ *Ety* (KHYAR).

Harlindon [harl'indon], *N.* ›Süd-Lindon‹. ♦ HR Anh B.

Harlond [h'arlond], *N.* ›Südhafen‹. ♦ HR Anh A.

harn[1] [h'arn], *Adj.* südlich. ♦ SIL Anh *(hyarmen)*. *Ety* (KHYAR).

harn[2] [h'arn], *Adj.* verwundet. ♦ *Ety* (SKAR).

harna- [h'arna], *V.* verwunden. ♦ *Ety* (SKAR). ◇ *Inf.* ***harno***.

Harnen [h'arnen], *N.* ›Südwasser‹. ♦ HR Anh A.

harno [h'arno], *Inf.* von ***harna***.

Harondor [har'ondor], *N.* ›Süd-Gondor‹. ♦ HR VI/9.

hartha- [h'arθa], *V.* hoffen. ♦ *SD* 62. ◊ *Ger.* ***harthad*** ›Hoffen, Hoffnung‹.

harthad [h'arθad], *Ger.* von ***hartha***.

haru [h'aru] (harw), *N.* Wunde. ♦ *Ety* (SKAR). ◊ Pl. ***heiru***.

hast [h'ast], *N.* Axthieb. ♦ *Ety* (SYAD).

hasta- [h'asta], *V.* durchhacken. ♦ *Ety* (SYAD). ◊ *Inf.* ***hasto***.

hathol [h'aθol] (hathel), *N.* Breitschwert-Klinge, Axtklinge; Axt. ♦ *Ety* (SYAD). *WJ* 234. ◊ Pl. ***heithol***.

Hathol [h'aθol], *N.* ›Axt‹. ♦ SIL QS/17. *WJ* 234. ◊ Eigenname.

Hatholdir [haθ'oldir], *N.* ›Axt-Mann‹. ♦ NAM 2/II. ◊ Eigenname.

haudh [h'auð], *N.* (Grab)Hügel, Grab. ♦ HR Anh A. SIL Anh. *Ety* (KHAG, KHAW).

Haudh-en-Arwen [h'auð 'en 'arwen], *N.* ›Hügel der Hohen Frau‹. ♦ SIL QS/17; Reg, Anh *(haudh)*.

Haudh-en-Elleth [h'auð 'en 'elleθ], *N.* ›Hügel des Elbenmädchens‹. ♦ SIL QS/21; Anh *(haudh)*. NAM 1/II; Reg.

Haudh-en-Ndengin [h'auð 'en 'ndeŋgin], *N.* ›Hügel der Erschlagenen‹. ♦ SIL QS/21; Reg, Anh *(dagor)*. NAM 1/I.

Haudh-en-Nirnaeth [h'auð 'en n'irnaeθ], *N.* ›Hügel der Tränen‹. ♦ SIL QS/20; Reg. NAM 1/II.

haust [h'aust], *N.* Bett. ♦ *Ety* (KHAW).

heb- [h'eb], *V.* behalten, nicht weggeben oder loslassen, festhalten. ♦ HR Anh A. *VT* 41:6. ◊ *Aor.* ***hebin*** in ***ú-chebin***. Wurzel KHEP.

hebaid [h'ebaid] (hebeid), *Pl.* von ***habad***.

hebin [h'ebin], *Inf.* von ***heb-***.

hedi [h'edi], *Inf.* von ***had-***.

heidor [h'eidor], *Pl.* von ***hador***.

heiru [h'eiru], *Pl.* von ***haru***.

heithol [h'eithol], *Pl.* von ***hathol***.

helch [h'elx], *N.* bitterkalt. ♦ *Ety* (KHELEK).

heledh [h'eleð], *N.* Glas. ♦ SIL Anh *(khelek-)*. ◇ Lehnwort von Kh. *kheled*.

heledir [h'eledir] (heledirn), *N.* Eisvogel. ♦ *Ety.* (HAL[1], SKAL). ♦ Wörtlich ›Vogelbeobachter‹.

heleg [h'eleg], *N.* Eis. ♦ *Ety* (KHELEK).

heleth [h'eleθ], *N.* Fell, Pelzmantel. ♦ *Ety* (SKEL).

Helevorn [h'elevorn], *N.* ›Schwarzglas‹. ♦ SIL QS/13; Reg, Anh *(khelek)*.

helf [h'elv], *N.* Fell. ♦ *Ety* (SKEL).

hell [h'ell], *Adj.* nackt. ♦ *Ety* (SKEL).

heltha- [h'elθa], *V.* ausziehen. ♦ *Ety* (SKEL). ◇ Die Form ****helta-*** in *Ety* ist ein Druck- oder Lesefehler.

hên [h'e:n], *N.* Kind. ♦ *WJ* 403. ◇ *Pl.* ***hîn***. Hauptsächlich verwendet als *Präf.* in Vater- oder Mutternamen.

hen [h'en] (hend, henn, hên), *N.* Auge. ♦ HR II/9. *Ety* (KHEN). *WR* 128. ◇ *Pl.* ***hin.***

heneb [h'eneb], *Adj.* äugig. ♦ *WJ* 337. In ***maecheneb*** ›scharfäugig‹.

henia- [h'enia], *V.* verstehen. ♦ *Ety* (KHAN). ◇ *Inf.* ***henio***.

henneth [h'enneθ], *N.* Fenster. ♦ SIL Anh.

Henneth Annûn [h'enneθ ann'u:n], *N.* ›Fenster des Westens, Fenster des Sonnenuntergangs‹. ♦ HR IV/5, A; Anh B. SIL Anh *(andúne)*. NAM 4/II; Reg.

herdir [h'erdir], *N.* Meister. ♦ *SD* 129–31. ◇ In ***i-Cherdir***.

heria- [h'eria], *V.* plötzlich und kraftvoll beginnen. ♦ *Ety* (KHOR). ◇ *Inf.* ***herio*** (hœrio).

Herion [h'erion], *N.* ›Herren-Sohn‹. ♦ HR Anh A. *PMe* 204. ◇ Eigenname.

herth [h'erθ], *N.* Garde, Truppe eines Herrn. ♦ *Ety* (KHER).

hervenn [h'ervenn] (herven), *N. m.* Ehemann. ♦ *Ety* (KHER, BESS).

hervess [h'ervess] (herves), *N. f.* Ehefrau. ♦ *Ety* (KHER, BESS).

heryn [h'eryn], *N.* Herrin. ♦ SIL Anh. ◇ In ***Roheryn***.

hethu [h'eθu] (hethw), *Adj.* neblig, obskur, vage. ♦ *Ety* (KHITH). ◇ *Pl.* ***hithu***.

hîl [h'i:l], *N.* Erbe. ♦ *PMe* 369. ◇ In ***Eluchíl***.

him[1] [h'im], *Adj.* standhaft, beständig; *Adv.* fortwährend, andauernd. ♦ *Ety* (KHIM).

him[2] [h'im], *Adj.* kalt. ♦ SIL Anh.

Himlad [h'imlad], *N.* ›Kalte Ebene‹. ♦ SIL QS/14; Reg, Anh (*him, lad*).

Himring [h'imriŋ], *N.* ›Kalt-Eisig‹. ♦ SIL QS/13; Anh (*him, ring*). ◇ Berg; im Text übers. mit »der Ewig-Kalte«.

hin [h'in], *Pl.* von ***hen***.

hîn [h'in], *Pl.* von ***hên***.

hîr [h'i:r], *N.* Meister, Herr. ♦ SIL Anh (*heru*). BRIEFE Nr. 297. *LB* 354. *Ety* (KHER). *SD* 129–31.

hiril [h'iril], *N.* Herrin. ♦ SIL Anh (*heru*). *Ety* (KHER).

Hírilorn [h'i:rilorn], *N.* ›Baum der Frau‹. ♦ SIL QS/19; Reg, Anh (*heru, orn*). NAM 1/II.

hîth [h'i:θ] (hith), *N.* Nebel. ♦ SIL Anh. *Ety* (KHITH).

Hithaeglir [hiθ'aeglir], *N.* ›Kette der nebligen Gipfel‹. ♦ HR Karte. SIL QS/3; Reg, Anh (*hith*). NAM 2/II.

hithlain [h'iθlain], *N.* Nebelfaden. ♦ HR II/8. ◇ Eine Substanz, aus der die Elben von Lothlóriën Seile herstellten.

Hithlum [h'iθlum], *N.* ›Nebeldunkel‹. ♦ SIL QS/3; Reg, Anh (*hith*). ◇ NAM 1/I. Übers. »Nebelland«.

hithu[1] [h'iθu] (hithw), *N.* Nebel. ♦ *Ety* (KHITH). ◇ *Pl.* wie *Sg.*

hithu[2] [h'iθu], *Pl.* von ***hethu***.

hithui [h'iθui], *Adj.* neblig. ♦ HR Anh D.

Hithui [h'iθui], *N.* ›der Neblige‹. ♦ HR Anh D. NAM 3/I Anm. ◇ Elfter Monat des Jahres, »November«.

hîw [h'i:w], *Adj.* klebrig. ♦ *Ety* (KHIM).

hobas [h'obas], *N.* Zuflucht, Hafen. ♦ *Ety* (KHOP).

hollen [h'ollen], *Part.* geschlossen. ♦ HR V/4. ◇ In ***Fen Hollen***. (Eine mögliche Form wäre auch ***sollen*** [s. d.] mit Anlautmutation als nachgestelltes Adjektiv.).

horn [h'orn], *Adj.* von Zwang getrieben, zwanghaft. ♦ *Ety* (KHOR).

hortha- [h'orθa], *V.* antreiben, beschleunigen. ♦ *Ety* (KHOR).

host [h'ost], *Num. N.* Gros (144). ♦ *Ety* (KHOTH).

hoth [h'oθ], *N.* Masse, Bande, Horde. ♦ *Ety* (KHOTH). SIL Anh. ◇ Fast immer im negativen Sinne verwendet.

hû [h'u:], *N.* Hund. ♦ *Ety* (KHUG).

Huan [h'uan], *N.* ›Großer Hund‹. ♦ SIL QS/19; Reg.

hûb [h'u:b], *N.* Hafen, kleine landumschlossene Bucht. ♦ *Ety* (KHOP).

hûd [h'u:d], *N.* Versammlung. ♦ *Ety* (KHOTH).

hûl [h'u:l], *Interj.* Vorwärts! ♦ *Ety* (SIW). ◇ Anfeuerungsruf in der Schlacht.

hûn [h'u:n], *N.* Herz (als Organ). ♦ *Ety* (KHO-N).

Huor [h'uor], *N.* ›der Mutige‹. ♦ HR Anh A. SIL QS/15. NAM I/1. ◇ Eigenname.

hûr [h'u:r], *N.* Bereitschaft zum Handeln, Kraft, feuriger Geist. ♦ *Ety* (KHOR).

Húrin [h'u:rin], *N.* ›Kraft-Herz‹. ♦ HR II/2. SIL QS/15. NAM 1/II. *WJ* 234. ◇ Eigenname.

hwand [hw'and] (chwand), *N.* Schwamm, Pilz. ♦ *Ety* (SWAD).

hwest [hw'est] (chwest), *N.* Hauch, Atem, Brise. ♦ *Ety* (SWES).

hwîn [hw'i:n] (chwîn), *N.* Schwindligkeit, Schwäche. ♦ *Ety* (SWIN).

hwind [hw'ind] (chwind, chwinn), *Adj.* drehend, wirbelnd. ♦ *Ety* (SWIN).

hwinia- [hw'inia], *V.* sich drehen, wirbeln. ♦ *Ety* (SWIN). ◇ *Inf.* **hwinio** (chwinio); *Part.* **hwiniol** ›wirbelnd, schwindelnd, fantastisch‹.

hwinio [hw'inio] (chwinio), *Inf.* von **hwinia-**.

hwiniol [hw'iniol] (chwiniol) *Part.* von **hwinia-**.

I

i ['i], Art. der, die, das; *Pron.* welch(er, e, es). ♦ *Ety* (I). BRIEFE Nr. 230, Nr. 332. *SD* 129–31. ◇ *Pl.* ***in***.

iâ [j'a:] (*ia*), *N.* Kluft, Abgrund, Leere. ♦ *Ety* (YAG). SIL Anh. BRIEFE Nr. 297.

iaeth [j'aeθ], *N.* Hals. ♦ *Ety* (YAK).

iaew [j'aew], *N.* Spott, Hohn. ♦ *Ety* (YAI).

iant [j'ant], *N.* Brücke. ♦ SIL Anh. *Ety* (YAT).

Iant Iaur [j'ant j'aur], *N.* ›Alte Brücke‹. ♦ SIL QS/14; Reg, Anh *(iant, iaur).*

ianu [j'anu] (ianw), *N.* Joch. ♦ *Ety* (YAT). ◇ In *Ety* ursprünglich ›Brücke‹, aber anscheinend getauscht mit ***iant***.

iâr [j'a:r], *N.* Blut. ♦ *Ety* (YAR).

iarwain [j'arwain], *Adj.* ältest(er, e, es). ♦ HR II/2. ◇ Obwohl dies im Kontext so übersetzt wird, ist eine Deutung ›der Alt-Neue‹ nicht auszuschließen.

Iarwain ben-adar [j'arwain b'en 'adar] (Iarwain Ben-Adar), *N.* ›Ältester Ohne-Vater‹. ♦ HR II/2. SIL Anh *(iaur).* ◇ S.-Name für Tom Bombadil.

iâth [j'a:θ], *N.* Zaun. ♦ SIL Anh. *WJ* 369.

iathrim [j'aθrim], *N. Koll.* ›Zaun-Volk‹. ♦ *WJ* 378. ◇ Elben von Doriath.

iaun [j'aun], *N.* heilige Stätte, Heiligtum. ♦ *Ety* (YAN, AYAN).

iaur [j'aur], *Adj.* alt, ursprünglich. ♦ SIL Anh. *Ety* (YA). ◇ Ohne die Konnotation von Schwäche wie ***ingem***.

Iavas [j'avas], *N.* Herbst (Jahreszeit). ♦ HR Anh D.

iaw[1] [j'au] (iau), *N.* Korn, Getreide. ♦ *Ety* (YAB).

iaw[2] [j'au] (iau), *N.* Schlucht, Klamm, Abgrund. ♦ *Ety* (YAG).

îdh ['i:ð], *N.* Ruhe, Rast. ♦ *Ety* (EZDÊ). *WJ* 403–4.

idhor ['iðor] (idher), *N.* Nachdenklichkeit, Besinnlichkeit, Weisheit. ♦ *Ety* (IN). ◇ *Pl.* wie *Sg.*

idhren ['iðren], *Adj.* nachdenklich, weise, gedankenvoll. ♦ *Ety* (IN).

idhrinn ['iðrinn] (idhrind, idhrin), *N.* Jahr. ♦ *Ety* YEN, RIN.

Idril ['idril], *N.*, siehe Qu. *Itaril(le).*

iëll [j'ell], *N.* Tochter; Mädchen, Maid. ♦ *Ety* (YEL, SEL[D]). ◇ Eine Abänderung von ***sell***, in Angleichung an ***ion*** ›Sohn‹. Es war »eine Veränderung unterstützt durch den Verlust von ***s*** in Zusammensetzungen und Vaternamen«, von da die Endung ***-iel*** in weiblichen Namen und Bezeichnungen.

iëst [j'est], *N.* Wunsch. ♦ *Ety* (YES).

im ['im], *Pron.* ich. ♦ HR II/4. *LB* 354. *Ety* (NI).

imlad ['imlad], *N.* enges Tal mit steilen Wänden, tiefes Tal. ♦ SIL Anh *(lad)*.

Imlad Morgul ['imlad m'orgul], *N.* ›Tal der Magie‹. ♦ HR II/2. SIL Anh *(lad)*.

Imladris [iml'adris], *N.* ›Kluft des tiefen Tals‹. ♦ HR II/2. *RGEO* 70 [in Tengwar]. SIL RM; Reg. Anh *(ris)*. NAM 2/I. ◇ In der Gemeinsprache Bruchtal genannt.

imloth ['imloθ], *N.* Tal der Blüten, Blumental. ♦ HR V/8. *VT* 42:18. ◇ In ***Imloth Melui.***

Imloth Melui ['imloθ m'elui], *N.* ›Süßes Blütental‹. ♦ HR V/8. *RBG* 18. ◇ Eine Gegend, wo Rosen wuchsen.

imrath ['imraθ], *N.* langes schmales Tal mit einem Wasserlauf im Talgrund. ♦ NAM Reg *(Steinkarren-Tal)*.

in ['in], *Pl.* von ***i***.

în[1] ['i:n], *Pron. Adj.* sein, ihr (reflexiv). ♦ *SD* 129–31. ◇ Rückbezüglich auf das Subjekt des Satzes.

în[2] ['i:n], *N.* Jahr. ♦ *Ety* (YEN).

inc ['ink], *N.* Ahnung, Idee, Vorstellung. ♦ *Ety* (INK/INIK).

ind ['ind] (inn), *N.* Innerer Gedanke, Bedeutng, Herz. ♦ *Ety* (ID).

Indor ['indor], *N.* ›Herr des Hauses‹(?). ♦ NAM 1/II. ◇ Eigenname; zur Bedeutung vgl. BVG-2 349.

ingem ['iŋgem], *Adj.* alt (von Personen, vor allem Sterblichen). ♦ *Ety* (YEN, GENG-WÂ). ◇ Wörtlich ›jahr-krank‹, ein neues Wort, das die Elben nach der Begegnung mit den Menschen schufen.

Ingold ['iŋgold], *N.* ›der Weise‹ (?). ♦ HR V/1. ◇ Eigenname.

ínias ['i:nias], *N.* Annalen. ♦ *Ety* (YEN).

inu ['inu] (inw), *Adj.* weiblich. ♦ *Ety* (INI). ◇ *Pl.* wie *Sg.*

io [j'o] (ia) *Adv.* vorüber, her, vor. ◆ *Ety* (YA).

iôn [j'o:n], ***ion*** [j'on] (iond, ionn), *N.* Sohn. ◆ *Ety* (YÔ/YON). *SD* 129–31. *MR* 373. *WJ* 337. ◇ *Koll.* ***ionnath*** ›alle Söhne‹.

ionnath [j'onnaθ], *Koll.* von ***ion***.

Ioreth [j'oreθ], *N.* ›Alte Frau‹ (?). ◆ HR V/8. ◇ Eigenname oder Beiname.

Iorhael [j'orhael], *N.* ›Frodo‹. ◆ *SD* 128–9. ◇ Eigenname. Wörtl. ›Alt-weise‹.

iphant ['ifant] (ifant), *Adj.* bejahrt, langlebig, alt (ohne Konnotation von Schwäche). ◆ *Ety* (KWAT, YEN). ◇ Wörtlich ›jahrvoll‹.

ir ['ir], *Adv.* wann (?). ◆ *LB* 354.

ist ['ist], *N.* überliefertes Wissen. ◆ *Ety* (ITH).

ista- ['ista], *V.* Wissen haben. ◆ *Ety* (ITH). ◇ *Inf.* ***isto***.

istui ['istui], *Adj.* gelehrt. ◆ *Ety* (ITH).

Ithil ['iθil], *N.* ›der Schein‹, der Mond. ◆ HR Anh E. SIL Anh *(sil-)*. *LB* 354. *Ety* (I, SIL, THIL).

Ithilbor [iθ'ilbor], *N.* ›Mondhand‹. ◆ NAM 1/II. ◇ Eigenname.

ithildin [iθ'ildin], *N.* ›Sternmond‹. ◆ HR II/4. SIL Anh *(tin-)*. ◇ Eine Mithril-Legierung, die nur Sternenlicht und Mondlicht widerspiegelt. Aus ihr war die Inschrift auf dem Westtor von Moria gemacht.

Ithiliën [iθ'ilien], *N.* ›Mondland‹. ◆ HR II/2. SIL Anh *(sil-)*. NAM 1/II Anm, 3/II.

ithron ['iθron], *N.* Zauberer, Weiser. ◆ NAM 4/II. ◇ *Pl.* ***ithryn***.

ithryn ['iθryn], *Pl.* von ***ithron***.

Ithryn Luin ['iθryn luin], *N.* ›Blaue Zauberer‹. ◆ NAM 4/II.

iuith [j'uiθ], *N.* Gebrauch. ◆ *Ety* (YUK).

iuitha- [j'uiθa], *V.* gebrauchen, verwenden. ◆ *Ety* (YUK). ◇ *Inf.* ***iuitho***. Die Glosse in *Ety* war kaum lesbar. Christopher Tolkien liest ›to enjoy‹, aber ›to employ‹ ist wahrscheinlicher.

iûl [j'u:l], *N.* Glut. ◆ *Ety* (YUL). ◇ In *Ety* Alt-Noldorin, aber Noldorin ist wahrscheinlicher.

Ivanneth [iv'anneθ], *N.* ›Frucht-Gebung‹ ♦ HR Anh D. NAM 3/I. ◊ Neunter Monat des Jahres, »September«.

ivor ['ivor], *N.* Kristall (?). ♦ HR Anh A. ◊ *Pl.* wie *Sg.* In ***Ivorwen***.

Ivorwen [iv'orwen], *N.* ›Kristallmaid‹ (?). ♦ HR Anh A. ◊ Eigenname.

ivren ['ivren], *Adj.* kristallen (?). ♦ SIL 392. *WJ* 85. ◊ *Pl.* ***ivrin***. In ***Eithel Ivrin***. Die Bedeutung ist eine Vermutung, basierend auf verschiedenen Beschreibungen dieses Ortes.

ivrin ['ivrin], *Pl.* von ***ivren***

Ivrin, siehe ***Eithel Ivrin***.

K

Siehe C.

L

laba- [l'aba], *V.* Hüpfen. ♦ NAM 1/II. ◊ In ***Labadal***.

Labadal [l'abadal], *N.* ›Hüpffuß‹. ♦ NAM 1/II. ◊ Beiname.

lach [l'ax] (lhach), *N.* Stichflamme. ♦ SIL Anh.

lacha- [l'axa], *V.* flammen. ♦ UT/65. ◊ *Imp.* ***lacho***.

lachenn [l'axenn] (lachend), *N.* ›Flammenauge‹, Tiefelbe. ♦ *WJ* 384. ◊ *Pl.* ***lechenn***. Sindarin-Name für die Noldor.

lacho [l'axo], *Imp.* von ***lacha-***.

lad [l'ad], *N.* Ebene, (breites) Tal. ♦ SIL Anh.

laden [l'aden] (lhaden), *Adj.* offen, gerodet. ♦ *Ety* (LAT). ◊ *Pl.* ***ledin***.

Ladros [l'adros], *N.* ›Tal des Sprühregens‹ (?). ♦ SIL QS/17.

laeb [l'aeb] (lhoeb), *Adj.* frisch. ♦ *Ety* (LÂYAK).

laeg[1] [l'aeg] (lhaeg), *Adj.* scharf, fein. ♦ *Ety* (LAIK).

laeg[2] [l'aeg], *Adj.* (frisch)grün. ♦ Nr. 211, BRIEFE Nr. 297. ◊ Selten verwendet (ersetzt durch ***calen***).

Laegel [l'aegel], *N.* Grünelbe. ♦ *WJ* 385. ◊ *Pl.* ***Laegil; Koll. Laegrim*** ›Volk der Grünelben‹.

Laegil [l'aegil], *Pl.* von ***Laegel***.

Laegrim [l'aegrim] (laegeldrim), *Koll.* von ***Laegel***.

Laer Cú Beleg [l'aer k'u: b'eleg], *N.* ›Lied vom Großen Bogen‹. ♦ SIL QS/21; Reg. Anh *(cú, beleg)*.

laer[1] [l'aer], *N.* Sommer. ◊ HR Anh D.

laer[2] [l'aer], *N.* Lied. ♦ SIL Anh. ◊ In ***Laer Cú Beleg***.

laes [l'aes] (lhaes), *N.* Kleinkind, Baby. ♦ *Ety* (LAP).

lâf [l'a:v] (lhâf), *Aor.* von ***lav-***.

lagor [l'agor] (lhagr), *Adj.* schnell, rasch. ♦ *Ety* (LAK). *Pl.* ***leigor***.

lain[1] [l'ain] (lhain, lhein), *Adj.* frei, befreit. ♦ *Ety* (LEK).

lain[2] [l'ain], *N.* Faden. ♦ HR II/8. ◊ In *hithlain*.

lalaith [l'alaiθ], *N.* Lachen. ♦ SIL Anh.

Lalaith [l'alaiθ], *N.* ›Lachen‹. ♦ SIL QS/21; Reg. NAM 1/II. ◊ Eigenname.

lalf [l'alv], *N.* Ulme. ♦ *Ety* (LÂLAM). ◊ *Pl.* ***lelf***.

lalorn [l'alorn] (lhalorn), *N.* Ulmenbaum. ♦ *Ety* (LÂLAM).

lalven [l'alven], ***lalwen*** [l'alwen] (lhalwen), *N.* Ulme. ♦ *Ety* (LÂLAM). ◊ *Pl.* ***lelvin, lelwin***.

lam [l'am] (lhamb, lham), *N.* Zunge; *Ling.* Sprache. ♦ *Ety* (LAB). *WJ* 394. *PMe* 349. ◊ *Koll.* ***lamath*** ›widerhallende Stimmen‹.

lamath [l'amaθ], *Koll.* von ***lam***.

Lamedon [l'amedon], *N.* (?). ♦ HR V/1. NAM 3/II Anm.

lammas [l'ammas] (lhammas), *N.* Sprachbeschreibung. ♦ *LR* (LAB), *WJ* 206, *WJ* 393.

lammen [l'ammen], *N.* meine Zunge. ♦ HR II/4. ◊ In ***lasto beth lammen*** ›höre auf das Wort meiner Stimme‹. Die Form lässt sich auch als *Adj.* deuten, aber wahrscheinlicher ist ***lam*** mit einem Pron.-Suffix ***-men***.

Lammoth [l'ammoθ], *N.* ›Stimmen-Horde‹. ♦ SIL QS/9; Reg, Anh *(lóm)*. NAM 1/I. ◊ Übers »das Große Echo«.

lanc[1] [l'ank], *Adj.* nackt. ♦ NAM Reg *(Amon Lanc)*.

lanc[2] [l'ank] (lhanc), *N.* Kehle. ♦ *Ety* (LANK).

lanc[3] [l'ank], *N.* scharfe Kante, plötzliches Ende. ♦ *VT* 42:8. ◇ Zum Beispiel der Rand einer Klippe oder das scharfe Ende von Dingen, die von Menschenhand gemacht oder erbaut sind; nicht von Werkzeugen.

land[1] [l'and] (lhand), *Adj.* offener Raum, freie Fläche. ♦ *Ety* (LAT).

land[2] [l'and] (lhand, lhann), *Adj.* weit, breit. ♦ HR VI/4, *Ety* (LAD). ◇ In ***Landroval***.

Landroval [l'androval], *N.* ›der Breitgeflügelte‹. ♦ HR VI/4. *LR* 382. ◇ Name eines Adlers.

lang [l'aŋ] (lhang), *N.* Schwert, Pallasch. ♦ *Ety* (LANG).

lant[1] [l'ant] (lhant), *N.* Waldlichtung. ♦ *Ety* (LAT).

lant[2] [l'ant], *N.* Fall. ♦ SIL Anh. *PMe* 349. ◇ In ***lanthir***.

lanthir [l'anθir], *N.* Wasserfall. ♦ SIL Anh. *PMe* 349.

Lanthir Lamath [l'anθir l'ammaθ], *N.* ›Wasserfall der widerhallenden Stimmen. ♦ SIL QS/22; Reg, Anh *(lóm)*.

lasbelin [l'asbelin] (lhasbelin), *N.* Herbst. ♦ *Ety* (KWEL, LAS[1]).

lass [l'ass] (lhass), *N.* Blatt. ♦ BRIEFE Nr. 211. *GN* 169. *Ety* (LAS[1]).

lasta- [l'asta], *V.* hören, zuhören. ♦ HR II/4. SIL Anh. *LB* 354. *Ety* (LAS[2]). ◇ *Imp.* ***lasto*** ›höre!‹.

lasto [l'asto], *Imp.* von ***lasta-***.

lath [l'aθ] (lhath), *N.* Lederriemen. ♦ *Ety* (LAT).

lathra- [l'aθra], ***lathrada-*** [l'aθrada], *V.* lauschen, mithören. ♦ *Ety* (LAS[2]). ◇ *Inf.* ***lathro*** (lhathro), ***lathrado*** (lhathrado).

lathron [l'aθron] (lhathron), *N.* Hörer, Zuhörer, Lauscher. ♦ *Ety* (LAS).

laug [l'aug] (lhaug), *Adj.* warm. ♦ *Ety* (LAW).

lav- [l'av], *V.* lecken. ♦ *Ety* (LAB). ◇ *Inf.* ***levi; Aor. lâf***.

lavan [l'avan], *N.* Tier. ♦ *WJ* 388, 416. ◇ *Pl.* ***levain***. Gewöhnlich angewandt auf vierfüßige Tiere, nie auf Vögel oder Reptilien.

laws [l'aws] (lhaws), *N.* Haarlocke. ♦ *Ety* (LOKH).

le [l'e], *Pron.* Euch (ehererbietig). ♦ HR II/1, IV/10. BRIEFE Nr. 211. *RGEO* 72–3. *LB* 354. ◇ Lehnwort aus dem Qu.?

lebed [l'ebed] (lhebed), *N.* Finger. ♦ *Ety* (LEP/LEPET).

leben [l'eben] (lheben), *Num.* fünf. ♦ UT/449. *Ety* (LEP [LEPEN/LEPEK]). *VT* 42:25.

Lebennin [leb'ennin], *N.* ›Fünf Flüsse‹. ♦ HR V/1. NAM 2/IV; Reg.

lebethron [leb'eθron], *N.* Bot. ›Lebethron‹. ♦ HR IV/7, VI/5. *WR* 176. ◇ Ein seltener Baum in Gondor mit schwarzem Holz, geschätzt von Holzschnitzern.

lechenn [l'exenn] (lechind), *Pl.* von ***lachenn***.

ledin [l'edin] (lhedin), *Pl.* von ***laden***.

lefnui [l'efnui] (lhefneg), ***levnui*** [l'evnui], *Num. Adj.* fünft(er, e, es). ♦ *WR* 436. *VT* 42:25.

Lefnui [l'efnui], *N.* ›Der Fünfte‹. ♦ HR Karte. NAM 2/IV Anh; Reg. ◇ Flussname.

Legolin [l'egolin], *N.* ›Grüngesang‹. ♦ SIL QS/14. ◇ Flussname.

leigor [l'eigor], *Pl.* von ***lagor***.

leithia- [l'eiθia] (lheitho), *V.* lösen, befreien. ♦ *Ety* (LEK).

leithian [l'eiθian] (lheithian), *N.* Lösung (von Banden), Befreiung (aus Knechtschaft). ♦ SIL QS/19; Reg (Leithian-Lied). *Ety* (LEK).

lelf [l'elv], *Pl.* von ***lalf***.

lelvin [l'elvin], *Pl.* von ***lalven***.

lelwin [l'elwin], *Pl.* von ***lalwen***, siehe ***lalven***.

lembas [l'embas], *N.* ›Reisebrot‹. ♦ HR II/8. SIL QS/21; Reg. *PMe* 403–5. ◇ Wegzehrung, von den Elben aus dem Korn Yavannas gebacken; Qu. *coimas*.

lend[1] [l'end] (lenn), *N.* Reise. ♦ *PMe* 404.

lend[2] [l'end] (lhend), *Adj.* melodisch, süß. ♦ *Ety* (LIND).

lest [l'est], *N.* Gürtel. ♦ *WJ* 225, 228, 333.

levain [l'evain], *Pl.* von ***lavan***.

levi [l'evi] (lhefi), *Inf.* von ***lav-***.

levnui, siehe ***lefnui***

lhaew [l'aew] (thlaew, thloew, flaew), *Adj.* kränklich, krank. ♦ *Ety* (SLIW).

lhain [l'ain] (thlein), *Adj.* mager, dünn, dürr. ♦ *Ety* (SLIN). ◇ *Pl.* ***lhîn***.

lhaw [l'aw], *N. Du.* Ohren. ♦ HR II/9. *Ety* (LAS²). ◇ Die beiden Ohren einer Person; eine alte Dual-Form. Siehe auch ***lhewig***.

lhê [l'e:] (thlê), *N.* feiner Faden, Spinnenfaden. ♦ *Ety* (SLIG).

lhewig [l'ewig], *N.* Ohr. ♦ HR II/9. *Ety* (LAS²). ◇ *Sg.*-Form zu ***lhaw***.

lhîn [l'i:n] (thlin), *Pl.* von ***lhain***.

lhind [l'ind] (thlind, thlinn), *Adj.* zart, schlank. ♦ *Ety* (SLIN).

lhing [l'iŋ] (thling), *N.* Spinne, Spinnwebe. ♦ *Ety* (SLIG).

lhingril [l'iŋril] (thlingril), *N.* Spinne. ♦ *Ety* (SLIG).

lhîw [l'i:w] (fliw, thliw), *N.* Krankheit. ♦ *Ety* (SLIW).

lhoss [l'oss] (floss, thloss), *N.* Wispern, Rascheln. ♦ *Ety* (SLUS).

lhûg [l'u:g], *N.* Schlange. ♦ SIL Anh *(lok-)*. *Ety* (LOK).

lhûn [l'u:n], *Adj.* blau. ♦ *Ety* (LUG).

Lhûn [l'u:n], *N.* ›der Blaue‹. ♦ HR Prol, A; Anh F. SIL RM. NAM 2/IV. ◇ Fjord in Mittelerde.

lim¹ [l'im], *Adv.* los, weiter (?) HR I/12. *RS* 196. In ***noro lim!*** ›reite los!, reite weiter!‹.

lim² [l'im], *Adj.* klar, funkelnd, hell. ♦ *WJ* 337.

lim³ [l'im] (lhim, lhimb), *N.* Fisch. ♦ *Ety* (LIW).

limlug [l'imlug] (lhimlug), *N.* Fisch-Drache, Seeschlange. ♦ *Ety* (LOK).

limmida- [l'immida] (lhimmid-), *V.* befeuchten. ♦ *Ety* (LINKWI). ◇ *Prät.* ***limmint***.

limmint [l'immint] (lhimmint), *Prät.* von ***limmida-***.

limp [l'imp] (lhimp), *Adj.* nass. ♦ *Ety* (LINKWI).

lîn [l'i:n] (lhin), *N.* Teich. ♦ SIL Anh. *Ety* (LIN). ◇ *Koll.* ***liniath***.

Linaewen [lin'aewen], *N.* ›See der kleinen Vögel, Vogelsee‹. ♦ SIL QS/14; Reg, Anh *(lin¹)*. NAM 1/I.

lind [l'ind] (lhind¹, lhinn), *N.* Weise, Melodie. ♦ *Ety* (LIN).

Lindir [l'indir], *N.* ›Gesang-Mann, Sänger‹. ♦ HR II/1. ◇ Eigenname.

Lindon [l'indon], *N.* ›Lindon‹. ♦ HR VI/9, A; Anh B. SIL QS/14; Anh *(lin-²)*. NAM 1/I Anm. *WJ* 385. ◇ Land der Lindi, aus dem Nandorin.

Linhir [l'inhir], *N.* ›Rauschender Fluss‹ (?). ♦ HR V/9.

liniath [l'iniaθ], *Koll.* von ***lin***.

linna- [l'inna], *V.* singen. ♦ HR II/1. *RGEO* 72. *LB* 354. ◇ *Präs.* ***linnon*** ›ich singe‹; *Fut.* ***linnathon*** ›ich werde singen‹.

linnathon [l'innaθon], *Fut.* von ***linna-***.

linnod [l'innod], *N.* Spruchvers. ♦ HR Anh A. ◇ Wynne/Hostetter (2000:131) deuten dies als ***linn*** ›Lied‹ + ***odo*** ›sieben‹, nach der Silbenzahl des *linnod* in HR. Nicht minder wahrscheinlich ist eine Deutung mit dem Sg.-Element ***-od*** wie in ***filigod*** (s. d.).

linnon [l'innon], *Präs.* von ***linna-***.

lîr [l'i:r] (lhir), *N.* Reihe, Kette. ♦ *Ety* (LIR).

Lisgardh [l'isgarð], *N.* ›Ried-Gebiet‹ (?). ♦ NAM 1/I.

Lissuin [l'issuin], *N.* (?). ♦ NAM 2/II. ◇ Süß duftende Blume.

lith [l'iθ], *N.* Asche, Sand, Staub. ♦ *Ety* (LIT). SIL Anh. *GN* 178 .

Lithlad [l'iθlad], *N.* ›Aschenebene‹. ♦ HR IV/3. SIL Anh. *(lith)*.

lithui [l'iθui], *Adj.* aschen. ♦ *RGEO* 74. SIL Anh. NAM Reg *(Ered Lithui)*. *GN* 178.

lô [l'o:], *N.* flacher See, Fenn. ♦ UT/263.

loch [l'ox] (lhoch), *N.* Löckchen. ♦ *Ety* (LOKH).

loda- [l'odo] (lhoda), *V.* schwimmen, treiben. ♦ *Ety* (LUT).

loeg [l'oeg], *N.* Teich. ♦ SIL Anh.

Loeg Ningloron [l'oeg n'iŋgloron], *N.* ›Teiche der goldenen Wasserblumen‹. ♦ SIL RM; Reg, Anh *(nen, laure)*. NAM 3/I Anm.

loen [l'oen], *Adj.* durchnässt, überschwemmt. ♦ *VT* 42:10.

lóm [l'o:m], *N.* Echo. ♦ SIL Anh.

lond [l'ond] (lonn, lhonn), *N.* enger Durchlass, Meerenge; Hafeneinfahrt, landumschlossener Hafen. ♦ SIL Anh *(londe)*. NAM Reg *(Lond Daer)*. *Ety* (LOD). ◇ *Koll.* ***lonnath*** ›Häfen‹.

Lond Daer [l'ond d'aer], *N.* ›Großer Hafen‹. ♦ HR Karte. NAM 2/II Anm. ◇ Siehe ***Lond Daer Enedh***.

Lond Daer Enedh [l'ond d'aer 'eneð], *N.* ›Großer Mittlerer Hafen‹. ♦ NAM 2/IV Anh. ◇ Kurzform ***Lond Daer.***

long [l'oŋ] (lhong), *Adj.* schwer. ♦ *Ety* (LUG).

lonnath [l'onnaθ], *Koll.* von **lond.**

Lóriën [lo:rien], siehe ***Lothlóriën.***

Lórindol [l'o:rindol], *N.* ›Goldscheitel‹. ♦ SIL QS/17; Reg, Anh *(laure, dol).* ◇ Beiname.

Losgar [l'osgar], *N.* (?). ♦ SIL QS/9. ◇ Ortsname.

loss [l'oss], *N.* Schnee; *Adj.* schneeweiß. ♦ *RGEO* 70. SIL Anh *(los).*

Lossarnach [loss'arnax], *N.* ›Schnee-Arnach‹. ♦ HR V/1; Anh F. ◇ *Arnach* ist ein Wort vor-númenórischen Ursprungs.

lossen [l'ossen], *Adj.* schneeig, schneebedeckt. ♦ *RGEO* 70.

Lossoth [l'ossoθ], *Koll.* Schnee-Horde, Schneemenschen. ♦ HR Anh A. *RGEO* 70. SIL Anh *(hoth).*

lost [l'ost] (lhost), *Adj.* leer. ♦ *Ety* (LUS).

loth [l'oθ] (lhoth), *N.* Blume, Blüte. ♦ SIL Anh. *LB* 354. *Ety* (LOTH).

lotheg [l'oθeg], *N.* (einzelne) Blüte. ♦ *VT* 42:18.

Lothíriël [loθ'i:riel], *N.* ›Mit Blüten bekränzte Maid‹. ♦ HR Anh A. NAM 3/I Anh. *PMe* 221. ◇ Eigenname.

Lothlann [l'oθlann], *N.* ›das weite Leere‹. ♦ SIL QS/14. ◇ Siehe ***lost, land***[1].

Lothlóriën [loθl'o:rien], *N.* ›Blüte-Traumland‹. ♦ HR II/6. SIL Anh *(loth).* NAM 2/IV. ◇ Eig. Qu. *Lóriën* mit vorangesetztem S. **loth** ›Blüte‹. Viele andere Formen des Namens sind überliefert, zum Teil aus dem Nandorin und Quenya.

Lothron [l'oθron], *N.* ›der Blüten-Macher‹. ♦ HR Anh D. NAM 1/II. ◇ Fünfter Monat des Jahres, »Mai«.

lû [l'u:] (lhû), *N.* Zeitpunkt, Gelegenheit. ♦ *Ety* (LU).

luithia- [l'uiθia], *V.* stillen, löschen. ♦ *SD* 62. ◇ *Ger.* ***luithiad.*** In ***uluithiad.***

luithiad [l'uiθiad], *Ger.* von ***luithia-.***

lum [l'um] (lhum), *N.* Schatten. ♦ *Ety* (LUM).

lumren [l'umren] (lhumren), *Adj.* schattig. ♦ *Ety* (LUM).
lunt [l'unt] (lhunt), *N.* Boot. ♦ *Ety* (LUT).
lûth [l'u:θ] (lhûth), *N.* Zauber. ♦ *Ety* (LUK).
lútha- [l'u:θa] (lhútha-), *V.* verzaubern. ♦ *Ety* (LUK).
Lúthiën [lu:θien], *N.* ›Zauberin‹. ♦ HR I/11; Anh A. SIL QS/10. NAM 1/II. ◇ Eigenname. Aus dem Doriathrin.
lŷg [l'y:g], *N.* Schlange. ♦ HR Anh E.

M

Mablung [m'abluŋ], *N.* ›Schwere Hand‹. ♦ HR IV/4. SIL QS/13; Reg. NAM 1/II. ◇ Eigenname.
mad- [m'ad], *V.* essen. ♦ *Ety* (MAT). ◇ *Inf.* ***medi***.
mae [m'ae], *Adv.* gut. ♦ HR I/12. BRIEFE Nr. 230.
maecheneb [m'aexeneb], *Adj.* scharfäugig. ♦ *WJ* 337.
maed[1] [m'aed], *Adj.* wohlgestalt. ♦ *PMe* 366. *VT* 41:10.
maed[2] [m'aed] (moed), *Adj.* geschickt. ♦ *Ety* (MA3).
Maedhros [m'aeðros], *ÑS.*, siehe Qu. *Maitimo (Russandol)*.
maeg [m'aeg], *Adj.* scharf. durchdringend, tief gehend. ♦ SIL Anh. *WJ* 337.
Maeglin [m'aeglin], *N.* ›Scharfes Leuchten‹. ♦ SIL QS/10; Anh *(maeg, glin)*. NAM 1/I. ◇ Eigenname.
mael[1] [m'ael] (hmael), *Adj.* befleckt; *N.* Fleck. ♦ *Ety* (SMAG).
mael[2] [m'ael] (moel), *N.* Lust. ♦ *Ety* (MIL).
maelui [m'aelui] (moelui), *Adj.* lustvoll. ♦ *Ety* (MIL).
maen [m'aen], *Adj.* geschickt, schlau. ♦ *Ety* (MAG).
maenas [m'aenas], *N.* Fertigkeit, Geschicklichkeit. ♦ *Ety* (MAG).
maer [m'aer], *Adj.* nützlich, passend, gut (von Dingen). ♦ *Ety* (MAG).
maeth [m'aeθ], *N.* Kampf (von zweien oder wenigen, keine Schlacht). ♦ *Ety* (MAK).
maetha- [m'aeθa], *V.* kämpfen. ♦ *Ety* (MAK).

maethor [m'aeθor], *N.* Krieger. ♦ *Ety* (MAK). ◇ *Pl.* wie *Sg.*

maew [m'aeu], *N.* Möwe. ♦ *Ety* (MIW).

Maglor [m'aglor], *ÑS.*, siehe Qu. *Makalaure.*

magol [m'agol] (magl), *N.* Schwert. ♦ *Ety* 371. ◇ Pl. ***meigol.*** Das Wort ***megil*** (q.v.), wahrscheinlich von den Noldor eingeführt, wurde auch verwendet.

magor [m'agor], *N.* Schwertkämpfer. ♦ HR Anh E. SIL QS/17. *WJ* 234. ◇ Pl. ***meigor.*** In ***Menelvagor.***

maidh [m'aið] (meidh), *Adj.* blass, fahl. ♦ *Ety* (MAD).

mail [m'ail] (meil, mely), *Pl.* von ***mâl.***

main [m'ain] (mein), *Adj.* erst(er, e, es). ♦ *VT* 42:25. ◇ Nur im Sinne von ›primär, wichtigster, Haupt-‹; nicht numerisch.

mâl [m'a:l], *N.* Pollen, gelbes Pulver. ♦ *Ety* (SMAL). ◇ *Pl. mail.*

Malbeth [m'albeθ], *N.* ›Goldwort‹. ♦ HR V/2; Anh A. ◇ Eigenname.

Malduin [m'alduin], *N.* ›Gelber Fluss‹. ♦ SIL QS/21; Reg, Anh *(mal-, duin).* NAM 1/I.

malen [m'alen], *Adj.* gelb. ♦ *Ety* (SMAL). ◇ *Pl.* ***melin.***

Malgalad [m'algalad], *N.* ›Goldbaum‹. ♦ NAM 2/IV Anh. ◇ Eigenname.

mall [m'alt] (malt), *N.* Gold (als Metall). ♦ *Ety* (SMAL).

mallen [m'allen], *Adj.* golden. ♦ *Ety* (SMAL).

Mallor [m'allor], *N.* ›Goldtraum‹ (?). ♦ HR Anh A. *PMe* 193. ◇ Eigenname.

mallorn [m'allorn], *N.* Bot. ›Goldbaum‹. ♦ HR II/6. SIL QS/5; Anh *(mal-, orn).* NAM 1/I Anm, 2/I Anm. ◇ *Pl.* ***mellyrn.*** Goldgelb bühender Baum in Lothlórien.

mallos [m'allos], *N.* ›Goldschnee‹. ♦ HR V/9. NAM 3/II Anm. BRIEFE Nr. 187. ◇ Goldene Blume.

malthen [m'alθen], *Adj.* golden, aus Gold. ♦ *Ety* (SMAL).

malu [m'alu] (malw), *Adj.* fahl, bleich. ♦ *Ety* (SMAL). ◇ Pl. ***meilu.***

Malvegil [m'alvegil], *N.* ›Goldschwert‹. ♦ HR Anh A. *PMe* 193. ◇ Eigenname.

mân [m'a:n], *N.* (hingeschiedener) Geist. ♦ *Ety* (MAN).

manadh [m'anað], *N.* Schicksal, Ende, endgültige Bestimmung; ewige Seligkeit. ♦ *Ety* (MANAD).

matha- [m'aθa], *V.* streicheln, befühlen, handhaben. ♦ *Ety* MA3. ◇ *Inf.* ***matho***.

matho [m'aθo], *Inf.* von ***matha-***.

maur [m'aur], *N.* Düster. ♦ *Ety* (MOR).

maw [m'aw] (hmaes), *N.* Schmutz, Fleck. ♦ *Ety* (SMAG).

medi [m'edi], *Inf.* von ***mad-***.

medui [m'edui], *Adj.* letzt(er, e, es). ♦ HR I/12; Anh A. ◇ In ***Arvedui***.

megil [m'egil], *N.* Schwert. ♦ *Ety* (MAK). In *Ety* getilgt, aber in verschiedenen Namen wie ***Mormegil*** belegt. Evtl. ein Lehnwort aus dem Qu, neben S. ***magol***.

megli [m'egli], *N.* Bär. ♦ *Ety* (LIS, MAT). ◇ Wörtl. ›Honig-Esser‹.

meglin [m'eglin], *Adj.* bärig. ♦ *Ety* (LIS).

megor [m'egr], *Adj.* scharfspitzig. ♦ *WJ* 337.

meigol [m'eigol], *Pl.* von ***magol***.

meigor [m'eigor], *Pl.* von ***magor***.

meilu [m'eilu], *Pl.* von ***malu***.

melch [m'elx], *Adj.* gierig. ♦ *Ety* (MIL-IK).

meldir [m'eldir], *N. m.* Freund. ♦ *Ety* (MEL).

meldis [m'eldis], *N. f.* Freundin. ♦ *Ety* (MEL).

meleth [m'eleθ], *N.* Liebe. ♦ *Ety* (MEL).

melethril [mel'eθril], *N. m.* Liebende, Freundin. ♦ *Ety* (MEL).

melethron [mel'eθron], *N. f.* Liebender, Freund. ♦ *Ety* (MEL).

Melian [m'elian] *N.* ›Liebesgeschenk‹. ♦ HR Anh A. SIL Val; Anh *(mel-, anna)*. NAM 1/II. ◇ Umsetzung ins Sindarin von Qu. *Melyanna*.

melin [m'elin], *Pl.* von ***malen***.

mell [m'ell], *Adj.* lieb. ♦ *Ety* (MEL).

mellon [m'ellon], *N.* Freund. ♦ HR II/4. SIL Anh *(mel-)*. *Ety* (MEL). *SD* 129–31. BRIEFE Nr. 347. *WJ* 412. ◇ *Pl.* ***mellyn***.

mellyn [m'ellyn], *Pl.* von ***mellon***.

mellyrn [m'ellyrn], *Pl.* von ***mallorn***.

melui [m'elui], *Adj.* süß, lieblich. ♦ HR V/8. *VT* 42:18. ◊ In ***Imloth Melui***.

men[1] [m'en], *Pron.* uns. ♦ HR II/4. *LB* 354.

men[2] [m'en], *N.* Weg, Straße. ♦ UT/281 (MEN).

meneg [m'eneg], *Num.* tausend. ♦ SIL Reg *(Menegroth)*. ♦ *VT* 42:25.

Menegroth [men'egroθ], *N.* ›Die Tausend Grotten‹. ♦ SIL QS/4; Reg, Anh *(groth)*. NAM 1/II. ◊ Da die Elben von Beleriand mit einem Zwölfersystem rechneten, ist wohl eher eine sehr große Zahl gemeint.

menel [m'enel], *N.* Himmel, hoher Himmel, Firmament, die Region der Sterne. ♦ HR II/1, IV/10. *RGEO* 72. SIL Anh *(menel, kemen)*. NAM 1/II. *LB* 354. *MR* 387. ♦ Identisch im Qu.

Meneldor [men'eldor], *N.* ›Himmel-Herr‹. ♦ HR VI/4. ◊ Name eines Adlers.

Menelvagor [menelv'agor], *N.* ›Himmel-Schwertkämpfer‹. ♦ HR I/3; Anh E. ◊ Das Sternbild Orion, Qu. *Menelmacar*.

Men-i-Naugrim ['men 'i n'augrim], *N.* ›Pfad der Zwerge‹. ♦ NAM 3/I Anm; Reg.

ment [m'ent], *N.* Spitze. ♦ *Ety* (MET).

meren [m'eren], *Adj.* festlich, freudig, froh. ♦ *Ety* (MER). ◊ In *Ety* zu ****beren*** geändert, aber verm. gültig; vgl. ***mereth***.

mereth [m'ereθ], *N.* Fest. ♦ *Ety* (MER). SIL Anh. ◊ In *Ety* zu ****bereth*** geändert, aber in den Texten beibehalten; vgl. ***Mereth Aderthad***.

Mereth Aderthad [m'ereθ ad'erθad], *N.* ›Fest der Wiedervereinigung. ♦ QS/13; Reg, Anh *(mereth)*. ◊ Übers. als »Fest der Versöhnung«.

Merethrond [mer'eθrond], *N.* ›Festgewölbe‹. ♦ HR VI/6. SIL Anh *(mereth)*. ◊ Halle in Minas Tirith.

meril [m'eril], *N.* Rose. ♦ *SD* 128–9.

Meril [m'eril], *N.* ›Rose‹. ♦ *SD* 128–9. ◊ Eigenname.

merilin [m'erilin] (mœrilind), *N.* Nachtigall. ♦ *Ety* (TIN).

mesg [m'esg] (mesc), *Adj.* nass. ♦ *Ety* (MISK).

meth [m'eθ], *N.* Ende. ♦ *Ety* (MET).

methed [m'eθed], *N.* Ende. ♦ NAM Reg *(Methed-en-Glad).*

Methed-en-Glad [m'eθed 'en 'glad], *N.* ›Ende des Waldes‹. NAM 1/II; Reg.

Methedras [meθ'edras], *N.* ›Endgipfel‹. ♦ HR III/2. SIL Anh *(ras).*

methen [m'eθen], *N.* Ende. ♦ *Ety* (MET).

mîdh [m'i:ð], *N.* Tau. ♦ *Ety* (MIZD).

mîl [m'i:l], *N.* Liebe, Zuneigung. ♦ *Ety* (MEL).

milui [m'ilui], *Adj.* freudlich, liebevoll. ♦ *Ety* (MEL).

mîn [m'i:n], ***min***[1] [m'in], *Num.* eins; *N.* Gipfel, Bergspitze. ♦ *Ety* (MIN). NAM Reg *(Min-Rimmon). VT* 42:25.

min[2] [m'in], *Präp.* zwischen. ♦ SIL Anh

minai [m'inai] (minei), *Adj.* einzeln, gesondert, einzigartig. ♦ *Ety* (MIN).

minas [m'inas] (minnas), *N.* Turm. ♦ *Ety* 373. SIL Anh (MIN).

Minas Anor [m'inas 'anor], *N.* ›Turm der Sonne‹. ♦ HR II/2; Anh A, B. SIL RM; Reg, Anh *(minas, nar).* NAM 3/II Anm.

Minas Ithil [m'inas 'iθil], *N.* ›Turm des Mondes‹. ♦ HR II/2; Anh A. SIL RM; Reg, Anh *(sil-).* NAM 3/I Anm.

Minas Morgul [m'inas m'orgul], *N.* ›Turm der Magie‹. ♦ HR II/2; Anh A. SIL RM; Reg, Anh *(gûl).* NAM 3/II.

Minas Tirith [m'inas t'iriθ], *N.* ›Turm der Wacht‹. ♦ SIL QS/14, RM; Reg, Anh *(minas, tir).* NAM 2/IV Anm, 3/II

Mindeb [m'indeb], *N.* (?). ♦ SIL QS/14. ◇ Flussname.

Mindolluin [mind'olluin], *N.* ›Hoher blauer Turm‹. ♦ HR IV/6. SIL RM; Reg, Anh *(minas, dol, luin).* ◇ Name eines Bergs. Die Übersetzung »Ragender Blaugipfel« scheint auf der zweifelhaften Annahme zu beruhen, dass das Element ***dôl*** ›Kopf, Hügel‹ enthalten ist.

mindon [m'indon], *N.* einzelner Hügel, insbes. ein Hügel mit einem Wachtturm; Turm. ♦ *Ety* (MINI, TUN).

Minhiriath [minh'iriaθ], *N.* ›(Land) zwischen den Flüssen‹. ♦ HR Anh A, B. SIL Anh *(sir).* NAM 2/IV Anh.

Miniël [m'iniel], *N.* ›Erst-Elbe‹. ♦ *WJ* 383. ◇ *Pl.* ***Mínil***. Einer der Vanyar.

minig [m'inig], *Num.* elf. ♦ *VT* 42:25.

Mínil [m'i:nil], *Pl.* von ***Miniël***.

minlamad [m'inlamad], *N.* ›erst-betont‹. ♦ NAM 1/II. *PMe* 311–5. ◇ In ***minlamad thent/estent***.

minlamad thent/estent [m'inlamad θ'ent 'estent], *N.* ›Erst-betont kurz/sehr kurz‹ (?). ♦ NAM 1/II. *PMe* 311–5. ◇ Versmaß, verm. Stabreim.

minna- [m'inna], *V.* eintreten, hineingehen. ♦ HR II/4. ◇ *Imp.* ***minno*** ›tritt ein!‹.

minno [m'inno], *Imp.* von ***minna-***.

Min-Rimmon [m'in r'immon], *N.* ›Bergspitze des Rimmon‹. ♦ HR V/1. NAM 3/II; Reg. ◇ *Rimmon* ist ein Wort vor-númenórischen Ursprungs.

minui [m'inui], *Num. Adj.* erst(er, e, es). ♦ *VT* 42:25.

minuial [min'uial], *N.* Morgendämmer. ♦ HR Anh D. ◇ Wörtl. ›erstes Zwielicht‹. Die Zeit vor dem Anbruch des Tages, wenn die Sterne verblassen.

mîr [m'i:r], *N.* Juwel. ♦ HR Anh E. *RGEO* 73. SIL Anh. *Ety* (MIR). *PMe* 348.

mírdain [m'i:rdain], *Pl.* von ***mírdan***.

Mírdain, siehe ***Gwaith-i-Mírdain***.

mírdan [m'i:rdan], *N.* Juwelenschmied. ♦ SIL Anh. ◇ *Pl.* ***mírdain***.

mírian [m'i:rian], *N.* ›Mírian‹. ♦ *PMe* 45. ◇ Verm. ein Goldstück, da der ***canath*** (s. d.), ein Viertel des ***mirian***, ein Silberstück war. Auf Westron *castar* genannt.

míriël [m'i:riel], *Part.* juwelenfunkelnd. ♦ HR II/1. *RGEO* 64, 72.

Mirion [m'irion], *N*, ›großes Juwel‹, Silmaril. ♦ *Ety* (MIR). ◇ *Pl.* ***Miruin***.

Miruin [m'iruin], *Pl.* von Mirion.

mist [m'ist], *N.* Irrtum, Abweg. ♦ *Ety* (MIS).

mista- [m'ista], *V.* abirren, umherwandern. ♦ *Ety* (MIS). ◇ *Inf.* ***misto***.

mistad [m'istad] (mistrad), *N.* Abweg, Irrtum. ♦ *Ety* (MIS).
misto [m'isto], *Inf.* von ***mista-***.
mith[1] [m'iθ], *N.* weißer, feuchter Nebel. ♦ *Ety* (MITH).
mith[2] [m'iθ], *Adj.* (blass)grau. ♦ SIL Anh. *GN* 187. *Ety* (MITH).
Mitheithel [miθ'eiθel], *N.* ›Grauquell‹. ♦ HR III/11. SIL Anh *(mith, eithel)*. NAM 2/IV Anh. ◊ Flussname.
Mithlond [miθlond], *N.* ›Grauer Hafen‹. ♦ SIL RM; Reg, Anh *(mith, londe)*. NAM 2/I. ◊ Übers. »die Grauen Anfurten«.
Mithrandir [m'iθr'andir], *N.* ›Grauer Wanderer‹. ♦ HR II/7. SIL RM; Reg, Anh *(mith, ran-)*. NAM 2/IV, 4/II. ◊ Eigenname, übers. »Grauer Pilger«.
Mithrellas [miθr'ellas], *N.* ›Graues Blattgeflecht‹ (?). ♦ NAM 2/IV. ◊ Eigenname.
mithren [m'iθren], *Adj.* grau. ♦ *Ety* (MITH). ◊ *Pl.* ***mithrin***.
mithril [m'iθril], *N.* Echtsilber. ♦ HR II/4; Anh A. SIL Anh *(ril)*. NAM 2/III. ◊ Wörtl. ›Grauglanz‹, ein seltenes, silbern glänzendes Metall, gefunden in Númenor und in den Tiefen von Moria.
Mithrim [mi'θrim], *N.* ›Grau-Volk‹. ♦ SIL QS/13; Anh *(mith, rim)*. NAM 1/I. ◊ Name eines Grauelben-Volkes, übertragen auf einen See.
mithrin [m'iθrin], *Pl.* von ***mithren***.
moe [m'oe], *Adj.* weich. ♦ *Ety* (MASAG).
moeas [m'oeas], *N.* Teig. ♦ *Ety* (MASAG).
môr [m'o:r], *N.* Dunkelheit, Dunkel, Nacht. ♦ *Ety* (MOR). BRIEFE Nr. 297.
Morannon [mor'annon], *N.* ›Schwarzes Tor‹. ♦ HR II/8. SIL Anh *(annon)*. NAM 3/II.
Morben [m'orben], *N.* ›Dunkler‹. ♦ *WJ* 376–7. ◊ *Pl.* ***Morbin***. Einer der Avari oder Ostlinge in Beleriand.
Morbin [m'orbin] (mœrbin), *Pl.* von ***Morben***.
morchaint [m'orxaint], *Pl.* von ***morchant***.
morchant [m'orxant], *N.* Schatten (von Licht geworfen). ♦ SIL Anh *(gwath)*. ◊ *Pl.* ***morchaint***.

Mordor [m'ordor], *N.* ›Schwarzes Land‹. ♦ HR I/2; Anh A. SIL Ak; Reg, Anh *(mor, dôr)*. NAM 2/IV.

Morgai [m'orgai], *N.* ›Schwarze Palisade‹. ♦ HR VI/1. NAM 2/I Anm.

Morgoth [m'orgoθ], *N.* ›Schwarzer Feind‹. ♦ HR II/7. SIL Val; Reg, Anh *(mor)*. NAM 1/I, 1/II.

morgul [m'orgul], *N.* Schwarze Magie, Hexerei, Nekromantie. ♦ SIL Anh *(gûl)*. *Ety* (ÑGOL). *MR* 350. *WJ* 383.

Morgulduin [morg'ulduin], *N.* ›Fluss der Schwarzen Magie‹. ♦ HR IV/7.

Moria [m'oria], *N.* ›Schwarze Kluft‹. ♦ HR II/2. SIL QS/10; Reg, Anh *(mor, iâ)*. NAM 2/IV. BRIEFE 499.

Mormegil [m'ormegil], *N.* ›Schwarzes Schwert‹. ♦ SIL QS/21; Reg, Anh *(mor)*. NAM 1/II. ◇ Beiname.

morn [m'orn], *Adj.* schwarz, dunkel; *N.* Dunkel. ♦ NAM 1/II. BRIEFE Nr. 297, Nr. 347. *Ety* (MOR). *WR* 113, 368. ◇ *Pl.* ***myrn***.

Mornan [m'ornan], *N.* ›Schwarzes Tal‹. ♦ NAM Reg *(Morthond)*. ◇ Tal des Flusses ***Morthond***.

mornedhel [m'orneðel], *N.* Dunkelelbe. ♦ *WJ* 377, 380.

Morthond [m'orθond], *N.* ›Schwarze Wurzel, Schwarzgrund‹. ♦ HR V/1. NAM 2/IV. ◇ Flussname.

Morwen [m'orwen], *N.* ›Dunkle Frau‹. ♦ SIL QS/17; Anh *(mor, wen)*. NAM 1/II, 3/I Anh. *WJ* 231. ◇ Eigenname.

moth [m'oθ], *N.* Dämmer. ♦ SIL Anh.

muda- [m'uda], *V.* arbeiten, sich mühen. ♦ *Ety* (MÔ). ◇ *Inf.* ***mudo***.

mudas [m'udas], *N.* Arbeit, Mühe. ♦ *Ety* (MÔ). ◇ *Ety* führt dieses Wort als *Prät.* von ***muda-*** auf, aber es sieht mehr nach einem Nomen aus.

muin [m'uin], *Adj.* lieb. ♦ *Ety* (MOY).

muindor [m'uindar], *N.* bruder. ♦ *Ety* (TOR [MOY]). ◇ *Pl.* ***muindyr***.

muindyr [m'uindyr], *Pl.* von ***muindor***.

muinthel [m'uinθel], *N.* Schwester. ♦ *Ety* (THEL/THELES [MOY]). ◇ *Pl.* ***muinthil***.

muinthil [m'uinθil], *Pl.* von ***muinthel***.

mûl [m'u:l), *N.* Sklave, Leibeigener. ♦ *Ety* (MÔ).
mund [m'und], *N.* Bulle. ♦ BRIEFE Nr. 345.
mŷl [m'y:l], *N.* Möwe. ♦ *WJ* 379–80, 418.
myrn [m'yrn], *Pl.* von ***morn***.

N

na [n'a], *Präp.* mit, durch; von (im Sinne des Genitivs); zu, auf ... zu. ♦ HR I/12. *Ety*((A)NA).
nad [n'ad], *N.* Ding. ♦ *Ety* (NA).
nadhor [n'aðr], *N.* Weide. ♦ *Ety* (NAD). ◇ *Pl.* ***neidhor***.
nadhras [n'aðras], *N.* Weide. ♦ *Ety* (NAD).
nae [n'ae], *Interj.* ach!. ♦ *Ety* (NAY).
naeg [n'aeg], *N.* Schmerz. ♦ *Ety* (NÂYAK).
naegra- [n'aegra], *V.* schmerzen. ♦ *Ety* (NÂYAK). ◇ *Inf.* ***naegro***.
naegro [n'aegro] (negro), *Inf.* von ***naegra-***.
naer [n'aer] (noer), *Adj.* traurig, beklagenswert. ♦ *Ety* (NAY).
naergon [n'aergon], *N.* Klage. *PMe* 362.
naeth [n'aeθ], *N.* Beißen; Heulen und Zähneknirschen, Weh. ♦ *Ety* (NAK). *WJ* 258.
naew [n'aew], *N.* Kiefer. ♦ *Ety* (NAK).
nag- [n'ag], *V.* beißen. ♦ *Ety* (NAK).
nail [n'ail] (neil), *Num. Adj.* dritt(er, e, es). ♦ *VT* 42:25.
Naith [n'aiθ], *N.* ›Zwickel‹. ♦ HR II/6. NAM 2/IV Anh, Reg. ◇ Land im Winkel zweier Flüsse in Lóriën.
naith [n'aiθ], *N.* Keil, Speerspitze, Dreieck, Landzunge. ♦ HR II/6. *Ety* (SNAS/SNAT). ◇ *Pl.* ***natsai***. Jedwede spitz zulaufende Dreicksformation.
nalla- [n'alla], *V.* rufen. ♦ HR IV/10. *RGEO* 72. BRIEFE Nr. 211. ◇ *Präs.* ***nallon*** ›ich rufe‹.
nallon [n'allon], *Präs.* von ***nalla-***.
nan [n'an] (nand, nann), *N.* weites Grasland; Tal. ♦ SIL Anh. BRIEFE Nr. 230. *Ety* (NAD).

Nan Curunír [n'an k'uruni:r], *N.* ›Tal Sarumans‹. ♦ HR III/4.

Nan Dungortheb [n'an duŋg'orθeb], *N.* ›Tal des abscheulichen Schreckens‹. ♦ SIL QS/9; Reg. NAM 1/I. ◇ Übers. als »Tal des abscheulichen Todes«. Auch einfach ***Dungortheb***.

Nan Elmoth [n'an 'elmoθ], *N.* ›Tal des Sternendämmers‹. ♦ SIL QS/4; Anh *(nan(d), moth)*.

Nan Laur [n'an l'aur], *N.* ›Goldenes Tal‹. ♦ NAM 2/IV. ◇ Name für Lóriën.

nana [n'ana], *N.* Mutter, Mama. ♦ *Ety* (AM[1], NAN).

Nanduhirion [nanduh'irion], *N.* ›Tal der dunklen Bäche‹. ♦ HR II/2. SIL Anh *(sir)*. NAM 3/IV. ◇ Übers. »Schattenbachtal«.

naneth [n'aneθ], *N.* Mutter. ♦ *Ety* (AM[1], NAN).

Nan-tathren [n'an t'aθren], *N.* ›Weidenbestandenes Tal, Weidental‹. ♦ HR III/4. SIL QS/14; Reg, Anh *(nan(d), tathar)*. NAM 1/I. ◇ Übers. »Land der Weidenbäume«.

nâr [n'a:r], *N.* Ratte. ♦ *Ety* (NYAD).

nar [n'ar], *N.* Feuer. ♦ SIL Anh.

Narbeleth [n'arbeleθ], *N.* ›Sonne-Vergehen‹. ♦ HR Anh D. NAM 3/1. ◇ Zehnter Monat des Jahres, »Oktober«.

narcha- [n'arxa], *V.* zerreißen (trans. u. intrans.). ♦ *Ety* (NÂRAK).

Narchost [n'arxost], *N.* ›Feuerzahn‹. ♦ HR VI/1.

nardh [n'arð], *N.* Knoten. ♦ *Ety* (SNAR).

Nardol [n'ardol], *N.* ›Feuerhügel‹. ♦ HR V/1. SIL Anh *(dol)*. NAM 3/II Anm.

Nargothrond [narg'oθrond], *N.* ›Narog-Festungsgewölbe‹. ♦ HR II/4; Anh B, F. SIL QS/13; Reg, Anh *(os(t), rond)*. NAM 1/I.

narn [n'arn], *N.* ›Epos‹. ♦ SIL Reg. NAM 1/II. *Ety* (NYAR). *WJ* 313. *MR* 373. ◇ *Pl.* ***nern***. Eine Geschichte oder Sage in Versform, die gesprochen und nicht gesungen wird.

Narn i Hîn Húrin [n'arn 'i x'i:n h'u:rin], *N.* ›Geschichte der Kinder Húrins‹. ♦ SIL QS/21; Reg, Anh *(híni)*. NAM 1/II. ◇ Die richtige Umschrift wäre ***Narn i Chîn Húrin***.

Narog [n'arog], *N.* ›Der Reißende‹. ♦ SIL QS/13. NAM 1/I. ◇ Flussname.

naru [n'aru] (narw), *Adj.* rot. ♦ *Ety* (NAR). ◇ Pl. ***neiru***.

Narwain [n'arwain], *N.* ›Neue Sonne‹. ♦ HR Anh D. ◇ Erster Monat des Jahres, »Januar«.

nass [n'ass], *N.* Spitze, scharfes Ende; Ecke, Winkel. *Ety* (NAS).

nasta- [n'asta], *V.* pieken, stechen, stoßen. ♦ *Ety* (NAS).

nath [n'aθ], *N.* Gewebe, Gewirk. ♦ *Ety* (NAT).

nathron [n'aθron], *N.* Weber, Wirker. ♦ *Ety* (NAT).

natsai [n'atsai], *Pl.* von ***naith***.

naud [n'aud], *Adj.* gebunden. ♦ *Ety* (NUT).

naug [n'aug], *Adj.* verkümmert, verkrüppelt; *N.* Zwerg. ♦ *Ety* (NAUK). *WJ* 388.

Naug [n'aug], *N.* Zwerg. ♦ HR Anh F. SIL QS/10; Anh *(naug, rim)*. *Ety* (NAUK). *WJ* 388. ◇ *Pl.* ***Noeg***; *Koll.* ***Naugrim***.

Nauglamír [n'auglami:r], *N.* ›Zwergenjuwel‹. ♦ HR II/1. SIL QS/13; Anh *(mîr)*. ◇ Das Genitiv-***a*** ist typisch für das S. von Doriath.

Naugol [n'augol] (naugl), *N.* Zwerg. ♦ *Ety* (NAUK). ◇ Pl. ***Noegol***. Verkleinerungsform von ***Naug***.

Naugrim [n'augrim], *Koll.* von ***Naug***.

naur [n'aur], *N.* Flamme, Feuer. ♦ HR II/4. SIL Anh *(nar)*. *Ety* (NAR).

nauth [n'auθ], *N.* Gedanke. ♦ *Ety* (NOWO).

nautha- [n'auθa], *V.* ausdenken, ersinnen. ♦ *Ety* (NOWO).

naw [n'aw], *N.* Idee. ♦ *Ety* (NOWO). ◇ *Pl.* ***noe***.

nawag [n'awag], *N.* Zwerg. ♦ *Ety* (NAUG). ◇ *Pl.* ***neweg***.

ned [n'ed], *Präp.* im, am (zeitlich). ♦ *SD* 129–31.

neder [n'eder], *Num.* neun. ♦ *Ety* (NÊTER). ♦ *VT* 42:25.

nedh- [n'eð], *Präf.* in, innerhalb, mitt-. ♦ *Ety* (NED).

nedhu [n'eðu] (nedhw), *N.* Polster, Kissen. ♦ *Ety* (NID). ◇ *Pl.* ***nidhu***.

nedia- [n'edia] (nœdia-), *V.* zählen. ♦ *Ety* (NOT).

nedrui [n'edrui], *Num. Adj.* neunt(er, e, es). ♦ *VT* 42:25.

nef [n'ev], *Präp.* auf dieser Seite von. ♦ HR II/1. *RGEO* 72.

Negyth [n'egyθ] (nœgyth), *Pl.* von ***Nogoth***.

Negyth Nibin [n'egyθ n'ibin] (Nœgyth Nibin), *N.* ›Klein-Zwerge‹. ♦ SIL QS/21; Reg, Anh *(naug)*. NAM 1/II.

neidhor [n'eiðor], Pl. von ***nadhor***.

neiru [n'eiru], Pl. von ***naru***.

neitha- [n'eiθa], *V.* jemandem Unrecht tun, jemanden benachteiligen. ♦ NAM Reg (*Neithan*).

neithan [n'eiθan], *Adj.* benachteiligt, verletzt. ♦ SIL Reg.

Neithan [n'eiθan], *N.* ›Der Beraubte‹. ♦ SIL QS/21; Reg. NAM 1/II. ◇ Beiname. Übers. »der Gekränkte«.

nêl[1] [n'e:l] (neleg), *N.* Zahn. ♦ *Ety* (NÊL-EK). *WR* 113. ◇ *Pl.* ***nelig***.

nêl[2] [n'e:l], ***neled*** [n'eled] (neledh) *Num.* drei. ♦ *Ety* (NÊL, NÊL-ED). *VT* 42:25.

nelchaenen [nelx'aenen], *Num. Adj.* dreißigst(er, e, s). ♦ *SD* 129–31.

neldor [n'eldor], *N.* Buche. ♦ SIL Anh. ◇ Ursprünglich der Name der Buche mit den drei Stämmen, auf der Thingol Lúthiën gefangen hielt.

Neldoreth [n'eldoreθ], *N.* ›Buchenwald‹. ♦ HR I/11. SIL QS/4; Anh *(neldor)*.

neled, siehe ***nêl***[2].

nelig [n'elig], *Pl.* von ***nêl***[1].

nell [n'ell], *N.* Glocke. ♦ *Ety* (NYEL).

nella- [n'ella], *V.* läuten. ♦ *Ety* (NYEL).

nelladel [n'elladel], *N.* Läuten (von Glocken). ♦ *Ety* (NYEL).

Nellas [n'ellas], *N.* (?). ♦ NAM 1/II. ◇ Eigenname.

nelthil [n'elθil], *N.* Dreieck. ♦ *Ety* 376, *Ety* 393.

nelui [n'elui], *Num. Adj.* dritt(er, e, es). ♦ *VT* 42:25.

nem [n'em] (nemb), *N.* Nase. ♦ *Ety* (NEN).

nen [n'en], *N.* Gewässer (See, Teich oder kleinerer Fluss); Wasserland. ♦ *Ety* (NEN). SIL Anh. ◇ *Pl.* ***nîn***.

Nen Echui [n'en 'exui], *N.* ›Wasser des Erwachens‹. ♦ SIL *(cuiviё)*. ◇ S.-Form von Qu. *Cuiviénen*.

Nen Girith [n'en g'iriθ], *N.* ›Wasser des Schauderns‹. ♦ SIL QS/21; Reg, Anh *(nen, girith)*. NAM 1/II.

Nen Hithoel [n'en h'iθoel], *N.* ›Nebliges Wasser‹. ♦ HR II/9. SIL Anh *(nen, hith)*.

Nen Lalaith [n'en l'alaiθ], *N.* ›Wasser des Lachens‹. ♦ NAM 1/II.

nend [n'end] (nenn), *Adj.* wässrig. ♦ *Ety* (NEN).

Nenning [n'enning], *N.* ›Gischtwasser‹ (?). ♦ SIL QS/14; Anh *(nen)*. NAM 1/I Anm. ◇ Flussname.

Nenuial [nen'uial], *N.* ›Dämmerwasser, See des Zwielichts‹. ♦ HR Karte, SIL RM; Reg, Anh *(nen, uial)*. NAM 2/II Anm.

nern [n'ern], *Pl.* von ***narn***.

nesta- [n'esta], *V* heilen. ♦ *WR* 379–80. ◇ *Ger.* ***nestad*** ›Heilung‹.

nestad [n'estad], *Ger.* von ***nesta-***.

nestadren [nest'adren], *Adj.* heilsam. ♦ *WR* 380. ◇ *Pl.* ***nestedrin.***

nestag- [n'estag], *V.* einführen, hineinstecken. ♦ *Ety* (NED, STAK). ◇ *Inf.* ***nestegi***; *Prät.* ***nestanc***.

nestanc [n'estaŋk], *Prät.* von ***nestag-***.

nestedrin [nest'edrin], *Pl.* von ***nestadren***.

nestegi [n'estegi], *Inf.* von ***nestag-***.

neth [n'eθ], *Adj.* jung. ♦ *Ety* (NETH).

Neth [n'eθ], *N.* Nessa. ♦ *Ety* (NÎ^1, NETH). ◇ Name der Valië Nessa; auch ***Dineth***.

Nevrast [n'evrast], *N.* ›Hinnenküste‹. ♦ SIL QS/13; Reg. NAM 1/I.

neweg [n'eweg] (neweig), *Pl.* von ***nawag***.

niben [n'iben], *Adj.* klein, unbedeutend. ♦ SIL Anh. *WJ* 388, 408. ◇ *Pl.* ***nibin***.

nibin [n'ibin], *Pl.* von ***niben***.

Nibin-noeg [n'ibin n'oeg], ***Nibin-nogrim*** [n'ibin n'ogrim], *N.* ›Klein-Zwerge, Klein-Zwergvolk‹. ♦ NAM 1/II.

nid [n'id], *Adj.* feucht, nass, tränennass. ♦ *Ety* (NEI).

nidhu [n'iðu], Pl. von ***nedhu***.

Niënor [n'ienor], *N.* ›Trauer‹. ♦ SIL QS/21; Reg. NAM 1/II. *WJ* 234. ◇ Eigenname.

nif [n'i:v], *N.* Stirnseite, Gesicht. ♦ *Ety* (NIB).

Nimbrethil [n'imbrethil], *N.* ›Weißbirken(wald)‹. ♦ HR II/1. SIL QS/24; Anh *(nim, brethil)*.

Nimloth [n'imloθ], *N.* ›Weißblüte‹. ♦ SIL QS/22; Reg, Anh *(nim, loth)*. NAM 2/IV. ◇ Name des Weißen Baums von Númenor; auch Eigenname.

nimmida- [n'immida] (nimmid-), *V.* weiß machen; weiß werden. ♦ *Ety* (NIKW). ◇ *Prät.* ***nimmint***.

nimmint [n'immint], *Prät.* von ***nimmida-***.

nimp [n'imp] (nim), *Adj.* bleich, weiß. ♦ SIL Anh (*nim*). *Ety* (NIKW).

Nimphelos [n'imfelos], *N.* ›Weißschnee‹ (?). ♦ SIL QS/10; Anh *(nim)*. ◇ Eine große Perle.

Nimrodel [n'imrodel], *N.* ›Herrin der Weißen Grotte‹. ♦ HR II/6; Anh F. SIL Anh *(groth)*. NAM 2/IV. ◇ Eigenname, danach Name eines Bachs.

nin [n'in], *Pron.* mich. ♦ HR IV/10. *RGEO* 72.

nîn[1] [n'i:n], *Pl.* von ***nen***.

nîn[2] [n'i:n], *N.* Träne. ♦ ETY (NEI).

nîn[3] [n'i:n], *Adj.* nass, wässrig. ♦ SIL Anh *(nen)*. *GN* 195.

nîn[4] [n'i:n] (nín), *Adj.* mein. ♦ NAM 1/I. ◇ Der Akut-Akzent ist verm. ein Lesefehler für ein Makron im Manuskript, da alle anderen belegten *Pron.* Zirkumflex aufweisen.

nind [n'ind] (ninn), *Adj.* schlank. ♦ *Ety* (NIN).

Nindalf [n'indalv], *N.* ›Nassfeld‹. ♦ HR II/8. SIL Anh *(nen)*. ◇ Übers. »Fennfeld«.

ninglor [n'iŋglor], *N.* goldene Wasserblume, Iris. ♦ NAM 3/I Anm; Reg (*Loeg Ningloron*).

Ninglor, siehe ***Sîr Ninglor***.

níniël [n'i:niel], *Adj.* tränenreich. ♦ *Ety* (NEI).

Níniël [n'i:niel], *N.* ›Tränenmaid‹. ♦ SIL QS/21. NAM 1/II. ◇ Eigenname.

nínim [n'i:nim], *N.* Schneeglöckchen. ♦ *Ety* 367. ◇ Wörtl. ›weiße Träne‹.

Nîn-in-Eilph [n'i:n 'in 'eilf], *N.* ›Wasserland der Schwäne‹. ♦ HR Karte. NAM 2/IV. ◇ Übers. »Schwanenfleet«.

ninniach [n'inniax], *N.* Regenbogen. ♦ SIL 387.

nínui [n'i:nui], *Adj.* wässrig. ♦ HR Anh D.

Nínui [n'i:nui], *N.* ›der Wässrige‹. ♦ HR Anh D. NAM 3/I Anm. ◊ Zweiter Monat des Jahres, »Februar«.

niphred [n'ifred] (nifred), *N.* Bleiche, Furcht. ♦ *Ety* (NIKW). SIL Anh *(nim)*.

niphredil [n'ifredil] (nifredil), *N.* eine blasse Winterblume. ♦ HR II/6; Anh A. SIL QS/10; Anh *(nim)*. BRIEFE Nr. 312. *Ety* (NEI, NIK-W). ◊ Ähnlich wie Schneeglöckchen.

nir [n'i:r], *N.* Träne, Weinen. ♦ *Ety* (NEI).

nírnaeth [n'i:rnaeθ], *N.* Klage. ♦ *Ety* (NAY, NEI).

Nirnaeth Arnediad [n'irnaeθ arn'ėdiad] (Nirnaeth Arnœdiad), *N.* ›Ungezählte Tränen‹. ♦ SIL QS/20; Reg, Anh *(ar-)*. NAM 1/I.

nîth [n'i:θ], *N.* Jugend. ♦ *Ety* (METH).

Nivrim [n'ivrim], *N.* ›Westmark‹. ♦ SIL QS/14.

nod- [n'od] (nud-), *V.* binden, fesseln. ♦ *Ety* (NUT).

noe [n'oe] (nui), *Pl.* von ***naw***.

Noeg [n'oeg], *Pl.* von ***Naug***.

Noegol [n'oegol], Pl. von ***Naugol***.

Noegyth Nibin, siehe ***Negyth Nibin***.

Nogoth [n'ogoθ], *N.* ›Verkümmertes Volk‹ Zwerg,. ♦ SIL Anh *(naug)*. NAM 3/II Anm. *RGEO* 75. *WJ* 338, 388, 408, 413. ◊ *Pl.* ***Negyth***; *Koll.* ***Nogothrim***.

Nogotheg [nog'oθeg], *N.* ›Zwergling‹, Bezeichnung für die Kleinzwerge. ♦ *WJ* 388.

Nogothrim [nog'oθrim], *Koll.* von ***Nogoth***.

Nogrod [n'ogrod], *N.* ›Zwergenbau‹. ♦ HR Anh A. SIL QS/10; Reg, Anh *(naug, groth)*. ◊ Eine Zwergenbinge.

nordh [n'orð], *N.* (gedrehte) Kordel, Schnur. ♦ *Ety* (SNUR).

norn [n'orn], *Adj.* verdreht, verknotet, verworren. ♦ *Ety* (SNUR). ◊ *Pl.* ***nyrn***.

noro [n'oro], *Imp.* laufe!, reite!. ♦ HR I/12. SIL 196. ◊ In ***noro lim*** ›reite los!‹.

nórui [n'o:rui], *Adj.* sonnig, feurig. ♦ HR Anh D.

Nórui [n'o:rui], *N.* ›der Sonnige‹. ♦ HR Anh D. ◊ Sechster Monat des Jahres, »Juni«.

noss [n'oss] (nos), *N.* Verwandschaft, Familie, Sippe. ♦ *Ety* (NÔ). *PMe* 320.

Novrod [n'ovrod], *N.* ›Hohler Bau‹. ♦ SIL Anh *(groth).* ◊ Alter Name von ***Nogrod***; übers. »Hohlburg«.

nu [n'u] (no), *Präp.* unter. ♦ *Ety* (NÛ). ◊ Mit angehängtem Artikel, siehe auch ***nuin***.

Núath [n'u:aθ], *N.* ›Schlingen‹. ♦ NAM 1/I. ◊ Im Kontext »Wälder von Núath«.

nuin [n'uin], *Präp.* unter dem/der. ♦ *Ety* (NÛ).

nuitha- [n'uiθa], *V.* im Wachstum oder in der Entwicklung hemmen, nicht nur Vollendung kommen lassen, Einhalt gebieten, unterbinden. ♦ *WJ* 413.

nûr[1] [n'u:r], *Adj.* tief. ♦ *Ety* (NÛ).

nûr[2] [n'u:r], *N.* Rasse, Art. ♦ *Ety* (NO [ONO]).

nûr[3] [n'u:r], *Adj.* traurig. ♦ NAM Reg (*Núrnen*).

Núrnen [n'u:rnen], *N.* ›Trauerwasser‹. ♦ HR IV/3. SIL Anh *(nen).* NAM 4/II, Reg.

nyrn [n'yrn], *Pl.* von ***norn***.

nŷw [n'y:w] (hniof), *N.* Schlinge. ♦ *Ety* (SNEW).

O

o[1] ['o] (od) *Präp.* von. ♦ HR II/1, II/4. *RGEO* 71–2. *Ety* (3O). *WJ* 366, 369–70. *SD* 129–31,. ◊ Vom Punkt des verlassenen Objekts gesehen, unabhängig vom Sprecher. Nach *WJ* 366 ist die Präp. »normalerweise ***o*** in allen Positionen, wenngleich ***od*** vor Vokalen vorkommen kann, insbesondere vor ***o-***«. Siehe auch ***uin***.

o[2] ['o], *Präp.* über, betreffend. ♦ *Ety* (OS). ◊ Nach *Ety* wird dem folgenden Nomen, wenn es mit einem Vokal beginnt, ein ***h-*** vorangesetzt wie in ***o Hedhil*** ›die Elben betreffend‹. Evtl. wird im klass. Sindarin statt dessen die Präp. zu ***oh***.

Ódhel ['o:ðel], *N.* ›Tiefelbe‹, einer vom Weisen Volk. ♦ *WJ* 364, 366, 378–9. ◊ *Pl.* ***Ódhil***; *Koll.* ***Ódhellim***.

Ódhellim [o:ð'ellim], *Koll.* von ***Ódhel***.

Ódhil [o:ðil], *Pl.* von ***Ódhel***.

odhril ['oðril], *N.* Elternteil, Mutter. ♦ *Ety* (ONO).

odhron ['oðron], *N.* Elternteil, Vater. ♦ *Ety* (ONO).

odo ['odo], ***odog*** ['odog], *Num.* sieben. ♦ SIL Anh *(sir)*. *Ety* (OT [OTOS/OTOK]). *VT* 42:25.

odothui ['odoθui], ***othui*** ['oθui], *Num. Adj.* siebt(er, e, es). ♦ *TI* 312. *WR* 436. *VT* 24:10, 25, 42:25.

ôl ['o:l], *N.* Traum. ♦ *Ety* (LOS, ÔLOS). ◊ *Pl.* ***ely***.

oll ['oll] (old), *N.* Sturzbach, Bergbach. ♦ *Ety* (ULU).

oltha- ['olθa], *V.* träumen. ♦ *Ety* (LOS, ÔLOS).

ónen ['o:nen], *Prät.* von ***anna-***.

oneth ['oneθ], *N.* Geber. ♦ *PMe* 404–5. ◊ In ***bassoneth***.

onna- ['onna], *V.* zeugen. ♦ *WJ* 387. ◊ *Part.* ***onnen*** ›geboren‹, in ***Abonnen***, ***Ebennin***.

onnen ['onnen], *Part.* von ***onna***. ◊ *Pl.* ***ennin***.

Onod ['onod], *N.* Ent. ♦ HR III/2; Anh F. BRIEFE Nr. 168. *GN* 165. NAM 3/II Anm. ◊ *Pl.* ***Enyd***; *Koll.* ***Onodrim***.

Onodló [on'odlo:], *N.* ›Entfenn‹. ♦ HR Karte. NAM 3/II. ◊ In der Gemeinsprache »Entwasser«.

Onodrim [on'odrim], *Koll.* von ***Onod***.

or- ['or], *Präf.* oberhalb, über. ♦ *Ety* (ORO).

or ['or], *Präp.* oberhalb von, über. ♦ *Ety* (ORO).

Oraearon [or'aearon], *N.* ›Tag des Großen Meeres‹. ♦ HR Anh D.

Oranor ['oranor], *N.* ›Tag der Sonne‹. ♦ HR Anh D.

Orbelain ['orbelain], *N.* ›Tag der Valar‹. ♦ HR Anh D. BRIEFE 556.

Orch ['orx], *N.* Ork. ♦ HR II/6; Anh F. *RGEO* 74. BRIEFE Nr. 144. *Ety* (ÔROK). *LR* 406. *WJ* 390. ◊ *Pl.* ***Yrch***; *Koll.* ***Orchoth*** ›Orks‹ (als Rasse).

orchal ['orxal] (orchall, orchel), *Adj.* hoch, erhaben, hervorragend; groß, hoch (an Maßen). ♦ *Ety* (ORO, KHAL). *WJ* 305.

Orchaldor [orx'aldor], *N.* ›Hoher Herr‹. ♦ NAM 2/II. ◇ Eigenname.

Orchoth ['orxoθ], *Koll.* von ***Orch***.

Orcrist ['orkrist], *N.* ›Ork-Spalter‹. ♦ H 3. HR II/3. SIL Anh *(ris)*. ◇ Schwertname.

Orfalch Echor ['orfalx 'exor], *N.* ›Hohe Schlucht des Außenkreises‹. ♦ SIL QS/23; Anh *(echor)*.

Orgaladh ['orgalað], *N.* ›Tag des Baumes‹. ♦ HR Anh D.

Orgaladhad [org'alaðad], *N.* ›Tag der Zwei Bäume‹. ♦ HR Anh D. BRIEFE 556. ♦ Eine Nachahmung des Dual-Markers *-at* im Quenya.

Orgilion [org'ilion], *N.* ›Tag der Sterne‹. ♦ HR Anh D.

Orithil ['oriθil], *N.* ›Tag des Mondes‹. ♦ HR Anh D.

Ormenel ['ormenel], *N.* ›Tag des Himmels‹. ♦ HR Anh D.

orn ['orn], *N.* (großer) Baum. ♦ SIL Anh. BRIEFE Nr. 347. *Ety* (ÔR-NI, unter ORO). ◇ *Pl.* ***yrn***.

orod ['orod], *N.* Berg. ♦ SIL Anh. BRIEFE Nr. 204. *GN* 178. *Ety* (ÔR-OT, unter ORO). ◇ *Pl.* ***ered***.

orodben [or'odben], *N.* Bergbewohner. ♦ *WJ* 376. ◇ *Pl.* ***erydbin***.

Orod-na-Thôn ['orod n'a θ'o:n], *N.* ›Berg der Kiefern‹. ♦ HR III/4.

Orodreth [or'odreθ], *N. m.* ›Berg-?‹. ♦ *WJ* 350. ◇ Eigenname; abgeändert von ***Rodreth*** (s. d.) zu ***Orodreth*** »wegen seiner Liebe zu den Bergen«. Ergibt im S. keinen wirklichen Sinn.

orodrim [or'odrim], *N.* Bergkette. ♦ *Ety* (ÔR-OT, unter ORO, [RIM]).

Orodruin [or'odruin], *N.* ›Berg der roten Flamme‹. ♦ HR I/3, A; Anh B. SIL RM; Reg, Anh *(orod, ruin)*. NAM 3/I Anm.

oronte [or'onte], *Prät.* von ***eria-***.

ortha- ['orθa], *V.* emporheben, erhöhen; sichten (auf dem Meer). ♦ *Ety* (ORO). *MR* 373. ◇ *Inf.* ***ortho***; *Prät.* ***orthant***; *Ger.* ***orthad*** ›Erhöhung, Aufsteigen‹.

orthad ['orθad], *Ger.* von ***ortha-***.

Orthanc ['orθank], *N.* ›Gabelhöhe‹. ♦ HR I/7. SIL RM; Reg. NAM 3/I.

orthant ['orθant], *Prät.* von ***ortha-***.

orthel- ['orθel], *V.* bedecken, oben schützen. ♦ *Ety* (ORO, TEL).

orthelian [orθ'elian], *N.* Baldachin. ♦ *Ety* (ORO, TEL).

ortheri ['orθeri], *Inf.* von ***orthor-***.

ortho ['orθo], *Inf.* von ***ortha-***.

orthor ['ofor], *Aor.* von ***orthor-***.

orthor- ['orθor], *V.* meistern, besiegen. ♦ *Ety* (TUR). ◇ *Inf.* ***ortheri***; *Aor.* ***orthor***.

os- ['os], *Präf.* um. ♦ *Ety* (OS).

osgar ['osgar], *Aor.* von ***osgar-***.

osgar- ['osgar], *V.* herum schneiden, amputieren. ♦ *Ety* (OS, SKAR). ◇ *Inf.* ***esgeri***; *Aor.* ***osgar***.

Osgiliath [osg'iliaθ], *N.* ›Festung der Sterne‹. ♦ HR II/2, A; Anh B. *RGEO* 73. SIL RM; Reg, Anh *(os(t), gil)*. NAM 3/I. BRIEFE 555.

osp ['osp], *N.* Rauch. ♦ *Ety* (USUK).

Ossiriand [oss'iriand], *N.* ›Sieben-Flüsse-Land‹. ♦ HR III/3. SIL QS/10; Reg, Anh (*sir)*. NAM 1/II.

ost ['ost], *N.* (ummauerte) Stadt, Festung, Burg. ♦ SIL Anh *os(t)*. *Ety* (OS). *WJ* 414.

Ost-in-Edhil ['ost 'in 'eðil], *N.* ›Festung der Elben‹. ♦ SIL RM; Reg, Anh *(os(t), edhel)*. NAM 2/IV.

othlonn ['oθlonn] (othlond, othlon), *N.* gepflasterter Weg. ♦ *Ety* (LOD).

othrad ['oθrad] (ostrad), *N.* Straße. ♦ *Ety* (RAT).

othronn ['oθronn] (othrond), *N.* Festung oder Stadt in unterirdischen Höhlen. ♦ *Ety* (OS, ROD). *WJ* 414.

othui, siehe ***odothui***.

ovor ['ovor] (ovr, ofr), *Adj.* reichlich, im Überfluss vorhanden. ♦ *Ety* (UB).

ovra- ['ovra], *V.* im Überfluss oder reichlich vorhanden sein. ♦ *Ety* (UB). ◊ *Inf.* ***ovro.***

ovras ['ovras], *N.* Menge, Haufen. ♦ *Ety* (UB).

P

pâd [p'a:d], *N.* Weg. ♦ SIL Anh *WJ* 387. ◊ In ***Aphadon, Tharbad.***

pae [p'ae], *Num.* zehn. ♦ *VT* 42:25.

paenui [p'aenui], *Num. Adj.* zehnt(er, e, es). ♦ *VT* 42:25.

paich [p'aix] (peich), *N.* Saft, Sirup. ♦ *Ety* (PIS). ◊ Pl. ***pich.***

pain[1] [p'ain] (pein), *Pl.* von ***pân***[1].

pain[2] [p'ain], *Pl.* von ***pân***[2].

palan [p'alan], *Adv.* fern, auswärts, weit und breit. ♦ HR II/1, IV/10. *RGEO* 72–3.

palath [p'aloθ], *N.* Oberfläche. ♦ *Ety* (PAL).

pân[1] [p'a:n], *N.* Planke, Bodenbrett. ♦ *Ety* (PAN). ◊ *Pl.* ***pain***[1].

pân[2] [p'a:n], *Adj.* jeder. ♦ *SD* 129–31. ◊ *Pl.* ***pain***[2]. In ***mhellyn în phain*** ›alle seine Freunde‹. Da kein anderes Wort mit ***ph-*** im Anlaut belegt ist, ist zu vermuten, dass es sich hier um eine mutierte Form handelt.

panas [p'anas], *N.* Fußboden. ♦ *Ety* (PAN).

pand [p'and] (pann), *N.* Hof. ♦ *Ety* (PAD).

pann [p'ann], *Adj.* weit. ♦ *Ety* (PAT).

panna-[1] [p'anna], *V.* öffnen, vergrößern. ♦ *Ety* (PAT). ◊ *Inf.* ***panno.***

panna-[2] [p'anna] (pannod), *V.* füllen. ♦ *Ety* (KWAT).

pant [p'ant], *Adj.* voll. ♦ *Ety* (KWAT). *SD* 129–31.

Panthael [p'anthael], *N.* ›Ganzweis‹. ♦ *SD* 128–9. ◊ Scherzhafte Umdeutung von ***Perhael*** (s. d.)

parch [p'arx], *Adj.* trocken. ♦ *Ety* (PÂRAK).

parch [p'arθ], *N.* Feld, umzäunte Weide. ♦ UT/260. *PMe* 330.

parf [p'arv], *N.* Buch. ♦ *Ety* (PAR). ◊ *Pl.* ***perf.***

Parth Celebrant [p'arθ k'elebrant], *N.* ›Ebene des Silberlauf‹. ♦ NAM 2/IV Anh.

Parth Galen [p'arθ g'alen], *N.* ›Grünes Feld‹. ♦ HR II/10. SIL Anh *(calen).* NAM 4/II Anm.

path [p'aθ], *Adj.* glatt. ♦ *Ety* (PATH).

pathra- [p'aθra], *V.* füllen. ♦ *Ety* (KWA-T). ◇ *Inf.* ***pathro.***

pathred [p'aθred], *N.* Fülle. ♦ *Ety* (KWA-T).

pathu [p'aθu] (pathw), *N.* flacher Grund, Rasenfläche. ♦ *Ety* (PATH). ◇ Pl. ***peithu.***

paur [p'aur], *N.* Faust. ♦ SIL Anh *(celeb). Ety* (KWAR). *PMe* 179, 318. Meist im Sinne von ›Hand‹, als geschlossene Hand, die ein Werkzeug benutzt; nicht so sehr die Faust, die zuschlägt.

paw [p'au], *N.* Krankheit. ♦ *Ety* (KWÂM).

pêd [p'e:d], *Aor.* von ***ped-.***

ped- [p'ed], *V.* sprechen, sagen. ♦ HR II/4. SIL Anh *(quen-).* BRIEFE Nr. 347. *VT* 41:11. ◇ *Aor.* ***pêd****; Imp.* ***pedo!*** ›sage!, sprich!‹; *Prät.* ***pent.***

pedo [p'edo], *Imp.* von ***ped-.***

peg [p'eg], *N.* kleiner Fleck, Punkt. ♦ *Ety* (PIK).

peithu [p'eiθu], *Pl.* von ***pathu.***

pel [p'el], *N.* umzäuntes Feld, Hof. ♦ *Ety* (PEL[ES]). ◇ *Pl.* ***peli.***

Pelargir [pel'argir], *N.* ›Hof der Königsschiffe‹. ♦ HR V/9; Anh A, B. SIL Ak; Anh *(pel-).* NAM 2/IV Anh.

Pelennor [pel'ennor], *N.* ›Umzäumtes Land‹. ♦ HR V/1. SIL Anh *(pel-).* NAM 3/II.

peleth [p'eleθ], *N.* Schwinden, Vergehen. ♦ HR Anh D. ◇ In ***Narbeleth.***

peli [p'eli], *Pl.* von ***pel.***

pelia- [p'elia], *V.* Ausbreiten (PAL). ◇ *Inf.* ***pelio.***

pelin [p'elin], *N.* Schwinden, Vergehen. ♦ *Ety* (KWEL). ◇ In ***lasbelin.***

pelthaes [p'elθaes], *N.* Drehpunkt, Angelpunkt. ♦ *Ety* (PEL, TAK).

pen[1] [p'en], *Präp.* ohne. ♦ HR II/2. ◇ In ***Iarwain ben-adar.***

pen[2] [p'en], *Pron.* einer, jemand, irgendwer. ♦ *WJ* 376. ◇ Gewöhnlich enklitisch oder mutiert als ***ben.***

pend [p'end] (penn), *N.* Abschüssigkeit, Abhang. ♦ *Ety* (PED).

pendrath [p'endraθ] (pendrad), *N.* auf- oder abwärts führender Gang, Treppe. ♦ *Ety* (PED).

peng [p'eŋ], *N.* Bogen (zum Schießen). ♦ *Ety* (KWIG).

penia- [p'enia], *V.* festmachen, fixieren. ♦ *Ety* (PAN). ◇ *Inf.* ***penio.***

penio [p'enio], *Inf.* von ***penia-***.

penna- [p'enna], *V.* sich herabneigen, schräg (nach unten) liegen. ♦ HR II/1. *RGEO* 70–2.

pennas [p'ennas], *N.* Geschichte, historischer Bericht. ♦ *Ety* (KWET/PET). *WJ* 192, 206 .

penninor [p'enninor] (penninar), *N.* ›Letzttag‹, Letzter Tag des Jahres. ♦ *Ety* (YEN).

pent[1] [p'ent], *Prät.* von ***ped-***.

pent[2] [p'ent], *N.* Erzählung, Geschichte. ♦ *Ety* (KWET/PET).

per- [p'ar], *Präf.* halb, in der Mitte geteilt. ♦ *Ety* (PER).

peredhel [p'ereðel], *N.* Halbelbe. ♦ HR II/2; Anh A. SIL QS/24; Anh *(edhel).* ◇ *Pl.* ***peredhil.***

peredhil [p'ereðil], *Pl.* von ***peredhel.***

perf [p'erv], *Pl.* von ***parf.***

Perhael [p'erhael], *N.* ›Samweis‹. ♦ *SD* 128–9. ◇ Eigenname. Wörtl. ›Halb-weise‹, AE. *samwís* (vgl. HR Anh. E).

Periain [p'eriain], *Pl.* von ***Perian.***

Perian [p'erian], *N.* Halbling, Hobbit. ♦ HR VI/4; Anh E, F. *RGEO* 75. NAM 3/I Anh. BRIEFE Nr. 230. ◇ *Pl.* ***Periain.*** *Koll.* ***Periannath*** ›Halblinge (als Art oder Volk)‹.

Periannath [peri'annaθ], *Koll.* von ***Perian.***

perin [p'erin], *Adj.* halb, in der Mitte geteilt. ♦ *Ety* (PER).

pesseg [p'esseg], *N.* Kissen. ♦ *Ety* (KWES).

peth [p'eθ], *N.* Wort. ♦ HR II/4. SIL Anh *(quen-/quet-). Ety* (KWET/PET).

pethron [p'eθron], *N.* Erzähler. ♦ *Ety* (KWET/PET).

pich [p'ix], *Pl.* von ***paich.***

pigen [p'igen], *Adj.* winzig. ♦ *Ety* (PIK).

pihen [p'ihen] (pichen), *Adj.* saftig. ♦ *Ety* (PIS).

pinnath [p'innaθ], *Koll.* (Gebirgs-)Kämme, Bergkette, Hügelkette. ♦ HR V/1. SIL Anh *(calen).*

Pinnath Gelin [p'innaθ g'elin], *N.* ›Grüne Hänge‹. ♦ HR V/1. SIL Anh *(calen).*

pôd [p'o:d], *N.* Fuß (von Tieren). ♦ *Ety* (POT). ◇ *Pl.* ***pŷd.***

Poros [p'oros], *N.* (?). ♦ HR Anh A. NAM 3/II. ◇ Flussname.

post [p'ost], *N.* Pause, Halt, Rast, Aufhören, Atempause. ♦ *Ety* (PUS).

presta- [pr'esta], *V.* beeinflussen, stören. ♦ *Ety* (PERES). ◇ *Inf.* ***presto***; *Part.* ***prestannen*** ›beeinflusst, gestört‹, *Ling.* ›umgelautet‹ (von Vokalen).

prestannen [prest'annen], *Part.* von ***presta-.***

prestanneth [prest'anneθ], *N. Ling.* Umlautung (von Vokalen). ♦ *Ety* (PÊRES).

puia- [p'uia], *V.* spucken. ♦ *Ety* (PIW). ◇ *Inf.* ***puio.***

puig [p'uig], *Adj.* sauber, ordentlich. ♦ *Ety* (POY).

puio [p'uio], *Inf.* von ***puia-.***

pŷd [p'y:d], *Pl.* von ***pôd.***

R

rach [r'ax], *N.* Wagen. ♦ NAM Reg (*Steinkarren-Tal*). ◇ *Pl.* ***raich.*** In ***Imrath Gondraich.***

râd [r'a:d], *N.* Pfad, Weg. ♦ *Ety* (RAT).

rada- [r'ada], *V.* einen Weg bahnen, einen Weg finden. ♦ *Ety* (RAT). ◇ *Inf.* ***rado.***

raeda- [r'aeda], *V.* fangen (in einem Netz). ♦ *VT* 42:12.

raeg [r'aeg] (rhoeg), *Adj.* krumm, gebogen, falsch. ♦ *Ety* (RÂYAK).

raen [r'aen] (rhaen), *Adj.* krumm. ♦ *Ety* (RAG).

raen [r'aen], *Adj.* im Netz gefangen, verstrickt. ♦ *VT* 42:11.

raew [r'aew] (rhaew), *N.* Faden. ♦ *Ety* (RAK). Elbisches Maß.

rafn [r'afn] (rhaen), *N.* Horn, Flügel, seitwärts reichende Spitze, etc. ♦ *Ety* (RAM).

raich [r'aix], *Pl.* von ***rach***.

rain[1] [r'ain] (rhain, rhein), *N.* Grenze. ♦ *Ety* (REG).

rain[2] [r'ain] (rhein, rhœin), *N.* Abdruck, Spur, Fußspur. ♦ *Ety* (RUN). ◇ Pl. ***rŷn***[2].

rain[3] [r'ain], *N.* Umherwandern. ♦ *VT* 42:13.

rainc [r'aink] (rhaec), *Pl.* von ***ranc***.

rais [r'ais], *Pl.* von ***ras***.

ram [r'am] (rham, rhamb), *N.* Mauer, Wall. ♦ SIL Anh *(ram). Ety* (RAMBÂ).

Ramdal [r'amdal], *N.* ›Wallfuß, Ende der Mauer‹. ♦ SIL QS/14; Reg, Anh *(ram, tal).* ◇ Hügel am Ende von Andram.

rammas [r'ammas], *N.* (großer) Wall. ♦ HR V/1.

Rammas Echor [r'ammas 'exor], *N.* ›Großer Wall des Außenkreises‹. ♦ HR V/1. SIL Anh *(ram, echor).*

ranc [r'aŋk] (rhaec), *N.* Arm. ♦ *Ety* (RAK). ◇ *Pl.* ***rainc***.

randir [r'andir] (rhandir), *N.* Wanderer, Pilger. ♦ *Ety* (RAN).

rant [r'ant], *N.* Ader, (Erz-)Gang; Lauf, Flussbett. ♦ SIL Anh. *Ety* (RAT).

raph [r'af], *N.* Seil. ♦ UT/424. ◇ In ***Udalraph***.

ras [r'as] (rhass), ***rasg*** [r'asg] (rhasg), *N.* Horn (von lebendem Tier); Bergspitze. ♦ HR Anh E. SIL Anh. *Ety* (RAS). ◇ *Pl.* ***rais***.

Ras Morthil [r'as m'orθil], *N.* ›Horn des Schwarzglanzes‹. ♦ HR Karte. NAM 2/II.

rath [r'aθ], *N.* Lauf, Flussbett; Straße. ♦ HR V/1. *Ety* (RAT).

Rath Celerdain [r'aθ k'elerdain], *N.* ›Straße der Lampenmacher‹. ♦ HR V/1.

Rath Dínen [r'aθ d'i:nen], *N.* ›Stille Straße‹. ♦ HR V/4, A; Anh B. SIL Anh *(dîn).* NAM 2/IV Anm.

Rathlóriël [raθl'o:riel], *N.* ›Goldene Straße, Goldbett‹. ♦ SIL QS/14; Reg, Anh *(laure).* ◇ Flussname, vormals ***Ascar***.

raud [r'aud] (rhaud), *N.* Metall. ♦ *Ety* (RAUTÂ). ◇ Eig. ›Kupfer‹.

raudh [r'auð] (rhaudh), *Adj.* hohl, ausgehöhlt. ♦ *Ety* (ROD).

raug [r'aug] (graug, rhaug), *N.* Dämon. ♦ *Ety* (RUK). SIL Anh *(rauko)*. *WJ* 415. ◇ Ein mächtiges, feindseliges und schreckliches Wesen.

raun [r'aun] (rhaun), *Adj.* umherziehend, fahrend. ♦ *Ety* (RAN).

Rauros [r'auros], *N.* ›Tosende Gischt‹. ♦ HR II/8. SIL RM; Reg, Anh *(ros)*. ◇ Wasserfall.

raw[1] [r'aw] (rhaw), *N.* (Fluss)Ufer. ♦ *Ety* (RAB).

raw[2] [r'aw] (rhaw), *N.* Löwe. ♦ *Ety* (RAW). ◇ *Pl.* ***roe***.

rechbin [r'echbin] (rœchbin), *Pl.* von ***rochben***.

redh- [r'eð], *V.* säen. ♦ *Ety* (RED). ◇ *Inf.* ***redhi***.

redhi [r'eði] (rhedhi), *Inf.* von ***redh-***.

Region [r'egion], *N.* ›Land der Dornen‹. ♦ SIL QS/4; Anh *(ereg)*. NAM 1/II.

rem[1] [r'em], *N.* Netz (eines Jägers oder Fischers). ♦ HR Anh E. *VT* 42:29.

rem[2] [r'em] (rhem, rhemb), *Adj.* häufig, zahlreich. ♦ *Ety* (RIM).

remmen [r'emmen], *Part.* gewebt, durchwirkt, verflochten. ♦ HR II/1; Anh E. *RGEO* 72. ◇ *Pl.* ***remmin***. In ***galadhremmin***.

remmin [r'emmin], *Pl.* von ***remmen***.

Remmirath [r'emmiraθ], *N.* ›Netz von Juwelen‹. ♦ HR I/3; Anh E. ◇ Sternbild, den Plejaden entsprechend.

rend [r'end] (rhinn), *Adj.* kreisförmig. ♦ *Ety* (RIN).

renia- [r'enia], *V.* streunen, umherirren. ♦ *Ety* (RAN). ◇ *Inf.* ***renio*** (rhenio).

rest [r'est] (rhest), *N.* Schnitt. ♦ *Ety* (RIS).

revia [r'evia], *V.* fliegen, segeln; umherstreifen. ♦ *Ety* (RAM). ◇ *Inf.* ***revio*** (rhevio).

rhach [r'ax], *N.* Fluch. ♦ *MR* 373. ◇ In ***e-'Rach***.

rhass [r'ass], *N.* Steilwand. ♦ *Ety* (KHARÂS). ◇ Ältere Form ****chrass***.

rhavan [r'avan], *N.* Wilder. ♦ *WJ* 219. ◇ *Pl.* ***rhevain***. Wurzel SRAB?

rhaw[1] [r'aw], *N.* Wildnis. ♦ *Ety* (RAB). ◇ Wurzel SRAB?

rhaw[2] [r'aw], *N.* Fleisch, Körper. ♦ *MR* 350. ◇ Wurzel SRAW?

rhevain [r'evain], *Pl.* von ***rhavan***.

rhibi [r'ibi] (thribi), *V.* kratzen. ♦ *Ety* (SRIP).

rhîw [r'i:w], *N.* Winter. ♦ HR Anh D. ◇ Wurzel SRIW?

rhosg [r'asg] (rhosc), *Adj.* braun. ♦ *Ety* (RUSKÂ).

rhoss [r'oss] (thross), *N.* Wispern, Rascheln. ♦ *Ety* (SLUS/SRUS).

Rhovanion [rov'anion], *N.* ›Wilderland‹. ♦ HR Anh A, Karte. SIL RM; Reg. NAM 2/IV.

Rhudaur [r'udaur], *N.* ›Ostwald‹ (?). ♦ HR I/12; Anh A. SIL RM. NAM 3/IV Anm.

rhûn [r'u:n], ***Rhûn*** [r'u:n], *N.* ›Osten‹. ♦ HR II/2; Anh A, E. SIL Anh *(rómen)* NAM 4/II. *Ety* (RÔ).

rhúnen [r'u:nen], *Adj.* östlich. ♦ SIL Anh.

ri [r'i:] (rhi), *N.* Krone, Kranz, Girlande. ♦ *Ety* (RIG). *PMe* 347.

Rían [r'i:an], *N.* ›Gekrönte‹ (?). ♦ SIL QS/17. NAM 1/I. *WJ* 231. ◇ Eigenname.

rib- [r'ib] (rhib-), *V.* stürzen (wie ein Sturzbach), dahinschießen. ♦ *Ety* (RIP).

rîf [r'i:v], *N.* Borke, Rinde. ♦ HR Anh E. *GN* 187.

rim[1] [r'im] (rhim, rhimb), *N.* Menge, Schar, große Anzahl. ♦ SIL Anh. BRIEFE Nr. 144, Nr. 297. *Ety* (RIM).

rim[2] [r'im] (rhim, rhimb), *N.* kalter Teich oder See (in den Bergen). ♦ *Ety* (RING).

rîn[1] [r'i:n] (rhin, rhien), *Adj.* gekrönt; *N.* gekrönte Frau, Königin. ♦ *Ety* (RIG).

rîn[2] [r'i:n], *N.* Gedenken. ♦ *PMe* 372.

rinc [r'iŋk] (rhinc), *N.* Zucken, Ruck, plötzliche Bewegung; Kniff, Trick. ♦ *Ety* (RIKH).

rind [r'ind] (rhind, rhinn), *N.* Kreis. ♦ *Ety* (RIN).

ring [r'iŋg] (rhing), *Adj.* kalt, frostig. ♦ *Ety* (RING). SIL Anh.

Ringil [r'iŋgil], *N.* ›Kaltfunke‹. ♦ SIL QS/18; Anh *(ring)*.

Ringló [r'iŋglo:], *N.* ›Kaltfenn‹. ♦ HR V/1. SIL Anh *(ring)*. NAM 2/IV, Reg. ◇ Flussname.

ringorn [r'iŋgorn] (rhingorn), *N.* Kreis. ♦ *Ety* (RIN, KOR).

Ringwil [r'iŋgwil], *N.* ›Kaltflug‹ (?). ♦ SIL QS/14; Anh *(ring).* ◇ Flussname.

ris [r'i:s] (rhis), *N.* Königin. ♦ *Ety* (RIG).

riss [r'iss] (rhis, rhess), *N.* Kluft, Schlucht. ♦ *Ety* (RIS).

rista- [r'ista], *V.* schneiden, reißen, zerreißen. ♦ *Ety* (RIS). ◇ *Inf.* ***risto*** (rhisto).

ritha- [r'iθa], *V.* zucken, rucken, eine plötzliche Bewegung machen. ♦ *Ety* (RIKH). ◇ *Inf.* ***ritho*** (rhitho).

Rivil [r'ivil], *N.* (?). ♦ SIL QS/19. NAM 1/II. ◇ Name eines Bachs.

riw [r'i:w] (rhif), *N.* Rand, Saum, Kante. ♦ *Ety* (RI).

roch [r'ox], *N.* Pferd. ♦ SIL Anh. BRIEFE Nr. 144, Nr. 211, Nr. 297. *Ety* (ROK). ◇ Schnelles Pferd zum Reiten.

Rochallor [rox'allor], *N.* ›Hochsteigendes Pferd‹ (?). ♦ SIL QS/18; Anh *(roch).* ◇ Das Ross Fingolfins.

Rochand [r'oxand], *N.* ›Pferdeland‹. ♦ SIL Anh *(roch).* NAM 3/II. ◇ Siehe auch ***Rohan***.

rochben [r'oxben], *N.* Reiter (eines Pferdes). ♦ *WJ* 376. ◇ *Pl.* ***rechbin*** oder ***rochbin***.

rochbin [r'oxbin], *Pl.* von ***rochben***.

Rochir [r'oxir], *N.* Pferdeherr. ♦ NAM 3/II. BRIEFE Nr. 144, Nr. 211. *Koll.* ***Rochirrim*** ›Pferdeherren‹, das Volk von Rohan. Siehe auch ***Rohirrim***.

Rochirrim [rox'irrim], *Koll.* von ***Rochir***.

Rochon Methestel [r'oxon meθ'estel], *N.* ›Reiter der Letzten Hoffnung‹. ♦ NAM 3/II, Reg. ◇ Titel eines Liedes.

rodon [r'odon], *N.* Vala, Gottheit. ♦ HR Anh D. ◇ *Pl.* ***rodyn***.

Rodreth [r'odreth], *ÑS.*, siehe ***Orodreth***, Qu. *Artaresto*.

rodwen [r'odwen], *N.* hohe Frau. ♦ *WJ* 317.

Rodyn [r'odyn], *N.* ›[Tag] der Erhabenen‹. ♦ HR Anh D.

rodyn [r'odyn], *Pl.* von ***rodon***.

roe [r'oe] (rhui), *Pl.* von ***raw***^{2}.

Rohan [r'ohan], *N.* ›Pferdeland‹. ♦ HR II/2, A; Anh B. SIL RM; Reg, Anh *(roch).* NAM 1/I Anm, 3/II Anm. BRIEFE 498. ◇ Dialekt von Gondor.

Roheryn [r'oheryn], *N.* ›Pferd der Herrin‹. ♦ HR V/2. SIL Anh *(roch).* ◊ Name eines Pferdes. Dialekt von Gondor.

Rohirrim [roh'irrim], *N.* ›Pferdeherren-Volk‹. ♦ HR II/2, A; Anh F. SIL Anh *(roch, heru).* BRIEFE 498. ◊ Dialekt von Gondor.

rom [r'om] (rhom), *N.* Horn, Trompete. ♦ *Ety* (ROM). *WJ* 400.

romru [r'omru] (rhomru), *N.* Hörnerklang. ♦ *Ety* (ROM).

rond [r'ond] (rhond, rhonn), *N.* Höhle; Kuppel, Gewölbe, gewölbte Halle (von unten gesehen und gewöhnlich nicht sichtbar von außen). ♦ SIL Anh. *Ety* (RON). *WJ* 414.

ross[1] [r'oss] (rhoss), *N.* Schaum, Gischt; Sprühregen. ♦ *Ety* (ROS).

ross[2] [r'oss], *Adj.* rothaarig, kupferrot. ♦ *VT* 41:10. ◊ Besonders verwendet für Tiere wie Fuchs, Rotwild, etc.

rosta- [r'osta], *V.* aushöhlen, ausschachten. ♦ *Ety* (ROD). ◊ *Inf.* ***rosto.***

rovail [r'ovail] (rhofel), *Pl.* von ***roval.***

roval [r'oval] (rhofal), *N.* Schwinge, großer Flügel (z. B. eines Adlers). ♦ *Ety* (RAM). ◊ *Pl.* ***rovail.***

rû [r'u:] (rhû), *N.* Schall, Trompetenklang. ♦ *Ety* (ROM).

rûdh [r'u:ð], *Adj.* kahl. ♦ SIL 379. *WJ* 187.

rui [r'ui] (rhui, rhuiw), *N.* Jagd, Hatz. ♦ *Ety* (ROY).

ruin [r'uin], *N.* rote Flamme. ♦ SIL Anh.

ruin[1] [r'uin], *Adj.* (feuer)rot. ♦ *PMe* 366.

rusc [r'usk], *N.* Fuchs. ♦ *VT* 41:10.

rust [r'ust], *N.* Kupfer. ♦ *VT* 41:10.

rustui [r'ustui], *Adj.* kupfern. ♦ *VT* 41:10.

rûth [r'u:θ], *N.* Zorn. ♦ SIL Anh.

rŷn[1] [r'y:n] (rhŷn), *N.* Jagdhund. ♦ *Ety* (ROY).

rŷn[2] [r'y:n], Pl. von ***rain***[2].

S

sabar [s'abar], *N.* Mine. ♦ *WJ* 209, 419. ◇ In ***Nornhabar***. Eine mögliche Form wäre auch ****habar***, ohne Anlautmutation in der Zusammensetzung.

sad [s'ad], *N.* Platz, Ort (natürlich oder künstlich begrenzt). ♦ *VT* 42:20.

sâdh [s'a:d], *N.* Soden, Grasnarbe. ♦ *VT* 42:20.

Sador [s'ador], *N.* ›der Getreue‹. ♦ NAM 1/I, 1/II. ◇ Eigenname.

sadron [s'adron], *N.* Getreuer. UT 153, 431. ◇ *Pl.* ***sedryn***. Siehe auch ***Sador***.

sael [s'ael], *Adj.* weise. ♦ *SD* 129–31. *MR* 305. *WJ* 233.

saer [s'aer], *Adj.* bitter. ♦ *Ety* (SAG).

Saeros [s'aeros], *N.* (?). ♦ SIL QS/21. NAM 1/II. ◇ Eigenname.

saew [s'aew], *N.* Gift. ♦ *Ety* (SAG).

said [s'aid], *Adj.* privat, separat, nicht gemeinschaftlich, ausgeschlossen. ♦ *VT* 42:20.

sain [s'ain] (sein), *Adj.* neu. ♦ *Ety* (SI). ◇ *Pl.* ***sîn***.

salab [s'alab], *N.* Kraut. ♦ *Ety* (SALÂK). *Pl.* ***selaib***.

salph [s'alf] (salf), *N.* Brühe, Suppe, flüssige Nahrung. ♦ *Ety* (SÂLAP).

sam [s'am], *N.* Kammer. ♦ HR VI/3. SIL Anh. ◇ *Koll.* ***sammath*** ›Kammern‹. In ***Sammath Naur***.

sammath [s'ammaθ], *Koll.* von ***sam***.

Sammath Naur [s'ammaθ n'aur], *N.* ›Kammern des Feuers‹. ♦ HR VI/2. SIL Anh *(nar)*.

sant [s'ant], *N.* Garten, Feld, Grundstück (in privatem Besitz, ob umschlossen oder nicht). ♦ *VT* 42:20.

sarch [s'arx], *N.* Grab. ♦ UT/463.

Sarch nia Hîn Húrin [s'arx n'ia x'i:n h'u:rin], *N.* ›Grab der Kinder Húrins‹. ♦ NAM 1/II. ◇ Die korrekte Schreibweise wäre ***Sarch nia Chîn Húrin***.

sarn [s'arn], *N.* Stein (als Material); kleiner Stein. ♦ SIL Anh. *Ety* (SAR).

Sarn Athrad [s'arn 'aθrad], *N.* ›Furt der Steine‹. ♦ SIL QS/10; Reg, Anh *(sarn, thar-)*. NAM 2/IV.

Sarn Gebir [s'arn g'ebir], *N.* ›Spitzen der Steine‹. ♦ HR II/9. SIL Anh *(sarn)*. NAM 3/II.

sarnas [s'arnas], *N.* Steinhaufen. ♦ *LR* 406. ◊ Vor allem als Grenz- oder Grabmal.

sautha- [s'auθa], *V.* austrinken, leeren. ♦ *Ety* (SUK).

saw [s'aw], *N.* Saft. ♦ *Ety* (SAB). ◊ *Pl.* ***soe***.

sedryn [s'edryn], *Pl.* von ***sadron***.

seidia- [s'eidia], *V.* beiseite legen, reservieren (für einen bestimmten Zweck oder Besitzer). ♦ *VT* 42:20.

selaib [s'elaib] (seleb), *Pl.* von ***salab***.

sell [s'ell], *N.* Tochter; Mädchen (Kind). ♦ *Ety* (SEL). *SD* 129–31. ◊ *Koll.* ***sellath*** ›alle Töchter‹.

sellath [s'ellaθ], *Koll.* von ***sell***.

sen [s'en], *Adj.* dies(er, e, es). ♦ HR II/4. ◊ *Pl.* ***sin***. Nachgestellt, verm. enklitisch (unbetont an das vorangehende Wort angelehnt).

sennui [s'ennui], *Adj.* vielmehr, eigentlich. ♦ *SD* 129–31. ◊ Als Adverb verwendet?.

Serech [s'erex], *N.* (?). ♦ SIL QS/13. NAM 1/II. ◊ Sumpfgebiet.

sereg [s'ereg], *N.* Blut. ♦ SIL Anh.

seregon [s'eragon], *N.* ›Steinblut‹. ♦ SIL QS/21; Reg, Anh *(sereg, gond)*. NAM 1/II. ◊ Eine Pflanze mit tiefroten Blüten, die auf dem Amon Rûdh wuchs.

sern [s'ern], *N.* kleiner Stein, Kiesel. ♦ NAM Reg *(Serni)*.

Serni [s'erni], *N.* ›Der Steinige‹. ♦ HR Karte. SIL Anh *(sarn)*. NAM 2/IV, Reg.

seron [s'eron], *N.* Liebender. ♦ *PMe* 348.

sí [s'i:], *Adv.* hier. ♦ HR II/1, IV/10. *RGEO* 72.

si [s'i], *Adv.* jetzt. ♦ *LB* 354. ◊ Möglicherweise deckt ***sí*** im späten S. beider ab, ›hier‹ und ›jetzt‹.

sidh [s'i:ð], *N.* Friede. ♦ *Ety* (SED).

sigil[1] [s'igil], *N.* Dolch, Messer. ♦ *Ety* (SIK).

sigil[2] [s'igil], *N.* Halsband. ♦ *WJ* 258.

síla [s'i:la], *Präs.* von ***sil-***.

sil- [s'il], *V.* scheinen (mit einem weißen Licht). ♦ HR I/3. SIL Anh (*sil-*). ◇ *Präs* ***síla***.

silivren [sil'ivren], *Adj.* (weiß) glitzernd. ♦ HR II/1. *RGEO* 70–2.

sîn [s'i:n], *Pl.* von ***sain***.

sin [s'in], *Pl.* von ***sen***.

siniath [s'iniaθ], *Koll.* Neuigkeiten, Nachrichten. ♦ *Ety* (SI).

sinnarn [s'innarn], *N.* neue Geschichte. ♦ *Ety* (SI [NAR[2]]).

sîr [s'i:r], *N.* Fluss. ♦ SIL Anh. *Ety* (SIR).

Sîr Angren [s'i:r 'aŋgren], siehe ***Angren***.

Sîr Ninglor [s'i:r n'iŋglor], *N.* ›Fluss der goldenen Wasser[blumen]‹. ♦ HR Karte. NAM 3/I. ◇ Übers. »Schwertel«.

Sirannon [sir'annon], *N.* ›Torbach‹. ♦ HR II/4. SIL Anh *(sîr, annon)*. ◇ Name des Bachs bei Moria.

siria- [s'iria], *V.* fließen. ♦ *Ety* (SIR). ◇ *Inf.* ***sirio***.

Sirion [s'irion], *N.* ›Großer Fluss, Strom‹. ♦ SIL QS/3; Reg, Anh *(sîr)*. *Ety* (SIR). NAM 1/I.

Sirith [s'iriθ], *N.* ›der Fließende‹. ♦ HR. SIL Anh *(sîr)*. ◇ Flussname.

soe [s'oe] (sui), *Pl.* von ***saw***.

sôg [s'o:g], *Aor.* von ***soga-***.

soga- [s'oga], *V.* trinken. ♦ *Ety* (SUK). ◇ *Inf.* ***sogo***; *Aor.* ***sôg***; *Prät.* ***sogant***; *Part.* ***sogannen*** ›betrunken‹.

sogant [s'ogant] (asogant, sunc), *Prät.* von ***soga-***.

sogannen [sog'annen], *Part.* von ***soga-***.

solch [s'olx], *N.* Wurzel (essbar). ♦ *Ety* (SÛLUK).

sollen [s'ollen], *Part.* geschlossen. ♦ HR V/4. ◇ In ***Fen Hollen***. Eine mögliche Form wäre auch ?***hollen***, da in anderen Namen Adjektive mit *h-* nicht leniert werden; vgl. ***Nen Hithoel***.

suil [s'uil], *N.* Gruß. ♦ HR Anh A. ◇ In ***Arassuil***, siehe auch ***suilad***.

suila- [s'uila], *V.* grüßen. ♦ *SD* 129–31. ◇ *Ger.* ***suilad***.

suilad [s'uilad], *Ger.* von ***suila-***.
suilanna- [suil'anna], *V.* Grüßen, einen Gruß darbieten. ♦ *SD* 129–31. ◇ *Ger.* ***suilannad*** ›Grüße‹.
suilannad [suil'annad], *Ger.* von ***suilanna-***.
suith [s'uiθ] (sûth), *N.* Trunk. ♦ *Ety* (SUK).
sûl[1] [s'u:l], *N.* Wind. ♦ SIL Anh.
sûl[2] [s'u:l], *N.* Kelch. ♦ *Ety* (SUG, unter SUK).

T

tachol [t'axol] (tachl), *N.* Brosche. ♦ *Ety* (TAK).
tâd [t'a:d] (tad), *Num.* zwei. ♦ *Ety* (AT[AT], TATA). *WJ* 388. *VT* 42:25.
tad-dail [t'addail], *Pl.* von ***tad-dal***.
tad-dal [t'addal], *Adj.* zweifüßig; *N.* Zweifüßer, zweifüßiges Tier. ♦ *WJ* 388. ◇ *Pl.* ***tad-dail***.
tadol [t'adol], *Adj.* doppelt. ♦ *Ety* (TATA). ◇ Pl. ***teidol***.
tadui [t'adui], *Num. Adj.* zweit(er, e, es). ♦ *VT* 42:10, 25.
taeg [t'aeg], *N.* Grenze, Limit, Grenzlinie. ♦ *WJ* 309.
taen[1] [t'aen], *N.* Höhe, Gipfel (eines hohen Berges). ♦ *Ety* (TAH).
taen[2] [t'aen], *Adj.* lang (und dünn). ♦ *Ety* (TÂ, TA3).
taer [t'aer], *Adj.* gerade. ♦ *Ety* 392.
taes [t'aes], *N.* Nagel. ♦ *Ety* (TAK).
taetha- [t'aeθa], *V.* befestigen, festbinden. ♦ *Ety* (TAK). *Inf.* ***taetho***.
taew [t'aew], *N.* Halter, Fassung, Spange, Schließe, Klammer. ♦ *Ety* (TAK).
tafnen [t'afnen], *Adj.* geschlossen, blockiert. ◇ *WR* 341. ♦ In ***uidafnen***.
tagol [t'agol], *N.* Pfosten, Markierung. ♦ *VT* 42:28.
taid [t'aid], *Adj.* zweit(er, e, es) (nur im Sinne von sekundär, zweiter in der Rangfolge, Vize-). ♦ *VT* 42:25.
tail [t'ail] (teil), *Pl.* von ***tâl***.

tâl [t'a:l], *N.* Fuß. ♦ SIL Anh *(celeb)*. *Ety* (TAL). *WJ* 388. ◊ *Pl.* ***tail***.
talad [t'alad], *N.* Geogr. Hang, Neigung. ♦ *Ety* (TALÂT).
talaf [t'alav], *N.* Boden, Fußboden. ♦ *Ety* (TALAM). *Pl.* ***telaif***.
talagan [t'alagan] (talagand), *N.* Harfner, Harfenspieler. ♦ *Ety* (ÑGAN/ÑGÂNAD).
talan [t'alan], *N.* Flet, hölzerne Plattform (in den Bäumen von Lothlóriën, wo die Galadrim wohnten). ♦ HR II/6. NAM 2/IV, Reg. ◊ *Pl.* ***telain***.
talath [t'alaθ] (dalath), *N.* Fläche, Ebene; flaches Land, Ebene, (weites) Tal. ♦ SIL Anh. UT/465. *Ety* (DAL).
Talath Dirnen [t'alaθ d'irnen], *N.* ›Bewachte Ebene‹. ♦ SIL QS/17; Anh *(talath)*. NAM 1/II.
Talath Rhúnen [t'alaθ r'u:nen], *N.* ›Östliche Ebene‹. ♦ SIL QS/14; Reg, Anh *(talath, rómen)*.
talf[1] [t'alv] (dalf), *N.* Handfläche. ♦ *Ety* (DAL).
talf[2] [t'alv], *N.* flaches Feld, Flachland. ♦ *GN* 195. ◊ In ***Nindalf***.
talraph [t'alraf], *N.* Steigbügel. ♦ UT/424. ◊ Wörtl. ›Fuß-Seil‹. In ***Udalraph***.
talt [t'alt], *Adj.* rutschend, fallend, unsicher. ♦ *Ety* (TALÂT).
talu [t'alu] (dalw), *Adj.* flach. ♦ *Ety* (DAL). Pl. ***teilu***.
tamma- [t'amma], *V.* klopfen. ♦ *Ety* (TAM). ◊ *Inf.* ***tammo***.
tanc [t'aŋk], *Adj.* fest. ♦ *Ety* (TAK).
tang [t'aŋ], *N.* Bogensehne. ♦ *Ety* (TANG).
tangada- [t'aŋgada], *V.* festmachen, bekräftigen, einrichten. ♦ *Ety* (TAK). ◊ *Inf.* ***tangado***.
tara [t'aro] (tar-), *Adj.* zäh, steif. ♦ *Ety* (TÂRAG). ◊ Pl. ***teiri***.
tarag [t'arag], *N.* Horn; steiler Bergpfad. ♦ *Ety* (TARÂK).
tarias [t'arias], *N.* Steifheit, Zähheit, Schwierigkeit. ♦ *Ety* (TÂRAG).
tarlanc [t'arlaŋk], *Adj.* halsstarrig, eigensinnig. ♦ *Ety* (TÂRAG).
tass [t'ass] (tars), *N.* Mühe, Arbeit, Aufgabe. ♦ *Ety* (TÂRAS).
tathar [t'aθar] (tathor), *N.* Weidenbaum. ♦ SIL Anh. *Ety* (TATHAR).
tathren [t'aθren], *Adj.* Weiden habend, weidenbestanden. ♦ SIL Anh *(tathar)*. *Ety* (TATHAR).

Taur e-Ndaedelos [t'aur 'en d'aedelos], *N.* ›Wald der großen Furcht‹. ♦ HR Anh F. NAM 3/I Anm.

taur[1] [t'aur], *N.* König. ♦ *Ety* (TÂ, TA3). ◇ Nur verwendet für legitime Könige ganzer Stämme.

taur[2] [t'aur], *N.* Großer Wald, Forst. ♦ SIL Anh. *Ety* (TÂWAR).

taur[3] [t'aur], *Adj.* mächtig, riesig, überwältigend, ehrfurchtgebietend, erhaben. ♦ *Ety* (TÂWAR, TUR).

Taur-en-Faroth [t'aur 'en f'aroθ], *N.* ›Wald der Jäger‹. ♦ SIL QS/13; Anh *(faroth)*. NAM 1/II Anm.

Taur-im-Duinath [t'aur 'im d'uinaθ], *N.* ›Wald zwischen Strömen‹. ♦ SIL QS/14; Reg, Anh *(taur, duin)*.

Taur-na-neldor [t'aur n'a n'eldor], *N.* ›Wald aus Buchen‹. ♦ HR III/4.

Taur-nu-Fuin [t'aur n'u f'uin], *N.* ›Wald unter Nachtschatten‹. ♦ SIL QS/18; Reg, Anh *(taur, fuin)*. NAM 1/I Anm.

Tauron [t'auron], *N.* ›Waldmann‹. ♦ SIL Val; Reg, Anh *(taur)*. *PMe* 358. ◇ Beiname Oromes, in voller Form ***Aran Tauron*** ›König Waldmann‹.

taus [t'aus], *N.* Dachstroh, Strohdach. ♦ *Ety* (TUP).

tavor [t'avor] (tavr, tafr), *N.* Specht. ♦ *Ety* (TAM). ◇ Pl. ***teivor.***

taw [t'aw], *Adj.* wollen, aus Wolle. ♦ *Ety* (TOW).

tawar [t'awar], *N.* Holz; großer Wald. ♦ UT/467. *Ety* (TÂWAR).

tawaren [t'awaren], *Adj.* hölzern, aus Holz. ♦ *Ety* (TÂWAR). ◇ *Pl.* ***tewerin.***

Tawar-in-Drúedain [t'awar 'in dru:'edain], *N.* ›Wald der Drúedain‹. ♦ NAM 3/II Anm.

Tawarwaith [taw'arwaiθ], *Koll.* Waldvolk, Waldelben. ♦ NAM 2/IV Anh.

tê [t'e:], *N.* Linie, Weg. ♦ *Ety* (TEÑ).

tegi [t'egi], *Inf.* von ***tog-***.

tegil [t'egil], *N.* Schreibfeder. ♦ *PMe* 318. ◇ Abgeleitet von Qu. *tecil,* den Sindar nicht bekannt bis zur Ankunft der Noldor.

tegilbor [teg'ilbor], *N.* Schreiber, Kalligraph. ♦ *PMe* 318.

tegol [t'egol] (tegl), *N.* Schreibfeder. ♦ *Ety* (TEK). ◇ Variante von ***tegil*** (s. d.).

teidol [t'eidol], *Pl.* von ***tadol***.

Teiglin [t'eiglin], *N.* ›Grenzfluss‹. ♦ SIL QS/14; Anh *(lin[1])*. NAM 1/I. *WJ* 309–10.

teilu [t'eilu], *Pl.* von ***talu***.

teiri [t'eiri], *Pl.* von ***tara***.

teith [t'aiθ] (teith), *N.* Markierung, Zeichen. ♦ *Ety* (TEK).

teitha- [t'eiθa], *V.* schreiben. ♦ HR II/4. ◇ *Inf.* ***teitho***; *Prät.* ***teithant***.

teithant [t'eiθant], *Prät.* von ***teitha-***.

teivor [t'eivor], *Pl.* von ***tavor***.

telaif [t'elaiv] (teleif), *Pl.* von ***talaf***.

telain [t'elain], *Pl.* von ***talan***.

telch [t'elx], *N.* Stamm. ♦ *Ety* (TÊLEK). ◇ *Pl.* ***tilch***.

Telchar [t'elxar], *N.* (?). ♦ HR III/6. SIL QS/10. ◇ Eigenname.

tele [t'ele], *N.* Ende, Nachhut, hinterster Teil. ♦ *Ety* (TELES). ◇ *Pl.* ***telei***.

telei [t'elei], *Pl.* von ***tele***.

Teler [t'eler], *N.* einer der Teleri. ♦ *PMe* 385. ◇ *Pl.* ***Telir***; *Koll.* ***Telerrim*** ›die Teleri (als Stamm)‹.

Telerrim [tel'errim], *Koll.* von ***Teler***.

teli [t'eli], *Inf.* von ***tol-***.

telia- [t'elia] (teilia-), *V.* spielen. ♦ *Ety* (TYAL). ◇ *Inf.* ***telio***.

teliën [t'elien] (teilien), *N.* Sport, Spiel. ♦ *Ety* (TYAL).

Telir [t'elir], *Pl.* von ***Teler***.

tellain [t'ellen] (tellein, tellen, tellœin), *N.* Fußsohle. ♦ *Ety* (TAL, RUN). ◇ Pl. ***tellyn***.

tellyn [t'ellyn], Pl. von ***tellain***.

telu [t'elu], *N.* Kuppel, hohes Dach. ♦ *Ety* (TEL).

teryn [t'eryn] (terein), *Pl.* von ***tôr***.

têw [t'e:w], *N.* Buchstabe, (geschriebenes) Zeichen. ♦ HR II/4; Anh E. BRIEFE Nr. 347. *Ety* (TEK). *WJ* 396. ◇ *Pl.* ***tîw***. In der Inschrift auf dem Tor von Moria ***tiw***, evtl. wegen des folgenden ***hin*** (mutierte Form von ***sin***; siehe ***sen***).

tewerin [t'ewerin], *Pl.* von ***tawaren***.

thafn [θ'afn], *N.* Pfosten, Holzpfeiler. ♦ *Ety* (STAB).

thala [θ'ala], *Adj.* verlässlich, standhaft, fest. ♦ *Ety* (STÂLAG). ◇ *Pl.* ***theili***.

thalion [θ'alion], *Adj.* stark, furchtlos; *N.* Held, standhafter Mann. ♦ SIL Anh. *Ety* (STÂLAG). ◇ *Pl.* ***thelyn***.

Thalion [θ'alion], *N.* ›der Starke, der Standhafte‹. ♦ SIL QS/21; Reg, Anh *(thalion)*. ◇ Beiname.

Thalos [θ'alos], *N.* ›Der stark Herausfließende‹ (?). ♦ SIL QS/14. ◇ Flussname.

tham [θ'am] (thamb), *N.* Halle. ♦ *Ety* (STAB).

thamas [θ'amas] (thambas), *N.* große Halle. ♦ *Ety* (STAB).

thanc [θ'aŋk], *Adj.* gespalten, gegabelt. ♦ *Ety* (STAK).

thand [θ'and], *N.* Schild. ♦ NAM 3/I- ◇ In ***thangail***.

thang [θ'aŋ], *N.* Zwang, Nötigung, Bedrängnis, Unterdrückung. ♦ SIL Anh. *Ety* (STAG).

thangail [θ'aŋgail], *N.* ›Schildzaun‹. ♦ NAM 3/I. ◇ Eine Schlachtformation der Dúnedain.

Thangorodrim [θaŋgor'odrim], *N.* ›Berge der Tyrannei‹. ♦ HR II/2, A; Anh B. SIL QS/9; Reg, Anh *(thang, orod, rim)*. NAM 1/I. ◇ Feste Morgoths.

thâr [θ'a:r], *N.* Segge, steifes Gras. ♦ *Ety* (STAR).

thar- [θ'ar], *Präf.* (quer) über, (quer) durch, über … hinaus. ♦ SIL Anh. *Ety* (THAR).

tharas [θ'aros], *N.* Grasbüschel. ♦ *Ety* (STAR).

Tharbad [θ'arbad], *N.* Überweg. ◇ HR II/3; Anh B. SIL Anh *(thar-)*. NAM 2/II.

Thargelion [θarg'elion], *N.* ›(Land) jenseits des Gelion‹. ♦ SIL QS/14; Reg, Anh *(thar-)*.

tharn [θ'arn], *Adj.* saftlos, steif, starr, verdorrt. ♦ *Ety* (STAR).

thaur [θ'aur], *Adj.* abscheulich. ♦ SIL Anh.

thavron [θ'avron], *N.* Zimmermann, Schreiner, Erbauer. ♦ *Ety* (STAB).

thaw [θ'aw], *Adj.* verdorben, verfault. ♦ *Ety* (THUS).

theili [θ'eili], *Pl.* von ***thala***.

thêl [θ'e:l], *N.* Schwester. ♦ *Ety* (THEL/THELES). ◇ *Pl.* ***theli***.

thel- [θ'el], *V.* meinen, beabsichtigen, wollen. ♦ *WJ* 318–9.

thela [θ'ela], *N.* Spitze (eines Speers). ♦ *Ety* (STÊLEG). ◇ *Pl.* ***thili***.

theli [θ'elei], *Pl.* von ***thêl***.

thelion [θ'elian], *N.* einer, der seinem Ziel treu bleibt. ♦ *WJ* 318.

thelyn [θ'elyn], *Pl.* von ***thalion***.

then [θ'en], ***thent*** [θ'ent], *Adj.* kurz. ♦ NAM 1/II. *Ety* (STINTÂ). *WJ* 311, 315. *VT* 42:29.

thenid [θ'enid], ***thenin*** [θ'enin], *Adj.* fest, treu, beständig. ♦ *Ety* (STAN).

thent, siehe ***then***.

theryn [θ'eryn] (therein), *Pl.* von ***thôr***[1], ***thoron***.

thia [θ'ia], *Aor.* von ***thia-***.

thia- [θ'ia], *V.* scheinen, erscheinen. ♦ *Ety* (THE). ◇ *Inf.* ***thio***; *Aor.* ***thia***.

thilia- [θ'ilia], *V.* gleißen, funkeln. ♦ *Ety* (THIL). ◇ *Inf.* ***thilio***. In *Ety* irrtümlich als Qu. klassifiziert.

thili [θ'ili], *Pl.* von ***thela***.

thin [θ'in], *N.* Abend. ♦ *Ety* (THIN).

thind [θ'ind] (thinn), *Adj.* grau, blass. ♦ *Ety* (THIN). SIL Anh.

Thingol [θ'iŋgol], *N.* ›Graumantel‹. ♦ HR I/11. SIL QS/4; Reg, Anh *(thin(d))*. NAM 1/I Anm. ◇ Beiname.

thinna- [θ'inna], *V.* dunkeln, Abend werden. ♦ *Ety* (THIN).

thinnas [θ'innas], *N. Ling.* ›Kürze‹. ♦ *Ety* (STINT). ◇ Zeichen, das einen kurzen Vokal anzeigt.

thîr [θ'i:r], *N.* Blick, Gesicht, Gesichtsausdruck. ♦ *Ety* (STIR). *VT* 41:10.

thôl [θ'o:l], *N.* Helm. ♦ SIL Anh.

thôn [θ'o:n] (thaun), *N.* Kiefer (Baum). ♦ SIL Anh. *Ety* (THÔN).

thond [θ'ond], *N.* Wurzel. ♦ HR Anh E. BRIEFE Nr. 144.

thoniël [θ'oniel], *N.* Entzünderin. ♦ HR II/1, IV/10. *RGEO* 72–4. ◇ In ***Gilthoniël***.

thôr[1] [θ'o:r], *N.* Adler. ♦ *Ety* (THOR/THORON). Pl. ***theryn***.

thôr[2] [θ'o:r], *Adj.* herabstoßen, sich stürzen auf. ♦ *Ety* (THOR, unter THOR/THORON).

thora- [θ'ora], *V.* einzäunen. ♦ *Ety* (THUR). ◇ *Inf.* ***thoro***; *Part.* ***thoren*** ›eingezäunt‹.

thoren [θ'oren], *Part.* von ***thora-***.

thórod [θ'o:rod], *N.* Sturzbach. ♦ *Ety* (THOR, unter THOR/THORON).

thoron [θ'oron], *N.* Adler. ♦ SIL Anh. *Ety* (THOR/THORON). ◇ *Pl.* ***theryn***. *Koll.* ***thoronath*** ›Adler (als Art)‹. Abgeleitet von einem alten *Gen. Sg.*, vgl. ***thôr***[1].

thoronath [θ'oronaθ], *Koll.* von ***thoron***.

Thorondir [θor'ondir], *N.* ›Adlermann‹ (?). ♦ HR Anh A. *PMe* 206. ◇ Eigenname.

Thorondor [θor'ondor], *N.* ›Herr der Adler‹. ♦ HR VI/4. SIL QS/13; Reg, Anh *(thoron)*. NAM 1/I. ◇ Name des Herrn der Adler.

Thorongil [θor'ongil], *N.* ›Adler des Sterns‹. ♦ HR Anh A. NAM 4/III. ◇ Eigenname oder Beiname.

Thranduil [θr'anduil], *N.* (?). ♦ HR II/2; Anh B. SIL RM. NAM 2/IV. ◇ Eigenname.

thû [θ'u:], *N.* Gestank. ♦ *Ety* (THUS).

thuia- [θ'uia], *V.* atmen. ♦ *Ety* (THU). ◇ *Inf.* ***thuio***.

thûl [θ'u:l], *N.* Atem. ♦ *Ety* (THU).

thurin [θ'urin], *Adj.* geheim, verborgen. ♦ *LB* 304, *Ety* (THUR).

Thurin [θ'urin], *N.* ›Der Geheimnisvolle‹. ♦ NAM 1/II Anh. ◇ Beiname.

Thuringwethil [θuriŋgwethil], *N.* ›Frau vom Geheimen Schatten‹. ♦ SIL QS/19; Reg, Anh *(gwath)*. ◇ Beiname.

tî [t'i:], *N.* Linie, Reihe. ♦ *Ety* (TE3).

tilch [t'ilx], *Pl.* von ***telch***.

till [t'ill] (tild), *N.* Horn, Spitze. ♦ *Ety* (TIL).

tîn [t'i:n], *Pron.* sein. ♦ *SD* 129–31. ◇ In ***bess dîn*** ›seine Frau‹.

tinc [t'iŋk], *N.* Metall. ♦ *Ety* (TINK).

tinna- [t'inna], *V.* schimmern, blinken, funkeln. ♦ *Ety* (TIN). ◇ *Inf.* ***tinno.***
tinnu [t'innu] (tindu), *N.* Abenddämmerung, frühe Nacht (ohne Mond), Sternenzwielicht. ♦ *Ety* (TIN, DOMO).
tint [t'int], *N.* Funke. ♦ *Ety* (TIN).
tinu [t'inu] (tinw), *N.* Funke, kleiner Stern. ♦ *Ety* (TIN). ◇ Pl. wie Sg.
Tinúviël [tin'u:viel], *N.* ›Tochter der Dämmerung‹. ♦ HR I/11. SIL QS/19; Reg, Anh *(tin-).* ◇ Beiname.
tîr [t'i:r], *Adj.* gerade, recht. ♦ *Ety* (TEÑ).
tir- [t'ir], *V.* wachen, schauen, Ausschau halten, blicken auf. ♦ HR IV/10. *RGEO* 72–3. SIL Anh. BRIEFE Nr. 211, Nr. 347. *Ety* (TIR). ◇ *Inf.* ***tiri***; *Imp.* ***tiro!*** ›schau!‹; *Part.* ***tirnen*** ›bewacht‹, in ***Talath Dirnen.***
tíra- [t'i:ra], *V.* sehen. ♦ *SD* 129–31. ◇ In *Ger.* ***tírad*** ›Sehen‹.
tírad [t'i:rad], *Ger.* von ***tíra-.***
tiri [t'iri], *Inf.* von ***tir-.***
tiria- [t'iria], *V.* wachen, schauen, Ausschau halten, blicken auf. ♦ HR II/1. *RGEO* 72–3. HR IV/10. *RGEO* 72–74. *Ety* (TIR). ◇ *Inf.* ***tirio***; *Prät.* ***tiriant***; *Part.* ***tiriël*** ›sehend‹, *Part. Perf.* ***tíriël*** ›gesehen habend‹. In ***palan-díriel*** ›fernhin geblickt habend‹.
tiriant [t'iriant], *Prät.* von ***tiria-.***
tíriël [t'i:riel], *Part. Perf.* von ***tiria-.***
tiriël [t'iriel], *Part.* von ***tiria-.***
tirith [t'iriθ], *N.* Wacht, Wachsamkeit. ♦ SIL Anh *(sir).* BRIEFE Nr. 131. *Ety* (TIR).
tirn [t'irn], *N.* Wächter. ♦ *Ety* (TIR). ◇ In ***heledirn.***
tirnen [t'irnen], *Part.* von ***tir-.***
tiro [t'iro], *Imp.* von ***tir-.***
tithen [t'iθen], *Adj.* klein, winzig. ♦ *Ety* (TIT). ◇ *Pl.* ***tithin.***
tithin [t'iθin], *Pl.* von ***tithen.***
tîw [t'i:w], *Pl.* von ***têw.***
toba- [t'oba], *V.* bedecken, überdachen. ♦ *Ety* (TUP). ◇ *Inf.* ***tobo.***
tobas [t'obas], *N.* Bedachung. ♦ *Ety* (TUP).

tofn [t'ofn], *Adj.* tief liegend, tief, niedrig. ♦ *Ety* (TUB).

tôg [t'o:g], *Aor.* von ***tog-***.

tog- [t'og], *V.* führen, bringen. ♦ *Ety* (TUK). ◊ *Inf.* ***tegi***; *Aor.* ***tôg***.

tôl [t'o:l], *Aor.* von ***tol-***.

tol [t'ol] (toll), *N.* Insel (mit steilen Ufern aus dem Meer oder einem Fluss aufsteigend). ♦ SIL Anh. ◊ *Pl.* ***tyll***.

tol- [t'ol], *V.* kommen. ♦ *Ety* (TUL). *WJ* 254. ◊ *Inf.* ***teli***; *Aor.* ***tôl***. Nach *WJ* 301 wurde der Ausdruck ***tôl acharn*** ›Rache kommt‹ später geändert zu ***tûl acharn***.

Tol Brandir [t'ol br'andir], *N.* ›Insel der hohen Wacht‹. ♦ HR II/8.

Tol Galen [t'ol g'alen], *N.* ›Grüne Insel‹. ♦ SIL QS/14; Reg, Anh *(tol, calen)*.

Tol Morwen [t'ol m'orwen], *N.* ›Insel der Morwen‹. ♦ SIL QS/22.

Tol Sirion [t'ol s'irion], *N.* ›Insel des Sirion‹. ♦ SIL QS/13.

Tol Uinen [t'ol 'uinen], *N.* ›Insel der Uinen‹. ♦ NAM 2/II.

Tolfalas [t'olfalas], *N.* ›Küsteninsel‹. ♦ HR Karte. NAM 3/II Anm.

Tol-in-Gaurhoth [t'ol 'iŋ ŋ'auroθ], *N.* ›Insel der Werwölfe‹. ♦ SIL QS/18; Reg, Anh *(gaur, hoth)*. NAM 1/I Anm.

tollui [t'ollui], *Num. Adj.* acht(er, e, es). ♦ *VT* 42:25.

tolog [t'olog], *Adj.* treu, zuverlässig. ♦ *Ety* (TULUK).

toloth [t'oloθ] (tolodh), *Num.* acht. ♦ *Ety* (TOL[1]-OTH/OT). *VT* 42:25.

tolothen [t'oloθen], ***tollui*** [t'ollui], *Adj.* Num. acht(er, e, es). ♦ *SD* 129–31. ◊ In ***erin dolothen*** ›am achten [Tag]‹.

toltha- [t'olθa], *V.* holen, kommen lassen. ♦ *Ety* (TUL). ◊ *Inf.* ***toltho***.

tond [t'ond] (tonn), *Adj.* groß, hochgewachsen. ♦ *Ety* (TUN).

tong [t'oŋ], *Adj.* straff, gespannt (von Sehnen oder Saiten), mitschwingend. ♦ *Ety* (TUG).

tôr [t'o:r], *N.* Bruder. ♦ *Ety* (TOR). ◊ *Pl.* ***teryn***. Das Wort ***muindor*** (s. d.) ist üblicher.

torech [t'orex], *N.* Lauer, Höhle. ♦ *WR* 202.

Torech Ungol [t'orex 'uŋgol], *N.* ›Höhle der Spinne‹. ♦ HR IV/9.

Torog [t'orog], *N.* ›Troll‹. ♦ HR Anh F.

torog [t'orog], *N.* Troll. ♦ HR Anh F.

tortha- [t'orθa], *V.* handhaben, führen, kontrollieren. ♦ *Ety* (TUR). ◇ *Inf.* ***tortho.***

toss [t'oss], *N.* Busch, niedrig wachsender Baum (z. B. Ahorn, Schlehdorn, Stechpalme.). ♦ *Ety* (TUS).

trann [tr'ann], *N.* Gau, Verwaltungsbezirk, Teil eines Reiches. ♦ *SD* 129–31. ◇ ***i-Drann*** ›the Shire‹ (engl.), das Auenland.

trannail [tr'annail], *Adj.* gaumäßig. ♦ *SD* 129–31. ◇ ***genediad Drannail,*** ›Shire-Reckoning‹ (engl.), Auenland-Zeitrechnung.

trasta- [tr'asta], *V.* belästigen, stören. ♦ *Ety* (TÂRAS).

tre- [tr'e] (tri), *Präf.* durch-, vollständig. ♦ *Ety* (TER).

trenar- [tr'enor], *V.* durcherzählen, bis zu Ende erzählen. ♦ *Ety* (NAR). ◇ *Inf.* ***treneri***; *Prät.* ***trenor*** ›sie erzählten‹.

trenarn [tr'enarn], *N.* Bericht, Erzählung. ♦ *Ety* (NAR).

treneri [tr'eneri], *Inf.* von ***trenar-***.

trenor [tr'enor] (trener), *Prät.* von ***trenar-***.

trevad- [tr'evad], *V.* durchqueren. ♦ *Ety* (BAT [TER]). ◇ *Inf.* ***trevedi***; *Prät.* ***trevant***.

trevant [tr'evant], *Prät.* von ***trevad-***.

trevedi [tr'evedi], *Inf.* von ***trevad-***.

trî [tr'i:], *Präp.* durch. ♦ *Ety* (TER).

trîw [tr'i:w], *Adj.* dünn, schlank. ♦ *Ety* (TER).

tû [t'u:], *N.* Muskel, Sehne, Kraft, physische Stärke. ♦ *Ety* (TUG).

tûg [t'u:g], *Adj.* dick, fett. ♦ *Ety* (TIW).

tuia- [t'uia], *V.* sprossen, sprießen; schwellen. ♦ *Ety* (TIW, TUY). ◇ *Inf.* ***tuio***. Verschmelzung von Wörtern zweier verschiedener Stämme.

tuilinn [t'uilinn] (tuilind, tuilin), *N.* Schwalbe. ♦ *Ety* (Lin^2, TUY). ◇ Wörtl. ›Frühlingssänger‹.

tuiw [t'uiw] (tui), *N.* Spross, Knospe. ♦ *Ety* (TUI).

tulu [t'ulu], *N.* Stütze. ♦ *Ety* (TULUK).

tulus [t'ulus], *N.* Pappel. ♦ *Ety* (TYUL). ◇ *Pl.* ***tylys***.

tum [t'um], *N.* tiefes Tal zwischen Hügeln. ♦ SIL Anh. *Ety* (TUB).

Tumhalad [t'umhalad], *N.* ›Tal der Haladrim‹ (?). ♦ SIL QS/21; Anh *(tum)*. NAM 1/II Anh.

Tumladen [t'umladen], *N.* ›Weites Tal‹. ♦ SIL QS/13; Reg, Anh *(tum)*.

tump [t'ump], *N.* Höcker. ♦ *Ety* (TUMP).

tund [t'und] (tunn), *N.* Hügel, Erdhügel. ♦ *Ety* (TUN).

Tuor [t'uor], *N.* ›der Starke‹. ♦ HR Anh A. SIL QS/15. NAM 1/I. *WJ* 234. ◇ Eigenname.

tûr [t'u:r], *N.* Herrschaft, Oberhand, Sieg. ♦ SIL Anh *(tur)*. *Ety* (TUR).

Turamarth [t'uramarth], *N.* ›Meister des Schicksals‹. ♦ SIL Anh *(amarth)*. ◇ Beiname.

Turgon [t'urgon], *ÑS.*, siehe Qu. *Turucáno*.

Túrin [t'u:rin], *N.* ›Siegherz‹. ♦ HR II/2. SIL QS/17; Reg, Anh *(tur)*. NAM 1/II. *Ety* (TUR). *LR* 395 ◇ Eigenname.

túro [t'u:ro], Meister, Sieger, Herr. ♦ *Ety* (TUR).

tyll [t'yll], *Pl.* von ***tol***.

tylys [t'ylys], *Pl.* von ***tulus***.

tyrn [t'yrn], *N. Pl.* Höhen. ♦ HR Anh A. *PMe* 194. ♦ In ***Tyrn Gorthad***.

Tyrn Gorthad [t'yrn g'orθad], *N.* ›Hügel der Totenstätte‹. ♦ HR Anh A. NAM 3/IV. ◇ Übers. »Hügelgräberhöhen«.

U

ú- ['u:], *Präf.* un-, nicht. ♦ HR Anh A. *Ety* (UGU/UMU). *WJ* 369. ◇ Verneinende Vorsilbe.

úan ['u:an], *N.* Monster. ♦ *Ety* (BAN).

uanui ['uanui], *Adj.* monströs, hässlich, scheußlich. ♦ *Ety* (BAN).

ubed ['ubed], *N.* Ablehnung, Verneinung. ♦ *WR* 132, 137–8.

úchebin ['u:chebin], *V.* ich kann nicht behalten. ♦ HR Anh A. *VT* 41:6. ◊ Siehe ***heb-***.

Udalraph [ud'alraf], *N.* ›Der Steigbügellose‹. ♦ NAM 3/II. ◊ Beiname.

Udûn ['udu:n], *N.* ›Tiefe‹. ♦ HR II/5. SIL Anh *(tum)*.

ui ['ui], *N.* Hülle. ♦ *Ety* 397. ◊ Insbesondere bezogen auf das Außenmeer oder die Luftzonen, welche die Welt innerhalb der Mauern der Welt umgeben.

uial ['uial], *N.* Zwielicht, Dämmerung. ♦ HR Anh D. SIL Anh. *Ety* (KAL, YÛ).

uidafnen [uid'afnen] (uidavnen), *Adj.* ewig geschlossen. *WR* 341.

uil ['uil], *N.* Tang. ♦ *Ety* (UI).

uilos ['uilos], *Adj.* immerweiß, ewig weiß wie Schnee; *N.* Bot. Immerweiß. ♦ *RGEO* 74. NAM 1/I. BRIEFE Nr. 211. ◊ Die Bezeichnung bezieht sich auf dieselbe kleine Blume, die auch ***alfirin*** und von den Menschen »Immertreu« genannt wird.

Uilos ['uilos], *N.* ›Immerweiß‹. ♦ *RGEO* 74. ◊ Beiname des Taniquetil, Qu. *Oiolosse*.

uin ['uin], *Präp.* von (mit angehängtem Artikel). ♦ *SD* 129–31. ◊ Siehe auch ***o***.

uir ['uir], *N.* Ewigkeit. ♦ *Ety* (OY).

uireb ['uireb], *Adj.* ewig. ♦ *Ety* (OY).

uiug ['uiug], *Num.* zwölf. ♦ *VT* 42:25.

ûl ['u:l], *N.* Geruch. ♦ *Ety* (ÑOL).

uluithiad [ul'uiθiad], *Adj.* unstillbar, unauslöschbar. ♦ *SD* 62.

ulunn ['ulunn] (ulund, ulun), *N.* Monster, deformiertes und hässliches Geschöpf. ♦ *Ety* (ÛLUG).

um ['um], *Adj.* böse. ♦ *Ety* (UM).

Úmarth ['u:marθ], *N.* ›Missgeschick‹. ♦ SIL QS/21; Reg, Anh *(amarth)*. ◊ Beiname.

ûn ['u:n], *N.* Geschöpf. ♦ *Ety* (ONO).

ungol ['uŋgol], *N.* Spinne. ♦ HR. *Ety* (UÑG). *WR* 202.

Ungoliant [uŋg'oliant], *N.* ›Alte Spinne‹. ♦ HR IV/9. SIL QS/8. ◇ Lehnwort aus dem Qu.; der Name auf S. ist ***Delduthling***. Die Schreibweise ***Ungolianth* findet sich *nur* in der deutschen Ausgabe von SIL und NAM.

ûr[1] ['u:r], *N.* Feuer, Hitze. ♦ *Ety* (UR). ◇ Getilgt, aber in HR beibehalten; siehe ***Urui***.

ûr[2] ['u:r], *N.* weit, groß. ♦ *Ety* (UR). ◇ Evtl. nicht gültig im klass. Sindarin, da die andere Bedeutung beibehalten wurde; siehe ***ûr***[1].

Urug ['urug], *N.* Ork. ♦ *WJ* 390. ◇ Selten verwendet, siehe ***orch***.

urui ['urui], *Adj.* heiß. ♦ HR Anh D. ◇ In ***Urui***.

Urui ['urui], *N.* ›der Hitzige‹. ♦ HR Anh D. SIL Anh *(ur-)*. ◇ Achter Monat des Jahres, »August«.

Urwen ['urwen], *N.* ›Feuermaid‹ (?). ♦ NAM 1/II. *WJ* 234. ◇ Eigenname.

Y

ylf[1] ['ylv] (iolf), *N.* Fackel. ♦ *Ety* (YUL). ◇ In *Ety* als Alt-Noldorin klassifiziert.

ylf[2] ['ylv], *N.* Trinkgefäß. ♦ *WJ* 416.

ŷr ['y:r] (iôr), *N.* Lauf. ♦ *Ety* (YUR).

Yrch ['yrx] (eirch, erch), *Pl.* von ***Orch***.

yrn ['yrn], *Pl.* von ***orn***.

Anhang: Linguistische Fachbegriffe

Um die beschreibenden Teile zur Grammatik und Schrift nicht zu unhandlich zu machen, sind einige linguistische Grundlagen und Fachbegriffe hier in Kürze erklärt. Dieser Überblick stellt keine Einführung in die Grammatik dar und erhebt auch keinen Anspruch auf Vollständigkeit.

Phonologie (Lautung)

Wir unterscheiden bei Lauten zwischen *Konsonanten* (Mitlauten) und *Vokalen* (Selbstlauten).

Vokale

Vokale werden nach der Zungenstellung unterschieden:

		Zungenstellung			
		vorn		neutral	hinten
Zungenhöhe	hoch	**i: i**	**ü: ü**		**u: u**
	mittel	**e: e**	**ö: ö**	**ə**	**o: o**
	tief	**ä:**		**a: a**	
		ungerundet	gerundet	ungerundet	gerundet
		Lippenform			
variabel		**ai oi au**			

Alle Standard-Vokale werden so ausgesprochen wie im Deutschen üblich.

[:] bezeichnet einen langen Vokal.
[ə] steht für den Schwachvokal wie in ***Tote*** [to:tə].

Variable Vokale werden auch als *Diphthonge* (Zwielaute) bezeichnet.

[ai] wie in ***leiten*** [laitən], ***Kaiser*** [kaisər]
[oi] wie in ***läuten*** [loitən], ***Beute*** [boitə]
[au] wie in ***lauten*** [lautən]

Man sieht deutlich, dass im Deutschen nicht so geschrieben wird, »wie man spricht«. Für die Umschrift wird hier eine vereinfachte Form verwendet, die lautlich nicht ganz exakt ist – genauer müsste es [ae], [oœ], [ao] heißen.

Halbvokale

Als *Halbvokale* werden Laute bezeichnet, die wie Vokale ausgesprochen, aber wie Konsonanten eingesetzt werden:

[w] wie in engl. ***well*** [wel]
(Halbvokal zu [u])
[j] wie in ***jein*** [jain] oder engl. ***yes*** [jes]
(Halbvokal zu [i])

Konsonanten

Konsonanten werden nach Artikulationsstelle im Mund und nach Artikulationsart unterschieden:

Artikulationsart		Artikulationsstelle								
		Bilabiale ①	Labiodentale ②	Dentale ③	Alveolare ④	Postalveolare	Palatale ⑤	Velare ⑥	Uvulare ⑦	Glottale ⑧
Plosive	stimmlos	**p**		**t**	**(t)**			**k**		ʔ
	stimmhaft	**b**		**d**	**(d)**			**g**		
Frikative	stimmlos		**f**	(θ)	**s**	**š**	**ç**	**x**		**h**
	stimmhaft	β	v	(ð)	z	ž	j	(ʒ)		
Nasale		**m**			**n**			ŋ		
Liquide					**l**					
					(r)				R	

Laute, die im Deutschen so nicht vorkommen, sind hier in Klammern gesetzt.

Die Zahlen beziehen sich auf das folgende Schaubild:

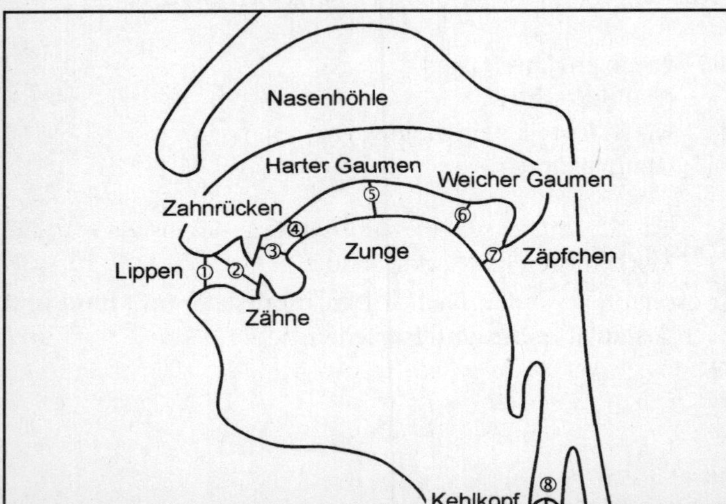

Laute nach Artikulationsstellen (mit Einzellauten):

(1) Bilabiale (Doppellippenlaute): Lautbildung von Unter- und Oberlippe

[p] wie in ***Pein*** [p'ajn]

[b] wie in ***Bein*** [b'ajn]

[ß] wie in span. ***Havanna*** [haß'ana]

[m] wie in ***mein*** [m'ajn]

(2) Labiodentale (Lippenzahnlaute): Lautbildung von Unterlippe und oberen Schneidezähnen

[f] wie in ***fein*** [f'ajn], ***Vater*** [f'a:tə^{r}]

[v] wie in ***Wein*** [v'ajn], ***Vase*** [v'a:zə]

(Man beachte, dass in der deutschen Rechtschreibung ***f*** und ***v*** meist für denselben Laut [f] stehen, ***w*** aber in der Lautschrift mit [v] wiedergegeben wird, im Gegensatz zum Halbvokal [w].)

(3) Dentale (Zahnlaute): Lautbildung von Zungenspitze und oberen Schneidezähnen

[t] wie in ***Tier*** [t'i:^{r}]

[d] wie in ***dir*** [d'i^{r}]

[θ] wie in engl. ***thin*** [θ'in]

[ð] wie in eng. ***this*** [ð'is]

(Das englische ***th*** hat dieselbe Artikulationsstelle wie ***t*** bzw. ***d*** im Deutschen. Dafür wird das englische ***t*** und ***d*** weiter hinten im Mund gebildet.)

(4) Alveolare (Zahndammlaute): Lautbildung von Zunge und Gaumenrand (Alveoli = Zahnfächer)

[t] wie in engl. ***tin*** [t'in]

[d] wie in engl. ***din*** [d'in]

[s] wie in ***hassen*** [h'asən]

[z] wie in ***Hasen*** [h'a:zən]

(Das Zeichen [z] in der Lautschrift steht nicht für das deutsche ***z*** [ts], sondern für das stimmhafte, »gesummte« ***s***.)

[n] wie in ***nein*** [n'ain]

[l] wie in ***Land*** [l'and]

[r] wie in engl. ***merry*** [m'eri]

(Das englische ***r*** ist ein Zungenspitzen-***r***, das deutsche ***r*** ein Zäpfchen-***r***.)

Zur gleichen Gruppe zählen auch noch die *Postalveolare* (Hinterzahndammlaute) mit Lautbildung von Zunge – bei anderer Zungenstellung – und hinterem Gaumenrand

[š] wie in ***haschen*** [h'ašən]

[ž] wie in ***Garage*** [gaʀ'a:že]

(Kommt im Deutschen nur in Fremdwörtern vor.)

(5) Palatale (Vordergaumenlaute): Lautbildung von Zunge und hartem Gaumen

[ç] wie in ***ich*** ['iç]

[j] wie in ***jein*** [j'ain]

(Wenn Laute wie mit einem nachfolgenden ***j*** gesprochen werden wie in ***Quenya*** [kw'enja], spricht man von palatalisierten Lauten.)

(6) Velare (Hintergaumenlaute): Lautbildung von Zunge und weichem Gaumen

[k] wie in ***kein*** [k'ajn]

[g] wie in ***genau*** [g'enau]

[x] wie in ***ach*** ['ax]

[ʒ] ein Laut, den es weder im Englischen noch im Deutschen gibt: ein stimmhaftes ***ch***, wie man es manchmal im Ruhrgebiet zwischen Vokalen hört: ***Tage*** [t'a:ʒə]

[ŋ] wie in ***Finger*** [f'iŋəʳ], ***sinken*** [z'iŋkən]

(Zu unterscheiden ist die Aussprache in engl. ***finger*** [f'iŋger].)

(7) Uvulare (Zäpfchenlaute): Lautbildung durch vibrierende Verschlussbildung des Zäpfchens

[ʀ] wie in Rache [ʀ'axe]
(Zum Buchstaben r gibt es noch eine Schwachstufe, vor allem am Wortende wie in Vater [f'a:təʳ], die hier [ʳ] geschrieben wird.)

(8) Glottale (Kehlkopflaute): Lautbildung an der Stimmritze

[ʔ] ein im Deutschen vor anlautenden Vokalen auftretender Knacklaut, wenn die Luft plötzlich aus den Lungen ausgestoßen wird; auch als glottaler Verschlusslaut bezeichnet

[h] wie in ***haschen*** [h'ašən]

Laute nach Artikulationsarten:

Plosive (Verschlusslaute): Lautbildung durch Unterbrechung und plötzliche Freigabe des Luftstroms

Frikative (Reibelaute): Lautbildung durch Verengung des Luftstroms; auch *Spiranten* (Hauchlaute) genannt

Nasale (Nasenlaute): Lautbildung unter Nutzung der Nasenhöhle als Resonanzraum

Liquide (Fließlaute): Lautbildung mit Umlenkung oder wechselnder Öffnung und Schließung des Luftstroms

Wortformen

Artikel (Bestimmungswörter)

Es wird unterschieden zwischen *bestimmtem* und *unbestimmtem Artikel* (im Deutschen ***der/die/das*** bzw. ***ein/eine/ein***, im Englischen ***the*** bzw. ***a***).

Nomen (Hauptwörter)

Auch *Substantive* genannt. Wörter wie ***Stern***, ***Tag***, ***Luft***, ***Richtung***; eine Unterklasse der Nomen sind die Eigennamen: ***Isildur***, ***Gondor***. Die Bildung und Bestimmung der Formen des Nomens, auch *Deklination* (Beugung) genannt, richtet sich nach drei grammatischen Kategorien:

(1) Genus (Geschlecht): Im Deutschen gibt es drei grammatische Geschlechter: *maskulinum* (männlich) wie in ***der Hund***, *femininum* (weiblich) wie in ***die Katze*** oder *neutrum* (sächlich) wie in ***das Haus***. Das Genus ist eine abstrakte Kategorie, nicht zu verwechseln mit dem natürlichen Geschlecht.

(2) Numerus (Zahlform): *Singular* (Einzahl) oder *Plural* (Mehrzahl). In den frühen indogermanischen Sprachen gab es noch einen *Dual* (Zweizahl); man zählte sozusagen »eins, zwei, viele«.

(3) Kasus (Fall): Die unterschiedlichen Formen des Nomens, abhängig von seiner Funktion im Satz.

Pronomen (Fürwörter)

Pronomen vertreten oder begleiten ein Substantiv (auch *Nomen* genannt). Bei ihnen kann neben Genus, Numerus und Kasus als weitere Kategorie die *Person* hinzukommen. Wir unterscheiden hierbei 1. Person (der Sprecher), 2. Person (der Angesprochene) und 3. Person (der oder das Besprochene).

(1) Personalpronomen (persönliche Fürwörter): Pronomen mit den Nennformen ***ich, du, er/sie/es, wir, ihr, sie***.

(2) Reflexivpronomen (rückbezügliche Fürwörter): Formen des Personalpronomens, die im Satz mit Subjektbezug gebraucht werden, z. B. in ***Ich sehe mich***, engl. ***I see myself***.

(3) Possessivpronomen (besitzanzeigende Fürwörter): Formen des Personalpronomens, mit denen eine Zugehörigkeit, Zuordnung oder ein Besitzverhältnis zum Ausdruck gebracht wird. Die Nennformen sind ***mein, dein, sein/ihr/sein, unser, euer, ihr***.

(4) Demonstrativpronomen (hinweisende Fürwörter): Pronomen, in denen ein Hinweis auf ein Bezugssubstantiv zum Ausdruck gebracht wird. Die Nennformen der beiden wichtigsten Demonstrativpronomen im Deutschen sind ***dieser, diese, dieses*** und ***jener, jene, jenes***.

(5) Relativpronomen (bezügliche Fürwörter): Pronomen, mit denen auf eine im übergeordneten Satz stehende Größe Bezug genommen wird. Nennformen sind ***der, die das*** und ***welcher, welche, welches***.

(6) Interrogativpronomen (Fragefürwörter): Pronomen, mit denen ein Ergänzungsfragesatz eingeleitet wird. Nennformen: ***welcher, welche, welches*** sowie ***wer*** und ***was***.

Adjektive (Eigenschaftswörter)

Wörter wie ***schön***, ***gelb***, ***dick***, ***alt***. Das Adjektiv steht als *Attribut* (Beiwort) zu einem Substantiv und stimmt mit diesem im Deutschen in Genus, Numerus und Kasus überein. Das Adjektiv kommt in drei Steigerungsformen vor: *Positiv* (schön), *Komparativ* (schöner) und *Superlativ* (der schönste/am schönsten)

Verben (Zeitwörter)

Wörter wie ***hoffen***, ***lügen***, ***wünschen***, ***werden***. Sie bilden das Prädikat des Satzes. Sie können ihre Form meist nach Person und Numerus verändern und verschiedene *Tempora* (Zeitformen, Sg. *Tempus*) bilden. Die Bildung und Bestimmung der Formen des Verbs wird *Konjugation* genannt.

Partizipien (Mittelwörter)

Bei Partizipien unterscheidet man zwischen *Partizip I* (Partizip der Gegenwart, Partizip Präsens Aktiv), z. B. ***hoffend, lügend***, und *Partizip II* (Partizip der Vergangenheit, Partizip Perfekt Passiv), z. B. ***gehofft, gelogen***.

Gerundien (Verbalsubstantive)

Zum Beispiel ***das Lesen, das Schauen***: Substantive, die aus einem Verb gebildet wurden (Sg. *Gerundium*).

Adverbien (Umstandswörter)

Wörter wie ***hier, heute, oft, gern, sehr, nicht***. Ihre Form ist nicht veränderbar. Sie geben die näherem Unstände eines Geschehens an.

Präpositionen (Verhältniswörter)

Wörter wie ***auf, über, nach, von***. Sie kennzeichnen das Verhältnis zwischen Wörtern: ***Sie sitzt auf dem Stuhl. Er geht in den Garten***. Präpositionen bestimmen den Kasus des folgenden Substantivs. Die durch sie ausgedrückten Beziehungen werden in anderen Sprachen mitunter durch Kasus-Endungen wiedergegeben.

Numerale (Zahlwörter)

Wir unterscheiden zwischen *Kardinalzahlen* (Grundzahlen) wie ***eins, zwei, drei*** und *Ordinalzahlen* (Ordnungszahlen) wie ***erstens, zweitens, drittens***.

Bibliografie

(1) Deutschsprachige Quellen

Tolkien, J. R. R.: *Der Hobbit*. Aus dem Englischen von Wolfgang Krege. Stuttgart: Klett-Cotta, 1998. [Dt. Erstausgabe 1957]

Tolkien, J. R. R.: *Der Herr der Ringe*. Neuübersetzung aus dem Englischen von Wolfgang Krege. Einbändige Ausgabe. Stuttgart: Klett-Cotta, 2000. [Dt. Erstausgabe 1970/71]

Tolkien, J. R. R.: *Das Silmarillion*. Aus dem Englischen von Wolfgang Krege. Stuttgart: Klett-Cotta, 1978.

Tolkien, J. R. R.: *Nachrichten aus Mittelerde*. Aus dem Englischen von Hans J. Schütz. Stuttgart: Klett-Cotta, 1983.

Tolkien, J. R. R.: *Die Abenteuer des Tom Bombadil* und andere Gedichte aus dem Roten Buch. Aus dem Englischen von Ebba-Margareta von Freymann. Stuttgart: Klett-Cotta, 1984.

Tolkien, J. R. R.: *Das Buch der Verschollenen Geschichten*. Hg. von Christopher Tolkien. Teil 1. Aus dem Englischen von Hans J. Schütz. Stuttgart: Klett Cotta, 1986.

Tolkien, J. R. R.: *Das Buch der Verschollenen Geschichten*. Hg. von Christopher Tolkien. Teil 2. Aus dem Englischen von Hans J. Schütz. Stuttgart: Klett Cotta, 1987.

Tolkien, J. R. R.: *Die Ungeheuer und ihre Kritiker*. Gesammelte Aufsätze. Aus dem Englischen von Wolfgang Krege. Stuttgart: Klett-Cotta, 1987.

Tolkien, J. R. R.: *Briefe*. Hg. von Humphrey Carpenter unter Mitarbeit von Christopher Tolkien. Aus dem Englischen von Wolfgang Krege. Stuttgart: Klett-Cotta, 1991.

Tolkien, J. R. R., und Donald Swann: *The Road Goes Ever On*. Der Tolkien-Liederyklus. Olaf Hille Verlag: Hamburg, 1993. (Faksimiledruck der erweiterten englischen Ausgabe, London:

Allen & Unwin, 1978 [1968]; mit deutscher Übersetzung von Ulrike Ascher als Beilage.)

(2) Englischsprachige Quellen

Tolkien, J. R. R.: Alphabet of Feanor: Numenian, or Westron Mode. Marquette Archive Tolkien Collection, Marquette University Library, Milwaukee, Wisconsin. Box 7: Series Folder 3: Appendix E. [Nicht eingesehen.]

Tolkien, J. R. R.: *Pictures by J. R. R. Tolkien*. Vorwort und Anmerkungen von Christopher Tolkien. London: Allen & Unwin, 1979.

Tolkien, J. R. R.: *The Book of Lost Tales, Part One*. Hg. Christopher Tolkien. London: Allen & Unwin, 1983. (The History of Middle-earth, 1.)

Tolkien, J. R. R.: *The Book of Lost Tales, Part Two*. Hg. Christopher Tolkien. London: Allen & Unwin, 1984. (The History of Middle-earth, 2.)

Tolkien, J. R. R.: *The Lays of Beleriand*. London: Allen & Unwin, 1985. (The History of Middle-earth, 3.)

Tolkien, J. R. R.: *The Shaping of Middle-earth*. The Quenta, the Ambarkanta and the Annals together with the earliest Silmarillion and the first Map. London: Allen & Unwin, 1986. (The History of Middle-earth, 4.)

Tolkien, J. R. R.: *The Lost Road and other writings*. Language and Legend before The Lord of the Rings. London: Unwin Hyman, 1987. (The History of Middle-earth, 5.)

Tolkien, J. R. R.: *The Return of the Shadow*. The History of The Lord of the Rings, Part One. London: Unwin Hyman, 1988. (The History of Middle-earth, 6.)

Tolkien, J. R. R.: *The Treason of Isengard*. The History of The Lord of the Rings, Part Two. London: Unwin Hyman, 1989. (The History of Middle-earth, 7.)

Tolkien, J. R. R.: *The War of the Ring*. The History of The Lord of the Rings, Part Three. London: Unwin Hyman, 1990. (The History of Middle-earth, 8.)

Tolkien, J. R. R.: *Sauron Defeated*. The End of the Third Age. (The History of The Lord of the Rings, Part Four.) The Notion Club Papers and The Drowning of Anadûnê. London: HarperCollins, 1992. (The History of Middle-earth, 9.)

Tolkien, J. R. R.: *Morgoths Ring*. The Later Silmarillion, Part One. The Legends of Aman. London: HarperCollins, 1993. (The History of Middle-earth, 10.)

Tolkien, J. R. R.: *The War of the Jewels*. The Later Silmarillion, Part Two. The Legends of Beleriand. London: HarperCollins, 1994. (The History of Middle-earth, 11.)

Tolkien, J. R. R.: »i·Lam na·Ngoldathon: The Grammar and Lexicon of the Gnomish Tongue«, hg. Christopher Gilson, Patrick Wynne, Arden R. Smith und Carl F. Hostetter. *Parma Eldalamberon* 11 ([August] 1995).

Tolkien, J. R. R.: »The Túrin Prose Fragment.« In Smith, Arden R., »The Túrin Prose Fragment: An Analysis of a Rúmilian Document.« In *Vinyar Tengwar* 37 (Dezember 1995), 15–23. [Ein Faksimile des Textes ist ebd. auf S. 18 abgedruckt.]

Tolkien, J. R. R.: *The Peoples of Middle-earth*. London: HarperCollins; Boston: Houghton Mifflin, 1996. (The History of Middle-earth, 12.)

Tolkien, J. R. R.: »From *Quendi and Eldar,* Appendix D.« Hg. mit Einführung, Glossaren und zusätzlichen Anmerkungen von Carl F. Hostetter. In *Vinyar Tengwar* 39 (Juli 1998), 4–20. [Enthält: »**Kwen, Quenya,* and the Elvish (especially Noldorin) words for Language«, 5–11. Anhang: »Noldorin words for Language«, 15–18.]

Tolkien, J. R. R.: »*Ósanwe-kenta.*« Hg. mit Einleitung, Glossaren und zusätzlichen Anmerkungen von Carl F. Hostetter. In *Vinyar Tengwar* 39 (Juli 1998), 21–34.

Tolkien, J. R. R.: »Qenyaqetsa: The Qenya Phonology and Lexicon, together with The Poetic and Mythologic Words of Eldarissa.« Hg. von Christopher Gilson, Carl F. Hostetter, Patrick Wynne und Arden R. Smith. *Parma Eldalamberon* 12 ([Juli] 1998).

Tolkien, J. R. R.: »The Rivers and Beacon-hills of Gondor.« Hg. von Carl F. Hostetter, mit einem Kommentar von Christopher Tolkien. In *Vinyar Tengwar* 42 (Juli 2001), 5–31.

Tolkien, J. R. R.: »Etymological Notes on the *Ósanwe-kenta*«. Hg. mit Anmerkungen von Carl F. Hostetter. In *Vinyar Tengwar* 41 (Juni 2000), 5–6.

Tolkien, J. R. R.: »From *The Shibboleth of Fëanor.*« Hg. mit Anmerkungen von Carl F. Hostetter. In *Vinyar Tengwar* 41 (Juni 2000), 7–10.

Tolkien, J. R. R.: »Notes on *Óre.*« Hg. mit Anmerkungen von Carl F. Hostetter. In *Vinyar Tengwar* 41 (Juni 2000), 11–19.

Tolkien, J. R. R.: »The Rivers and Beacon-hills of Gondor.« Hg. von Carl F. Hostetter. Mit zusätzlichem Kommentar und Material von Christopher Tolkien. In *Vinyar Tengwar* 42 (Juli 2001), 5–31.

Tolkien, J. R. R.: »*Ae Adar Nín*: The Lord's Prayer in Sindarin.« Hg. mit Anmerkungen und Analyse von Bill Welden. In *Vinyar Tengwar* 44 (Juni 2002), pp. 21–30, 38.

Tolkien, J. R. R.: »*Alcar mi Tarmenel na Erui*: The *Gloria in Excelsis Deo* in Quenya.« Hg. mit Anmerkungen und Analyse von Arden R. Smith. In *Vinyar Tengwar* 44 (Juni 2002), pp. 31–37.

Tolkien, J. R. R.: »The Alphabet of Rúmil.« Hg von Arden R. Smith. In *Parma Eldalamberon* 13 (2001 [2002]), 3–89.

Tolkien, J. R. R.: »Early Noldorin Fragments.« Hg. von Christopher Gilson, Bill Welden, Carl F. Hostetter und Patrick Wynne. In *Parma Eldalamberon* 13 (2001 [2002]), 91–165.

Tolkien, J. R. R.: »›Words of Joy‹: Five Catholic Prayers in Quenya.« (Teil eins.) Hg. von Patrick Wynne, Arden R. Smith und Carl F. Hostetter. In *Vinyar Tengwar* 43 (Januar 2002), 4–38. [Enthält: »Átaremma (Pater Noster)«, 8–26, »Aia Maria

(Ave Maria)«, 26–36, und »Alcar i Ataren (Gloria Patri)«, 36–37.]

Tolkien, J. R. R.: »›Words of Joy‹: Five Catholic Prayers in Quenya.« (Teil zwei.) Hg. von Patrick Wynne, Arden R. Smith und Carl F. Hostetter. In *Vinyar Tengwar* 44 (Juni 2002), 5–20. [Enthält: »Ortírielyanna (Sub Tuum Praesidium)«, 5–11, und »The Litany of Loreto«, 11–20.]

(3) Weiterführende Literatur

Allan, Jim: *An Introduction to Elvish* and to Other Tongues and Proper Names and Writing Systems of the Third Age of the Western Lands of Middle-Earth as Set Forth in the Published Writings of Professor John Ronald Reuel Tolkien. Frome, Somerset: Bran's Head Books, 1995. [1/1978.]

Baixauli, Luis González: *La lengua de los Elfos*. Tengwesta Kwenyava. Una gramática para el quenya de J. R. R. Tolkien. Barcelona: Ediciones Minotauro, 2003 (1/2002).

Derdzinski, Ryszard (Galadhorn Elvellon): *Gobeth en lham Edhellen/Sindarin Dictionary.* Dictionary of the Language of the Grey Elves as it was presented in the writings of John Ronald Reuel Tolkien. Katowice: Gold Maggot Publishers, 2000.

– »Addenda.« *http://www.galadhorn.go.to/*.

Derdzinski, Ryszard: »Summary of Sindarin Grammar.« *http://www.elvish.org/gwaith/sindarin_intro.htm*, *http://www.elvish.org/gwaith/sindarin_phonetics.htm*, *http://www.elvish.org/gwaith/sindarin_grammar.htm*.

Fauskanger, Helge K.: »How many languages did Tolkien make?« *http://www.uib.no/people/hnohf/howmany.htm*.

Fauskanger, Helge K.: »Quenya – the Ancient Tongue.« *http://www.uib.no/people/hnohf/quenya.htm*.

Fauskanger, Helge K.: »Quenya Corpus Wordlist.« *http://www.uib.no/people/hnohf/qlist.htm*.

Fauskanger, Helge K.: »Quenya Course.« *http://www.uib.no/people/hnohf/qcourse.htm.*

Fauskanger, Helge K.: »The Evolution from Primitive Elvish to Quenya.« *http://www.uib.no/people/hnohf/qevolution.rtf.*

Fauskanger, Helge K.: »Reconstructing the Sindarin Verb System.« *http://www.uib.no/people/hnohf/sverb-rec.htm.*

Fauskanger, Helge K.: »Sindarin – the Noble Tongue.« *http://www.uib.no/people/hnohf/sindarin.htm.*

Fauskanger, Helge K.: »Tolkien's Not-So-Secret Vice.« *http://www.uib.no/people/hnohf/vice.htm.*

Foster, Robert: *Das große Mittelerde-Lexikon.* (*The Complete Guide to Middle-Earth,* dt.) Ein alphabetischer Führer zur Fantasy-Welt von J. R. R. Tolkien. Bearbeitet und ergänzt von Helmut W. Pesch. Bergisch Gladbach: Bastei-Lübbe, 2002.

Grigny de Castro, Alex: »Quenya Particles.« *http://www.xs4all.nl/~xelag/quenya_vocab_particles.html.*

Kloczko, Edouard: *Dictionnaire des langues des Hobbits, des Nains, des Orques & autres créatures de la Terre du Milieu, de Númenor & d'Aman.* Encyclopédie de la Terre du Milieu, Tome IV. Argenteuil: Les Édition Arda, 2002.

Kloczko, Edouard: *Dictionnaire des langues elfiques, volume 1. Quenya – Français – Anglais.* Encyclopédie de la Terre du Milieu, Tome I. Toulon: Tamise Productions, 1995.

– »Corrigendum du dictionnaire quenya n°1.« *Hiswelókë,* Premier Feuillet, 23–29. *http://www.jrrvf.com/~hisweloke/site/articles/langues/kloczko/corr1.html.*

– »Corrigendum du dictionnaire quenya n°2.« *Hiswelókë,* Troisième Feuillet, 93–94. *http://www.jrrvf.com/~hisweloke/site/articles/langues/kloczko/corr2.html.*

Krege, Wolfgang: *Elbisches Wörterbuch.* Quenya und Sindarin. Stuttgart: Klett-Cotta, 2003. [Nicht eingesehen.]

Martsch, Nancy: *Basic Quenya.* Quenya Language Lessons, with Elbish-English vocabulary. A »Beyond Bree« Publication Celebrating the Tolkien Centenary. O. O. [Privatdruck], 1992.

Noel, Ruth S.: *The Languages of Tolkien's Middle-earth*. Boston: Houghton Mifflin, 1980. (Neuausgabe von *The Languages of Middle-Earth*. The Tolkien Dictionary. Baltimore: Mirage Press, 1974.)

Ostadan [Pseud.]: »Cent o Hedhellen: An Examination of the Elven Tongues«, *http://greenbooks.theonering.net/Ostadan/files/elvish.pdf*.

Shapiro, Boris: »Parma Penyane Quettaron«, *http://www.elvish.org/gwaith/ppq/ppq.htm*.

Starr, Lisa: »A List of Tolkien's Unpublished and Slightly Published Manuscripts«, *http://www.geocities.com/tyalie/unpub.html*.

Stenström, Anders (Beregond): »Attested Sindarin Plurals.« *http://forodrim.letsrock.nu/daeron/md_plur.html*.

Willis, Didier, et al.: *Sindarin Dictionary*. Zusammengestellt von Didier Willis, mit Beiträgen von Helge Kåre Fauskanger, David Salo und Lisa Starr. *Hiswelókë – Le Dragon de Brume*, Special issue No. 1 (2001). *http://www.geocieties.com/almacq.geo/sindar/index.html*.

Wynne, Patrick, und Carl F. Hostetter: »Three Elvish Verse Modes: *An-thennath, Minlamad thent / estent*, and *Linnod*.« In *Tolkien's Legendarium*, hg. Verlyn Flieger und Carl F. Hostetter. Westport, CT./London: Greenwood Press, 2000. S. 113 bis 139.

Weitere Hinweise und Links auf *www.elbisch.com*.

Danksagung

Mein besonderer Dank gilt den Pionieren der Tolkien-Linguistik wie Helge Fauskanger, Rydzard Derdzinski, Didier Willis und anderen, ohne deren Arbeiten, die sie im Internet zur Verfügung gestellt haben, dieses Buch nie möglich gewesen wäre.

Außerdem danke ich stellvertretend für viele andere, die daran direkt oder indirekt mitgewirkt haben:

Stefan Bauer, meinem Kollegen und Lektor, ohne dessen Engagement dieses verrückte Projekt kaum zustande gekommen wäre;

Franziska Lottes und Stefanie Köhler, die eine erste Fassung des Kapitels über Schriften probegelesen und zahlreiche Anregungen dazu gegeben haben;

Dr. Ulf Ritgen, der eine Konkordanz der Quenya- und Sindarin-Namen in Robert Fosters »Mittelerde-Lexikon« erstellt hat, die den Abgleich der Wörterbücher wesentlich erleichterte;

sowie Marcel Bülles, Andrea Pálinkás, Christian Weichman, Stefan Servos und den anderen Mitglieder der Deutschen Tolkiengesellschaft e. V., die den Fortgang dieser Arbeit mit Interesse und Sympathie verfolgt haben.

Merin sa haryalye alasse!

Helmut W. Pesch

Abgeschieden von der übrigen Welt, umschlossen von Meer und Bergen, liegt Elderland, die Heimat des friedfertigen Ffolks. Das Ffolk ist stolz auf seine Geschichte und hortet im großen Museum zu Aldswick viele seltsame und kuriose Dinge aus der Vergangenheit. Doch als die düsteren Schatten dieser Vergangenheit sich auf das Land legen und eine Gefahr heraufzieht, die alle schon längst gebannt geglaubt, treten Geheimnisse zutage, von denen niemand etwas ahnte. Nun muß sich das Ffolk bewähren. Das Schicksal des ganzen Imperiums lastet auf einer kleinen Gruppe treuer Freunde, die zu einer abenteuerlichen Reise aufbrechen, welche sie an die Grenzen der Welt führen wird, zum Anfang und zum Ende der Zeit …

ISBN 3-404-20333-X

BASTEI
LÜBBE